蕭文乾 博士 Wen Hsiao, PhD

蕭文乾，人稱 Wen，問老師，蕭光頭，阿乾ㄦ，蕭弟兄。
臺大外文系，師大翻譯所，北京清大翻譯博士，研究莎氏筆雅《憾母勒》中譯史。
曾任陳前總統口譯一次、師大英語系大四口筆譯講師三年、偏鄉小學老師四年、形形色色的英文教學經驗三十年。

- 五項英文教學的國家專利 發明人
- 蕭博士 SoR 美語教育機構 創辦人
- 臺灣 SoR 研究學會 創會理事長
- 臺灣雙語無法黨 黨主席
- 培訓近 1,800 位 SoR 美語正音師

蕭光頭八歲隨家人移居美國，開始了他臺美兩地隔年通勤的求學坎坷路。蕭小毛頭於民國 71 年回臺就讀臺北市吉林國小三年二班時，榮獲全校注音比賽第二名。幼年時輕飄飄的那紙獎狀，無心插柳，啟蒙了鼓勵了督促著蕭老頭盡形壽也要謙卑憐憫地讓華人的英文習得之路，更公義，更平安，更蒙福。

好消息是，從 1993 年創辦的「小熊文教」到「雙母語」到「開星門」，蕭博士三十年不懈的英文教學研鑽之路，德不孤必有鄰地，在 2023 年，跟美國 SoR（Science of Reading）這場腦科學實證的語文教育革命運動，正式交會！蕭博士的諸多國家專利跟相關教材教具，跟 SoR 的知識架構與習得途徑，不但不謀而合，甚至絲絲入扣，宛如雙生。

更好的消息是，美國政府推動的「英文 SoR」，只適合洋人的孩子；但蕭博士的「中英文雙語 SoR」，則適合全球的孩子。換句話說，蕭博士不但是華人世界的「SoR 引進人」，他也是全世界的「SoR 改進人」。SoR 告訴我們關於語文習得的寶貴新知是，只要引導者的次第夠正確，立場夠堅定，技巧夠純熟，大腦是會自己去找到最短途徑的。

而最好的消息是，只要主政者的心地夠柔軟，資訊夠正確，格局夠磅礡，福爾摩莎要成為全球第一個雙語國家，人民是會自己去找到最短途徑的。

FoR you, FoR me, FoRmosa.
FoR good, FoR real, FoRever.

有機緣，能透過努力，擁有兩種母語，在個人，是玩世的競爭力，
通往理解，抵達自由與華貴；
有遠見，能透過政策，推動兩種母語，在國家，是盛世的包容力，
通往諒解，抵達多元與豐美；
有願景，能透過共識，聚焦兩種母語，在國際，是末世的生命力，
通往和解，抵達文明與和平。

Our voice is our choice.
Our word is our world.
Our world is ours to change.

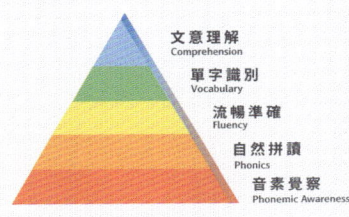

腦科學英文教育
Science of Reading

【一本初衷，一本萬利，一本字典】

《SoR 腦科學拼讀字典》是我最新出版的字典，也是我出版的第五本字典。

我的初衷：幫助眾多的英文學生，離苦得樂。

學英文，不該苦；
但，我們都被兩個幻覺給騙了：KK 音標；自然拼讀法。
前者是「純視覺系統」；
後者是「視覺聽覺的對應系統」。

只要安靜下來，用最基本的邏輯去想，就會恍然大悟：這兩者都跟「教人發音」這件事，風馬牛不相干，八竿子打不著。

但，全球的華人，都還停留在舊石器時代，還在靠這兩個「洋人發明的，洋人很好用」的工具，去學「美語發音」這一個「規則詭亂，聲變莫測」的聽覺系統。

那當然注定痛苦！而且痛完、苦完，還是學不會。

因為美語的咬字，會弱化、會鼻化、會濁化；
而且美語的聲調，有高低、有快慢、有升降。

因此，全世界迄今沒有一本字典，能成功描述跟傳遞，以上這六種音響資訊。除了這本《SoR 腦科學拼讀字典》。

它之所以能如此精準有效地，去再現，去規範，去標註，美語咬字跟聲調的資訊，有三個原因：國家專利；點讀音檔；編纂哲學。

《SoR 腦科學拼讀字典》不但有三個國家專利、50000 個我親自錄製的音檔；最重要的是，我的編纂哲學。

我要再現的、規範的、標註的，是「人們在真實世界裡，真正會聽到的」聲音，而不是「人們根據各大音標系統，自以為是，認為應該要發出的」聲音。

換句話說,這本字典,能用;好用;實用;有用。

這本字典,玩真的。

但《SoR 腦科學拼讀字典》的功能,遠遠不止於提供使用者 100% 道地的美式發音的再現、規範跟標註。它另有四大功能。

1. 它是「全世界最完整的」phonics 教材。
證據:坊間 phonics 教材多如牛毛,試問哪一套收錄了 6000 個單字?而《SoR 腦科學拼讀字典》的使用者,能從一張英文白紙,自學 6000 個英文單字的發音、拼法跟用法。
2. 它是全世界第一本「內建聽力測驗的英漢字典」。
3. 它是全世界第一台「中英雙語童詩製造機」。
4. 它是全世界第一本「搭配 Line 機器人的智慧型字典」。
以上這五大功能,祝福您在開卷有益的每段時光裡,靜靜品味,緩緩體會,在書桌前,在捷運上,在不知處,掩卷拍案,掩卷叫絕,掩卷長嘯,遙送您頓悟的眼睛一亮,您感動的會心一笑,您讚嘆的叩首一拜。

我跟團隊的辛苦,就都值了。

因為這本字典,不但承載著我個人傻傻的初衷,也承載著我們團隊深深的祝福。

我謹代表字典團隊,祝福所有買這本作品的人,
能夠一本搞定,一網打盡,
增添好多好多英文見識,少買好多好多英文教材。

它不但傳遞知識,還能提高見識;
它本身既是教材,更在內化教法。

而見識跟教法,遠遠珍稀罕見高貴於
知識跟教材。

換句話說,

我出版《SoR 腦科學拼讀字典》,一本初衷;
您購買《SoR 腦科學拼讀字典》,一本萬利!

目錄

蕭博士 SoR 專利雙語音標表

作者 : 蕭文乾 博士 Wen Hsiao, PhD

序言：一本初衷，一本萬利，一本字典	II-III
內頁功能說明	VI-VII
本書五大特色	VIII-XI
點讀功能說明	XII-XIII
聽力測驗說明	XIV
關於單字發音，那些最常被問的問題	XV-XIX
蕭博士簡單的®英文語調表	XX
單字詞性表	XXI

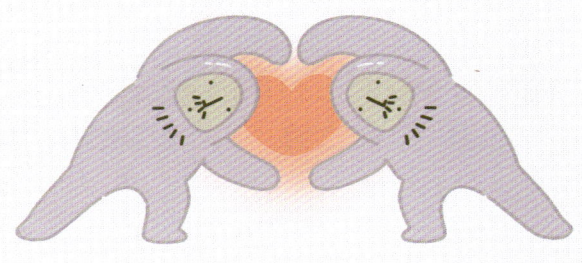

單音節 單字　　　　　　　　　　　　　　2 - 253

雙音節 單字　　　　　　　　　　　　　　254-429

三音節 單字　　　　　　　　　　　　　　430-539

四音節以上 單字　　　　　　　　　　　　540-627

附錄一
今天起我們都能唸對的英文字母 A-Z　　　628-631

附錄二
今天起我們都能唸對的英文數字 0-100　　632-635

索引（A-Z）　　　　　　　　　　　　　　636-663

特別感謝　　　　　　　　　　　　　　　664-665

內頁功能說明

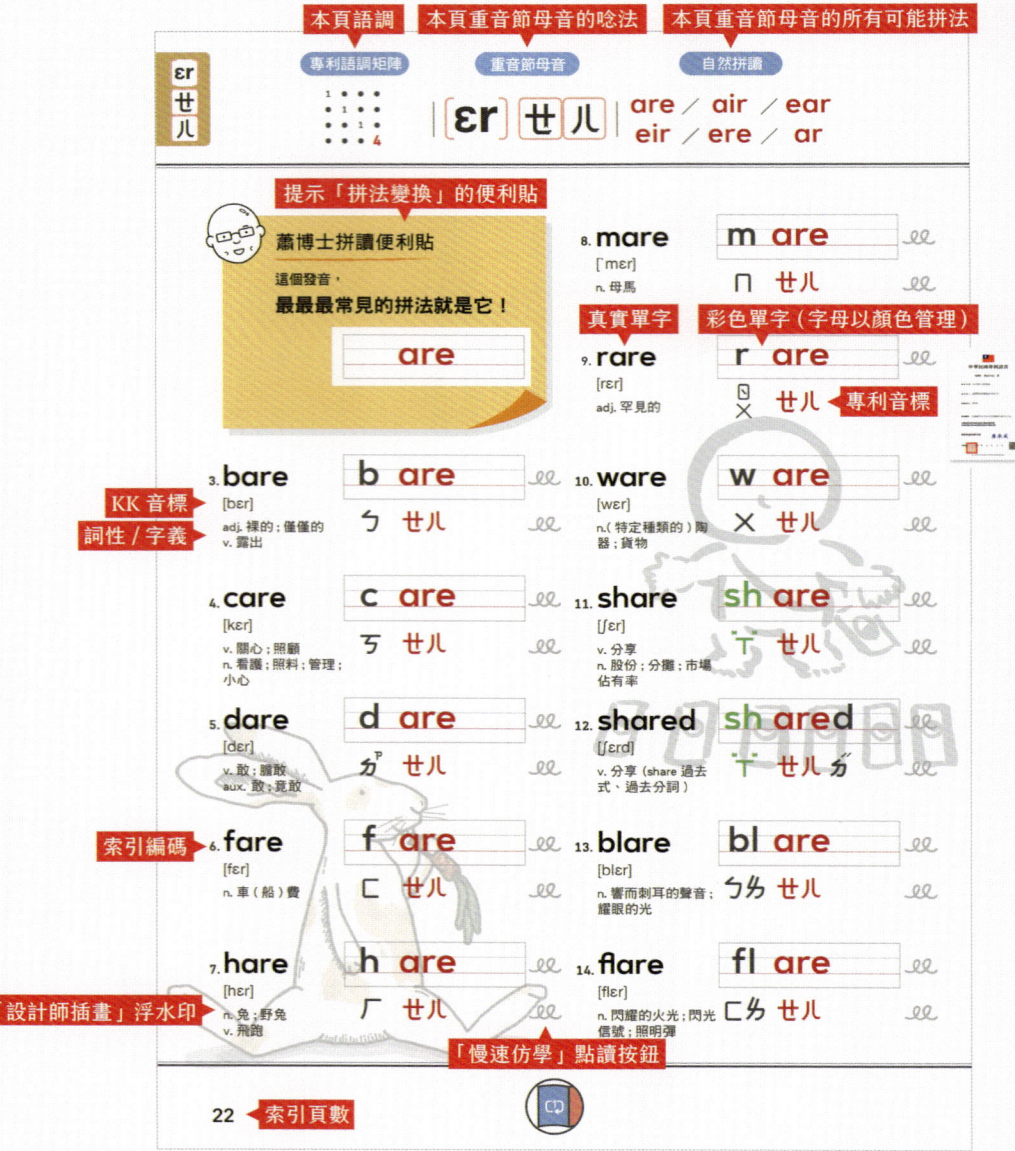

側邊索引欄，方便查找重音節母音

重音節母音

四音節以上

四音節 ← 本區單字音節數　● ● 1 ● ← 本區單字語調

音節分隔點

1. **diplomatic**
[ˌdɪpləˋmætɪk]
adj. 外交的；有外交手腕的

di‧plo‧ma‧tic
ㄉㄜ˙‧ㄆㄌㄜ‧ㄇㄚˋ‧ㄉㄜ˙ㄎ

2. **mathematics**
[ˌmæθəˋmætɪks]
n. 數學

ma‧the‧ma‧tics
ㄇㄚˊ‧ㄙㄜ˙‧ㄇㄚˋ‧ㄉㄜ˙ㄎㄙ ← 輕音節母音：粉紅色

3. **satisfaction**
[ˌsætɪsˋfækʃən]
n. 滿意；滿足

sa‧tis‧fac‧tion
ㄙㄚˊ‧ㄉㄜ˙ㄙ‧ㄈㄚˋㄎ‧ㄒㄜ˙ㄣ

4. **understanding**
[ˌʌndəˋstændɪŋ]
adj. 了解的；能諒解的；寬容的
n. 了解；理解；領會；理解力；諒解

un‧der‧stan‧ding
ㄜ˙ㄣ‧ㄉㄚˊㄦ‧ㄙㄉㄚˋㄣ‧ㄉㄧㄥ ← 重音節母音：紅色

五音節　● 1 ● ● ●

6. **vocabulary**
[vəˋkæbjəˌlɛrɪ]
n. 字彙

vo‧ca‧bu‧la‧ry
ㄈㄨˊ‧ㄎㄚˋ‧ㄅㄧㄡ‧ㄌㄜ‧ㄖㄧ

五音節　● ● 1 ● ●

8. **automatically**
[ˌɔtəˋmætɪk!ɪ]
adv. 自動地；無意識地；
不自覺地；機械地

au‧to‧ma‧ti‧cally
ㄛˇ‧ㄉㄜ‧ㄇㄚˋ‧ㄉㄜ˙ㄎ‧ㄌㄧ

9. **Christianity**
[ˌkrɪstʃɪˋænətɪ]
n. 基督教；信仰基督教

Chris‧ti‧a‧ni‧ty
ㄎㄖㄧㄡㄙ‧ㄑㄧ‧ㄚˋ‧ㄋㄜ‧ㄉㄧˋ

「整頁模式」點讀按鈕
可以一次聽完一整頁的單字喔！

「聽力測驗」點讀按鈕

573

VII

本書五大特色

> **特色一** ▶ 專利設計,建立拼讀規則的「重音節母音排列法」

本書收錄「美國大眾媒體高頻單字」6000 個,以及臺灣教育部指定國中小必修 2000 字。
把單字按音節數及重音節母音排列,是本書的最大特色。

本書的單字,不是一般的 A-Z 排列法,
而是先排「單音節」單字、再排「雙音節」單字、再排「三音節」單字、
最後排「四音節以上的」單字。同樣音節數的字,再按照重音節母音分類排列。

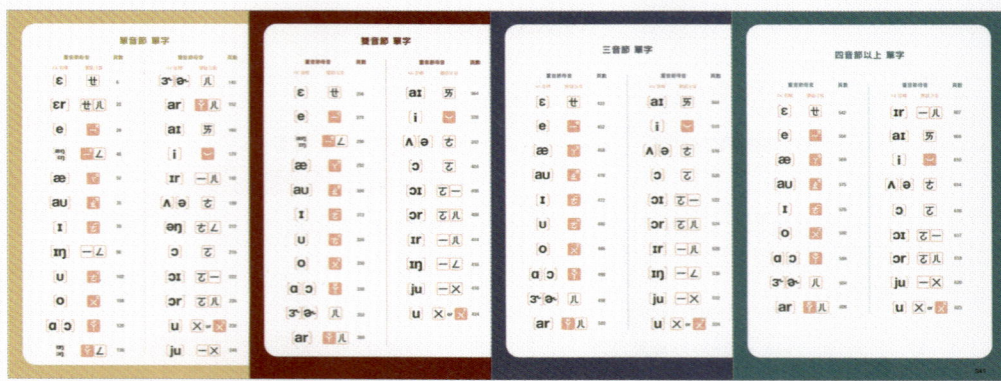

美國孩子因為生活在美語環境裡,單字是隨機出現的。他們在日常生活中,
一下看到四音節單字、一下看到單音節單字、一下看到重音節母音是 æ 的單字、一下看到重音節母音是 ɔ 的單字,雖然是混亂地、沒有規則地出現,但是因為長時間浸泡在母語的環境,時間長了就能把規則歸納出來。

但是,不是每個臺灣孩子都有那樣的美語環境。而每個臺灣孩子,都想把單字學好。

所以蕭博士用心研發,將單字好好收納,從單音節到多音節、從簡單到複雜、從規律到例外,循序漸進地排列。臺灣孩子只要從第一個字唸到最後一個字,就會 Wow ~ 恍然大悟,自動歸納出自然發音 (Phonics) 的規則。一旦內建了單字拼讀的語感,那些不在規則內的例外,也都變得簡單。

VIII

特色二 ▶ 簡單高效,把「拼讀規則」轉化為視覺記憶的「字母顏色管理法」。

紅色:重音節母音
粉色:非重音節母音
黑色:子音(對應一個字母)。

10. **family**
[ˈfæməlɪ]
n. 家庭

fa·mi·ly
ㄈㄚˋ· ㄇㄜ· ㄌㄧ

綠色:子音(對應兩個以上的字母)。
橘色:特殊子音,其變化有規則可循。

6. **staff**
[stæf]
v. 給…配備職員;
n. 全體職員;幕僚

st a ff
ㄙㄉ ㄚˇ ㄈˋ

紫色:特殊子音,其變化無規則可循。

8. **chef**
[ʃɛf]
n.(餐館等的)主廚;
大師傅(外來語:法)

ch e f
ㄒ ㄝ ㄈˋ

灰色:沈默的子音(因為「灰色是不想說」,所以灰色的字母是不發音的沈默)。

14. **debt**
[dɛt]
n. 負債;借款;債務

d e bt
ㄉ ㄝ ㄜˋ

IX

特色三 蕭博士拼讀便利貼：重音節母音的所有拼法，蕭博士都幫您整理出來，而且還按照出現頻率排列喔！

為了讓單字好記，蕭博士把「母音拼法一樣」的單字，放在一起。「常見的拼法」排在前，「少見的拼法」排在後。拼法一改變，便利貼就出現溫馨提醒。

同一個發音，到底有多少種不同的拼法？數數看，有幾張便利貼，您就知道啦！

特色四 直觀音節標示法：每個音節，都有清楚的斷點和清楚的音標對應，多音節再也不害怕！

多音節單字和對應的專利音標，兩者都有清楚的**音節分隔點**，字母與音標的位置兩兩對應，自然建立字母與聲音的關係。

特色五 單字插畫：除了英文和中文，這本字典，還加碼了臺灣年輕設計師的人文美感。

背單字很無聊？蕭博士 SoR 團隊的年輕設計師們，精挑細選他們得意的插畫作品，做成主題浮水印，讓單字不再孤單單。

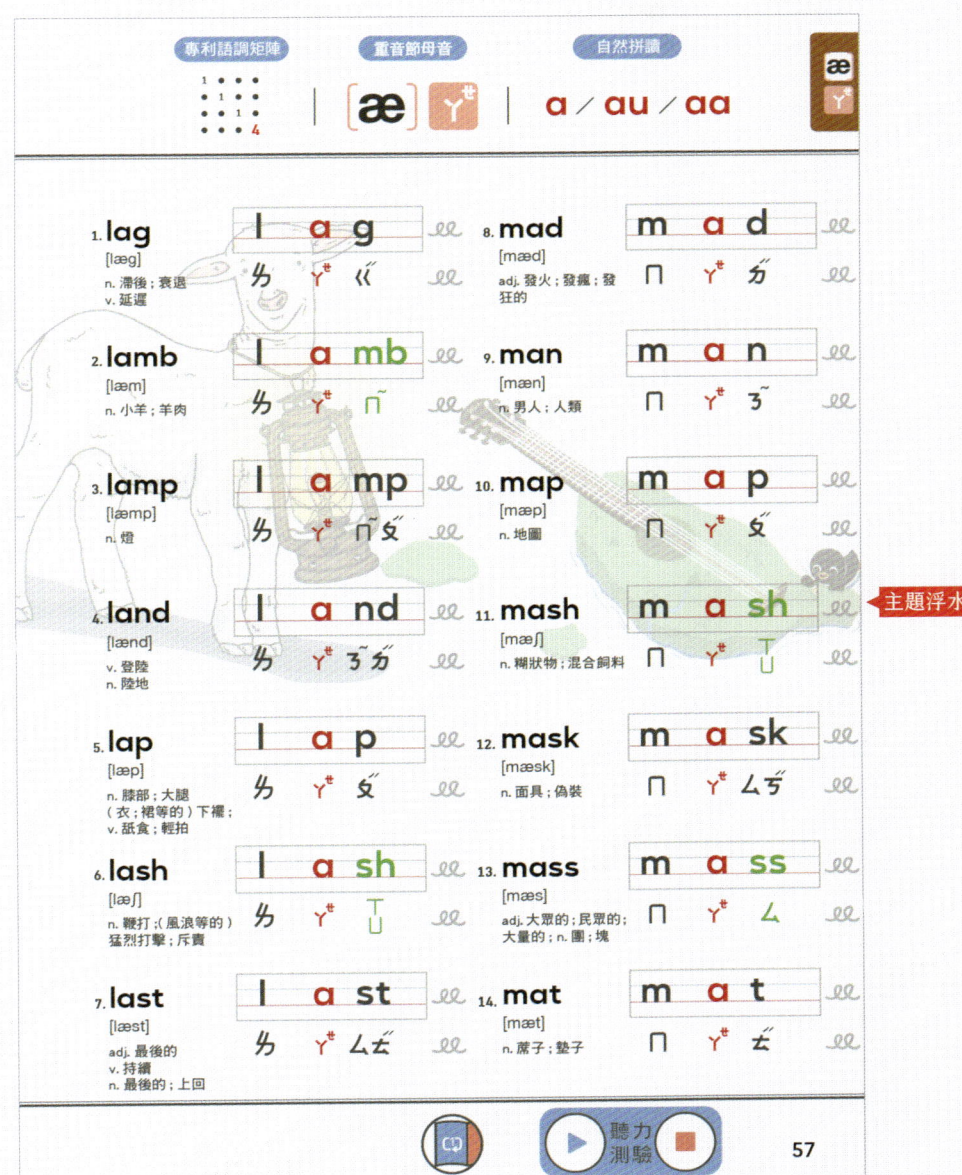

XI

點讀功能說明

這本字典裡,收錄了 6000 個單字;6000 個單字裡,深埋了 50000 個音檔。50000 個音檔裡,有蕭博士專門為美語發音初學者錄製的「**分解動作**」音檔和「**慢速仿學**」音檔。除此之外,還有完全模仿母語人士在日常生活中,用極快速度唸單字的「**母語人士速度**」音檔。

單音節單字發音，被我們分成 **5** 部分。

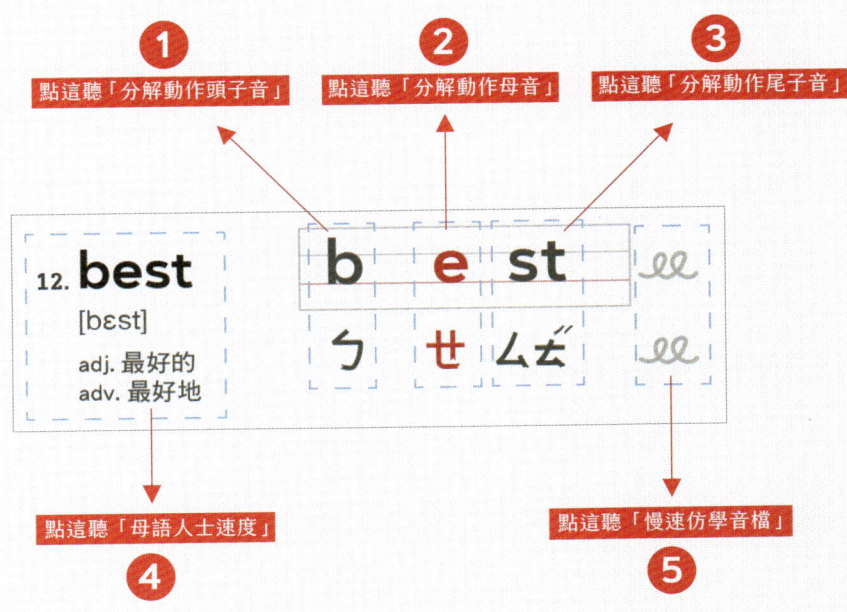

聽力測驗：每一頁，都是考卷！

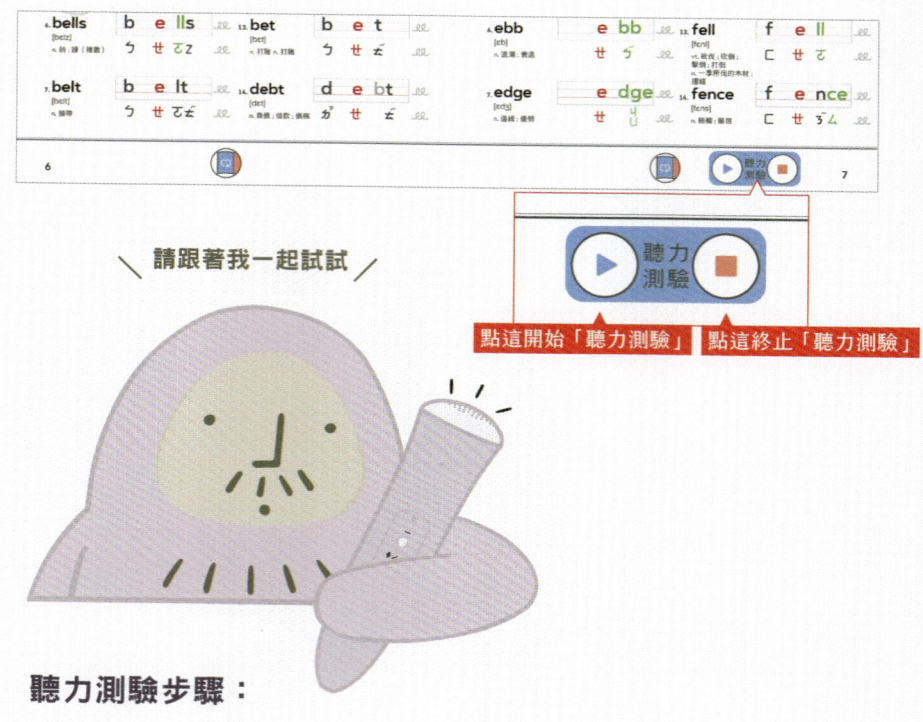

聽力測驗步驟：

1. 請在單數頁的頁碼旁，找到「聽力測驗」按鈕。

2. 請點「聽力測驗」開始鈕。

3. 點讀筆會開始在一個跨頁內，隨機選擇 10 個單字，每個單字，點讀筆都會播放母語人士速度的音檔。

4. 聽到音檔，用點讀筆點相對應的單字，測試自己的聽力。
   答對了：就會繼續下一題。
   答錯了：音檔會一直播放，直到您點對單字為止。

5. 考試過程中，只要點「聽力測驗」終止鈕，測驗就會重新開始計算時間。

6. 考試完成，點讀筆會自動為您計算這一回合聽力測驗所花的時間，還有蕭博士親自錄給您的鼓勵喔！

關於單字發音，那些最常被問的問題。

01

請問蕭博士：
字典第 6 頁，第 6 個字，bells，最後的尾音 s，雙語注音標示 Z，但是您的音檔聽起來是 S，為什麼呢？是我聽錯嗎？我該怎麼唸呢？

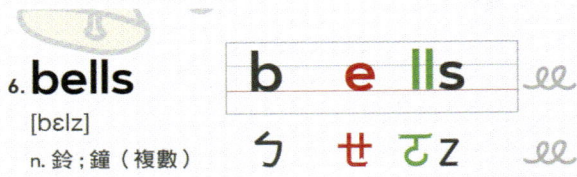

 蕭博士說：

美語的發音並不是那麼涇渭分明、鐵板一塊。這個字的尾音，您唸 S 或唸 Z，都對，也都不對。因為外國人會唸的尾音，是 S 和 Z 混合在一起，實際比例每次都不同的聲音。

所以當您用這本字典學習的時候，如果眼睛看到的音標，和耳朵聽到的聲音，不那麼一致的時候：

請不要相信您的眼睛，請相信您的耳朵。

畢竟，您買的這本字典，最能幫到您的，是您一直以來不太確定的單字發音，而不是寫出完全標準的音標符號。

XV

02

請問蕭博士：
字典第 6 頁，第 1 個字，bed，結尾的 d 標示是ㄉ"，我聽起來像ㄊ"，是我耳朵有問題嗎？到底應該怎麼唸呢？

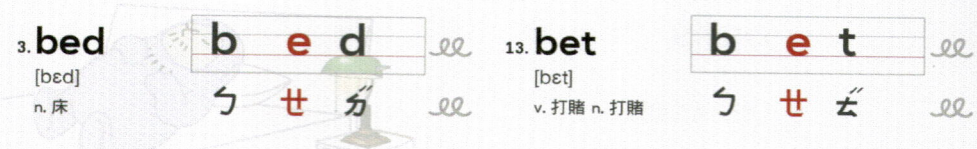

3. **bed**
[bɛd]
n. 床

13. **bet**
[bɛt]
v. 打賭 n. 打賭

蕭博士說：

Bed 和 bet 這兩個字，在母語人士的耳朵裡，最巨大的不同，其實是母音的長短。Bed 的 e 比較長，bet 的 e 比較短。
如果您把這兩個字的音檔，對比來聽，就會發現 d 和 t 的尾音，其實差別是很大的。

我出版這本字典的目的，是在母語人士和外師的快速音檔之外，提供另一種選擇，也就是分解、和慢速的唸法，讓初學者比較不會害怕。讓不太熟悉的耳朵，不會無所適從，只要持續聽、持續使用、持續從分解速度，聽到慢速，再聽到母語人士速度，一定會聽出差別。

03

請問蕭博士：
我有兩個鼻音的問題，在字典第 38 頁，第 4 和第 9 個字。m 結尾的單字，嘴巴要閉起來；n 結尾的單字，嘴巴不要閉。請問為什麼蕭博士的音檔，有時候會把 m 的尾音拉長，變成「麼」；有時候把 n 的尾音拉長變成「呢」，有時候又唸得很正常不誇張。請問有什麼原因嗎？哪一個才是對的呢？

4. **brain**
[bren]
n. 腦 (組織)；智力；頭腦

9. **claim**
[klem]
v. 聲稱；索取
n. 主張；斷言

蕭博士說：

英文的發音裡，閉嘴 m 和開嘴 n 的鼻音，很容易發音不到位。對於美語耳朵不是很敏感的人來說，m 和 n 的結尾，是分不清楚的。釜底抽薪的方法，就是在結尾子音 m 和 n 的後面，加上一個母音，讓這兩個鼻音的特色，無所遁形。

claim ➡ claim 麼　（為了讓初學者聽清楚 m 的尾音而這樣示範）

brain ➡ brain 呢　（為了讓初學者聽清楚 n 的尾音而這樣示範）

所以，蕭博士的這兩種唸法，沒有對錯，只是一份教學的用心而已。

XVII

04

請問蕭博士：
請問丹田音這個母音，在什麼單字會出現？有規則嗎？在字典的第 242 頁和 243 頁，我覺得 blue 有丹田音，juice 沒有，但是這幾頁的雙語注音都標示成「ㄨ」。我怎麼知道哪個字應該唸丹田音，哪個不用？我又怎麼判斷自己的耳朵聽得對不對呢？

蕭博士說：

KK 音標的 [u]，是一個在全世界英文教學界都很有爭議的母音。英文世界有很多耳熟能詳的單字，明明共用這個 KK 符號，母語人士卻發出不同的聲音，造成初學者很多困擾。請初學者先分辨以下兩個觀念：

腔調：非母語人士講英文的時候，出現的聲音差異。

口音：母語人士講英文的時候，出現的聲音差異。
例如：too，在母語人士的發音下，有以下三種可能。而這三種可能，差異很小，卻都可以被互換。我在這本字典為大家所錄的聲音，是中西部的口音。請大家直接用耳朵聽音檔，忽略下面標注的符號。

14. **too**
    [tu]
    adv. 也是；過於

XVIII

05

請問蕭博士：

多音節的單字，有分重音節母音和輕音節母音。輕音節母音，有時候聽起來像ㄜ、有時候聽起來像ㄧㄜ、有時候聽起來像ㄝ。

例如字典第 601 頁第 2 個字 economically，標註的音標是ㄧ，可是聽起來，好像是ㄜ，請問有規則可循嗎？

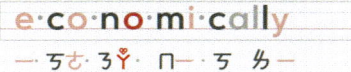

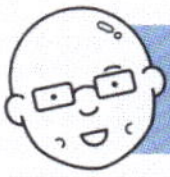

蕭博士說：

一個英文單字裡，最重要的聲音是**重音節母音**。
這就是我們不厭其煩在字典每一頁的最上方欄位，不斷提醒重音節母音的原因。

輕音節的母音，在單字裡面，常常會弱化成比較簡單好唸的母音，
例如：[ɛ] 或 [ɪ] 或 [ə]。

麻煩的是，輕音節母音，它不是一定要弱化。它可以弱化，也可以不要弱化。母語人士什麼時候弱化，弱化到什麼程度，都不一定。

所以，在美語發音的世界裡，要用固定的視覺系統，去捕捉浮動的聽覺系統，是不可能的事情。所以我們的孩子看到多音節單字，想唸出來，常常叫天天不應，叫地地不靈。

在這本字典裡，我的輕音節唸法，是模仿母語人士的習慣，沒有標準答案，您的耳朵，只需要聽的習慣即可。

XIX

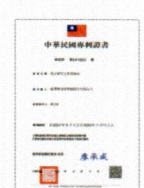

蕭 博 士
Dr. Hsiao's
簡 單 的®
no WON der
英 文 語 調 表 chart

英文單字語調，其實有跡可循。

英文單字的語調，不只是 KK 音標那一撇。英文單字的語調，其實有很清楚的規則。拿出您的點讀筆，點蕭博士的光頭，聽蕭博士的音檔。學校沒有教的語調規則，這一次就學會！

單音節單字，
只有**一種**可能的語調，請先哼再唸：

1 • • •
• 1 • •
• • 1 •
• • • 4

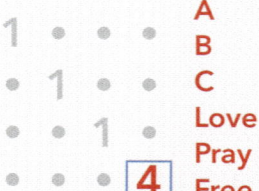

A
B
C
Love
Pray
Free

雙音節單字，
有**兩種**可能的語調，請先哼再唸：

1 • • •
• 1 • •
• • 1 • HAPPY
• • • 4 TODAY

三音節單字，
有**三種**可能的語調，請先哼再唸：

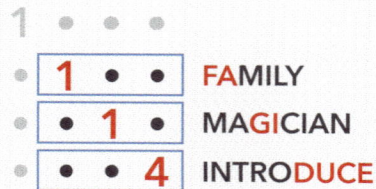

1 • • •
• 1 • • FAMILY
• • 1 • MAGICIAN
• • • 4 INTRODUCE

四音節單字，
有**四種**可能的語調，請先哼再唸：

1 • • • NECESSARY
• 1 • • AMERICA
• • 1 • ENERGETIC
• • • 4 RE-ENGINEER

單字詞性表

英文詞性全名	英文詞性縮寫	中文
Adjective	adj.	形容詞 很
Noun	n.	名詞 有
Verb	v.	動詞 將
Adverb	adv.	副詞
Conjunction	conj.	連接詞
Pronoun	pron.	代名詞
Preposition	prep.	介系詞
Auxiliary verb	aux.	助動詞
Article	art.	冠詞
Abbreviation	abbr.	縮寫

＼聽聽看蕭博士怎麼說！／

單音節單字

4

單音節 單字

重音節母音		頁數	重音節母音		頁數
KK 音標	雙語注音		KK 音標	雙語注音	
[ɛ]	ㄝ	4	[ɝ] [ɚ]	ㄦ	140
[ɛr]	ㄝㄦ	20	[ar]	ㄚㄦ	150
[e]	ㄧㄝ	26	[aɪ]	ㄞ	158
[æŋ] [ɛŋ]	ㄧㄝㄥ	46	[i]	ㄧ	172
[æ]	ㄚㄝ	50	[ɪr]	ㄧㄦ	190
[aʊ]	ㄠㄝ	68	[ʌ] [ə]	ㄜ	196
[ɪ]	ㄜ	76	[ɛu]	ㄜㄥ	210
[ɪŋ]	ㄧㄥ	94	[ɔ]	ㄛ	214
[ʊ]	ㄛˇ	100	[ɔɪ]	ㄛㄧ	220
[o]	ㄨㄛ	106	[ɔr]	ㄛㄦ	224
[ɑ] [ɔ]	ㄚ	118	[u]	ㄨ or ㄨ̂	234
[aʊ] [ɔʊ]	ㄤ	136	[ju]	ㄧㄨ	246

單音節單字

先哼 ▶ 再唸

2 號救聲員
茄子潘 Egg Plant

重音節母音

自然拼讀

e, ea, ai

專利語調矩陣	重音節母音	自然拼讀
1 • • • / • 1 • • / • • 1 • / • • • 4	[ɛ] ㄝ	e / ea / ai

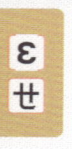

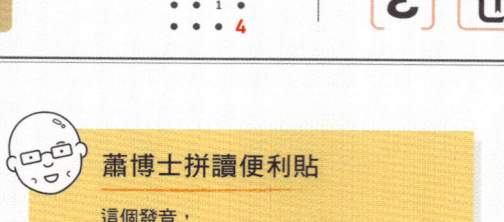

蕭博士拼讀便利貼

這個發音，

最最最常見的拼法就是它！

e

3. **bed** [bɛd] n. 床 — b e d / ㄅ ㄝ ㄉ˝

4. **beg** [bɛg] v. 乞討；懇求；請求；拜託 — b e g / ㄅ ㄝ ㄍ˝

5. **bell** [bɛl] n. 鈴；鐘 — b e ll / ㄅ ㄝ ㄛ

6. **bells** [bɛlz] n. 鈴；鐘（複數） — b e lls / ㄅ ㄝ ㄛZ

7. **belt** [bɛlt] n. 腰帶 — b e lt / ㄅ ㄝ ㄛㄊ˝

8. **bench** [bɛntʃ] n. 長凳；長椅 — b e nch / ㄅ ㄝ ㄋ˜ㄑ˝ㄩ

9. **bend** [bɛnd] v. 折彎 n. 彎；曲 — b e nd / ㄅ ㄝ ㄋ˜ㄉ˝

10. **bent** [bɛnt] v.bend 的過去式，過去分詞 adj. 彎曲的；決意的 n. 愛好；傾向 — b e nt / ㄅ ㄝ ㄋ˜ㄊ˝

11. **Bess** [bɛs] n. 人名：貝絲女子名；也可以叫做 Elizabeth; Elsbeth; Betsy — B e ss / ㄅ ㄝ ㄙ

12. **best** [bɛst] adj. 最好的 adv. 最好地 — b e st / ㄅ ㄝ ㄙㄊ˝

13. **bet** [bɛt] v. 打賭 n. 打賭 — b e t / ㄅ ㄝ ㄊ˝

14. **debt** [dɛt] n. 負債；借款；債務 — d e bt / ㄉP ㄝ ㄊ˝

1. **deck** [dɛk] n. 甲板；一副(紙牌)
2. **dense** [dɛns] adj. 密集的；稠密的
3. **depth** [dɛpθ] n. 深度；厚度
4. **desk** [dɛsk] n. 書桌
5. **dwell** [dwɛl] v. 居住；存在於；思索
6. **ebb** [ɛb] n. 退潮；衰退
7. **edge** [ɛdʒ] n. 邊緣；優勢
8. **edged** [ɛdʒd] adj. 有邊的；有刃的
9. **egg** [ɛg] n. 蛋；卵；卵子
10. **eggs** [ɛgz] n. 蛋(複數)
11. **else** [ɛls] adv. 其他 conj. 要不然
12. **end** [ɛnd] v. 結束 n. 盡頭；結局
13. **fell** [fɛl] v. 砍伐；砍倒；擊倒；打倒 fall 的過去式
14. **fence** [fɛns] n. 柵欄；籬笆

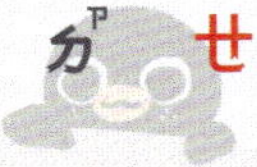

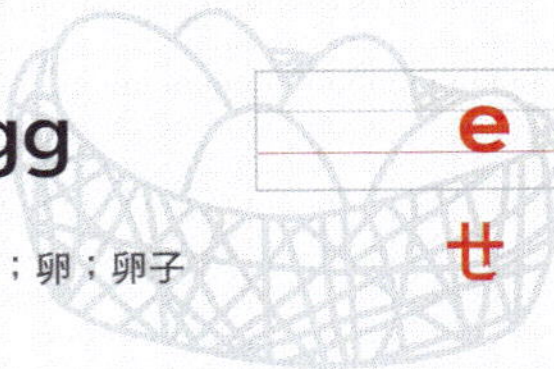

7

專利語調矩陣	重音節母音	自然拼讀
	[ɛ] [ㄝ]	e / ea / ai

1. **fetch** [fɛtʃ] v. 拿取；接回（人） n. 活人的魂；鬼
f	e	tch
ㄈ	ㄝ	ㄑㄩ

2. **get** [gɛt] v. 得到；拿到
g	e	t
ㄍㄍ	ㄝ	ㄊ

3. **guess** [gɛs] v. 猜；n. 猜測
gu	e	ss
ㄍㄍ	ㄝ	ㄙ

4. **guest** [gɛst] n. 客人
gu	e	st
ㄍㄍ	ㄝ	ㄙㄊ

5. **hedge** [hɛdʒ] n. 樹籬；界限；兩面下注
h	e	dge
ㄏ	ㄝ	ㄐㄩ

6. **held** [hɛld] v. hold 的過去式及過去分詞；adj. 保持的；保留的
h	e	ld
ㄏ	ㄝ	ㄛㄉ

7. **hell** [hɛl] n. 地獄；冥府
h	e	ll
ㄏ	ㄝ	ㄛ

8. **help** [hɛlp] v. 幫忙 n. 幫助；助手
h	e	lp
ㄏ	ㄝ	ㄛㄆ

9. **helped** [hɛlpt] v. 幫忙（help 的過去式及過去分詞）
h	e	lped
ㄏ	ㄝ	ㄛㄆㄊ

10. **hen** [hɛn] n. 母雞
h	e	n
ㄏ	ㄝ	ㄋ

11. **hence** [hɛns] adv. 因此；由此
h	e	nce
ㄏ	ㄝ	ㄋㄙ

12. **kept** [kɛpt] v. 保留；保持（keep 過去式）
k	e	pt
ㄎ	ㄝ	ㄆㄊ

13. **left** [lɛft] v. 離開；丟下（leave 過去式）adj. 左邊的
l	e	ft
ㄌ	ㄝ	ㄈㄊ

14. **leg** [lɛg] n. 腿
l	e	g
ㄌ	ㄝ	ㄍㄍ

8

ㄜ / ㄝ	e / ea / ai

ㄝ

1. **lend**
   [lɛnd]
   v. 出借

l	e	nd
ㄌ	ㄝ	ㄋ˜ ㄉ

8. **men**
   [mɛn]
   n. 成年男子；男人（複數）

m	e	n
ㄇ	ㄝ	ㄋ˜

2. **lens**
   [lɛnz]
   n. 透鏡；鏡片

l	e	ns
ㄌ	ㄝ	ㄋ˜ Z

9. **mend**
   [mɛnd]
   v. 修理；修補

m	e	nd
ㄇ	ㄝ	ㄋ˜ ㄉ

3. **less**
   [lɛs]
   adv. 較小地；較少地；不如

l	e	ss
ㄌ	ㄝ	ㄙ

10. **mess**
    [mɛs]
    v. 弄髒；弄亂
    n. 混亂

m	e	ss
ㄇ	ㄝ	ㄙ

4. **lest**
   [lɛst]
   conj. 惟恐；免得；擔心

l	e	st
ㄌ	ㄝ	ㄙ ㄊ

11. **neck**
    [nɛk]
    n. 脖子

n	e	ck
ㄋ	ㄝ	ㄎ

5. **let**
   [lɛt]
   v. 讓

l	e	t
ㄌ	ㄝ	ㄊ

12. **nest**
    [nɛst]
    v. 築巢；巢居
    n. 巢

n	e	st
ㄋ	ㄝ	ㄙ ㄊ

6. **let's**
   [lɛts]
   abbr.= let us

l	e	t's
ㄌ	ㄝ	ㄘ

13. **net**
    [nɛt]
    n. 網子
    v. 用網捕
    adj. 淨值的

n	e	t
ㄋ	ㄝ	ㄊ

7. **melt**
   [mɛlt]
   v. 融化；熔化

m	e	lt
ㄇ	ㄝ	ㄛ ㄊ

14. **next**
    [`nɛkst]
    adj. 下一個
    adv. 接下去；下次

n	e	xt
ㄋ	ㄝ	ㄎ ㄙ ㄊ

9

e / ea / ai

1. **peck**
[pɛk]
v. 琢；輕吻
n. 啄痕；輕吻

p e ck
ㄆ ㄝ ㄎ

8. **rest**
[rɛst]
v. 休息；n. 休息；安息；其餘

r e st
ㄖ ㄝ ㄙㄊ

蕭光頭：『敵團隊的字典裡沒有休息這個字。』

2. **peg**
[pɛg]
n. 栓；樁；（曬衣用）衣夾；（木製）假腿

p e g
ㄆ ㄝ ㄍ

9. **wreck**
[rɛk]
n.（船等的）失事；遇難

wr e ck
ㄖ ㄝ ㄎ

3. **pen**
[pɛn]
n. 原子筆；墨水筆

p e n
ㄆ ㄝ ㄋ

10. **wrench**
[rɛntʃ]
n. 猛扭；扳手；痛苦

wr e nch
ㄖ ㄝ ㄋㄑ

4. **pest**
[pɛst]
n. 害蟲；有害的植物

p e st
ㄆ ㄝ ㄙㄊ

11. **self**
[sɛlf]
n. 自己；自我；本性
adj. 同樣的

s e lf
ㄙ ㄝ ㄛㄈ

5. **pet**
[pɛt]
n. 寵物

p e t
ㄆ ㄝ ㄊ

12. **sell**
[sɛl]
v. 賣

s e ll
ㄙ ㄝ ㄛ

6. **red**
[rɛd]
adj. 紅色的
n. 紅色

r e d
ㄖ ㄝ ㄉ

13. **send**
[sɛnd]
v. 寄發；送

s e nd
ㄙ ㄝ ㄋㄉ

7. **rent**
[rɛnt]
v. 租
n. 租金；租費

r e nt
ㄖ ㄝ ㄋㄊ

14. **sends**
[sɛndz]
v. 寄發；送（send 主詞第三人稱單數時的現在式動詞）

s e nds
ㄙ ㄝ ㄋㄗ

10

  [ɛ] ㄝ | e / ea / ai

1. **sense** [sɛns] v. 了解；領會 n. 感官；官能

2. **set** [sɛt] n. 套；組 v. 安放；設立 adj. 準備好的

3. **sex** [sɛks] n. 性別；色情；性交

4. **scent** [sɛnt] v. 嗅；聞 n. 氣味；香味；蹤跡

5. **cell** [sɛl] n. 單人牢房；細胞；蜂房的巢室；電池

6. **cent** [sɛnt] n. 分（錢幣）

7. **tell** [tɛl] v. 告訴

8. **tempt** [tɛmpt] v. 引誘；誘惑

9. **ten** [tɛn] adj. 十的 n. 十

10. **tend** [tɛnd] v. 走向；趨向；照料

11. **tense** [tɛns] v. 使拉緊；使繃緊 adj. 緊張的；焦慮的

12. **tent** [tɛnt] n. 帳篷

13. **tenth** [tɛnθ] adj. 第十的 n. 十分之一；月的第十；第十

14. **test** [tɛst] v. 試驗；測驗 n. 測驗；考試

 專利語調矩陣　重音節母音　自然拼讀

ɛ / ㄝ | e / ea / ai

1. **text** [tɛkst]
n. 正文；文本；純文字 v. 傳簡訊

　t　e　xt
　ㄊˋ　ㄝ　ㄎㄙ　ㄠˋ

2. **vend** [vɛnd]
v. 出售；販賣

　v　e　nd
　ㄈˋ　ㄝ　ㄋ˜　ㄉ

3. **vent** [vɛnt]
n. 通風孔 v. 發洩；排出

　v　e　nt
　ㄈˋ　ㄝ　ㄋ˜　ㄠˋ

4. **vest** [vɛst]
n. 背心

　v　e　st
　ㄈˋ　ㄝ　ㄙㄠˋ

5. **vet** [vɛt]
n. 獸醫；老兵

　v　e　t
　ㄈˋ　ㄝ　ㄠˋ

6. **web** [wɛb]
n. 蜘蛛網；網；網絡

　w　e　b
　×　ㄝ　ㄅˋ

7. **wed** [wɛd]
v. 娶；嫁

　w　e　d
　×　ㄝ　ㄉ

8. **well** [wɛl]
adj. 健康的；adv. 很好地；n. 水井；通風井

　w　e　ll
　×　ㄝ　ㄜ

9. **Wen** [wɛn]
n. 人名：文

　W　e　n
　×　ㄝ　ㄋ˜

10. **went** [wɛnt]
v. 去；走（go 的過去式）

　w　e　nt
　×　ㄝ　ㄋ˜ㄠˋ

11. **west** [wɛst]
n. 西方；adj. 西方的；adv. 向西方

　w　e　st
　×　ㄝ　ㄙㄠˋ

12. **wet** [wɛt]
adj. 濕的；下雨的 n. 雨天 v. 淋濕；打濕

　w　e　t
　×　ㄝ　ㄠˋ

13. **when** [hwɛn]
adv. 何時 conj. 當 ... 時 pron. 那時

　wh　e　n
　×　ㄝ　ㄋ˜

14. **when's** [hwɛnz]
abbr. = when is

　wh　e　n's
　×　ㄝ　ㄋ˜ㄙ

12

1.	**yell** [jɛl] v. 吼叫 n. 叫喊；歡呼	y e ll ／ ㄧ ㄝ ㄛ
2.	**yes** [jɛs] adv. 是	y e s ／ ㄧ ㄝ ㄙ
3.	**yet** [jɛt] adv. 尚未；但是；conj. 然而	y e t ／ ㄧ ㄝ ㄜ
4.	**gel** [dʒɛl] n. 膠體；凝膠	g e l ／ ˇㄐ ㄝ ㄛ
5.	**jet** [dʒɛt] v. 噴出；射出 n. 噴射；噴射機	j e t ／ ˇㄐ ㄝ ㄜ
6.	**check** [tʃɛk] v. 檢查；打勾 n. 支票；買單	ch e ck ／ ˇㄑ ㄝ ㄎ
7.	**checked** [tʃɛkt] adj. 格子花紋的 v. check 的過去式；過去分詞	ch e ck ed ／ ˇㄑ ㄝ ㄎ ㄜ
8.	**chef** [ʃɛf] n.(餐館等的)主廚；大師傅（外來語：法）	ch e f ／ ㄒ ㄝ ㄈ'
9.	**chess** [tʃɛs] n. 西洋棋	ch e ss ／ ˇㄑ ㄝ ㄙ
10.	**chest** [tʃɛst] n. 胸；箱子；盒子	ch e st ／ ˇㄑ ㄝ ㄙㄜ
11.	**shed** [ʃɛd] v. 使脫落；去除；蛻（殼等）；n. 工作棚；小屋；	sh e d ／ ㄒ ㄝ ㄉ
12.	**shelf** [ʃɛlf] n. 架子	sh e lf ／ ㄒ ㄝ ㄛㄈ'
13.	**shell** [ʃɛl] n. 殼；果殼；貝殼	sh e ll ／ ㄒ ㄝ ㄛ
14.	**theft** [θɛft] n. 偷竊；盜竊	th e ft ／ ㄙ ㄝ ㄈ'ㄜ

專利語調矩陣 | 重音節母音 | 自然拼讀

[ɛ] [ㄝ] | e / ea / ai

#	單字	拆解	注音		#	單字	拆解	注音
1.	**then** [ðɛn] adj. 當時的 adv. 當時；之後；那麼	th e n	zº ㄝ ɜ̃		8.	**press** [prɛs] v. 壓；擠；催逼 n. 新聞輿論	pr e ss	ㄆº ㄝ ㄙ
2.	**them** [ðɛm] pron.(受格) 他們	th e m	zº ㄝ ㄇº		9.	**French** [frɛntʃ] adj. 法國的；法語的； n. 法國人；法語	Fr e nch	ㄈº ㄝ ɜ̃ ㄑ
3.	**dress** [drɛs] v. 穿著；n. 洋裝	dr e ss	ㄓㄨ ㄝ ㄙ		10.	**fresh** [frɛʃ] adj. 新鮮的	fr e sh	ㄈº ㄝ ㄒ
4.	**dressed** [drɛst] adj. 穿好衣服的；打扮好的	dr e ssed	ㄓㄨ ㄝ ㄙ ㄊ		11.	**fret** [frɛt] v. 使苦惱；使煩躁	fr e t	ㄈº ㄝ ㄊ
5.	**trek** [trɛk] n.(長途而辛苦的)旅行或移居	tr e k	ㄔㄨ ㄝ ㄎ		12.	**friend** [frɛnd] n. 朋友	fri e nd	ㄈº ㄝ ɜ̃ ㄉ
6.	**trench** [trɛntʃ] n. 溝；溝渠；戰壕	tr e nch	ㄔㄨ ㄝ ɜ̃ ㄑ		13.	**shred** [ʃrɛd] n. 碎片；碎條；破布	shr e d	ㄒº ㄝ ㄉ
7.	**trend** [trɛnd] n. 趨勢；傾向；時尚	tr e nd	ㄔㄨ ㄝ ɜ̃ ㄉ		14.	**quench** [kwɛntʃ] v. 壓制；抑制；解(渴)；熄滅	qu e nch	ㄎㄨ ㄝ ɜ̃ ㄑ

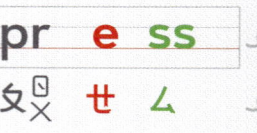
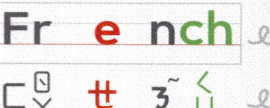
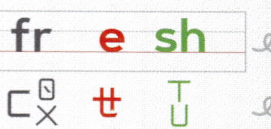
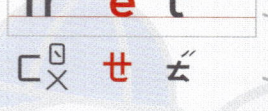
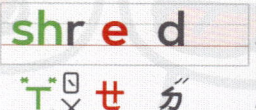

專利語調矩陣	重音節母音	自然拼讀	[ɛ] ㄝ
	[ɛ] ㄝ	e / ea / ai	

1. **quest** [kwɛst]
   v. 追求；探索
   n. 追求；探索
   qu e st — ㄎㄨ ㄝ ㄙㄜ

2. **twelfth** [twɛlfθ]
   adj. 第十二的
   n. 十二分之一；第十二
   tw e lfth — ㄊㄨ ㄝ ㄛㄈㄙ

3. **twelve** [twɛlv]
   adj. 十二的
   n. 十二
   tw e lve — ㄊㄨ ㄝ ㄛㄈ

4. **blend** [blɛnd]
   v. 使混和
   n. 混合物
   bl e nd — ㄅㄌ ㄝ ㄋㄉ

5. **bless** [blɛs]
   v. 祝福；保佑
   n. 祝福；保佑
   bl e ss — ㄅㄌ ㄝ ㄙ

6. **pledge** [plɛdʒ]
   n. 保證；誓言；抵押
   pl e dge — ㄆㄌ ㄝ ㄐㄩ

7. **clench** [klɛntʃ]
   n. 緊握；緊咬
   cl e nch — ㄎㄌ ㄝ ㄋㄑ

8. **sled** [slɛd]
   n. 平底雪橇
   sl e d — ㄙㄌ ㄝ ㄉ

9. **sledge** [slɛdʒ]
   n. 雪橇
   sl e dge — ㄙㄌ ㄝ ㄐㄩ

10. **flesh** [flɛʃ]
    n. 肉；肌肉
    fl e sh — ㄈㄌ ㄝ ㄒㄩ

11. **smell** [smɛl]
    v. 聞
    n. 氣味；香味；臭味；嗅覺；
    sm e ll — ㄙㄇ ㄝ ㄛ

12. **smelt** [smɛlt]
    v. 熔煉；精煉
    smell 的動詞過去式、過去分詞
    sm e lt — ㄙㄇ ㄝ ㄛㄜ

13. **swell** [swɛl]
    v. 腫起；腫脹；鼓起；膨脹
    sw e ll — ㄙㄨ ㄝ ㄛ

14. **sketch** [skɛtʃ]
    n. 速寫；素描
    sk e tch — ㄙㄍ ㄝ ㄑ

15

ㄝ

專利語調矩陣: 1···/·1··/··1·/···4
重音節母音: [ɛ] ㄝ
自然拼讀: e / ea / ai

1. **spell** [spɛl]
   v. 拼字；n. 一段時間；輪班；魅力；咒語；魔法
   sp e ll
   ㄙㄅ ㄝ ㄛ

2. **spend** [spɛnd]
   v. 花費（錢或時間）
   sp e nd
   ㄙㄅ ㄝ ㄋ̃ㄉ

3. **stem** [stɛm]
   v. 起源於；由...而造成；n. 莖；幹；柄
   st e m
   ㄙㄉᵖ ㄝ ㄇ̃

4. **step** [stɛp]
   v. 跨（步）；踏（腳）；n. 步；臺階
   st e p
   ㄙㄉᵖ ㄝ ㄆ

5. **stress** [strɛs]
   v. 強調；用重音讀；n. 壓力
   str e ss
   ㄙㄓㄨ ㄝ ㄙ

6. **stretch** [strɛtʃ]
   adj. 伸縮的；v. 舒展肢體；n. 伸直；伸出
   str e tch
   ㄙㄓㄨ ㄝ ㄑㄩ

蕭博士拼讀便利貼
接下來，這種拼法也很常見喔！

ea

10. **dead** [dɛd]
    adj. 死的
    d ea d
    ㄉᵖ ㄝ ㄉ

11. **deaf** [dɛf]
    adj. 聾的
    d ea f
    ㄉᵖ ㄝ ㄈ

12. **death** [dɛθ]
    n. 死亡
    d ea th
    ㄉᵖ ㄝ ㄙ̊

13. **head** [hɛd]
    v. 率領；出發；駛往；n. 頭；首長
    h ea d
    ㄏ ㄝ ㄉ

14. **health** [hɛlθ]
    n. 健康
    h ea lth
    ㄏ ㄝ ㄛㄙ̊

16

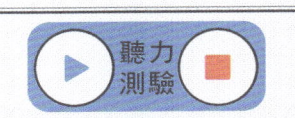

專利語調矩陣	重音節母音	自然拼讀	ɛ / ㄝ
	[ɛ] [ㄝ]	e / ea / ai	

1. **realm** [rɛlm] n. 王國；國土；領土
2. **wealth** [wɛlθ] n. 財富；大量
3. **yeah** [jɛə] adv.【口】是
4. **dread** [drɛd] n. 畏懼；恐怖
5. **tread** [trɛd] n. 踩；踏；樓梯踏板；輪胎面；鞋底
6. **bread** [brɛd] n. 麵包
7. **breadth** [brɛdθ] n. 寬度；幅度；寬宏
8. **breast** [brɛst] v. 挺胸面對 n. 乳房
9. **breath** [brɛθ] n. 呼吸；氣息；微風
10. **thread** [θrɛd] v. 穿（針；線等） n. 線
11. **threat** [θrɛt] n. 威脅；恐嚇
12. **cleanse** [klɛnz] v. 清洗；淨化
13. **sweat** [swɛt] v. 出汗 n. 汗；汗水
14. **spread** [sprɛd] v. 展開；散布 n. 蔓延；普及

17

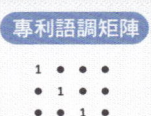

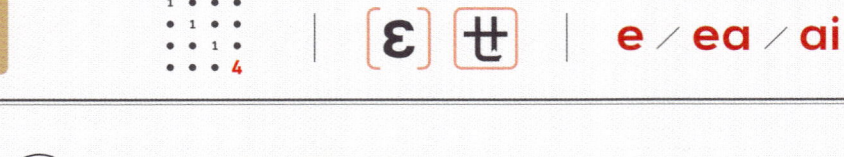

| ɛ / ㄝ | 專利語調矩陣 | 重音節母音 [ɛ] [ㄝ] | 自然拼讀 e／ea／ai |

蕭博士拼讀便利貼

第三種拼法來了，接招！

> ai

3. **said**
[sɛd]
v. 說（say 的過去式）

s **ai** d
ㄙ ㄝ ㄉ

跟旁邊的人說話，休息一下吧！

單音節單字

\ 先哼 ▶ 再唸 /

**20 號救聲員
杜孩兒 Hair Do**

重音節母音

ɛr ㄝㄦ

自然拼讀

are, air, ear, eir, ere, ar

[ɛr] ㄝㄦ

專利語調矩陣 | 重音節母音 | 自然拼讀

[ɛr] ㄝㄦ　are / air / ear / eir / ere / ar

蕭博士拼讀便利貼

這個發音，**最最最常見的拼法就是它！**

are

3. **bare**
[bɛr]
adj. 裸的；僅僅的
v. 露出

b are
ㄅ ㄝㄦ

4. **care**
[kɛr]
v. 關心；照顧；在乎
n. 看護；照料；管理；小心

c are
ㄎ ㄝㄦ

5. **dare**
[dɛr]
v. 敢；膽敢
aux. 敢；竟敢

d are
ㄉ ㄝㄦ

6. **fare**
[fɛr]
n. 車（船）費

f are
ㄈ ㄝㄦ

7. **hare**
[hɛr]
n. 兔；野兔
v. 飛跑

h are
ㄏ ㄝㄦ

8. **mare**
[`mɛr]
n. 母馬

m are
ㄇ ㄝㄦ

9. **rare**
[rɛr]
adj. 罕見的

r are
ㄖ ㄝㄦ

10. **ware**
[wɛr]
n.(特定種類的)陶器；貨物

w are
ㄨ ㄝㄦ

11. **share**
[ʃɛr]
v. 分享
n. 股份；分攤；市場佔有率

sh are
ㄒ ㄝㄦ

12. **shared**
[ʃɛrd]
v. 分享（share 過去式、過去分詞）

sh ared
ㄒ ㄝㄦ ㄉ

13. **blare**
[blɛr]
n. 響而刺耳的聲音；耀眼的光
v. 發出刺耳的聲音

bl are
ㄅㄌ ㄝㄦ

14. **flare**
[flɛr]
n. 閃耀的火光；閃光信號；照明彈
v. 燃燒；爆發；張開；展開

fl are
ㄈㄌ ㄝㄦ

22

專利語調矩陣 / 重音節母音 / 自然拼讀

[ɛr] ㄝㄦ　are / air / ear / eir / ere / ar

ɛr ㄝㄦ

1. **glare** [glɛr]
   v. 瞪眼；怒視
   n. 刺眼的強光
   gl are
   ㄍㄌ ㄝㄦ

2. **snare** [snɛr]
   n. (捕捉鳥、獸的) 陷阱；圈套
   sn are
   ㄙㄋ ㄝㄦ

3. **spare** [spɛr]
   adj. 多餘的
   v. 騰出
   n. 備用品
   sp are
   ㄙㄅ ㄝㄦ

4. **stare** [stɛr]
   v. 盯；凝視
   n. 凝視；注視
   st are
   ㄙㄉ ㄝㄦ

5. **scare** [skɛr]
   v. 驚嚇；使恐懼
   n. 驚恐；驚嚇
   sc are
   ㄙㄍ ㄝㄦ

6. **scared** [skɛrd]
   adj. 害怕的
   v. scare 過去式
   sc ared
   ㄙㄍ ㄝㄦ ㄉ

7. **square** [skwɛr]
   adj. 正方形的
   n. 正方形；廣場
   squ are
   ㄙㄍㄨ ㄝㄦ

蕭博士拼讀便利貼

接下來，這種拼法也很常見喔！

air

10. **air** [ɛr]
    n. 空氣
    air
    ㄝㄦ

11. **fair** [fɛr]
    adj. 公平的；美好的
    n. 商品展覽會
    f air
    ㄈ ㄝㄦ

12. **hair** [hɛr]
    n. 頭髮；毛髮；毛
    h air
    ㄏ ㄝㄦ

13. **pair** [pɛr]
    n. 一副；一對
    p air
    ㄆ ㄝㄦ

14. **chair** [tʃɛr]
    n. 椅子；主席；系主任
    ch air
    ㄑ ㄝㄦ

[ɛr] ㄝㄦ

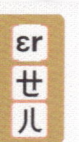

專利語調矩陣 | 重音節母音 | 自然拼讀

[ɛr] ㄝㄦ | are / air / ear / eir / ere / ar

1. stair
[stɛr]
n. 梯級；樓梯

st air — ㄙㄉㆴ ㄝㄦ

2. stairs
[stɛrs]
n. 樓梯

st air s — ㄙㄉㆴ ㄝㄦ Z

8. wear
[wɛr]
v. 穿著；磨損；使力竭
n. 穿；戴；磨損

w ear — × ㄝㄦ

9. swear
[swɛr]
v. 發誓；宣誓

sw ear — ㄙ× ㄝㄦ

蕭博士拼讀便利貼
第三種拼法來了，接招！

ear

蕭博士拼讀便利貼
不要懷疑，還有另一種拼法！

eir

5. bear
[bɛr]
v. 承受
n. 熊

b ear — ㄅ ㄝㄦ

6. pear
[pɛr]
n. 梨子

p ear — ㄆ ㄝㄦ

7. tear
[tɛr]
v. 撕開；被扯破

t ear — ㄊㆴ ㄝㄦ

12. heir
[ɛr]
n. 繼承人；嗣子

h eir — ㄝㄦ

13. their
[ðɛr]
pron.(所有格) 他們的

th eir — z° ㄝㄦ

14. theirs
[ðɛrz]
pron.(they 的所有代名詞)

th eir s — z° ㄝㄦ Z

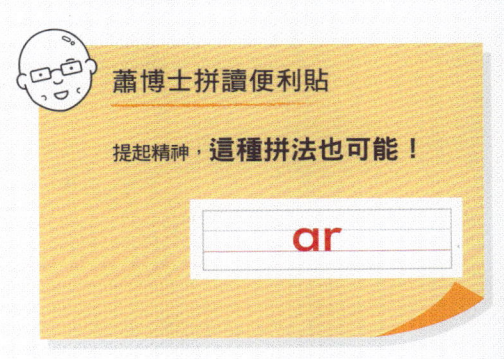

專利語調矩陣	重音節母音	自然拼讀	ɛr ㄝㄦ

[ɛr] ㄝㄦ   are / air / ear / eir / ere / ar

蕭博士拼讀便利貼
還可以這樣拼，英文就這麼任性！

ere

蕭博士拼讀便利貼
提起精神，**這種拼法也可能**！

ar

3. **there**
[ðɛr]
adv. 在那裡
n. 那個地方；那裡

th ere
zº ㄝㄦ

10. **scarce**
[skɛrs]
adj. 缺乏的；不足的；稀有的；罕見的
adv. 幾乎沒有

sc ar ce
ㄙㄍ ㄝㄦ ㄙ

4. **there's**
[ðɛrz]
abbr.= there is; there has

th ere 's
zº ㄝㄦ Z

5. **where**
[hwɛr]
adv. 在哪兒；conj. 在...處；到...的地方；...的地方

wh ere
× ㄝㄦ

6. **where's**
[hwɛrz]
abbr. = where is

wh ere 's
× ㄝㄦ Z

25

單音節單字

先哼 ▶ 再唸

6 號救聲員
北鼻杯 Baby Bay

重音節母音

e ㄧㄝ

自然拼讀

a_e, ai, a, ay, ei, ea, ey

e
ㄟ

專利語調矩陣	重音節母音	自然拼讀
1 · · · · 1 · · · · 1 · · · · 4	[e]　ㄟ	a_e / ai / a ay / ei / ea / ey

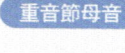

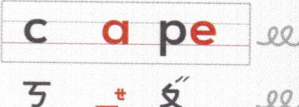

蕭博士拼讀便利貼

這個發音，**最最最常見的拼法就是它！**

a_e

3. **ache** [ek] v. 疼痛；渴望 n. 疼痛

　　a che　　ㄝ ㄎ

4. **ape** [ep] n. 大猩猩

　　a pe　　ㄝ ㄆ

5. **ate** [et] v. 吃 (eat 的過去式)

　　a te　　ㄝ ㄊ

6. **bake** [bek] v. 烘；烤

　　b a ke　　ㄅ ㄝ ㄎ

7. **base** [bes] v. 以…為基地 n. 基；底；基部

　　b a se　　ㄅ ㄝ ㄙ

8. **based** [best] adj. 有根基的；有基地的；base 的動詞過去式、過去分詞

　　b a sed　　ㄅ ㄝ ㄙㄜ

9. **bathe** [beð] v. 洗澡

　　b a the　　ㄅ ㄝ ㄜ°

10. **cake** [kek] n. 蛋糕

　　c a ke　　ㄎ ㄝ ㄎ

11. **came** [kem] v. 到來 (come 的過去式)

　　c a me　　ㄎ ㄝ ㄇ

12. **cane** [ken] n. 藤條；手杖

　　c a ne　　ㄎ ㄝ ㄋ

13. **cape** [kep] n. 岬；海角

　　c a pe　　ㄎ ㄝ ㄆ

14. **case** [kes] n. 盒子；案件

　　c a se　　ㄎ ㄝ ㄙ

專利語調矩陣 | 重音節母音 [e] ㄝ | 自然拼讀 a_e / ai / a / ay / ei / ea / ey

1. cave [kev]
v. 塌落；倒坍
n. 洞穴；洞窟
c a ve — ㄎ ㄝ ㄈˊ

2. dame [dem]
n. 夫人；女士
d a me — ㄉㆴ ㄝ ㄇ

3. date [det]
v. 約會
n. 日期
d a te — ㄉㆴ ㄝ ㄊ

4. fade [fed]
v. 凋謝；枯萎；(顏色) 褪去
f a de — ㄈ ㄝ ㄉ

5. fake [fek]
n. 冒牌貨；仿造品
adj. 假的
f a ke — ㄈ ㄝ ㄎ

6. fame [fem]
n. 聲譽；名望
f a me — ㄈ ㄝ ㄇ

7. fate [fet]
n. 命運
f a te — ㄈ ㄝ ㄊ

8. phase [fez]
v. 使同步；分階段實行；n. 階段；時期；月亮的位相
ph a se — ㄈ ㄝ z

9. game [gem]
n. 比賽；遊戲
g a me — ㄍ ㄝ ㄇ

10. gate [get]
n. 柵門；登機門
g a te — ㄍ ㄝ ㄊ

11. gave [gev]
v. 給 (give 的過去式)
g a ve — ㄍ ㄝ ㄈˊ

12. gaze [gez]
v. 凝視；盯
n. 凝視；注視
g a ze — ㄍ ㄝ z

13. haste [hest]
n. 急忙；慌忙；性急
h a ste — ㄏ ㄝ ㄙㄊ

14. hate [het]
v. 憎恨
n. 仇恨；憎恨；厭惡
h a te — ㄏ ㄝ ㄊ

e / ㄝ

專利語調矩陣

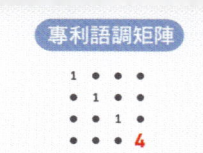

重音節母音 [e] / ㄝ

自然拼讀 a_e / ai / a / ay / ei / ea / ey

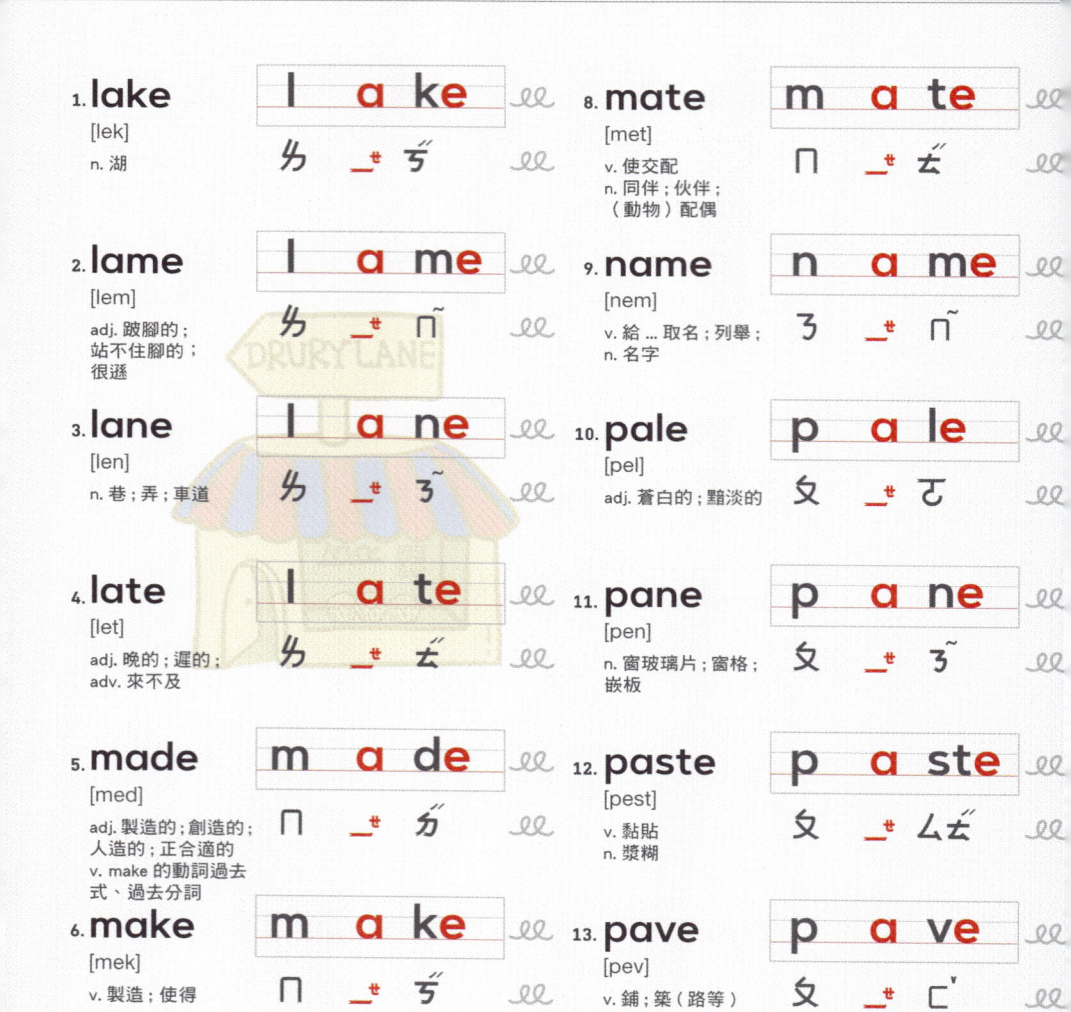

1. **lake** l a ke
   [lek]
   n. 湖
   ㄌ ㄝ ㄎ

2. **lame** l a me
   [lem]
   adj. 跛腳的；站不住腳的；很遜
   ㄌ ㄝ ㄇ

3. **lane** l a ne
   [len]
   n. 巷；弄；車道
   ㄌ ㄝ ㄋ

4. **late** l a te
   [let]
   adj. 晚的；遲的；adv. 來不及
   ㄌ ㄝ ㄊ

5. **made** m a de
   [med]
   adj. 製造的；創造的；人造的；正合適的
   v. make 的動詞過去式、過去分詞
   ㄇ ㄝ ㄉ

6. **make** m a ke
   [mek]
   v. 製造；使得
   ㄇ ㄝ ㄎ

7. **male** m a le
   [mel]
   adj. 男性的；雄性的
   n. 雄性動物
   ㄇ ㄝ ㄛ

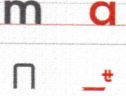

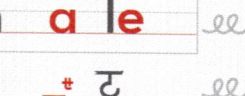

8. **mate** m a te
   [met]
   v. 使交配
   n. 同伴；伙伴；（動物）配偶
   ㄇ ㄝ ㄊ

9. **name** n a me
   [nem]
   v. 給…取名；列舉；n. 名字
   ㄋ ㄝ ㄇ

10. **pale** p a le
    [pel]
    adj. 蒼白的；黯淡的
    ㄆ ㄝ ㄛ

11. **pane** p a ne
    [pen]
    n. 窗玻璃片；窗格；嵌板
    ㄆ ㄝ ㄋ

12. **paste** p a ste
    [pest]
    v. 黏貼
    n. 漿糊
    ㄆ ㄝ ㄙㄊ

13. **pave** p a ve
    [pev]
    v. 鋪；築（路等）
    ㄆ ㄝ ㄈ

14. **rape** r a pe
    [rep]
    v. 強姦；洗劫
    n. 強姦；洗劫（城市等）
    ㄖㄨ ㄝ ㄆ

30

專利語調矩陣　重音節母音　自然拼讀

a_e／ai／a
ay／ei／ea／ey

1. **rate** [ret] v. 對…評價；n. 比率；價格
2. **rave** [rev] v. 狂罵；吹捧；n. 喧鬧的宴會
3. **safe** [sef] adj. 安全的；n. 保險箱
4. **sake** [sek] n. 理由；緣故；利益
5. **sale** [sel] n. 售賣；打折；賤賣
6. **sales** [selz] adj. 售貨的；銷售的；n. 銷售(額)；業務員
7. **same** [sem] adj. 相同的；pron. 同樣的人事物
8. **sane** [sen] adj. 神志正常的；頭腦清楚的
9. **save** [sev] v. 救；省；存錢
10. **saved** [sevd] v. save 的動詞過去式、過去分詞
11. **take** [tek] v. 拿；帶；採用
12. **tale** [tel] n. 故事；傳說；謊話
13. **tame** [tem] v. 馴化；使軟化
14. **tape** [tep] v. 捆紮；錄音帶(或影)；n. 錄音帶；膠帶

31

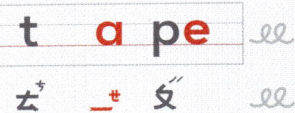

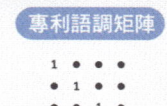

專利語調矩陣		重音節母音		自然拼讀
		[e] ㄝ		a_e / ai / a ay / ei / ea / ey

1. **taste**
   [test]
   v. 嘗；n. 味道；滋味；體驗；

2. **vague**
   [veg]
   adj.(形狀等) 模糊不清的；曖昧的

3. **vase**
   [ves]
   n. 花瓶

4. **wade**
   [wed]
   v. 跋涉；涉水
   n. 艱難的行走

5. **wake**
   [wek]
   v. 叫醒

6. **waste**
   [west]
   v. 浪費
   n. 浪費；垃圾；廢物

7. **wave**
   [wev]
   v. 揮動
   n. 波浪

8. **whale**
   [hwel]
   n. 鯨魚

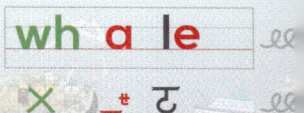

9. **jade**
   [dʒed]
   n. 玉；玉製品；綠玉色

10. **chase**
    [tʃes]
    v. 追

11. **chased**
    [tʃest]
    v. 追 (chase 的過去式、過去分詞)

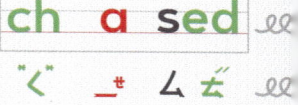

12. **shade**
    [ʃed]
    v. 遮蔽；蔽蔭
    n. 蔭；陰暗；色調

13. **shake**
    [ʃek]
    v. 搖動；握手
    n. 搖動；奶昔

14. **shame**
    [ʃem]
    v. 使感到羞恥；
    n. 羞恥 (心)；羞愧 (感)

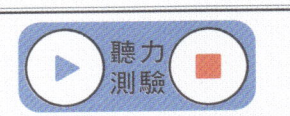

專利語調矩陣　　重音節母音　　自然拼讀

[e]　ㄝ　　a_e／ai／a
　　　　　ay／ei／ea／ey

1. **shape** [ʃep]
   v. 使成形；塑造；製作
   n. 形狀
   sh a pe — ㄒ ㄝ ㄆ

2. **shaped** [ʃept]
   adj. 成某種形狀的
   shape 的動詞過去式、過去分詞
   sh a ped — ㄒ ㄝ ㄆㄙ

3. **shave** [ʃev]
   v. 刮（鬍子等）；修剪
   sh a ve — ㄒ ㄝ ㄈˇ

4. **drape** [drep]
   n. 簾（尤指窗簾）；幔
   dr a pe — ㄓㄨ ㄝ ㄆ

5. **trade** [tred]
   v. 交換；做買賣；n. 貿易
   tr a de — ㄔ ㄝ ㄉ

6. **brake** [brek]
   v. 煞住；抑制
   n. 煞車；制動器
   br a ke — ㄅㄨ ㄝ ㄎ

7. **brave** [brev]
   adj. 勇敢的
   蕭光頭：
   『愛不夠；要勇敢』
   br a ve — ㄅㄨ ㄝ ㄈˇ

8. **crane** [kren]
   n. 起重機；吊車
   cr a ne — ㄎㄨ ㄝ ㄋ̃

9. **grade** [gred]
   n. 年級；分數
   gr a de — ㄍㄨ ㄝ ㄉ

10. **grape** [grep]
    n. 葡萄
    gr a pe — ㄍㄨ ㄝ ㄆ

11. **grate** [gret]
    n. 爐柵；爐格；壁爐
    v. 磨碎
    gr a te — ㄍㄨ ㄝ ㄊ

12. **graze** [grez]
    n. 吃草；放牧；擦傷
    gr a ze — ㄍㄨ ㄝ Z

13. **grave** [grev]
    adj. 嚴重的；嚴肅的；認真的
    n. 墓穴
    gr a ve — ㄍㄨ ㄝ ㄈˇ

14. **frame** [frem]
    v. 給…裝框
    n. 骨架；結構
    fr a me — ㄈㄨ ㄝ ㄇ̃

33

e / ㄟ

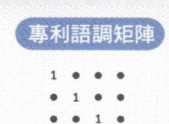

專利語調矩陣 | 重音節母音 [e] ㄟ | 自然拼讀 a_e / ai / a / ay / ei / ea / ey

1. **blade** [bled] n. 刀片；葉片物
   bl a de — ㄅㄌ ㄟ ㄉ

2. **blame** [blem] v. 歸咎於 n. 責備；指責；
   bl a me — ㄅㄌ ㄟ ㄇ

3. **blaze** [blez] n. 火焰；火災；光輝；掃射
   bl a ze — ㄅㄌ ㄟ ㄗ

4. **plague** [pleg] n. 瘟疫；天災；禍患
   pl a gue — ㄆㄌ ㄟ ㄍ

5. **plane** [plen] n. 飛機
   pl a ne — ㄆㄌ ㄟ ㄋ

6. **plate** [plet] n. 盤；碟
   pl a te — ㄆㄌ ㄟ ㄊ

7. **slate** [slet] n. 石板
   sl a te — ㄙㄌ ㄟ ㄊ

8. **slave** [slev] v. 奴隸般工作；苦幹 n. 奴隸
   sl a ve — ㄙㄌ ㄟ ㄈˋ

9. **flake** [flek] n. 小薄片
   fl a ke — ㄈㄌ ㄟ ㄎ

10. **flame** [flem] v. 發火焰；燃燒 n. 火焰；火舌
    fl a me — ㄈㄌ ㄟ ㄇ

11. **quake** [kwek] n. 地震；顫抖；搖晃
    qu a ke — ㄎㄨ ㄟ ㄎ

12. **snake** [snek] n. 蛇
    sn a ke — ㄙㄋ ㄟ ㄎ

13. **spade** [sped] n. 鏟；鍬 黑桃（樸克牌的花色）
    sp a de — ㄙㄆ ㄟ ㄉ

14. **stake** [stek] v. 拿…冒險 n. 股本；賭金
    st a ke — ㄙㄊᴾ ㄟ ㄎ

34

專利語調矩陣　　重音節母音　　自然拼讀

[e]　ㄝ　｜　a_e / ai / a
　　　　　　　ay / ei / ea / ey

1. **stale**
[stel]
v. 使不新鮮；使陳舊

2. **state**
[stet]
adj. 國家的
v. 陳述；n. 美國的州

3. **skate**
[sket]
v. 溜冰
n. 冰鞋

4. **scale**
[skel]
n. 刻度；尺度
v. 攀登；按比例排列

5. **scrape**
[skrep]
n. 刮；擦；擦傷；擦痕

蕭博士拼讀便利貼

接下來，這種拼法也很常見喔！

ai

8. **aid**
[ed]
v. 有助於
n. 幫助；助手；助聽器

9. **aide**
[ed]
n. 助手

10. **AIDS**
[edz]
n. 愛滋病

11. **aim**
[em]
v. 瞄準；對準
n. 目標；目的

12. **bail**
[bel]
n. 保釋；保釋金（或人）；戽斗

13. **bait**
[bet]
n. 餌

14. **fail**
[fel]
v. 失敗；不及格

35

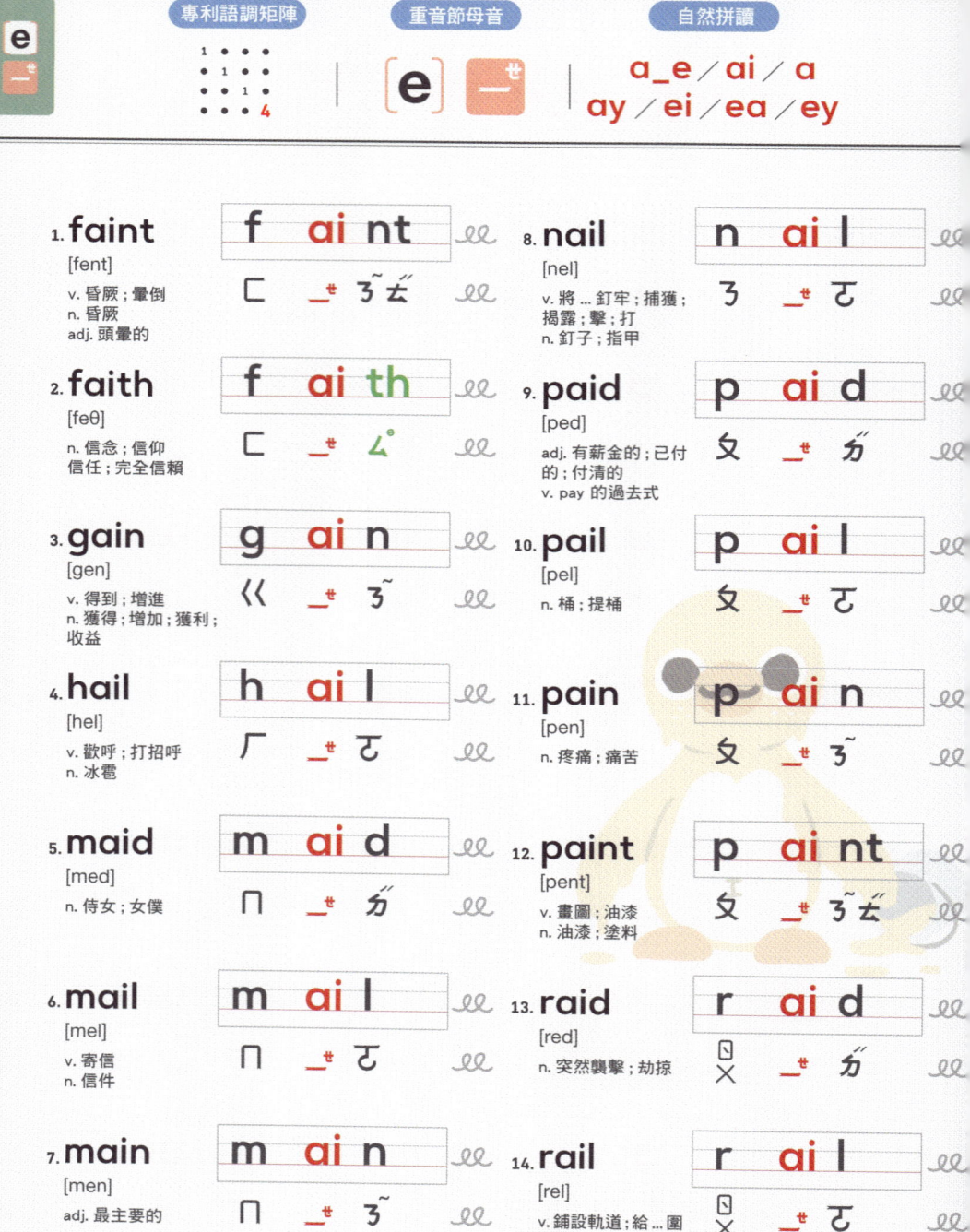

專利語調矩陣 / 重音節母音 / 自然拼讀

[e] ㄝ | a_e / ai / a / ay / ei / ea / ey

1. **faint** [fent]
   v. 昏厥；暈倒
   n. 昏厥
   adj. 頭暈的
   f ai nt → ㄈ ㄝ ㄋ˜ㄊ˝

2. **faith** [feθ]
   n. 信念；信仰；信任；完全信賴
   f ai th → ㄈ ㄝ ㄙ˙

3. **gain** [gen]
   v. 得到；增進
   n. 獲得；增加；獲利；收益
   g ai n → ㄍ ㄝ ㄋ˜

4. **hail** [hel]
   v. 歡呼；打招呼
   n. 冰雹
   h ai l → ㄏ ㄝ ㄛ

5. **maid** [med]
   n. 侍女；女僕
   m ai d → ㄇ ㄝ ㄉ

6. **mail** [mel]
   v. 寄信
   n. 信件
   m ai l → ㄇ ㄝ ㄛ

7. **main** [men]
   adj. 最主要的
   m ai n → ㄇ ㄝ ㄋ˜

8. **nail** [nel]
   v. 將…釘牢；捕獲；揭露；擊；打
   n. 釘子；指甲
   n ai l → ㄋ ㄝ ㄛ

9. **paid** [ped]
   adj. 有薪金的；已付的；付清的
   v. pay 的過去式
   p ai d → ㄆ ㄝ ㄉ

10. **pail** [pel]
    n. 桶；提桶
    p ai l → ㄆ ㄝ ㄛ

11. **pain** [pen]
    n. 疼痛；痛苦
    p ai n → ㄆ ㄝ ㄋ˜

12. **paint** [pent]
    v. 畫圖；油漆
    n. 油漆；塗料
    p ai nt → ㄆ ㄝ ㄋ˜ㄊ˝

13. **raid** [red]
    n. 突然襲擊；劫掠
    r ai d → ⓡ ㄝ ㄉ

14. **rail** [rel]
    v. 鋪設軌道；給…圍欄杆
    n. 欄杆；鐵軌
    r ai l → ⓡ ㄝ ㄛ

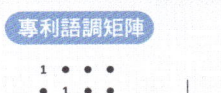

專利語調矩陣 | 重音節母音 [e] ㄝ | 自然拼讀 a_e / ai / a / ay / ei / ea / ey

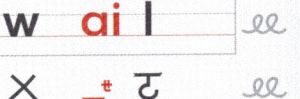

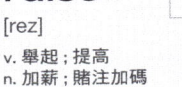

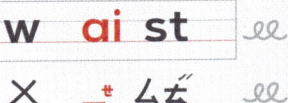

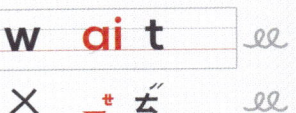

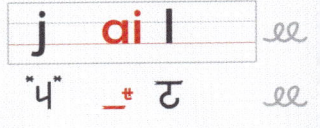

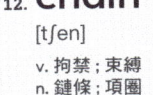

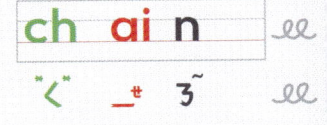

1. **rain** [ren] v. 下雨；n. 雨
   r ai n — ㄖ ㄝ ㄋ

2. **raise** [rez] v. 舉起；提高 n. 加薪；賭注加碼
   r ai se — ㄖ ㄝ z

3. **sail** [sel] v. 航行；n. 帆；篷；帆狀物；船隻
   s ai l — ㄙ ㄝ ㄛ

4. **saint** [sent] n. 聖徒；道德崇高的人
   s ai nt — ㄙ ㄝ ㄋㄊ

5. **tail** [tel] n. 尾巴 v. 尾隨；跟從
   t ai l — ㄊ ㄝ ㄛ

6. **tails** [telz] n. 尾巴 (tail 的名詞複數)
   t ai ls — ㄊ ㄝ ㄛz

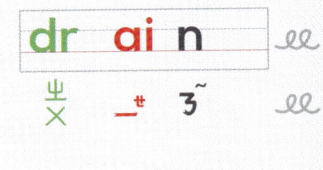

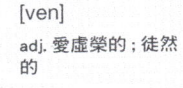

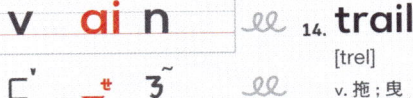

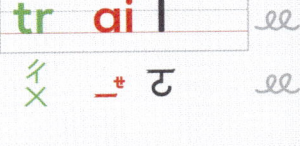

7. **vain** [ven] adj. 愛虛榮的；徒然的
   v ai n — ㄈ ㄝ ㄋ

8. **wail** [wel] n. 慟哭聲；哀訴 v. 號啕大哭
   w ai l — x ㄝ ㄛ

9. **waist** [west] n. 腰
   w ai st — x ㄝ ㄙㄊ

10. **wait** [wet] v. 等候
    w ai t — x ㄝ ㄊ

11. **jail** [dʒel] v. 監禁；拘留 n. 監獄；拘留所
    j ai l — ㄐ ㄝ ㄛ

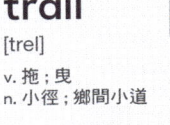

12. **chain** [tʃen] v. 拘禁；束縛 n. 鏈條；項圈
    ch ai n — ㄑ ㄝ ㄋ

13. **drain** [dren] v. 排出（液體）；瀝乾 n. 排水管
    dr ai n — ㄓㄨ ㄝ ㄋ

14. **trail** [trel] v. 拖；曳 n. 小徑；鄉間小道
    tr ai l — ㄔㄨ ㄝ ㄛ

37

專利語調矩陣 / 重音節母音 / 自然拼讀

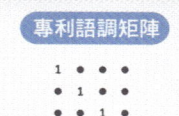

[e] ㄝ

a_e / ai / a
ay / ei / ea / ey

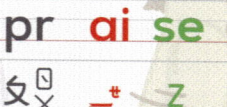

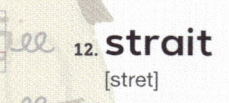

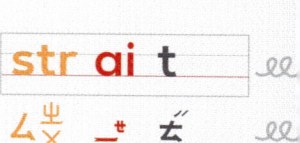

1.	**train** [tren] v. 訓練；鍛鍊；n. 火車	tr ai n ／ ㄔㄨ ㄝ ㄋ˜
2.	**trait** [tret] n. 特徵；特點；特性；少許	tr ai t ／ ㄔㄨ ㄝ ㄊ˘
3.	**braid** [bred] n. 髮辮；穗帶	br ai d ／ ㄅㄨ ㄝ ㄉ
4.	**brain** [bren] n. 腦（組織）；智力；頭腦	br ai n ／ ㄅㄨ ㄝ ㄋ˜
5.	**praise** [prez] v. 讚美；n. 讚揚；稱讚	pr ai se ／ ㄆㄨ ㄝ ㄗ
6.	**frail** [frel] adj. 身體虛弱的；易損壞的	fr ai l ／ ㄈㄨ ㄝ ㄛ
7.	**grain** [gren] n. 穀物；(砂；鹽等的)粒；細粒	gr ai n ／ ㄍㄨ ㄝ ㄋ˜
8.	**plain** [plen] adj. 清楚的；原味的；樸素的 adv. 完全地 n. 平原	pl ai n ／ ㄆㄌ ㄝ ㄋ˜
9.	**claim** [klem] v. 聲稱；索取 n. 主張；斷言	cl ai m ／ ㄎㄌ ㄝ ㄇ
10.	**snail** [snel] n. 蝸牛	sn ai l ／ ㄙㄋ ㄝ ㄛ
11.	**stain** [sten] n. 污點；色斑；染色劑	st ai n ／ ㄙㄉ ㄝ ㄋ˜
12.	**strait** [stret] n. 海峽	str ai t ／ ㄙㄓㄨ ㄝ ㄊ˘
13.	**straight** [stret] adj. 直的 adv. 直；挺直地；正直地；立刻	str ai ght ／ ㄙㄓㄨ ㄝ ㄊ˘
14.	**strain** [stren] v. 拉緊；伸張；扭傷；過濾 n. 拉緊；壓力；扭傷	str ai n ／ ㄙㄓㄨ ㄝ ㄋ˜

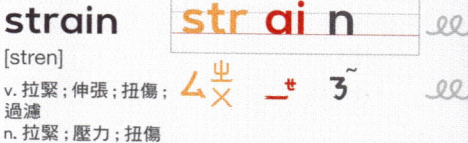

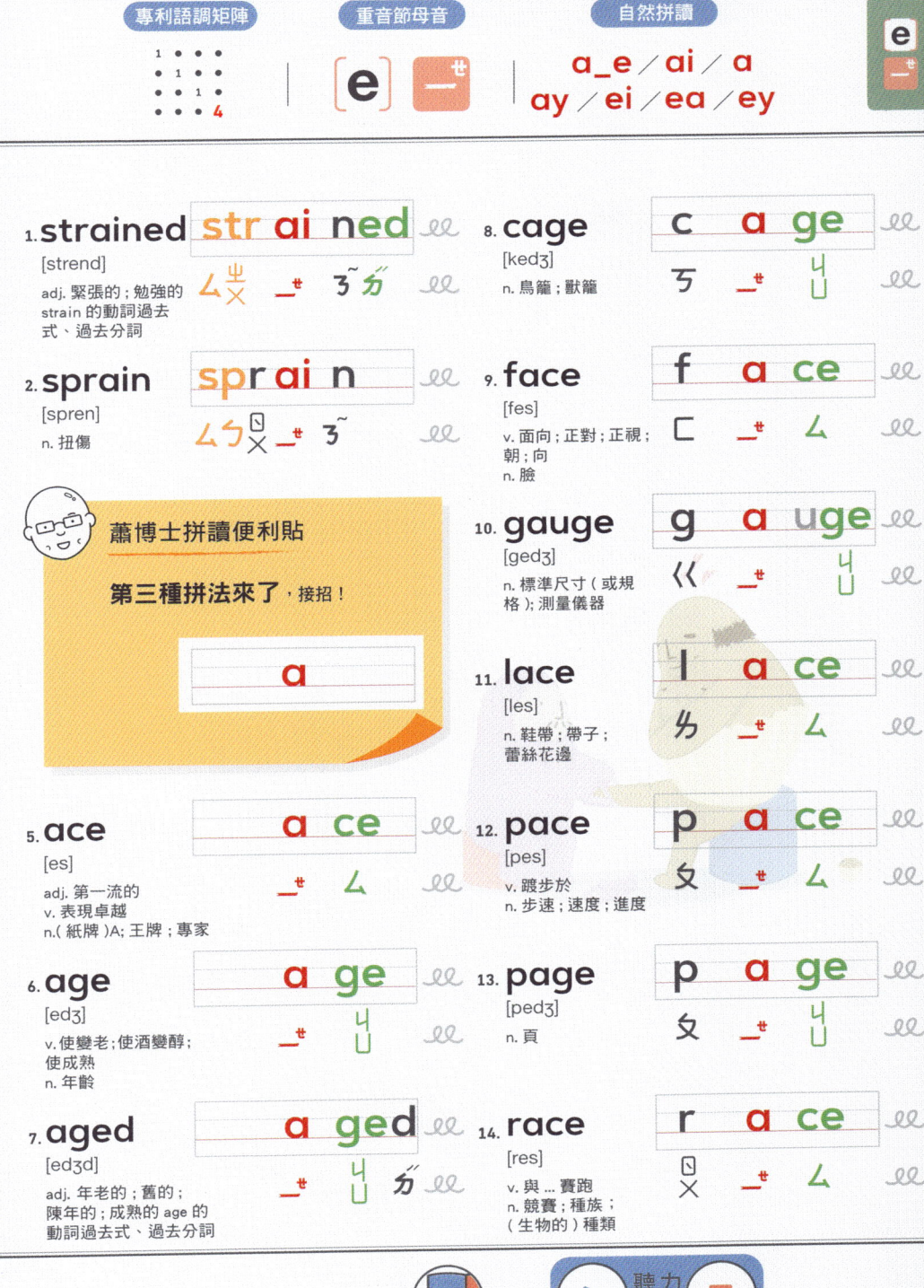

專利語調矩陣 | 重音節母音 | 自然拼讀

[e] ㅡㅔ | a_e / ai / a
             ay / ei / ea / ey

e
ㅡ

1. **strained** str ai ned
   [strend]
   adj. 緊張的；勉強的
   strain 的動詞過去式、過去分詞
   ㄙㄨ ㅡㅔ ㄋ˜ ㄉ

8. **cage** c a ge
   [kedʒ]
   n. 鳥籠；獸籠
   ㄎ ㅡㅔ ㄐㄩ

2. **sprain** spr ai n
   [spren]
   n. 扭傷
   ㄙㄆㄨ ㅡㅔ ㄋ˜

9. **face** f a ce
   [fes]
   v. 面向；正對；正視；朝；向
   n. 臉
   ㄈ ㅡㅔ ㄙ

蕭博士拼讀便利貼
第三種拼法來了，接招！

a

10. **gauge** g a uge
    [gedʒ]
    n. 標準尺寸(或規格)；測量儀器
    ㄍ ㅡㅔ ㄐㄩ

11. **lace** l a ce
    [les]
    n. 鞋帶；帶子；蕾絲花邊
    ㄌ ㅡㅔ ㄙ

5. **ace** a ce
   [es]
   adj. 第一流的
   v. 表現卓越
   n.(紙牌)A；王牌；專家
   ㅡㅔ ㄙ

12. **pace** p a ce
    [pes]
    v. 踱步於
    n. 步速；速度；進度
    ㄆ ㅡㅔ ㄙ

6. **age** a ge
   [edʒ]
   v. 使變老；使酒變醇；使成熟
   n. 年齡
   ㅡㅔ ㄐㄩ

13. **page** p a ge
    [pedʒ]
    n. 頁
    ㄆ ㅡㅔ ㄐㄩ

7. **aged** a ged
   [edʒd]
   adj. 年老的；舊的；陳年的；成熟的 age 的動詞過去式、過去分詞
   ㅡㅔ ㄐㄩ ㄉ

14. **race** r a ce
    [res]
    v. 與…賽跑
    n. 競賽；種族；(生物的)種類
    ㄖ ㅡㅔ ㄙ

39

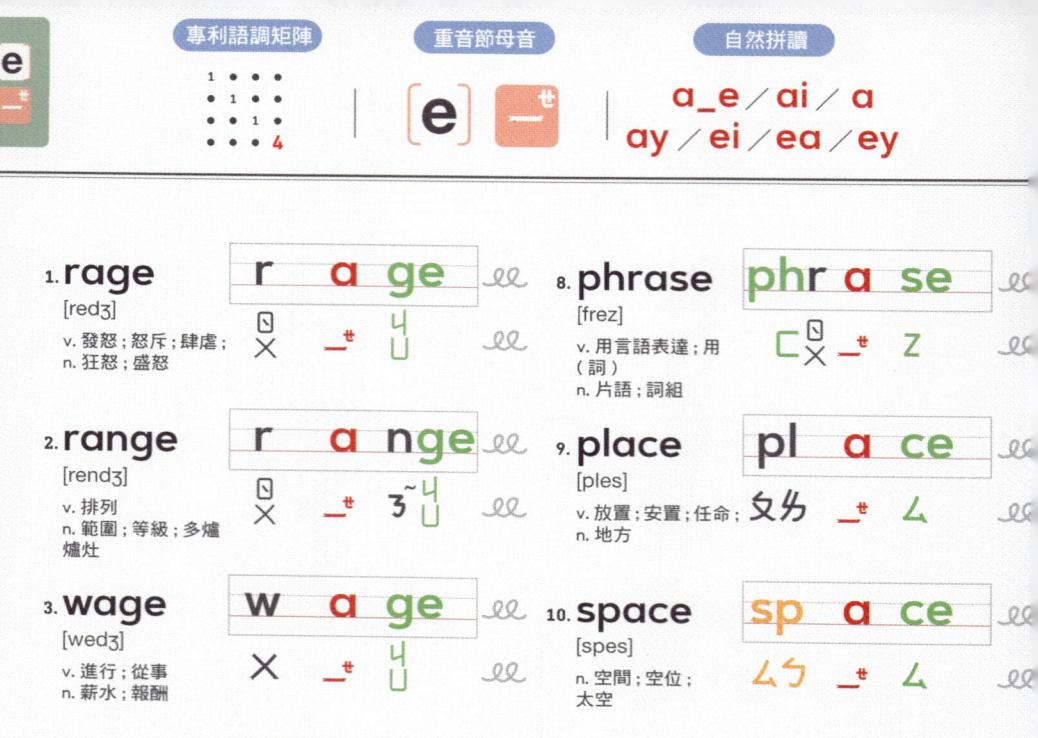

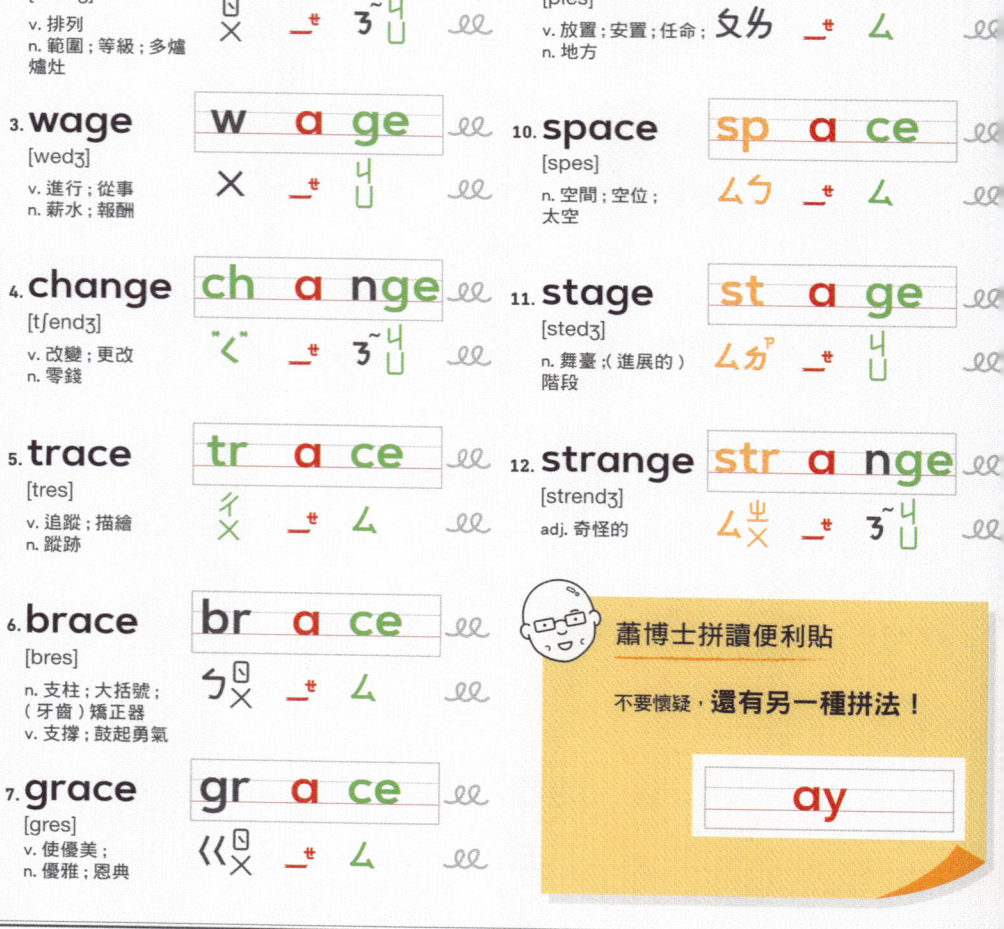

e

專利語調矩陣 | **重音節母音** | **自然拼讀**

[e] ／ ㄝ ／ a_e ／ ai ／ a ／ ay ／ ei ／ ea ／ ey

1. **rage** [redʒ]
   v. 發怒；怒斥；肆虐；
   n. 狂怒；盛怒

2. **range** [rendʒ]
   v. 排列
   n. 範圍；等級；多爐爐灶

3. **wage** [wedʒ]
   v. 進行；從事
   n. 薪水；報酬

4. **change** [tʃendʒ]
   v. 改變；更改
   n. 零錢

5. **trace** [tres]
   v. 追蹤；描繪
   n. 蹤跡

6. **brace** [bres]
   n. 支柱；大括號；（牙齒）矯正器
   v. 支撐；鼓起勇氣

7. **grace** [gres]
   v. 使優美；
   n. 優雅；恩典

8. **phrase** [frez]
   v. 用言語表達；用（詞）
   n. 片語；詞組

9. **place** [ples]
   v. 放置；安置；任命
   n. 地方

10. **space** [spes]
    n. 空間；空位；太空

11. **stage** [stedʒ]
    n. 舞臺；（進展的）階段

12. **strange** [strendʒ]
    adj. 奇怪的

蕭博士拼讀便利貼

不要懷疑，還有另一種拼法！

ay

40

專利語調矩陣 | 重音節母音 [e] | 自然拼讀 a_e / ai / a / ay / ei / ea / ey

1. **bay** [be] n. 海灣 — b ay ㄅ ㅔ

2. **day** [de] n. 白天；日 — d ay ㄉ ㅔ

3. **days** [dez] n. 每天；在白天（day 的名詞複數） — d ay s ㄉ ㅔ Z

4. **gay** [ge] adj. 愉快的 n.(美)(俚)同性戀者 — g ay ㄍ ㅔ

5. **hay** [he] n.(做飼料用的)乾草 — h ay ㄏ ㅔ

6. **lay** [le] v. 置放；產卵 — l ay ㄌ ㅔ

7. **may** [me] aux. 可能 n. May 五月 — m ay ㄇ ㅔ

8. **pay** [pe] v. 付錢 n. 薪俸；報酬；報償；懲罰 — p ay ㄆ ㅔ

9. **ray** [re] n. 光線；輻射線 — r ay ㄖ× ㅔ

10. **say** [se] v. 說 — s ay ㄙ ㅔ

11. **way** [we] n. 方法；路 adv. 很；太 — w ay × ㅔ

12. **tray** [tre] n. 盤子；托盤 — tr ay ㄔ× ㅔ

13. **pray** [pre] v. 禱告 — pr ay ㄆㄖ× ㅔ

14. **gray** [gre] adj. 灰色的 n. 灰色 — gr ay ㄍㄖ× ㅔ

41

e / ㄝ

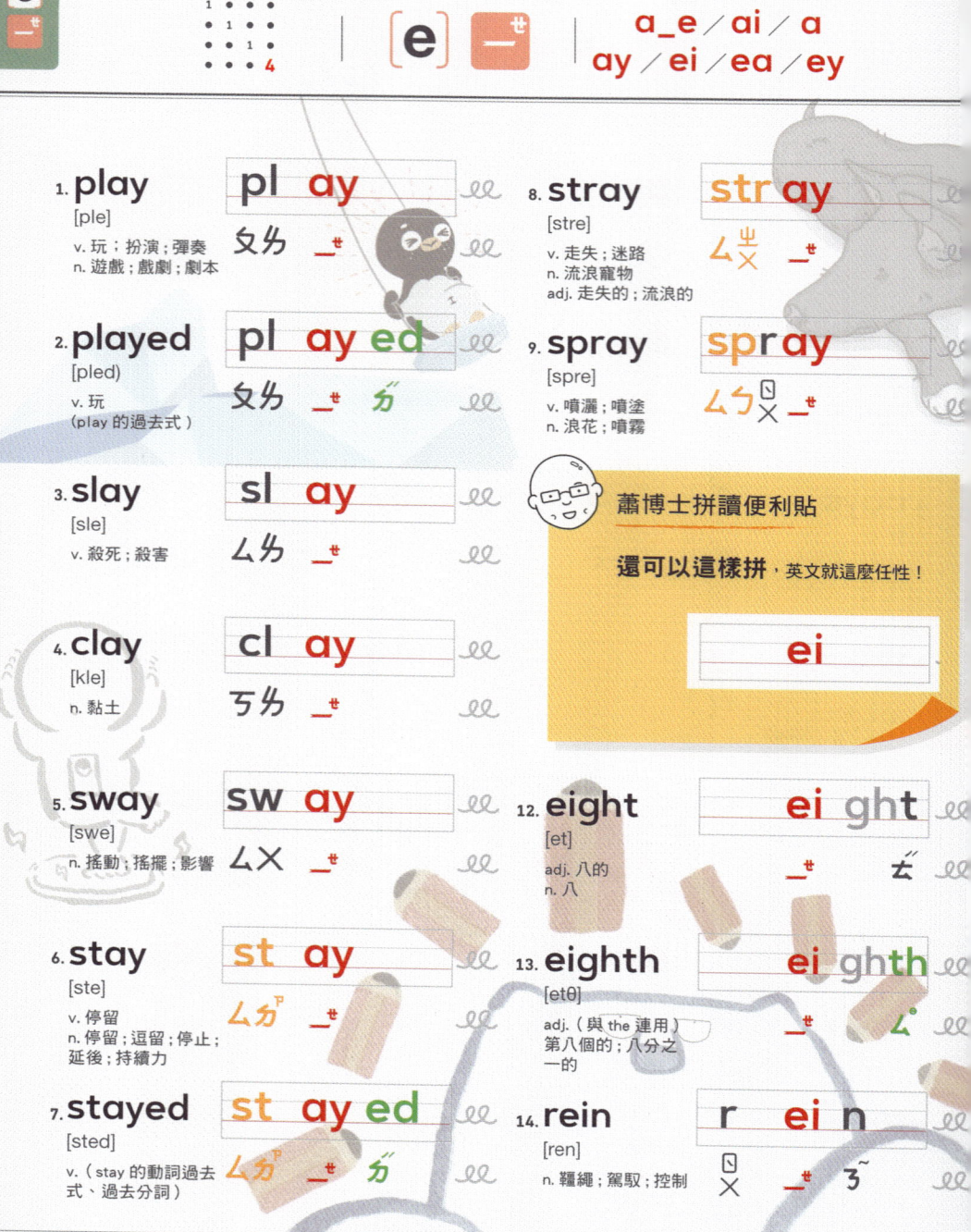

專利語調矩陣: 1 . . . / . 1 . . / . . 1 . / . . . 4

重音節母音: [e] ㄝ

自然拼讀: a_e / ai / a / ay / ei / ea / ey

1. **play** [ple]
   v. 玩；扮演；彈奏
   n. 遊戲；戲劇；劇本
   pl ay ㄆㄌ ㄝ

2. **played** [pled]
   v. 玩 (play 的過去式)
   pl ay ed ㄆㄌ ㄝ ㄉ

3. **slay** [sle]
   v. 殺死；殺害
   sl ay ㄙㄌ ㄝ

4. **clay** [kle]
   n. 黏土
   cl ay ㄎㄌ ㄝ

5. **sway** [swe]
   n. 搖動；搖擺；影響
   sw ay ㄙㄨ ㄝ

6. **stay** [ste]
   v. 停留
   n. 停留；逗留；停止；延後；持續力
   st ay ㄙㄉ° ㄝ

7. **stayed** [sted]
   v. (stay 的動詞過去式、過去分詞)
   st ay ed ㄙㄉ° ㄝ ㄉ

8. **stray** [stre]
   v. 走失；迷路
   n. 流浪寵物
   adj. 走失的；流浪的
   str ay ㄙㄊㄨ ㄝ

9. **spray** [spre]
   v. 噴灑；噴塗
   n. 浪花；噴霧
   spr ay ㄙㄅ° ㄨ ㄝ

蕭博士拼讀便利貼
還可以這樣拼，英文就這麼任性！

ei

12. **eight** [et]
    adj. 八的
    n. 八
    ei ght ㄝ ㄊ

13. **eighth** [etθ]
    adj. (與 the 連用) 第八個的；八分之一的
    ei ghth ㄝ ㄙ

14. **rein** [ren]
    n. 韁繩；駕馭；控制
    r ei n ㄖ° ㄝ ㄋ~

42

專利語調矩陣 | 重音節母音 | 自然拼讀

[e] ㄝ | a_e / ai / a / ay / ei / ea / ey

1. **reign**
[ren]
n. 在位期間；統治
v. 統治；支配

r ei gn
ㄖㄨˋ ㄝ ㄣ˜

2. **veil**
[vel]
n. 面紗；帷幕；託詞

v ei l
ㄈˇ ㄝ ㄛ

蕭博士拼讀便利貼
提起精神，這種拼法也可能！

ea

3. **vein**
[ven]
n. 靜脈；血管；葉脈
v. 使有脈絡

v ei n
ㄈˇ ㄝ ㄣ˜

4. **weigh**
[we]
v. 稱…的重量

w ei gh
× ㄝ

5. **weight**
[wet]
n. 重量

w ei ght
× ㄝ ㄊ

6. **freight**
[fret]
v. 裝貨於；運輸（貨物）
n. 運費；貨運

fr ei ght
ㄈㄨˋ ㄝ ㄊ

7. **sleigh**
[sle]
v. 駕雪橇；用雪橇運輸
n.（輕便）雪橇

sl ei gh
ㄙㄌ ㄝ

10. **break**
[brek]
v. 斷裂；中斷；打破（記錄）
n. 暫停；休息；假期

br ea k
ㄅㄨˋ ㄝ ㄎ

11. **breaks**
[breks]
n. break 的名詞複數；休息時間

br ea ks
ㄅㄨˋ ㄝ ㄎㄙ

12. **great**
[gret]
adj. 很棒；大的；偉大的

gr ea t
ㄍㄨˋ ㄝ ㄊ

13. **steak**
[stek]
n. 牛排

st ea k
ㄙㄉˇ ㄝ ㄎ

e ㄝ

專利語調矩陣 | 重音節母音 | 自然拼讀

[e] ㄝ

a_e / ai / a
ay / ei / ea / ey

蕭博士拼讀便利貼

心量已擴大，**再來一個拼法**，也不怕！

ey

3. **hey**
[he]
int. 嗨；喂

h ey
ㄏ ㄝ

4. **prey**
[pre]
n. 被捕食的動物；犧牲者；獵物

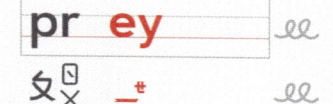

pr ey
ㄆㄨ ㄝ

5. **grey**
[gre]
v. 使成灰色
n. 灰色

gr ey
ㄍㄨ ㄝ

6. **they**
[ðe]
pron. 他們

th ey
z° ㄝ

7. **they'd**
[ðed]
abbr.= they had; they would

th ey'd
z° ㄝ ㄉ

8. **they'll**
[ðel]
abbr.= they will; they shall

th ey'll
z° ㄝ ㄛ

9. **they've**
[ðev]
abbr.= they have

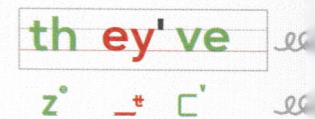

th ey've
z° ㄝ ㄈ˙

10. **they're**
[ðer]
abbr.= they are

th ey're
z° ㄝ ㄦ

44

站起來,
休息一下吧!

單 音節單字

\ 先哼 ▶ 再唸 /

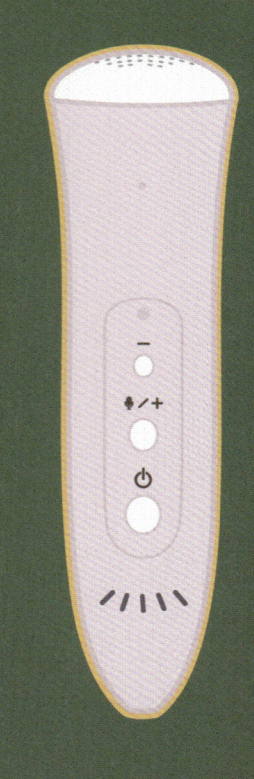

重音節母音

æŋ / ɛŋ ｜ ㄧㄝ ｜ ㄥ

自然拼讀

an, ang, eng

| 專利語調矩陣 | 重音節母音 | 自然拼讀 |

æŋ / ɛŋ / ʊŋ | ㄝ ㄥ | an／ang／eng

註：主流美式發音 [æn] [ɛn]，歷經多年演變，已經多轉為 [en]

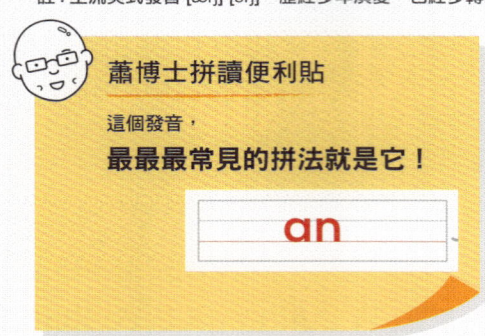

蕭博士拼讀便利貼

這個發音，**最最最常見的拼法就是它！**

an

8. **blank** [blæŋk]
adj. 空白的；空的；無內容的；茫然的；n. 空白
bl an k ／ ㄅㄌ ㄝㄥ ㄎ

9. **flank** [flæŋk]
n. 脅腹；廂房；側翼
fl an k ／ ㄈㄌ ㄝㄥ ㄎ

3. **bank** [bæŋk]
n. 銀行；堤；岸
b an k ／ ㄅ ㄝㄥ ㄎ

10. **thank** [θæŋk]
v. 感謝 n. 感謝；謝意；謝辭
th an k ／ ㄙ ㄝㄥ ㄎ

4. **rank** [ræŋk]
v. 把...分等；把...評級 n. 等級；地位；身分
r an k ／ ㄖ̊ ㄝㄥ ㄎ

11. **thanks** [θæŋks]
v. 感謝；謝謝 n. 感謝；道謝（thank 的名詞複數）
th an ks ／ ㄙ ㄝㄥ ㄎㄙ

5. **tank** [tæŋk]
n. 槽；坦克
t an k ／ ㄊ ㄝㄥ ㄎ

蕭博士拼讀便利貼

接下來，**這種拼法也很常見喔！**

ang

6. **franc** [fræŋk]
n. 法郎
fr an c ／ ㄈㄌ̊ ㄝㄥ ㄎ

7. **frank** [fræŋk]
adj. 坦白的
fr an k ／ ㄈㄌ̊ ㄝㄥ ㄎ

14. **bang** [bæŋ]
n. 猛擊；猛撞
b ang ／ ㄅ ㄝㄥ

48

專利語調矩陣　　重音節母音　　自然拼讀

| æŋ / ɛŋ | ㄝ — | ㄥ | **an / ang / eng**

註：主流美式發音 [æŋ] [ɛŋ]，歷經多年演變，已經多轉為 [eŋ]

1. **gang**
   [gæŋ]
   v. 成群結隊；結夥；
   n. 一幫；一群；
   黑幫；幫派

   g ang
   ㄍ ㄝㄥ

2. **hang**
   [hæŋ]
   v. 把…掛起；吊

   h ang
   ㄏ ㄝㄥ

3. **slang**
   [slæŋ]
   v. 用粗話罵；欺騙；
   詐取
   n. 俚語；行話

   sl ang
   ㄙㄌ ㄝㄥ

蕭博士拼讀便利貼

第三種拼法來了，接招！

   eng

6. **length**
   [lɛŋθ]
   n.(距離；尺寸的)
   長度

   l eng th
   ㄌ ㄝㄥ ㄙˊ

7. **strength**
   [strɛŋθ]
   n. 力量；力氣

   str eng th
   ㄙㄊㄨ ㄝㄥ ㄙˊ

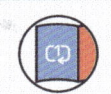

49

單音節單字

先哼 ▶ 再唸

1 號救聲員
安迪哥 Andy Go

重音節母音

æ ㄚㄝ

自然拼讀

a, au, aa

專利語調矩陣	重音節母音	自然拼讀
1 · · · · 1 · · · · 1 · · · · 4	[æ] ㄚㄝ	a / au / aa

蕭博士拼讀便利貼

這個發音，
最最最常見的拼法就是它！

a

3. **am** [æm] v. 是；在；(be 動詞第一人稱；單數；現在式) — a m / ㄚㄝ ㄇ̃

4. **an** [æn] art. 一個；一種 — a n / ㄚㄝ ㄋ̃

5. **and** [ænd] conj. 和；及；而；就 — a nd / ㄚㄝ ㄋ̃ ㄉ̈

6. **as** [æz] adv. 同樣地 prep. 作為 conj. 依照 — a s / ㄚㄝ Z

7. **at** [æt] prep. 在 — a t / ㄚㄝ ㄊ̈

8. **act** [ækt] v. 扮演；行動；反應 n. 行動；法案 — a ct / ㄚㄝ ㄎ ㄊ̈

9. **ad** [æd] n. 廣告 abbr. advertisement 的縮寫 — a d / ㄚㄝ ㄉ̈

10. **add** [æd] v. 添加 — a dd / ㄚㄝ ㄉ̈

11. **ant** [ænt] n. 螞蟻 — a nt / ㄚㄝ ㄋ̃ ㄊ̈

12. **apt** [æpt] adj. 易於...的；恰當的；聰明的 — a pt / ㄚㄝ ㄆ ㄊ̈

13. **ash** [æʃ] n. 灰 — a sh / ㄚㄝ ㄒㄩ

14. **ask** [æsk] v. 問 — a sk / ㄚㄝ ㄙ ㄎ

52

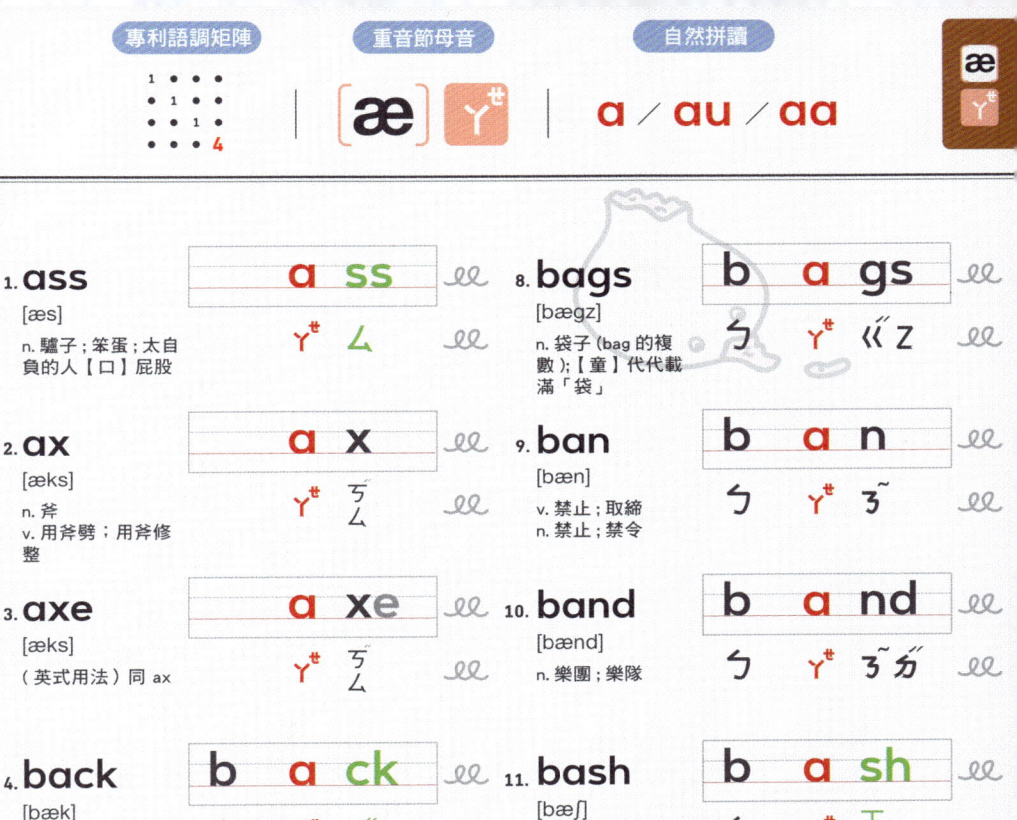

專利語調矩陣	重音節母音	自然拼讀
1 • • • • 1 • • • • 1 • • • • 4	[æ] ㄚㄝ	a ／ au ／ aa

右上角：æ ／ ㄚㄝ

1. **ass** [æs]
   n. 驢子；笨蛋；太自負的人【口】屁股
   a ss ／ ㄚㄝ ㄙ

2. **ax** [æks]
   n. 斧
   v. 用斧劈；用斧修整
   a x ／ ㄚㄝ ㄎㄙ

3. **axe** [æks]
   （英式用法）同 ax
   a xe ／ ㄚㄝ ㄎㄙ

4. **back** [bæk]
   adj. 過去的
   v. 追溯；回覆
   adv. 回原處
   n. 背部；後面
   b a ck ／ ㄅ ㄚㄝ ㄎ

5. **bad** [bæd]
   adj. 壞的
   b a d ／ ㄅ ㄚㄝ ㄉ

6. **badge** [bædʒ]
   n. 徽章；證章
   b a dge ／ ㄅ ㄚㄝ ㄐ

7. **bag** [bæg]
   n. 袋子
   b a g ／ ㄅ ㄚㄝ ㄍ

8. **bags** [bægz]
   n. 袋子 (bag 的複數);【童】代代載滿「袋」
   b a gs ／ ㄅ ㄚㄝ ㄍz

9. **ban** [bæn]
   v. 禁止；取締
   n. 禁止；禁令
   b a n ／ ㄅ ㄚㄝ ㄋ̃

10. **band** [bænd]
    n. 樂團；樂隊
    b a nd ／ ㄅ ㄚㄝ ㄋ̃ㄉ

11. **bash** [bæʃ]
    n. 痛擊；猛烈的一擊
    b a sh ／ ㄅ ㄚㄝ ㄒㄩ

12. **bass** [bæs]
    n. 鱸魚
    ps. 若唸 ㄅ_ㄙ，就是樂器貝斯！
    b a ss ／ ㄅ ㄚㄝ ㄙ

13. **bat** [bæt]
    n. 球棒；蝙蝠
    b a t ／ ㄅ ㄚㄝ ㄊ

14. **batch** [bætʃ]
    n. 一批生產品；一批投料量
    b a tch ／ ㄅ ㄚㄝ ㄑㄩ

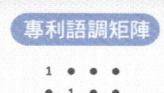

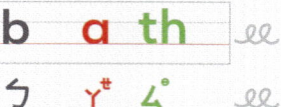

專利語調矩陣 | 重音節母音 | 自然拼讀

[æ] / ㄚㄝ | a／au／aa

#	單字	拼寫	#	單字	拼寫
1.	**bath** [bæθ] n. 洗澡	b a th ㄅ ㄚㄝ ㄙ˙	8.	**cast** [kæst] n. 卡司；角色；鑄型；投 v. 投；選派 ... 扮演角色	c a st ㄎ ㄚㄝ ㄙㄜ
2.	**cab** [kæb] v. 乘計程車 n. 計程車	c a b ㄎ ㄚㄝ ㄅ˙	9.	**caste** [kæst] n.(印度社會的) 社會等級；種姓制度	c a ste ㄎ ㄚㄝ ㄙㄜ
3.	**camp** [kæmp] v. 露營 n. 營地	c a mp ㄎ ㄚㄝ ㄇㄆ	10.	**cat** [kæt] n. 貓；貓科動物	c a t ㄎ ㄚㄝ ㄜ
4.	**can** [kæn] aux. 能；肯	c a n ㄎ ㄚㄝ ㄋ˜	11.	**catch** [kætʃ] v. 接(球)；捕獲 n. 抓住；接球；把手；圈套；如意郎君；理想對象	c a tch ㄎ ㄚㄝ ㄑㄩ
5.	**can't** [kænt] abbr.= can not 不能；不肯	c a n't ㄎ ㄚㄝ ㄋ˜ㄜ	12.	**calf** [kæf] n. 小牛；(鯨、象等的)幼兒；小腿	c a lf ㄎ ㄚㄝ ㄈ'
6.	**cap** [kæp] n. 無邊便帽；蓋子	c a p ㄎ ㄚㄝ ㄆ˙	13.	**Dad** [dæd] n. 父親	D a d ㄉ ㄚㄝ ㄉ
7.	**cash** [kæʃ] v. 兌現 n. 現金；現款	c a sh ㄎ ㄚㄝ ㄒㄩ	14.	**dam** [dæm] v. 築壩於；築壩攔(水) n. 水壩	d a m ㄉ ㄚㄝ ㄇ˜

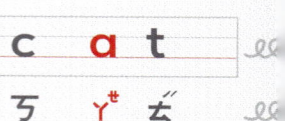

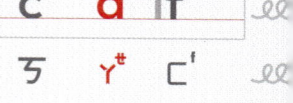

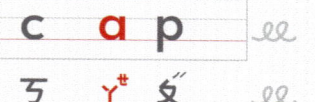

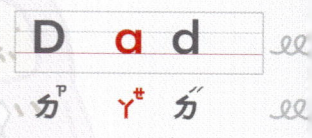

54

#	Word	Spelling		#	Word	Spelling
1	**damn** [dæm] v. 罵…該死；咒罵； n. 詛咒	d a mn / ㄉ ㄚㄝ ㄇ̃		8	**fan** [fæn] n. 風扇；扇子；迷友；粉絲	f a n / ㄈ ㄚㄝ ㄋ̃
2	**damned** [dæmd] adj. 被詛咒的；討厭的；糟透的	d a mned / ㄉ ㄚㄝ ㄇ̃ ㄉ̋		9	**fast** [fæst] adj. 快的 adv. 快；迅速；牢固地	f a st / ㄈ ㄚㄝ ㄙㄊ
3	**damp** [dæmp] n. 濕氣；潮濕	d a mp / ㄉ ㄚㄝ ㄇ̃ ㄆ		10	**fat** [fæt] adj. 胖的；肥的 n.(動；植物)脂肪；油脂	f a t / ㄈ ㄚㄝ ㄊ
4	**dance** [dæns] v. 跳舞 n. 舞會	d a nce / ㄉ ㄚㄝ ㄋ̃ ㄙ		11	**fax** [fæks] n. 傳真通信	f a x / ㄈ ㄚㄝ ㄎ ㄙ
5	**dash** [dæʃ] n. 急衝；奔跑；破折號	d a sh / ㄉ ㄚㄝ ㄒㄩ		12	**gap** [gæp] n. 裂口；缺口；間隙；差距；代溝	g a p / ㄍ ㄚㄝ ㄆ
6	**fact** [fækt] n. 事實	f a ct / ㄈ ㄚㄝ ㄎ ㄊ		13	**gas** [gæs] n. 瓦斯；汽油；氣體【口】屁	g a s / ㄍ ㄚㄝ ㄙ
7	**fad** [fæd] n. 一時的流行(或風尚)	f a d / ㄈ ㄚㄝ ㄉ		14	**gasp** [gæsp] n. 倒抽一口氣；喘氣	g a sp / ㄍ ㄚㄝ ㄙㄆ

55

æ / Y㐅 — a / au / aa

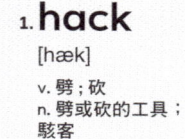

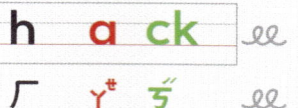

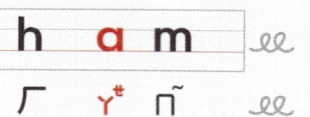

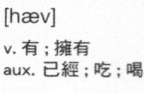

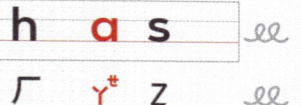

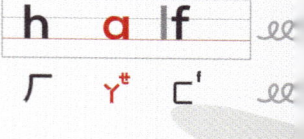

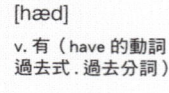

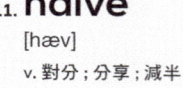

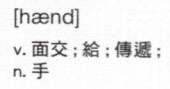

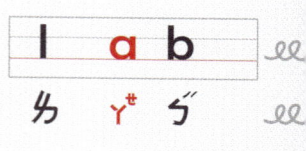

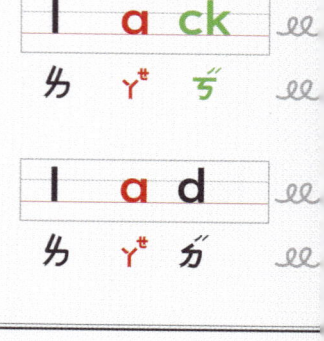

1. hack [hæk]
v. 劈；砍
n. 劈或砍的工具；駭客
h a ck — ㄏ Yㄝ ㄎ

2. ham [hæm]
n. 火腿
h a m — ㄏ Yㄝ ㄇ

3. has [hæz]
v. 有（have 的第三人稱單數現在式）
h a s — ㄏ Yㄝ z

4. had [hæd]
v. 有（have 的動詞過去式．過去分詞）
h a d — ㄏ Yㄝ ㄉ

5. hand [hænd]
v. 面交；給；傳遞；n. 手
h a nd — ㄏ Yㄝ ㄋ̃ㄉ

6. hands [hændz]
n. 手（hand 的名詞複數）
h a nds — ㄏ Yㄝ ㄋ̃ㄗ

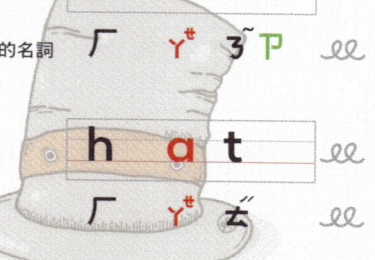

7. hat [hæt]
n. 帽子
h a t — ㄏ Yㄝ ㄊ

8. hatch [hætʃ]
n.（船的）艙口
h a tch — ㄏ Yㄝ ㄑㄩ

9. have [hæv]
v. 有；擁有
aux. 已經；吃；喝
h a ve — ㄏ Yㄝ ㄈˇ

10. half [hæf]
adj. 一半的
adv.; 一半地；n. 一半
h a lf — ㄏ Yㄝ ㄈˊ

11. halve [hæv]
v. 對分；分享；減半
h a lve — ㄏ Yㄝ ㄈˇ

12. lab [læb]
n. 實驗室
l a b — ㄌ Yㄝ ㄅ

13. lack [læk]
v. 缺乏
n. 缺乏
l a ck — ㄌ Yㄝ ㄎ

14. lad [læd]
n. 男孩；小伙子
l a d — ㄌ Yㄝ ㄉ

56

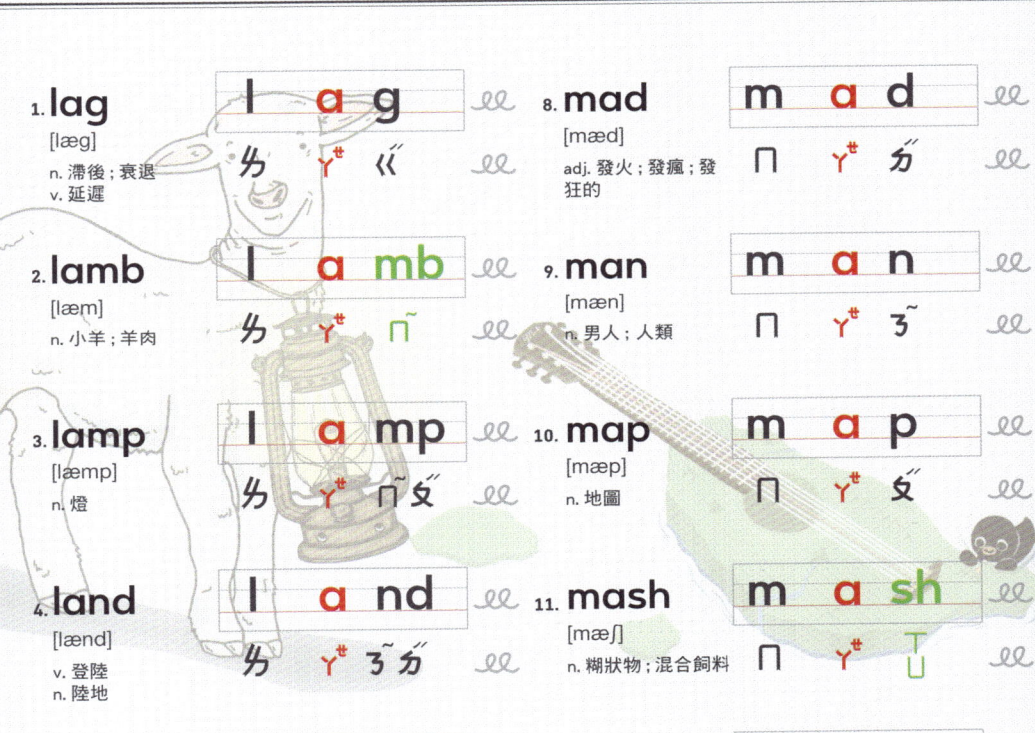

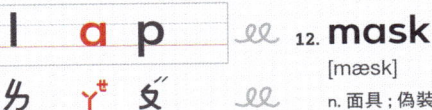

| 專利語調矩陣 | 重音節母音 | 自然拼讀 |

[æ] ㄚㄝ | a / au / aa

1. **lag** [læg]
n. 滯後；衰退
v. 延遲
l a g / ㄌ ㄚㄝ ㄍ

2. **lamb** [læm]
n. 小羊；羊肉
l a mb / ㄌ ㄚㄝ ㄇ

3. **lamp** [læmp]
n. 燈
l a mp / ㄌ ㄚㄝ ㄇㄆ

4. **land** [lænd]
v. 登陸
n. 陸地
l a nd / ㄌ ㄚㄝ ㄋ ㄉ

5. **lap** [læp]
n. 膝部；大腿（衣；裙等的）下襬；
v. 舐食；輕拍
l a p / ㄌ ㄚㄝ ㄆ

6. **lash** [læʃ]
n. 鞭打；(風浪等的)猛烈打擊；斥責
l a sh / ㄌ ㄚㄝ ㄒㄩ

7. **last** [læst]
adj. 最後的
v. 持續
n. 最後的；上回
l a st / ㄌ ㄚㄝ ㄙㄊ

8. **mad** [mæd]
adj. 發火；發瘋；發狂的
m a d / ㄇ ㄚㄝ ㄉ

9. **man** [mæn]
n. 男人；人類
m a n / ㄇ ㄚㄝ ㄋ

10. **map** [mæp]
n. 地圖
m a p / ㄇ ㄚㄝ ㄆ

11. **mash** [mæʃ]
n. 糊狀物；混合飼料
m a sh / ㄇ ㄚㄝ ㄒㄩ

12. **mask** [mæsk]
n. 面具；偽裝
m a sk / ㄇ ㄚㄝ ㄙㄎ

13. **mass** [mæs]
adj. 大眾的；民眾的；大量的；n. 團；塊
m a ss / ㄇ ㄚㄝ ㄙ

14. **mat** [mæt]
n. 蓆子；墊子
m a t / ㄇ ㄚㄝ ㄊ

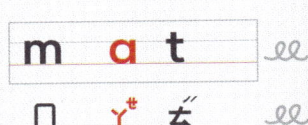

聽力測驗

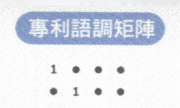

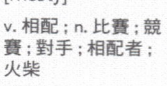

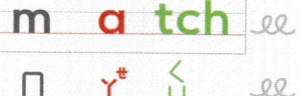

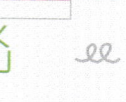

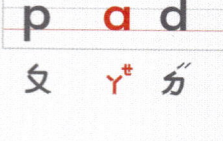

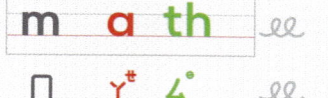

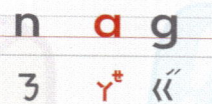

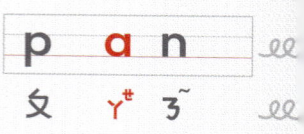

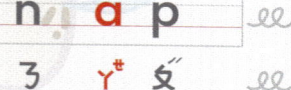

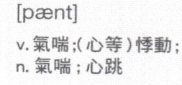

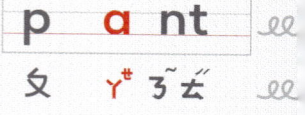

專利語調矩陣 / 重音節母音 / 自然拼讀

[æ] ㄚˇ | a / au / aa

#	單字	拼讀	#	單字	拼讀
1.	**match** [mætʃ] v. 相配；n. 比賽；競賽；對手；相配者；火柴	m a tch ㄇ ㄚˇ ㄑㄩˋ	8.	**pad** [pæd] v. 填塞；襯填 n. 護墊；衛生棉；鞍墊	p a d ㄆ ㄚˇ ㄉˇ
2.	**math** [mæθ] n. 數學	m a th ㄇ ㄚˇ ㄙ˙	9.	**pal** [pæl] n. 伙伴；好友	p a l ㄆ ㄚˇ ㄛ
3.	**nag** [næg] n. 好嘮叨的人	n a g ㄋ ㄚˇ ㄍˇ	10.	**pan** [pæn] n. 平鍋	p a n ㄆ ㄚˇ ㄋ˜
4.	**nap** [næp] n. 打盹兒；小憩	n a p ㄋ ㄚˇ ㄆˇ	11.	**pant** [pænt] v. 氣喘；(心等)悸動 n. 氣喘；心跳	p a nt ㄆ ㄚˇ ㄋ˜ㄜ
5.	**pack** [pæk] v. 包裝 n. 一小包	p a ck ㄆ ㄚˇ ㄎˇ	12.	**pants** [pænts] n. 褲子	p a nts ㄆ ㄚˇ ㄋ˜ㄘ
6.	**packed** [pækt] adj. 塞得滿滿的；擁擠的 pack 的動詞過去式、過去分詞	p a cked ㄆ ㄚˇ ㄎˇㄜ	13.	**pass** [pæs] v. 及格；經過；通過；(撲克牌)放棄叫牌；n. 通行證；及格；傳球動作	p a ss ㄆ ㄚˇ ㄙ
7.	**pact** [pækt] n. 契約；協定	p a ct ㄆ ㄚˇ ㄎˇㄜ	14.	**past** [pæst] adj. 過去的；adv. 越過；prep. 走過 n. 往事；經歷	p a st ㄆ ㄚˇ ㄙㄜ

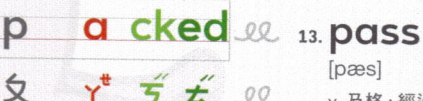

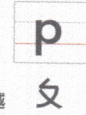

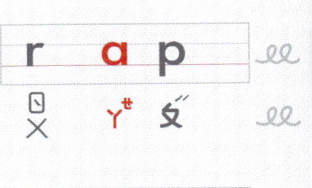

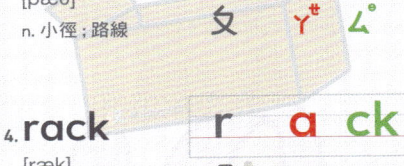

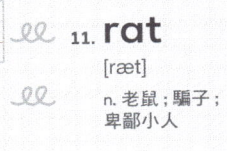

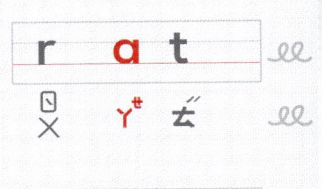

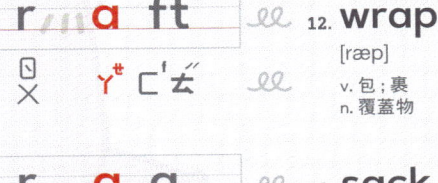

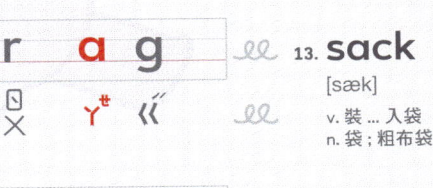

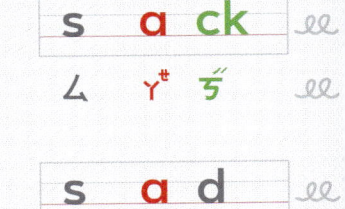

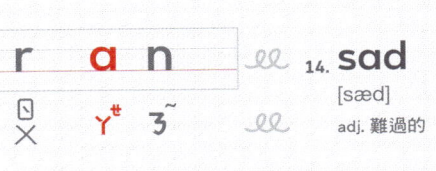

專利語調矩陣 | 重音節母音 | 自然拼讀

[æ] / ㄚㆷ | a / au / aa

1. **pat** [pæt]
   v. 輕拍；撫拍
   n. 輕拍；輕打
   p a t — ㄆ ㄚㆷ ㄜ

2. **patch** [pætʃ]
   v. 補綴；拼湊；n. 補釘；補片；貼片
   p a tch — ㄆ ㄚㆷ ㄑㄩ

3. **path** [pæθ]
   n. 小徑；路線
   p a th — ㄆ ㄚㆷ ㄙ

4. **rack** [ræk]
   v. 把…放在架子上；n. 掛物架；(行李)網架
   r a ck — ✗ ㄚㆷ ㄎ

5. **raft** [ræft]
   n. 筏子；橡皮艇
   r a ft — ✗ ㄚㆷ ㄈㄜ

6. **rag** [ræg]
   n. 破布；抹布；破爛衣衫
   r a g — ✗ ㄚㆷ ㄍ

7. **ran** [ræn]
   v. 跑 (run 的動詞過去式)
   r a n — ✗ ㄚㆷ ㄋ

8. **ranch** [ræntʃ]
   n. 大牧場
   r a nch — ✗ ㄚㆷ ㄋㄑㄩ

9. **rap** [ræp]
   n. 叩擊(聲)；敲擊(聲)；說唱；饒舌樂
   r a p — ✗ ㄚㆷ ㄆ

10. **rash** [ræʃ]
    n. 疹子
    r a sh — ✗ ㄚㆷ ㄒㄩ

11. **rat** [ræt]
    n. 老鼠；騙子；卑鄙小人
    r a t — ✗ ㄚㆷ ㄜ

12. **wrap** [ræp]
    v. 包；裹
    n. 覆蓋物
    wr a p — ✗ ㄚㆷ ㄆ

13. **sack** [sæk]
    v. 裝…入袋
    n. 袋；粗布袋
    s a ck — ㄙ ㄚㆷ ㄎ

14. **sad** [sæd]
    adj. 難過的
    s a d — ㄙ ㄚㆷ ㄉ

59

æ / ㄚㄝ

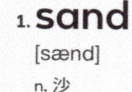

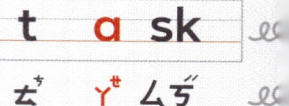

專利語調矩陣: 1,1,1,4
重音節母音: [æ] / ㄚㄝ
自然拼讀: a / au / aa

1. **sand** [sænd] n. 沙
   s a nd — ㄙ ㄚㄝ ㄋ ㄉ

2. **sat** [sæt] v. 坐 (sit 的動詞過去式 . 過去分詞)
   s a t — ㄙ ㄚㄝ ㄊˋ

3. **tack** [tæk] n. 大頭釘;圖釘
   t a ck — ㄊˋ ㄚㄝ ㄎˇ

4. **tact** [tækt] n. 老練;機智;(處事、言談等的) 得體
   t a ct — ㄊˋ ㄚㄝ ㄎˇㄊˋ

5. **tag** [tæg] v. 給 … 加標籤 n. 標籤
   t a g — ㄊˋ ㄚㄝ ㄍˇ

6. **tan** [tæn] n. 棕褐色;曬成的棕褐膚色;鞣料
   t a n — ㄊˋ ㄚㄝ ㄋ˜

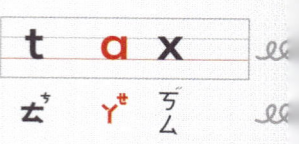

7. **tap** [tæp] v. 輕拍;輕叩 n. 水龍頭;竊聽器
   t a p — ㄊˋ ㄚㄝ ㄆˇ

8. **task** [tæsk] n. 任務;工作
   t a sk — ㄊˋ ㄚㄝ ㄙㄎ

9. **tax** [tæks] v. 向 … 課稅 n. 稅;稅金
   t a x — ㄊˋ ㄚㄝ ㄎㄙ

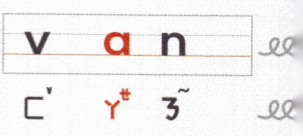

10. **van** [væn] n. 有蓋小貨車
    v a n — ㄈˇ ㄚㄝ ㄋ˜

11. **vast** [væst] adj. 廣闊的;浩瀚的;非常的
    v a st — ㄈˇ ㄚㄝ ㄙㄊˋ

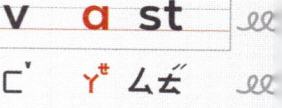

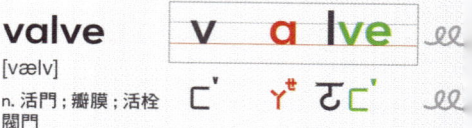

12. **valve** [vælv] n. 活門;瓣膜;活栓閥門
    v a lve — ㄈˇ ㄚㄝ ㄛㄈˇ

13. **wag** [wæg] n. 搖擺;愛說笑打趣的人
    w a g — ㄨ ㄚㄝ ㄍˇ

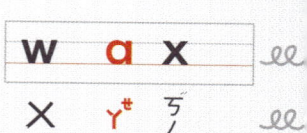

14. **wax** [wæks] n. 蠟;蜂蠟;耳垢
    w a x — ㄨ ㄚㄝ ㄎㄙ

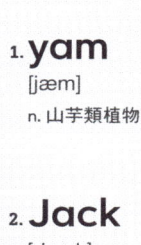

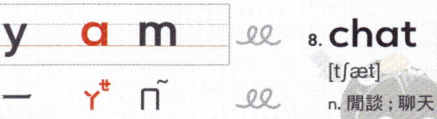

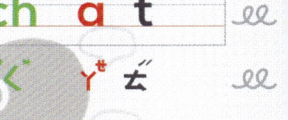

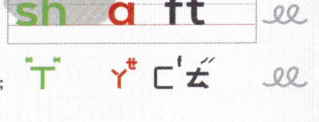

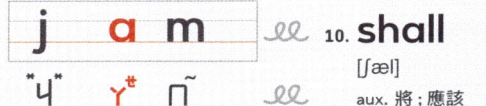

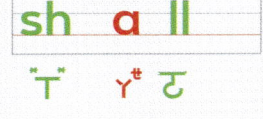

| 專利語調矩陣 | 重音節母音 | 自然拼讀 |

[æ] ㄚㄝ | a ／ au ／ aa

1. **yam** [jæm] n. 山芋類植物
   y a m — ㄚㄝ ㄇ

2. **Jack** [dʒæk] n. 人名：傑克
   J a ck ˇㄐ ㄚㄝ ㄎ

3. **jam** [dʒæm] v. 擠；夾傷 n. 果醬；擁塞
   j a m ˇㄐ ㄚㄝ ㄇ

4. **jazz** [dʒæz] n. 爵士樂
   j a zz ˇㄐ ㄚㄝ ㄗ

5. **chance** [tʃæns] n. 機會
   ch a nce ˇㄑ ㄚㄝ ㄋㄙ

6. **chant** [tʃænt] v. 詠唱；吟誦 n. 單調的語調
   ch a nt ˇㄑ ㄚㄝ ㄋㄜ

7. **chapped** [tʃæpt] adj. 裂開的；有裂痕的
   ch a pped ˇㄑ ㄚㄝ ㄆ ㄜ

8. **chat** [tʃæt] n. 閒談；聊天
   ch a t ˇㄑ ㄚㄝ ㄜ

9. **shaft** [ʃæft] n. 箭桿；矛柄；把手；礦井
   sh a ft ㄒ ㄚㄝ ㄈㄜ

10. **shall** [ʃæl] aux. 將；應該
    sh a ll ㄒ ㄚㄝ ㄛ

11. **that** [ðæt] adv. 那個 conj. 以致 pron. 那人；那事
    th a t ㄗ ㄚㄝ ㄜ

12. **that's** [ðæts] abbr.= that is
    th a t's ㄗ ㄚㄝ ㄘ

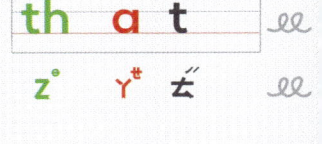

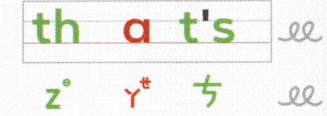

13. **than** [ðæn] prep. 比；超過；conj. 比較
    th a n ㄗ ㄚㄝ ㄋ

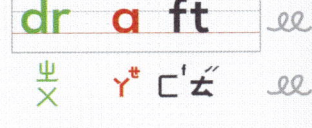

14. **draft** [dræft] v. 起草；設計 n. 草稿；通風
    dr a ft ㄓ ㄚㄝ ㄈㄜ

æ / ㄚㆤ

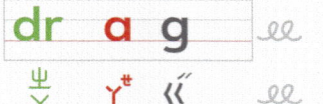

專利語調矩陣: 1··· / ·1·· / ··1· / ···4
重音節母音: [æ] ㄚㆤ
自然拼讀: a／au／aa

1. **drag** [dræg]
   v. 拉；拖
   n. 拖曳
   dr a g ㄓㄨ ㄚㆤ ㄍ

2. **track** [træk]
   v. 跟蹤；沿著（道路）走
   n. 行蹤；軌道
   tr a ck ㄔㄨ ㄚㆤ ㄎ

3. **tract** [trækt]
   n. 大片土地；廣闊；束；住房開發區；（人體）管、道
   tr a ct ㄔㄨ ㄚㆤ ㄎㄊ

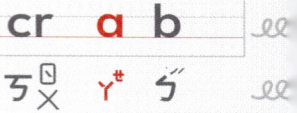

4. **tramp** [træmp]
   n. 沈重的腳步聲；流浪；流浪者；蕩婦
   tr a mp ㄔㄨ ㄚㆤ ㄇㄆ

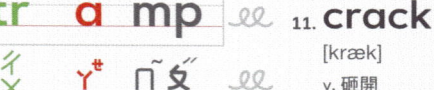

5. **trap** [træp]
   v. 設陷阱
   n. 陷阱；圈套
   tr a p ㄔㄨ ㄚㆤ ㄆ

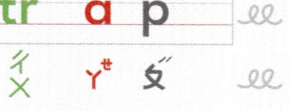

6. **trash** [træʃ]
   v. 修剪；丟棄
   n. 垃圾
   tr a sh ㄔㄨ ㄚㆤ ㄒㄩ

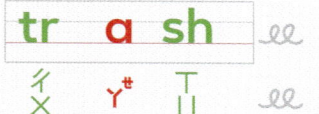

7. **branch** [bræntʃ]
   n. 樹枝；支部
   br a nch ㄅㄨ ㄚㆤ ㄋ˜ ㄑ

8. **brand** [brænd]
   v. 印…商標於
   n. 商標；品牌
   br a nd ㄅㄨ ㄚㆤ ㄋ˜ ㄉ

9. **brass** [bræs]
   n. 黃銅
   br a ss ㄅㄨ ㄚㆤ ㄙ

10. **crab** [kræb]
    n. 螃蟹
    cr a b ㄎㄨ ㄚㆤ ㄅ

11. **crack** [kræk]
    v. 砸開
    n. 裂縫；爆裂聲
    cr a ck ㄎㄨ ㄚㆤ ㄎ

12. **craft** [kræft]
    n. 工藝；手藝
    cr a ft ㄎㄨ ㄚㆤ ㄈ'ㄊ

13. **cram** [kræm]
    v. 把…塞滿；死記硬背
    cr a m ㄎㄨ ㄚㆤ ㄇ˜

14. **cramp** [kræmp]
    n. 抽筋；夾鉗；束縛
    cr a mp ㄎㄨ ㄚㆤ ㄇ˜ㄆ

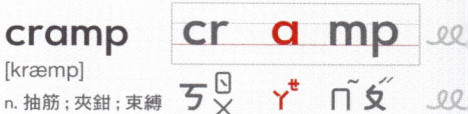

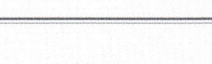

專利語調矩陣 | 重音節母音 [æ] | 自然拼讀 a / au / aa

1. **crap** [kræp] n. 屎；胡扯；破爛貨
2. **crash** [kræʃ] v. 碰撞；倒下；墜落 n. 相撞（事故）
3. **grab** [græb] v. 攫取；抓取 n. 攫取；霸佔
4. **gram** [græm] n. 公克
5. **grand** [grænd] adj. 雄偉的；總的
6. **grant** [grænt] v. 同意；准予 n. 獎學金
7. **graph** [græf] n.(曲線)圖；圖表
8. **grasp** [græsp] v. 抓牢；握緊 n. 抓；緊握
9. **grass** [græs] n. 草
10. **France** [fræns] n. 法蘭西；法國
11. **black** [blæk] adj. 黑色的 n. 黑色
12. **bland** [blænd] adj. 溫和的；無味的；枯燥乏味的
13. **blast** [blæst] v. 炸開；吹奏；嚴厲批評 n. 疾風；爆破；狂歡
14. **plan** [plæn] v. 計劃 n. 計畫

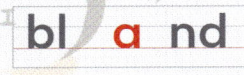

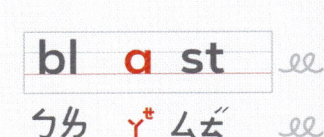

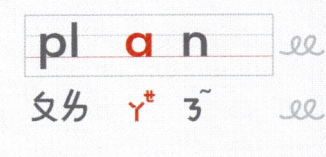

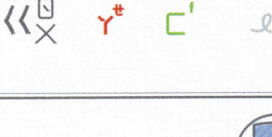

63

æ / Y̊

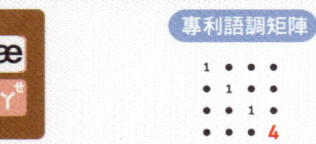

專利語調矩陣: 1,1,1,4
重音節母音: [æ] Y̊
自然拼讀: a / au / aa

1. **plant** [plænt]
   v. 栽種；播種
   n. 植物；農作物；工廠
   pl a nt — ㄆㄌ Y̊ ㄋ̃ㄜ̆

2. **clam** [klæm]
   n. 蛤；蚌；守口如瓶的人
   cl a m — ㄎㄌ Y̊ ㄇ̃

3. **clamp** [klæmp]
   n. 螺絲鉗；鐵箍
   cl a mp — ㄎㄌ Y̊ ㄇ̃ㄆ̆

4. **clan** [klæn]
   n. 氏族；部落；家族
   cl a n — ㄎㄌ Y̊ ㄋ̃

5. **clap** [klæp]
   v. 拍手；鼓掌
   n. 拍手聲；霹靂聲；輕拍
   cl a p — ㄎㄌ Y̊ ㄆ̆

6. **clash** [klæʃ]
   n. 碰撞聲；鏗鏘聲
   cl a sh — ㄎㄌ Y̊ ㄒ̣ㄩ

7. **clasp** [klæsp]
   n. 扣子；鉤子；夾子；緊握；緊抱
   cl a sp — ㄎㄌ Y̊ ㄙㄆ̆

8. **class** [klæs]
   n. 階級；班級；上課
   cl a ss — ㄎㄌ Y̊ ㄙ

9. **glad** [glæd]
   adj. 高興的
   gl a d — ㄍㄌ Y̊ ㄉ̆

10. **glance** [glæns]
    v. 一瞥；掃視
    n. 一瞥；掃視
    gl a nce — ㄍㄌ Y̊ ㄋ̃ㄙ

11. **gland** [glænd]
    n. 腺
    gl a nd — ㄍㄌ Y̊ ㄋ̃ㄉ̆

12. **glass** [glæs]
    n. 玻璃杯；玻璃
    gl a ss — ㄍㄌ Y̊ ㄙ

13. **slack** [slæk]
    n. 鬆弛部分；懈怠；寬鬆長褲；煤屑
    sl a ck — ㄙㄌ Y̊ ㄎ̆

14. **slam** [slæm]
    v. 猛地關上
    n. 砰然聲；(撲克牌的)滿貫
    sl a m — ㄙㄌ Y̊ ㄇ̃

64

專利語調矩陣 | 重音節母音 | 自然拼讀

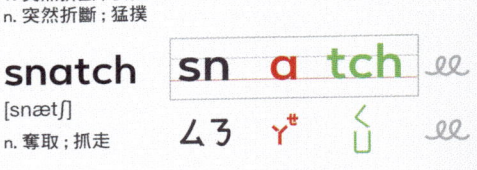

[æ] ㄚㄝ | a / au / aa

1. **slap** [slæp]
v. 摑耳光
adv. 猛然地
n. 摑；侮辱
sl a p / ㄙㄌ ㄚㄝ ㄆ

2. **slash** [slæʃ]
n. 猛砍；亂砍；大幅度削減
sl a sh / ㄙㄌ ㄚㄝ ㄒㄩ

3. **flag** [flæg]
n. 旗子
fl a g / ㄈㄌ ㄚㄝ ㄍ

4. **flap** [flæp]
v. 拍打；拍擊；拍動；飄動
n. 垂下物；蓋；邊；蓋口
fl a p / ㄈㄌ ㄚㄝ ㄆ

5. **flash** [flæʃ]
v. 使閃光；使閃爍；
n. 閃光；閃爍
fl a sh / ㄈㄌ ㄚㄝ ㄒㄩ

6. **flat** [flæt]
adj. 平的
n. 平坦部分
fl a t / ㄈㄌ ㄚㄝ ㄊ

7. **quack** [kwæk]
n. 鴨叫聲
qu a ck / ㄎㄨ ㄚㄝ ㄎ

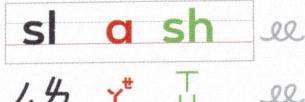

8. **smack** [smæk]
n. 滋味；少許；掌摑；咂嘴（聲）；響吻
sm a ck / ㄙㄇ ㄚㄝ ㄎ

9. **smash** [smæʃ]
n. 粉碎；瓦解；(演出等的)成功
sm a sh / ㄙㄇ ㄚㄝ ㄒㄩ

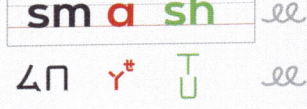

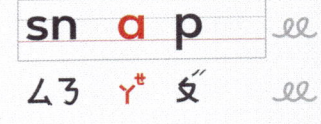

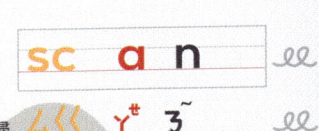

10. **snack** [snæk]
v. 吃快餐；吃點心；
n. 點心
sn a ck / ㄙㄋ ㄚㄝ ㄎ

11. **snap** [snæp]
adj. 突然的
v. 突然折斷；快拍
n. 突然折斷；猛撲
sn a p / ㄙㄋ ㄚㄝ ㄆ

12. **snatch** [snætʃ]
n. 奪取；抓走
sn a tch / ㄙㄋ ㄚㄝ ㄑ

13. **scan** [skæn]
v. 細看；審視；n. 掃描
sc a n / ㄙㄍ ㄚㄝ ㄋ

14. **scrap** [skræp]
n. 碎片；小塊；破爛
scr a p / ㄙㄍㄌㄨ× ㄚㄝ ㄆ

65

專利語調矩陣 | 重音節母音 [æ] / ㄚㄝ | 自然拼讀 a / au / aa

1. **scratch** [skrætʃ]
   v. 抓；搔；n. 抓痕；擦傷
   sc r a tch
   ㄙㄍㄨ ㄚㄝ ㄑㄩ

2. **span** [spæn]
   n. 礅距；跨度；一段時間
   sp a n
   ㄙㄅ ㄚㄝ ㄋ˜

3. **splash** [splæʃ]
   n. 濺潑聲
   spl a sh
   ㄙㄅㄌ ㄚㄝ ㄒㄩ

4. **stab** [stæb]
   v. 用刀戳、捅、刺；n. 刺；戳；刺破的傷口
   st a b
   ㄙㄉᵖ ㄚㄝ ㄅ

5. **stack** [stæk]
   n. 堆；疊
   st a ck
   ㄙㄉᵖ ㄚㄝ ㄎ

6. **staff** [stæf]
   v. 給…配備職員；n. 全體職員；幕僚
   st a ff
   ㄙㄉᵖ ㄚㄝ ㄈ'

7. **stamp** [stæmp]
   v. 頓足；蓋印；n. 郵票；印章
   st a mp
   ㄙㄉᵖ ㄚㄝ ㄇㄆ

8. **stance** [stæns]
   n. 站立或安放的姿勢；立場
   st a nce
   ㄙㄉᵖ ㄚㄝ ㄋ˜ㄙ

9. **stand** [stænd]
   v. 站住；堅持；承擔…任務；n. 攤子；停止；立場；態度
   st a nd
   ㄙㄉᵖ ㄚㄝ ㄋ˜ㄉ

10. **strand** [strænd]
    v. 使擱淺；處於困境
    str a nd
    ㄙㄊㄨ ㄚㄝ ㄋ˜ㄉ

11. **strap** [stræp]
    n. 帶子；皮帶
    str a p
    ㄙㄊㄨ ㄚㄝ ㄆ

蕭博士拼讀便利貼
接下來，這種拼法也很常見喔！

au

14. **aunt** [ænt]
    n. 姨媽；姑媽
    au nt
    ㄚㄝ ㄋ˜ㄜ

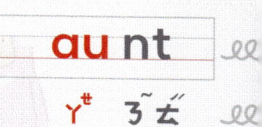

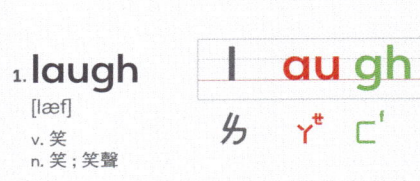

專利語調矩陣	重音節母音	自然拼讀
1 ・・・ ・1・・ ・・1・ ・・・4	[æ] ㄚㄝ	a／au／aa

1. **laugh**
   [læf]
   v. 笑
   n. 笑；笑聲

   l au gh
   ㄌ ㄚㄝ ㄈˊ

   蕭博士拼讀便利貼

   第三種拼法來了，接招！

   aa

4. **ma'am**
   [mæm]
   n. 女士

   m a'am
   ㄇ ㄚㄝ ㄇ̃

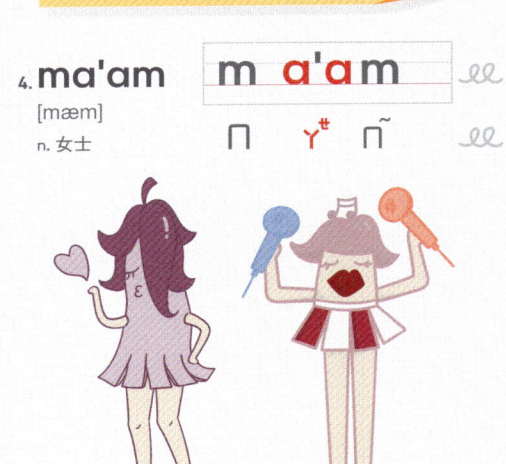

67

單音節單字

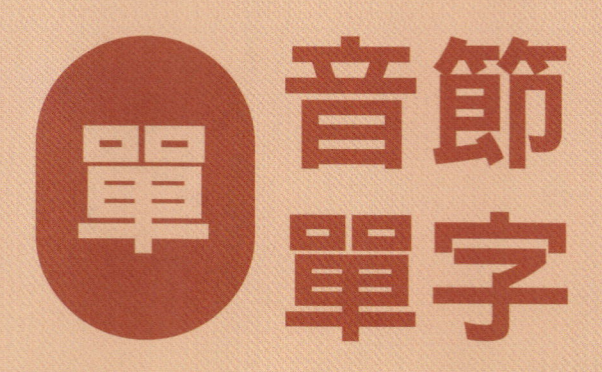

\ 先哼 ▶ 再唸 /

18 號救聲員
大家鼠 Big House Mouse

重音節母音

au　ㄠㄝ

自然拼讀

ou, ow

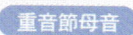

專利語調矩陣	重音節母音	自然拼讀
	[aʊ] ㄠㄝ	ou / ow

蕭博士拼讀便利貼

這個發音，**最最最常見的拼法就是它！**

ou

3. **ouch** [aʊtʃ]
int. 哎喲！（突然疼痛時發出的聲音）
ou ch

4. **ounce** [aʊns]
n. 盎司，英兩（重量單位）
ou nce

5. **oust** [aʊst]
v. 驅逐；攆走
ou st

6. **out** [aʊt]
adv. 向外；在外；出局
prep. 通過…而出
ou t

7. **outs** [aʊts]
n. 在野黨（人）
ou ts

8. **bough** [baʊ]
n. 大（粗）樹枝
b ough

9. **bounce** [baʊns]
v. 彈起，彈回
n. 彈，反彈
b ou nce

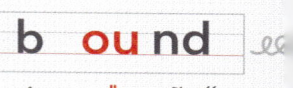

10. **bound** [baʊnd]
n. 跳躍；領域；界限
b ou nd

11. **bout** [baʊt]
n.（拳擊等）比賽；較量；（疾病等）發作
b ou t

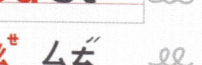

12. **couch** [kaʊtʃ]
n. 長沙發
c ou ch

13. **count** [kaʊnt]
v. 計算；數
n. 計數；計算
c ou nt

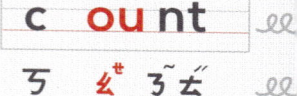

14. **doubt** [daʊt]
v. 懷疑
n. 懷疑
d ou bt

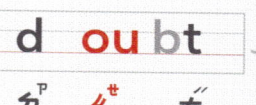

70

[au] ㄠㄝ ou / ow

1. **found** [faʊnd] v. 建立；建造；鑄造；熔化 find 的過去式

2. **foul** [faʊl] n.(比賽中)犯規；(棒球)界外

3. **hound** [haʊnd] n. 獵犬；卑劣的人

4. **house** [haʊs] v. 給…房子住 n. 房子

5. **loud** [laʊd] adj. 大聲的 adv. 大聲地，響亮地

6. **lounge** [laʊndʒ] n.(旅館等的)會客廳；候機室；躺椅

7. **mound** [maʊnd] n. 土墩；墳堆；小丘；投手的踏板

8. **mount** [maʊnt] v. 登上；騎上；鑲嵌；發動(攻勢)；n. 騎；可乘騎的東西；底座；山丘

9. **mouse** [maʊs] n. 老鼠；滑鼠

10. **mouth** [maʊθ] n. 嘴巴

11. **noun** [naʊn] n. 名詞

12. **pound** [paʊnd] v. 敲打；劇跳；(心)跳動；n. 磅

13. **round** [raʊnd] adj. 圓形的；adv. 環繞；prep. 圍繞；n. 一輪；圓形物

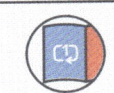

14. **rouse** [raʊz] v. 弄醒；叫醒；激起

71

au ㄠㄜ | ou / ow

1. **south** [saʊθ]
   adj. 南方的
   adv. 向南方
   n. 南方

2. **sound** [saʊnd]
   adj. 堅固的
   v. 聽起來
   n. 聲音

3. **thou** [ðaʊ]
   (第二人稱單數主格) 汝;爾;你

4. **shout** [ʃaʊt]
   v. 呼叫
   n. 呼喊;喊叫聲

5. **drought** [draʊt]
   n. 旱災

6. **trout** [traʊt]
   n. 鱒魚;鮭鱒魚

7. **proud** [praʊd]
   adj. 感光榮的;驕傲的

8. **crouch** [kraʊtʃ]
   n. 蹲伏(姿勢)

9. **ground** [graʊnd]
   n. 地面

10. **blouse** [blaʊz]
    n. 女裝短上衣

11. **cloud** [klaʊd]
    v. 陰雲密佈;變暗;變模糊
    n. 雲

12. **scout** [skaʊt]
    n. 斥候;童子軍

13. **spouse** [spaʊz]
    n. 配偶

14. **spout** [spaʊt]
    v. 噴出;噴
    n. 茶壺嘴;壺嘴流出的;水柱;水流

[au] ㄠ | ou / ow

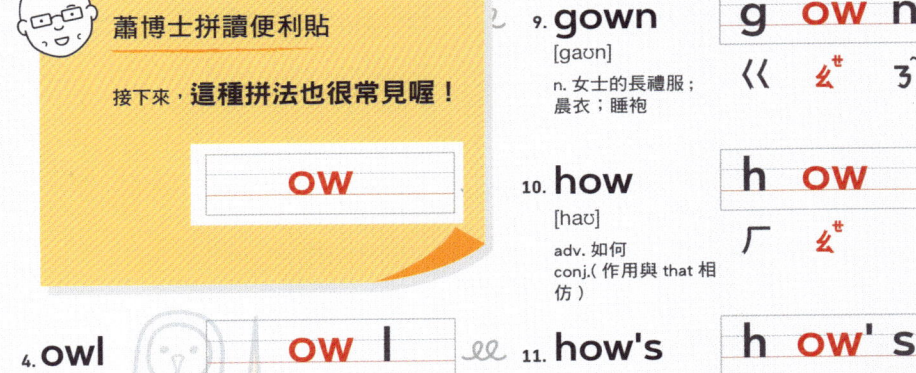

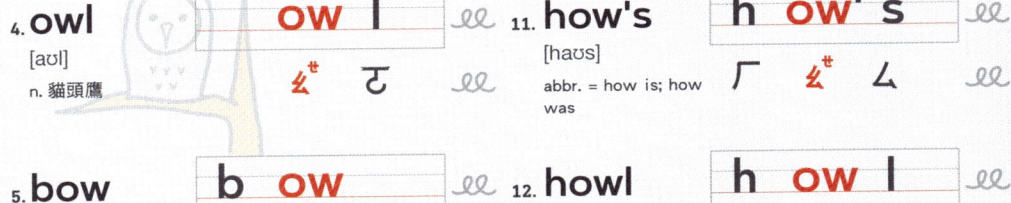

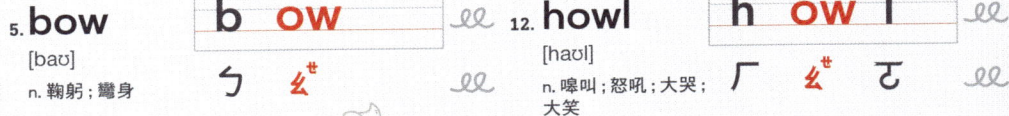

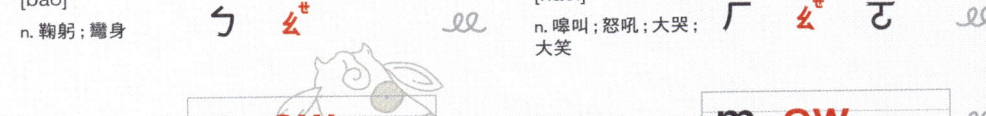

1. **stout** [staʊt] adj. 矮胖的；結實的；牢固的

蕭博士拼讀便利貼
接下來，**這種拼法也很常見喔！**

ow

4. **owl** [aʊl] n. 貓頭鷹

5. **bow** [baʊ] n. 鞠躬；彎身

6. **cow** [kaʊ] n. 母牛

7. **down** [daʊn] adj. 低落，消沉 adv. 向下；變差；prep. 向下；n. 下降；絨毛

8. **fowl** [faʊl] n. 禽；禽肉

9. **gown** [gaʊn] n. 女士的長禮服；晨衣；睡袍

10. **how** [haʊ] adv. 如何 conj.（作用與 that 相仿）

11. **how's** [haʊs] abbr. = how is; how was

12. **howl** [haʊl] n. 嗥叫；怒吼；大哭；大笑

13. **mow** [maʊ] n.（尤指穀倉內的）乾草（或穀物）堆

14. **now** [naʊ] adv. 現在 n. 現在，目前，此刻

73

ou / ow

1. **pow** [paʊ]
   形聲詞，多用於漫畫上出拳擊物之時

2. **sow** [saʊ]
   n. 母豬；牝豬

3. **town** [taʊn]
   n. 城市

4. **vow** [vaʊ]
   n. 誓言；誓約
   v. 發誓

5. **wow** [waʊ]
   v. 發出叫聲；贏得喝采
   int. 哇！噢！

6. **drown** [draʊn]
   v. 淹沒，浸濕

7. **brow** [braʊ]
   n. 眉頭；眉毛

8. **brown** [braʊn]
   adj. 褐色的；棕色的
   n. 棕色

9. **browse** [braʊz]
   n. 瀏覽
   v. 瀏覽；上網

10. **prowl** [praʊl]
    n. 四處覓食；徘徊

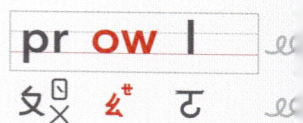

11. **crowd** [kraʊd]
    n. 群眾；人群

12. **crown** [kraʊn]
    n. 王冠
    v. 加冕

13. **growl** [graʊl]
    n. 嗥叫（聲）；咆哮

14. **frown** [fraʊn]
    v. 皺眉，表示不滿；
    n. 蹙額；不悅之色

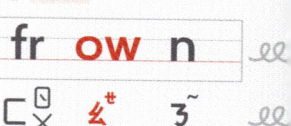

74

| 專利語調矩陣 | 重音節母音 | 自然拼讀 |

[au] ㄠㄝ | ou / ow

1. **clown**
   [klaʊn]
   n. 小丑, 丑角

   cl **ow** n
   ㄎㄌ ㄠㄝ ㄋ˜

2. **plow**
   [plaʊ]
   n. 犁; 除雪機

   pl **ow**
   ㄆㄌ ㄠㄝ

眼睛看遠方，
休息一下吧！

75

單音節單字

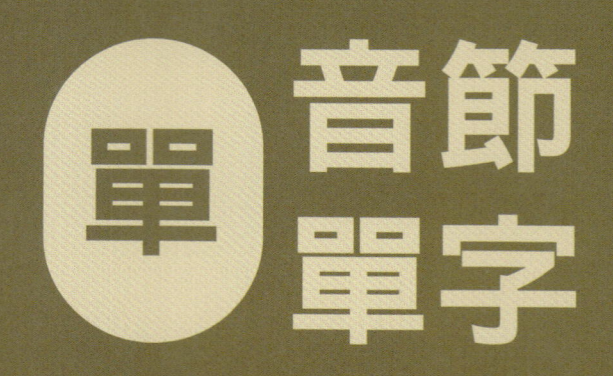

\先哼 ▶ 再唸/

3 號救聲員
飛魚賴 Fish Alive

重音節母音

ɪ **ㄧ**

自然拼讀

i, y, ee

I / ɛ

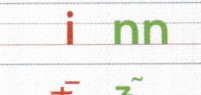

| [I] | ɛ | i / y / ee |

蕭博士拼讀便利貼

這個發音，
最最最常見的拼法就是它！

i

3. **is**
[ɪz]
v. 是, 在; be 動詞第三人稱單數, 現在式

i s
ㄛ Z

4. **if**
[ɪf]
conj. 如果

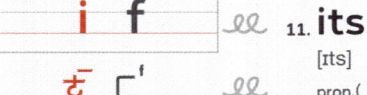

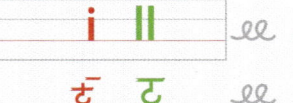

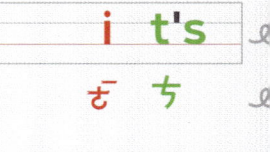

i f
ㄛ ㄈ'

5. **ill**
[ɪl]
adj. 生病的

i ll
ㄛ ㄛ

6. **in**
[ɪn]
adj. 在裡面的
adv. 在裡面
prep. 在…之內

i n
ㄛ ˜ㄋ

7. **inch**
[ɪntʃ]
n. 英吋

i nch
ㄛ ˜ㄋ ㄑㄩ

8. **inn**
[ɪn]
n. 小旅館, 客棧

i nn
ㄛ ˜ㄋ

9. **it**
[ɪt]
pron. 它

i t
ㄛ ㄊ

10. **itch**
[ɪtʃ]
n. 癢

i tch
ㄛ ㄑㄩ

11. **its**
[ɪts]
pron.(所有格)它的

i ts
ㄛ ㄘ

12. **it's**
[ɪts]
abbr.= it is; = it has

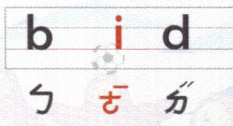

i t's
ㄛ ㄘ

13. **bid**
[bɪd]
v. 吩咐;(拍賣中)喊價
n. 出價

b i d
ㄅ ㄛ ㄉ

14. **big**
[bɪg]
adj. 大的

b i g
ㄅ ㄛ ㄍ

78

[I] ㄜ̄ | i / y / ee

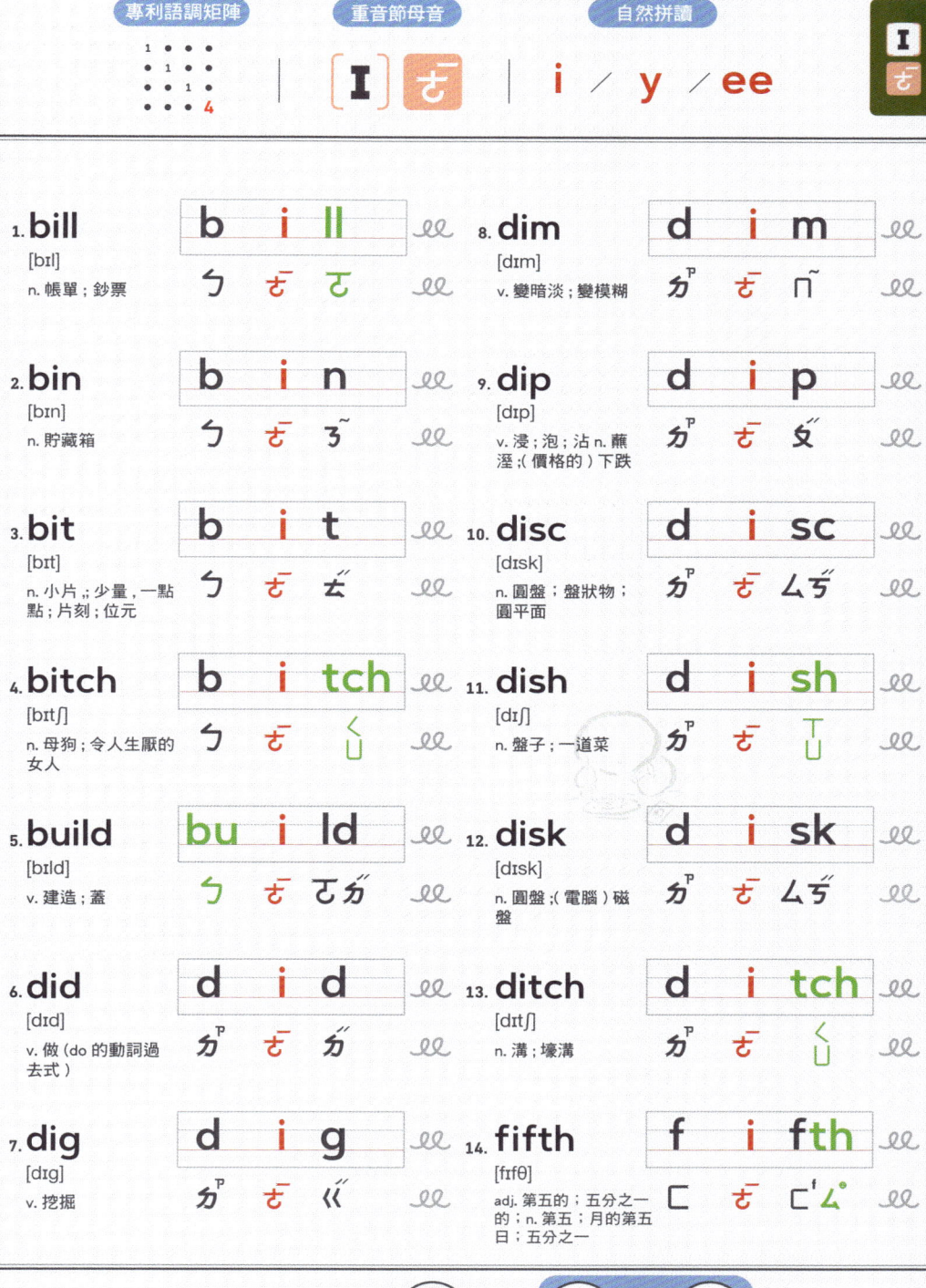

1. **bill** [bɪl] n. 帳單；鈔票
2. **bin** [bɪn] n. 貯藏箱
3. **bit** [bɪt] n. 小片；少量，一點點；片刻；位元
4. **bitch** [bɪtʃ] n. 母狗；令人厭的女人
5. **build** [bɪld] v. 建造；蓋
6. **did** [dɪd] v. 做 (do 的動詞過去式)
7. **dig** [dɪg] v. 挖掘
8. **dim** [dɪm] v. 變暗淡；變模糊
9. **dip** [dɪp] v. 浸；泡；沾 n. 蘸溼；(價格的) 下跌
10. **disc** [dɪsk] n. 圓盤；盤狀物；圓平面
11. **dish** [dɪʃ] n. 盤子；一道菜
12. **disk** [dɪsk] n. 圓盤；(電腦) 磁盤
13. **ditch** [dɪtʃ] n. 溝；壕溝
14. **fifth** [fɪfθ] adj. 第五的；五分之一的；n. 第五；月的第五日；五分之一

79

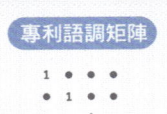

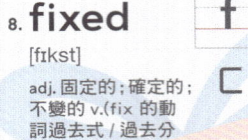

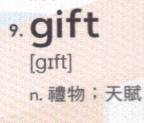

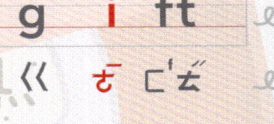

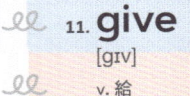

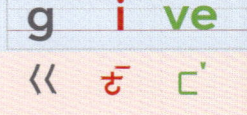

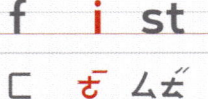

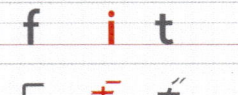

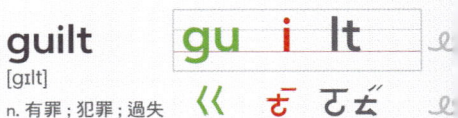

專利語調矩陣	重音節母音	自然拼讀
I / ㄜ	[I] ㄜ	i ／ y ／ ee

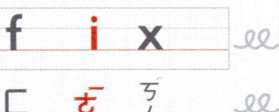

1. **fill** [fɪl] v. 充滿；填充 — f i ll ／ ㄈ ㄜ ㄛ

2. **film** [fɪlm] n. 電影；膠捲；影片 — f i lm ／ ㄈ ㄜ ㄛㄇ̃

3. **fin** [fɪn] n. 鰭；鰭狀物 — f i n ／ ㄈ ㄜ ㄋ̃

4. **fish** [fɪʃ] v. 釣魚 n. 魚 — f i sh ／ ㄈ ㄜ ㄒㄩ

5. **fist** [fɪst] v. 拳打 n. 拳；掌握；支配 — f i st ／ ㄈ ㄜ ㄙㄜ

6. **fit** [fɪt] v. 合身；適合 n. 適合；合身 — f i t ／ ㄈ ㄜ ㄜ

7. **fix** [fɪks] v. 修理 — f i x ／ ㄈ ㄜ ㄎㄙ

8. **fixed** [fɪkst] adj. 固定的；確定的；不變的 v.(fix 的動詞過去式/過去分詞) — f i xed ／ ㄈ ㄜ ㄎㄙ ㄜ

9. **gift** [gɪft] n. 禮物；天賦 — g i ft ／ ㄍ ㄜ ㄈˋㄜ

10. **gilt** [gɪlt] n. 鍍金材料；炫目的外表 — g i lt ／ ㄍ ㄜ ㄛㄜ

11. **give** [gɪv] v. 給 — g i ve ／ ㄍ ㄜ ㄈˋ

12. **guild** [gɪld] n. 協會；同業公會 — gu i ld ／ ㄍ ㄜ ㄛㄉ

13. **guilt** [gɪlt] n. 有罪；犯罪；過失 — gu i lt ／ ㄍ ㄜ ㄛㄜ

14. **hid** [hɪd] v. 把…藏起來；躲藏 (hide 過去式) — h i d ／ ㄏ ㄜ ㄉ

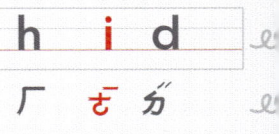

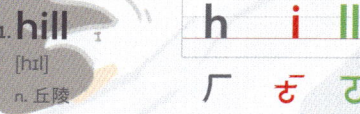

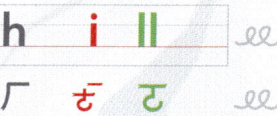

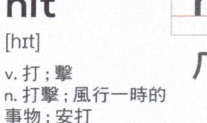

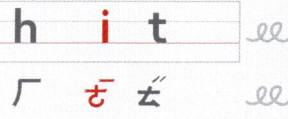

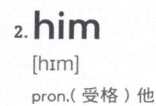

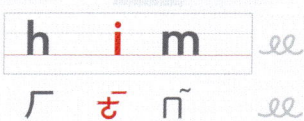

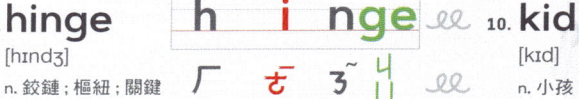

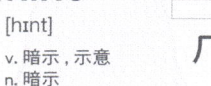

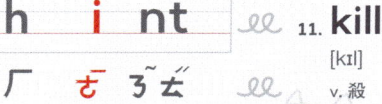

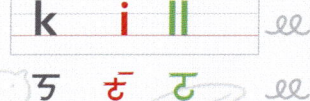

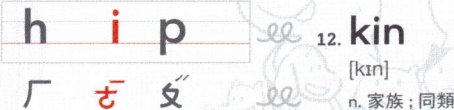

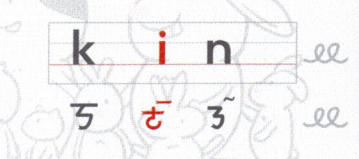

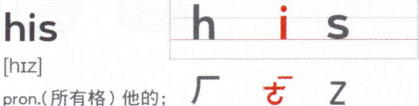

專利語調矩陣　　重音節母音　　自然拼讀

[I]　ㄜ　｜　i ／ y ／ ee

1. **hill**
[hɪl]
n. 丘陵

h i ll
ㄏ ㄜ ㄛ

8. **hit**
[hɪt]
v. 打；擊
n. 打擊；風行一時的事物；安打

h i t
ㄏ ㄜ ㄊ

2. **him**
[hɪm]
pron.(受格) 他

h i m
ㄏ ㄜ ㄇ~

9. **kick**
[kɪk]
v. 踢
n. 踢；反衝，後座力；快感

k i ck
ㄎ ㄜ ㄎ

3. **hinge**
[hɪndʒ]
n. 鉸鏈；樞紐；關鍵

h i nge
ㄏ ㄜ ㄋ~ ㄐㄩ

10. **kid**
[kɪd]
n. 小孩

k i d
ㄎ ㄜ ㄉ

4. **hint**
[hɪnt]
v. 暗示，示意
n. 暗示

h i nt
ㄏ ㄜ ㄋ~ ㄊ

11. **kill**
[kɪl]
v. 殺

k i ll
ㄎ ㄜ ㄛ

5. **hip**
[hɪp]
n. 臀部

h i p
ㄏ ㄜ ㄆ

12. **kin**
[kɪn]
n. 家族；同類

k i n
ㄎ ㄜ ㄋ~

6. **his**
[hɪz]
pron.(所有格) 他的；他的（東西）

h i s
ㄏ ㄜ Z

13. **kiss**
[kɪs]
v. 親吻
n. 吻

k i ss
ㄎ ㄜ ㄙ

7. **hiss**
[hɪs]
n. 嘶嘶聲；噓聲

h i ss
ㄏ ㄜ ㄙ

14. **kit**
[kɪt]
n. 成套工具；配套元件

k i t
ㄎ ㄜ ㄊ

81

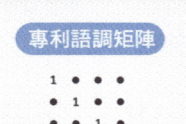

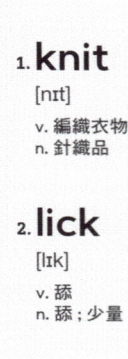

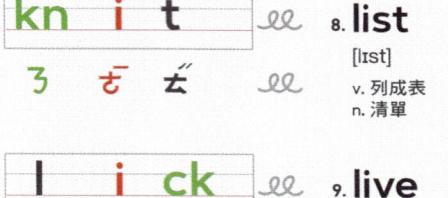

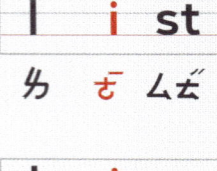

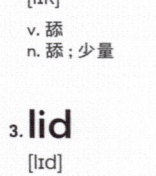

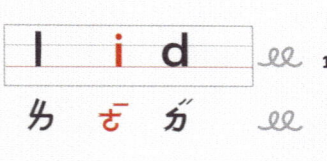

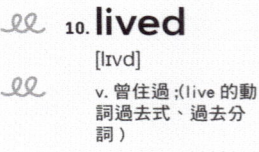

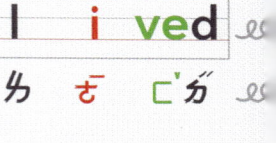

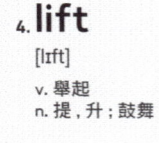

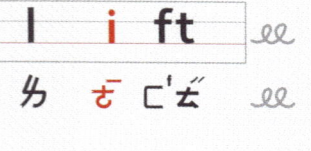

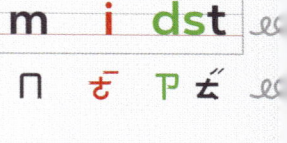

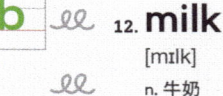

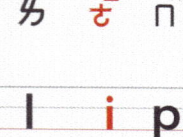

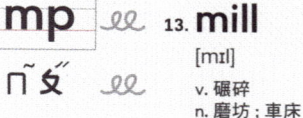

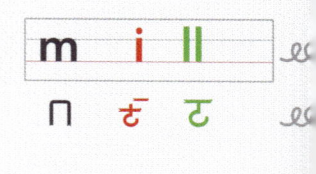

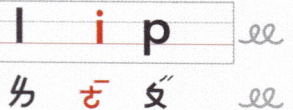

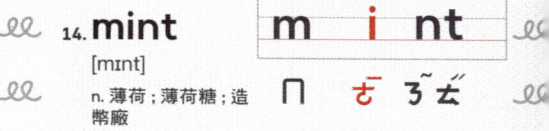

| 專利語調矩陣 | 重音節母音 | 自然拼讀 |

[ɪ] ㄜ | i / y / ee

1. **knit** [nɪt] v. 編織衣物 n. 針織品 — kn i t / ㄋ ㄜ ㄊˇ

2. **lick** [lɪk] v. 舔 n. 舔；少量 — l i ck / ㄌ ㄜ ㄎˇ

3. **lid** [lɪd] n. 蓋子 — l i d / ㄌ ㄜ ㄉˇ

4. **lift** [lɪft] v. 舉起 n. 提，升；鼓舞 — l i ft / ㄌ ㄜ ㄈˋㄊˇ

5. **limb** [lɪm] n. 肢；臂 — l i mb / ㄌ ㄜ ㄇ̃

6. **limp** [lɪmp] n. 跛行 — l i mp / ㄌ ㄜ ㄇ̃ㄆˇ

7. **lip** [lɪp] n. 嘴唇 — l i p / ㄌ ㄜ ㄆˇ

8. **list** [lɪst] v. 列成表 n. 清單 — l i st / ㄌ ㄜ ㄙㄊˇ

9. **live** [lɪv] v. 居住 — l i ve / ㄌ ㄜ ㄈˋ

10. **lived** [lɪvd] v. 曾住過；(live 的動詞過去式、過去分詞) — l i ved / ㄌ ㄜ ㄈˋㄉ

11. **midst** [mɪdst] prep. 在…之中 n. 當中；中間 — m i dst / ㄇ ㄜ ㄗㄊˇ

12. **milk** [mɪlk] n. 牛奶 — m i lk / ㄇ ㄜ ㄛㄎˇ

13. **mill** [mɪl] v. 碾碎 n. 磨坊；車床 — m i ll / ㄇ ㄜ ㄛ

14. **mint** [mɪnt] n. 薄荷；薄荷糖；造幣廠 — m i nt / ㄇ ㄜ ㄋ̃ㄊˇ

82

專利語調矩陣	重音節母音	自然拼讀
[I] ㄜ	i / y / ee

1. **miss** [mɪs]
   v. 想念；惦記；未達到
   n. 少女
   m i ss / ㄇ ㄜ ㄙ

2. **Ms.** [mɪs]
   小姐 女士
   M i ss / ㄇ ㄜ ㄙ

3. **mist** [mɪst]
   n. 薄霧；噴霧
   m i st / ㄇ ㄜ ㄙㄜ

4. **mix** [mɪks]
   v. 混合
   n. 混和，攪和；結合
   m i x / ㄇ ㄜ ㄎㄙ

5. **mixed** [mɪkst]
   adj. 摻雜的；繁雜的
   m i xed / ㄇ ㄜ ㄎㄙ ㄜ

6. **nick** [nɪk]
   n. 槽口；刻痕；關鍵時刻
   n i ck / ㄋ ㄜ ㄎ

7. **nil** [nɪl]
   n. 無；零
   n i l / ㄋ ㄜ ㄛ

8. **pick** [pɪk]
   v. 採收；撿起；選
   p i ck / ㄆ ㄜ ㄎ

9. **picked** [pɪkt]
   adj. 精選的；（pick 的動詞過去式、過去分詞）
   p i cked / ㄆ ㄜ ㄎ ㄜ

10. **pig** [pɪg]
    n. 豬
    p i g / ㄆ ㄜ ㄍ

11. **pill** [pɪl]
    n. 藥丸, 藥片
    p i ll / ㄆ ㄜ ㄛ

12. **pin** [pɪn]
    v. 釘住；壓住；按住；把…歸罪於
    n. 大頭針；胸針
    p i n / ㄆ ㄜ ㄋ˜

13. **pinch** [pɪntʃ]
    n. 擰；夾；(一) 撮
    p i n ch / ㄆ ㄜ ㄋ˜ ㄑㄩ

14. **piss** [pɪs]
    n. 小便
    v. 撒尿
    p i ss / ㄆ ㄜ ㄙ

I / ㄜ

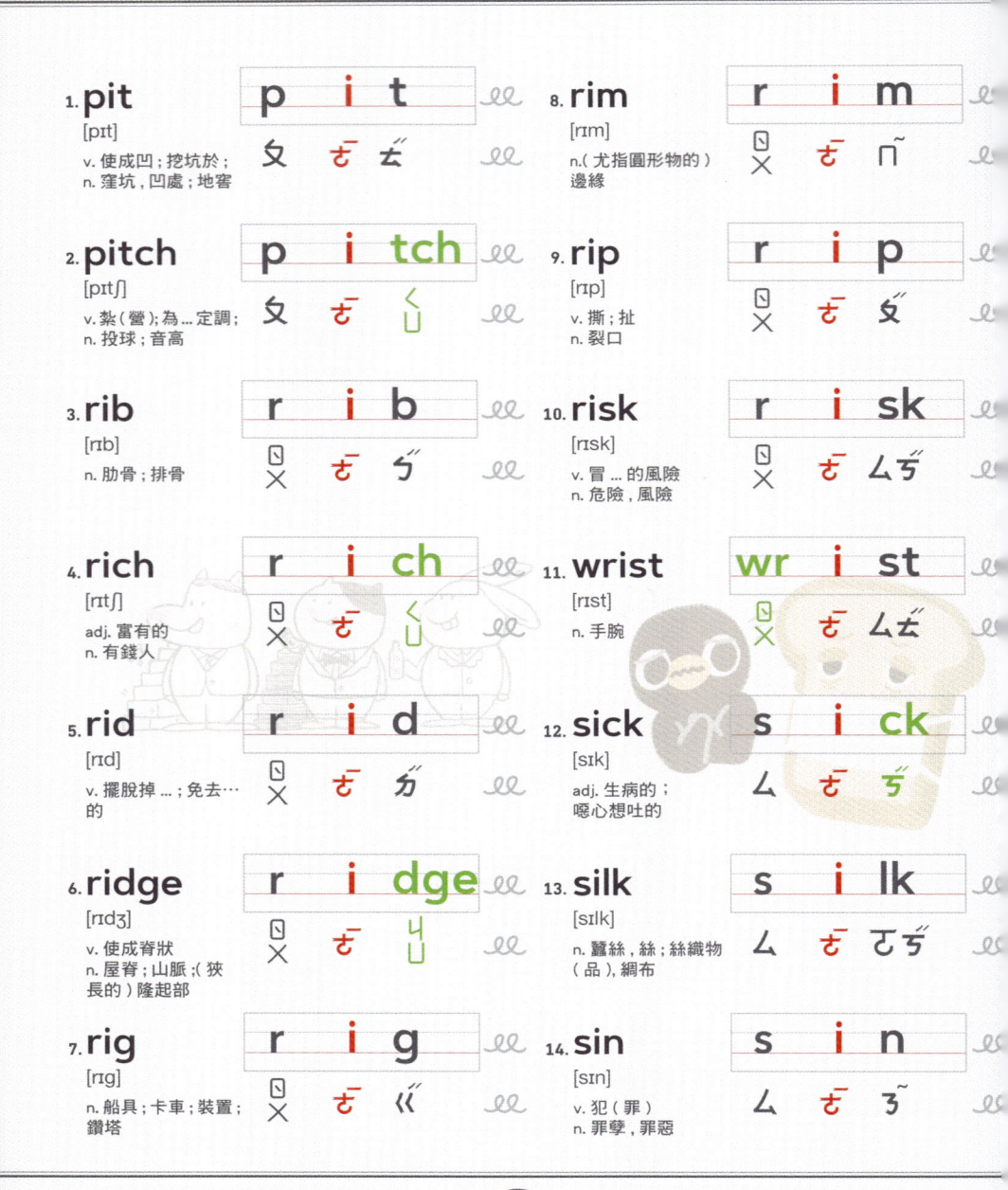

專利語調矩陣: 1,1,1,4
重音節母音: [I] ㄜ
自然拼讀: i / y / ee

1. **pit** [pɪt]
   v. 使成凹；挖坑於；
   n. 窪坑，凹處；地窖
   p i t → ㄆ ㄜ ㄊ

2. **pitch** [pɪtʃ]
   v. 紮(營)；為…定調；
   n. 投球；音高
   p i tch → ㄆ ㄜ ㄑㄩ

3. **rib** [rɪb]
   n. 肋骨；排骨
   r i b → ㄖㄨ ㄜ ㄅ

4. **rich** [rɪtʃ]
   adj. 富有的；
   n. 有錢人
   r i ch → ㄖㄨ ㄜ ㄑㄩ

5. **rid** [rɪd]
   v. 擺脫掉…；免去…的
   r i d → ㄖㄨ ㄜ ㄉ

6. **ridge** [rɪdʒ]
   v. 使成脊狀
   n. 屋脊；山脈；(狹長的)隆起部
   r i dge → ㄖㄨ ㄜ ㄐ

7. **rig** [rɪg]
   n. 船具；卡車；裝置；鑽塔
   r i g → ㄖㄨ ㄜ ㄍ

8. **rim** [rɪm]
   n. (尤指圓形物的)邊緣
   r i m → ㄖㄨ ㄜ ㄇ

9. **rip** [rɪp]
   v. 撕；扯
   n. 裂口
   r i p → ㄖㄨ ㄜ ㄆ

10. **risk** [rɪsk]
    v. 冒…的風險
    n. 危險，風險
    r i sk → ㄖㄨ ㄜ ㄙㄎ

11. **wrist** [rɪst]
    n. 手腕
    wr i st → ㄖㄨ ㄜ ㄙㄊ

12. **sick** [sɪk]
    adj. 生病的；噁心想吐的
    s i ck → ㄙ ㄜ ㄎ

13. **silk** [sɪlk]
    n. 蠶絲，絲，絲織物(品)，綢布
    s i lk → ㄙ ㄜ ㄛㄎ

14. **sin** [sɪn]
    v. 犯(罪)
    n. 罪孽，罪惡
    s i n → ㄙ ㄜ ㄋ

84

專利語調矩陣　　重音節母音　　自然拼讀

[I] ㄜ | i / y / ee

1. **since**
[sɪns]
adv. 此後；之前
prep. 由於 conj.
自 ... 以來；因為

2. **sip**
[sɪp]
n. 一小口
v. 啜飲

3. **sit**
[sɪt]
v. 坐

4. **six**
[sɪks]
adj. 六的
n. 六

5. **sixth**
[sɪksθ]
adj. 第六的；第六分之一的；n. 第六月的第六日；六分之一

6. **tick**
[tɪk]
n.(鐘；錶等的)滴答聲；蝨

7. **till**
[tɪl]
prep. 直到
conj. 直到 ... 為止

8. **tilt**
[tɪlt]
n. 傾斜；傾向

9. **tin**
[tɪn]
n. 錫；罐頭

10. **tint**
[tɪnt]
n. 色彩；色調；濃淡

11. **tip**
[tɪp]
v. 給小費；使傾斜；
n. 尖端；小費

12. **'tis**
[tɪs]
abbr.= it is; it was

13. **width**
[wɪdθ]
n. 寬

14. **wig**
[wɪg]
n. 假髮

85

ɪ / ㄜ

專利語調矩陣 重音節母音 自然拼讀

[ɪ] ㄜ | i ／ y ／ ee

1. **will** [wɪl]
   aux. 將
   n. 意志；決心；遺囑

2. **win** [wɪn]
   v. 贏得
   n. 獲勝，成功，贏；贏得物

3. **wind** [wɪnd]
   n. 風

4. **wish** [wɪʃ]
   v. 祝福
   n. 希望，願望；祝福，祈頌

5. **wit** [wɪt]
   n. 機智；風趣

6. **witch** [wɪtʃ]
   n. 女巫，巫婆

7. **with** [wɪð]
   prep. 跟…在一起；有

8. **which** [hwɪtʃ]
   adj. 哪一個，哪一些；這個，這些
   pron. 哪一個

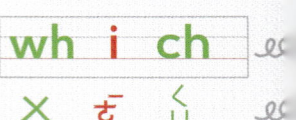

9. **whip** [hwɪp]
   v. 鞭笞，抽打
   n. 抽打；拍擊

10. **whisk** [hwɪsk]
    n. 撣；迅速移動；攪拌器

11. **zip** [zɪp]
    n.(子彈的)尖嘯聲；拉鍊；零

12. **chick** [tʃɪk]
    n. 小雞

13. **chill** [tʃɪl]
    adj. 涼颼颼的
    n. 寒冷，寒氣

14. **chin** [tʃɪn]
    n. 下巴

86

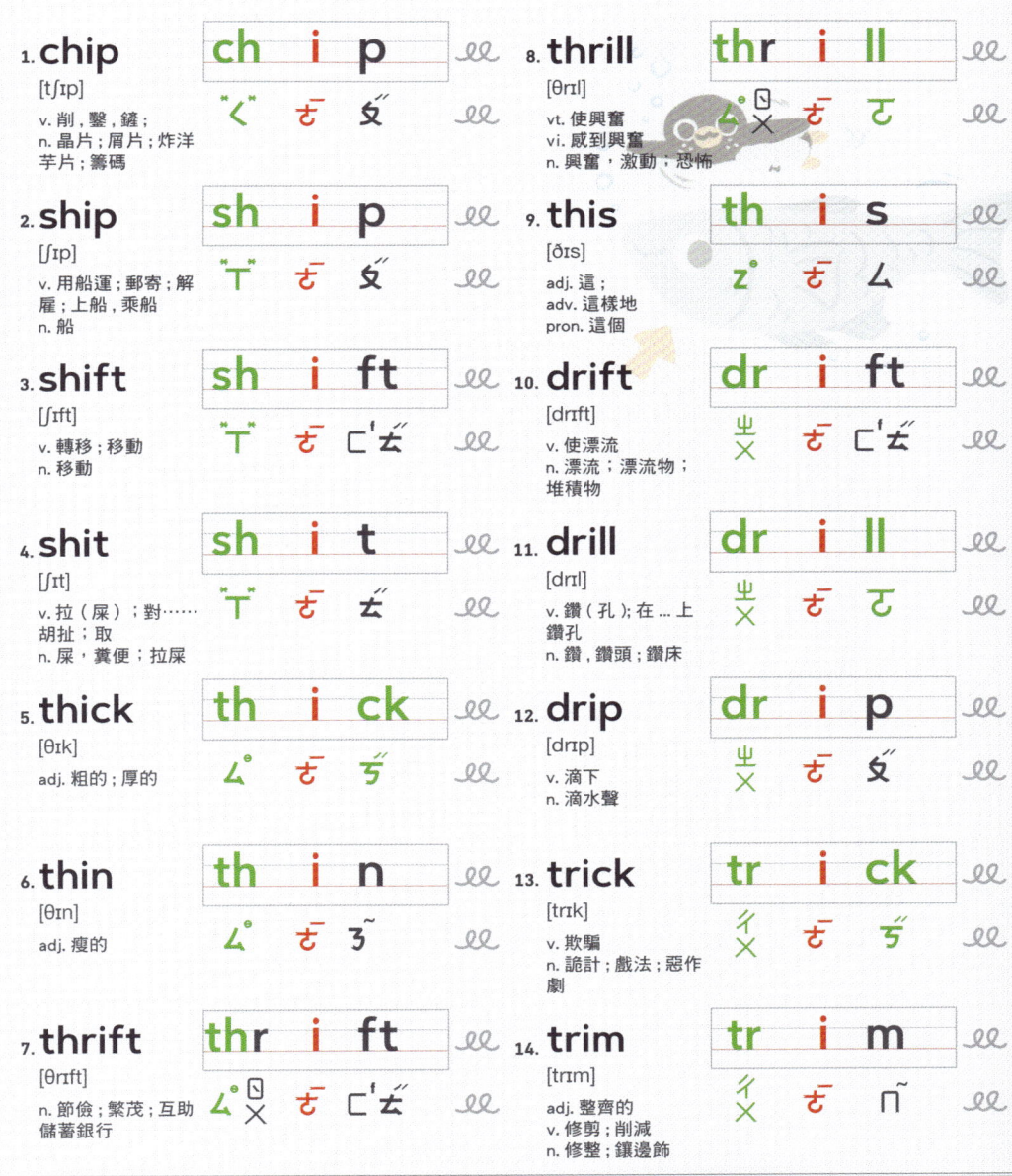

| 專利語調矩陣 | 重音節母音 | 自然拼讀 |

[I] / ㄜ̄ | i / y / ee

1. **chip** [tʃɪp]
v. 削, 鑿, 鏟;
n. 晶片; 屑片; 炸洋芋片; 籌碼

ch i p — ㄑ̈ ㄜ̄ ㄆ́

2. **ship** [ʃɪp]
v. 用船運; 郵寄; 解雇; 上船, 乘船
n. 船

sh i p — ㄒ̈ ㄜ̄ ㄆ́

3. **shift** [ʃɪft]
v. 轉移; 移動
n. 移動

sh i ft — ㄒ̈ ㄜ̄ ㄈ'ㄠ́

4. **shit** [ʃɪt]
v. 拉(屎); 對……胡扯; 取
n. 屎, 糞便; 拉屎

sh i t — ㄒ̈ ㄜ̄ ㄠ́

5. **thick** [θɪk]
adj. 粗的; 厚的

th i ck — ㄙ ㄜ̄ ㄎ̌

6. **thin** [θɪn]
adj. 瘦的

th i n — ㄙ ㄜ̄ ㄋ̃

7. **thrift** [θrɪft]
n. 節儉; 繁茂; 互助儲蓄銀行

thr i ft — ㄙㄨ̸ ㄜ̄ ㄈ'ㄠ́

8. **thrill** [θrɪl]
vt. 使興奮
vi. 感到興奮
n. 興奮, 激動; 恐怖

thr i ll — ㄙㄨ̸ ㄜ̄ ㄜ̄

9. **this** [ðɪs]
adj. 這;
adv. 這樣地
pron. 這個

th i s — z° ㄜ̄ ㄙ

10. **drift** [drɪft]
v. 使漂流
n. 漂流; 漂流物; 堆積物

dr i ft — ㄓㄨ ㄜ̄ ㄈ'ㄠ́

11. **drill** [drɪl]
v. 鑽(孔); 在...上鑽孔
n. 鑽, 鑽頭; 鑽床

dr i ll — ㄓㄨ ㄜ̄ ㄜ̄

12. **drip** [drɪp]
v. 滴下
n. 滴水聲

dr i p — ㄓㄨ ㄜ̄ ㄆ́

13. **trick** [trɪk]
v. 欺騙
n. 詭計; 戲法; 惡作劇

tr i ck — ㄔㄨ ㄜ̄ ㄎ̌

14. **trim** [trɪm]
adj. 整齊的
v. 修剪; 削減
n. 修整; 鑲邊飾

tr i m — ㄔㄨ ㄜ̄ ㄇ̃

87

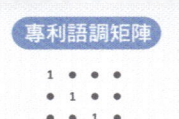

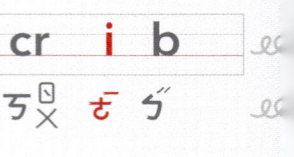

專利語調矩陣	重音節母音	自然拼讀
	[ɪ] ㄜ	i / y / ee

1. **trip** [trɪp] n. 旅行
   - tr i p / ㄔㄨ ㄜ ㄆˇ

2. **brick** [brɪk] n. 磚塊
   - br i ck / ㄅㄨ ㄜ ㄎˇ

3. **bridge** [brɪdʒ] n. 橋
   - br i dge / ㄅㄨ ㄜ ㄐㄩ

4. **brisk** [brɪsk] adj. 輕快的；興旺的；寒冷而清新的
   - br i sk / ㄅㄨ ㄜ ㄙㄎˇ

5. **prick** [prɪk] v. 刺；扎；刺傷；悔恨 n. 笨蛋；蠢貨
   - pr i ck / ㄆㄨ ㄜ ㄎˇ

6. **prince** [prɪns] n. 王子
   - pr i nce / ㄆㄨ ㄜ ㄋ̃ㄙ

7. **print** [prɪnt] v. 印刷；用印刷體寫； n. 圖片印刷品；出版物
   - pr i nt / ㄆㄨ ㄜ ㄋ̃ㄊˇ

8. **crib** [krɪb] n. 嬰兒床
   - cr i b / ㄎㄨ ㄜ ㄅˊ

9. **crisp** [krɪsp] adj. 脆的，酥的，鬆脆的
   - cr i sp / ㄎㄨ ㄜ ㄙㄆˇ

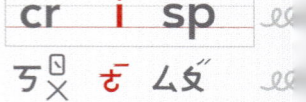

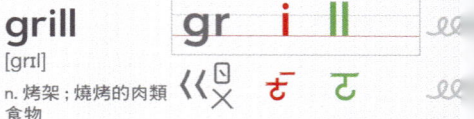

10. **grill** [grɪl] n. 烤架；燒烤的肉類食物
    - gr i ll / ㄍㄨ ㄜ ㄛ

11. **grim** [grɪm] adj. 無情的；嚴厲的；恐怖的
    - gr i m / ㄍㄨ ㄜ ㄇ̃

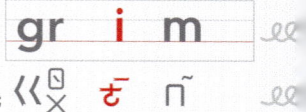

12. **grin** [grɪn] v. 露齒而笑 n. 露齒的笑
    - gr i n / ㄍㄨ ㄜ ㄋ̃

13. **grip** [grɪp] v. 握牢；咬牢；掌握 n. 緊握；夾住；理解；掌握
    - gr i p / ㄍㄨ ㄜ ㄆˇ

14. **fridge** [frɪdʒ] n. 電冰箱
    - fr i dge / ㄈㄨ ㄜ ㄐㄩ

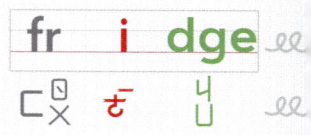

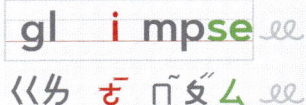

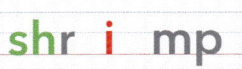

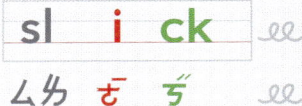

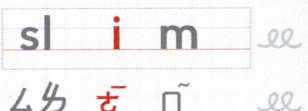

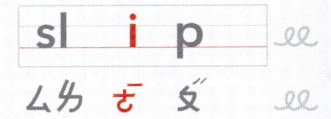

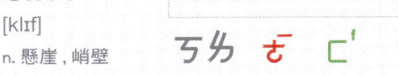

專利語調矩陣 | 重音節母音 [ɪ/ㄜ] | 自然拼讀 i / y / ee

I / ㄜ

1. **fringe** [frɪndʒ]
   n. 緣飾；流蘇；邊緣

2. **shrimp** [ʃrɪmp]
   n. 蝦子

3. **click** [klɪk]
   v. 發出卡嗒（或喀嚓）聲
   n. 卡嗒聲

4. **cliff** [klɪf]
   n. 懸崖，峭壁

5. **clinch** [klɪntʃ]
   n. 鉗子；敲彎釘頭；釘牢；揪扭；擁抱

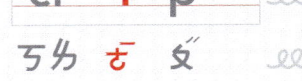

6. **clip** [klɪp]
   v. 剪；修剪；剪短；剪除
   n. 夾；鉗；迴紋針

7. **flit** [flɪt]
   vi. 輕快地飛；（想法等）掠過；突然轉變 n. 輕快的飛行；掠過；（為躲債）遷移，搬家

8. **glimpse** [glɪmps]
   v. 看一眼，瞥見；
   n. 瞥見；一瞥

9. **slick** [slɪk]
   n.(漂有浮油的)光滑水面；滑頭

10. **slim** [slɪm]
    adj. 細長的；微小的；（人）苗條的

11. **slip** [slɪp]
    v. 滑動；鬆脫；溜走
    n. 滑跤

12. **slit** [slɪt]
    n. 狹長的口子；投幣口；狹縫

13. **flick** [flɪk]
    n.(鞭子的)輕打;(手指的)輕彈

14. **flip** [flɪp]
    v. 翻轉；急促地轉動；n. 輕彈；突然的動作；空翻

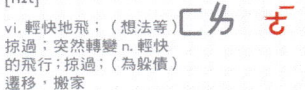

89

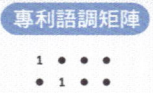

專利語調矩陣	重音節母音	自然拼讀
I ㄜ	[I] ㄜ	i / y / ee

1. **quick** [kwɪk] adj. 快的
qu	i	ck
ㄎㄨ	ㄜ	ㄎ

2. **quilt** [kwɪlt] n. 被(子);被褥
qu	i	lt
ㄎㄨ	ㄜ	ㄛㄜ

3. **quit** [kwɪt] v. 放棄;離職
qu	i	t
ㄎㄨ	ㄜ	ㄜ

4. **quiz** [kwɪz] n. 小考
qu	i	z
ㄎㄨ	ㄜ	z

5. **twig** [twɪg] n. 細枝;嫩枝
tw	i	g
ㄜㄨ	ㄜ	ㄍ

6. **twin** [twɪn] n. 雙胞胎之一
tw	i	n
ㄜㄨ	ㄜ	ㄋ

7. **twist** [twɪst] v. 扭轉;扭彎 n. 扭傷;曲解
tw	i	st
ㄜㄨ	ㄜ	ㄙㄜ

8. **swift** [swɪft] adj. 迅速的;敏捷的 n. 褐雨燕
sw	i	ft
ㄙㄨ	ㄜ	ㄈㄜ

9. **swim** [swɪm] v. 游泳
sw	i	m
ㄙㄨ	ㄜ	ㄇ

10. **switch** [swɪtʃ] v. 使轉換;為…轉接(電話) n. 開關,電閘
sw	i	tch
ㄙㄨ	ㄜ	ㄑㄩ

11. **sniff** [snɪf] n. 嗅;聞;吸氣聲
sn	i	ff
ㄙㄋ	ㄜ	ㄈ

12. **skill** [skɪl] n. 技能
sk	i	ll
ㄙㄍ	ㄜ	ㄛ

13. **skilled** [skɪld] adj. 熟練的;有技能的
sk	i	lled
ㄙㄍ	ㄜ	ㄛㄉ

14. **skim** [skɪm] n. 掠過
sk	i	m
ㄙㄍ	ㄜ	ㄇ

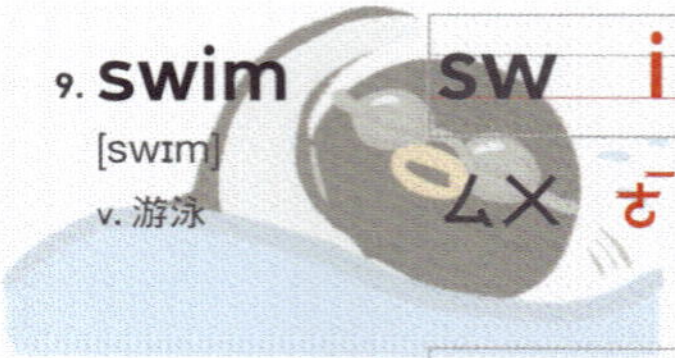

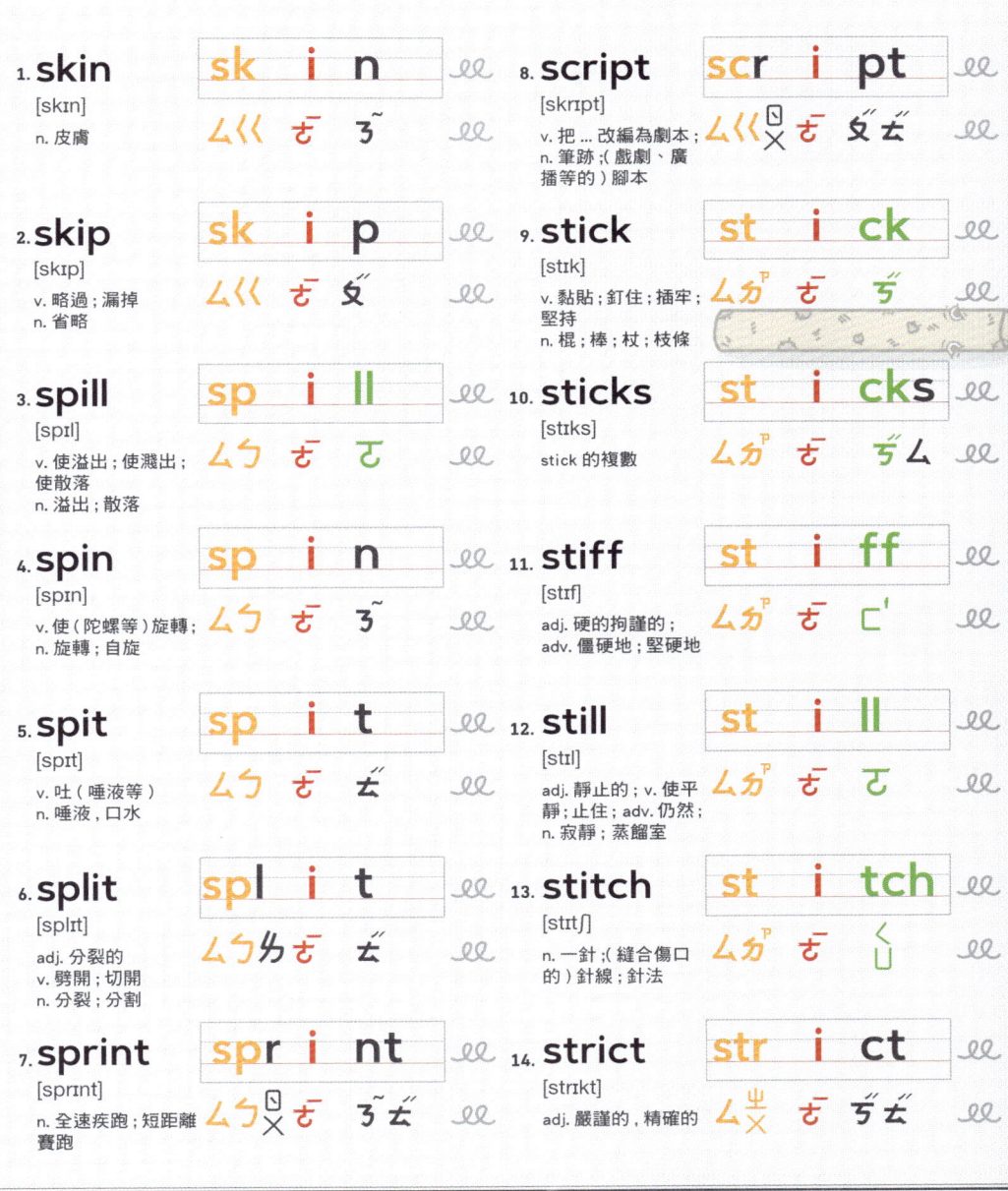

專利語調矩陣	重音節母音	自然拼讀
1 · · · · 1 · · · · 1 · · · · 4	[I] ㄜ	i ／ y ／ ee

I / ㄜ

1. **skin** [skɪn] n. 皮膚 — sk i n / ㄙㄍ ㄜ ㄋ̃

2. **skip** [skɪp] v. 略過；漏掉 n. 省略 — sk i p / ㄙㄍ ㄜ ㄆ

3. **spill** [spɪl] v. 使溢出；使濺出；使散落 n. 溢出；散落 — sp i ll / ㄙㄅ ㄜ ㄛ

4. **spin** [spɪn] v. 使（陀螺等）旋轉 n. 旋轉；自旋 — sp i n / ㄙㄅ ㄜ ㄋ̃

5. **spit** [spɪt] v. 吐（唾液等） n. 唾液，口水 — sp i t / ㄙㄅ ㄜ ㄊ

6. **split** [splɪt] adj. 分裂的 v. 劈開；切開 n. 分裂；分割 — spl i t / ㄙㄅㄌ ㄜ ㄊ

7. **sprint** [sprɪnt] n. 全速疾跑；短距離賽跑 — spr i nt / ㄙㄅ✕ ㄜ ㄋ̃ㄊ

8. **script** [skrɪpt] v. 把…改編為劇本 n. 筆跡；(戲劇、廣播等的)腳本 — scr i pt / ㄙㄍ✕ ㄜ ㄆㄊ

9. **stick** [stɪk] v. 黏貼；釘住；插牢；堅持 n. 棍；棒；杖；枝條 — st i ck / ㄙㄉ ㄜ ㄎ

10. **sticks** [stɪks] stick 的複數 — st i cks / ㄙㄉ ㄜ ㄎㄙ

11. **stiff** [stɪf] adj. 硬的拘謹的； adv. 僵硬地；堅硬地 — st i ff / ㄙㄉ ㄜ ㄈ'

12. **still** [stɪl] adj. 靜止的； v. 使平靜；止住； adv. 仍然； n. 寂靜；蒸餾室 — st i ll / ㄙㄉ ㄜ ㄛ

13. **stitch** [stɪtʃ] n. 一針；(縫合傷口的)針線；針法 — st i tch / ㄙㄉ ㄜ ㄑㄩ

14. **strict** [strɪkt] adj. 嚴謹的, 精確的 — str i ct / ㄙ㆒ ㄜ ㄎㄊ

91

專利語調矩陣	重音節母音	自然拼讀

I / ㄜ | [I] ㄜ | i / y / ee

1. strip
[strɪp]
v. 剝去，剝光
n. 條，帶；脫衣舞

str	i	p
ㄙㄊㄨ	ㄜ	ㄆ

蕭博士拼讀便利貼

接下來，這種拼法也很常見喔！

y

蕭博士拼讀便利貼

第三種拼法來了，接招！

ee

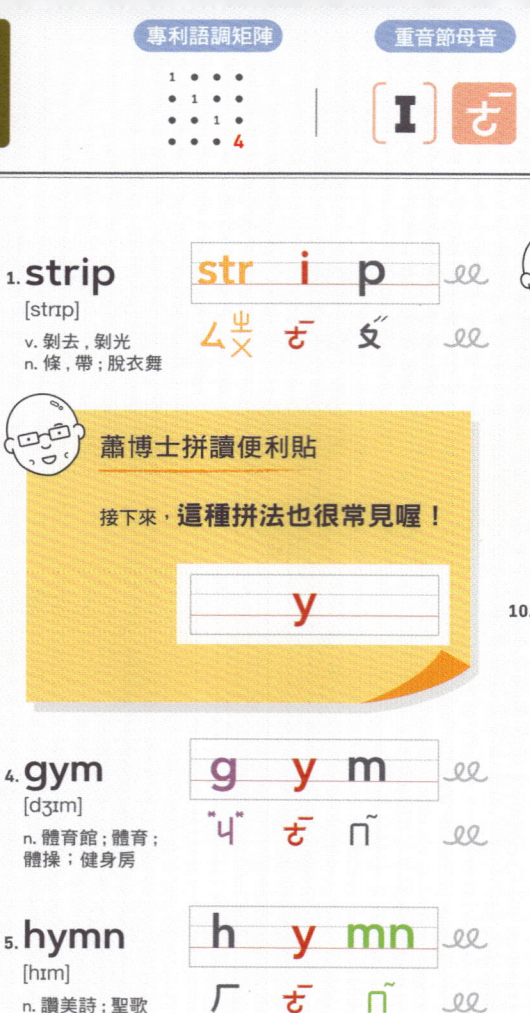

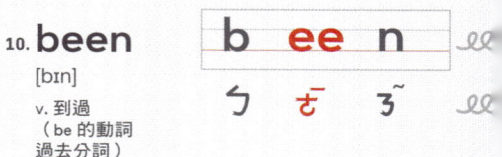

4. gym
[dʒɪm]
n. 體育館；體育；體操；健身房

g	y	m
ㄐ	ㄜ	ㄇ

5. hymn
[hɪm]
n. 讚美詩；聖歌

h	y	mn
ㄏ	ㄜ	ㄇ

6. lynch
[lɪntʃ]
v. 以私刑處死

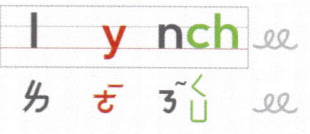

l	y	nch
ㄌ	ㄜ	ㄋㄑ

7. myth
[mɪθ]
n. 神話；虛構的人（或事物）；迷思

m	y	th
ㄇ	ㄜ	ㄙ

10. been
[bɪn]
v. 到過（be 的動詞過去分詞）

b	ee	n
ㄅ	ㄜ	ㄋ

喝口水，
休息一下吧！

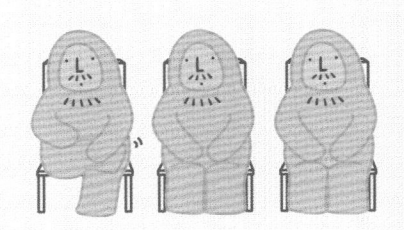

單 音節單字

先哼 ▶ 再唸

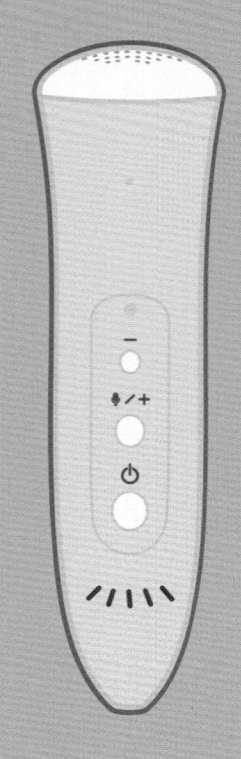

重音節母音

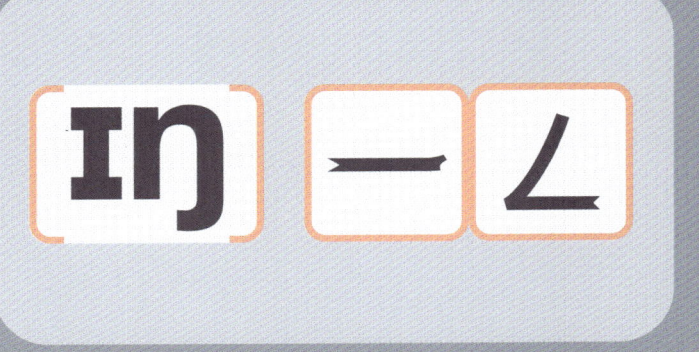

ɪŋ ー ㄥ

自然拼讀

ing, in

| ɪŋ |
| ー |
| ㄥ |

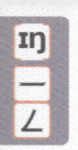

專利語調矩陣　　重音節母音　　自然拼讀

[ɪŋ] ー ㄥ　　ing ∕ in

蕭博士拼讀便利貼

這個發音，**最最最常見的拼法就是它！**

ing

8. **sing**
[sɪŋ]
v. 唱歌

s ing
ㄙ ㄥ

9. **wing**
[wɪŋ]
v. 在……裝翼；飛行
n. 翅膀

w ing
× ㄥ

3. **ding**
[dɪŋ]
v. 響；嘮叨；反覆地說　n. 鐘聲

d ing
ㄉ ㄥ

10. **thing**
[θɪŋ]
n. 事物；東西

th ing
ㄙ ㄥ

4. **king**
[kɪŋ]
n. 國王

k ing
ㄎ ㄥ

11. **bring**
[brɪŋ]
v. 帶來

br ing
ㄅ× ㄥ

5. **king's**
[kɪŋs]
adj. 國王的；King 的所有格

k ing's
ㄎ ㄥ ㄙ

12. **cling**
[klɪŋ]
v. 黏著；依附；墨守

cl ing
ㄎㄌ ㄥ

6. **ring**
[rɪŋ]
v.（鐘、鈴等）鳴；響　n. 指環；鈴聲

r ing
× ㄥ

13. **fling**
[flɪŋ]
n. 扔；擲；(手；腳等的) 揮動

fl ing
ㄈㄌ ㄥ

7. **wring**
[rɪŋ]
n. 絞；擰；扭

wr ing
× ㄥ

14. **swing**
[swɪŋ]
v. 搖擺；揮動
n. 鞦韆；搖擺音樂

sw ing
ㄙ× ㄥ

96

專利語調矩陣　　重音節母音　　自然拼讀　　ㄧㄥ/ㄧㄣ

[ɪŋ] ㄧㄥ　　ing / in

1. **sting**
[stɪŋ]
n. 螫針；刺
v. 刺，叮；使刺痛，感到灼痛

st ing
ㄙㄉ° ㄥ

2. **string**
[strɪŋ]
v.(用線、繩)縛；紮；掛
n. 線；細繩；帶子

str ing
ㄙㄓㄨ ㄥ

3. **spring**
[sprɪŋ]
v. 彈開；湧現；源(於) n. 春天；泉

spring
ㄙㄅㄨ° ㄥ

蕭博士拼讀便利貼

接下來，這種拼法也很常見喔！

in

6. **ink**
[ɪŋk]
v. 用墨水寫；簽署；簽訂(合同等)
n. 墨水

in k
ㄧ ㄎ

7. **link**
[lɪŋk]
v. 聯繫
n. 環節；(網址的)連結

l in k
ㄌ ㄧ ㄎ

8. **pink**
[pɪŋk]
n. 粉紅色
adj. 粉紅色的

p in k
ㄆ ㄧ ㄎ

9. **sink**
[sɪŋk]
v. 沉下；陷於
n. 水槽

s in k
ㄙ ㄧ ㄎ

10. **wink**
[wɪŋk]
n. 眨眼；瞬間
v. 眨眼；使眼色

w in k
ㄨ ㄧ ㄎ

11. **zinc**
[zɪŋk]
n. 鋅

z in c
ㄗ ㄧ ㄎ

12. **think**
[θɪŋk]
v. 想；思考

th in k
ㄙ° ㄧ ㄎ

13. **drink**
[drɪŋk]
v. 喝；喝酒
n. 飲料

dr in k
ㄓㄨ ㄧ ㄎ

14. **brink**
[brɪŋk]
n. 邊；邊緣

br in k
ㄅㄨ° ㄧ ㄎ

97

專利語調矩陣 **重音節母音** **自然拼讀**

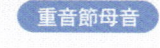

ing / in

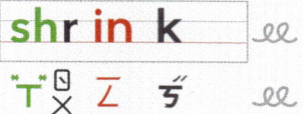

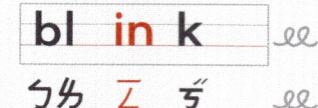

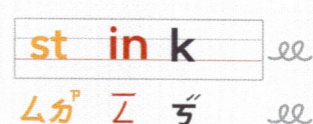

1. **shrink**
   [ʃrɪŋk]
   v. 縮短；皺縮；縮水

2. **blink**
   [blɪŋk]
   v. 眨眼睛；閃爍
   n. 眨眼睛；一瞬間

3. **stink**
   [stɪŋk]
   v. 發惡臭；令人厭惡
   n. 臭味

98

泡一壺茶，
休息一下吧！

單音節單字

\ 先哼 ▶ 再唸 /

17 號救聲員
不可問 Book Warm

重音節母音

U ㄛˋ

自然拼讀

oo, u, ou

U ʊ

專利語調矩陣 | 重音節母音 | 自然拼讀

[U] [ʊ] | oo / u / ou

蕭博士拼讀便利貼

這個發音，**最最最常見的拼法就是它！**

oo

3. book [bʊk]
v. 預訂；預雇；預約；登記
n. 書本

b oo k
ㄅ ㄜˇ ㄎˇ

4. cook [kʊk]
v. 煮
n. 廚師

c oo k
ㄎ ㄜˇ ㄎˇ

5. foot [fʊt]
n. 腳；一尺長

f oo t
ㄈ ㄜˇ ㄊˇ

6. good [gʊd]
adj. 好的
n. 利益；好處；優點

g oo d
ㄍ ㄜˇ ㄉ

7. goods [gʊdz]
n. 商品；貨物

g oo ds
ㄍ ㄜˇ ㄗ

8. hood [hʊd]
n. 兜帽；風帽；罩；車蓋

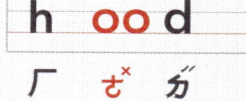

h oo d
ㄏ ㄜˇ ㄉ

9. hoof [huf]
n. 蹄

h oo f
ㄏ ㄜˇ ㄈˋ

10. hook [hʊk]
v. 用鉤鉤住
n. 鉤，掛鉤

h oo k
ㄏ ㄜˇ ㄎˇ

11. look [lʊk]
v. 看
n. 看；瞥；臉色；眼神；表情

l oo k
ㄌ ㄜˇ ㄎˇ

12. looked [lʊkt]
(look 的動詞過去式、過去分詞)

l oo ked
ㄌ ㄜˇ ㄎˇ ㄊ

13. took [tʊk]
(take 的動詞過去式)

t oo k
ㄊˇ ㄜˇ ㄎˇ

14. wood [wʊd]
n. 木材

w oo d
ㄨ ㄜˇ ㄉ

102

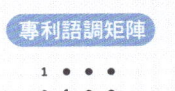

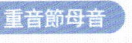

專利語調矩陣　　重音節母音　　自然拼讀

[U]　ㄜˣ　｜　oo ／ u ／ ou

1. **woods** [wʊdz]
n. 樹林；森林；(wood 的名詞複數)

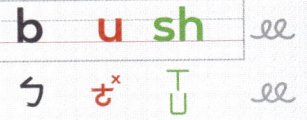

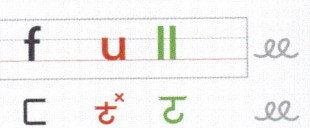

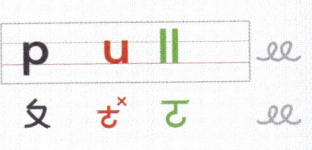

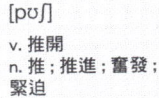

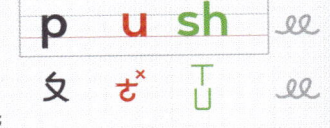

w	oo	ds
ㄨ	ㄜˣ	ㄗ

2. **wool** [wʊl]
n. 羊毛；毛織品

w	oo	l
ㄨ	ㄜˣ	ㄛ

3. **brook** [brʊk]
n. 小河，小溪

br	oo	k
ㄅㄨ	ㄜˣ	ㄎ

4. **crook** [krʊk]
n. 彎曲的東西；騙子；偷兒

cr	oo	k
ㄎㄨ	ㄜˣ	ㄎ

蕭博士拼讀便利貼
接下來，這種拼法也很常見喔！

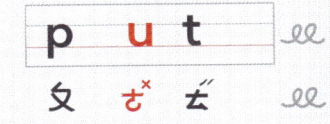

u

7. **bull** [bʊl]
n. 公牛

b	u	ll
ㄅ	ㄜˣ	ㄛ

8. **bush** [bʊʃ]
n. 灌木

b	u	sh
ㄅ	ㄜˣ	ㄒㄩ

9. **full** [fʊl]
adj. 飽的；滿的

f	u	ll
ㄈ	ㄜˣ	ㄛ

10. **pull** [pʊl]
v. 拉
n. 拉；拖

p	u	ll
ㄆ	ㄜˣ	ㄛ

11. **push** [pʊʃ]
v. 推開
n. 推；推進；奮發；緊迫

p	u	sh
ㄆ	ㄜˣ	ㄒㄩ

12. **put** [pʊt]
v. 放置

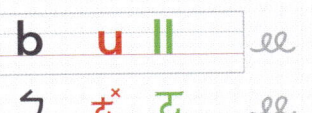

p	u	t
ㄆ	ㄜˣ	ㄊ

蕭博士拼讀便利貼
第三種拼法來了，接招！

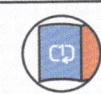

ou

103

專利語調矩陣 | 重音節母音 | 自然拼讀

[ʊ] ㄜˣ | oo／u／ou

1. **could**
   [kʊd]
   aux. 能，可以（can 的過去式）

   c ou ld
   ㄎ ㄜˣ ㄉˇ

2. **would**
   [wʊd]
   aux. 將（will 的過去式）

   w ou ld
   ✗ ㄜˣ ㄉˇ

3. **should**
   [ʃʊd]
   aux. 將；萬一，竟然；該

   sh ou ld
   ㄒ ㄜˣ ㄉˇ

吃點東西，
休息一下吧！

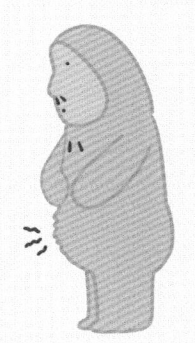

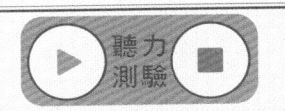

單音節單字

\ 先哼 ▶ 再唸 /

9 號救聲員
秦柔曦 Rosy Cheek

重音節母音

O ❌ ㄛ

自然拼讀

o, o_e, oa, ow, oe, ou, oo, ew

專利語調矩陣 | 重音節母音 | 自然拼讀

o / o_e / oa / ow
oe / ou / oo / ew

蕭博士拼讀便利貼

這個發音，
最最最常見的拼法就是它！

o

3. **oh** [o]
   int. 哦，啊，哎呀；喂，噢
   o h / ㄨㄛ

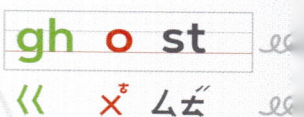

4. **both** [boθ]
   adj. 兩者
   adv. 並；兩者皆
   pron. 兩者（都）
   b o th / ㄅ ㄨㄛ ㄙˋ

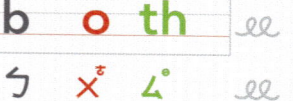

5. **comb** [kom]
   v. 用梳子梳理
   n. 梳子
   c o mb / ㄎ ㄨㄛ ñ

6. **don't** [dont]
   abbr.= do not
   d o n't / ㄉᵖ ㄨㄛ ㄋ̃ㄜ

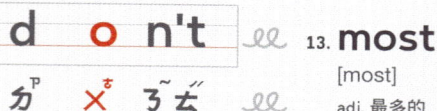

7. **dose** [dos]
   n.（藥物等的）一劑，一服；（按劑量）給藥
   d o se / ㄉᵖ ㄨㄛ ㄙ

8. **folk** [fok]
   n. 民謠；民歌；（尤指某一群體或類型的）人們
   f o lk / ㄈ ㄨㄛ ㄎ

9. **go** [go]
   v. 去；走
   n. 輪到的機會；嘗試
   g o / ㄍ ㄨㄛ

10. **ghost** [gost]
    n. 鬼
    gh o st / ㄍ ㄨㄛ ㄙㄜ

11. **hose** [hoz]
    n. 軟管；長統襪；短統襪
    h o se / ㄏ ㄨㄛ ㄗ

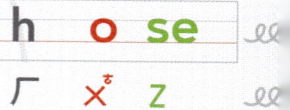

12. **host** [host]
    v. 主辦，主持；以主人身分招待
    n. 主人；主持人
    h o st / ㄏ ㄨㄛ ㄙㄜ

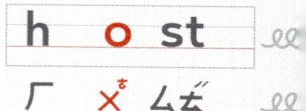

13. **most** [most]
    adj. 最多的
    adv. 最；很
    pron. 大部分
    m o st / ㄇ ㄨㄛ ㄙㄜ

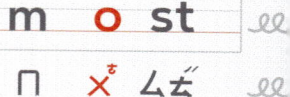

14. **no** [no]
    adj. 沒有；不；adv. 不；n. 不；沒有；拒絕；反對票
    n o / ㄋ ㄨㄛ

108

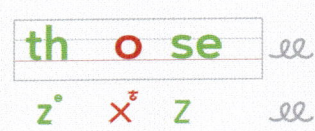

專利語調矩陣 / 重音節母音 / 自然拼讀

o / o_e / oa / ow / oe / ou / oo / ew

1. **nose** [noz] n. 鼻子
   n o se

2. **pose** [poz] v. 擺姿勢；n. 姿勢；裝腔作勢
   p o se

3. **post** [post] v. 郵寄；發表；n. 郵件；柱；崗位；站；交易所；(網路上的)貼文
   p o st

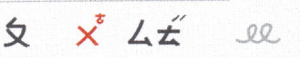

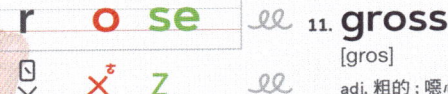

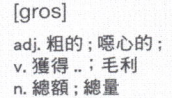

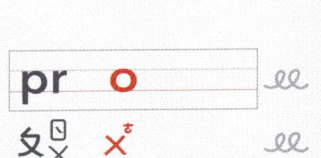

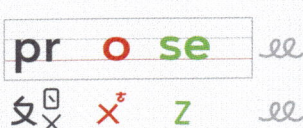

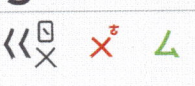

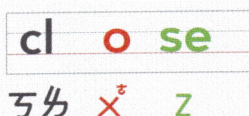

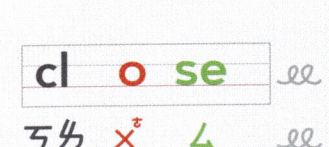

4. **rose** [roz] n. 玫瑰
   r o se

5. **so** [so] adv. 這麼；也如此；conj. 因此
   s o

6. **won't** [wont] abbr. = will not
   w o n't

7. **vogue** [vog] n. 風行；時髦事物(人物)
   v o gue

8. **those** [ðoz] adj. 那些的；那；pron. 那些
   th o se

9. **pro** [pro] adj. 贊成的；prep. 贊成；n. 贊成；好處；職業選手
   pr o

10. **prose** [proz] n. 散文；平凡
    pr o se

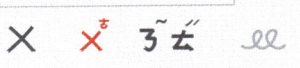

11. **gross** [gros] adj. 粗的；噁心的；v. 獲得..；毛利；n. 總額；總量
    gr o ss

12. **close** [klos] v. 關上；n. 結束
    cl o se

13. **close** [klos] adj. 近的；密切的；adv. 靠近地
    cl o se

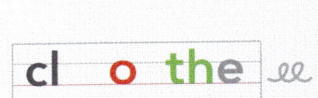

14. **clothe** [kloð] v. 給...穿衣；為...提供衣服
    cl o the

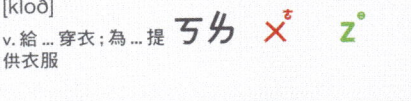

109

專利語調矩陣　　重音節母音　　自然拼讀

o / o_e / oa / ow
oe / ou / oo / ew

1. **clothed**
[kloðd]
adj. 覆蓋著…的

2. **clothes**
[kloz]
n. 衣服

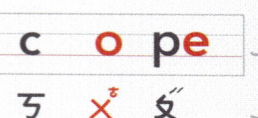

蕭博士拼讀便利貼
接下來，這種拼法也很常見喔！

o_e

5. **bone**
[bon]
n. 骨頭

6. **code**
[kod]
v. 為…編碼
n. 法規；代碼；電碼

7. **coke**
[kok]
n. 可口可樂

8. **cone**
[kon]
n. 圓錐體；圓錐形

9. **cope**
[kop]
v.(成功地)應付；對付

10. **dome**
[dom]
n. 圓屋頂；穹窿；半球形物

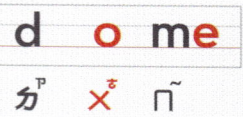

11. **doze**
[doz]
n. 瞌睡，假寐

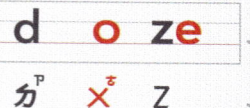

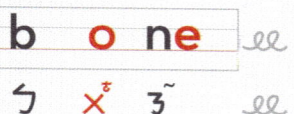

12. **home**
[hom]
adj. 家庭的
adv. 在家；回家
n. 家

13. **hope**
[hop]
v. 希望；
n. 希望；期望

14. **lone**
[lon]
adj. 孤單的；無伴的

110

專利語調矩陣　　重音節母音　　自然拼讀

[o] o / o_e / oa / ow
oe / ou / oo / ew

1. **mode** [mod]
n. 方式；型；模式
m o de

2. **nope** [nop]
adv.(否定的答話) 不是；沒有；不可以
n o pe

3. **note** [not]
v. 注意；記下
n. 筆記；音符；便條
n o te

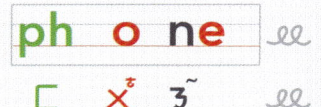

4. **poke** [pok]
v. 戳，捅；撥弄
n. 慢性子的人
p o ke

5. **pope** [pop]
n.(常大寫)(羅馬天主教) 教皇
p o pe

6. **robe** [rob]
n. 長袍，浴衣，睡袍；學士服
r o be

7. **rope** [rop]
n. 粗繩
r o pe

8. **tone** [ton]
v. 裝腔作勢地說；給 ... 定調子
n. 音調；色調
t o ne

9. **vote** [vot]
v. 投票
n. 選舉, 投票, 表決
v o te

10. **phone** [fon]
v. 打電話
n. 電話
ph o ne

11. **zone** [zon]
v. 劃出 ... 為區
n. 地區；時區；(地) 層
z o ne

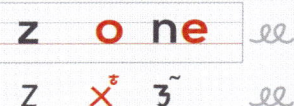

12. **joke** [dʒok]
v. 開玩笑
n. 笑話
j o ke

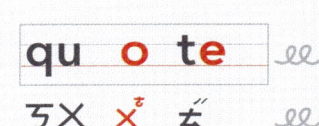

13. **choke** [tʃok]
n. 窒息，嗆
v. 哽咽；堵塞
ch o ke

14. **quote** [kwot]
v. 引用；引述
n. 引文；報價
qu o te

111

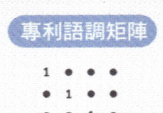

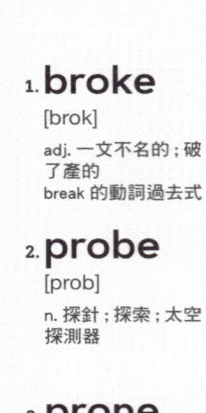

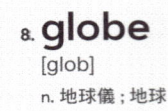

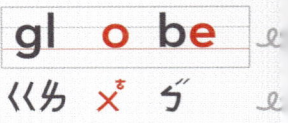

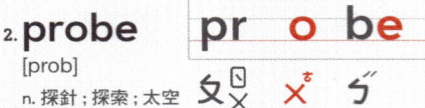

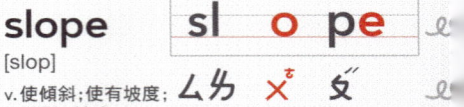

o / o_e / oa / ow / oe / ou / oo / ew

1. **broke** [brok]
adj. 一文不名的；破了產的
break 的動詞過去式

2. **probe** [prob]
n. 探針；探索；太空探測器

3. **prone** [pron]
adj. 有…傾向的；俯伏的

4. **grope** [grop]
n. 觸摸；探索

5. **grove** [grov]
n. 樹叢；小樹林

6. **throne** [θron]
n. 王座；神座；君權；帝王

7. **clone** [klon]
n. 無性繁殖系；複製品

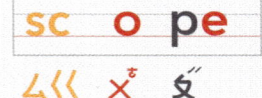

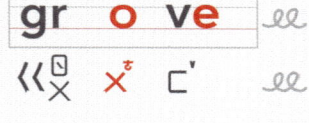

8. **globe** [glob]
n. 地球儀；地球

9. **slope** [slop]
v. 使傾斜；使有坡度；n. 傾斜；坡度

10. **smoke** [smok]
v. 抽煙；冒煙；n. 煙

11. **scope** [skop]
n. 範圍；領域

12. **spoke** [spok]
n. 輪輻；v. 為……裝輪輻；煞住(車)；阻礙；(speak 的過去式)

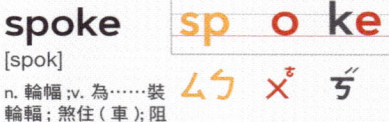

13. **stone** [ston]
n. 石頭

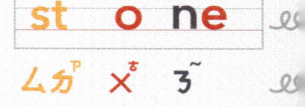

14. **stove** [stov]
n. 爐灶

112

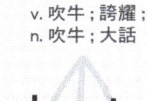

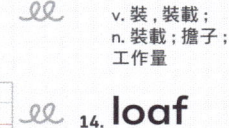

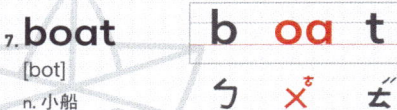

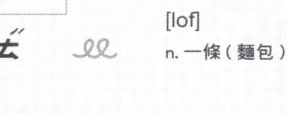

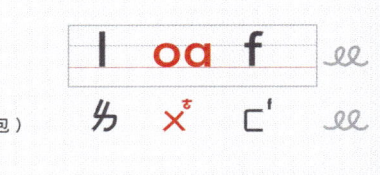

專利語調矩陣 | 重音節母音 | 自然拼讀

[o] ㄛ

o / o_e / oa / ow
oe / ou / oo / ew

1. **stroke**
[strok]
v. 畫短線於；打；擊
n. 中風；打，擊；寫字；繪畫的一筆

str o ke
ㄙㄊㄨ ㄛ ㄎ

蕭博士拼讀便利貼

第三種拼法來了，接招！

oa

4. **oak**
[ok]
n. 橡樹

oa k
ㄛ ㄎ

5. **oath**
[oθ]
n. 誓言；詛咒

oa th
ㄛ ㄙ

6. **boast**
[bost]
v. 吹牛；誇耀；
n. 吹牛；大話

b oa st
ㄅ ㄛ ㄙㄊ

7. **boat**
[bot]
n. 小船

b oa t
ㄅ ㄛ ㄊ

8. **coach**
[kotʃ]
n. 教練

c oa ch
ㄎ ㄛ ㄑㄩ

9. **coast**
[kost]
n. 海岸

c oa st
ㄎ ㄛ ㄙㄊ

10. **coat**
[kot]
n. 外套

c oa t
ㄎ ㄛ ㄊ

11. **foam**
[fom]
n. 泡沫

f oa m
ㄈ ㄛ ㄇ

12. **goat**
[got]
n. 山羊

g oa t
ㄍ ㄛ ㄊ

13. **load**
[lod]
v. 裝，裝載；
n. 裝載；擔子；工作量

l oa d
ㄌ ㄛ ㄉ

14. **loaf**
[lof]
n. 一條（麵包）

l oa f
ㄌ ㄛ ㄈ

113

專利語調矩陣　重音節母音　自然拼讀

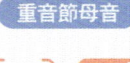

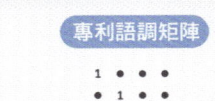

o / o_e / oa / ow
oe / ou / oo / ew

1. **loan** [lon]
v. 借出，貸與；
n. 貸款

2. **moan** [mon]
n. 呻吟聲；嗚咽聲；悲歎

3. **roach** [rotʃ]
n. 歐鯉；翻車魚 蟑螂

4. **road** [rod]
n. 道路

5. **roam** [rom]
n. 漫步；漫遊；流浪
v. 漫步；在…流浪

6. **roast** [rost]
adj. 烘烤的
v. 烤，炙，烘
n. 烘烤；烤肉

7. **soak** [sok]
v. 浸泡；使濕透
n. 浸泡；浸漬

8. **soap** [sop]
v. 用肥皂擦洗
n. 肥皂

9. **toad** [tod]
n. 蟾蜍；令人討厭的人

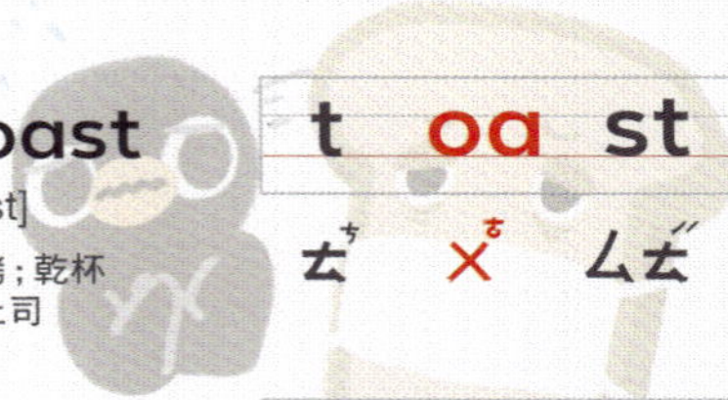

10. **toast** [tost]
v. 烤；乾杯
n. 吐司

11. **poach** [potʃ]
v. 水煮(蛋)；偷獵；侵佔

12. **groan** [gron]
n. 呻吟聲；抱怨(聲)
v. 呻吟；受苦

13. **throat** [θrot]
n. 喉嚨

14. **cloak** [klok]
n.[C] 斗篷，披風；
vt. 使披上斗篷；

114

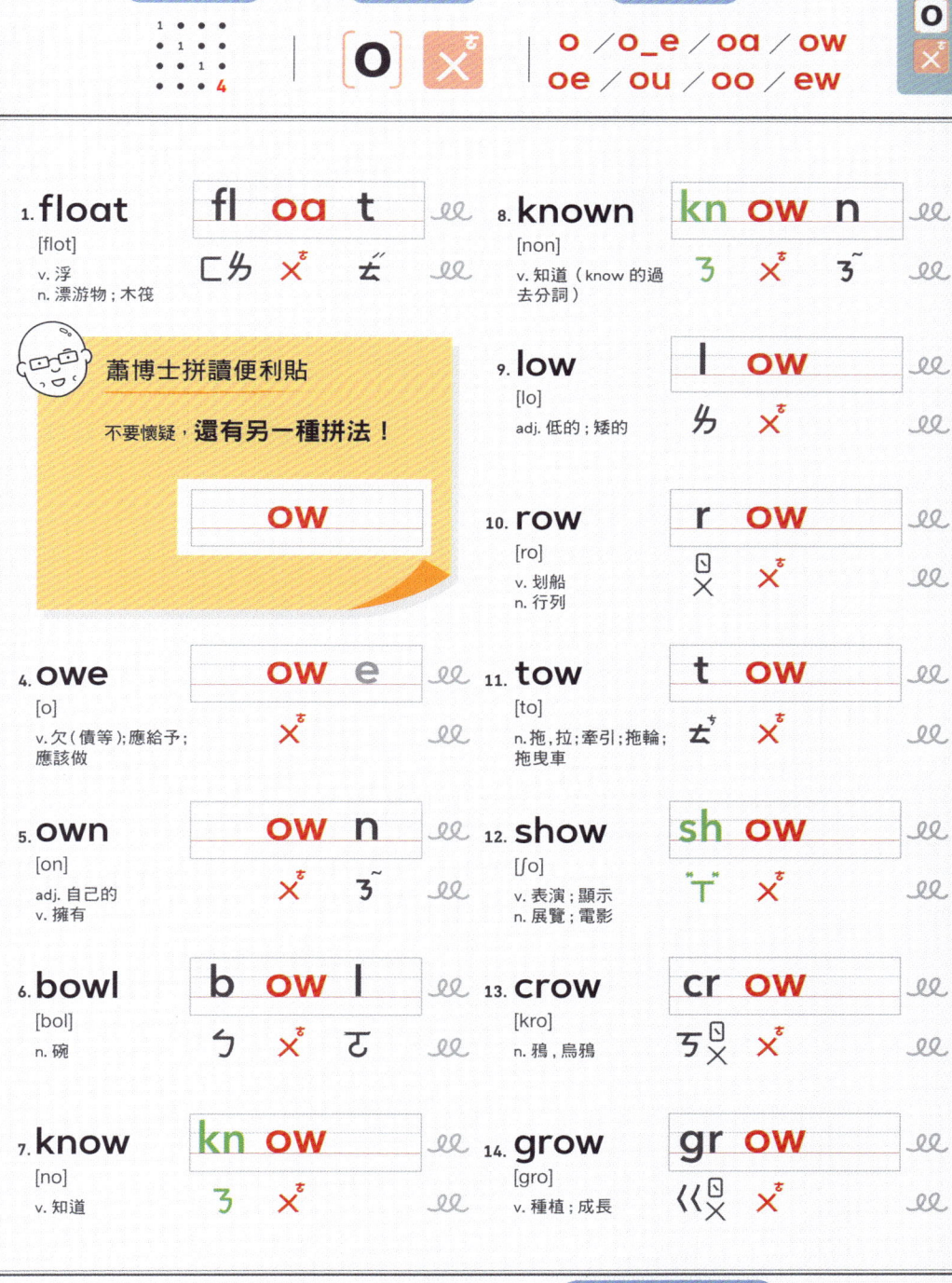

專利語調矩陣	重音節母音	自然拼讀

o: o / o_e / oa / ow / oe / ou / oo / ew

---

1. **float** [flot] v. 浮 n. 漂游物；木筏 — fl **oa** t — ㄈㄌ ㄨˋ ㄊˇ

蕭博士拼讀便利貼
不要懷疑，還有另一種拼法！
ow

4. **owe** [o] v. 欠(債等)；應給予；應該做 — **ow** e — ㄨˋ

5. **own** [on] adj. 自己的 v. 擁有 — **ow** n — ㄨˋ ㄋ~

6. **bowl** [bol] n. 碗 — b **ow** l — ㄅ ㄨˋ ㄛ

7. **know** [no] v. 知道 — kn **ow** — ㄋ ㄨˋ

8. **known** [non] v. 知道（know 的過去分詞）— kn **ow** n — ㄋ ㄨˋ ㄋ~

9. **low** [lo] adj. 低的；矮的 — l **ow** — ㄌ ㄨˋ

10. **row** [ro] v. 划船 n. 行列 — r **ow** — ㄖㄨ ㄨˋ

11. **tow** [to] n. 拖、拉；牽引；拖輪；拖曳車 — t **ow** — ㄊˇ ㄨˋ

12. **show** [ʃo] v. 表演；顯示 n. 展覽；電影 — sh **ow** — ㄒ ㄨˋ

13. **crow** [kro] n. 鴉，烏鴉 — cr **ow** — ㄎㄖㄨ ㄨˋ

14. **grow** [gro] v. 種植；成長 — gr **ow** — ㄍㄖㄨ ㄨˋ

115

專利語調矩陣	重音節母音	自然拼讀

o / o_e / oa / ow
oe / ou / oo / ew

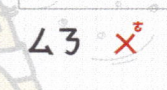

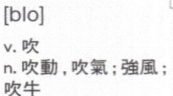

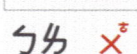

1. **growth** [groθ]
   n. 成長；發育；增大

2. **throw** [θro]
   v. 投；拋

3. **blow** [blo]
   v. 吹
   n. 吹動, 吹氣；強風；吹牛

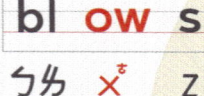

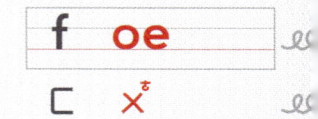

4. **blows** [bloz]
   v.(blow 的第三人稱單數現在式)

5. **flow** [flo]
   v. 河水流動
   n. 流動

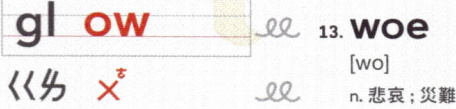

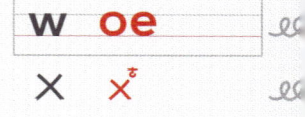

6. **glow** [glo]
   n. 灼熱；光輝
   v. 發光；發熱

7. **slow** [slo]
   adj. 緩慢的
   v. 使慢, 放慢
   adv. 慢慢地

8. **snow** [sno]
   v. 下雪
   n. 雪

蕭博士拼讀便利貼

還可以這樣拼，英文就這麼任性！

oe

11. **foe** [fo]
    n. 敵人；反對者

12. **toe** [to]
    n. 腳趾

13. **woe** [wo]
    n. 悲哀；災難

116

專利語調矩陣　重音節母音　自然拼讀

[o]　ㄨㄛ　o / o_e / oa / ow
　　　　　oe / ou / oo / ew

蕭博士拼讀便利貼

提起精神，**這種拼法也可能！**

　　　ou

3. **dough** [do]
n. 生麵糰；現款
d ou gh
ㄉ ㄨㄛ

4. **soul** [sol]
n. 靈魂
s ou l
ㄙ ㄨㄛ ㄛ

5. **though** [ðo]
adv. 不過；然而；可是
th ou gh
z° ㄨㄛ

蕭博士拼讀便利貼

心量已擴大，
再來一個拼法，也不怕！

　　　oo

8. **brooch** [brotʃ]
n. 女用胸針（或領針）
br oo ch
ㄅ ㄨㄛ ㄑㄩ

蕭博士拼讀便利貼

我們越來越堅強，
第八種拼法，來吧！

　　　ew

11. **sew** [so]
v. 縫製；縫補
s ew
ㄙ ㄨㄛ

117

單音節單字

先哼 ▶ 再唸

4 號救聲員
溫章魚 Octopus One

重音節母音

ɑ ɔ ㄚ

自然拼讀

o, a, aw, au, al
all, ul, u, ou, oa

專利語調矩陣	重音節母音	自然拼讀
	[ɑ ɔ]	o / a / aw / au / al / all / ul / u / ou / oa / oa

蕭博士拼讀便利貼

這個發音，**最最最常見的拼法就是它！**

o

---

3. off
[ɔf]
adj. 離去的；休假的；關著的
adv. 脫下 prep. 離去

o ff / ㄛ ㄈˊ

4. on
[ɑn]
adv. 繼續；向前；開著
prep. 在…上面

o n / ㄛ ㄋ˜

5. odd
[ɑd]
adj. 奇特的，古怪的；單數的

o dd / ㄛ ㄉˇ

6. odds
[ɑds]
n. 機會；可能性；投注賠率；不和

o dds / ㄛ ㄗ

7. opt
[ɑpt]
v. 選擇

o pt / ㄛ ㄆㄜ

8. ox
[ɑks]
n. 公牛

o x / ㄛ ㄎㄙ

9. boss
[bɔs]
n. 老闆

b o ss / ㄅ ㄛ ㄙ

10. Bob
[bɑb]
n. 鮑伯（男子名）

B o b / ㄅ ㄛ ㄅˇ

11. bog
[bɑg]
n. 沼澤；泥塘

b o g / ㄅ ㄛ ㄍ

12. bomb
[bɑm]
n. 炸彈

b o mb / ㄅ ㄛ ㄇ˜

13. bond
[bɑnd]
v. 以…作抵押；使…黏合
n. 結合力；束縛

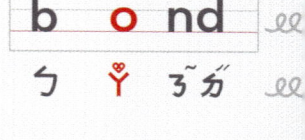

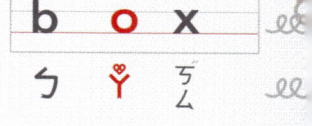

b o nd / ㄅ ㄛ ㄋㄉ

14. box
[bɑks]
n. 箱；盒；匣

b o x / ㄅ ㄛ ㄎㄙ

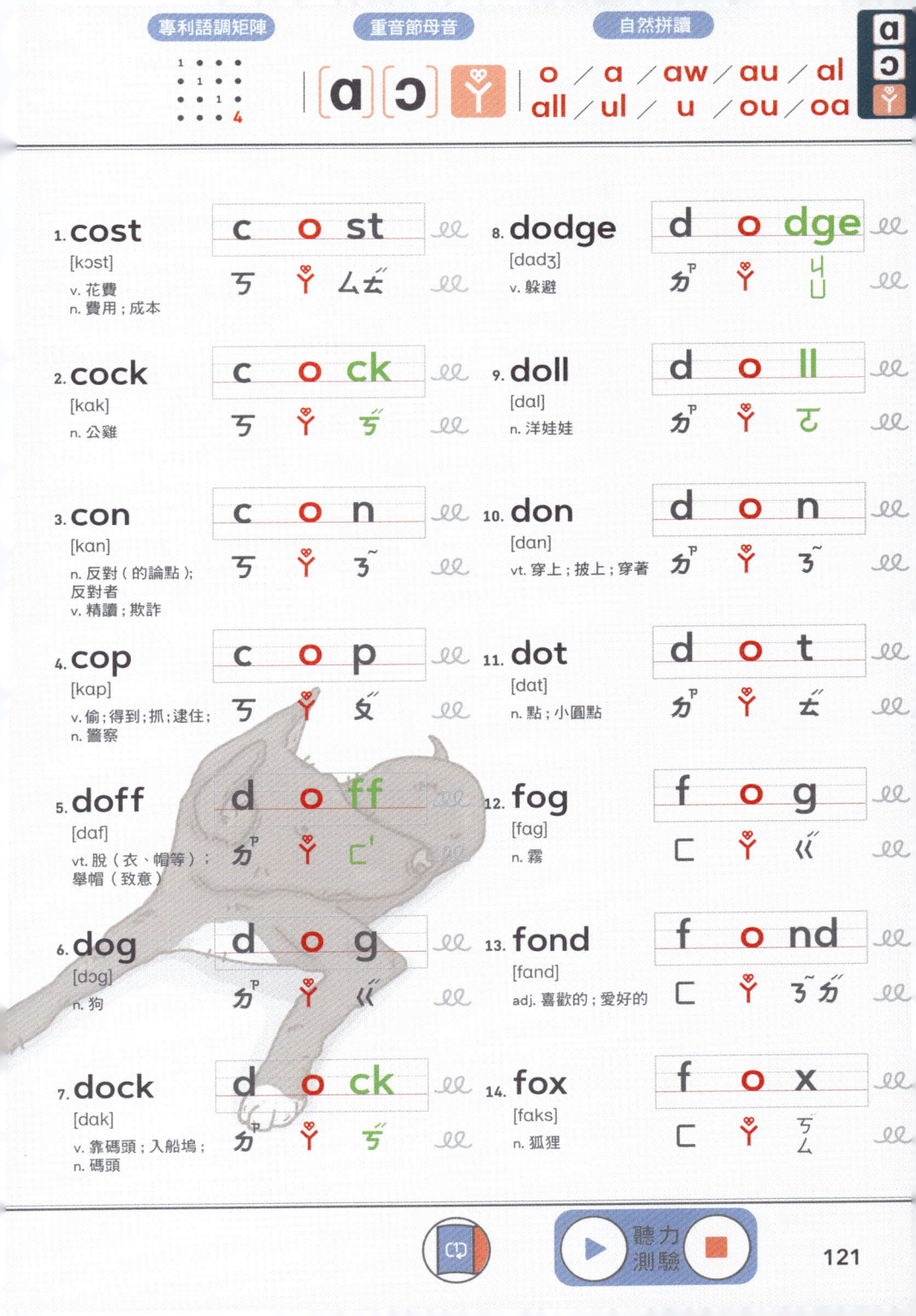

專利語調矩陣	重音節母音	自然拼讀

o / a / aw / au / al
all / ul / u / ou / oa

1. **cost** [kɔst] v. 花費 n. 費用；成本 — c o st — ㄎ ㄚ ㄙㄛ

2. **cock** [kak] n. 公雞 — c o ck — ㄎ ㄚ ㆆ

3. **con** [kan] n. 反對（的論點）；反對者 v. 精讀；欺訓 — c o n — ㄎ ㄚ ñ

4. **cop** [kap] v. 偷；得到；抓；逮住；n. 警察 — c o p — ㄎ ㄚ ㄆˊ

5. **doff** [daf] vt. 脫（衣、帽等）；舉帽（致意） — d o ff — ㄉᴾ ㄚ ㄈˋ

6. **dog** [dɔg] n. 狗 — d o g — ㄉᴾ ㄚ ㄍ

7. **dock** [dak] v. 靠碼頭；入船塢；n. 碼頭 — d o ck — ㄉ ㄚ ㆆ

8. **dodge** [dadʒ] v. 躲避 — d o dge — ㄉᴾ ㄚ ㄐㄩ

9. **doll** [dal] n. 洋娃娃 — d o ll — ㄉᴾ ㄚ ㄛ

10. **don** [dan] vt. 穿上；披上；穿著 — d o n — ㄉᴾ ㄚ ñ

11. **dot** [dat] n. 點；小圓點 — d o t — ㄉᴾ ㄚ ㄛ

12. **fog** [fag] n. 霧 — f o g — ㄈ ㄚ ㄍ

13. **fond** [fand] adj. 喜歡的；愛好的 — f o nd — ㄈ ㄚ ñㄉ

14. **fox** [faks] n. 狐狸 — f o x — ㄈ ㄚ ㄎㄙ

121

專利語調矩陣	重音節母音	自然拼讀
	[a] [ɔ] ㄚ	o / a / aw / au / al all / ul / u / ou / oa

1. God
[gad]
n. 上帝

G o d
ㄍ ㄚ ㄉ

2. golf
[galf]
n. 高爾夫球

g o lf
ㄍ ㄚ ㄛㄈˋ

3. gone
[gɔn]
v. 去;走 (go 的過去分詞)

g o ne
ㄍ ㄚ ㄋ˜

4. got
[gɔt]
get 的動詞過去式、過去分詞

g o t
ㄍ ㄚ ㄊˋ

5. hop
[hap]
v. 單足跳
n. 單足跳;跳躍;麻藥(尤指鴉片)

h o p
ㄏ ㄚ ㄆˋ

6. hot
[hat]
adj. 熱的;性感的

h o t
ㄏ ㄚ ㄊˋ

7. knob
[nab]
n. 球形把手;旋鈕

kn o b
ㄋ ㄚ ㄅˋ

8. knock
[nak]
v. 敲

kn o ck
ㄋ ㄚ ㄎˋ

9. knot
[nat]
n. 花結;蝴蝶結

kn o t
ㄋ ㄚ ㄊˋ

10. log
[lɔg]
n. 原木;木料;工作記錄簿
v. 伐採

l o g
ㄌ ㄚ ㄍˋ

11. loss
[lɔs]
n. 損失

l o ss
ㄌ ㄚ ㄙ

12. lost
[lɔst]
adj. 弄丟的,遺失的;錯過的;輸掉的

l o st
ㄌ ㄚ ㄙㄊˋ

13. lock
[lak]
v. 鎖住
n. 鎖

l o ck
ㄌ ㄚ ㄎˋ

14. lodge
[ladʒ]
n. 木屋;小旅舍;守衛室

l o dge
ㄌ ㄚ ㄐˇ

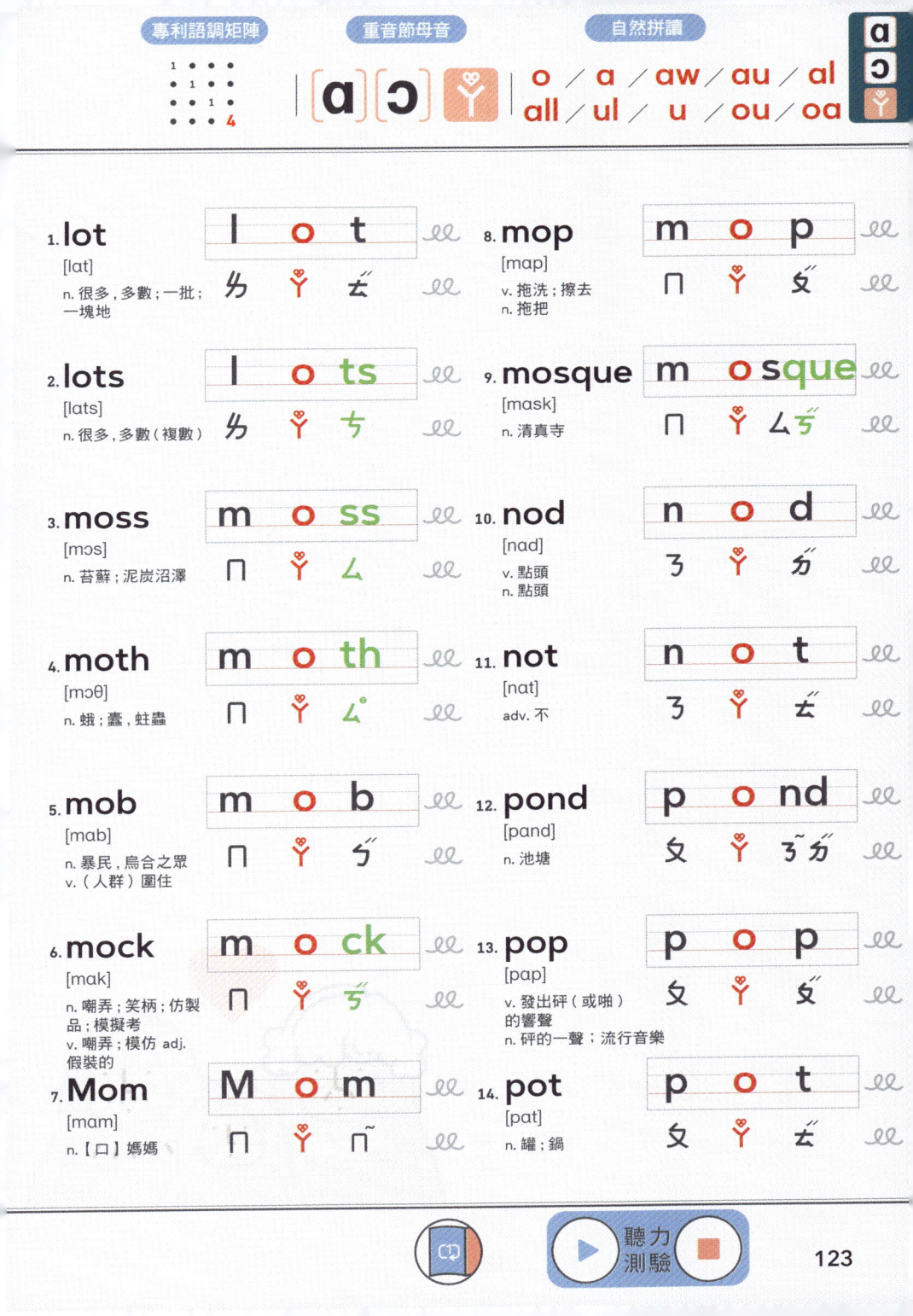

1. **lot** [lɑt]
n. 很多,多數;一批;一塊地

2. **lots** [lɑts]
n. 很多,多數(複數)

3. **moss** [mɔs]
n. 苔蘚;泥炭沼澤

4. **moth** [mɔθ]
n. 蛾;蠹;蛀蟲

5. **mob** [mɑb]
n. 暴民,烏合之眾
v. (人群)圍住

6. **mock** [mɑk]
n. 嘲弄;笑柄;仿製品;模擬考
v. 嘲弄;模仿 adj. 假裝的

7. **Mom** [mɑm]
n. 【口】媽媽

8. **mop** [mɑp]
v. 拖洗;擦去
n. 拖把

9. **mosque** [mɑsk]
n. 清真寺

10. **nod** [nɑd]
v. 點頭
n. 點頭

11. **not** [nɑt]
adv. 不

12. **pond** [pɑnd]
n. 池塘

13. **pop** [pɑp]
v. 發出砰(或啪)的響聲
n. 砰的一聲;流行音樂

14. **pot** [pɑt]
n. 罐;鍋

123

專利語調矩陣　重音節母音　自然拼讀

[ɑ] [ɔ] [ˇ] ｜ o / a / aw / au / al
　　　　　　　 all / ul / u / ou / oa
ao

1. **rob** [rab] v. 搶劫
   r o b

2. **Ron** [ran] n. 羅恩（男子名）
   R o n

3. **rock** [rak] v. 搖動 n. 岩石；搖滾樂
   r o ck

4. **rod** [rad] n. 棒, 桿, 竿
   r o d

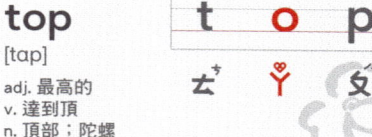

5. **rot** [rat] n. 腐爛, 腐壞；腐敗，墮落
   r o t

6. **soft** [sɔft] adj. 柔軟的
   s o ft

7. **sob** [sab] n. 嗚咽（聲）, 啜泣（聲）
   s o b

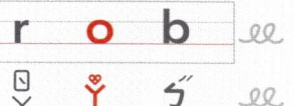

8. **sock** [sak] v. 猛擊；毆打 n. 猛擊
   s o ck

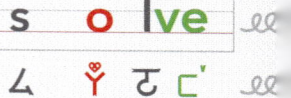

9. **socks** [saks] n. 一雙襪子
   s o cks

10. **solve** [salv] v. 解決
    s o lve

11. **toss** [tɔs] v. 拋；扔；投 n. 擲幣賭勝負
    t o ss

12. **top** [tap] adj. 最高的 v. 達到頂 n. 頂部；陀螺
    t o p

13. **wok** [wak] n. 有把手的中國炒菜鍋
    w o k

14. **won** [wʌn] win的動詞過去式、過去分詞
    w o n

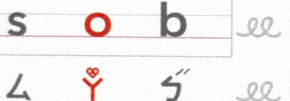

124

1. **jot** [dʒɑt] n. 一點兒；極少 v. 草草記下	j o t	8. **shot** [ʃɑt] n. 射擊；開槍；投籃；拍攝；機會	sh o t
2. **job** [dʒɑb] n. 職業；工作	j o b	9. **drop** [drɑp] v. 使滴落；丟下 n. 滴；點滴；空投；點藥水	dr o p
3. **jog** [dʒɑg] v. 慢跑	j o g	10. **trot** [trɑt] n.(馬等的)小跑；(人的)慢跑	tr o t
4. **chop** [tʃɑp] v. 砍；劈；斬 n. 排骨	ch o p	11. **broth** [brɔθ] n. 肉湯	br o th
5. **shock** [ʃɑk] v. 使震動 n. 震驚	sh o ck	12. **bronze** [brɑnz] n. 青銅；青銅製品；古銅色	br o nze
6. **shocked** [ʃɑkt] adj. 震動的；震驚的；shock 的動詞過去式	sh o cked	13. **prompt** [prɑmpt] adj. 敏捷的；即時的 v. 提示 n. 催促；提醒	pr o mpt
7. **shop** [ʃɑp] v. 購物 n. 商店	sh o p	14. **prop** [prɑp] n. 支柱；支撐物；後盾；道具	pr o p

125

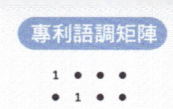

專利語調矩陣　　重音節母音　　自然拼讀

o / a / aw / au / al
all / ul / u / ou / oa

1. **cross** [krɔs] v. 越過；渡過 n. 十字架

2. **crop** [krɑp] v. 收成；裁剪 n. 作物

3. **frog** [frɑg] n. 青蛙

4. **frost** [frɑst] n. 霜

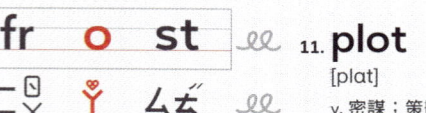

5. **throb** [θrɑb] n. 跳動；悸動；抽動；抽痛

6. **bloc** [blɑk] n. 團體；聯盟

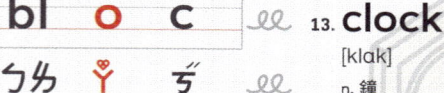

7. **block** [blɑk] v. 阻塞 n. 街區

8. **blond** [blɑnd] adj. 金髮的 n. 金髮女郎

9. **blonde** [blɑnd] adj. 金髮的 n. 金髮女郎

10. **blot** [blɑt] n. 墨水漬；污漬；污點

11. **plot** [plɑt] v. 密謀；策劃；標繪 n. 陰謀；標繪圖；情節；劇情

12. **cloth** [klɔθ] n. 布；（棉、毛、合成纖維等）織物；衣料

13. **clock** [klɑk] n. 鐘

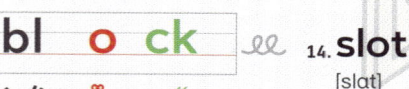

14. **slot** [slɑt] v. 開狹長的孔；把……納入序列中 n. 狹長孔；投幣口；吃角子老虎

126

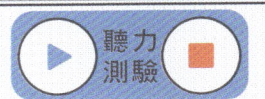

專利語調矩陣　重音節母音　自然拼讀

[a][ɔ] ㄚ ｜ o / a / aw / au / al
all / ul / u / ou / oa

1. **flock** [flak]
   n.(飛禽,牲畜等的)群;人群,群眾
   fl o ck
   ㄈㄌ ㄚ ㄎ

2. **flop** [flap]
   n. 拍擊聲;(作品、演出等)失敗
   fl o p
   ㄈㄌ ㄚ ㄆ

蕭博士拼讀便利貼

接下來，**這種拼法也很常見喔！**

　　　　a

3. **smog** [smag]
   n. 煙霧
   sm o g
   ㄙㄇ ㄚ ㄍ

10. **ah** [a]
    int.(表示痛苦、愉悅、遺憾、驚訝等)啊;哎呀
    a h
    ㄚ

4. **spot** [spat]
   v. 沾污;察出
   n. 斑點;場所
   sp o t
   ㄙㄆ ㄚ ㄊ

11. **baa** [ba]
    v. 作羊的叫聲
    n. 羊的叫聲
    b a a
    ㄅ ㄚ

5. **stock** [stak]
   adj. 庫存的;現有的
   v. 辦貨;貯存
   n. 股票;存貨
   st o ck
   ㄙㄉᵖ ㄚ ㄎ

12. **ha** [ha]
    int.(表示驚訝、歡樂、懷疑)哈;嘿
    h a
    ㄏ ㄚ

6. **stop** [stap]
   v. 停止
   n. 車站
   st o p
   ㄙㄉᵖ ㄚ ㄆ

13. **Ma** [ma]
    n. 媽
    M a
    ㄇ ㄚ

14. **Pa** [pa]
    n. 爸
    P a
    ㄆ ㄚ

127

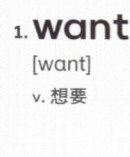

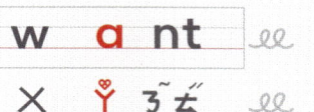

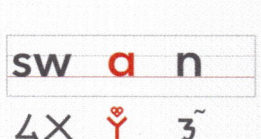

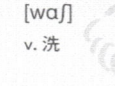

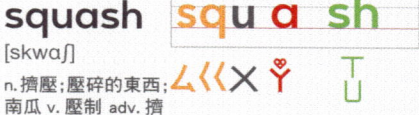

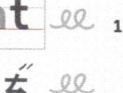

專利語調矩陣	重音節母音	自然拼讀
	[a] [ɔ] ㄚ	o / a / aw / au / al all / ul / u / ou / oa ao

1. **want** [wɑnt] v. 想要 | w a nt | ㄨ ㄚ ㄋㄜ

2. **wants** [wɑnts] v. 想要（want 的第三人稱單數型） | w a nts | ㄨ ㄚ ㄋㄘ

3. **wash** [wɑʃ] v. 洗 | w a sh | ㄨ ㄚ ㄒㄩ

4. **watch** [wɑtʃ] v. 注意看 n. 手錶 | w a tch | ㄨ ㄚ ㄑㄩ

5. **yacht** [jɑt] n. 快艇；遊艇 | y a cht | ㄧ ㄚ ㄜ

6. **bra** [brɑ] n. 胸罩 | br a | ㄅㄖㄨ ㄚ

7. **swamp** [swɑmp] n. 沼澤；沼澤地；困境 | sw a mp | ㄙㄨ ㄚ ㄇㄆ

8. **swan** [swɑn] n. 天鵝 | sw a n | ㄙㄨ ㄚ ㄋ

9. **swap** [swɑp] n. 交換；交換的東西 v. 交換；交易 | sw a p | ㄙㄨ ㄚ ㄆ

10. **squad** [skwɑd] n. 班；小隊；小組 | squ a d | ㄙㄍㄨ ㄚ ㄉ

11. **squash** [skwɑʃ] n. 擠壓；壓碎的東西；南瓜 v. 壓制 adv. 擠壓地 | squ a sh | ㄙㄍㄨ ㄚ ㄒㄩ

12. **squat** [skwɑt] n. 蹲坐；蜷伏；深蹲 | squ a t | ㄙㄍㄨ ㄚ ㄜ

> 蕭博士拼讀便利貼
>
> 第三種拼法來了，接招！
>
> **aw**

128

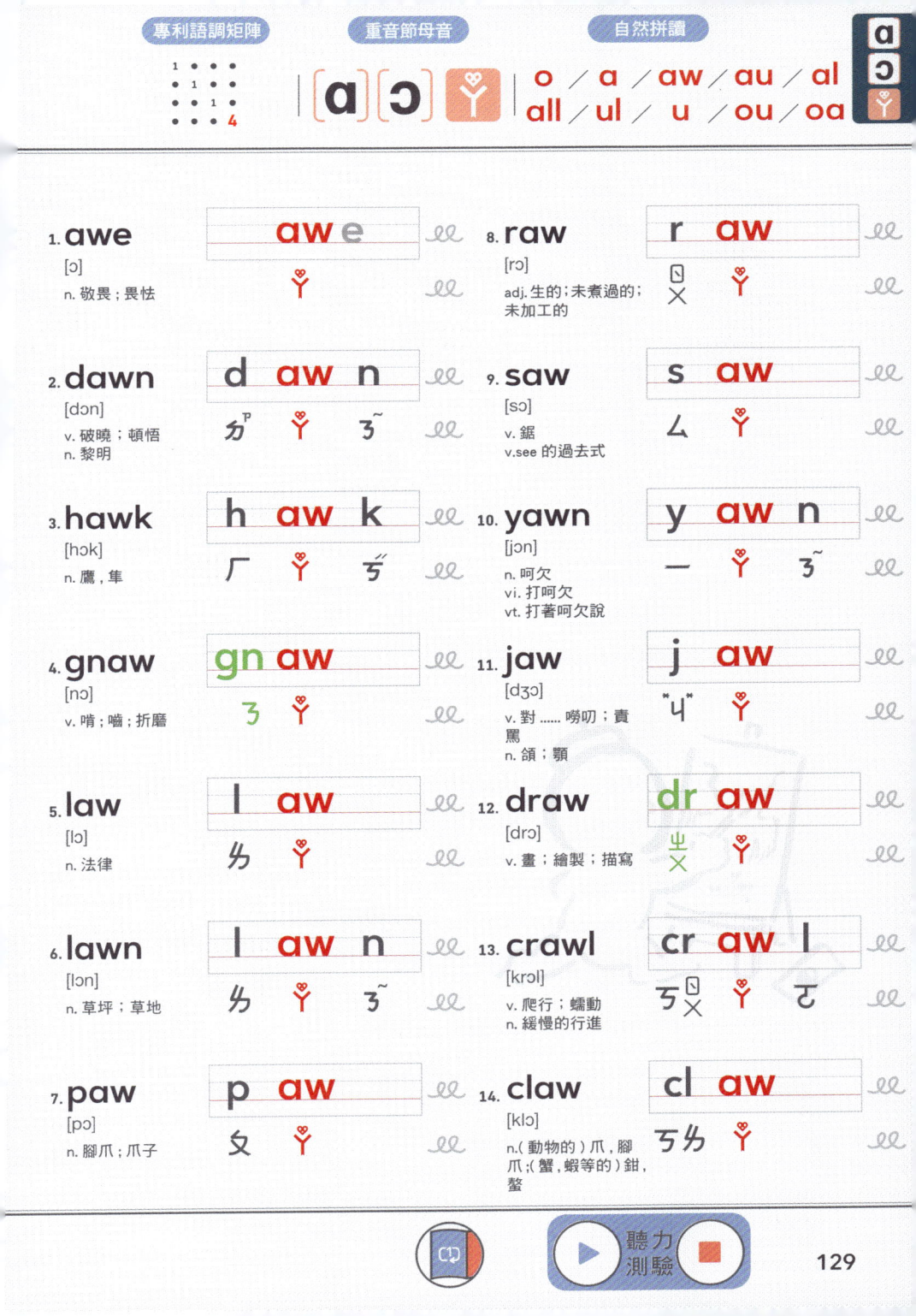

#	單字	拼讀	#	單字	拼讀
1.	**awe** [ɔ] n. 敬畏；畏怯	aw e	8.	**raw** [rɔ] adj. 生的；未煮過的；未加工的	r aw
2.	**dawn** [dɔn] v. 破曉；頓悟 n. 黎明	d aw n	9.	**saw** [sɔ] v. 鋸 v. see 的過去式	s aw
3.	**hawk** [hɔk] n. 鷹，隼	h aw k	10.	**yawn** [jɔn] n. 呵欠 vi. 打呵欠 vt. 打著呵欠說	y aw n
4.	**gnaw** [nɔ] v. 啃；嚙；折磨	gn aw	11.	**jaw** [dʒɔ] v. 對……嘮叨；責罵 n. 頜；顎	j aw
5.	**law** [lɔ] n. 法律	l aw	12.	**draw** [drɔ] v. 畫；繪製；描寫	dr aw
6.	**lawn** [lɔn] n. 草坪；草地	l aw n	13.	**crawl** [krɔl] v. 爬行；蠕動 n. 緩慢的行進	cr aw l
7.	**paw** [pɔ] n. 腳爪；爪子	p aw	14.	**claw** [klɔ] n. (動物的) 爪，腳爪；(蟹、蝦等的) 鉗，螯	cl aw

專利語調矩陣 / 重音節母音字 / 自然拼讀

o / a / aw / au / al
all / ul / u / ou / oa

1. **flaw** [flɔ]
   n. 缺點；瑕疵；裂隙
   v. 使缺陷
   fl aw

2. **sprawl** [sprɔl]
   n. 伸開四肢的躺臥姿勢；蔓生
   v. 使蔓生；伸開四肢躺臥
   spraw l

3. **straw** [strɔ]
   n. 稻草；吸管
   str aw

蕭博士拼讀便利貼
不要懷疑，還有另一種拼法！
au

6. **caught** [kɔt]
   v. 捉住 (catch 的過去式 / 過去分詞)
   c au ght

7. **cause** [kɔz]
   v. 導致；使發生；引起
   n. 原因；理由
   c au se

8. **haunt** [hɔnt]
   n. 常去之處
   h au nt

9. **launch** [lɔntʃ]
   v. 發射；開始
   n. (船的)下水；發射
   l au nch

10. **pause** [pɔz]
    v. 中止
    n. 暫停；間歇；躊躇；猶豫
    p au se

11. **sauce** [sɔs]
    n. 調味醬；醬汁
    s au ce

12. **taunt** [tɔnt]
    n. 辱罵；嘲笑；被嘲笑的人
    v. 嘲笑
    t au nt

13. **fault** [fɔlt]
    n. 過錯
    f au lt

14. **haul** [hɔl]
    v. 拖；拉；拖運
    n. 拖；拉；拖運；一次獲得的量
    h au l

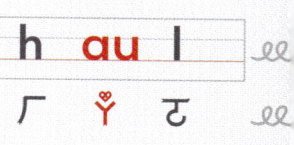

專利語調矩陣　重音節母音　自然拼讀

|a c ♀| o / a / aw / au / al
all / ul / u / ou / oa

1. **clause** cl au se
   [klɔz]
   ㄎㄌ ♀ z
   n.（文件的）條款；子句

2. **naught** n au ght
   [nɔt]
   ㄋ ♀ ㄜ
   n. 不存在；【數】零
   adj. 無價值的，無用的

3. **fraud** fr au d
   [frɔd]
   ㄈㄖ ♀ ㄉ
   n. 詭計；騙子；假貨

蕭博士拼讀便利貼

還可以這樣拼，英文就這麼任性！

al

6. **calm** c al m
   [kɑm]
   ㄎ ♀ ㄇ
   adj. 寧靜的
   v. 變安靜；使鎮定

7. **false** f al se
   [fɔls]
   ㄈ ♀ ㄙ
   adj. 假的

8. **halt** h al t
   [hɔlt]
   ㄏ ♀ ㄜ
   n. 暫停，停止；終止
   v. 使停止

9. **palm** p al m
   [pɑm]
   ㄆ ♀ ㄇ
   v.（變戲法等的）把......藏於手掌中
   n. 手掌；手心

10. **salt** s al t
    [sɔlt]
    ㄙ ♀ ㄜ
    n. 鹽

11. **talk** t al k
    [tɔk]
    ㄊ ♀ ㄎ
    v. 講話
    n. 談話；交談；空話；話題；談判

12. **walk** w al k
    [wɔk]
    ㄨ ♀ ㄎ
    v. 走路
    n. 散步；人行道；四壞球保送上一壘

13. **chalk** ch al k
    [tʃɔk]
    ㄑ ♀ ㄎ
    n. 粉筆

14. **stalk** st al k
    [stɔk]
    ㄙㄉ ♀ ㄎ
    n. 悄悄的追蹤；莖；柄

131

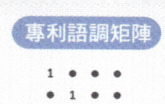

專利語調矩陣 重音節母音 自然拼讀

[a] [c] [ʏ] | o / a / aw / au / al
all / ul / u / ou / oa

蕭博士拼讀便利貼
提起精神，**這種拼法也可能！**

all

3. **all**
[ɔl]
adj. 所有的；全部
adv. 完全地
pron. 一切

all

4. **ball**
[bɔl]
n. 球

b all
ㄅ

5. **call**
[kɔl]
v. ；打電話
n. 呼叫；請求；通話；判決；紙牌叫牌

c all
ㄎ

6. **fall**
[fɔl]
v. 掉下
n. 秋天

f all
ㄈ

7. **hall**
[hɔl]
n. 大廳；講堂

h all
ㄏ

8. **mall**
[mɔl]
n. 大規模購物中心

m all
ㄇ

9. **tall**
[tɔl]
adj. 高的

t all
ㄊ

10. **wall**
[wɔl]
n. 牆

w all
×

11. **small**
[smɔl]
adj. 小的

sm all
ㄙㄇ

12. **stall**
[stɔl]
n. 廄；攤位；（汽車的）拋錨

st all
ㄙㄉ

蕭博士拼讀便利貼
心量已擴大，
再來一個拼法，也不怕！

ul

專利語調矩陣　重音節母音　自然拼讀

[ɑ] [cɒ] ♀ | o / a / aw / au / al / all / ul / u / ou / oa

蕭博士拼讀便利貼

我們越來越堅強，**第八種拼法**，來吧！

u

1. **bulb** [bʌlb] n. 電燈泡
   b | ul | b
   ㄅ | ㄚ | ㄅˇ

2. **bulge** [bʌldʒ] n. 腫脹；凸塊；增長 v. 使凸起；膨脹
   b | ul | ge
   ㄅ | ㄚ | ㄐㄩ

3. **bulk** [bʌlk] v. 擴大；膨脹 n. 體積；容積；大塊；大多數
   b | ul | k
   ㄅ | ㄚ | ㄎˇ

4. **cult** [kʌlt] n. 膜拜；邪教；狂熱崇拜
   c | ul | t
   ㄎ | ㄚ | ㄊ

5. **gulf** [gʌlf] n. 海灣
   g | ul | f
   ㄍ | ㄚ | ㄈf

6. **gulp** [gʌlp] n. 吞嚥；一（大）口；哽塞（聲） v. 狼吞虎嚥
   g | ul | p
   ㄍ | ㄚ | ㄆˇ

7. **pulse** [pʌls] v. 搏動；跳動；振動 n. 脈搏；有節奏的跳動
   p | ul | se
   ㄆ | ㄚ | ㄙ

10. **dull** [dʌl] adj. 晦暗的；無光澤的
    d | u | ll
    ㄉ | ㄚ | ㄛ

11. **gull** [gʌl] n. 鷗，海鷗；易受騙的人
    g | u | ll
    ㄍ | ㄚ | ㄛ

12. **hull** [hʌl] n. 殼；莢；船殼；殼體
    h | u | ll
    ㄏ | ㄚ | ㄛ

13. **skull** [skʌl] n. 頭骨；骷髏
    sk | u | ll
    ㄙㄍ | ㄚ | ㄛ

133

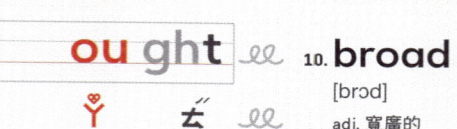

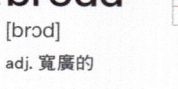

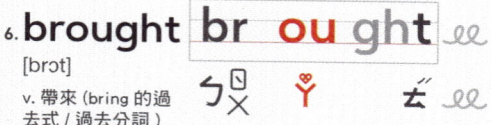

| 專利語調矩陣 | 重音節母音 | 自然拼讀 |

o / a / aw / au / al
all / ul / u / ou / oa

蕭博士拼讀便利貼

第九種拼法來了。
面對它，接受它，處理它，記住它！

ou

蕭博士拼讀便利貼

人生實難，英文更難；
十種拼法，家常便飯。

oa

3. **ought** [ɔt]
aux. 應當；應該

4. **cough** [kɔf]
v. 咳嗽
n. 咳嗽

5. **thought** [θɔt]
n. 思想
v. think 的過去式

6. **brought** [brɔt]
v. 帶來（bring 的過去式 / 過去分詞）

10. **broad** [brɔd]
adj. 寬廣的

134

聽點音樂，
休息一下吧！

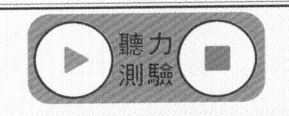

單音節單字

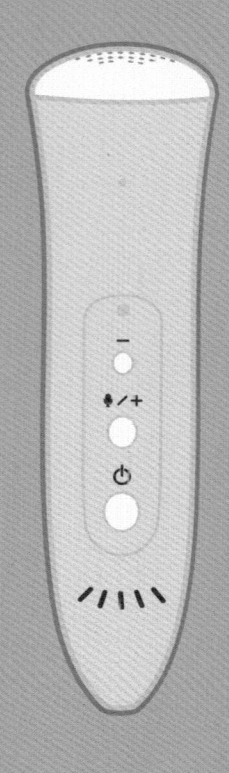

先哼 ▶ 再唸

重音節母音

自然拼讀

ong, on

ong / on

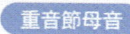

蕭博士拼讀便利貼

這個發音，**最最最常見的拼法就是它！**

ong

蕭博士拼讀便利貼

接下來，**這種拼法也很常見喔！**

on

3. **long**
[lɔŋ]
adj. 長的
v. 渴望
adv. 長久地

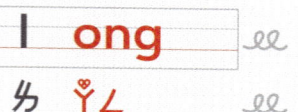

4. **song**
[sɔŋ]
n. 歌曲

5. **wrong**
[rɔŋ]
adj. 錯誤的
adv. 不正當地
n. 錯誤；違法

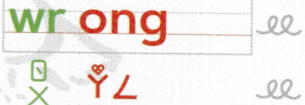

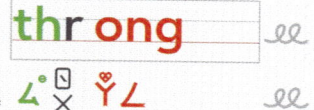

6. **throng**
[θrɔŋ]
n. 人群；大群；群集

7. **strong**
[strɔŋ]
adj. 強壯的

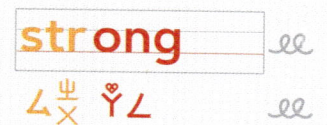

10. **honk**
[hɔŋk]
n. 雁鳴或汽車喇叭聲

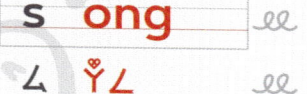

138

跟旁邊的人說話，
休息一下吧！

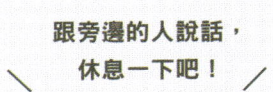

單音節單字

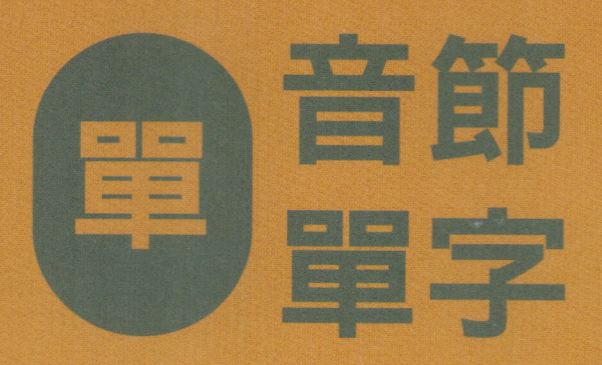

\ 先哼 ▶ 再唸 /

12 號救聲員
南瓜大哥 霹特兒 Peter

13 號救聲員
南瓜二哥 披特兒 Petir

重音節母音

ɝ ɚ 儿

自然拼讀

er, ur, ir, or, ear, ure, ere

15號救聲員
南瓜三哥 匹特兒 Petur

ɝ / ɚ / ㄦ

er / ur / ir / or
ear / ure / ere

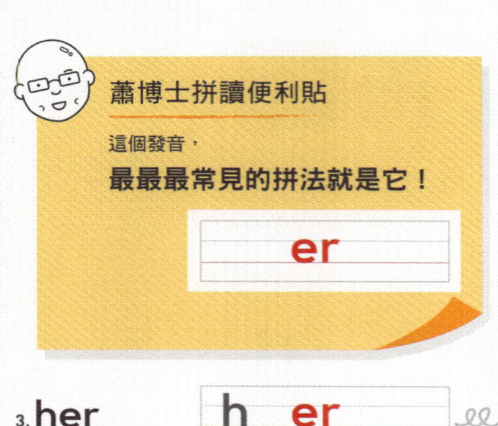

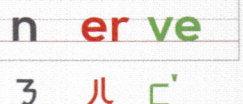

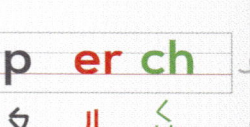

蕭博士拼讀便利貼

這個發音，**最最最常見的拼法就是它！**

er

3. **her** [hɝ]
   pron.(受格)她;(所有格)她的
   h er　ㄏ ㄦ

4. **herb** [hɝb]
   n. 草本植物;藥草
   h er b　ㄏ ㄦ ㄅˇ

5. **herd** [hɝd]
   n. 畜群;牧群
   h er d　ㄏ ㄦ ㄉ

6. **hers** [hɝz]
   pron.(所有代名詞)她的(東西)
   h er s　ㄏ ㄦ Z

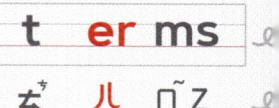

7. **merge** [mɝdʒ]
   v. 合併;融合
   m er ge　ㄇ ㄦ ㄐㄩ

8. **nerve** [nɝv]
   n. 神經
   n er ve　ㄋ ㄦ ㄈˇ

9. **per** [pɝ]
   prep. 經;由;每;按照
   p er　ㄆ ㄦ

10. **perch** [pɝtʃ]
    n.(鳥類的)棲息處
    p er ch　ㄆ ㄦ ㄑㄩ

11. **serve** [sɝv]
    n. 侍者;伺服器
    v. 服務;任職
    s er ve　ㄙ ㄦ ㄈˇ

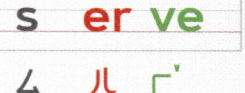

12. **term** [tɝm]
    v. 把……稱為;把…叫做
    n. 術語;學期
    t er m　ㄊˇ ㄦ ㄇ̃

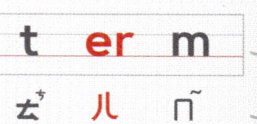

13. **terms** [tɝmz]
    (term 的複數)
    t er ms　ㄊˇ ㄦ ㄇ̃Z

14. **verb** [vɝb]
    n. 動詞
    v er b　ㄈˇ ㄦ ㄅˇ

142

專利語調矩陣	重音節母音	自然拼讀	ɝ ɚ ㄦ

ɝ ɚ ㄦ　er / ur / ir / or
　　　　　ear / ure / ere

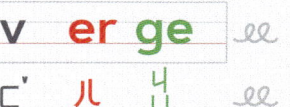

1. **verge** [vɝdʒ]
   n. 邊沿；邊緣
   v | er | ge
   ㄈˊ | ㄦ | ㄐㄩ

2. **verse** [vɝs]
   n. 詩；韻文
   v | er | se
   ㄈˊ | ㄦ | ㄙ

蕭博士拼讀便利貼

接下來，這種拼法也很常見喔！

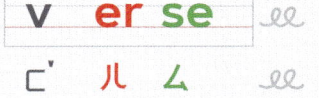

ur

3. **jerk** [dʒɝk]
   n. 猛然地一拉；顛簸；痙攣；怪人；頭腦簡單的人
   v. 急拉
   j | er | k
   ˇㄐ | ㄦ | ㄎˊ

4. **germ** [dʒɝm]
   n. 微生物；細菌；病菌
   g | er | m
   ˇㄐ | ㄦ | ㄇ̃

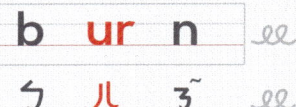

5. **clerk** [klɝk]
   n. 店員；辦事員；職員
   cl | er | k
   ㄎㄌ | ㄦ | ㄎˊ

6. **sperm** [spɝm]
   n. 精子
   sp | er | m
   ㄙㄆ | ㄦ | ㄇ̃

7. **stern** [stɝn]
   n. 船尾；(物體的)尾部
   st | er | n
   ㄙㄉㆴ | ㄦ | ㄋ̃

10. **urge** [ɝdʒ]
    v. 催促；力勸
    n. 強烈的慾望
    ur | ge
    ㄦ | ㄐㄩ

11. **burn** [bɝn]
    v. 燒；燙傷
    b | ur | n
    ㄅ | ㄦ | ㄋ̃

12. **burst** [bɝst]
    v. 爆開；闖入
    b | ur | st
    ㄅ | ㄦ | ㄙㄊ

13. **curb** [kɝb]
    n. 人行道旁的水泥(或石)邊；抑制
    c | ur | b
    ㄎ | ㄦ | ㄅˊ

14. **curl** [kɝl]
    n. 捲毛，捲髮
    c | ur | l
    ㄎ | ㄦ | ㄛ

143

| 專利語調矩陣 | 重音節母音 | 自然拼讀 |

[ɝ] [ɚ] [儿]   er / ur / ir / or
              ear / ure / ere

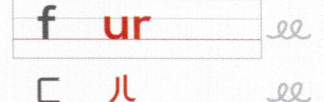

1. **curse** [kɝs]
   n. 咒語；詛咒
   v. 詛咒
   c ur se — ㄎ 儿 ㄙ

2. **curve** [kɝv]
   v. 使彎曲；使成曲線
   n. 曲線
   c ur ve — ㄎ 儿 ㄈˊ

3. **fur** [fɝ]
   n. 軟毛；毛皮製品
   f ur — ㄈ 儿

4. **hurl** [hɝl]
   v. 猛力投擲；發射；厲聲叫罵
   h ur l — ㄏ 儿 ㄛ

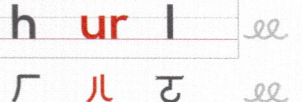

5. **hurt** [hɝt]
   v. 傷害；使疼痛
   n. 傷害；壞處
   h ur t — ㄏ 儿 ㄊˊ

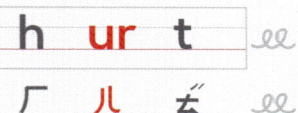

6. **nurse** [nɝs]
   v. 看護；培育；當奶媽
   n. 護士
   n ur se — ㄋ 儿 ㄙ

7. **purse** [pɝs]
   n. 錢包
   p ur se — ㄆ 儿 ㄙ

8. **surf** [sɝf]
   v. 衝浪；在網路或頻道上搜索資料
   n. 海浪
   s ur f — ㄙ 儿 ㄈˊ

9. **surge** [sɝdʒ]
   n. 大浪；波濤
   v. 湧現；遽增
   s ur ge — ㄙ 儿 ㄐ

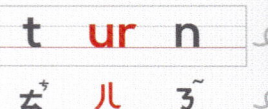

10. **turn** [tɝn]
    v. 轉
    n. 輪到
    t ur n — ㄊˊ 儿 ㄋ̃

11. **church** [tʃɝtʃ]
    n. 教堂
    ch ur ch — ˇㄑ 儿 ㄑ

12. **blur** [blɝ]
    n. 模糊；模糊不清的事物
    bl ur — ㄅㄌ 儿

13. **spur** [spɝ]
    n. 馬刺
    v. 鞭策；策馬前進
    sp ur — ㄙㄆ 儿

| 專利語調矩陣 | 重音節母音 | 自然拼讀 |

[ɝ] [ɚ] [ㄦ] er / ur / ir / or / ear / ure / ere

蕭博士拼讀便利貼

第三種拼法來了，接招！

ir

3. **bird**
[bɝd]
n. 鳥

b ir d
ㄅ ㄦ ㄉˇ

4. **bird's**
[bɝdz]
adj. 鳥的（鳥的所有格）

b ir d's
ㄅ ㄦ ㄗ

5. **birth**
[bɝθ]
n. 出生；起源

b ir th
ㄅ ㄦ ㄙˊ

6. **dirt**
[dɝt]
n. 污物；爛泥；灰塵

d ir t
ㄉˇ ㄦ ㄊˇ

7. **firm**
[fɝm]
adj. 牢固的
n. 商行；公司

f ir m
ㄈ ㄦ ~m

8. **first**
[fɝst]
adj. 第一的
adv. 首先
n. 第一個優等；開始

f ir st
ㄈ ㄦ ㄙㄊˇ

9. **girl**
[gɝl]
n. 女孩

g ir l
ㄍ ㄦ ㄛ

10. **sir**
[sɝ]
n. 先生

s ir
ㄙ ㄦ

11. **whirl**
[hwɝl]
n. 旋轉；迴旋

wh ir l
ㄨ ㄦ ㄛ

12. **chirp**
[tʃɝp]
n. 啁啾聲；唧唧聲

ch ir p
ˇㄑ ㄦ ㄆˇ

13. **shirt**
[ʃɝt]
n. 襯衫

sh ir t
ˇㄒ ㄦ ㄊˇ

14. **third**
[θɝd]
adj. 第三
adv. 第三名
n. 第三；三分之一

th ir d
ㄙˊ ㄦ ㄉˇ

145

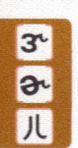

專利語調矩陣　重音節母音　自然拼讀

ɝ / ɚ / ㄦ

er / ur / ir / or
ear / ure / ere

1. **thirst** [θɝst]
n. 渴，口渴
th ir st
ㄙ˙ ㄦ ㄙㄊ

2. **skirt** [skɝt]
v. 繞開；環繞
n. 裙子
sk ir t
ㄙㄍ ㄦ ㄊ

3. **stir** [stɝ]
v. 攪拌；攪動
n. 撥動；攪拌
st ir
ㄙㄉᴾ ㄦ

蕭博士拼讀便利貼

不要懷疑，還有另一種拼法！

or

6. **word** [wɝd]
n. 字
w or d
✕ ㄦ ㄉ

7. **work** [wɝk]
v. 工作；運轉
n. 工作
w or k
✕ ㄦ ㄎ

8. **works** [wɝks]
v. 工作（work 的第三人稱單數）n. 作品
w or ks
✕ ㄦ ㄎㄙ

9. **world** [wɝld]
adj. 世界的
n. 世界
w or ld
✕ ㄦ ㄛㄉ

10. **worm** [wɝm]
v. 蠕動；潛行；鑽入 n. 蠕蟲
w or m
✕ ㄦ ㄇ

11. **worse** [wɝs]
adj. 更壞的，更差的
w or se
✕ ㄦ ㄙ

12. **worst** [wɝst]
adj. 最壞的；最差的
w or st
✕ ㄦ ㄙㄊ

13. **worth** [wɝθ]
prep. 值得（做……）
n. 價值
w or th
✕ ㄦ ㄙ˙

146

ɝ / ɚ / ɹ

er / ur / ir / or
ear / ure / ere

蕭博士拼讀便利貼
還可以這樣拼，英文就這麼任性！

ear

3. **earn** [ɝn]
v. 賺到；贏得
ear n

4. **earth** [ɝθ]
n. 地球；土地
ear th

5. **heard** [hɝd]
v. 聽到（hear 的動詞過去式 / 過去分詞）
h ear d

6. **learn** [lɝn]
v. 學習
l ear n

7. **learned** [lɝnd]]
adj. 有學問的，博學的；精通的
learn 的動詞過去式、過去分詞
l earn ed

8. **pearl** [pɝl]
n. 珍珠
p ear l

9. **search** [sɝtʃ]
v. 搜尋；搜查
n. 搜查；搜尋；檢查；探索；調查
s ear ch

10. **yearn** [jɝn]
v. 思念；渴望；嚮往
y ear n

蕭博士拼讀便利貼
提起精神，**這種拼法也可能！**

ure

13. **sure** [ʃʊr]
adj. 確定 adv. 的確；一定；當然
s ure

147

| 專利語調矩陣 | 重音節母音 | 自然拼讀 |

[ɝ] [ɚ] [ㄦ] er／ur／ir／or
              ear／ure／ere

蕭博士拼讀便利貼

心量已擴大，
再來一個拼法，也不怕！

ere

3. **were**
   [wɝ]
   (are 的動詞過去式)

   w **ere**   × ㄦ

4. **weren't**
   [wɝnt]
   abbr. = were not

   w **ere**n't   × ㄦ ㄋ˜ ㄜ˝

148

眼睛閉起來，
休息一下吧！

單音節單字

\ 先哼 ▶ 再唸 /

11 號救聲員
莎氏筆雅 Shakes Bard

重音節母音

ar ㄚ 儿

自然拼讀

ar

| 專利語調矩陣 | 重音節母音 | 自然拼讀 |

[ar] ㄚㄦ

ar

蕭博士拼讀便利貼

這個發音，
最最最常見的拼法就是它！

ar

3. **arc**
[ɑrk]
n. 弧形；弧形物

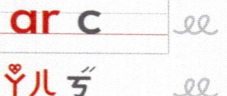

ar c
ㄚㄦ ㄎ

4. **arch**
[ɑrtʃ]
n. 拱門, 拱形

ar ch
ㄚㄦ ㄑㄩ

5. **are**
[ɑr]
v. 是；在；(be 動詞)

ar e
ㄚㄦ

6. **aren't**
[ɑrnt]
abbr.= are not

ar en't
ㄚㄦ ㄋ̃ㄜ̆

7. **arm**
[ɑrm]
n. 手臂

ar m
ㄚㄦ ㄇ̃

8. **armed**
[ɑrmd]
adj. 武裝的

ar m ed
ㄚㄦ ㄇ̃ ㄉ̆

9. **arms**
[ɑrmz]
n. 武器；戰爭；戰鬥；兵役

ar ms
ㄚㄦ ㄇ̃z

10. **art**
[ɑrt]
n. 藝術

ar t
ㄚㄦ ㄊ̆

11. **bar**
[bɑr]
n. 棒；條；酒吧

b ar
ㄅ ㄚㄦ

12. **barge**
[bɑrdʒ]
n. 駁船；大型平底船

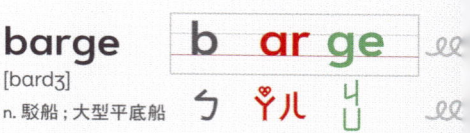

b ar ge
ㄅ ㄚㄦ ㄐㄩ

13. **bark**
[bɑrk]
v. 狗叫
n. 吠聲

b ar k
ㄅ ㄚㄦ ㄎ

14. **barn**
[bɑrn]
n. 穀倉；糧倉

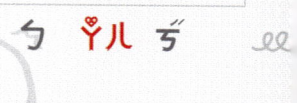

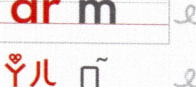

b ar n
ㄅ ㄚㄦ ㄋ̃

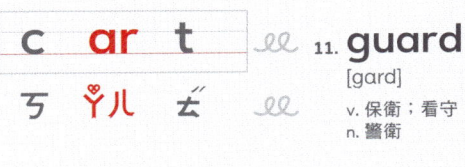

專利語調矩陣　　重音節母音　　自然拼讀

[ar] ㄚㄦ　　ar

1. car
[kar]
n. 汽車

c ar → ㄎ ㄚㄦ

2. card
[kard]
n. 卡片

c ar d → ㄎ ㄚㄦ ㄉ

3. carp
[karp]
n. 鯉魚

c ar p → ㄎ ㄚㄦ ㄆ

4. cart
[kart]
v. 用運貨車裝運
n. 手推車

c ar t → ㄎ ㄚㄦ ㄊ

5. carve
[karv]
v. 刻；雕刻

c ar ve → ㄎ ㄚㄦ ㄈˇ

6. dark
[dark]
adj. 黑暗的
n. 黑暗；暗處；曖昧；隱晦

d ar k → ㄉ° ㄚㄦ ㄎ

7. dart
[dart]
n. 標槍；鏢；飛奔

d ar t → ㄉ° ㄚㄦ ㄊ

8. far
[far]
adj. 遠的
adv. 遠；遙遠地；久遠地

f ar → ㄈ ㄚㄦ

9. farm
[farm]
n. 農場

f ar m → ㄈ ㄚㄦ ㄇ̃

10. fart
[fart]
n. 屁；放屁
vi. 放屁

f ar t → ㄈ ㄚㄦ ㄊ

11. guard
[gard]
v. 保衛；看守
n. 警衛

gu ar d → ㄍ ㄚㄦ ㄉ

12. heart
[hart]
n. 心臟

h ar t → ㄏ ㄚㄦ ㄊ

13. hard
[hard]
adj. 硬的；難的
adv. 辛苦地；猛烈地；牢固地

h ar d → ㄏ ㄚㄦ ㄉ

14. harm
[harm]
v. 損害；傷害；危害　n. 損傷；傷害；危害

h ar m → ㄏ ㄚㄦ ㄇ̃

153

ar / ㄚㄦ

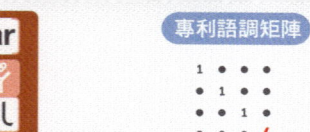

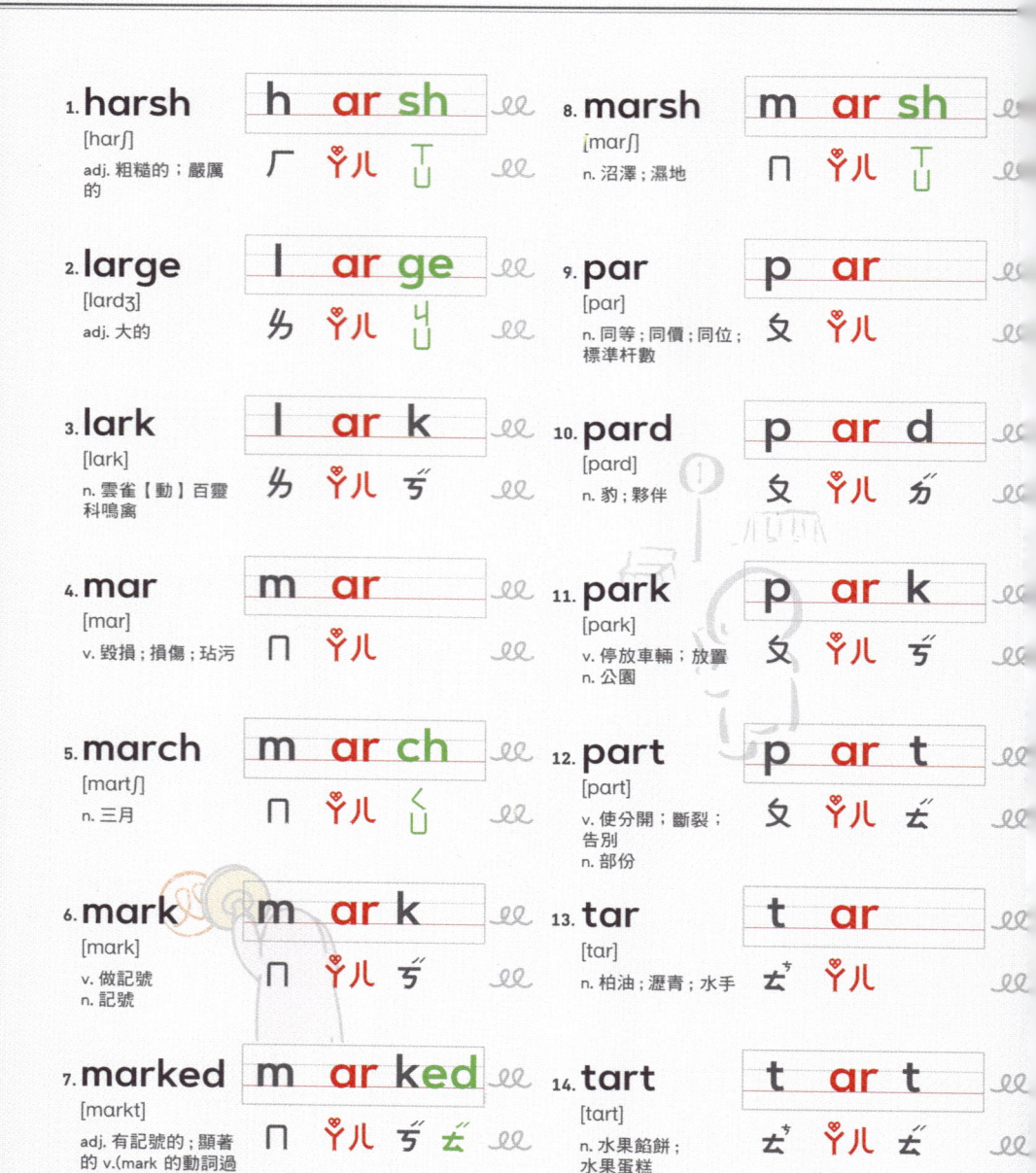

專利語調矩陣 　 重音節母音 　 自然拼讀

[ar] ㄚㄦ 　 ar

1. **harsh** [harʃ] adj. 粗糙的；嚴厲的
   h ar sh ／ ㄏ ㄚㄦ ㄒㄩ

2. **large** [lardʒ] adj. 大的
   l ar ge ／ ㄌ ㄚㄦ ㄐㄩ

3. **lark** [lark] n. 雲雀【動】百靈科鳴禽
   l ar k ／ ㄌ ㄚㄦ ㄎ

4. **mar** [mar] v. 毀損；損傷；玷污
   m ar ／ ㄇ ㄚㄦ

5. **march** [martʃ] n. 三月
   m ar ch ／ ㄇ ㄚㄦ ㄑㄩ

6. **mark** [mark] v. 做記號 n. 記號
   m ar k ／ ㄇ ㄚㄦ ㄎ

7. **marked** [markt] adj. 有記號的；顯著的 v.(mark 的動詞過去式／過去分詞)
   m ar ked ／ ㄇ ㄚㄦ ㄎ ㄊ

8. **marsh** [marʃ] n. 沼澤；濕地
   m ar sh ／ ㄇ ㄚㄦ ㄒㄩ

9. **par** [par] n. 同等；同價；同位；標準杆數
   p ar ／ ㄆ ㄚㄦ

10. **pard** [pard] n. 豹；夥伴
    p ar d ／ ㄆ ㄚㄦ ㄉ

11. **park** [park] v. 停放車輛；放置 n. 公園
    p ar k ／ ㄆ ㄚㄦ ㄎ

12. **part** [part] v. 使分開；斷裂；告別 n. 部份
    p ar t ／ ㄆ ㄚㄦ ㄊ

13. **tar** [tar] n. 柏油；瀝青；水手
    t ar ／ ㄊ ㄚㄦ

14. **tart** [tart] n. 水果餡餅；水果蛋糕
    t ar t ／ ㄊ ㄚㄦ ㄊ

154

專利語調矩陣　　重音節母音　　自然拼讀

[ar] ㄚㄦ　　ar

ar / ㄚㄦ

1. **yard** [jard] n. 庭院；碼（3 英呎）
   y ar d ／ 一 ㄚㄦ ㄉ

2. **yarn** [jarn] n. 紗；紗線；冒險故事
   y ar n ／ 一 ㄚㄦ ㄋ̃

3. **jar** [dʒar] n. 罐；罈
   j ar ／ ˇㄐ ㄚㄦ

4. **charge** [tʃardʒ] v. 索價；充電 n. 費用；充電
   ch ar ge ／ ˇㄑ ㄚㄦ ㄐ

5. **charm** [tʃarm] v. 使陶醉 n. 魅力
   ch ar m ／ ˇㄑ ㄚㄦ ㄇ̃

6. **chart** [tʃart] n. 圖表
   ch ar t ／ ˇㄑ ㄚㄦ ㄊ

7. **shark** [ʃark] n. 鯊魚
   sh ar k ／ ㄒ ㄚㄦ ㄎ

8. **sharp** [ʃarp] adj. 尖銳的；敏銳的
   sh ar p ／ ㄒ ㄚㄦ ㄆ

9. **smart** [smart] adj. 聰明的
   sm ar t ／ ㄙㄇ ㄚㄦ ㄊ

10. **snarl** [snarl] n. 吠；咆哮；纏結 v. 咆哮
    sn ar l ／ ㄙㄋ ㄚㄦ ㄜ

11. **spark** [spark] v. 發動；點燃 n. 火花；火星
    sp ar k ／ ㄙㄅ ㄚㄦ ㄎ

12. **scar** [skar] n. 疤；(物品等的)損傷痕
    sc ar ／ ㄙㄍ ㄚㄦ

13. **scarf** [skarf] n. 圍巾
    sc ar f ／ ㄙㄍ ㄚㄦ ㄈ'

14. **star** [star] v. 主演；表現出色 n. 星星；明星
    st ar ／ ㄙㄉᴾ ㄚㄦ

155

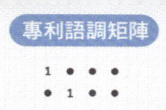

ar

[ar] ㄚㄦ

ar

1. **starch**
[startʃ]
n. 澱粉

   st ar ch
   ㄙㄉᴾ ㄚㄦ ㄑㄩ

2. **stark**
[stark]
adj. 荒涼的；毫無修飾的；粗陋的

   st ar k
   ㄙㄉᴾ ㄚㄦ ㄎ

3. **start**
[start]
v. 開始
n. 出發；開端；啟動

   st ar t
   ㄙㄉᴾ ㄚㄦ ㄊ

4. **starve**
[starv]
v. 餓死；餓得慌；渴望

   st ar ve
   ㄙㄉᴾ ㄚㄦ ㄈ'

5. **starves**
[starvz]
v. 餓死；餓得慌；渴望（starve 的第三人稱單數）

   st ar ves
   ㄙㄉᴾ ㄚㄦ ㄈ' Z

深呼吸，
休息一下吧！

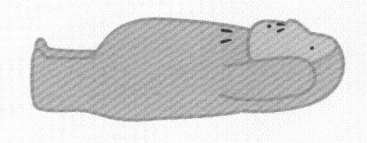

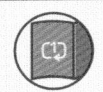

單音節單字

先哼 ▶ 再唸

8號救聲員
蝴蝶賴 Butter Fly

重音節母音

aɪ ㄞ

自然拼讀

i_e, i, y, igh, ie, ai

aɪ / ㄞ

專利語調矩陣:
```
. . .
. 1 .
. 1 .
. . 4
```

重音節母音: [aɪ] ㄞ

自然拼讀: i_e / i / y / igh / ie / ai

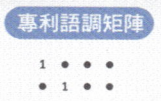

蕭博士拼讀便利貼

這個發音，**最最最常見的拼法就是它！**

i_e

3. **bike** [baɪk]
n. 腳踏車
b i ke — ㄅ ㄞ ㄎˇ

4. **bite** [baɪt]
v. 咬
n. 咬；叮
b i te — ㄅ ㄞ ㄊ

5. **cite** [saɪt]
v. 引用；舉出；表揚
c i te — ㄙ ㄞ ㄊ

6. **dime** [daɪm]
n. 一角硬幣
d i me — ㄉ ㄞ ㄇ̃

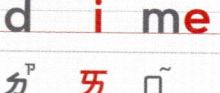

7. **dine** [daɪn]
v. 進餐，用餐
d i ne — ㄉ ㄞ ㄋ̃

8. **dive** [daɪv]
v. 俯衝，急劇下降
v. 跳水；潛水
d i ve — ㄉ ㄞ ㄈˇ

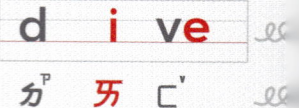

9. **file** [faɪl]
v. 把……歸檔
n. 檔案；案卷
f i le — ㄈ ㄞ ㄛ

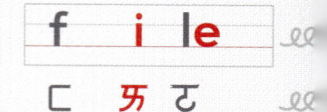

10. **fine** [faɪn]
adj. 好的 v. 使純；澄清；使精細 n. 好天氣；罰金；罰款
f i ne — ㄈ ㄞ ㄋ̃

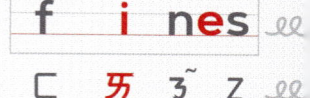

11. **fines** [faɪnz]
n. 罰金；罰款
f i nes — ㄈ ㄞ ㄋ̃ Z

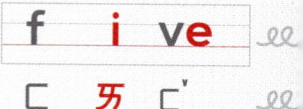

12. **five** [faɪv]
adj. 五的
n. 五
f i ve — ㄈ ㄞ ㄈˇ

13. **guide** [gaɪd]
v. 引導
n. 嚮導
gu i de — ㄍ ㄞ ㄉ

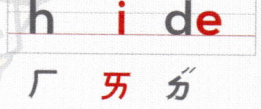

14. **hide** [haɪd]
v. 躲；隱藏
h i de — ㄏ ㄞ ㄉ

160

專利語調矩陣 | 重音節母音 | 自然拼讀

[aɪ] ㄞ | i_e / i / y / igh / ie / ai

aɪ ㄞ

1. **hike** [haɪk] v. 徒步旅行 n. 徒步旅行
h i ke — ㄏ ㄞ ㄎ

2. **hive** [haɪv] n. 蜂房；蜂巢；熱鬧的場所
h i ve — ㄏ ㄞ ㄈˋ

3. **kite** [kaɪt] n. 風箏
k i te — ㄎ ㄞ ㄊ

4. **knife** [naɪf] n. 刀子
kn i fe — ㄋ ㄞ ㄈˋ

5. **life** [laɪf] n. 人生；生命
l i fe — ㄌ ㄞ ㄈˋ

6. **like** [laɪk] v. 喜歡 prep. 像；如
l i ke — ㄌ ㄞ ㄎ

7. **lime** [laɪm] n. 石灰；酸橙
l i me — ㄌ ㄞ ㄇ

8. **line** [laɪn] v. 排隊 n. 線；隊伍；一種知名通訊軟體
l i ne — ㄌ ㄞ ㄋ̃

9. **lives** [laɪvz] adj. 活的；有生命的 v. 居住
l i ves — ㄌ ㄞ ㄈˋz

10. **mike** [maɪk] n. 擴音器；麥克風
m i ke — ㄇ ㄞ ㄎ

11. **mile** [maɪl] n. 英哩
m i le — ㄇ ㄞ ㄛ

12. **miles** [maɪlz] n. 英哩（複數）
m i les — ㄇ ㄞ ㄛ z

13. **mine** [maɪn] n. 礦；源泉；地雷；坑道 pron.（所有代名詞）我的（東西）
m i ne — ㄇ ㄞ ㄋ̃

14. **nine** [naɪn] adj. 九的 n. 九
n i ne — ㄋ ㄞ ㄋ̃

aɪ / ㄞ

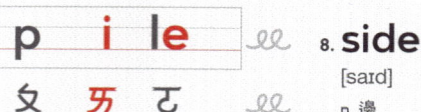

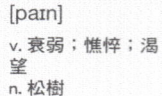

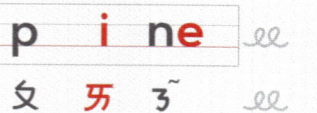

專利語調矩陣: 1,1,1,4

重音節母音: [aɪ] ㄞ

自然拼讀: i_e / i / y / igh / ie / ai

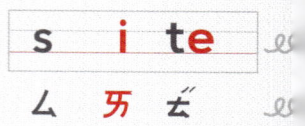

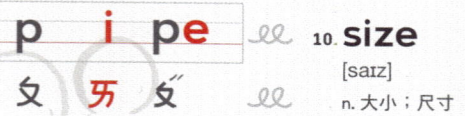

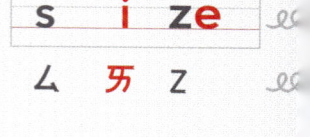

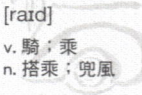

1. **pile** [paɪl] v. 堆起 n. 一堆
   p — ile / ㄆ ㄞ ㄛ

2. **pine** [paɪn] v. 衰弱；憔悴；渴望 n. 松樹
   p — i — ne / ㄆ ㄞ ㄋ̃

3. **pipe** [paɪp] n. 管子
   p — i — pe / ㄆ ㄞ ㄆ̆

4. **ride** [raɪd] v. 騎；乘 n. 搭乘；兜風
   r — i — de / ⓡㄨ ㄞ ㄉ

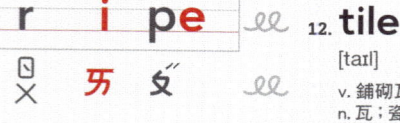

5. **ripe** [raɪp] adj. 成熟的
   r — i — pe / ⓡㄨ ㄞ ㄆ̆

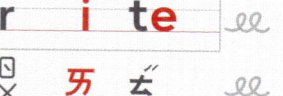

6. **rite** [raɪt] n. 儀式；慣例
   r — i — te / ⓡㄨ ㄞ ㄊ̆

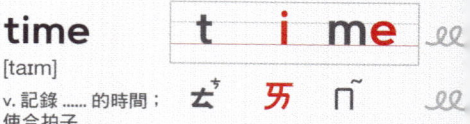

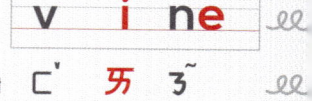

7. **rise** [raɪz] v. 起身；升起 n. 數量；程度等增加；上漲；上升
   r — i — se / ⓡㄨ ㄞ ㄗ

8. **side** [saɪd] n. 邊
   s — i — de / ㄙ ㄞ ㄉ

9. **site** [saɪt] n. 地點；場所
   s — i — te / ㄙ ㄞ ㄊ̆

10. **size** [saɪz] n. 大小；尺寸
    s — i — ze / ㄙ ㄞ ㄗ

11. **tide** [taɪd] n. 潮汐；潮水
    t — i — de / ㄊ̆ ㄞ ㄉ

12. **tile** [taɪl] v. 鋪砌瓦（或瓷磚等）n. 瓦；瓷磚；地磚；(麻將等的)牌
    t — i — le / ㄊ̆ ㄞ ㄛ

13. **time** [taɪm] v. 記錄……的時間；使合拍子 n. 時間；次數
    t — i — me / ㄊ̆ ㄞ ㄇ̃

14. **vine** [vaɪn] n. 藤；藤蔓；葡萄樹
    v — i — ne / ㄈ̆ ㄞ ㄋ̃

專利語調矩陣　　重音節母音　　自然拼讀

[aɪ] ㄞ ｜ i_e ／ i ／ y
igh ／ ie ／ ai

aɪ
ㄞ

1. **wide**
[waɪd]
adj. 寬的；廣泛的

w i de
ㄨ ㄞ ㄉˇ

2. **wife**
[waɪf]
n. 妻子

w i fe
ㄨ ㄞ ㄈˋ

3. **wine**
[waɪn]
n. 葡萄酒

w i ne
ㄨ ㄞ ㄋ̃

4. **wipe**
[waɪp]
v. 擦；揩乾
n. 擦；揩

w i pe
ㄨ ㄞ ㄆˇ

5. **wise**
[waɪz]
adj. 有智慧的

w i se
ㄨ ㄞ ㄗ

6. **while**
[hwaɪl]
conj. 當……的時候
n. 一會兒

wh i le
ㄨ ㄞ ㄛ

7. **whine**
[hwaɪn]
v. 哀鳴
n. 嗚咽聲

wh i ne
ㄨ ㄞ ㄋ̃

8. **white**
[hwaɪt]
adj. 白色的
n. 白色

wh i te
ㄨ ㄞ ㄊˇ

9. **write**
[raɪt]
v. 寫

wr i te
ㄖㄨ ㄞ ㄊˇ

10. **shine**
[ʃaɪn]
v. 照耀

sh i ne
ㄒ ㄞ ㄋ̃

11. **drive**
[draɪv]
v. 開車
n. 兜風；車程；幹勁；比賽

dr i ve
ㄓㄨ ㄞ ㄈˋ

12. **tribe**
[traɪb]
n. 部落；種族

tr i be
ㄔㄨ ㄞ ㄅˇ

13. **bribe**
[braɪb]
n. 賄賂

br i be
ㄅㄖㄨ ㄞ ㄅˇ

14. **bride**
[braɪd]
n. 新娘

br i de
ㄅㄖㄨ ㄞ ㄉˇ

163

aɪ / ㄞ

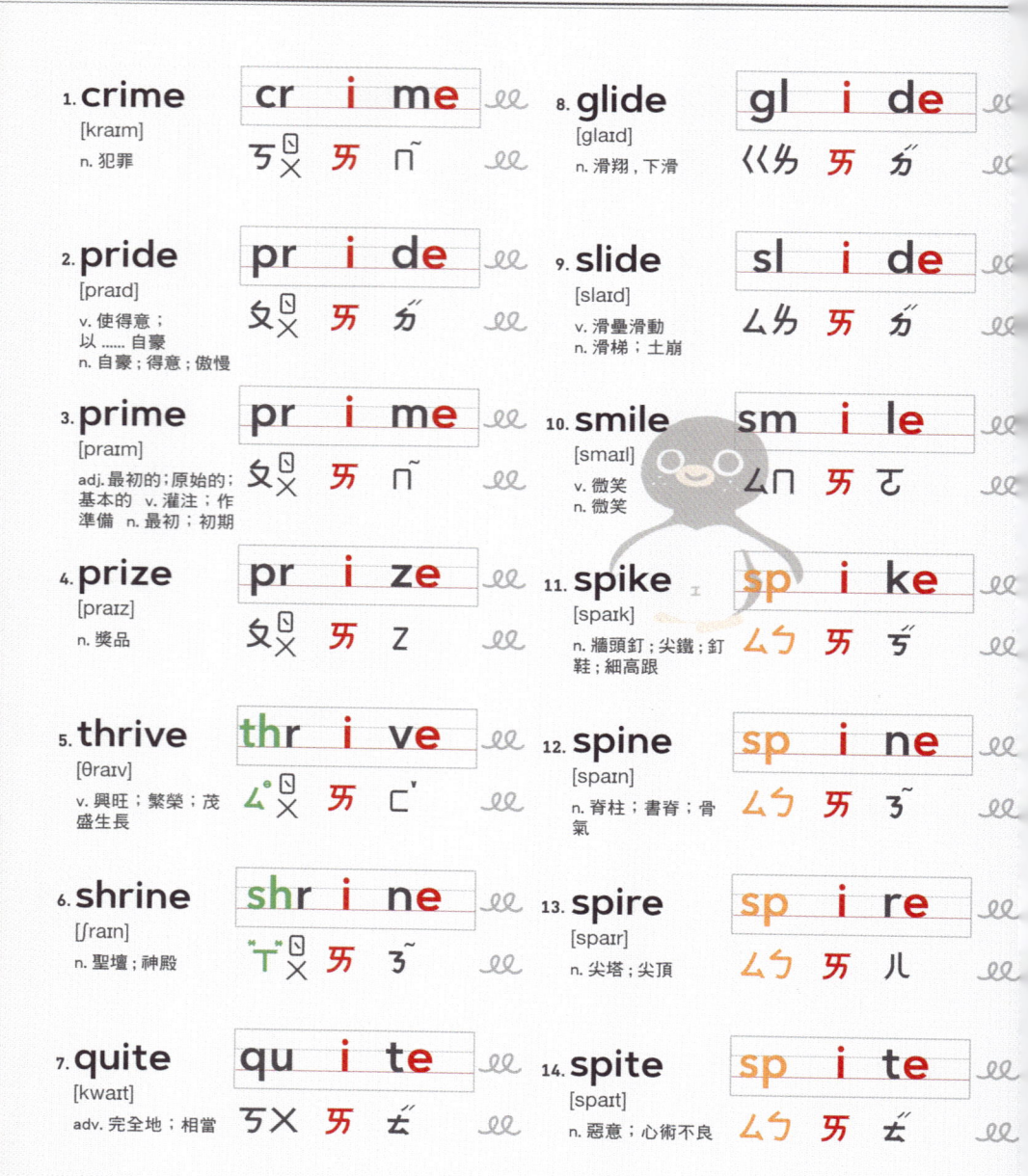

專利語調矩陣 | 重音節母音 | 自然拼讀

[**aɪ**] ㄞ | i_e / i / y
igh / ie / ai

1. **crime** [kraɪm] n. 犯罪 — cr i me — ㄎㄨ ㄞ ㄇ˜

2. **pride** [praɪd] v. 使得意；以……自豪 n. 自豪；得意；傲慢 — pr i de — ㄆㄨ ㄞ ㄉ

3. **prime** [praɪm] adj. 最初的；原始的；基本的 v. 灌注；作準備 n. 最初；初期 — pr i me — ㄆㄨ ㄞ ㄇ˜

4. **prize** [praɪz] n. 獎品 — pr i ze — ㄆㄨ ㄞ ㄗ

5. **thrive** [θraɪv] v. 興旺；繁榮；茂盛生長 — thr i ve — ㄙ˙ㄨ ㄞ ㄈˊ

6. **shrine** [ʃraɪn] n. 聖壇；神殿 — shr i ne — ㄒ˙ㄨ ㄞ ㄋ˜

7. **quite** [kwaɪt] adv. 完全地；相當 — qu i te — ㄎㄨ ㄞ ㄊ

8. **glide** [glaɪd] n. 滑翔，下滑 — gl i de — ㄍㄌ ㄞ ㄉ

9. **slide** [slaɪd] v. 滑壘滑動 n. 滑梯；土崩 — sl i de — ㄙㄌ ㄞ ㄉ

10. **smile** [smaɪl] v. 微笑 n. 微笑 — sm i le — ㄙㄇ ㄞ ㄛ

11. **spike** [spaɪk] n. 牆頭釘；尖鐵；釘鞋；細高跟 — sp i ke — ㄙㄆ ㄞ ㄎ

12. **spine** [spaɪn] n. 脊柱；書脊；骨氣 — sp i ne — ㄙㄆ ㄞ ㄋ˜

13. **spire** [spaɪr] n. 尖塔；尖頂 — sp i re — ㄙㄆ ㄞ ㄦ

14. **spite** [spaɪt] n. 惡意；心術不良 — sp i te — ㄙㄆ ㄞ ㄊ

164

專利語調矩陣　重音節母音　自然拼讀

aɪ　ㄞ

[aɪ] ㄞ ｜ i_e ／ i ／ y
igh ／ ie ／ ai

1. **stride**
[straɪd]
n. 闊步；步姿

str i de
ㄙㄨ ㄞ ㄉˊ

2. **strike**
[straɪk]
v. 打擊；（鐘）敲響
n. 攻擊；罷工

str i ke
ㄙㄨ ㄞ ㄎˇ

3. **stripe**
[straɪp]
n. 條紋；斑紋；線條

str i pe
ㄙㄨ ㄞ ㄆˇ

4. **strive**
[straɪv]
v. 努力，苦幹，奮鬥；
反抗，鬥爭

str i ve
ㄙㄨ ㄞ ㄈˊ

8. **I**
[aɪ]
pron. 我

I
ㄞ

9. **I'd**
[aɪd]
abbr.= identification

I 'd
ㄞ ㄉ

10. **I'll**
[aɪl]
abbr.= I will

I 'll
ㄞ ㄛ

11. **I'm**
[aɪm]
abbr.= I am

I 'm
ㄞ ㄇ̃

12. **isle**
[aɪl]
n. 小島

i sle
ㄞ ㄛ

蕭博士拼讀便利貼

接下來，這種拼法也很常見喔！

i

13. **I've**
[aɪv]
abbr.= I have

I 've
ㄞ ㄈˊ

14. **hi**
[haɪ]
int. 嗨

h i
ㄏ ㄞ

165

aɪ / ㄞ

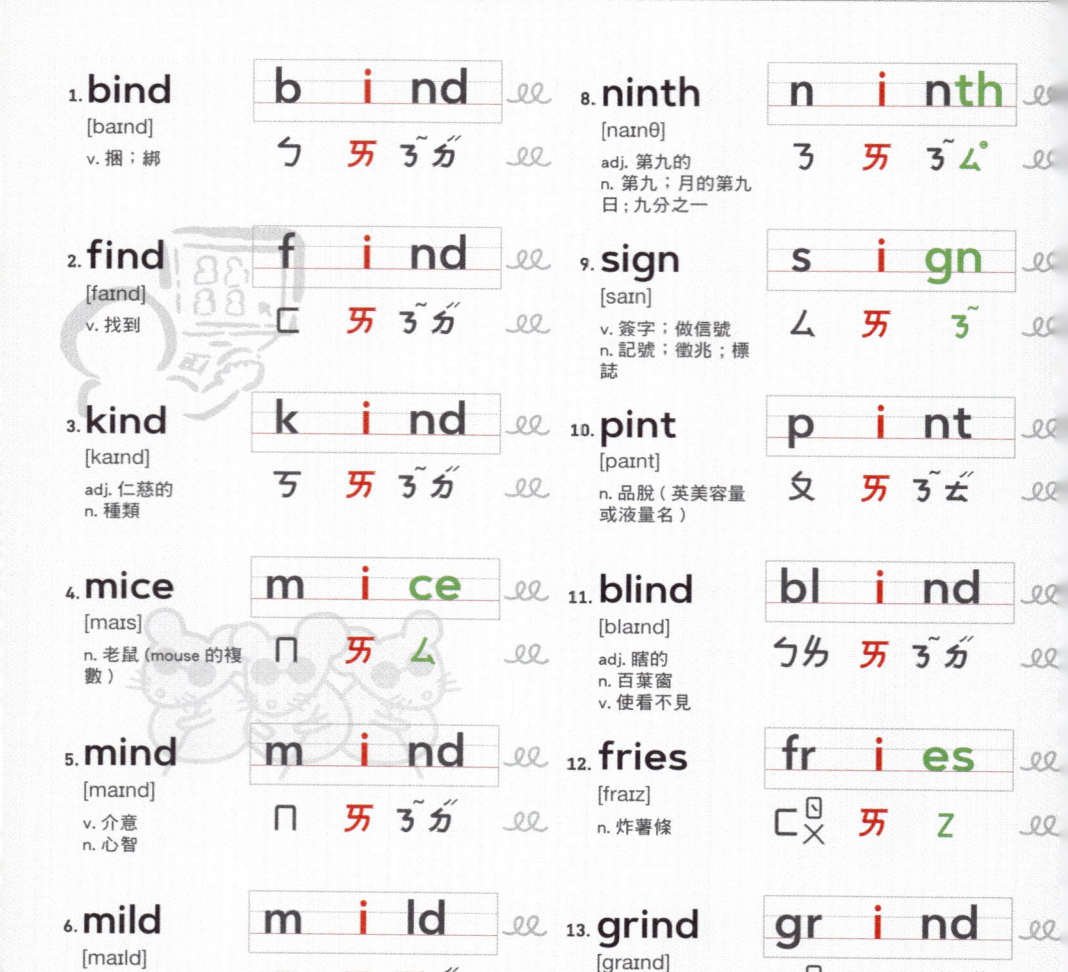

專利語調矩陣 | 重音節母音 | 自然拼讀
[aɪ] ㄞ | i_e / i / y / igh / ie / ai

1. **bind** [baɪnd] v. 捆；綁
b i nd — ㄅ ㄞ ㄋ˜ㄉ

2. **find** [faɪnd] v. 找到
f i nd — ㄈ ㄞ ㄋ˜ㄉ

3. **kind** [kaɪnd] adj. 仁慈的 n. 種類
k i nd — ㄎ ㄞ ㄋ˜ㄉ

4. **mice** [maɪs] n. 老鼠 (mouse 的複數)
m i ce — ㄇ ㄞ ㄙ

5. **mind** [maɪnd] v. 介意 n. 心智
m i nd — ㄇ ㄞ ㄋ˜ㄉ

6. **mild** [maɪld] adj. 溫和的；溫柔的
m i ld — ㄇ ㄞ ㄛ˙ㄉ

7. **wild** [waɪld] adj. 野生的；無法無天的 n. 荒野；荒地；未開發的地方
w i ld — ㄨ ㄞ ㄛ˙ㄉ

8. **ninth** [naɪnθ] adj. 第九的 n. 第九；月的第九日；九分之一
n i nth — ㄋ ㄞ ㄋ˜ㄙ

9. **sign** [saɪn] v. 簽字；做信號 n. 記號；徵兆；標誌
s i gn — ㄙ ㄞ ㄋ˜

10. **pint** [paɪnt] n. 品脫（英美容量或液量名）
p i nt — ㄆ ㄞ ㄋ˜ㄊ

11. **blind** [blaɪnd] adj. 瞎的 n. 百葉窗 v. 使看不見
bl i nd — ㄅㄌ ㄞ ㄋ˜ㄉ

12. **fries** [fraɪz] n. 炸薯條
fr i es — ㄈㄖㄨ ㄞ ㄗ

13. **grind** [graɪnd] n. 研磨
gr i nd — ㄍㄖㄨ ㄞ ㄋ˜ㄉ

14. **climb** [klaɪm] v. 爬；攀登
cl i mb — ㄎㄌ ㄞ ㄇ

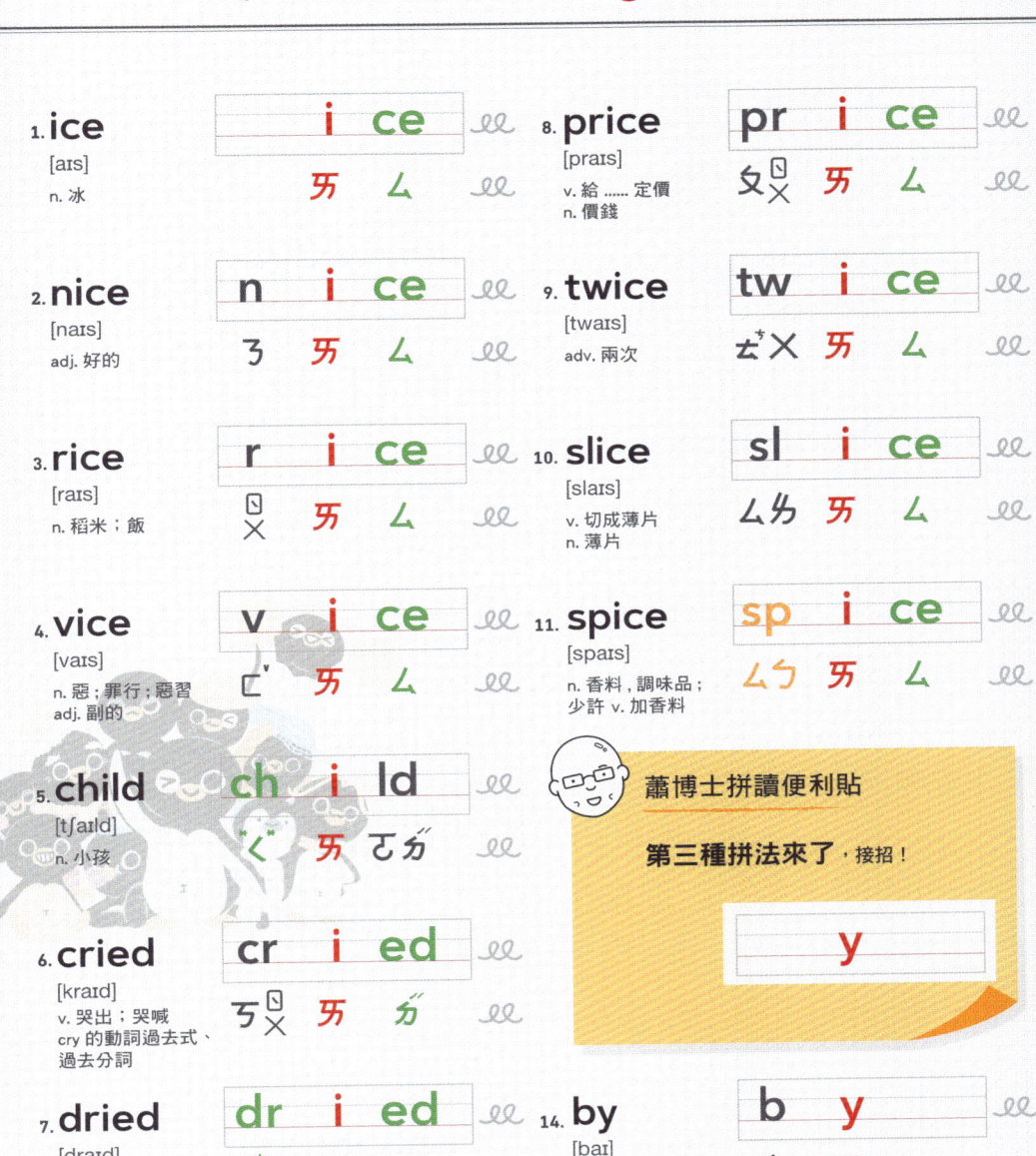

專利語調矩陣 | 重音節母音 | 自然拼讀

[aɪ] ㄞ | i_e / i / y / igh / ie / ai

aɪ ㄞ

1. **ice** [aɪs] n. 冰 — i ce / ㄞ ㄙ

2. **nice** [naɪs] adj. 好的 — n i ce / ㄋ ㄞ ㄙ

3. **rice** [raɪs] n. 稻米；飯 — r i ce / ㄖ× ㄞ ㄙ

4. **vice** [vaɪs] n. 惡；罪行；惡習 adj. 副的 — v i ce / ㄈˇ ㄞ ㄙ

5. **child** [tʃaɪld] n. 小孩 — ch i ld / ㄑˇ ㄞ ㄛㄉ

6. **cried** [kraɪd] v. 哭出；哭喊 cry 的動詞過去式、過去分詞 — cr i ed / ㄎㄖ× ㄞ ㄉ

7. **dried** [draɪd] v. 曬乾；風乾 (dry 的過去式 / 過去分詞) — dr i ed / ㄓ× ㄞ ㄉ

8. **price** [praɪs] v. 給……定價 n. 價錢 — pr i ce / ㄆ回× ㄞ ㄙ

9. **twice** [twaɪs] adv. 兩次 — tw i ce / ㄊ˙× ㄞ ㄙ

10. **slice** [slaɪs] v. 切成薄片 n. 薄片 — sl i ce / ㄙㄌ ㄞ ㄙ

11. **spice** [spaɪs] n. 香料，調味品；少許 v. 加香料 — sp i ce / ㄙㄅ ㄞ ㄙ

蕭博士拼讀便利貼

第三種拼法來了，接招！

y

14. **by** [baɪ] adv. 經過；在旁邊 prep. 經由 — b y / ㄅ ㄞ

167

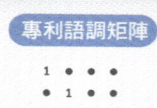

專利語調矩陣	重音節母音	自然拼讀
aɪ ㄞ	[aɪ] ㄞ	i_e / i / y igh / ie / ai

1. **bye** [baɪ]
   int.= good-bye. n. 次要的東西；輪空
   adj. 次要的

   b y e
   ㄅ ㄞ

2. **byte** [baɪt]
   n.（電腦）位元組

   b y te
   ㄅ ㄞ ㄜ

3. **buy** [baɪ]
   v. 買

   bu y
   ㄅ ㄞ

4. **dye** [daɪ]
   n. 染料，染色

   d y e
   ㄉ ㄞ

5. **eye** [aɪ]
   n. 眼睛

   e y e
   ㄞ

6. **guy** [gaɪ]
   n. 傢伙；人

   gu y
   ㄍ ㄞ

7. **my** [maɪ]
   pron.（所有格）我的

   m y
   ㄇ ㄞ

8. **type** [taɪp]
   v. 打字
   n. 類型

   t y pe
   ㄊ ㄞ ㄆ

9. **why** [hwaɪ]
   adv. 為什麼
   conj. 為什麼

   wh y
   ㄨ ㄞ

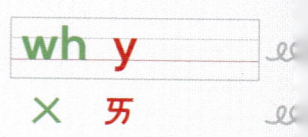

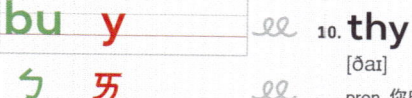

10. **thy** [ðaɪ]
    pron. 你的（thou 的所有格）

    th y
    ㄗ ㄞ

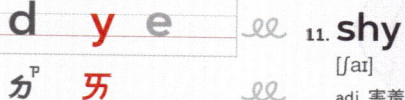

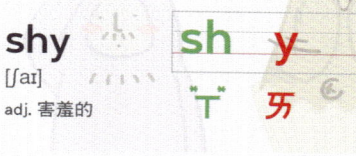

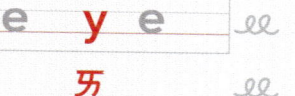

11. **shy** [ʃaɪ]
    adj. 害羞的

    sh y
    ㄒ ㄞ

12. **rhyme** [raɪm]
    n. 韻，韻腳

    rh y me
    ㄖㄨ ㄞ ㄇ

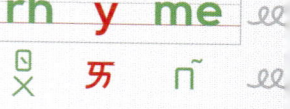

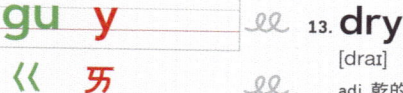

13. **dry** [draɪ]
    adj. 乾的
    v. 曬乾；風乾

    dr y
    ㄓㄨ ㄞ

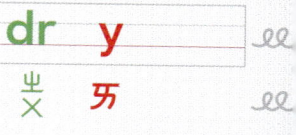

14. **try** [traɪ]
    v. 試做
    n. 嘗試；努力

    tr y
    ㄔㄨ ㄞ

專利語調矩陣	重音節母音	自然拼讀

[aɪ] ㄞ

i_e / i / y
igh / ie / ai

aɪ ㄞ

1. **cry** [kraɪ]
v. 哭叫 n. 叫喊；呼叫；(一陣) 哭
cr y / ㄎ(ㄡ) ㄞ

2. **fry** [fraɪ]
v. 油炸；油煎 n. 魚苗
fr y / ㄈ(ㄡ) ㄞ

蕭博士拼讀便利貼
不要懷疑，還有另一種拼法！
igh

3. **fly** [flaɪ]
v. 飛 n. 蒼蠅
fl y / ㄈㄌ ㄞ

10. **fight** [faɪt]
v. 打架；作戰 n. 打架；戰鬥
f igh t / ㄈ ㄞ ㄊ

4. **sly** [slaɪ]
adj. 狡猾的
sl y / ㄙㄌ ㄞ

11. **high** [haɪ]
adj. 高的 adv. 高；強烈地；高聲地
h igh / ㄏ ㄞ

5. **sky** [skaɪ]
n. 天空
sk y / ㄙㄍ ㄞ

12. **height** [haɪt]
n. 高度
he igh t / ㄏ ㄞ ㄊ

6. **spy** [spaɪ]
v. 暗中監視 n. 間諜
sp y / ㄙㄅ ㄞ

13. **light** [laɪt]
adj. 輕的 v. 點燃；照亮 adv. 輕地；輕裝地 n. 光線；燈
l igh t / ㄌ ㄞ ㄊ

7. **style** [staɪl]
n. 時尚；風格；文體
st y le / ㄙㄉ ㄞ ㄛ

14. **might** [maɪt]
aux. (may的過去式) n. 力量；威力
m igh t / ㄇ ㄞ ㄊ

169

aɪ / ㄞ

專利語調矩陣: 1,1,4

[aɪ] ㄞ

自然拼讀: i_e / i / y / igh / ie / ai

1. **knight** [naɪt]
   n. 騎士,武士；護衛者
   kn igh t — ㄋ ㄞ ㄊ

2. **night** [naɪt]
   n. 夜晚
   n igh t — ㄋ ㄞ ㄊ

3. **tight** [taɪt]
   adj. 緊的 adv. 牢牢地
   t igh t — ㄊ ㄞ ㄊ

4. **sigh** [saɪ]
   v. 嘆氣；嘆息
   n. 嘆氣；嘆息
   s igh — ㄙ ㄞ

5. **sight** [saɪt]
   n. 視力；景象
   s igh t — ㄙ ㄞ ㄊ

6. **thigh** [θaɪ]
   n. 股；大腿
   th igh — ㄙ ㄞ

7. **right** [raɪt]
   adj. 右邊；對的
   adv. 向右地；馬上
   n. 公理；權利
   r igh t — ㄖㄨ ㄞ ㄊ

8. **bright** [braɪt]
   adj. 明亮的；發亮的
   br igh t — ㄅㄨ ㄞ ㄊ

9. **fright** [fraɪt]
   n. 驚嚇，恐怖
   fr igh t — ㄈㄨ ㄞ ㄊ

10. **flight** [flaɪt]
    n. 飛行；航班；班機
    fl igh t — ㄈㄌ ㄞ ㄊ

11. **plight** [plaɪt]
    n. 境況；困境
    pl igh t — ㄆㄌ ㄞ ㄊ

12. **slight** [slaɪt]
    adj. 輕微的；微小的 v. 輕視；藐視
    n. 輕蔑；怠慢
    sl igh t — ㄙㄌ ㄞ ㄊ

蕭博士拼讀便利貼

還可以這樣拼，英文就這麼任性！

ie

170

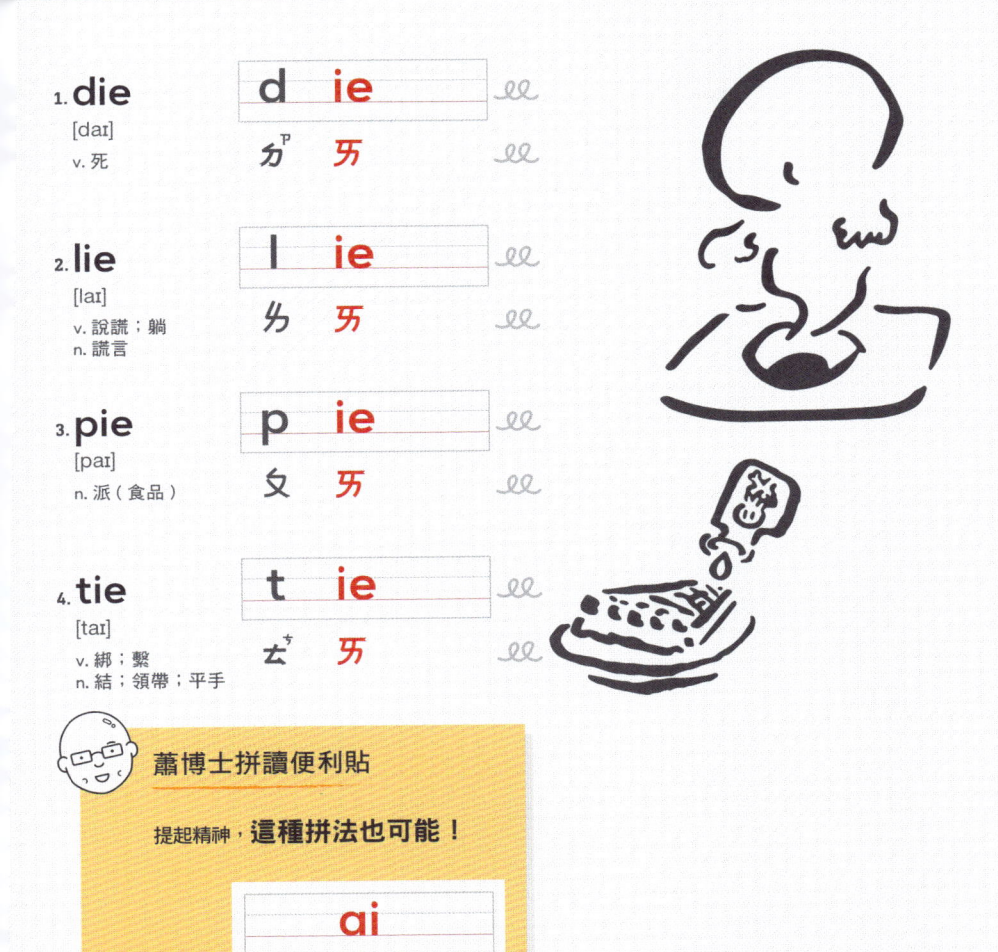

| 專利語調矩陣 | 重音節母音 | 自然拼讀 |

[aɪ] ㄞ | i_e / i / y / igh / ie / ai

1. die
[daɪ]
v. 死

d | ie
ㄉ | ㄞ

2. lie
[laɪ]
v. 說謊；躺
n. 謊言

l | ie
ㄌ | ㄞ

3. pie
[paɪ]
n. 派 (食品)

p | ie
ㄆ | ㄞ

4. tie
[taɪ]
v. 綁；繫
n. 結；領帶；平手

t | ie
ㄊ | ㄞ

蕭博士拼讀便利貼

提起精神，這種拼法也可能！

ai

7. aisle
[aɪl]
n. 通道；走道

ai | sle
ㄞ | ㄛ

171

單音節單字

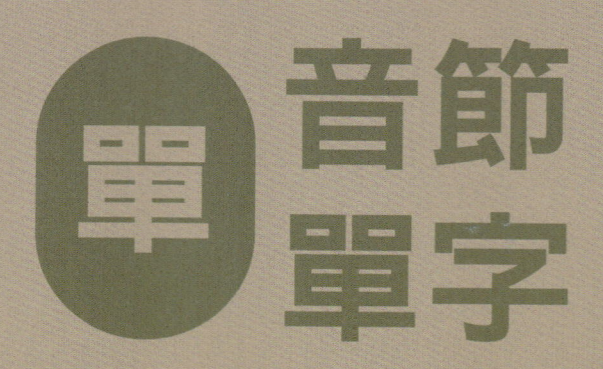

先哼 ▶ 再唸

7 號救聲員
皮衣熊 Pete P.E. Shown

16 號救聲員
比酒熊 Bee Beer Shown

重音節母音

自然拼讀

ea, ee, e_e, ie, e, i, ei, ey

專利語調矩陣	重音節母音	自然拼讀
	[i]	ea / ee / e_e / ie e / i / ei / ey

蕭博士拼讀便利貼

這個發音，**最最最常見的拼法就是它！**

ea

3. **each** [itʃ]
adj. 每個　adv. 各個（地）；各自（地）；每一個　pron. 各個
ea ch

4. **ease** [iz]
v. 減輕　n. 容易；不費力；舒適；悠閒；放鬆；緩和
ea se

5. **east** [ist]
adj. 東方的　adv. 向東方　n. 東方
ea st

6. **eat** [it]
v. 吃
ea t

7. **beach** [bitʃ]
n. 海灘
b ea ch

8. **bead** [bid]
n. 有孔小珠
b ea d

9. **beak** [bik]
n. 鳥嘴
b ea k

10. **beam** [bim]
v. 以樑支撐；用……照射　n. 橫樑；光束
b ea m

11. **bean** [bin]
n. 豆莢；豆子
b ea n

12. **beast** [bist]
n. 野獸
b ea st

13. **beat** [bit]
v. 擊敗；敲擊　n. 敲打；敲擊聲；心跳聲；滴答聲；拍子
b ea t

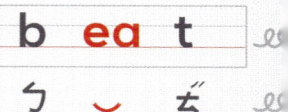

14. **cease** [sis]
v. 停止；終止　n. 停息
c ea se

專利語調矩陣 | 重音節母音 | 自然拼讀

[i] ⌣ | ea / ee / e_e / ie / e / i / ei / ey

1. **deal** [dil] v. 處理；對付；對待 (+with) n. 交易
   d ea l — ㄉ ⌣ ㄛ

2. **feast** [fist] n. 盛宴，筵席
   f ea st — ㄈ ⌣ ㄙㄜ

3. **feat** [fit] n. 功績；業績
   f ea t — ㄈ ⌣ ㄜ

4. **heal** [hil] v. 癒合；痊癒
   h ea l — ㄏ ⌣ ㄛ

5. **heap** [hip] n. 堆，堆積；vt. 堆積；積聚；vi. 積成堆
   h ea p — ㄏ ⌣ ㄆ

6. **heat** [hit] v. 把……加熱；使暖；使激動；刺激 n. 熱氣
   h ea t — ㄏ ⌣ ㄜ

7. **heave** [hiv] n. 舉起；鼓起；(有節奏的) 起伏
   h ea ve — ㄏ ⌣ ㄈ'

8. **lead** [lid] v. 引導 n. 指導；領先；線索
   l ea d — ㄌ ⌣ ㄉ

9. **leaf** [lif] n. 樹葉
   l ea f — ㄌ ⌣ ㄈ'

10. **league** [lig] n. 同盟；聯盟
    l ea gue — ㄌ ⌣ ㄍ

11. **leak** [lik] n.(水，瓦斯等的) 漏出；漏電
    l ea k — ㄌ ⌣ ㄎ

12. **lean** [lin] adj. 精瘦的；貧乏的 v. 倚；靠
    l ea n — ㄌ ⌣ ㄋ

13. **leap** [lip] v. 跳；跳躍 n. 跳；跳躍
    l ea p — ㄌ ⌣ ㄆ

14. **lease** [lis] n. 租約；租契；租賃
    l ea se — ㄌ ⌣ ㄙ

175

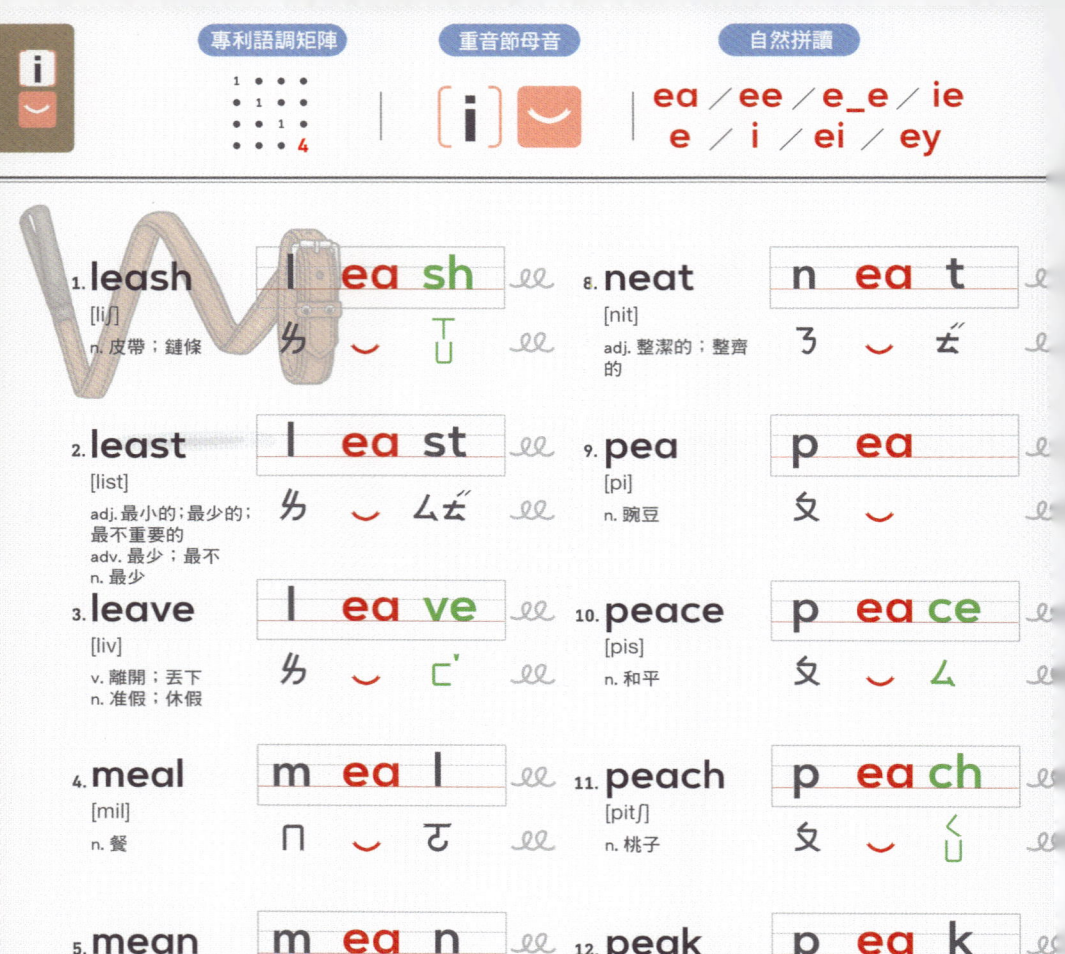

專利語調矩陣 | 重音節母音 [i] | 自然拼讀 ea / ee / e_e / ie / e / i / ei / ey

1. **leash** [liʃ]
   n. 皮帶；鏈條
   l ea sh

2. **least** [list]
   adj. 最小的；最少的；最不重要的
   adv. 最少；最不
   n. 最少
   l ea st

3. **leave** [liv]
   v. 離開；丟下
   n. 准假；休假
   l ea ve

4. **meal** [mil]
   n. 餐
   m ea l

5. **mean** [min]
   adj. 兇的；吝嗇的
   v. 意指
   m ea n

6. **means** [minz]
   n. 手段，方法；工具；收入
   m ea ns

7. **meat** [mit]
   n. 肉類
   m ea t

8. **neat** [nit]
   adj. 整潔的；整齊的
   n ea t

9. **pea** [pi]
   n. 豌豆
   p ea

10. **peace** [pis]
    n. 和平
    p ea ce

11. **peach** [pitʃ]
    n. 桃子
    p ea ch

12. **peak** [pik]
    adj. 高峰的
    v. 使尖起；聳起
    n. 山頂；頂端
    p ea k

13. **reach** [ritʃ]
    v. 到；伸出
    n. 可及之範圍
    r ea ch

14. **read** [rid]
    v. 閱讀
    r ea d

176

專利語調矩陣　　重音節母音　　自然拼讀

ea / ee / e_e / ie
e / i / ei / ey

1. **real** [ril] adj. 真實的
2. **reap** [rip] v. 收割；收穫
3. **sea** [si] n. 海
4. **seal** [sil] v. 封；密封；蓋章 n. 圖章；印信；封（印）；海豹
5. **seam** [sim] n. 接縫；縫合處
6. **seat** [sit] v. 使就座 n. 座位
7. **tea** [ti] n. 茶
8. **teach** [titʃ] v. 教
9. **team** [tim] n. 隊；團隊 v. 組隊
10. **tease** [tiz] n. 戲弄；賣弄風騷的女孩
11. **weak** [wik] adj. 虛弱的
12. **weave** [wiv] v. 織；編 n. 織法；編法
13. **wheat** [hwit] n. 小麥
14. **wreath** [riθ] n. 花圈；花冠

177

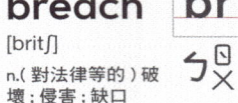

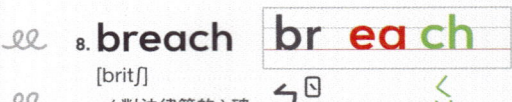

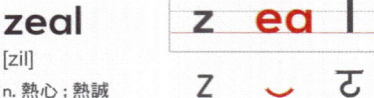

專利語調矩陣　　重音節母音　　自然拼讀

[i]　｜　ea / ee / e_e / ie
　　　　e / i / ei / ey

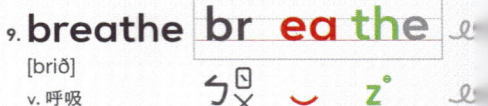

1. **yeast** [jist] n. 酵母；酵母片
   y ea st

2. **zeal** [zil] n. 熱心；熱誠
   z ea l

3. **jeans** [dʒinz] n. 牛仔褲
   j ea ns

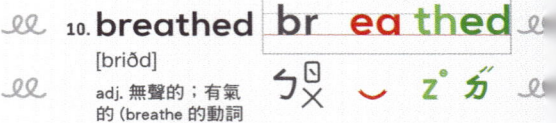

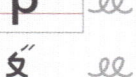

4. **cheap** [tʃip] adj. 便宜的
   ch ea p

5. **cheat** [tʃit] v. 欺騙；作弊 n. 騙子；欺詐；作弊
   ch ea t

6. **dream** [drim] v. 做（夢）；想像 n. 夢
   dr ea m

7. **treat** [trit] v. 對待；治療 n. 款待
   tr ea t

8. **breach** [britʃ] n.(對法律等的)破壞；侵害；缺口
   br ea ch

9. **breathe** [brið] v. 呼吸
   br ea the

10. **breathed** [brið d] adj. 無聲的；有氣的（breathe 的動詞過去式/過去分詞）
    br ea thed

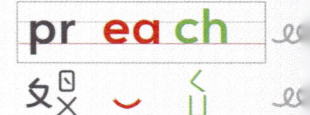

11. **preach** [pritʃ] v. 佈道；說教
    pr ea ch

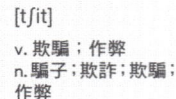

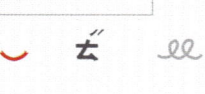

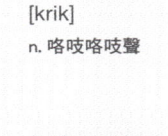

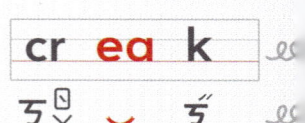

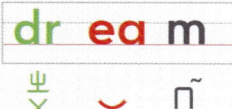

12. **creak** [krik] n. 咯吱咯吱聲
    cr ea k

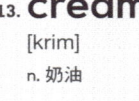

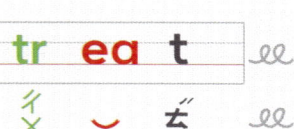

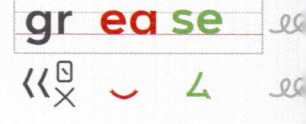

13. **cream** [krim] n. 奶油
    cr ea m

14. **grease** [gris] n. 油脂；賄賂
    gr ea se

178

專利語調矩陣　　重音節母音　　自然拼讀

ea / ee / e_e / ie
e / i / ei / ey

1. **freak** [frik]
n. 畸形人（或動植物）; 反常現象; 怪人
fr ea k
ㄈㄨ ⌣ ㄎ

2. **bleach** [blitʃ]
n. 漂白; 漂白劑
bl ea ch
ㄅㄌ ⌣ ㄑ

3. **bleak** [blik]
adj. 荒涼的; 陰冷的; 無希望的
bl ea k
ㄅㄌ ⌣ ㄎ

4. **plea** [pli]
n. 請求; 懇求
pl ea
ㄆㄌ ⌣

5. **plead** [plid]
v. 為（案件）辯護; 懇求
pl ea d
ㄆㄌ ⌣ ㄉ

6. **please** [pliz]
v. 請; 取悅
adv.（用於請求或命令）請
pl ea se
ㄆㄌ ⌣ z

7. **pleased** [plizd]
adj. 欣喜的
pl ea sed
ㄆㄌ ⌣ z ㄉ

8. **clean** [klin]
adj. 乾淨的
v. 打掃
cl ea n
ㄎㄌ ⌣ ñ

9. **gleam** [glim]
n. 微光; 閃光; 一絲
gl ea m
ㄍㄌ ⌣ ㄇ

10. **flea** [fli]
n. 跳蚤
fl ea
ㄈㄌ ⌣

11. **sneak** [snik]
v. 偷偷地走; 溜
sn ea k
ㄙㄋ ⌣ ㄎ

12. **speak** [spik]
v. 說; 講
sp ea k
ㄙㄅ ⌣ ㄎ

13. **steal** [stil]
v. 偷竊
st ea l
ㄙㄉ ⌣ ㄛ

14. **steam** [stim]
v. 蒸
n. 蒸氣
st ea m
ㄙㄉ ⌣ ㄇ

專利語調矩陣　重音節母音　自然拼讀

[i] ⌣ | ea / ee / e_e / ie
e / i / ei / ey

1. **streak**
[strik]
v. 形成條紋；疾駛；閃現　n. 條紋；斑紋；光線

str ea k
ㄙㄊㄨ ⌣ ㄎ

2. **stream**
[strim]
n. 溪流；光束
v. 流；湧進

str ea m
ㄙㄊㄨ ⌣ ㄇ

3. **scream**
[skrim]
v. 尖叫；放聲大哭
n. 尖叫；尖銳刺耳的聲音

sc rea m
ㄙㄍㄨ ⌣ ㄇ

蕭博士拼讀便利貼
接下來，這種拼法也很常見喔！

ee

6. **eel**
[il]
n. 鰻魚

ee l
⌣ ㄛ

7. **bee**
[bi]
n. 蜜蜂

b ee
ㄅ ⌣

8. **beef**
[bif]
n. 牛肉

b ee f
ㄅ ⌣ ㄈ

9. **beep**
[bip]
n. 嗶嗶的聲音

b ee p
ㄅ ⌣ ㄆ

10. **deed**
[did]
n. 契據；證書

d ee d
ㄉ ⌣ ㄉ

11. **deem**
[dim]
v. 認為；視作

d ee m
ㄉ ⌣ ㄇ

12. **deep**
[dip]
adj. 深的；深刻的
adv. 深深地；晚；遲

d ee p
ㄉ ⌣ ㄆ

13. **fee**
[fi]
n. 費用

f ee
ㄈ ⌣

14. **feed**
[fid]
v. 吃；餵養

f ee d
ㄈ ⌣ ㄉ

180

專利語調矩陣　　重音節母音　　自然拼讀

ea / ee / e_e / ie
e / i / ei / ey

1. **feel** [fil] v. 感覺
2. **feet** [fit] foot 的名詞複數
3. **heed** [hid] n. 留心；注意
4. **heel** [hil] n. 腳後跟；踵
5. **heels** [hils] n. 腳後跟；踵（heel 的複數）；高跟鞋
6. **keen** [kin] adj. 熱心的；敏銳的；渴望的
7. **keep** [kip] v. 保留；保持
8. **lee** [li] n. 保護；庇護所；背風處
9. **meet** [mit] v. 遇見
10. **need** [nid] v. 需要；aux.（用於疑問句和否定句）需要；必須 n. 需要；需求；貧窮
11. **knee** [ni] n. 膝蓋
12. **kneel** [nil] v. 跪（下）
13. **peek** [pik] n. 偷偷看；一瞥
14. **peel** [pil] v. 削去；剝去（皮，殼等）n.（水果，蔬菜等的）皮；（對蝦等的）殼

專利語調矩陣　　重音節母音　　自然拼讀

[i] ⌣　｜　ea / ee / e_e / ie
　　　　　e / i / ei / ey

1. **peep** [pip]
n. 窺視；偷看；一瞥
p ee p
ㄆ ⌣ ㄆˇ

2. **queen** [kwin]
n. 皇后
qu ee n
ㄎㄨ ⌣ ㄋ̃

3. **reef** [rif]
n. 礁；暗礁
r ee f
ㄖ× ⌣ ㄈˋ

4. **reel** [ril]
n. 捲軸；捲筒；一捲
r ee l
ㄖ× ⌣ ㄛ

5. **see** [si]
v. 看見；了解
s ee
ㄙ ⌣

6. **seed** [sid]
n. 種子
s ee d
ㄙ ⌣ ㄉ

7. **seek** [sik]
v. 尋覓
s ee k
ㄙ ⌣ ㄎˇ

8. **seem** [sim]
v. 似乎是
s ee m
ㄙ ⌣ ㄇ̃

9. **seen** [sin]
v. 看見（see 的過去分詞）
s ee n
ㄙ ⌣ ㄋ̃

10. **sees** [siz]
v. 看見（see 的現在簡單式第三人稱單數）
s ee s
ㄙ ⌣ Z

11. **teen** [tin]
adj. 十幾歲的
n. 青少年
t ee n
ㄊ˙ ⌣ ㄋ̃

12. **teens** [tinz]
n. 青少年（指 13 至 19 歲）；13-19
t ee ns
ㄊ˙ ⌣ ㄋ̃Z

13. **teeth** [tiθ]
n. 牙齒（tooth 的複數）
t ee th
ㄊ˙ ⌣ ㄙ

14. **wee** [wi]
adj. 很小的；很早的　n. 尿
w ee
× ⌣

182

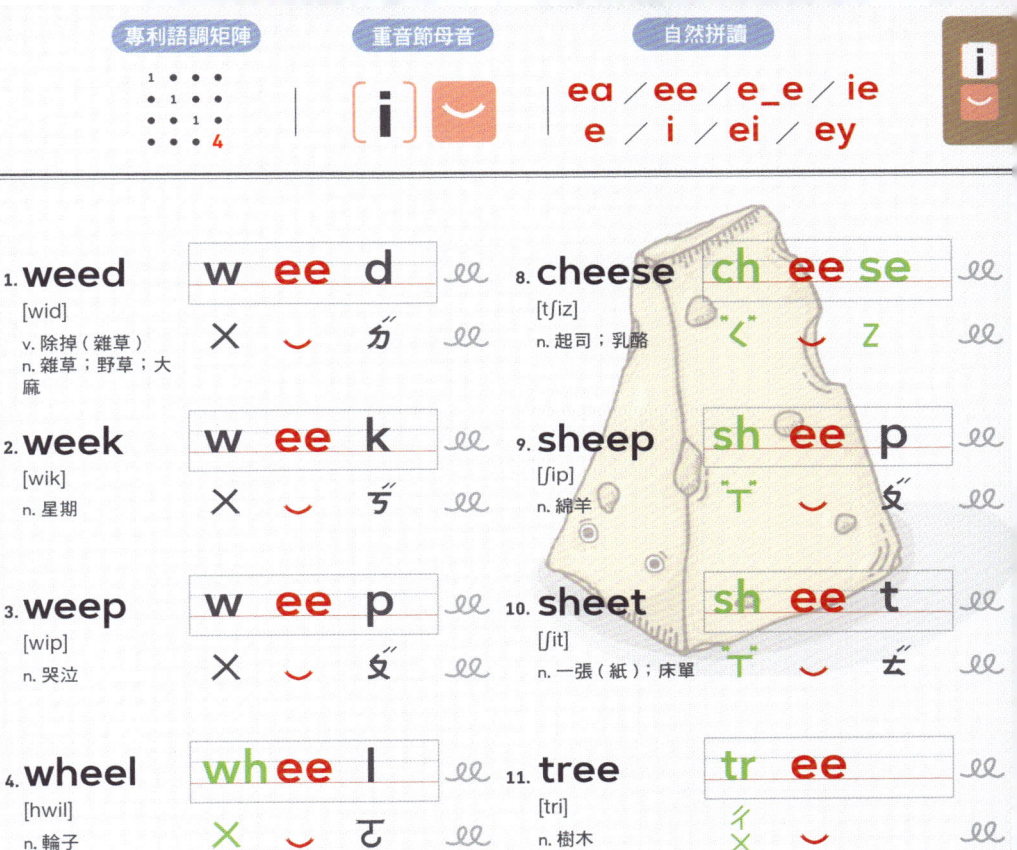

專利語調矩陣	重音節母音	自然拼讀
1 ● ● ● ● 1 ● ● ● ● 1 ● ● ● ● 4	[i] ⌣	ea / ee / e_e / ie e / i / ei / ey

1. **weed** [wid] v. 除掉（雜草）n. 雜草；野草；大麻
w	ee	d
ㄨ	⌣	ㄉ

2. **week** [wik] n. 星期
w	ee	k
ㄨ	⌣	ㄎ

3. **weep** [wip] n. 哭泣
w	ee	p
ㄨ	⌣	ㄆ

4. **wheel** [hwil] n. 輪子
wh	ee	l
ㄨ	⌣	ㄛ

5. **thee** [ði] pron.（thou 的受格）你，汝
th	ee
z̊	⌣

6. **jeep** [dʒip] n. 吉普車
j	ee	p
"ㄐ"	⌣	ㄆ

7. **cheek** [tʃik] n. 臉頰；腮幫子
ch	ee	k
"ㄍ"	⌣	ㄎ

8. **cheese** [tʃiz] n. 起司；乳酪
ch	ee	se
"ㄍ"	⌣	z

9. **sheep** [ʃip] n. 綿羊
sh	ee	p
ㄒ	⌣	ㄆ

10. **sheet** [ʃit] n. 一張（紙）；床單
sh	ee	t
ㄒ	⌣	ㄊ

11. **tree** [tri] n. 樹木
tr	ee
ㄔㄨ	⌣

12. **breed** [brid] n. 品種
br	ee	d
ㄅㄨ	⌣	ㄉ

13. **breeze** [briz] v. 吹著微風 n. 微風
br	ee	ze
ㄅㄨ	⌣	z

14. **creek** [krik] n. 小河；溪
cr	ee	k
ㄎㄨ	⌣	ㄎ

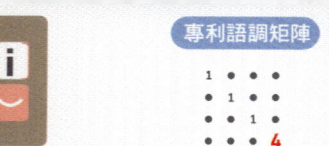

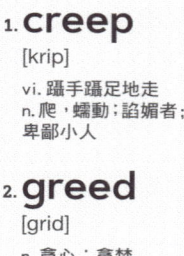

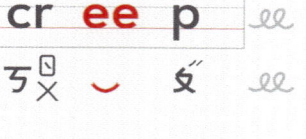

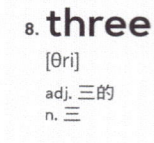

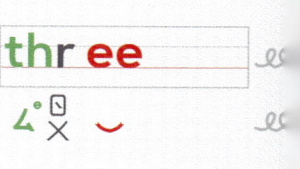

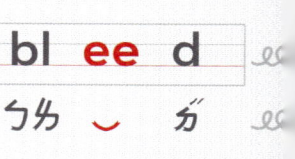

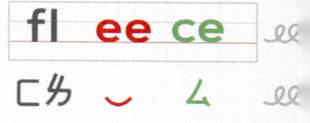

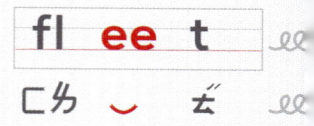

專利語調矩陣　重音節母音　自然拼讀

[i]　ea / ee / e_e / ie
　　 e / i / ei / ey

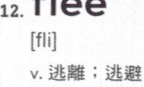

1. **creep**
[krip]
vi. 躡手躡足地走
n. 爬，蠕動；諂媚者；卑鄙小人

2. **greed**
[grid]
n. 貪心；貪婪

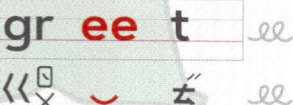

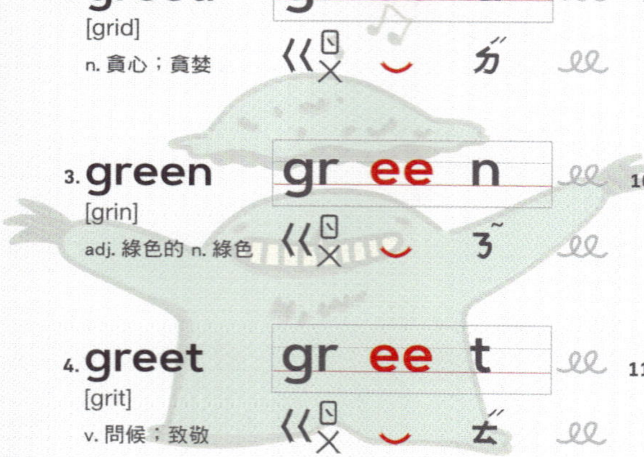

3. **green**
[grin]
adj. 綠色的 n. 綠色

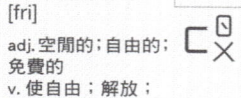

4. **greet**
[grit]
v. 問候；致敬

5. **free**
[fri]
adj. 空閒的；自由的；免費的
v. 使自由；解放；使解脫

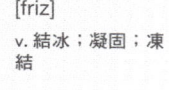

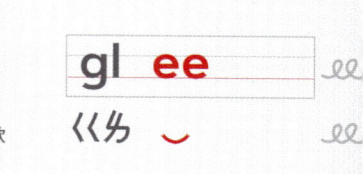

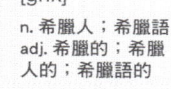

6. **freeze**
[friz]
v. 結冰，凝固；凍結

7. **Greek**
[grik]
n. 希臘人；希臘語
adj. 希臘的；希臘人的；希臘語的

8. **three**
[θri]
adj. 三的
n. 三

9. **bleed**
[blid]
v. 流血

10. **fleece**
[flis]
n. 羊毛
v. 剪下的毛；欺詐；掠奪

11. **fleet**
[flit]
n. 艦隊；機群；車隊

12. **flee**
[fli]
v. 逃離；逃避

13. **glee**
[gli]
n. 快樂；歡欣

14. **sleep**
[slip]
v. 睡覺
n. 睡眠；死亡；冬眠

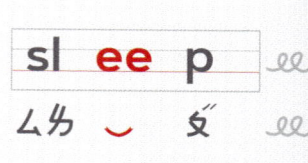

專利語調矩陣 / 重音節母音 / 自然拼讀

[i] ⌣ ea / ee / e_e / ie
e / i / ei / ey

1. **sleeve** [sliv] n. 袖子；袖套
   sl ee ve
   ㄙㄌ ⌣ ㄈˊ

2. **sneeze** [sniz] n. 噴嚏（聲）vi. 打噴嚏
   sn ee ze
   ㄙㄋ ⌣ ㄗ

3. **sweep** [swip] v. 掃
   sw ee p
   ㄙㄨ ⌣ ㄆˇ

4. **sweet** [swit] adj. 甜的 n. 餐後的甜點；(用作稱呼語) 親愛的；寶貝
   sw ee t
   ㄙㄨ ⌣ ㄊˋ

5. **speech** [spitʃ] n. 言論；演講
   sp ee ch
   ㄙㄆ ⌣ ㄑ

6. **speed** [spid] v. 加速；促進 n. 速度
   sp ee d
   ㄙㄆ ⌣ ㄉ

7. **steel** [stil] v. 鋼化；給⋯⋯包上鋼 n. 鋼；鋼鐵
   st ee l
   ㄙㄉㄆ ⌣ ㄛ

8. **steep** [stip] adj. 陡峭的 v. 浸泡；浸透
   st ee p
   ㄙㄉㄆ ⌣ ㄆˇ

9. **street** [strit] n. 街道
   str ee t
   ㄙㄓㄨ ⌣ ㄊˋ

10. **squeeze** [skwiz] v. 榨；擠；壓 n. 榨；壓榨
    squ ee ze
    ㄙㄍㄨ ⌣ ㄗ

11. **screen** [skrin] v. 篩選；放映電影 n. 屏；銀幕
    scr ee n
    ㄙㄍㄨ ⌣ ㄋ˜

蕭博士拼讀便利貼
第三種拼法來了，接招！

e_e

14. **eve** [iv] n. 前夕
    e ve
    ⌣ ㄈˊ

185

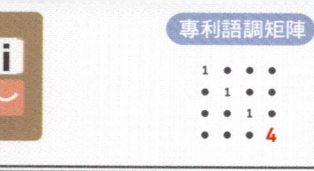

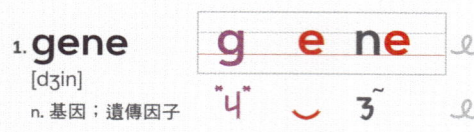

專利語調矩陣 | 重音節母音 | 自然拼讀

[i] ⌣ | ea / ee / e_e / ie
e / i / ei / ey

1. **gene** [dʒin]
n. 基因；遺傳因子

2. **scene** [sin]
n. 景色；場面

3. **scheme** [skim]
v. 策劃；密謀
n. 計劃；方案

4. **theme** [θim]
n. 主題思想；題材；主題曲

5. **these** [ðiz]
adj. 這些（this 的複數） pron. 這些

蕭博士拼讀便利貼

不要懷疑，還有另一種拼法！

ie

8. **field** [fild]
n. 原野；田賽場地；野外

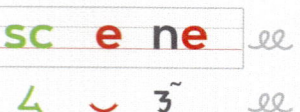

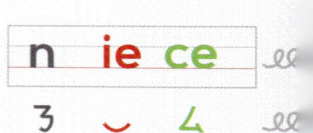

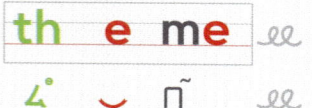

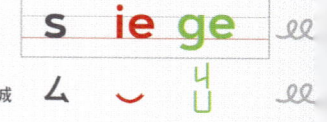

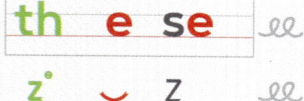

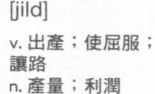

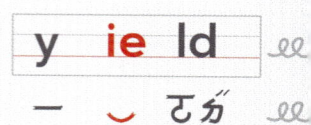

9. **niece** [nis]
n. 侄女；外甥女

10. **piece** [pis]
n. 件；片；首（樂曲）

11. **siege** [sidʒ]
n. 圍攻；包圍；圍城

12. **yield** [jild]
v. 出產；使屈服；讓路
n. 產量；利潤

13. **thief** [θif]
n. 小偷

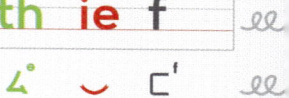

14. **chief** [tʃif]
adj. 為首的；主要的
n. 首領；長官

186

專利語調矩陣 | 重音節母音 | 自然拼讀

[i] | ea / ee / e_e / ie
    | e / i / ei / ey

蕭博士拼讀便利貼
還可以這樣拼，英文就這麼任性！

e

1. **shield** [ʃild] n. 盾；保護者；擋板
2. **brief** [brif] adj. 短暫的 v. 簡報
3. **priest** [prist] n. 牧師；神父
4. **grief** [grif] n. 悲痛；悲傷
5. **grieve** [griv] v. 使悲傷；使苦惱
6. **shriek** [ʃrik] n. 尖叫聲 v. 哭叫

10. **be** [bi] v. 是；要；有；存在
11. **he** [hi] pron. 他
12. **he'd** [hid] abbr. = he had; he would
13. **he'll** [hil] abbr. = he will; he shall
14. **he's** [hiz] abbr. = he is; he has

187

專利語調矩陣 | 重音節母音 | 自然拼讀

[i] ⌣ | eɑ / ee / e_e / ie / e / i / ei / ey

1. **me** [mi] pron. 我
   - m e
   - ㄇ ⌣

2. **she** [ʃi] pron. 她
   - sh e
   - ㄒ˙ ⌣

3. **she'd** [ʃɪd] abbr.= she would ; = she had
   - sh e 'd
   - ㄒ˙ ⌣ ㄉ

4. **she'll** [ʃɪl] abbr.= she will ; = she shall
   - sh e 'll
   - ㄒ˙ ⌣ ㄛ

5. **she's** [ʃiz] abbr.= she is ; = she has
   - sh e 's
   - ㄒ˙ ⌣ Z

6. **we** [wi] pron. 我們
   - w e
   - ㄨ ⌣

7. **we'd** [wid] abbr. = we would
   - w e 'd
   - ㄨ ⌣ ㄉ

8. **we'll** [wil] abbr. = we will
   - w e 'll
   - ㄨ ⌣ ㄛ

9. **we're** [wɪr] abbr. = we are
   - w e 're
   - ㄨ ⌣ ㄦ

10. **we've** [wiv] abbr. = we have
    - w e 've
    - ㄨ ⌣ ㄈ'

蕭博士拼讀便利貼
提起精神，這種拼法也可能！

i

13. **ski** [ski] v. 滑雪 n. 滑雪屐
    - sk i
    - ㄙㄍ ⌣

14. **suite** [swit] n. 套房；系列
    - su i te
    - ㄙㄨ ⌣ ㄜ˙

188

專利語調矩陣	重音節母音	自然拼讀	i ⌣
1 ⋯ ⋯ 1 ⋯ ⋯ 1 ⋯ ⋯ ⋯ 4	[i] ⌣	ea / ee / e_e / ie e / i / ei / ey	

蕭博士拼讀便利貼

心量已擴大，
再來一個拼法，也不怕！

ei

3. seize
[siz]
v. 抓住；捉住；沒收；扣押

s	ei	ze
ㄙ	⌣	z

蕭博士拼讀便利貼

我們越來越堅強，
第八種拼法，來吧！

ey

6. key
[ki]
n. 鑰匙
adj. 重要的；基本的；關鍵的

k	ey
ㄎ	⌣

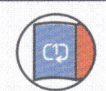

189

單音節單字

先哼 ▶ 再唸

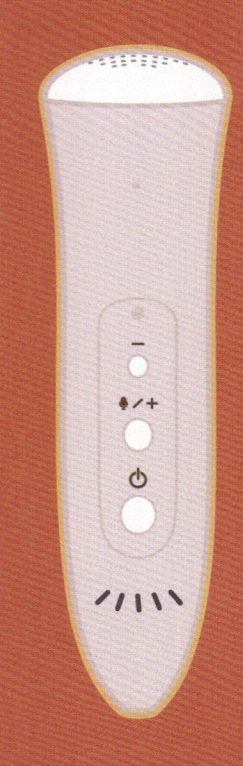

重音節母音

Ir ㄧㄦ

自然拼讀

ear, eer, ere, ier, eir

| Ir | 一ㄦ |

專利語調矩陣 重音節母音 自然拼讀

[Ir] 一ㄦ ear / eer / ere / ier / eir

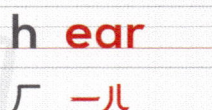

蕭博士拼讀便利貼

這個發音，**最最最常見的拼法就是它！**

ear

3. **ear** [Ir] n. 耳朵 — ear 一ㄦ

4. **beard** [bIrd] n. 鬍子 — b ear d ㄅ 一ㄦ ㄉ

5. **dear** [dIr] adj. 親愛的 adv. 疼愛地；昂貴地 n. 親愛的（人） — d ear ㄉ(ᵖ) 一ㄦ

6. **fear** [fIr] v. 畏懼 n. 懼怕 — f ear ㄈ 一ㄦ

7. **gear** [gIr] v. 使適應；使適合 n. 齒輪；工具；設備 — g ear ㄍ 一ㄦ

8. **hear** [hIr] v. 聽見 — h ear ㄏ 一ㄦ

9. **near** [nIr] adj. 近的 v. 接近；幾乎 adv. 近地 prep. 接近 — n ear ㄋ 一ㄦ

10. **rear** [rIr] adj. 後面的；背後的 n. 後部；後面 — r ear ⓇX 一ㄦ

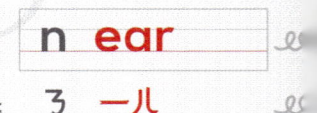

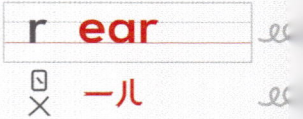

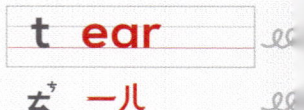

11. **tear** [tIr] n. 眼淚 — t ear ㄊ 一ㄦ

12. **year** [jIr] n. 年 — y ear 一 一ㄦ

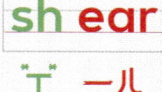

13. **shear** [ʃIr] n. 修剪；大剪刀 v. 剪羊毛 — sh ear ㄒ 一ㄦ

14. **clear** [klIr] adj. 清楚的；晴朗的；乾淨的 v. 使乾淨；收拾 adv. 清晰地 — cl ear ㄎㄌ 一ㄦ

Ir 一儿

ear / eer / ere / ier / eir

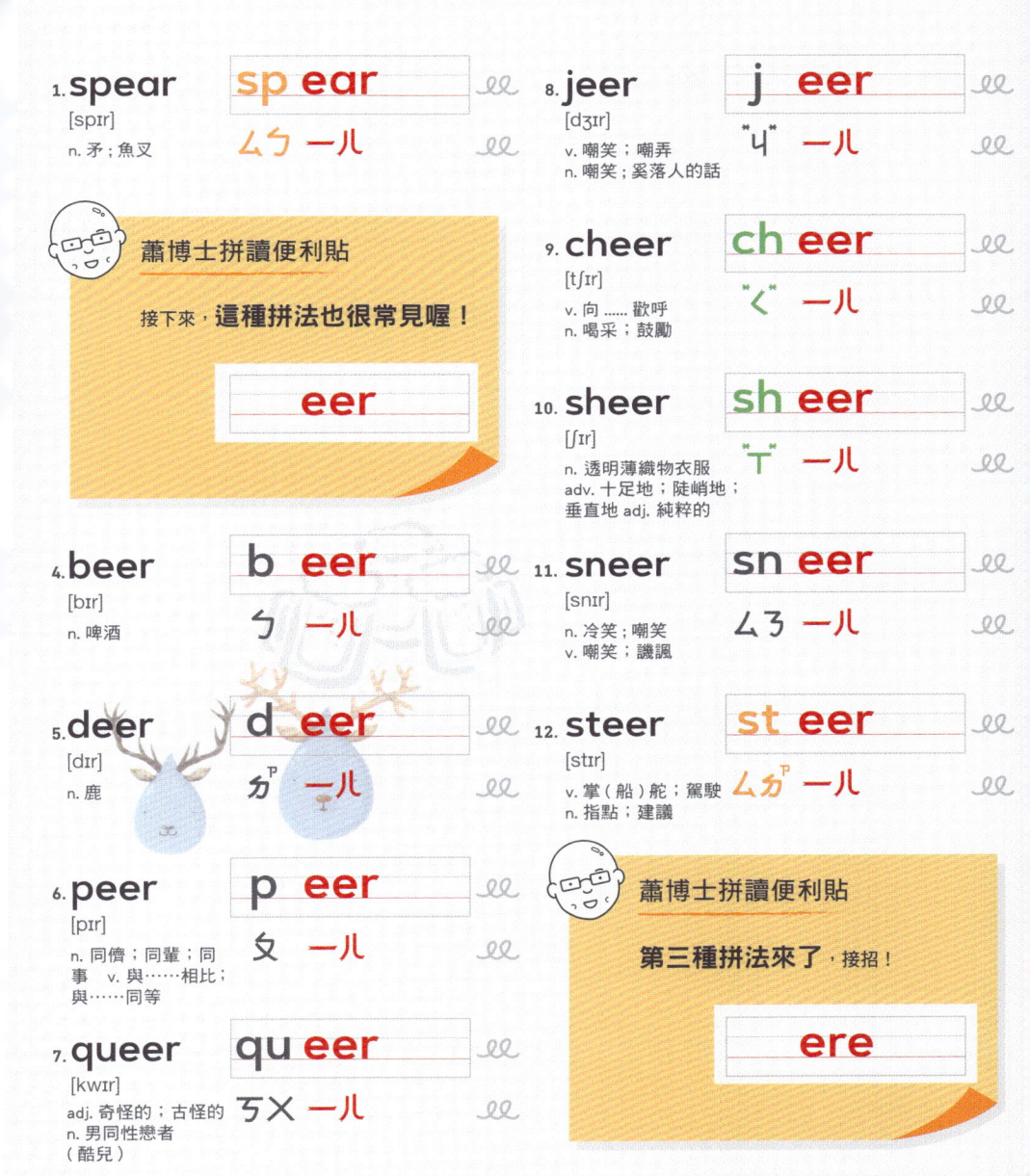

1. **spear** [spɪr] n. 矛；魚叉
   sp ear / ㄙㄆ 一儿

蕭博士拼讀便利貼
接下來，**這種拼法也很常見喔！**

eer

4. **beer** [bɪr] n. 啤酒
   b eer / ㄅ 一儿

5. **deer** [dɪr] n. 鹿
   d eer / ㄉᵖ 一儿

6. **peer** [pɪr] n. 同儕；同輩；同事 v. 與……相比；與……同等
   p eer / ㄆ 一儿

7. **queer** [kwɪr] adj. 奇怪的；古怪的 n. 男同性戀者（酷兒）
   qu eer / ㄎㄨ 一儿

8. **jeer** [dʒɪr] v. 嘲笑；嘲弄 n. 嘲笑；奚落人的話
   j eer / ˇㄐ 一儿

9. **cheer** [tʃɪr] v. 向……歡呼 n. 喝采；鼓勵
   ch eer / ˇㄑ 一儿

10. **sheer** [ʃɪr] n. 透明薄織物衣服 adv. 十足地；陡峭地；垂直地 adj. 純粹的
    sh eer / ˇㄒ 一儿

11. **sneer** [snɪr] n. 冷笑；嘲笑 v. 嘲笑；譏諷
    sn eer / ㄙㄋ 一儿

12. **steer** [stɪr] v. 掌（船）舵；駕駛 n. 指點；建議
    st eer / ㄙㄉᵖ 一儿

蕭博士拼讀便利貼
第三種拼法來了，接招！

ere

193

Ir 一ㄦ

專利語調矩陣 | **重音節母音** | **自然拼讀**

[Ir] 一ㄦ ear / eer / ere / ier / eir

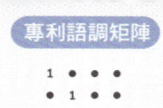

1. here
[hɪr]
adv. 在這裡
n. 這裡；今世

h **ere**
ㄏ 一ㄦ

2. here's
[hɪrz]
abbr. =here is

h **ere's**
ㄏ 一ㄦ ㄗ

3. mere
[mɪr]
adj. 僅僅的；只不過的

m **ere**
ㄇ 一ㄦ

4. sphere
[sfɪr]
n. 球體；天體；星球；行星 v. 使成球形；把……放在球體內

s**ph**ere
ㄙㄈ 一ㄦ

蕭博士拼讀便利貼
不要懷疑，**還有另一種拼法！**

ier

7. fierce
[fɪrs]
adj. 兇猛的；殘酷的

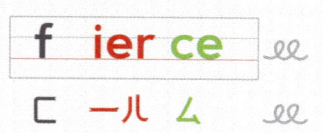

f **ier** ce
ㄈ 一ㄦ ㄙ

8. pier
[pɪr]
n. 碼頭；防波堤

p **ier**
ㄆ 一ㄦ

9. pierce
[pɪrs]
v. 刺穿；刺破；突入；穿過；突破

p **ier** ce
ㄆ 一ㄦ ㄙ

蕭博士拼讀便利貼
還可以這樣拼，英文就這麼任性！

eir

12. weird
[wɪrd]
adj. 怪誕的

w **eir** d
ㄨ 一ㄦ ㄉ

自己拍拍手,
休息一下吧!

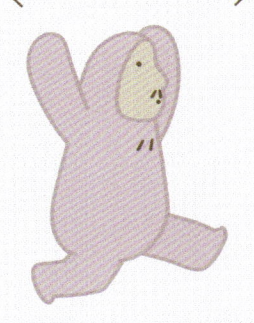

單音節單字

先哼 ▶ 再唸

5 號救聲員
麻煩人 Muffin Man

重音節母音

ʌ ə ɜ

自然拼讀

u, o, oo
ou, a, e

ʌ ə ㄊ

專利語調矩陣 | 重音節母音 | 自然拼讀

[ʌ ə ㄊ] u / o / oo / ou / a / e

蕭博士拼讀便利貼

這個發音，**最最最常見的拼法就是它！**

u

3. **up** [ʌp]
adj. 向上的 v. 增加；舉起 adv. 向上 prep. 向……上

u p
ㄊ ㄆ

4. **us** [ʌs]
pron.(受格) 我們

u s
ㄊ ㄙ

5. **buck** [bʌk]
n. 美元；雄性動物 v.(馬)彎背躍起；(羊)低頭撞；(車)顛簸

b u ck
ㄅ ㄊ ㄎ

6. **bud** [bʌd]
n. 葉芽；花蕾；少女

b u d
ㄅ ㄊ ㄉ

7. **bug** [bʌg]
n. 小蟲；缺陷；漏洞

b u g
ㄅ ㄊ ㄍ

8. **bump** [bʌmp]
v. 碰；猛擊；衝撞；adv. 突然地；猛烈地

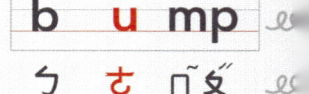

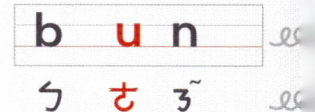

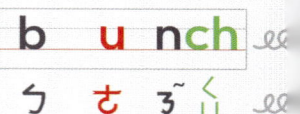

b u mp
ㄅ ㄊ ㄇㄆ

9. **bun** [bʌn]
n. 小圓麵包

b u n
ㄅ ㄊ ㄋ˜

10. **bunch** [bʌntʃ]
n. 串；束

b u nch
ㄅ ㄊ ㄋ˜ㄑ

11. **bus** [bʌs]
n. 公車

b u s
ㄅ ㄊ ㄙ

12. **bust** [bʌst]
n. 胸像；(女性的)胸部

b u st
ㄅ ㄊ ㄙㄊ

13. **but** [bʌt]
prep. 除……以外 conj. 但是

b u t
ㄅ ㄊ ㄊ

14. **butt** [bʌt]
n. 靶子；靶場；屁股 v. 接合；毗連 (+on/against)

b u tt
ㄅ ㄊ ㄊ

198

專利語調矩陣　　重音節母音　　自然拼讀

[ʌ] [ə] [ㄜ]　u / o / oo
　　　　　　　ou / a / e

1. **buzz** [bʌz]
   n. 嗡嗡聲
   b u zz / ㄅ ㄜ z

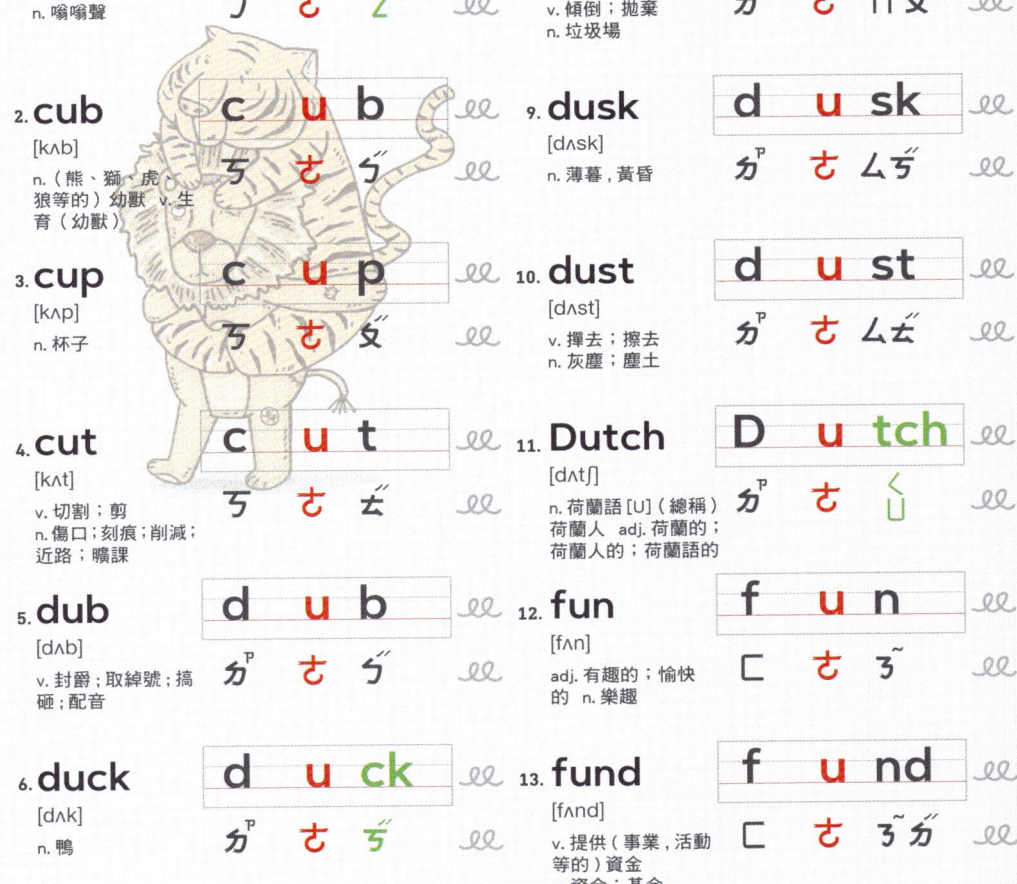

2. **cub** [kʌb]
   n.（熊、獅、虎、狼等的）幼獸 v. 生育（幼獸）
   c u b / ㄎ ㄜ ㄅ˙

3. **cup** [kʌp]
   n. 杯子
   c u p / ㄎ ㄜ ㄆ

4. **cut** [kʌt]
   v. 切割；剪 n. 傷口；刻痕；削減；近路；曠課
   c u t / ㄎ ㄜ ㄊ˙

5. **dub** [dʌb]
   v. 封爵；取綽號；搞砸；配音
   d u b / ㄉ ㄜ ㄅ˙

6. **duck** [dʌk]
   n. 鴨
   d u ck / ㄉ ㄜ ㄎ˙

7. **dumb** [dʌm]
   adj. 愚笨的；啞的
   d u mb / ㄉ ㄜ ㄇ

8. **dump** [dʌmp]
   v. 傾倒；拋棄 n. 垃圾場
   d u mp / ㄉ ㄜ ㄇㄆ

9. **dusk** [dʌsk]
   n. 薄暮，黃昏
   d u sk / ㄉ ㄜ ㄙㄎ

10. **dust** [dʌst]
    v. 撣去；擦去 n. 灰塵；塵土
    d u st / ㄉ ㄜ ㄙㄊ

11. **Dutch** [dʌtʃ]
    n. 荷蘭語 [U]（總稱）荷蘭人 adj. 荷蘭的；荷蘭人的；荷蘭語的
    D u tch / ㄉ ㄜ ㄑ

12. **fun** [fʌn]
    adj. 有趣的；愉快的 n. 樂趣
    f u n / ㄈ ㄜ ㄋ̃

13. **fund** [fʌnd]
    v. 提供（事業、活動等的）資金 n. 資金；基金
    f u nd / ㄈ ㄜ ㄋ̃ㄉ˙

14. **fuss** [fʌs]
    n. 忙亂；小題大作；爭論
    f u ss / ㄈ ㄜ ㄙ

199

ʌ ə ㄊ

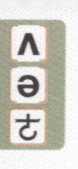

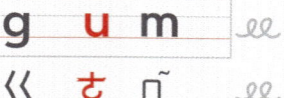

專利語調矩陣　　　重音節母音　　　自然拼讀

[ʌ] [ə] [ㄊ]　　u / o / oo
　　　　　　　　ou / a / e

#	單字	拼寫	#	單字	拼寫
1.	**gum** [gʌm] n. 口香糖；膠；牙齦	g **u** m ／ ㄍ ㄊ ㄇ	8.	**hunch** [hʌntʃ] n. 預感；隆肉；肉峰 v. 駝背	h **u** nch ／ ㄏ ㄊ ㄋˇ ㄑ
2.	**gun** [gʌn] n. 槍	g **u** n ／ ㄍ ㄊ ㄋˇ	9.	**hunt** [hʌnt] v. 追獵 n. 打獵；搜尋	h **u** nt ／ ㄏ ㄊ ㄋˇ ㄊˇ
3.	**gust** [gʌst] n. 一陣強風	g **u** st ／ ㄍ ㄊ ㄙㄊˇ	10.	**hush** [hʌʃ] n. 靜寂，沈默（感嘆詞）噓！	h **u** sh ／ ㄏ ㄊ ㄒㄩ
4.	**gut** [gʌt] n. 內臟；勇氣 v. 取出內臟；損毀（房屋等）的內部 adj. 本質的；直覺的	g **u** t ／ ㄍ ㄊ ㄊˇ	11.	**hut** [hʌt] n. 小屋；臨時營房	h **u** t ／ ㄏ ㄊ ㄊˇ
5.	**hug** [hʌg] v. 摟抱 n. 緊抱；擁抱	h **u** g ／ ㄏ ㄊ ㄍˇ	12.	**luck** [lʌk] n. 好運；幸運	l **u** ck ／ ㄌ ㄊ ㄎˇ
6.	**huh** [hʌ] int.（表示疑問、驚奇或蔑視）嘿；哈	h **u** h ／ ㄏ ㄊ	13.	**lump** [lʌmp] n. 團；塊；腫塊；小方塊	l **u** mp ／ ㄌ ㄊ ㄇㄆ
7.	**hum** [hʌm] v. 哼曲子	h **u** m ／ ㄏ ㄊ ㄇ	14.	**lunch** [lʌntʃ] n. 午餐 v. 吃午飯	l **u** nch ／ ㄌ ㄊ ㄋˇ ㄑ

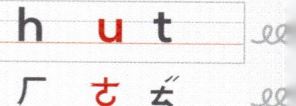

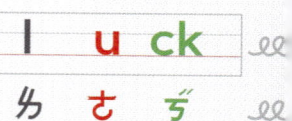

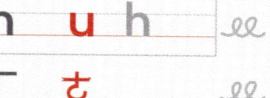

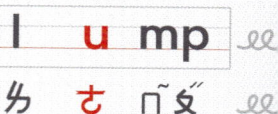

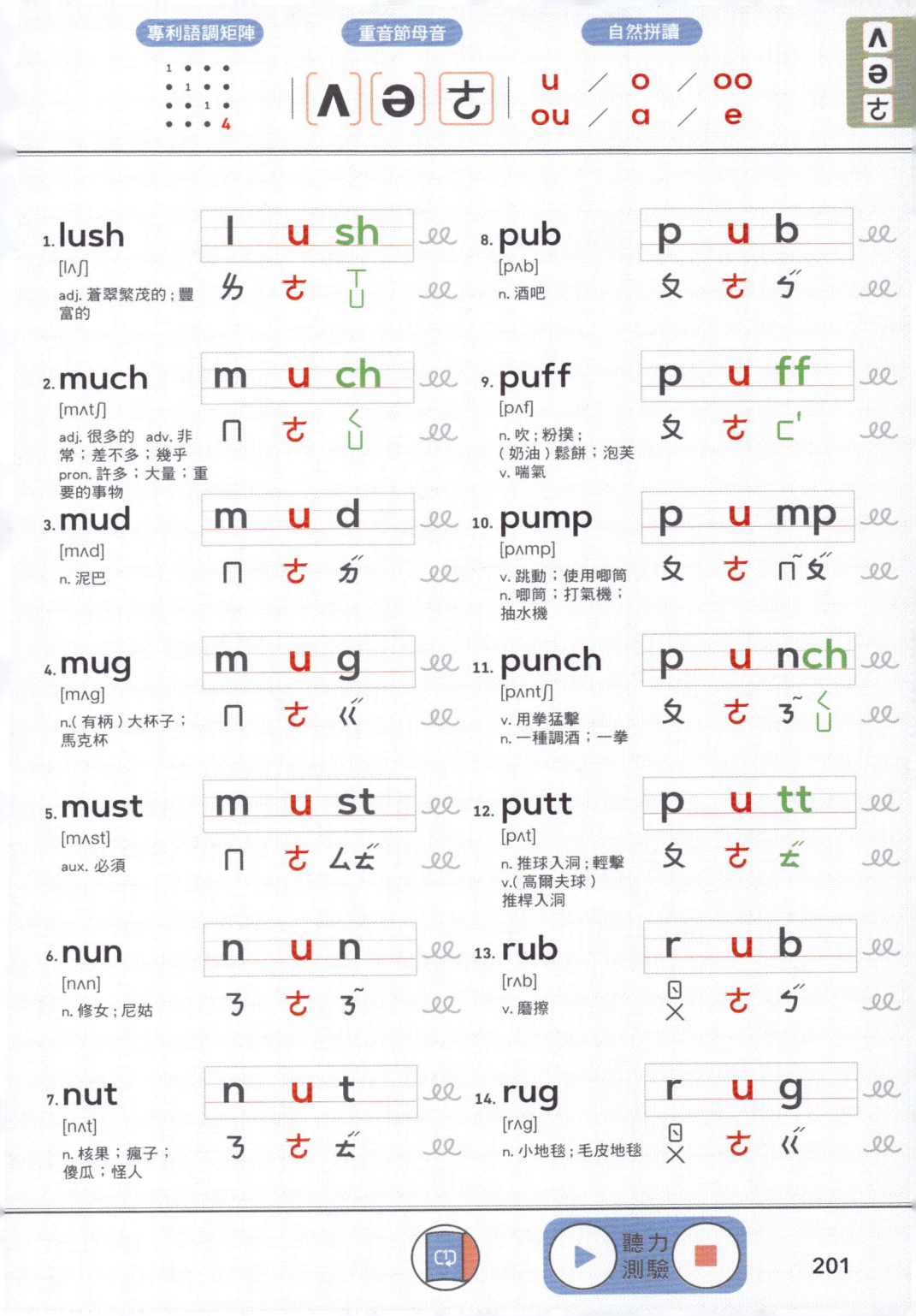

專利語調矩陣	重音節母音	自然拼讀	[ʌ]/[ə]/ㄜ

[ʌ] [ə] ㄜ | u / o / oo
             | ou / a / e

1. **lush** [lʌʃ] adj. 蒼翠繁茂的；豐富的 — l u sh — ㄌ ㄜ ㄒㄩ

2. **much** [mʌtʃ] adj. 很多的 adv. 非常；差不多；幾乎 pron. 許多；大量；重要的事物 — m u ch — ㄇ ㄜ ㄑㄩ

3. **mud** [mʌd] n. 泥巴 — m u d — ㄇ ㄜ ㄉ

4. **mug** [mʌg] n.(有柄)大杯子；馬克杯 — m u g — ㄇ ㄜ ㄍ

5. **must** [mʌst] aux. 必須 — m u st — ㄇ ㄜ ㄙㄜ

6. **nun** [nʌn] n. 修女；尼姑 — n u n — ㄋ ㄜ ㄋ̃

7. **nut** [nʌt] n. 核果；瘋子；傻瓜；怪人 — n u t — ㄋ ㄜ ㄊ

8. **pub** [pʌb] n. 酒吧 — p u b — ㄆ ㄜ ㄅ

9. **puff** [pʌf] n. 吹；粉撲；(奶油)鬆餅；泡芙 v. 喘氣 — p u ff — ㄆ ㄜ ㄈ

10. **pump** [pʌmp] v. 跳動；使用唧筒 n. 唧筒；打氣機；抽水機 — p u mp — ㄆ ㄜ ㄇㄆ

11. **punch** [pʌntʃ] v. 用拳猛擊 n. 一種調酒；一拳 — p u nch — ㄆ ㄜ ㄋ ㄑㄩ

12. **putt** [pʌt] n. 推球入洞；輕擊 v.(高爾夫球)推桿入洞 — p u tt — ㄆ ㄜ ㄊ

13. **rub** [rʌb] v. 磨擦 — r u b — ㄖㄨ ㄜ ㄅ

14. **rug** [rʌg] n. 小地毯；毛皮地毯 — r u g — ㄖㄨ ㄜ ㄍ

201

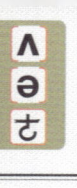

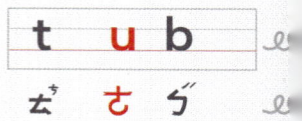

| 專利語調矩陣 | 重音節母音 | 自然拼讀 |

[ʌ] [ə] [ㄜ]   u / o / oo
              ou / a / e

1. **run** [rʌn]
   v. 跑；逃；經營
   n. 跑;(棒球)得分；趨勢

2. **rush** [rʌʃ]
   v. 催促；急送
   n. 急速行動；(交通等的)繁忙；搶購

3. **rust** [rʌst]
   n. 鏽, 鐵鏽

4. **sub** [sʌb]
   n. 潛水艇；候補人員；地鐵

5. **such** [sʌtʃ]
   adj. 如此的 pron. 這樣的人(或事物)；上述的人(或事物)

6. **suck** [sʌk]
   v. 吸；吮；啜；令人噁心；厭惡

7. **sum** [sʌm]
   v. 計算 ... 的總和
   n. 總和；總計

8. **sun** [sʌn]
   n. 太陽

9. **tub** [tʌb]
   n. 浴缸

10. **tuck** [tʌk]
    v. 把 ... 塞進；使有褶襉
    n.(衣服等的)褶襉；打褶

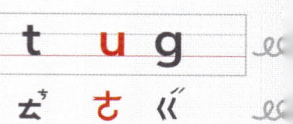

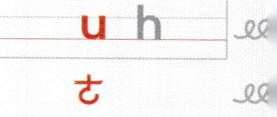

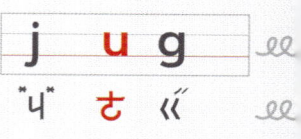

11. **tug** [tʌg]
    n. 牽引, 拖曳

12. **uh** [ʌn]
    int. 嗯！啊！

13. **judge** [dʒʌdʒ]
    v. 判斷；審判
    n. 法官

14. **jug** [dʒʌg]
    n. 水罐；甕；壺；監牢

202

ʌ ə ㄜ

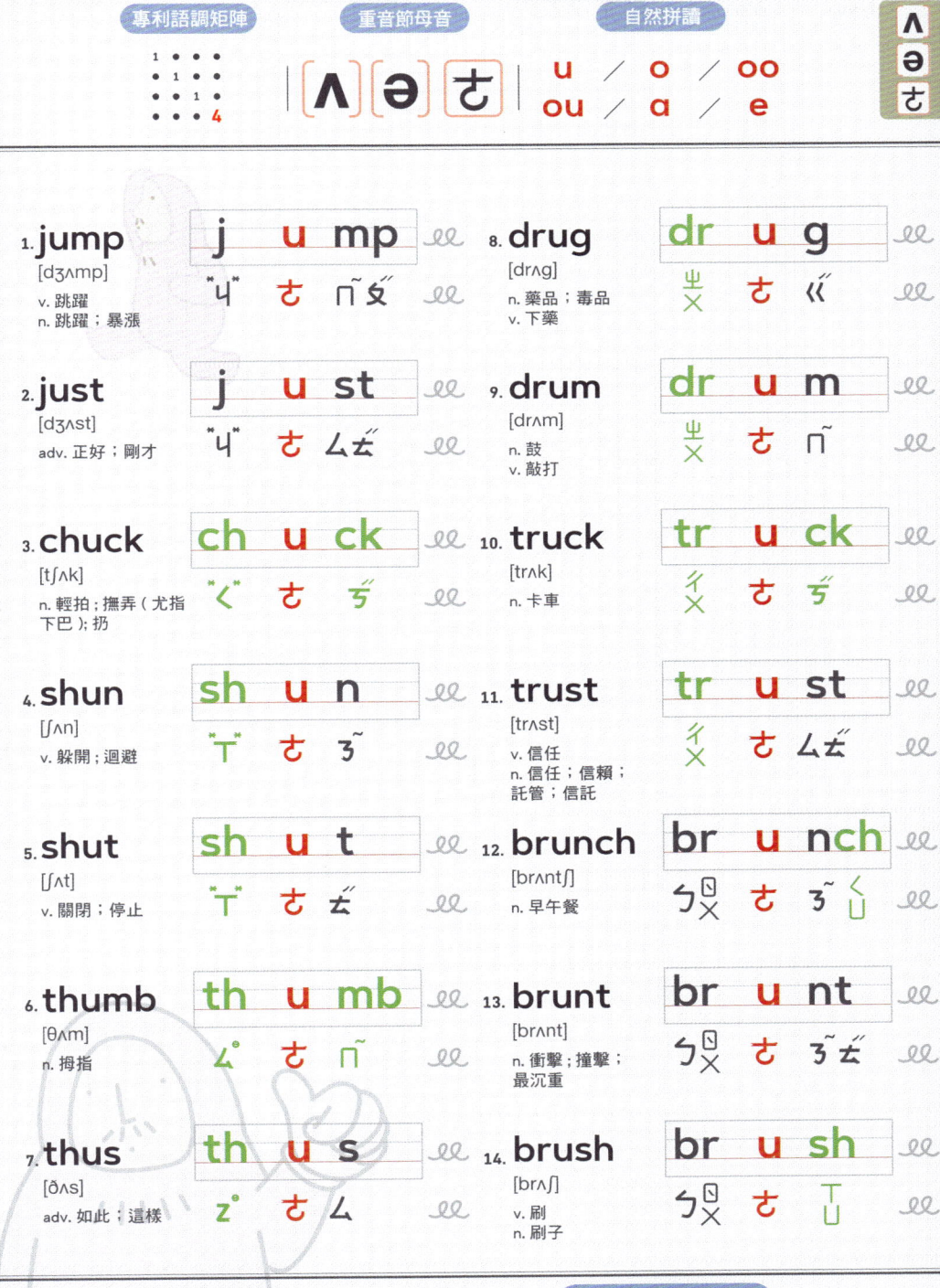

專利語調矩陣　重音節母音　自然拼讀

u / o / oo
ou / a / e

1. **jump** [dʒʌmp]
   v. 跳躍
   n. 跳躍；暴漲
   j / u / mp
   ㄐ / ㄜ / ㄇㄆ

2. **just** [dʒʌst]
   adv. 正好；剛才
   j / u / st
   ㄐ / ㄜ / ㄙㄜ

3. **chuck** [tʃʌk]
   n. 輕拍；撫弄（尤指下巴）；扔
   ch / u / ck
   ㄑ / ㄜ / ㄎ

4. **shun** [ʃʌn]
   v. 躲開；迴避
   sh / u / n
   ㄒ / ㄜ / ㄋ

5. **shut** [ʃʌt]
   v. 關閉；停止
   sh / u / t
   ㄒ / ㄜ / ㄜ

6. **thumb** [θʌm]
   n. 拇指
   th / u / mb
   ㄙ / ㄜ / ㄇ

7. **thus** [ðʌs]
   adv. 如此；這樣
   th / u / s
   ㄗ / ㄜ / ㄙ

8. **drug** [drʌg]
   n. 藥品；毒品
   v. 下藥
   dr / u / g
   ㄓㄨ / ㄜ / ㄍ

9. **drum** [drʌm]
   n. 鼓
   v. 敲打
   dr / u / m
   ㄓㄨ / ㄜ / ㄇ

10. **truck** [trʌk]
    n. 卡車
    tr / u / ck
    ㄔ / ㄜ / ㄎ

11. **trust** [trʌst]
    v. 信任
    n. 信任；信賴；託管；信託
    tr / u / st
    ㄔ / ㄜ / ㄙㄜ

12. **brunch** [brʌntʃ]
    n. 早午餐
    br / u / nch
    ㄅㄨ / ㄜ / ㄋㄑ

13. **brunt** [brʌnt]
    n. 衝擊；撞擊；最沉重
    br / u / nt
    ㄅㄨ / ㄜ / ㄋㄜ

14. **brush** [brʌʃ]
    v. 刷
    n. 刷子
    br / u / sh
    ㄅㄨ / ㄜ / ㄒ

203

ʌ ə ㄜ

專利語調矩陣 | 重音節母音 | 自然拼讀

ʌ	ə	ㄜ	u / o / oo
			ou / a / e

1. **crumb** [krʌm]
   n. 麵包屑；碎屑；少許
   cr u mb — ㄎㄨ ㄜ ㄇ̃

2. **crunch** [krʌntʃ]
   n. 嘎吱吱（咬嚼）聲音；關鍵時刻
   cr u nch — ㄎㄨ ㄜ ㄋ̃ ㄑㄩ

3. **crush** [krʌʃ]
   v. 壓碎；壓壞
   n. 壓碎；毀壞；迷戀；迷戀的對象
   cr u sh — ㄎㄨ ㄜ ㄒㄩ

4. **crust** [krʌst]
   n. 麵包皮；派皮；硬外皮
   cr u st — ㄎㄨ ㄜ ㄙㄜ

5. **crutch** [krʌtʃ]
   n. 丁形柺杖
   cr u tch — ㄎㄨ ㄜ ㄑㄩ

6. **thrust** [θrʌst]
   n. 猛推；刺；驅動力
   v. 推擠；刺；戳
   thr u st — ㄙㄨ ㄜ ㄙㄜ

7. **shrub** [ʃrʌb]
   n. 矮樹；灌木
   shr u b — ㄒㄨ ㄜ ㄅ

8. **shrug** [ʃrʌg]
   v. 聳（肩）
   n. 聳肩
   shr u g — ㄒㄨ ㄜ ㄍ

9. **blunt** [blʌnt]
   v. 使鈍；使遲鈍；減弱
   bl u nt — ㄅㄌ ㄜ ㄋㄜ

10. **blush** [blʌʃ]
    n. 臉紅
    v. 害羞臉紅
    bl u sh — ㄅㄌ ㄜ ㄒㄩ

11. **pluck** [plʌk]
    v. 拉；扯
    n. 拉；扯
    pl u ck — ㄆㄌ ㄜ ㄎ

12. **plug** [plʌg]
    n. 塞子，栓；堵塞物
    v. 堵；塞；填
    pl u g — ㄆㄌ ㄜ ㄍ

13. **plum** [plʌm]
    n. 洋李；梅子
    pl u m — ㄆㄌ ㄜ ㄇ̃

14. **plunge** [plʌndʒ]
    v. 投入；將...插入；急降
    n. 跳入；衝進
    pl u nge — ㄆㄌ ㄜ ㄋ̃ ㄐㄩ

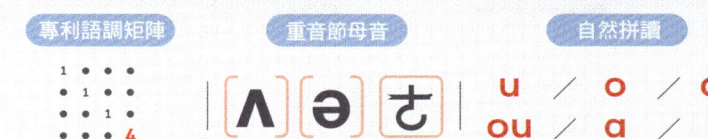

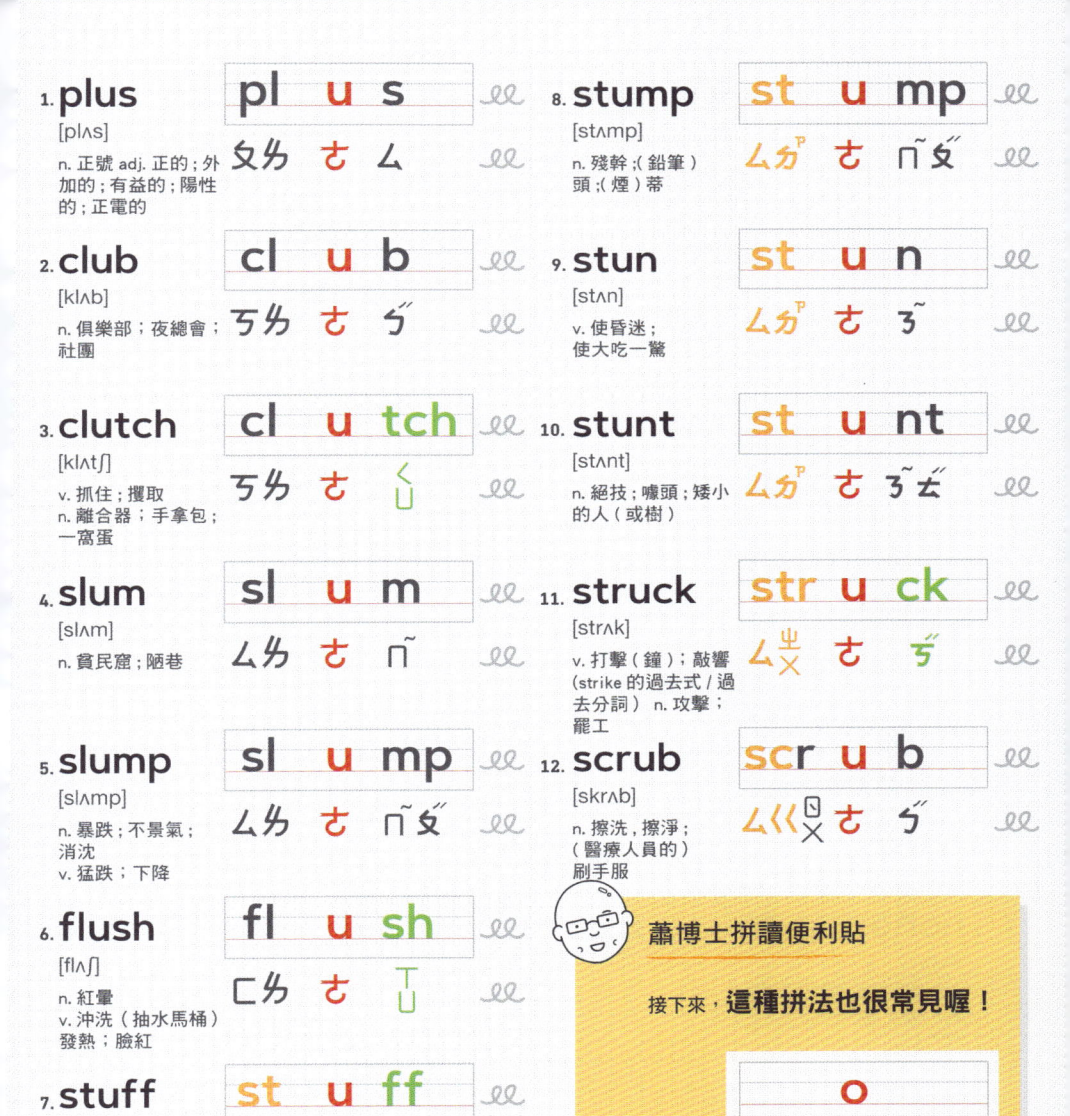

專利語調矩陣 / 重音節母音 / 自然拼讀

[ʌ] [ə] [ㄜ]

u / o / oo
ou / a / e

1. **plus** [plʌs]
n. 正號 adj. 正的；外加的；有益的；陽性的；正電的
pl u s
ㄆㄌ ㄜ ㄙ

2. **club** [klʌb]
n. 俱樂部；夜總會；社團
cl u b
ㄎㄌ ㄜ ㄅ˙

3. **clutch** [klʌtʃ]
v. 抓住；攫取
n. 離合器；手拿包；一窩蛋
cl u tch
ㄎㄌ ㄜ ㄑㄩ

4. **slum** [slʌm]
n. 貧民窟；陋巷
sl u m
ㄙㄌ ㄜ ㄇ̃

5. **slump** [slʌmp]
n. 暴跌；不景氣；消沈
v. 猛跌；下降
sl u mp
ㄙㄌ ㄜ ㄇ̃ㄆ̆

6. **flush** [flʌʃ]
n. 紅暈
v. 沖洗（抽水馬桶）發熱；臉紅
fl u sh
ㄈㄌ ㄜ ㄒㄩ

7. **stuff** [stʌf]
v. 裝；填；塞
n. 材料；原料；物品；東西
st u ff
ㄙㄉᵖ ㄜ ㄈˊ

8. **stump** [stʌmp]
n. 殘幹；（鉛筆）頭；（煙）蒂
st u mp
ㄙㄉᵖ ㄜ ㄇ̃ㄆ̆

9. **stun** [stʌn]
v. 使昏迷；使大吃一驚
st u n
ㄙㄉᵖ ㄜ ㄋ̃

10. **stunt** [stʌnt]
n. 絕技；噱頭；矮小的人（或樹）
st u nt
ㄙㄉᵖ ㄜ ㄋ̃ㄉ̆

11. **struck** [strʌk]
v. 打擊（鐘）；敲響（strike 的過去式/過去分詞）n. 攻擊；罷工
str u ck
ㄙㄉ̈ㄨ ㄜ ㄎ̆

12. **scrub** [skrʌb]
v. 擦洗，擦淨；（醫療人員的）刷手服
scr u b
ㄙㄍㄨ ㄜ ㄅ˙

蕭博士拼讀便利貼
接下來，**這種拼法也很常見喔！**

o

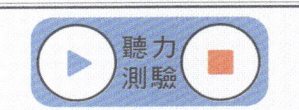

ʌ	ə
ㄊ	

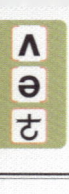

專利語調矩陣 　　重音節母音　　自然拼讀

ʌ	ə	ㄊ	u / o / oo
			ou / a / e

1. **come** [kʌm] v. 到來

c	o	me
ㄎ	ㄜ	ㄇ̃

8. **shove** [ʃʌv] v. 推；撞；亂塞 n. 推；撞

sh	o	ve
ㄒ̈	ㄜ	ㄈˇ

2. **does** [dʌz] do 的動詞一般現在時第三人稱單數變化形式

d	o	es
ㄉᵖ	ㄜ	z

9. **glove** [glʌv] n. 手套

gl	o	ve
ㄍㄌ	ㄜ	ㄈˇ

3. **done** [dʌn] a. 完成了的，做完的；與……再無關係；累壞的

d	o	ne
ㄉᵖ	ㄜ	ㄋ̃

10. **of** [ɑv] prep. 屬於；…的

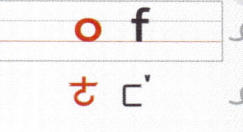

	o	f
	ㄜ	ㄈˇ

4. **dove** [dʌv] n. 鴿

d	o	ve
ㄉᵖ	ㄜ	ㄈˇ

11. **once** [wʌns] adv. 一次 conj. 一旦；一經……便…… n. 一次；一回

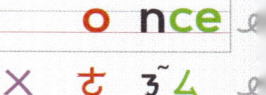

	o	nce
×	ㄜ	ㄋ̃ㄙ

5. **love** [lʌv] v. 愛好；喜歡 n. 愛

l	o	ve
ㄌ	ㄜ	ㄈˇ

12. **one** [wʌn] adj. 一個的 n. 一；一個人；一件事物 pron. 任何人

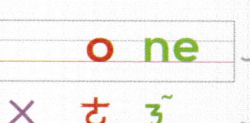

	o	ne
×	ㄜ	ㄋ̃

6. **none** [nʌn] adv. 毫不；決不 pron. 毫無；無一（人或物）

n	o	ne
ㄋ	ㄜ	ㄋ̃

13. **month** [mʌnθ] n. 月份

m	o	nth
ㄇ	ㄜ	ㄋ̃ㄙ˙

7. **some** [sʌm] pron. 一些

s	o	me
ㄙ	ㄜ	ㄇ̃

14. **son** [sʌn] n. 兒子

s	o	n
ㄙ	ㄜ	ㄋ̃

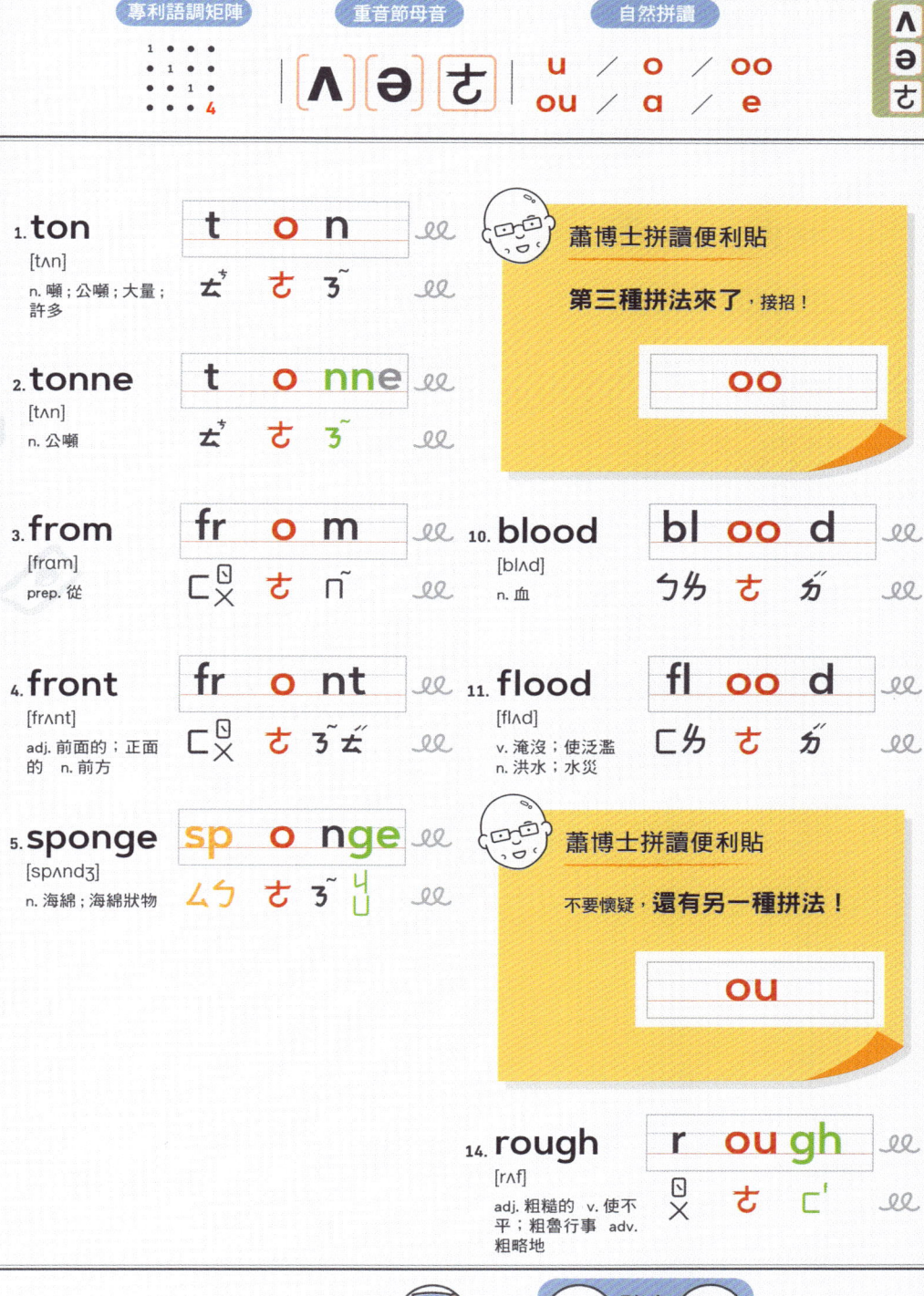

專利語調矩陣　　重音節母音　　自然拼讀

[ʌ] [ə] [ㄜ] ｜ u / o / oo
　　　　　　　　ou / a / e

1. **ton**
[tʌn]
n. 噸；公噸；大量；許多

2. **tonne**
[tʌn]
n. 公噸

蕭博士拼讀便利貼
第三種拼法來了，接招！
oo

3. **from**
[frɑm]
prep. 從

4. **front**
[frʌnt]
adj. 前面的；正面的　n. 前方

5. **sponge**
[spʌndʒ]
n. 海綿；海綿狀物

10. **blood**
[blʌd]
n. 血

11. **flood**
[flʌd]
v. 淹沒；使泛濫
n. 洪水；水災

蕭博士拼讀便利貼
不要懷疑，**還有另一種拼法！**
ou

14. **rough**
[rʌf]
adj. 粗糙的　v. 使不平；粗魯行事　adv. 粗略地

207

ʌ ə
ㄊ

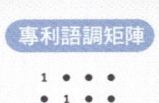

專利語調矩陣 重音節母音 自然拼讀

```
  1
    1
      1
        4
```

| ʌ | ə | ㄊ |

u / o / oo
ou / a / e

---

1. **tough**
[tʌf]
adj. 堅韌的；強悍的；
牢固的；棘手的
n. 暴徒；惡棍

t ou gh
ㄊ ㄜ ㄈˊ

2. **touch**
[tʌtʃ]
v. 觸摸，感動 n. 觸，
碰；接觸，潤色；
特長；少許

t ou ch
ㄊ ㄜ ㄑㄩ

3. **touched**
[tʌtʃt]
v. 觸摸 (touch 的過去式) adj. 受感動的

t ou ch ed
ㄊ ㄜ ㄑㄩ ㄜˊ

蕭博士拼讀便利貼
還可以這樣拼，英文就這麼任性！

a

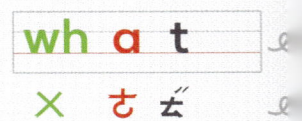

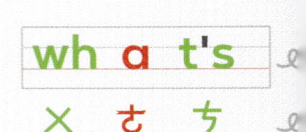

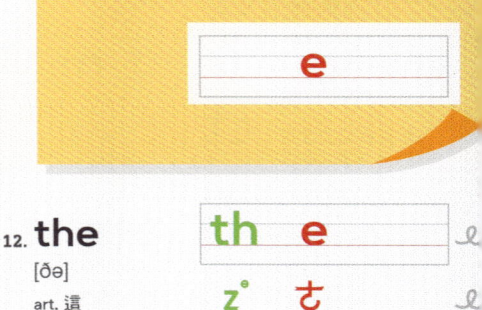

6. **a**
[e]
art. 一個；任一

a
ㄜ

7. **was**
[wɑz]
(is 或 am 的過去式)

w a s
× ㄜ z

8. **what**
[hwɑt]
adj. 什麼；多麼；
何等 pron. 什麼

wh a t
× ㄜ ㄊˊ

9. **what's**
[hwɑts]
abbr. = what is

wh a t's
× ㄜ ㄘ

蕭博士拼讀便利貼
提起精神，這種拼法也可能！

e

12. **the**
[ðə]
art. 這

th e
zˇ ㄜ

208

跟旁邊的人說話，
休息一下吧！

單音節單字

先哼 ▶ 再唸

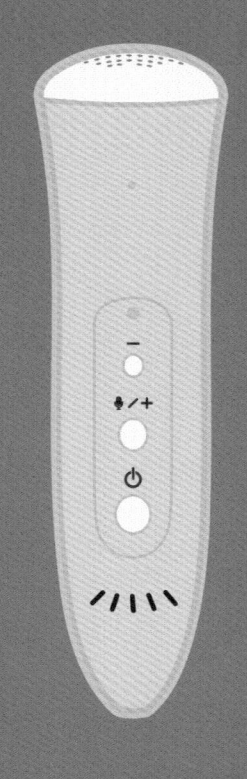

重音節母音

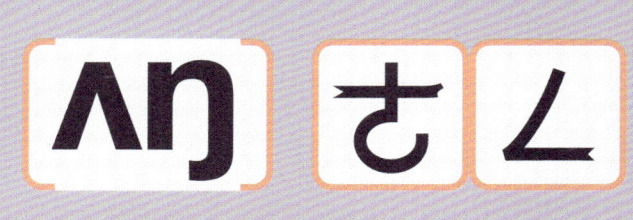

ㄨㄣ ㄨㄥ ㄥ

自然拼讀

un, ung, on ong, oung

ㄤ ㄥ

專利語調矩陣 | 重音節母音 | 自然拼讀

[ʌŋ] ㄤ ㄥ　un / ung / on / ong / oung

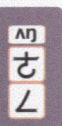

蕭博士拼讀便利貼

這個發音，**最最最常見的拼法就是它！**

un

8. **flunk** [flʌŋk] v. 失敗；不及格
fl un k
ㄈㄌ ㄤ ㄥ ㄎ

蕭博士拼讀便利貼

接下來，**這種拼法也很常見喔！**

ung

3. **punk** [pʌŋk] n. 生手；笨蛋；小流氓；龐克
p un k
ㄆ ㄤ ㄥ ㄎ

4. **chunk** [tʃʌŋk] n.(肉、木材等的)大塊；厚片
ch un k
ㄑ ㄤ ㄥ ㄎ

11. **lung** [lʌŋ] n. 肺；肺臟
l ung
ㄌ ㄤ ㄥ

5. **junk** [dʒʌŋk] n. 廢棄的舊物
j un k
ㄐ ㄤ ㄥ ㄎ

12. **sung** [sʌŋ] v. sing 的過去分詞
s ung
ㄙ ㄤ ㄥ

6. **drunk** [drʌŋk] adj. 喝醉(酒)的；陶醉的；興奮的 n. 醉漢；酒鬼；酒宴；鬧飲
dr un k
ㄓㄨ ㄤ ㄥ ㄎ

蕭博士拼讀便利貼

第三種拼法來了，接招！

on

7. **trunk** [trʌŋk] n. 樹幹；大血管；後車箱
tr un k
ㄔㄨ ㄤ ㄥ ㄎ

212

專利語調矩陣　重音節母音　自然拼讀

[ʌŋ] ㄤㄥ　un / ung / on / ong / oung

1. monk
m **on** k
ㄇ ㄤ ㄎ
[mʌŋk]
n. 修道士；僧侶；和尚

蕭博士拼讀便利貼

不要懷疑，**還有另一種拼法！**

ong

4. tongue
t **ongue**
ㄊ ㄤ
[tʌŋ]
n. 舌頭

蕭博士拼讀便利貼

還可以這樣拼，英文就這麼任性！

oung

7. young
y **oung**
一 ㄤ
[jʌŋ]
adj. 年輕的
n. 青年們；雛鳥

213

單音節單字

先哼 ▶ 再唸

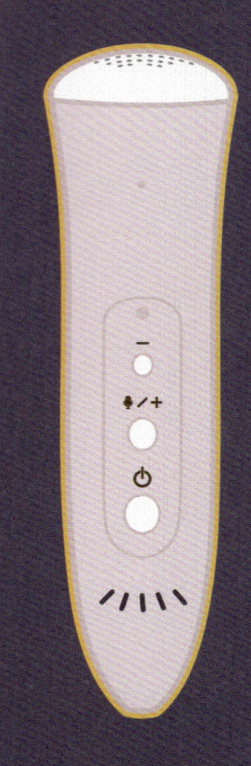

重音節母音

o　**ɔ**

自然拼讀

o, oa, al

ㄛ

專利語調矩陣 | 重音節母音 ㄅ ㄛ | 自然拼讀 o / oa / al

蕭博士拼讀便利貼

這個發音，**最最最常見的拼法就是它！**

o

3. old
[old]
adj. 年老的；老舊的

o ld / ㄛ ㄛㄉ

4. bold
[bold]
adj. 無畏的；大膽的

b o ld / ㄅ ㄛ ㄛㄉ

5. bolt
[bolt]
v. 閂上；拴緊；吞吃；衝出 n. 門閂；螺栓；閃電；霹靂

b o lt / ㄅ ㄛ ㄛㄊ

6. cold
[kold]
adj. 寒冷的 n. 感冒

c o ld / ㄎ ㄛ ㄛㄉ

7. fold
[fold]
v. 摺疊；對摺 n. 摺疊

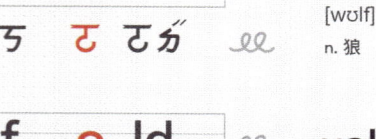

f o ld / ㄈ ㄛ ㄛㄉ

8. gold
[gold]
n. 黃金

g o ld / ㄍ ㄛ ㄛㄉ

9. hold
[hold]
v. 拿著；保持 n. 抓住；握住；延遲；延期；耽擱

h o ld / ㄏ ㄛ ㄛㄉ

10. mold
[mold]
n. 模子；鑄型；模製品；霉

m o ld / ㄇ ㄛ ㄛㄉ

11. sold
[sold]
sell 的動詞過去式、過去分詞

s o ld / ㄙ ㄛ ㄛㄉ

12. volt
[volt]
n. 伏特

v o lt / ㄈˊ ㄛ ㄛㄊ

13. wolf
[wʊlf]
n. 狼

w o lf / ㄨ ㄛ ㄛㄈˊ

14. yolk
[jok]
n. 蛋黃

y o lk / ㄧ ㄛ ㄎ

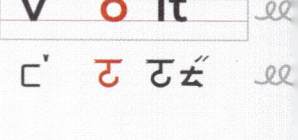

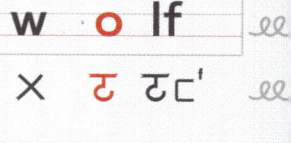

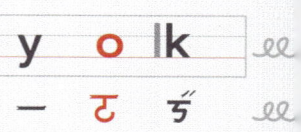

216

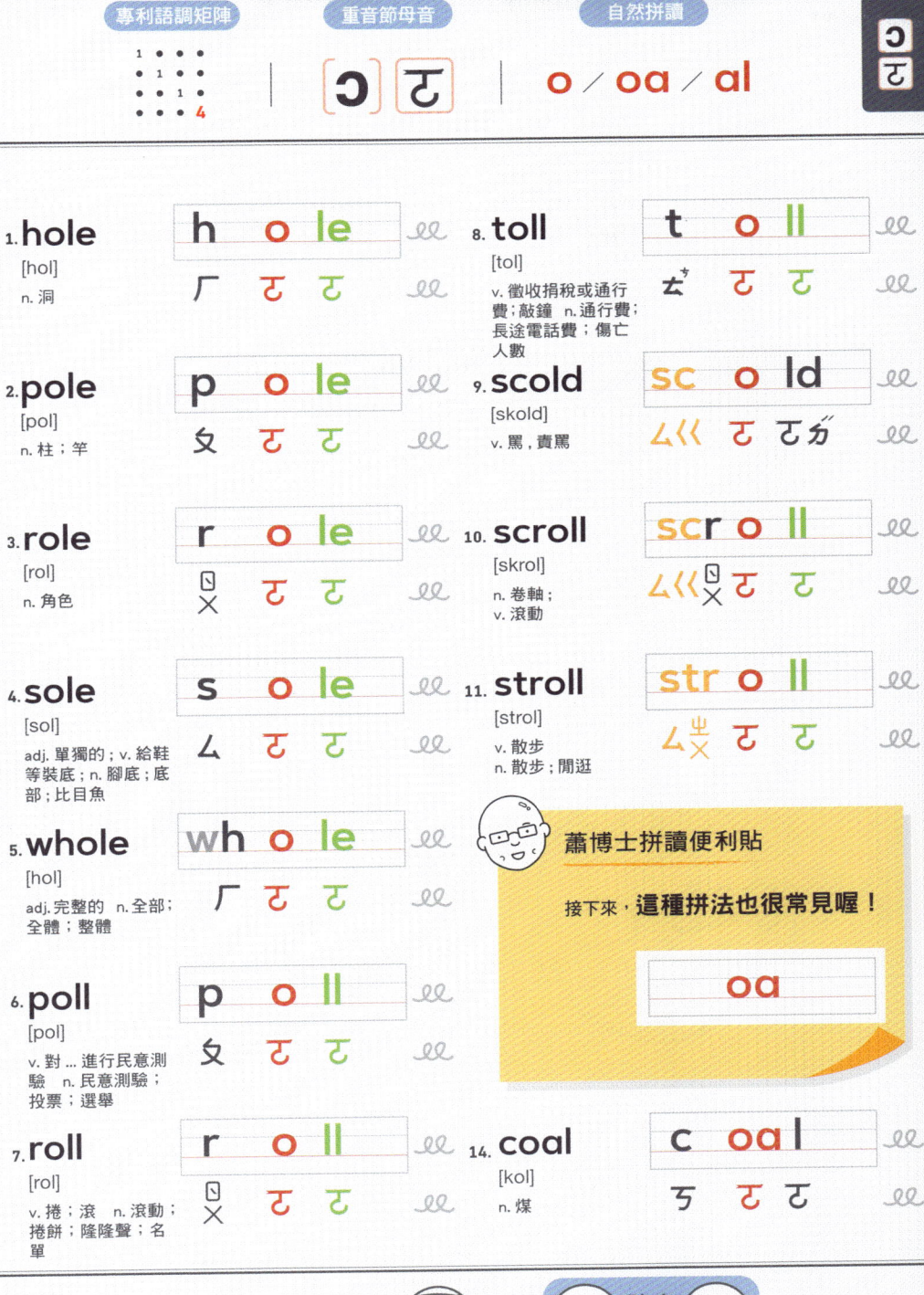

專利語調矩陣　　重音節母音　　自然拼讀

o / oa / al

1. hole
[hol]
n. 洞

h	o	le
ㄏ	ㄛ	ㄛ

2. pole
[pol]
n. 柱；竿

p	o	le
ㄆ	ㄛ	ㄛ

3. role
[rol]
n. 角色

r	o	le
ⓡ×	ㄛ	ㄛ

4. sole
[sol]
adj. 單獨的；v. 給鞋等裝底；n. 腳底；底部；比目魚

s	o	le
ㄙ	ㄛ	ㄛ

5. whole
[hol]
adj. 完整的 n. 全部；全體；整體

wh	o	le
ㄏ	ㄛ	ㄛ

6. poll
[pol]
v. 對...進行民意測驗 n. 民意測驗；投票；選舉

p	o	ll
ㄆ	ㄛ	ㄛ

7. roll
[rol]
v. 捲；滾 n. 滾動；捲餅；隆隆聲；名單

r	o	ll
ⓡ×	ㄛ	ㄛ

8. toll
[tol]
v. 徵收捐稅或通行費；敲鐘 n. 通行費；長途電話費；傷亡人數

t	o	ll
ㄊ	ㄛ	ㄛ

9. scold
[skold]
v. 罵，責罵

sc	o	ld
ㄙㄍ	ㄛ	ㄛㄉ

10. scroll
[skrol]
n. 卷軸；v. 滾動

scr	o	ll
ㄙㄍⓡ×	ㄛ	ㄛ

11. stroll
[strol]
v. 散步 n. 散步；閒逛

str	o	ll
ㄙㄊㄨ	ㄛ	ㄛ

蕭博士拼讀便利貼

接下來，這種拼法也很常見喔！

oa

14. coal
[kol]
n. 煤

c	oa	l
ㄎ	ㄛ	ㄛ

217

ㄛ

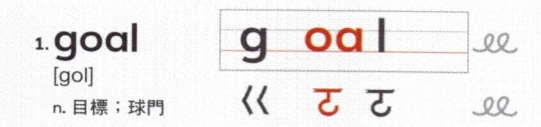

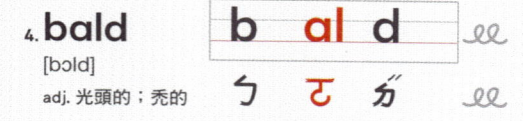

專利語調矩陣	重音節母音	自然拼讀
1·4	[ɔ] ㄛ	o / oa / al

1. **goal**
   [gol]
   n. 目標；球門

   g / oa / l
   ㄍ / ㄛ / l

蕭博士拼讀便利貼

第三種拼法來了，接招！

al

4. **bald**
   [bɔld]
   adj. 光頭的；禿的

   b / al / d
   ㄅ / ㄛ / ㄉ

眼睛看遠方，休息一下吧！

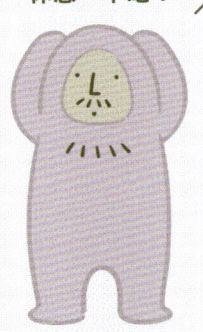

單音節單字

先哼 ▶ 再唸

19 號救聲員
球比特 Cupid Boy

重音節母音

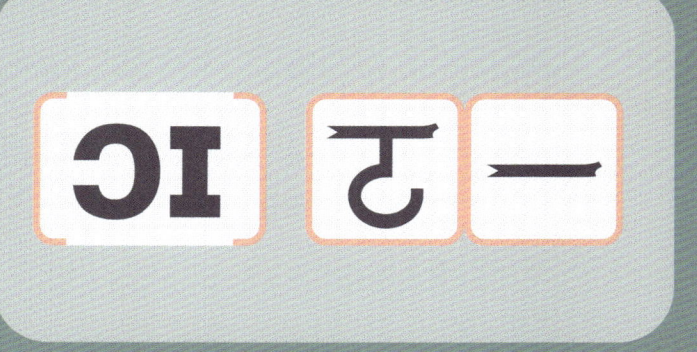

ㄛㄧ

自然拼讀

oi, oy

oi / oy

蕭博士拼讀便利貼

這個發音，**最最最常見的拼法就是它！**

oi

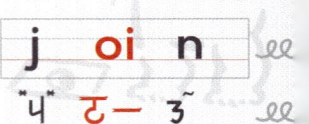

3. **coin** [kɔɪn] n. 硬幣
c oi n
ㄎ ㄛ一 ㄋ̃

4. **point** [pɔɪnt] v. 瞄準；指出；強調；對準 n. 點；要點；重點
p oi nt
ㄆ ㄛ一 ㄋ̃ ㄊ

5. **poised** [pɔɪzd] adj. 泰然自若的；平衡的
p oi sed
ㄆ ㄛ一 Z ㄉ

6. **moist** [mɔɪst] adj. 潮濕的，微濕的
m oi st
ㄇ ㄛ一 ㄙ ㄊ

7. **noise** [nɔɪz] n. 噪音
n oi se
ㄋ ㄛ一 Z

8. **void** [vɔɪd] n. 太空；真空；空虛感
v oi d
ㄈˊ ㄛ一 ㄉ

9. **voice** [vɔɪs] n.(人的)聲音
v oi ce
ㄈˊ ㄛ一 ㄙ

10. **join** [dʒɔɪn] v. 加入
j oi n
ㄐˇ ㄛ一 ㄋ̃

11. **joint** [dʒɔɪnt] adj. 接頭；連接 n. 接頭；接縫；關節
j oi nt
ㄐˇ ㄛ一 ㄋ̃ ㄊ

12. **choice** [tʃɔɪs] n. 選擇
ch oi ce
ㄑˇ ㄛ一 ㄙ

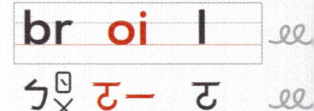

13. **broil** [brɔɪl] v. 烤；炙
br oi l
ㄅ⦸ㄨ ㄛ一 ㄛ

14. **spoil** [spɔɪl] n. 戰掠物 v. 溺愛；寵愛；破壞；糟蹋
sp oi l
ㄙㄆ ㄛ一 ㄛ

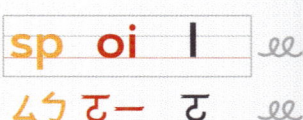

oi / oy

蕭博士拼讀便利貼

接下來，**這種拼法也很常見喔！**

oy

3. **boy**
   [bɔɪ]
   n. 男孩

   b oy
   ㄅ ㄛ ㄧ

4. **boys**
   [bɔɪz]
   n. 男孩
   （boy 的複數）

   b oy s
   ㄅ ㄛ ㄧ z

5. **soy**
   [sɔɪ]
   n. 醬油；大豆

   s oy
   ㄙ ㄛ ㄧ

6. **toy**
   [tɔɪ]
   n. 玩具

   t oy
   ㄊ ㄛ ㄧ

7. **joy**
   [dʒɔɪ]
   n. 歡喜；樂趣；喜樂

   j oy
   "ㄐ" ㄛ ㄧ

223

單音節單字

\ 先哼 ▶ 再唸 /

14 號救聲員
雙頭馬 Horse S

重音節母音

ɔr ㄛ ㄦ

自然拼讀

or, ore, our
ar, oar, oor

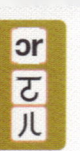

| 專利語調矩陣 | 重音節母音 | 自然拼讀 |

[ɔr] ㄛㄦ

or / ore / our
ar / oar / oor

蕭博士拼讀便利貼

這個發音，**最最最常見的拼法就是它！**

or

3. or
[ɔr]
conj. 或

or
ㄛㄦ

4. born
[bɔrn]
adj. 出生的；誕生的

b or n
ㄅ ㄛㄦ ㄋ̃

5. chord
[kɔrd]
n.(樂器的)弦；心弦；弦桿；和弦

ch or d
ㄎ ㄛㄦ ㄉ

6. cord
[kɔrd]
n. 細繩；索

c or d
ㄎ ㄛㄦ ㄉ

7. cork
[kɔrk]
n. 軟木；軟木塞

c or k
ㄎ ㄛㄦ ㄎ̌

8. corn
[kɔrn]
n. 玉米

c or n
ㄎ ㄛㄦ ㄋ̃

9. corps
[kɔr]
n. 兵團；部隊；團

c or ps
ㄎ ㄛㄦ

10. corpse
[kɔrps]
n. 屍體；殘骸

c or pse
ㄎ ㄛㄦ ㄆ̌ㄙ

11. dorm
[dɔrm]
n. 宿舍

d or m
ㄉ ㄛㄦ ㄇ

12. for
[fɔr]
prep. 為…做的；給
conj. 因為；由於

f or
ㄈ ㄛㄦ

13. force
[fɔrs]
v. 強迫
n. 力量；暴力

f or ce
ㄈ ㄛㄦ ㄙ

14. forge
[fɔrdʒ]
n. 熔鐵爐；鐵工廠

f or ge
ㄈ ㄛㄦ ㄐ

專利語調矩陣　重音節母音　自然拼讀

[ɔr] ㄛㄦ　or / ore / our
　　　　　 ar / oar / oor

1. **fork** [fɔrk] n. 叉子
   f or k　ㄈ ㄛㄦ ㄎ

2. **form** [fɔrm] v. 形成 n. 形態；表格
   f or m　ㄈ ㄛㄦ ㄇ

3. **fort** [fɔrt] n. 堡壘，要塞
   f or t　ㄈ ㄛㄦ ㄊ

4. **forth** [fɔrθ] adv. 向前；向前方；向外
   f or th　ㄈ ㄛㄦ ㄙ

5. **gorge** [gɔrdʒ] n. 峽谷；暴食
   g or ge　ㄍ ㄛㄦ ㄐㄩ

6. **horn** [hɔrn] n. 角；觸角；喇叭
   h or n　ㄏ ㄛㄦ ㄋ

7. **horse** [hɔrs] n. 馬【童】大王的「馬」
   h or se　ㄏ ㄛㄦ ㄙ

8. **lord** [lɔrd] n.(Lord) 上帝；主；耶穌 n. 統治者；領主 v. 對人發號司令
   l or d　ㄌ ㄛㄦ ㄉ

9. **nor** [nɔr] conj. 亦不
   n or　ㄋ ㄛㄦ

10. **norm** [nɔrm] n. 基準；規範；定額
    n or m　ㄋ ㄛㄦ ㄇ

11. **north** [nɔrθ] adj. 北方的 adv. 向北方 n. 北方
    n or th　ㄋ ㄛㄦ ㄙ

12. **porch** [pɔrtʃ] n. 門廊；入口處；走廊
    p or ch　ㄆ ㄛㄦ ㄐ

13. **pork** [pɔrk] n. 豬肉
    p or k　ㄆ ㄛㄦ ㄎ

14. **port** [pɔrt] adj. 左舷的 n. 港
    p or t　ㄆ ㄛㄦ ㄊ

227

[ɔr] ㄛㄦ

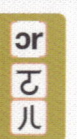

or / ore / our
ar / oar / oor

1. **sort** [sɔrt]
   v. 把...分類
   n. 類；排序

2. **sword** [sord]
   n. 劍；刀

3. **torch** [tɔrtʃ]
   n. 火炬，火把

4. **short** [ʃɔrt]
   adj. 矮的；短的；短暫的；缺乏的

5. **shorts** [ʃɔrts]
   n. 短褲

6. **thorn** [θɔrn]
   n. 刺；棘；惱人的事或人

7. **snort** [snɔrt]
   n. 噴鼻息；噴氣聲

8. **scorn** [skɔrn]
   v. 輕蔑；嘲笑
   n. 輕蔑；嘲笑

9. **sport** [spɔrt]
   n. 消遣；運動；突變

10. **sports** [spɔrts]
    n. 消遣；運動；突變（sport 的複數）
    adj. 適用於運動的

11. **storm** [stɔrm]
    n. 暴風雨

蕭博士拼讀便利貼

接下來，**這種拼法也很常見喔！**

ore

14. **ore** [or]
    n. 礦；礦石；礦砂

ore

| 專利語調矩陣 | 重音節母音 | 自然拼讀 |

[ɔr] ㄛㄦ　or / ore / our
　　　　　　　ar / oar / oor

1. **bore** [bor]
   v. 使厭煩　n. 令人討厭的人（或事物）
   b ore → ㄅ ㄛㄦ

2. **bored** [bord]
   v.(bore 的過去式/過去分詞)
   b ore d → ㄅ ㄛㄦ ㄉ

3. **core** [kor]
   v. 挖去……的果核　n. 果核；果心；核心；精髓
   c ore → ㄎ ㄛㄦ

4. **gore** [gor]
   n. 血塊；殺戮等暴行
   g ore → ㄍ ㄛㄦ

5. **more** [mor]
   adj. 更多的　adv. 更多；另外　pron. 更多的數量
   m ore → ㄇ ㄛㄦ

6. **pore** [por]
   n. 毛孔；氣孔；細孔
   p ore → ㄆ ㄛㄦ

7. **sore** [sor]
   adj. 疼痛的　n. 痛處；瘡；潰瘍；傷心事
   s ore → ㄙ ㄛㄦ

8. **chore** [tʃor]
   n. 家庭雜務
   ch ore → ㄑ ㄛㄦ

9. **shore** [ʃor]
   n. 岸邊
   sh ore → ㄒ ㄛㄦ

10. **snore** [snor]
    n. 打鼾；鼾聲
    sn ore → ㄙㄋ ㄛㄦ

11. **score** [skor]
    v. 得分　n. 得分；二十；刻痕；樂譜
    sc ore → ㄙㄍ ㄛㄦ

12. **store** [stor]
    v. 貯存；收存；供應；蓄有　n. 商店
    st ore → ㄙㄉᵖ ㄛㄦ

蕭博士拼讀便利貼

第三種拼法來了，接招！

our

229

[ɔr] ㄛㄦ

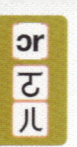

or / ore / our
ar / oar / oor

1. **course** [kors]
   v.(用獵犬)追獵；追逐
   n. 課程；科目
   c our se — ㄎ ㄛㄦ ㄙ

2. **court** [kort]
   v. 追求；引誘；求婚
   n. 法庭；網球等的場地
   c our t — ㄎ ㄛㄦ ㄊ

蕭博士拼讀便利貼
不要懷疑，還有另一種拼法！
ar

3. **four** [for]
   n. 四
   adj. 四的
   f our — ㄈ ㄛㄦ

4. **fourth** [forθ]
   n. 第四；四分之一
   adj. 第四的
   f our th — ㄈ ㄛㄦ ㄙ

5. **mourn** [morn]
   v. 哀痛；哀悼
   m our n — ㄇ ㄛㄦ ㄋ

6. **pour** [por]
   v. 倒；灌；注
   p our — ㄆ ㄛㄦ

7. **source** [sors]
   n. 源頭
   s our ce — ㄙ ㄛㄦ ㄙ

10. **war** [wɔr]
    v. 戰爭；打仗；鬥爭；對抗
    n. 戰爭
    w ar — ㄨ ㄛㄦ

11. **ward** [wɔrd]
    n. 病房；牢房；行政區
    w ar d — ㄨ ㄛㄦ ㄉ

12. **warm** [wɔrm]
    adj. 溫暖的 v. 使暖和 n. 暖和的地方；取暖；加熱
    w ar m — ㄨ ㄛㄦ ㄇ

13. **warmth** [wɔrmθ]
    n. 溫暖；親切；熱情
    w ar mth — ㄨ ㄛㄦ ㄇ ㄙ

14. **warn** [wɔrn]
    v. 警告
    w ar n — ㄨ ㄛㄦ ㄋ

230

[ɔr] ㄛㄦ

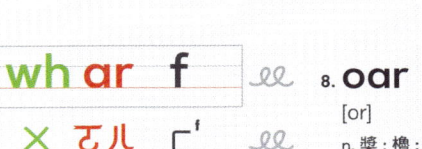

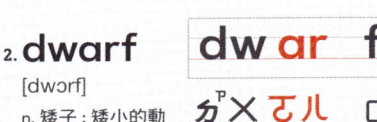

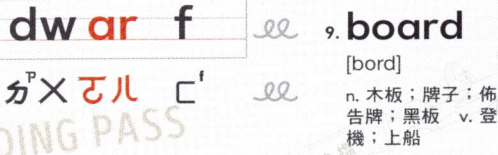

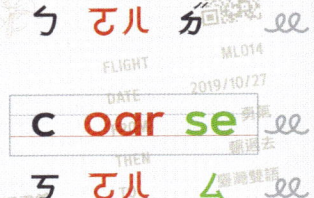

or / ore / our
ar / oar / oor

1. wharf
[hwɔrf]
n. 碼頭；停泊處

wh ar f
× ㄛㄦ ㄈ'

2. dwarf
[dwɔrf]
n. 矮子；矮小的動（植）物

dw ar f
ㄉ×ㄛㄦ ㄈ'

3. quart
[kwɔrt]
n. 夸脫（=2 品脫）

qu ar t
ㄎ×ㄛㄦ ㄊ

4. quartz
[kwɔrts]
n. 石英

qu ar tz
ㄎ×ㄛㄦ ㄘ

5. swarm
[swɔrm]
n.(密集的) 一大群

sw ar m
ㄙ×ㄛㄦ ㄇ

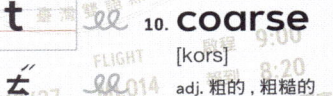

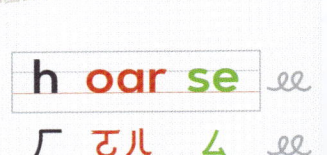

8. oar
[or]
n. 槳；櫓；划手

oar
ㄛㄦ

9. board
[bord]
n. 木板；牌子；佈告牌；黑板 v. 登機；上船

b oar d
ㄅ ㄛㄦ ㄉ

10. coarse
[kors]
adj. 粗的，粗糙的

c oar se
ㄎ ㄛㄦ ㄙ

11. hoarse
[hors]
adj.(嗓音) 嘶啞的

h oar se
ㄏ ㄛㄦ ㄙ

12. soar
[sor]
v. 往上飛舞；翱翔；暴漲

s oar
ㄙ ㄛㄦ

13. roar
[ror]
v. 吼，嘯
n. 怒號；喧鬧聲

r oar
ㄖ× ㄛㄦ

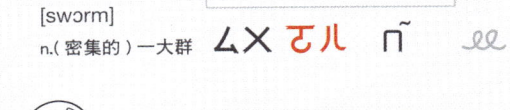

蕭博士拼讀便利貼

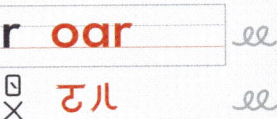

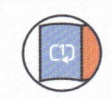

還可以這樣拼，英文就這麼任性！

oar

231

| or ㄛㄦ | 專利語調矩陣 | 重音節母音 | 自然拼讀 |

[ɔr] ㄛㄦ

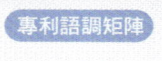

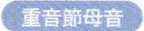

or / ore / our
ar / oar / oor

蕭博士拼讀便利貼

提起精神，**這種拼法也可能！**

oor

3. **door**
[dor]
n. 門

d oor
ㄉ ㄛㄦ

4. **floor**
[flor]
v. 在……鋪設地板；使大為震驚 n. 地板；樓；室內地上

fl oor
ㄈㄌ ㄛㄦ

喝口水，
休息一下吧！

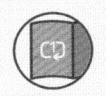

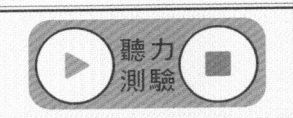

單音節單字

先哼 ▶ 再唸

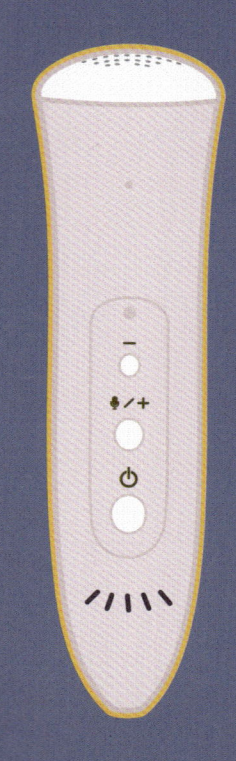

重音節母音

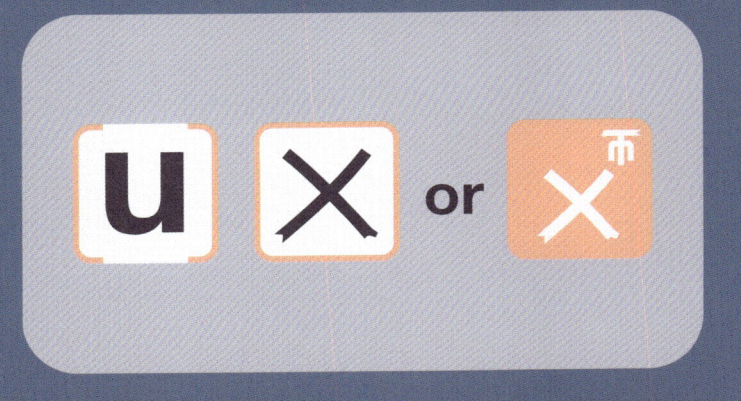

u **ㄨ** or **ㄨ̄**

自然拼讀

oo, ou, u, o
ue, ew, ui, oe

專利語調矩陣	重音節母音	自然拼讀
[u] ✗ or ✗	oo / ou / u / o ue / ew / ui / oe

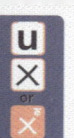

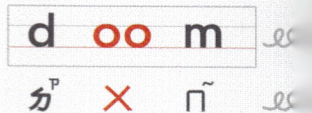

蕭博士拼讀便利貼

這個發音，**最最最常見的拼法就是它！**

oo

8. **doom** [dum]
n. 厄運；毀滅
d oo m / ㄉ ㄨ ㄇ

9. **doomed** [dumd]
adj. 命中注定失敗的
d oo m ed / ㄉ ㄨ ㄇ ㄉ

3. **boom** [bum]
v. 發出隆隆聲；激增
n. 隆隆聲；景氣；暴漲
b oo m / ㄅ ㄨ ㄇ

10. **food** [fud]
n. 食物
f oo d / ㄈ ㄨ ㄉ

4. **boost** [bust]
v. 舉；抬；推動；促進
n. 一舉；一抬；推動；促進
b oo st / ㄅ ㄨ ㄙㄊ

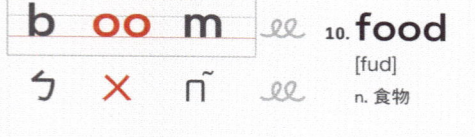

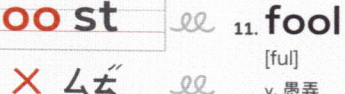

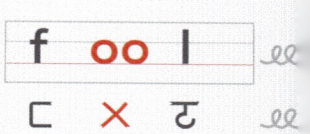

11. **fool** [ful]
v. 愚弄
n. 呆子
f oo l / ㄈ ㄨ ㄛ

5. **boot** [but]
v. 開機
n.(長筒)靴
b oo t / ㄅ ㄨ ㄊ

12. **goose** [gus]
n. 鵝
g oo se / ㄍ ㄨ ㄙ

6. **booth** [buθ]
n.(有蓬的)貨攤；崗亭；(餐廳等)雅座
b oo th / ㄅ ㄨ ㄙ

13. **loom** [lum]
n. 織布機；織造術
l oo m / ㄌ ㄨ ㄇ

7. **cool** [kul]
adj. 涼快的；很棒的；酷 v. 使涼快；使冷卻
c oo l / ㄎ ㄨ ㄛ

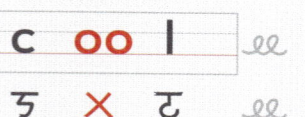

14. **loop** [lup]
v. 把繩等打成環
n. 線；鐵絲等繞成的圈；環
l oo p / ㄌ ㄨ ㄆ

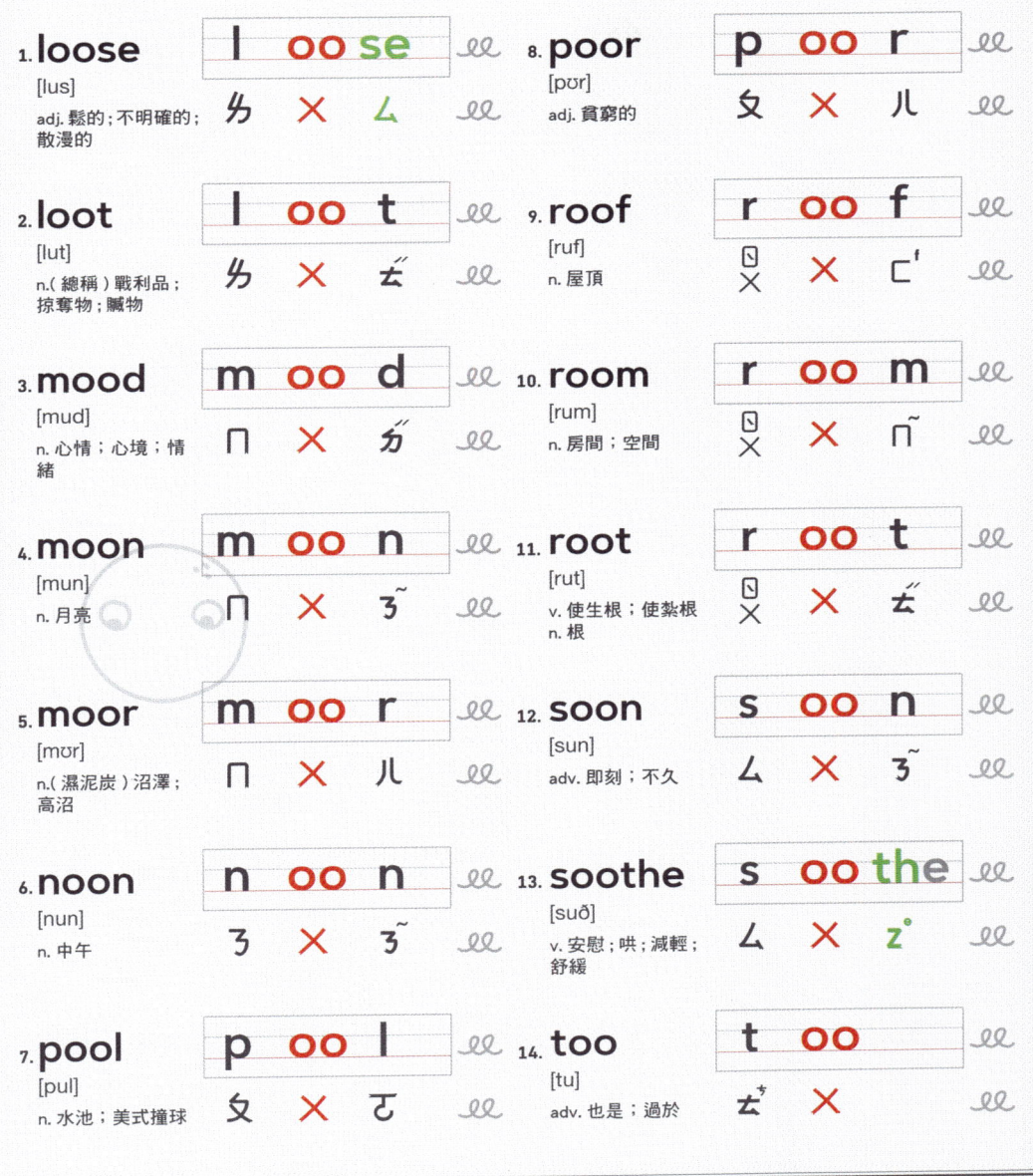

| 專利語調矩陣 | 重音節母音 | 自然拼讀 |

| u | × | or | × | oo / ou / u / o |
| | | | | ue / ew / ui / oe |

1. **loose** [lus] adj. 鬆的；不明確的；散漫的
   l oo se ／ ㄌ × ㄙ

2. **loot** [lut] n.(總稱)戰利品；掠奪物；贓物
   l oo t ／ ㄌ × ㄊ

3. **mood** [mud] n. 心情；心境；情緒
   m oo d ／ ㄇ × ㄉ

4. **moon** [mun] n. 月亮
   m oo n ／ ㄇ × ㄋ̃

5. **moor** [mʊr] n.(濕泥炭)沼澤；高沼
   m oo r ／ ㄇ × ㄦ

6. **noon** [nun] n. 中午
   n oo n ／ ㄋ × ㄋ̃

7. **pool** [pul] n. 水池；美式撞球
   p oo l ／ ㄆ × ㄛ

8. **poor** [pʊr] adj. 貧窮的
   p oo r ／ ㄆ × ㄦ

9. **roof** [ruf] n. 屋頂
   r oo f ／ ㄖ× × ㄈ'

10. **room** [rum] n. 房間；空間
    r oo m ／ ㄖ× × ㄇ̃

11. **root** [rut] v. 使生根；使紮根 n. 根
    r oo t ／ ㄖ× × ㄊ

12. **soon** [sun] adv. 即刻；不久
    s oo n ／ ㄙ × ㄋ̃

13. **soothe** [suð] v. 安慰；哄；減輕；舒緩
    s oo the ／ ㄙ × z˚

14. **too** [tu] adv. 也是；過於
    t oo ／ ㄊ× ×

237

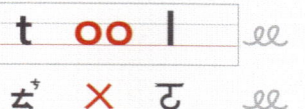

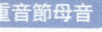

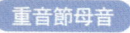

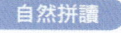

專利語調矩陣　　重音節母音　　自然拼讀

[u] ✕ or ✕ | oo / ou / u / o
　　　　　　 ue / ew / ui / oe

1. **tool**
   [tul]
   n. 工具
   t oo l
   ㄊ ✕ ㄛ

2. **tooth**
   [tuθ]
   n. 牙齒；(工具) 齒狀物
   t oo th
   ㄊ ✕ ㄥ

3. **woo**
   [wu]
   v. 追求；追逐
   w oo
   ✕ ✕

4. **zoo**
   [zu]
   n. 動物園
   z oo
   Z ✕

5. **zoom**
   [zum]
   n. 嗡嗡聲；變焦攝影
   z oo m
   Z ✕ ㄇ

6. **choose**
   [tʃuz]
   v. 選擇；挑選
   ch oo se
   ㄑ ✕ Z

7. **shoot**
   [ʃut]
   v. 注射；射擊；拍攝
   n. 幼芽；幼枝；狩獵（隊）；射擊；拍攝
   sh oo t
   ㄒ ✕ ㄊ

8. **troop**
   [trup]
   v. 群集；集合
   n. 軍隊；部隊
   tr oo p
   ㄔㄨ ✕ ㄆ

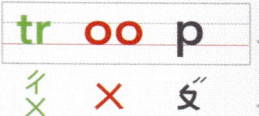

9. **bloom**
   [blum]
   v. 開花；盛開
   n. 開花；盛開
   bl oo m
   ㄅㄌ ✕ ㄇ

10. **gloom**
    [glum]
    n. 陰暗；暗處；沮喪的氣氛
    gl oo m
    ㄍㄌ ✕ ㄇ

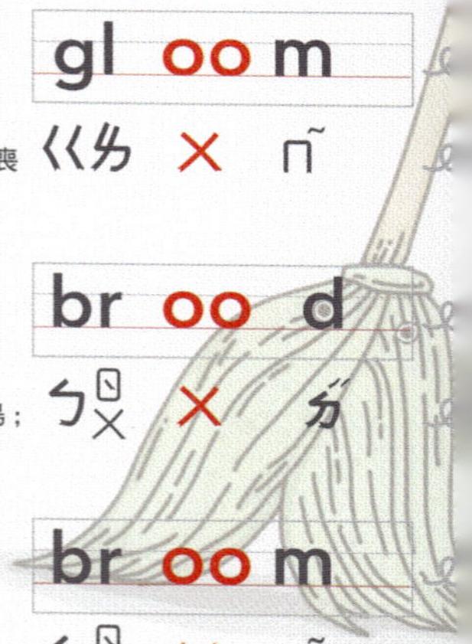

11. **brood**
    [brud]
    n. 一窩孵出的雛鳥；一家的孩子們
    br oo d
    ㄅㄖㄨ ✕ ㄉ

12. **broom**
    [brum]
    n. 掃帚；長柄刷；金雀花
    br oo m
    ㄅㄖㄨ ✕ ㄇ

13. **groom**
    [grum]
    n. 馬伕；新郎
    gr oo m
    ㄍㄖㄨ ✕ ㄇ

14. **groove**
    [gruv]
    n. 溝，槽；(車) 轍；紋(道)；凹線
    gr oo ve
    ㄍㄖㄨ ✕ ㄈ

238

專利語調矩陣　　　重音節母音　　　自然拼讀

|u|ㄨ| or |ㄨ|　oo / ou / u / o
　　　　　　　　ue / ew / ui / oe

u
ㄨ
or
ㄨ

1. **proof** [pruf]
adj. 不能穿透的；能抵擋的
n. 證據；物證；證明

pr oo f
ㄆ[ㄖ]／ㄨ／ㄈˊ

2. **smooth** [smuð]
adj. 平滑的；光滑的；平坦的
v. 光滑地；平滑地

sm oo th
ㄙㄇ／ㄨ／ㄗ°

蕭博士拼讀便利貼

接下來，**這種拼法也很常見喔！**

ou

3. **scoop** [skup]
n. 勺子；戽斗

sc oo p
ㄙㄍ／ㄨ／ㄆˇ

10. **coup** [ku]
n. 巧妙的一擊；妙計；政變

c ou p
ㄎ／ㄨ

4. **school** [skul]
n. 學校

sch oo l
ㄙㄍ／ㄨ／ㄛ

11. **rouge** [ruʒ]
n. 胭脂；口紅

r ou ge
[ㄖ]／ㄨ／ㄜ

5. **spoon** [spun]
n. 湯匙

sp oo n
ㄙㄆ／ㄨ／ㄋ˜

12. **route** [rut]
v. 給……定路線
n. 路；路線；路程

r ou te
[ㄖ]／ㄨ／ㄊˋ

6. **stool** [stul]
n. 凳子；擱腳凳；解大便

st oo l
ㄙㄊᴾ／ㄨ／ㄛ

13. **soup** [sup]
n. 湯

s ou p
ㄙ／ㄨ／ㄆˇ

7. **stoop** [stup]
n. 彎腰；駝背；屈尊

st oo p
ㄙㄊᴾ／ㄨ／ㄆˇ

14. **tour** [tor]
v. 帶……作巡迴演出
n. 旅行

t ou r
ㄊˋ／ㄨ／ㄦ

239

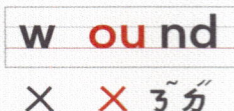

u ✗ / ✗(ū) — 重音節母音 / 自然拼讀

oo / ou / u / o
ue / ew / ui / oe

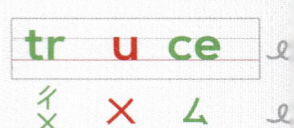

1. **wound** [wund] v. 傷害 n. 傷口
   w ou nd — ✗ ✗ ㄋㄉ

2. **group** [grup] n. 一群
   gr ou p — ㄍㄨ ✗ ㄆ

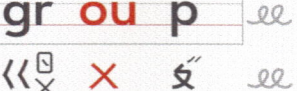

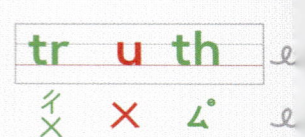

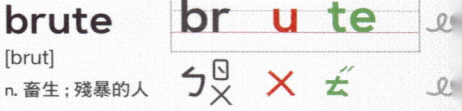

3. **through** [θru] adv. 穿過；通過；從頭至尾；(電話)接通 prep. 經過
   thr ou gh — ㄙㄨ ✗

蕭博士拼讀便利貼
第三種拼法來了，接招！

u

6. **lure** [lʊr] n. 誘惑物；魅力；誘餌
   l u re — ㄌ ✗ ㄦ

7. **rude** [rud] adj. 無禮的
   r u de — ㄖㄨ ✗ ㄉ

8. **rule** [rul] v. 統治；裁決 n. 規則
   r u le — ㄖㄨ ✗ ㄛ

9. **truce** [trus] n. 停戰；休戰協定
   tr u ce — ㄔ ✗ ㄙ

10. **truth** [truθ] n. 事實；真相
    tr u th — ㄔ ✗ ㄙ

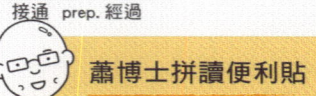

11. **brute** [brut] n. 畜生；殘暴的人
    br u te — ㄅㄨ ✗ ㄊ

12. **prune** [prun] n. 梅乾；深紫紅色
    pr u ne — ㄆㄨ ✗ ㄋ

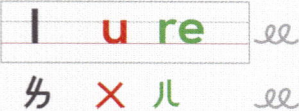

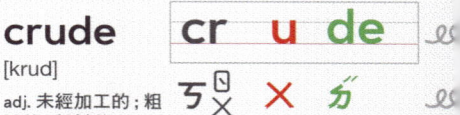

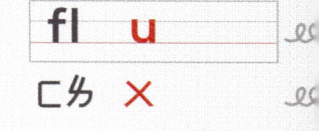

13. **crude** [krud] adj. 未經加工的；粗野的；粗糙的
    cr u de — ㄎㄨ ✗ ㄉ

14. **flu** [flu] n. 流行性感冒
    fl u — ㄈㄌ ✗

240

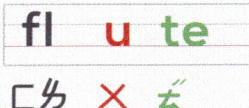

專利語調矩陣 　重音節母音　 自然拼讀

|u X| or X ： oo / ou / u / o
　　　　　　　ue / ew / ui / oe

1. **flute** [flut] n. 長笛
fl u te
ㄈㄌ ㄨ ㄊ

蕭博士拼讀便利貼
不要懷疑，還有另一種拼法！
o

4. **do** [du] v. 做 aux. 構成否定句、疑問句或強調句
d o
ㄉ ㄨ

5. **lose** [luz] v. 輸；失去
l o se
ㄌ ㄨ ㄗ

6. **who** [hu] pron. 誰
wh o
ㄏ ㄨ

7. **who'd** [hud] abbr. = who had；who would
wh o 'd
ㄏ ㄨ ㄉ

8. **whom** [hum] pron.（受格）誰；什麼人
wh o m
ㄏ ㄨ ㄇ

9. **who's** [hus] abbr. = who is；who has
wh o 's
ㄏ ㄨ ㄗ

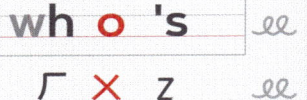

10. **whose** [huz] pron.（所有格）誰的
wh o se
ㄏ ㄨ ㄗ

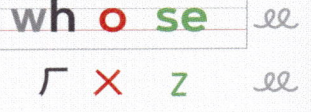

11. **move** [muv] v. 移動；行動；搬家；感動 n. 動；移動；移居
m o ve
ㄇ ㄨ ㄈˇ

12. **womb** [wum] n. 子宮；發源地；孕育處
w o mb
ㄨ ㄨ ㄇ

13. **tomb** [tum] n. 墓；墓碑
t o mb
ㄊˇ ㄨ ㄇ

14. **to** [tu] prep. 向；為了 adv. 向前
t o
ㄊˇ ㄨ

241

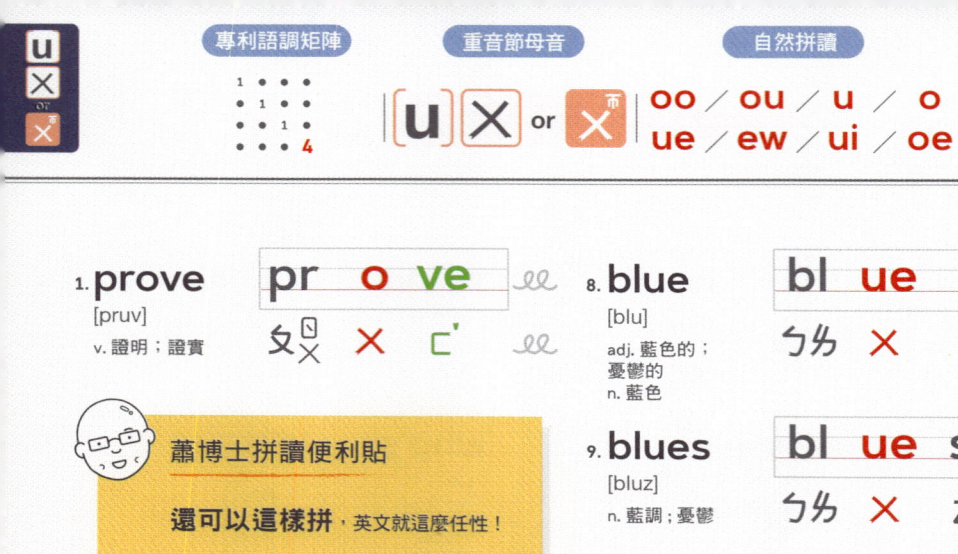

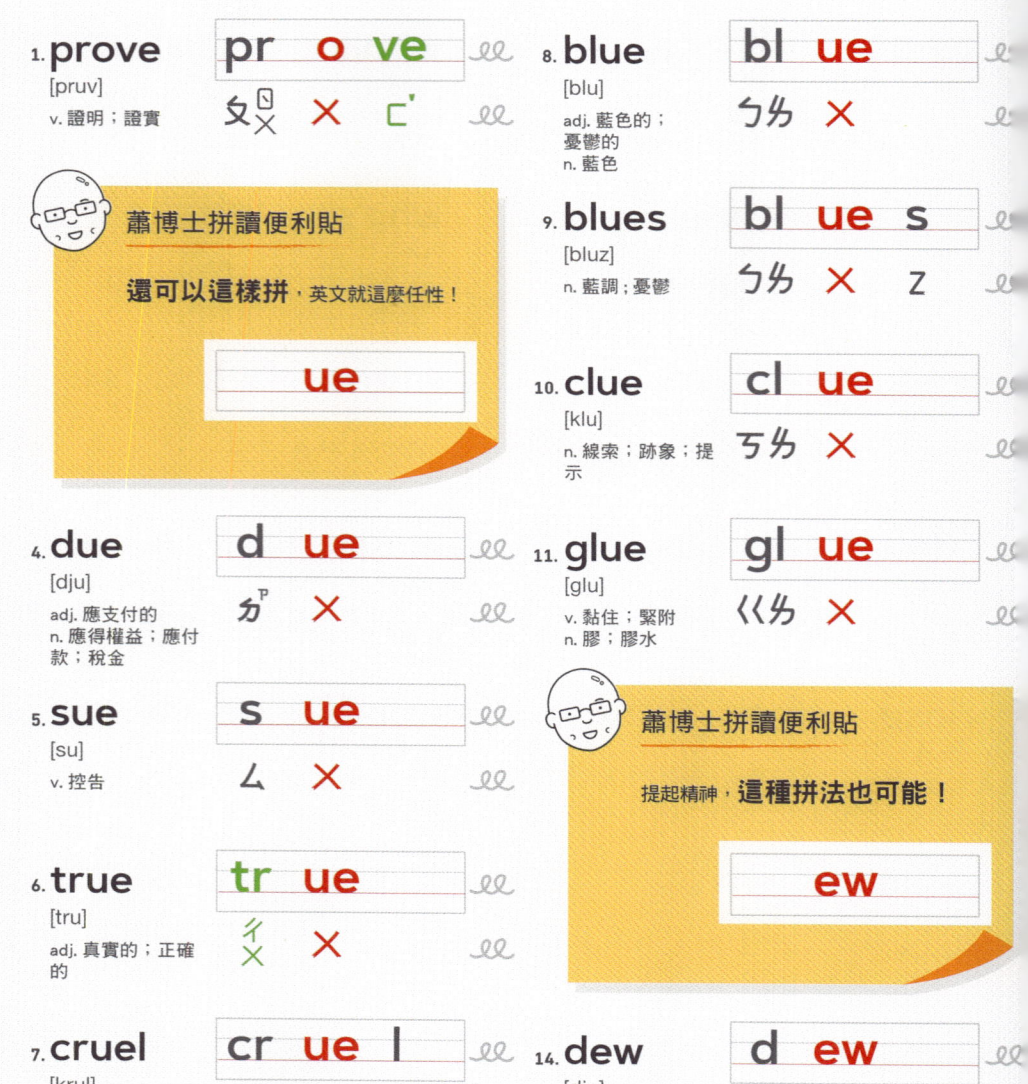

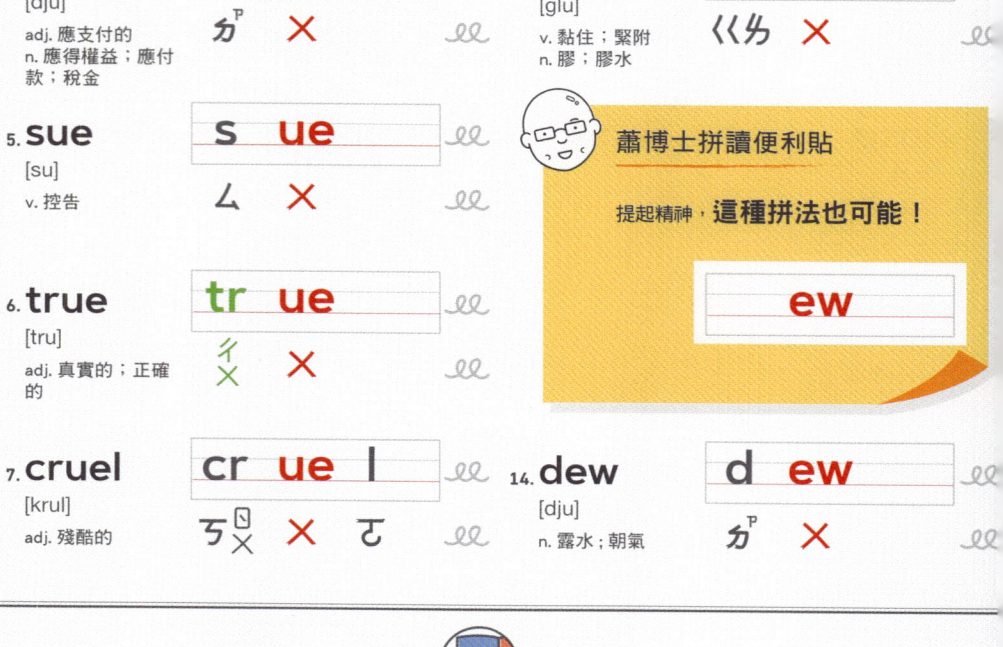

專利語調矩陣　重音節母音　自然拼讀

|u ✗| or |✗| oo / ou / u / o
　　　　　　　 ue / ew / ui / oe

1. **prove** [pruv] v. 證明；證實
   pr o ve
   ㄆㄨ ✗ ㄈˊ

蕭博士拼讀便利貼
還可以這樣拼，英文就這麼任性！
　　　ue

4. **due** [dju] adj. 應支付的 n. 應得權益；應付款；稅金
   d ue
   ㄉᴾ ✗

5. **sue** [su] v. 控告
   s ue
   ㄙ ✗

6. **true** [tru] adj. 真實的；正確的
   tr ue
   ㄔㄨ ✗

7. **cruel** [krul] adj. 殘酷的
   cr ue l
   ㄎㄨ ✗ ㄛ

8. **blue** [blu] adj. 藍色的；憂鬱的 n. 藍色
   bl ue
   ㄅㄌ ✗

9. **blues** [bluz] n. 藍調；憂鬱
   bl ue s
   ㄅㄌ ✗ ㄗ

10. **clue** [klu] n. 線索；跡象；提示
    cl ue
    ㄎㄌ ✗

11. **glue** [glu] v. 黏住；緊附 n. 膠；膠水
    gl ue
    ㄍㄌ ✗

蕭博士拼讀便利貼
提起精神，這種拼法也可能！
　　　ew

14. **dew** [dju] n. 露水；朝氣
    d ew
    ㄉᴾ ✗

242

專利語調矩陣 / 重音節母音 / 自然拼讀

|u| ✗ or ✗ | oo ／ ou ／ u ／ o
ue ／ ew ／ ui ／ oe

1. **Jew** [dʒu] n. 猶太人
   J ew　　ㄐ ✗

2. **chew** [tʃu] v. 咀嚼 n. 咀嚼
   ch ew　　ㄑ ✗

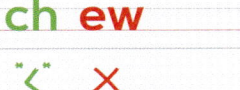

蕭博士拼讀便利貼
心量已擴大，
再來一個拼法，也不怕！

ui

3. **flew** [flu] v. 飛（fly 的過去式）
   fl ew　　ㄈㄌ ✗

10. **suit** [sut] v. 適合；相稱；彼此協調 n. 一套衣服；訴訟
    s ui t　　ㄙ ✗ ㄊ

4. **brew** [bru] n. 釀製飲料 v. 泡（茶）；煮（咖啡）
   br ew　　ㄅㄌ ✗

11. **juice** [dʒus] n. 果汁
    j ui ce　　ㄐ ✗ ㄙ

5. **crew** [kru] n. 全體船員；全體組員
   cr ew　　ㄎㄌ ✗

12. **bruise** [bruz] n. 青腫；(水果等)碰傷；挫傷
    br ui se　　ㄅㄌ ✗ z

6. **shrewd** [ʃrud] adj. 精明的；狡猾的；機靈的
   shrew d　　ㄒㄌ ✗ ㄉ

13. **cruise** [kruz] v. 巡航；航遊；緩慢巡行 n. 巡航；航遊；巡邏
    cr ui se　　ㄎㄌ ✗ z

7. **screw** [skru] v. 用螺釘等固定；扭歪（臉等） n. 螺釘；螺絲釘
   screw　　ㄙㄍㄌ ✗

14. **fruit** [frut] n. 水果（總稱）
    fr ui t　　ㄈㄌ ✗ ㄊ

243

| 專利語調矩陣 | 重音節母音 | 自然拼讀 |

| u | X | or | 市X | oo / ou / u / o
ue / ew / ui / oe |

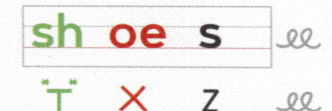

蕭博士拼讀便利貼

我們越來越堅強，
第八種拼法，來吧！

oe

3. **shoe**
[ʃu]
n. 鞋子

| sh | oe |
| 丅 | X |

4. **shoes**
[ʃuz]
shoe 的名詞複數

| sh | oe | s |
| 丅 | X | z |

244

跟旁邊的人說話，
休息一下吧！

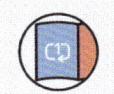

單音節單字

先哼 ▶ 再唸

10 號救聲員
游好玩 Howard Yu

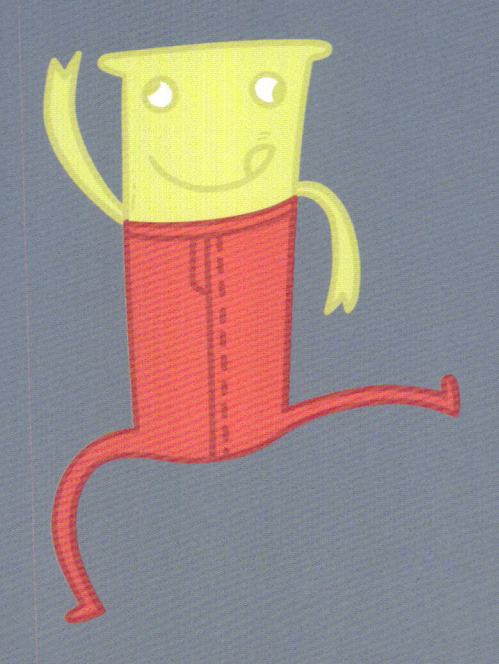

重音節母音

ju / jʊ ー ㄨ

自然拼讀

u_e, ue, ew, ou

專利語調矩陣	重音節母音	自然拼讀
ju / jʊ / 一 / ✗	ju / jʊ → 一 ✗	u_e / ue ew / ou

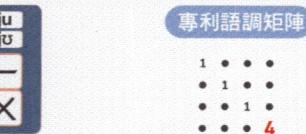

蕭博士拼讀便利貼

這個發音，**最最最常見的拼法就是它！**

u_e

3. **use** [juz] v. 利用 n. 用途 — u se / ㄨ ㄗ

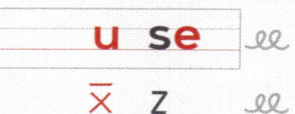

4. **used** [juzd] adj. 習慣於；舊的；用舊了的；二手的 — u sed / ㄨ ㄗ ㄉ

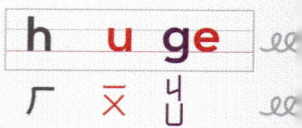

5. **cube** [kjub] n. 立方體；立方 v. 使成立方形；將…… — c u be / ㄎ ㄨ ㄅ

6. **cute** [kjut] adj. 可愛的 — c u te / ㄎ ㄨ ㄊ

7. **cure** [kjʊr] v. 治癒 n. 痊癒 — c u re / ㄎ ㄨ ㄦ

8. **fume** [fjum] v. 冒煙；薰；發怒 — f u me / ㄈ ㄨ ㄇ

9. **fumes** [fjumz] n. 煙；憤怒；煩惱 — f u mes / ㄈ ㄨ ㄇ ㄗ

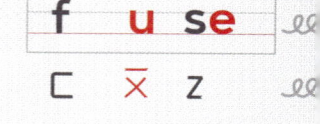

10. **fuse** [fjuz] n. 保險絲；引信 v. 結合；融合 — f u se / ㄈ ㄨ ㄗ

11. **huge** [hjudʒ] adj. 巨大的 — h u ge / ㄏ ㄨ ㄐㄩ

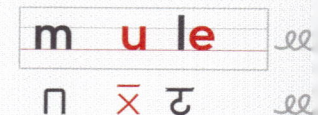

12. **mule** [mjul] n. 騾；固執的人 — m u le / ㄇ ㄨ ㄛ

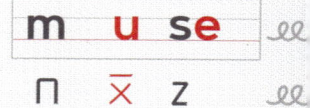

13. **muse** [mjuz] n. 沈思；冥想；靈感 — m u se / ㄇ ㄨ ㄗ

14. **mute** [mjut] n. 啞巴；弱音器 v. 靜音 — m u te / ㄇ ㄨ ㄊ

專利語調矩陣	重音節母音	自然拼讀
1 · · · · · 1 · · · · · 1 · · · · · 4	ju 一 ㄨ jʊ	u_e / ue ew / ou

ju / jʊ　一ㄨ

1. nude
[njud]
n. 裸體畫像；裸體

n	u	de
ㄋ	ㄨ	ㄉˇ

蕭博士拼讀便利貼

接下來，這種拼法也很常見喔！

2. puke
[pjʊk]
n. 嘔吐

p	u	ke
ㄆ	ㄨ	ㄎˇ

ue

3. pure
[pjʊr]
adj. 純粹的

p	u	re
ㄆ	ㄨ	ㄦ

10. cue
[kju]
v. 給……暗示
n. 暗示；信號

c	ue
ㄎ	ㄨ

4. tube
[tjub]
n. 管子

t	u	be
ㄊ	ㄨ	ㄅˇ

11. fuel
[fjʊl]
v. 加燃料；加油
n. 燃料

f	ue	l
ㄈ	ㄨ	ㄛ

5. June
[dʒun]
n. 六月

J	u	ne
"ㄐ"	ㄨ	ㄋ˜

12. queue
[kju]
n. 行列，長隊

queue
ㄎ　ㄨ

6. tune
[tjun]
v. 為……調音
n. 曲調；歌曲

t	u	ne
ㄊ	ㄨ	ㄋ˜

TUNE
YOUR
ENGLISH

蕭博士拼讀便利貼

第三種拼法來了，接招！

ew

249

ju ー ㄨ

專利語調矩陣　　　重音節母音　　　自然拼讀

| ju | ー ㄨ |

u_e / ue
ew / ou

---

1. **few** [fju] adj. 少數的；一些 pron.(與 a 或 the 連用) 一些
   - f ew　ㄈ ㄨ̄

2. **new** [nju] adj. 新的
   - n ew　ㄋ ㄨ̄

3. **news** [njuz] n. 新聞
   - n ew s　ㄋ ㄨ̄ ㄗ

4. **view** [vju] v. 察看；將......看成是 n. 視力；視野；看法；風景
   - vi ew　ㄈ' ㄨ̄

5. **stew** [stju] n. 燉肉；燜菜；燉煮的食物
   - st ew　ㄙㄉᵖ ㄨ̄

8. **you** [ju] pron. 你；你們
   - y ou　ー ㄨ̄

9. **you'd** [jud] abbr. = you had; you would
   - y ou 'd　ー ㄨ̄ ㄉ

10. **you'll** [jul] abbr. = you will
    - y ou 'll　ー ㄨ̄ ㄛ

11. **you're** [juɚ] abbr. = you are
    - y ou 're　ー ㄨ̄ ㄦ

12. **you've** [juv] abbr. = you have
    - y ou 've　ー ㄨ̄ ㄈ'

13. **your** [jʊɚ] pron.(所有格) 你的；你們的
    - y ou r　ー ㄨ̄ ㄦ

14. **yours** [jʊrz] pron.(所有代名詞) 你的(東西)；你們的(東西)
    - y ou rs　ー ㄨ̄ ㄦㄗ

蕭博士拼讀便利貼

不要懷疑，還有另一種拼法！

ou

250

| 專利語調矩陣 | 重音節母音 | 自然拼讀 |

[ju] ㄧ ✕

u_e / ue
ew / ou

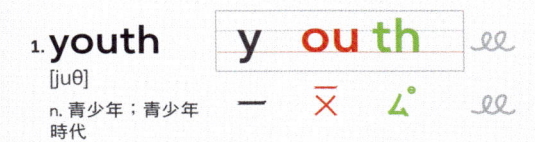

ju ㄧ ✕

1. **youth**　　y ou th
   [juθ]
   n. 青少年；青少年時代　　ㄧ ㄨ̄ ㄙ˚

深呼吸，
休息一下吧！

NOTE
INK
INK
蕭博士字帖
小寫字母a
筆畫順序
①從地平線和小坡之間出發。
高山
丘陵
小坡
地平線
小溪
深海
開始!

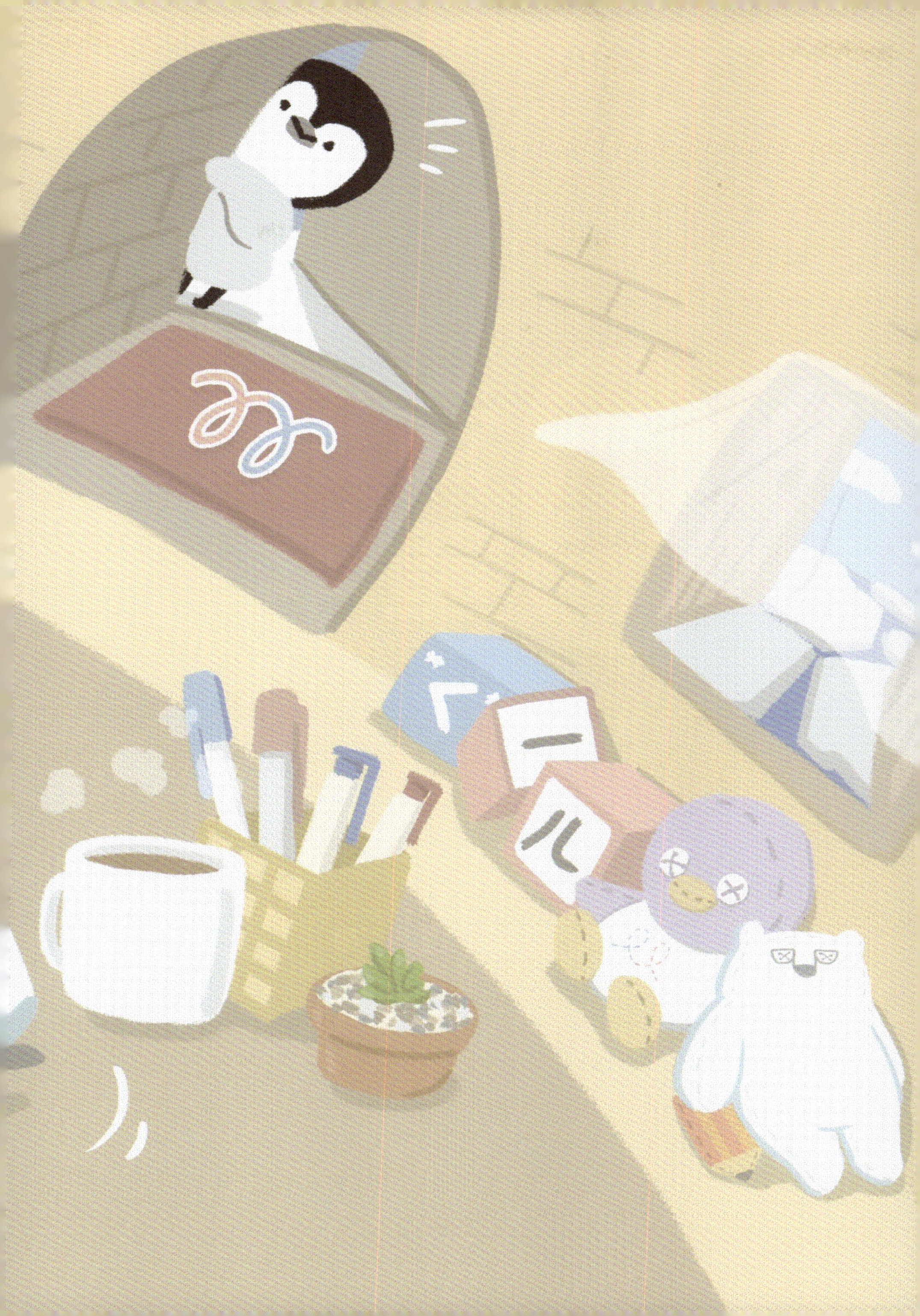

雙音節單字

1
1
1
4

雙音節 單字

重音節母音		頁數		重音節母音		頁數
KK 音標	雙語注音			KK 音標	雙語注音	
[ɛ]	ㄝ	256		[aɪ]	ㄞ	364
[e]	ㄧㄝ	278		[i]	◡	378
[æn][ɛŋ]	ㄧㄝㄣ	290		[ʌ][ə]	ㄜ	392
[æ]	ㄧㄝ / ㄚㄝ	292		[ɔ]	ㄛ	404
[au]	ㄠ	308		[ɔɪ]	ㄛㄧ	406
[ɪ]	ㄜ	312		[ɔr]	ㄛㄦ	408
[ʊ]	ㄛ	328		[ɪr]	ㄧㄦ	414
[o]	ㄨㄛ	330		[ɪŋ]	ㄧㄥ	416
[ɑ][ɔ]	ㄚ	338		[ju]	ㄧㄨ	418
[ɝ][ɚ]	ㄦ	352		[u]	ㄨ or ㄩ	424
[ar]	ㄚㄦ	360				

255

ɛ ㄝ

1. **any**
['ɛnɪ]
adj. 任何的
adv. 少許；稍微
pron. 任何一個

a·ny
ㄝ·ㄋ一

2. **bedbugs**
['bɛd͵bʌgz]
n. 床蟲

bed·bugs
ㄅㄝㄉ·ㄅㄜㄍz

3. **bedroom**
['bɛd͵rʊm]
n. 臥房

bed·room
ㄅㄝㄉ·ㄖㄨㄇ

4. **belly**
['bɛlɪ]
n. 腹部；肚子

be·lly
ㄅㄝ·ㄌ一

5. **Betsy**
['bɛtsɪ]
n. 人名：貝絲
女子名，也可以叫做
Elizabeth, Elspeth, Bess

Be·tsy
ㄅㄝ·ㄘ一

6. **better**
['bɛtɚ]
adj. 較佳的；
更好的；更適當的
adv. 更好地；
更適當地

be·tter
ㄅㄝ·ㄊㄜˇㄦ

7. **blessing**
['blɛsɪŋ]
n. 祈神賜福；
祝福

ble·ssing
ㄅㄌㄝ·ㄙㄥ

8. **breakfast**
['brɛkfəst]
n. 早餐

break·fast
ㄅㄖㄨ ㄝㄎˇ·ㄈㄜㄙㄊ

9. **bury**
['bɛrɪ]
v. 埋葬

bu·ry
ㄅㄝ·ㄖㄨ一

10. **carried**
['kɛrɪd]
v. 提；搬運
(carry 的過去式、過去分詞)

ca·rried
ㄎㄝㄖㄨ·一ㄉ

11. **caring**
['kɛrɪŋ]
adj. 有愛心的；
關愛的
n. 照顧

ca·ring
ㄎㄝ·ㄖㄨㄥ

12. **carry**
['kɛrɪ]
v. 提；搬運；攜帶
擔任主力帶領隊伍成功

ca·rry
ㄎㄝㄖㄨ·一

13. **cellphone**
['sɛlfon]
n. 手機；
行動電話

cell·phone
ㄙㄝㄛ·ㄈㄨˇㄋ

14. **center**
['sɛntɚ]
n. 中心(點)；中央
v. 集中；居中

cen·ter
ㄙㄝㄋˇ·ㄊㄜˇㄦ

256

[ɛ]　[ㄝ]

1. **central** [ˋsɛntrəl] adj. 中央的；中心的
   cen·tral　ㄙㄝㄋ˜·ㄔㄨㄛ

2. **century** [ˋsɛntʃʊrɪ] n. 一世紀；世紀
   cen·tury　ㄙㄝㄋ˜·ㄔㄨ一

3. **cherish** [ˋtʃɛrɪʃ] vt. 珍愛；珍惜；愛護；抱有；懷有
   che·rish　ˇㄑㄝ·ㄖㄨㄛㄒㄩ

4. **cherry** [ˋtʃɛrɪ] n. 櫻桃
   che·rry　ˇㄑㄝ·ㄖㄨ一

5. **clever** [ˋklɛvɚ] adj. 聰明伶俐的
   cle·ver　ㄎㄌㄝ·ㄈˋㄦ

6. **credit** [ˋkrɛdɪt] n. 信用；貸方；功勞；學分 v. 把…記入貸方
   cre·dit　ㄎㄖㄨㄝ·ㄉㆴㄜㄜ

7. **deadline** [ˋdɛd͵laɪn] n. 最後限期
   dead·line　ㄉㆴㄝㄉ˜·ㄌㄞㄋ˜

8. **deadly** [ˋdɛdlɪ] adj. 致命的；極度的 adv. 極度地
   dead·ly　ㄉㆴㄝㄉ˜·ㄌ一

9. **decade** [ˋdɛked] n. 十；十年
   de·cade　ㄉㆴㄝ·ㄎ一ㄉ

10. **dentist** [ˋdɛntɪst] n. 牙醫
    den·tist　ㄉㆴㄝㄋ˜·ㄊㄜㄙㄊ

11. **desert** [ˋdɛzɚt] n. 沙漠
    de·sert　ㄉㆴㄝ·ㄗㄦㄊ

12. **desperate** [ˋdɛspərɪt] adj. 極度渴望的；絕望的
    des·perate　ㄉㆴㄝㄙ·ㄅㄖㄨㄛㄊ

13. **devil** [ˋdɛv!] n. 魔鬼；惡魔
    de·vil　ㄉㆴㄝ·ㄈˋㄛ

14. **dresser** [ˋdrɛsɚ] n. 衣櫃
    dre·sser　ㄓㄨㄝ·ㄙㄦ

257

ɛ / ㄝ

1. **echo** [ˋɛko] n. 回聲；回響 v. 發出回聲
2. **edit** [ˋɛdɪt] v. 編輯；校訂
3. **effort** [ˋɛfɚt] n. 努力；氣力；精力
4. **elbow** [ˋɛlbo] n. 手肘 v. 用手肘推擠
5. **elder** [ˋɛldɚ] n. 長輩；長者 adj. 年紀較長的
6. **elsewhere** [ˋɛls͵hwɛr] adv. 在別處；往別處
7. **Elspeth** [ˋɛlspəθ] n. 女子名 也可以叫做 Elizabeth, Betsy, Bess
8. **empire** [ˋɛmpaɪr] n. 帝國
9. **empty** [ˋɛmptɪ] v. 倒空；流空 adj. 空的
10. **ending** [ˋɛndɪŋ] n. 結局，結尾；終結；字尾
11. **endless** [ˋɛndlɪs] adj. 無盡的；不斷的
12. **engine** [ˋɛndʒən] n. 引擎
13. **enter** [ˋɛntɚ] v. 輸入；進入
14. **entrance** [ˋɛntrəns] n. 入口

1. **entry**
[ˈɛntrɪ]
n. 進入；參加；
入口；參賽

2. **envy**
[ˈɛnvɪ]
n. 妒忌；羨慕
v. 羨慕；嫉妒

3. **era**
[ˈɪrə]
n. 時代；年代

4. **error**
[ˈɛrɚ]
n. 錯誤

5. **essay**
[ˈɛse]
n. 論說文；散文

6. **essence**
[ˈɛsns]
n. 本質；要素；
精華；精油

7. **ethics**
[ˈɛθɪks]
n. 倫理學；
道德規範

8. **ethnic**
[ˈɛθnɪk]
adj. 種族的；
人種學的

9. **ever**
[ˈɛvɚ]
adv. 從來；曾經

10. **every**
[ˈɛvrɪ]
adj. 每一個的

11. **exit**
[ˈɛkzɪt]
n. 出口
v. 出去；離去；
退去

12. **expert**
[ˈɛkspɝt]
n. 專家；行家

13. **export**
[ˈɛksport]
n. 出口
v. 輸出

14. **extra**
[ˈɛkstrə]
adj. 額外的

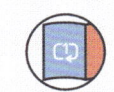

259

ɛ ㄝ

專利語調矩陣 | 重音節母音 [ɛ] ㄝ

1. **farewell** fare·well
   [ˋfɛrˋwɛl]
   int. 再會！別了！
   n. 告別；告別辭；送別會
   adj. 告別的
   ㄈㄝㄦ·ㄨㄝㄛ

2. **feather** fea·ther
   [ˋfɛðɚ]
   n. 羽毛
   ㄈㄝ·zˋㄦ

3. **fellow** fe·llow
   [ˋfɛlo]
   n. 伙伴；同事
   adj. 同事的；同類
   ㄈㄝ·ㄌㄡˊ

4. **french fries** french·fries
   [ˋfrɛntʃˏfraɪz]
   n. 薯條
   ㄈㄨㄝㄋˊㄑㄩ·ㄈㄨㄞZ

5. **freshman** fresh·man
   [ˋfrɛʃmən]
   n. 大學一年級生；新生；新鮮人；生手
   ㄈㄨㄝㄒㄩ·ㄇㄜㄋˊ

6. **friendly** friend·ly
   [ˋfrɛndlɪ]
   adj. 友善的；友好的
   ㄈㄨ ㄝㄋˊㄉ·ㄌㄧ

7. **friendship** friend·ship
   [ˋfrɛndʃɪp]
   n. 友誼
   ㄈㄨ ㄝㄋˊㄉ·ㄒㄧㄜㄆ

8. **gender** gen·der
   [ˋdʒɛndɚ]
   n. 性別
   ㄐㄩˇㄝㄋˇ·ㄉㄦ

9. **gentle** gen·tle
   [ˋdʒɛnt!]
   adj. 溫柔的；溫和的
   ㄐㄩˇㄝㄋˇ·ㄊㄜ

10. **gently** gent·ly
    [ˋdʒɛntlɪ]
    adv. 溫柔地；溫和地
    ㄐㄩˇㄝㄋˇㄊ·ㄌㄧ

11. **gesture** ges·ture
    [ˋdʒɛstʃɚ]
    n. 姿勢；表示；手勢
    v. 做手勢；用動作示意
    ㄐㄩˇㄝㄙ·ㄐㄦ

12. **getting** ge·tting
    [ˋgɛtɪŋ]
    get 的動詞現在分詞，動名詞
    ㄍㄝ·ㄊㄜ

13. **headache** hea·dache
    [ˋhɛdˏek]
    n. 頭痛
    ㄏㄝ·ㄉㄝˊㄎ

14. **headline** head·line
    [ˋhɛdˏlaɪn]
    n.（報紙等的）標題
    v. 給…加標題
    ㄏㄝㄉ·ㄌㄞㄋˊ

260

ɛ / ㄝ

healthy heal·thy
[ˈhɛlθɪ]
adj. 健康的
ㄏㄝㄜ・ㄙㄧ

heaven hea·ven
[ˈhɛvən]
n. 天國；天堂
ㄏㄝ・ㄈㄜ̃

heavy hea·vy
[ˈhɛvɪ]
adj. 重的
ㄏㄝ・ㄈㄧ

helmet hel·met
[ˈhɛlmɪt]
n. 頭盔；鋼盔；安全帽
ㄏㄝㄛ・ㄇㄝㄛ

helpful help·ful
[ˈhɛlpfl̩]
adj. 願意幫忙的；有幫助的；有用的
ㄏㄝㄛㄆ・ㄈㄛ

helping hel·ping
[ˈhɛlpɪŋ]
v. 幫助
（help 的動詞現在分詞，動名詞）
ㄏㄝㄛ・ㄆㄛ

jealous jea·lous
[ˈdʒɛləs]
adj. 嫉妒的；妒忌的
ㄐㄝㄌㄜㄙ

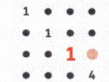

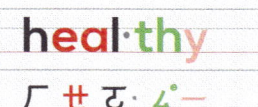

Jerry Je·rry
[ˈdʒɛrɪ]
n. 人名：傑瑞
ㄐㄝ・ㄖㄧ

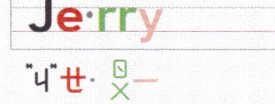

ketchup ket·chup
[ˈkɛtʃəp]
n. 番茄醬
ㄎㄝ・ㄍ・ㄘㄛ

kettle ket·tle
[ˈkɛtl̩]
n. 水壺
ㄎㄝ・ㄊㄛ

leather lea·ther
[ˈlɛðɚ]
n. 皮革
ㄌㄝ・ㄗ ㄦ

lecture lec·ture
[ˈlɛktʃɚ]
n. 授課；演講；冗長的訓話
v. 講課；訓斥
ㄌㄝㄘ・ㄍ ㄦ

legend le·gend
[ˈlɛdʒənd]
n. 傳說；傳奇故事
ㄌㄝ・ㄐㄜ̃ ㄉ

lemon le·mon
[ˈlɛmən]
n. 檸檬
ㄌㄝ・ㄇㄜ̃

ɛ / ㄝ

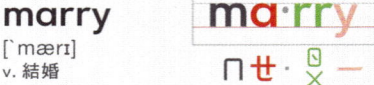

1. **lesson** [ˋlɛsn] n. 課；教訓
2. **letter** [ˋlɛtɚ] n. 信；字母
3. **letting** [ˋlɛtɪŋ] v. 允許；讓（let 的動名詞，動詞現在分詞）
4. **lettuce** [ˋlɛtɪs] n. 萵苣
5. **level** [ˋlɛv!] n. 等級；水平線；水準 adj. 水平的；筆直的
6. **many** [ˋmɛnɪ] adj. 很多的 pron. 許多的
7. **married** [ˋmærɪd] adj. 已婚的
8. **marry** [ˋmærɪ] v. 結婚
9. **Mary** [ˋmɛrɪ] n. 人名：瑪麗
10. **measure** [ˋmɛʒɚ] n. 尺寸 v. 測量
11. **medal** [ˋmɛd!] n. 獎章；紀念章；勳章；獎牌
12. **melon** [ˋmɛlən] n. 瓜；甜瓜
13. **member** [ˋmɛmbɚ] n. 會員；成員
14. **men's room** [ˋmɛns͵rʊm] n. 男盥洗室；男廁所

262

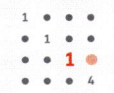

專利語調矩陣　重音節母音　[ɛ] ㄝ　ㄝ3

1. **mental**
   [ˈmɛntl]
   adj. 精神的；心理的

2. **mention**
   [ˈmɛnʃən]
   n. 提及；說起
   v. 提到；說起

3. **mentor**
   [ˈmɛntɔr]
   n. 導師；指導者；顧問

4. **menu**
   [ˈmɛnju]
   n. 菜單

5. **merit**
   [ˈmɛrɪt]
   n. 長處；優點；法律依據
   v. 值得；應受

6. **message**
   [ˈmɛsɪdʒ]
   n. 消息；訊息

7. **messy**
   [ˈmɛsɪ]
   adj. 混亂的

8. **metal**
   [ˈmɛtl]
   n. 金屬

9. **method**
   [ˈmɛθəd]
   n. 方法

10. **metro**
    [ˈmɛtro]
    n. 捷運；地鐵系統

11. **necklace**
    [ˈnɛklɪs]
    n. 項鍊

12. **nephew**
    [ˈnɛfju]
    n. 侄子；外甥

13. **network**
    [ˈnɛt͵wɝk]
    n. 電腦網絡；網狀系統
    v. 聯播

14. **never**
    [ˈnɛvɚ]
    adv. 永不

263

ㄝ / ㄜ

1. **parent** [ˋpɛrənt] n. 雙親之一 單指父親或母親

2. **peasant** [ˋpɛznt] n. 農夫

3. **pedal** [ˋpɛd!] n. 踏板；腳蹬 v. 踩踏板

4. **pencil** [ˋpɛns!] n. 鉛筆

5. **penguin** [ˋpɛngwɪn] n. 企鵝

6. **pension** [ˋpɛnʃən] n. 退休金；養老金 v. 發給… 退休金或養老金等

7. **pepper** [ˋpɛpɚ] n. 胡椒；辣椒

8. **pleasant** [ˋplɛzənt] adj. 愉快的； 美好的

9. **pleasure** [ˋplɛʒɚ] n. 愉快；榮幸

10. **plenty** [ˋplɛntɪ] n. 豐富；充足 adj. 很多的；足夠的 adv. 足夠地；充分地

11. **precious** [ˋprɛʃəs] adj. 寶貴的

12. **pregnant** [ˋprɛgnənt] adj. 懷孕的

13. **premise** [ˋprɛmɪs] n. 前提；假設； 產業處址 v. 提出前提

14. **presence** [ˋprɛzns] n. 出席；在場； 風采

專利語調矩陣 | 重音節母音 [ɛ] [ㄝ]

ɛ ㄝ

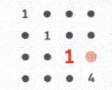

1. present pre·sent
[ˈprɛznt]
n. 禮物；現在
adj. 出席的；當前的；現在式的
ㄆㄨ·ㄝㄗㄜ·ㄋ·ㄜ

2. pressure pre·ssure
[ˈprɛʃɚ]
n. 壓力
v. 對…施加壓力；迫使
ㄆㄨ·ㄝ·ㄒ·ㄦ

3. question ques·tion
[ˈkwɛstʃən]
v. 詢問
n. 問題
ㄎㄨ·ㄝㄙ·ㄐ·ㄜㄋ

4. ready rea·dy
[ˈrɛdɪ]
adj. 準備好的
ㄖㄨ·ㄝ·ㄉㄧ

5. rebel re·bel
[ˈrɛbl]
n. 造反者；反抗者
v. 造反；反叛
ㄖㄨ·ㄝ·ㄅㄜ

6. record re·cord
[ˈrɛkɚd]
n. 記錄；唱片
ㄖㄨ·ㄝ·ㄎ·ㄦ·ㄉ

7. refuge re·fuge
[ˈrɛfjudʒ]
n. 避難；避難所；庇護所；慰藉
ㄖㄨ·ㄝ·ㄈㄨ·ㄐ

8. render ren·der
[ˈrɛndɚ]
v. 使得；使成為；提供；(藝術，表演等)表現；處理
ㄖㄨ·ㄝㄋ·ㄉㄦ

9. rental ren·tal
[ˈrɛnt!]
n. 租金；出租
adj. 租賃的；供出租的
ㄖㄨ·ㄝㄋ·ㄜ·ㄛ

10. rescue re·scue
[ˈrɛskju]
n. 援救；營救
v. 援救；營救
ㄖㄨ·ㄝ·ㄙㄍ·ㄡ

11. restroom rest·room
[ˈrɛst,rʊm]
n. 洗手間
ㄖㄨ·ㄝㄙㄗ·ㄖㄨ·ㄇ

12. scary sca·ry
[ˈskɛrɪ]
adj. 可怕的；提心吊膽的
ㄙㄍㄝ·ㄖㄨ·ㄧ

13. schedule sche·dule
[ˈskɛdʒʊl]
n. 時間表；課程表
v. 安排；列入計畫
ㄙㄍ·ㄝ·ㄐ·ㄛ

14. second se·cond
[ˈsɛkənd]
n. 第二；秒
adj. 第二的；副的
adv. 第二；其次
ㄙㄝ·ㄎㄜ·ㄋㄉ

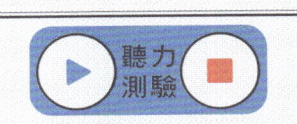

265

ㄜ ㄝ

專利語調矩陣 / 重音節母音 [ɛ] ㄝ

1. **section** [ˈsɛkʃən] n. 節；斷面；部分
   sec·tion ㄙㄝㄎ·ㄒㄜㄋ˜

2. **sector** [ˈsɛktɚ] n. 部門；扇形；扇形面部分
   sec·tor ㄙㄝㄎ·ㄉㄛㄦ

3. **segment** [ˈsɛgmənt] n. 部分；部門；切片 v. 分割；切成片
   seg·ment ㄙㄝㄍ·ㄇㄜㄋㄜ

4. **seldom** [ˈsɛldəm] adv. 很少地；很少
   sel·dom ㄙㄝㄛ·ㄉㄛㄇ

5. **selfish** [ˈsɛlfɪʃ] adj. 自私的
   sel·fish ㄙㄝㄛ·ㄈㄜㄒ

6. **seller** [ˈsɛlɚ] n. 銷售者；賣方
   sel·ler ㄙㄝ·ㄌㄦ

7. **senate** [ˈsɛnɪt] n. 立法機構；參議院的會議廳；Senate（美國等的）參議院；立法機構
   se·nate ㄙㄝ·ㄋㄜㄜ

8. **sensor** [ˈsɛnsɚ] n. 傳感器；感應器
   sen·sor ㄙㄝㄋ˜·ㄙㄦ

9. **sentence** [ˈsɛntəns] n. 句子 v. 宣判；判決
   sen·tence ㄙㄝㄋ˜·ㄜㄜㄋㄙ

10. **session** [ˈsɛʃən] n. 開庭；會期；講習會
    ses·sion ㄙㄝ·ㄒㄜㄋ˜

11. **setting** [ˈsɛtɪŋ] n. 安裝；設定；鑲嵌；背景
    se·tting ㄙㄝ·ㄜㄥ

12. **settle** [ˈsɛt!] v. 安放；安頓；解決（問題等）
    se·ttle ㄙㄝ·ㄜㄛ

13. **seven** [ˈsɛvn] n. 七；臺灣 7-11 簡稱 adj. 七的
    se·ven ㄙㄝ·ㄈㄜㄋ˜

14. **seventh** [ˈsɛvnθ] adj. 第七的；第七個的
    se·venth ㄙㄝ·ㄈㄜㄋ˜ㄙ

266

專利語調矩陣　重音節母音

[ɛ] ㄝ

ㄝ

1. **sexual** [ˋsɛkʃʊəl] adj. 性別的；性的；性關係的；性慾的
   sex·ual　ㄙㄝㄎ·ㄒㄛ

2. **sexy** [ˋsɛksɪ] adj. 性感的
   sex·y　ㄙㄝㄎ·ㄙ一

3. **shelter** [ˋʃɛltɚ] n. 遮蓋物；避難所 v. 遮蔽；庇護
   shel·ter　ㄒㄝㄛ·ㄊㄦ

4. **slender** [ˋslɛndɚ] adj. 纖細的；苗條的
   slen·der　ㄙㄌㄝㄋ·ㄉㄦ

5. **smelling** [smɛlɪŋ] (smell 的動名詞，動詞現在分詞)
   smel·ling　ㄙㄇㄝ·ㄌㄛ

6. **smelly** [ˋsmɛlɪ] adj. 臭的；不好聞的
   smel·ly　ㄙㄇㄝ·ㄌ一

7. **special** [ˋspɛʃəl] adj. 特別的 n. 特刊；特別節目；特色菜；特價商品
   spe·cial　ㄙㄅㄝ·ㄒㄛ

8. **spectrum** [ˋspɛktrəm] n. 光譜；頻譜
   spec·trum　ㄙㄅㄝㄎ·ㄔㄨㄜㄇ

9. **spelling** [ˋspɛlɪŋ] n. 拼字；拼寫
   spel·ling　ㄙㄅㄝ·ㄌㄛ

10. **spending** [ˋspɛndɪŋ] n. 開銷；花費（spend 的動詞現在分詞、動名詞）
    spen·ding　ㄙㄅㄝㄋ·ㄉㄛ

11. **splendid** [ˋsplɛndɪd] adj. 燦爛的；傑出的
    splen·did　ㄙㄅㄌㄝㄋ·ㄉㄜㄉ

12. **steady** [ˋstɛdɪ] adj. 穩定的；平穩的 v. 使穩固；使穩定
    stea·dy　ㄙㄉㄝ·ㄉ一

13. **sweater** [ˋswɛtɚ] n. 毛衣
    swea·ter　ㄙㄨㄝ·ㄊㄦ

14. **teddy** [ˋtɛdɪ] n. 玩具熊；Teddy 男子名；專指泰迪熊
    te·ddy　ㄊㄝ·ㄉ一

ɛ / ㄝ

專利語調矩陣 重音節母音

[ɛ] ㄝ

1. **tempting** [ˈtɛmptɪŋ]
   adj. 誘人的；吸引人的；使人禁不住想嘗試（或擁有）的

2. **temple** [ˈtɛmp!]
   n. 廟宇；神殿；太陽穴

3. **tender** [ˈtɛndɚ]
   adj. 溫柔的；（身體）疼痛的；（肉或菜）軟嫩的

4. **tennis** [ˈtɛnɪs]
   n. 網球

5. **tension** [ˈtɛnʃən]
   n. 緊張；張力

6. **terror** [ˈtɛrɚ]
   n. 恐怖；驚駭

7. **testing** [ˈtɛstɪŋ]
   v. 試驗；檢驗（test 的動名詞，動詞現在分詞）
   adj. 棘手的

8. **textbook** [ˈtɛkst͵bʊk]
   n. 教科書；課本

9. **texture** [ˈtɛkstʃɚ]
   n.（織物的）結構；質地；紋理

10. **threaten** [ˈθrɛtn̩]
    v. 威脅；恐嚇

11. **treasure** [ˈtrɛʒɚ]
    n. 財寶
    v. 珍愛

12. **tremble** [ˈtrɛmb!]
    n. 發抖
    v. 發抖；震顫

13. **twenty** [ˈtwɛntɪ]
    n. 二十
    adj. 二十的

14. **various** [ˈvɛrɪəs]
    adj. 各式各樣的；好幾個的

268

專利語調矩陣　　重音節母音

[ɛ] ㄝ

vary
[ˋvɛrɪ]
v. 使不同；變更；修改；使多樣化

vendor
[ˋvɛndɚ]
n. 小販

venture
[ˋvɛntʃɚ]
n. 冒險；企業
v. 冒險；大膽行事

very
[ˋvɛrɪ]
adj. 正是；恰好是；僅僅
adv. 很；非常

vessel
[ˋvɛsl]
n. 船，艦；器皿；血管

wealthy
[ˋwɛlθɪ]
adj. 富裕的；豐富的

weapon
[ˋwɛpən]
n. 武器

8. **weather**
[ˋwɛðɚ]
n. 天氣

9. **wedding**
[ˋwɛdɪŋ]
n. 婚禮

10. **Wednesday**
[ˋwɛnzde]
n. 星期三

11. **welcome**
[ˋwɛlkəm]
n. 款待，歡迎辭
v. 歡迎
adj. 受歡迎的；令人愉快的；被允許的

12. **welfare**
[ˋwɛl͵fɛr]
n. 福利；社會救濟
adj. 福利的；福利事業的

13. **western**
[ˋwɛstɚn]
n. 西部地區的人
adj. 西方的；西部的

14. **whether**
[ˋhwɛðɚ]
conj. 是否

269

ɛ / ㄝ

專利語調矩陣 | **重音節母音** [ɛ] ㄝ

1. **X-ray** [ˋɛks͵re] n. X 光片 v. 用 X 光線檢查
   X·-ray ㄝㄎㄙ·ㄖㄟ

2. **yellow** [ˋjɛlo] n. 黃色 adj. 黃色的
   ye·llow ㄧㄝ·ㄌㄡ

3. **aircraft** [ˋɛr͵kræft] n. 航空器；飛機
   air·craft ㄝㄦ·ㄎㄨㄚㆳ

4. **airline** [ˋɛr͵laɪn] n. 航空公司；航線
   air·line ㄝㄦ·ㄌㄞㄋ

5. **airplane** [ˋɛr͵plen] n. 飛機
   air·plane ㄝㄦ·ㄆㄌㄟㄋ

6. **airport** [ˋɛr͵port] n. 機場
   air·port ㄝㄦ·ㄆㆰㄦ

7. **chairman** [ˋtʃɛrmən] n. 主席
   chair·man ㄑㄝㄦ·ㄇㄣ

8. **fairly** [ˋfɛrlɪ] adv. 公平地；公正地
   fair·ly ㄈㄝㄦ·ㄌㄧ

9. **haircut** [ˋhɛr͵kʌt] n. 理髮
   hair·cut ㄏㄝㄦ·ㄎㄚㆳ

10. **barely** [ˋbɛrlɪ] adv. 僅僅；勉強；幾乎不
    bare·ly ㄅㄝㄦ·ㄌㄧ

11. **careful** [ˋkɛrfəl] adj. 小心的
    care·ful ㄎㄝㄦ·ㄈㆦ

12. **careless** [ˋkɛrlɪs] adj. 粗心的
    care·less ㄎㄝㄦ·ㄌㄜㄙ

13. **rarely** [ˋrɛrlɪ] adv. 很少；難得
    rare·ly ㄖㄝㄦ·ㄌㄧ

14. **warehouse** [ˋwɛr͵haʊs] n. 倉庫；批發店 v. 把…存入倉庫
    ware·house ㄨㄝㄦ·ㄏㄠㄙ

270

wareroom
[ˈwɛr‚rum]
n. 商品陳列室；商品儲藏室

ware·room
ㄨㄝㄦ · ㄨ ㄇ̃
  ㄨ

therefore
[ˈðɛr‚fɔr]
adv. 因此

there·fore
ㄖ˙ ㄝㄦ · ㄈㄛㄦ

whereas
[wɛərˈæz]
conj.
（常用在句首）
儘管；反之；而

where·as
ㄨ ㄝㄦ · ㄚㆺㄙ

271

[ɛ] ㄝ

1. **accept** [əkˋsɛpt] v. 接受
   ac·cept
   ㄜㄎ·ㄙㄝㄆㄜ

2. **address** [əˋdrɛs] v. 演說 n. 地址（英）
   a·ddress
   ㄜ·ㄓㄨㄝㄙ

3. **affect** [əˋfɛkt] v. 影響
   a·ffect
   ㄜ·ㄈㄝㄎㄜ

4. **again** [əˋgɛn] adv. 再一次
   a·gain
   ㄜ·ㄍㄝㄋ

5. **against** [əˋgɛnst] prep. 反對
   a·gainst
   ㄜ·ㄍㄝㄋㄙㄜ

6. **ahead** [əˋhɛd] adv. 在前；向前；預先；事前
   a·head
   ㄜ·ㄏㄝㄉ

7. **alleged** [əˋlɛdʒd] adj. 聲稱的；（尤指在證據不足的情況下）被指控的
   a·lleged
   ㄜ·ㄌㄝㄐㄩㄉ

8. **amend** [əˋmɛnd] vt. 修訂，修改；訂正 vi. 改進，改善；改過自新
   a·mend
   ㄜ·ㄇㄝㄋㄉ

9. **arrest** [əˋrɛst] n. 逮捕；遏止 v. 逮捕；拘留
   a·rrest
   ㄜ·ㄖㄝㄙㄜ

10. **ascend** [əˋsɛnd] v. 登高；上升
    a·scend
    ㄜ·ㄙㄝㄋㄉ

11. **assess** [əˋsɛs] v. 估價；評價
    a·ssess
    ㄜ·ㄙㄝㄙ

12. **attempt** [əˋtɛmpt] n. 企圖；嘗試 v. 試圖；企圖
    a·ttempt
    ㄜ·ㄊㄝㄇㄆㄜ

13. **attend** [əˋtɛnd] v. 出席；參加；照料；伴隨
    a·ttend
    ㄜ·ㄊㄝㄋㄉ

14. **cassette** [kəˋsɛt] n. 錄音帶；卡式磁帶
    ca·ssette
    ㄎㄜ·ㄙㄝㄜ

專利語調矩陣 | 重音節母音 [ɛ] ㄝ

ε / ㄝ

collect
co·llect
ㄎㄜ· ㄌㄝㄎㄊ
[kə`lɛkt]
v. 收集

compel
com·pel
ㄎㄜ·ㄇ·ㄆㄝㄛ
[kəm`pɛl]
v. 強迫；強求

condemn
con·demn
ㄎㄜㄋ̃·ㄉㄆㄝ·ㄇ
[kən`dɛm]
v. 譴責；責備；判刑

confess
con·fess
ㄎㄜㄋ̃·ㄈㄝㄙ
[kən`fɛs]
n.(正式)會議；討論會；協商會
v. 供認；坦白；懺悔；承認

connect
co·nnect
ㄎㄜ· ㄋ ㄝㄎㄊ
[kə`nɛkt]
v. 連接；連結

consent
con·sent
ㄎㄜㄋ̃·ㄙㄝㄋ̃ㄊ
[kən`sɛnt]
n. 同意書；同意；贊成；答應
v. 同意；贊成

contend
con·tend
ㄎㄜㄋ̃·ㄊㄝㄋ̃ㄉ
[kən`tɛnd]
v. 爭取；競爭；搏鬥；聲稱

8. correct
co·rrect
ㄎㄜ·ㄖㄝㄎㄊ
[kə`rɛkt]
v. 改正；糾正
adj. 正確的

9. defend
de·fend
ㄉㄜ·ㄈㄝㄋ̃ㄉ
[dɪ`fɛnd]
v. 防禦；保衛；保護

10. defense
de·fense
ㄉㄜ·ㄈㄝㄋ̃ㄙ
[dɪ`fɛns]
n. 防禦；保衛；防護

11. depend
de·pend
ㄉㄜ·ㄆㄝㄋ̃ㄉ
[dɪ`pɛnd]
v. 依賴；信賴

12. depressed
de·pressed
ㄉㄜ·ㄆㄖㄝㄙ ㄉ
[dɪ`prɛst]
adj. 沮喪的；消沈的；憂鬱的

13. descend
de·scend
ㄉㄜ·ㄙㄝㄋ̃ㄉ
[dɪ`sɛnd]
v.(走)下來；下降；來自於

14. detect
de·tect
ㄉㄜ·ㄊㄝㄎㄊ
[dɪ`tɛkt]
v. 查出；察覺

273

1. **direct**
   [dəˋrɛkt]
   v. 指引
   adj. 直接的

2. **effect**
   [ɪˋfɛkt]
   n. 效力；作用
   v. 造成；招致

3. **elect**
   [ɪˋlɛkt]
   v. 選出

4. **event**
   [ɪˋvɛnt]
   n. 事件

5. **except**
   [ɪkˋsɛpt]
   prep. 除⋯之外
   conj. 除了；
   要不是；但是

6. **expect**
   [ɪkˋspɛkt]
   v. 期待

7. **expense**
   [ɪkˋspɛns]
   n. 費用；支出；
   消耗

8. **express**
   [ɪkˋsprɛs]
   n. 快車；快遞；
   v. 表示
   adj. 快遞的；明確的

9. **extend**
   [ɪkˋstɛnd]
   v. 延長；延伸

10. **extent**
    [ɪkˋstɛnt]
    n. 程度；限度；
    範圍

11. **forget**
    [fəˋgɛt]
    v. 忘記

12. **herself**
    [həˋsɛlf]
    pron.
    （反身代名詞）
    她自己

13. **himself**
    [hɪmˋsɛlf]
    pron.
    （反身代名詞）
    他自己

14. **hotel**
    [hoˋtɛl]
    n. 旅館

274

專利語調矩陣 | 重音節母音

[ɛ] ㄝ

impress im·press
[ɪm`prɛs]
ㄜ ㄇ˜ ㄆㄨ ㄝ ㄇ
v. 給...極深的印象

Macbeth Mac·beth
[mək`bɛθ]
ㄇ ㄜㄗ˙ ㄅ ㄝ ㄇ˙
n. 莎翁名劇；人名；馬克白

instead in·stead
[ɪn`stɛd]
ㄜ ㄋ˙ ㄙㄉ ㄝ ㄉ
adv. 作為替代；反而；卻；

myself my·self
[maɪ`sɛlf]
ㄇㄞ ㄙ ㄝ ㄛ ㄈ˙
pron. (反身代名詞) 我自己

intend in·tend
[ɪn`tɛnd]
ㄜ ㄋ˙ ㄊ˙ ㄝ ㄋ˙ ㄉ
v. 想要；打算

offense of·fense
[ə`fɛns]
ㄜ˙ ㄈ ㄝ ㄋ˙ ㄙ
n. 進攻；攻擊；冒犯；觸怒

intense in·tense
[ɪn`tɛns]
ㄜ ㄋ˙ ㄊ˙ ㄝ ㄋ˙ ㄙ
adj. 強烈的；劇烈的

oneself one·self
[wʌn`sɛlf]
ㄨㄜ ㄋ˙ · ㄙ ㄝ ㄛ ㄈ˙
pron. 自己

invent in·vent
[ɪn`vɛnt]
ㄜ ㄋ˙ ㄈ˙ ㄝ ㄋ˙ ㄜ
v. 發明

ourselves our·selves
[͵aʊr`sɛlvz]
ㄠ˙ ㄦ ㄙ ㄝ ㄛ ㄈ˙ ㄗ
pron. (反身代名詞) 我們自己

invest in·vest
[ɪn`vɛst]
ㄜ ㄋ˙ ㄈ˙ ㄝ ㄙ ㄜ
n. 存貨清單
v. 投資；投入；耗費

possess pos·sess
[pə`zɛs]
ㄆ ㄜ˙ ㄗ ㄝ ㄙ
v. 擁有；持有；具有；附身

itself it·self
[ɪt`sɛlf]
ㄜ ㄜ˙ ㄙ ㄝ ㄛ ㄈ˙
pron. (反身代名詞) 它自己

present pre·sent
[prɪ`zɛnt]
ㄆㄨ ㄧ · ㄗ ㄝ ㄋ˙ ㄜ
v. 提出；上台報告

275

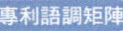

1. **pretend**
   [prɪˋtɛnd]
   v. 伴裝；假裝

   pre·tend
   ㄆㄨ˙ㄧ-ㄊ˚ㄝㄋ˜ㄉ

2. **prevent**
   [prɪˋvɛnt]
   v. 防止；預防

   pre·vent
   ㄆㄨ˙ㄧ-ㄈ˚ㄝㄋ˜ㄜ

3. **protect**
   [prəˋtɛkt]
   v. 保護

   pro·tect
   ㄆㄨ˙ㄜ˙ㄊ˚ㄝㄎㄜ

4. **rebel**
   [rɪˋbɛl]
   vi. 造反；反叛；反抗

   re·bel
   ㄨ˙ㄧ-ㄅㄝㄛ

5. **protest**
   [prəˋtɛst]
   v. 抗議；反對；聲明；力言

   pro·test
   ㄆㄨ˙ㄨ˙ㄊ˚ㄝㄙㄜ

6. **reflect**
   [rɪˋflɛkt]
   v. 反射；照出；映出

   re·flect
   ㄨ˙ㄜ˙ㄈㄌㄝㄎㄜ

7. **regret**
   [rɪˋgrɛt]
   n. 懊悔；悔恨；抱歉；遺憾；哀悼
   v. 懊悔

   re·gret
   ㄨ˙ㄜ˙ㄍㄍㄨ˙ㄝㄜ

8. **reject**
   [rɪˋdʒɛkt]
   v. 拒絕

   re·ject
   ㄨ˙ㄜ˙ㄐㄝㄐㄜ

9. **request**
   [rɪˋkwɛst]
   n. 要求；請求
   v. 請求給予

   re·quest
   ㄨ˙ㄜ˙ㄎㄨㄝㄙㄜ

10. **respect**
    [rɪˋspɛkt]
    n. 尊敬
    v. 尊敬

    res·pect
    ㄨ˙ㄜㄙ˙ㄅㄝㄎㄜ

11. **select**
    [səˋlɛkt]
    v. 挑選

    se·lect
    ㄙㄜ˙ㄌㄝㄎㄜ

12. **success**
    [səkˋsɛs]
    n. 成功

    suc·cess
    ㄙㄜㄎ˙ㄙㄝㄙ

13. **suggest**
    [səˋdʒɛst]
    v. 建議

    su·ggest
    ㄙㄜ˙ㄐㄝㄙㄜ

14. **suspend**
    [səˋspɛnd]
    v. 使中止；懸浮；飄浮

    sus·pend
    ㄙㄜㄙ˙ㄅㄝㄋ˜ㄉ

專利語調矩陣　重音節母音　[ɛ]　ㄝ

themselves
them·selves
zˊㄝm̃·ㄙㄝㄛㄈˊz
[ðəm`sɛlvz]
pron.（反身代名詞）他／她／它們自己

thyself
thy·self
zˊㄞ·ㄙㄝㄛㄈˊ
[ðaɪ`sɛlf]
pron. 你自己；汝本人

unless
un·less
ㄜn̆·ㄌㄝㄙ
[ʌn`lɛs]
conj. 如果不；除非

upset
up·set
ㄜㄆˊ·ㄙㄝㄛˋ
[ʌp`sɛt]
n. 翻倒；傾覆
v. 使心煩；翻倒
adj. 心煩的

yourself
your·self
ㄧㄨㄦ·ㄙㄝㄛㄈˊ
[jʊɚ`sɛlf]
pron.（反身代名詞）你自己

yourselves
your·selves
ㄧㄨㄦ·ㄙㄝㄛㄈˊz
[jur`sɛlvz]
pron.（反身代名詞）你們自己

affair
a·ffair
ㄜ·ㄈㄝㄦ
[ə`fɛr]
n. 事件；外遇風流韻事；喜慶活動

aware
a·ware
ㄜ·ㄨㄝㄦ
[ə`wɛr]
adj. 知道的；察覺的

beware
be·ware
ㄅㄧ·ㄨㄝㄦ
[bɪ`wɛr]
vi. 當心，小心
vt. 注意，提防

compare
com·pare
ㄎㄜm̃·ㄆㄝㄦ
[kəm`pɛr]
v. 比較

declare
de·clare
ㄉㄜ·ㄎㄌㄝㄦ
[dɪ`klɛr]
v. 宣佈；宣告

prepare
pre·pare
ㄆㄖㄜ·ㄆㄝㄦ
[prɪ`pɛr]
v. 準備；預備；把…準備好；使預備好

repair
re·pair
ㄖㄜ·ㄆㄝㄦ
[rɪ`pɛr]
n. 修理；修補
v. 修理；修補；補救；糾正

unfair
un·fair
ㄜn̆·ㄈㄝㄦ
[ʌn`fɛr]
adj. 不公平的

專利語調矩陣　重音節母音

[e] ㄝ

1. **able** [ˋebl̩] adj. 能的；有能力的
a·ble
ㄝ·ㄅㄛ

2. **acre** [ˋekɚ] n. 英畝
a·cre
ㄝ·ㄎㄦ

3. **agent** [ˋedʒənt] n. 經紀人；仲介；代理商
a·gent
ㄝ·ㄐㄛㄋㄤ

4. **ancient** [ˋenʃənt] adj. 古代的
an·cient
ㄝㄋ·ㄍㄛㄋㄤ

5. **angel** [ˋendʒl̩] n. 天使
an·gel
ㄝㄋ·ㄐㄛ

6. **April** [ˋeprəl] n. 四月
A·pril
ㄝ·ㄆ日ㄨㄛ

7. **Asia** [ˋeʒə] n. 亞洲
A·sia
ㄝ·ㄖㄛ

8. **baby** [ˋbebɪ] n. 嬰兒；寶貝
ba·by
ㄅㄝ·ㄅㄧ

9. **baseball** [ˋbes͵bɔl] n. 棒球
base·ball
ㄅㄝㄙ·ㄅㄛ

10. **basement** [ˋbesmənt] n. 地下室
base·ment
ㄅㄝㄙ·ㄇㄛㄋㄤ

11. **basic** [ˋbesɪk] adj. 基本的
ba·sic
ㄅㄝ·ㄙㄛㄎ

12. **basis** [ˋbesɪs] n. 基礎；基本原理（或原則）
ba·sis
ㄅㄝ·ㄙㄛㄙ

13. **cable** [ˋkebl̩] n. 纜索；有線電視
ca·ble
ㄎㄝ·ㄅㄛ

278

專利語調矩陣　重音節母音

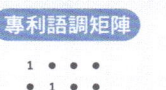

[e]　ㄝ

1. **chamber** [ˈtʃɛmbɚ]
n. 室；房間；議院

2. **changing** [ˈtʃendʒɪŋ]
adj. 變化中的；改變中的

3. **chaos** [ˈkeɑs]
n. 混亂；雜亂的一團

4. **cradle** [ˈkredl]
n. 搖籃
v. 撫育

5. **crayon** [ˈkreən]
n. 蠟筆

6. **crazy** [ˈkrezɪ]
adj. 瘋狂的；古怪的；著迷的

7. **daily** [ˈdelɪ]
adj. 每日的
adv. 每日

8. **dangerous** [ˈdendʒərəs]
adj. 危險的

9. **data** [ˈdetə]
n. 資料；數據

10. **eighteen** [ˈeˈtin]
n. 十八
adj. 十八的

11. **eighty** [ˈetɪ]
n. 八十
adj. 八十的

12. **fable** [ˈfebl]
n. 寓言

13. **failure** [ˈfeljɚ]
n. 失敗

14. **famous** [ˈfeməs]
adj. 有名的

279

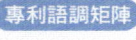

1. **fatal**
['fet!]
adj. 致命的

2. **favor**
['fevɚ]
n. 偏愛；偏袒
v. 支持；擁護；有利於；人情

3. **favorite**
['fevərɪt]
n. 特別喜愛的人（或物）
adj. 最喜愛的

4. **flavor**
['flevɚ]
n. 口味；味道
v. 給...調味

5. **framework**
['frem,wɝk]
n. 架構；組織

6. **gracious**
['greʃəs]
adj. 親切的；和藹的

7. **grateful**
['gretfəl]
adj. 感謝的；感激的

8. **greatest**
[gretɪst]
（great 的形容詞最高級）

9. **greatly**
['gretlɪ]
adv. 極其；非常；大大地

10. **label**
['leb!]
n. 貼紙；標籤；商標
v. 貼標籤於

11. **labor**
['lebɚ]
n. 勞工；分娩；陣痛
v. 勞動；努力

12. **lady**
['ledɪ]
n. 淑女

13. **laser**
['lezɚ]
n. 雷射

14. **lately**
['letlɪ]
adv. 近來；最近；不久前

專利語調矩陣　重音節母音

[e] / ㄝ

1. **later** [ˋletɚ]
adv. 稍後

2. **latest** [ˋletɪst]
adj. 最新的；最近的；最遲的

3. **layer** [ˋleɚ]
n. 層；階層；地層

4. **lazy** [ˋlezɪ]
adj. 懶惰的

5. **mailman** [ˋmel‚mæn]
n. 郵差

6. **mainland** [ˋmenlənd]
n. 大陸；本土

7. **mainly** [ˋmenlɪ]
adv. 主要地；大部分地

8. **mainstream** [ˋmen‚strim]
n. (河的) 主流；主要傾向

9. **major** [ˋmedʒɚ]
n. 主修
v. 主修
adj. 較多的；主要的；重大的

10. **maker** [ˋmekɚ]
n. 製作者；製造業者；製造廠

11. **makeup** [ˋmek‚ʌp]
n. 構成；化妝

12. **maybe** [ˋmebɪ]
adv. 可能；也許

13. **mayor** [ˋmeɚ]
n. 市長；鎮長

14. **naked** [ˋnekɪd]
adj. 裸體的

281

e ㄝ

1. **nation** na·tion
['neʃən]
n. 國家

2. **native** na·tive
['netɪv]
n. 土著；原住民
adj. 本土的；本國的

3. **nature** na·ture
['netʃə-]
n. 自然

4. **naval** na·val
['nevḷ]
adj. 海軍的

5. **neighbor** neigh·bor
['nebə-]
v. 與…為鄰
n. 鄰居

6. **painful** pain·ful
['penfəl]
adj. 痛的

7. **painter** pain·ter
['pentə-]
n. 油漆匠；畫家

8. **painting** pain·ting
['pentɪŋ]
n. 油畫；水彩畫

9. **paper** pa·per
['pepə-]
n. 紙張

10. **patience** pa·tience
['peʃəns]
n. 耐心；忍耐；耐性；毅力

11. **patient** pa·tient
['peʃənt]
adj. 有耐心的；能忍受的
n. 病人

12. **patron** pa·tron
['petrən]
n. 贊助者；主顧（尤指老顧客）

13. **payment** pay·ment
['pemənt]
n. 支付；付款

14. **placement** place·ment
['plesmənt]
n. 臨時職位；工作

282

1. **plaintiff**
   [ˋplentɪf]
   n. 原告；起訴人

2. **player**
   [ˋpleɚ]
   n. 遊戲者；玩家
   運動者；表演者
   播放機

3. **playground**
   [ˋple͵graʊnd]
   n. 遊樂場；運動場

4. **playing**
   [ˋpleɪŋ]
   v. 遊玩；演奏
   （play 的動名詞，
   動詞現在分詞）

5. **playoff**
   [ˋple͵ɔf]
   n.（平局後的）
   加時賽；延長賽；
   加賽；季後賽

6. **prayers**
   [preɚz]
   n. 祈禱；禱告

7. **racial**
   [ˋreʃəl]
   adj. 種族的

8. **radar**
   [ˋredar]
   n. 雷達

9. **railroad**
   [ˋrel͵rod]
   n. 鐵路

10. **railway**
    [ˋrel͵we]
    n. 鐵路

11. **rainbow**
    [ˋren͵bo]
    n. 彩虹；瑞播
    （蕭博士的中譯）

12. **raincoat**
    [ˋren͵kot]
    n. 雨衣

13. **rainy**
    [ˋrenɪ]
    adj. 下雨的；
    多雨的

14. **rating**
    [ˋretɪŋ]
    n. 等級；品級；
    收聽（或收視）率

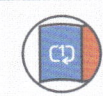

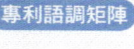

1. **ratio** [ˈreʃo] n. 比率；比例

ra·tio

2. **razor** [ˈrezɚ] n. 剃刀

ra·zor

3. **reindeer** [ˈrenˌdɪr] n. 馴鹿

rein·deer

4. **sacred** [ˈsekrɪd] adj. 神的；神聖的

sa·cred

5. **safely** [ˈseflɪ] adv. 安全地；平安地

safe·ly

6. **safety** [ˈseftɪ] n. 安全

safe·ty

7. **sailor** [ˈselɚ] n. 水手

sai·lor

8. **salesman** [ˈselzmən] n. 售貨員；業務員

sales·man

9. **saving** [ˈsevɪŋ] n. 挽救；節儉；節約；儲金

sa·ving

10. **saying** [ˈseɪŋ] v. 說（say 的動名詞，動詞現在分詞）n. 格言；諺語

say·ing

11. **shameful** [ˈʃemfəl] adj. 可恥的；丟臉的

shame·ful

12. **skating** [ˈsketɪŋ] n. 溜冰；滑冰

ska·ting

13. **spacecraft** [ˈspesˌkræft] n. 太空船；航天器

space·craft

14. **stable** [ˈstebl̩] n. 馬；馬棚；畜舍 adj. 穩定的；牢固的

sta·ble

284

專利語調矩陣　　重音節母音　　[e] ㄝ

1. **stadium** sta·dium
[ˋstedɪəm]
n. 體育場；球場；
運動場；競技場

2. **statement** state·ment
[ˋstetmənt]
n. 陳述；說明；
結單

3. **station** sta·tion
[ˋsteʃən]
n. 車站；場所

4. **stranger** stran·ger
[ˋstrendʒɚ]
n. 陌生人

5. **straighten** straigh·ten
[ˋstretn]
v. 把...弄直；
澄清

6. **table** ta·ble
[ˋtebḷ]
n. 桌子；表；
目錄

7. **trading** tra·ding
[ˋtredɪŋ]
n. 貿易；交易
adj. 貿易的；
交易的

8. **trailer** trai·ler
[ˋtrelɚ]
n. 掛車；追蹤者；
電影預告片

9. **trainer** trai·ner
[ˋtrenɚ]
n. 訓練人；
教練員；馴獸師；
馴馬師

10. **training** trai·ning
[ˋtrenɪŋ]
n. 訓練；鍛鍊

11. **waiter** wai·ter
[ˋwetɚ]
n. 男服務生

12. **waitress** wai·tress
[ˋwetrɪs]
n. 女服務生

13. **waken** wa·ken
[ˋwekn]
v. 醒來；睡醒；
喚醒

285

專利語調矩陣 / 重音節母音 [e]

1. **acclaim** [ə`klem]
   v. 為...喝采；稱讚
   n. 歡呼；稱讚
   a·cclaim
   ㄜ·ㄎㄌ_ㄝㄇ

2. **afraid** [ə`fred]
   adj. 害怕
   a·fraid
   ㄜ·ㄈㄨ_ㄝㄉ

3. **arrange** [ə`rendʒ]
   v. 排列；整理
   a·rrange
   ㄜ·ㄖㄨ_ㄝㄋˇㄐㄩ

4. **array** [ə`re]
   n. 列陣；一系列一批；大群
   v. 配置兵力；整隊
   a·rray
   ㄜ·ㄖㄨ_ㄝ

5. **ashamed** [ə`ʃemd]
   adj. 羞愧的
   a·shamed
   ㄜ·ㄒ_ㄝㄇ ㄉ

6. **await** [ə`wet]
   v. 等候；期待
   a·wait
   ㄜ·ㄨ_ㄝㄊ

7. **awake** [ə`wek]
   adj. 醒著的
   v. 喚醒
   a·wake
   ㄜ·ㄨ_ㄝㄎ

8. **away** [ə`we]
   adv. 離開
   a·way
   ㄜ·ㄨ_ㄝ

9. **ballet** [`bæle]
   n. 芭蕾舞
   ba·llet
   ㄅㄚˇ·ㄌ_ㄝ

10. **behave** [bɪ`hev]
    v. 舉動；守規矩
    be·have
    ㄅ一·ㄏ_ㄝㄈˊ

11. **buffet** [bu`fe]
    n. 自助餐
    bu·ffet
    ㄅㄜ·ㄈ_ㄝ

12. **campaign** [kæm`pen]
    n. 運動；活動
    v. 參加競選
    cam·paign
    ㄎㄚˇㄇ·ㄆ_ㄝㄋˇ

13. **cocaine** [ko`ken]
    n. 古柯鹼
    co·caine
    ㄎㄨˇ·ㄎ_ㄝㄋˇ

14. **complain** [kəm`plen]
    v. 抱怨
    com·plain
    ㄎㄜㄇ·ㄆㄌ_ㄝㄋˇ

286

專利語調矩陣 | 重音節母音 [e] ㄝ

1. **complaint** [kəm`plent]
   n. 抱怨；抗議；怨言

2. **constraint** [kən`strent]
   n. 約束；限制；強迫

3. **contain** [kən`ten]
   v. 包含；容納

4. **convey** [kən`ve]
   v. 運送；傳達

5. **create** [krɪ`et]
   v. 創造

6. **debate** [dɪ`bet]
   v. 辯論
   n. 辯論

7. **delay** [dɪ`le]
   v. 延緩；使延期
   n. 延遲；耽擱

8. **display** [dɪ`sple]
   n. 展覽；陳列
   v. 陳列；展出

9. **domain** [do`men]
   n. 領土；領域

10. **donate** [`donet]
    v. 捐獻；捐贈

11. **embrace** [ɪm`bres]
    n. 擁抱；欣然接受；樂意採納
    v. 擁抱；包含；抓住（機會等）

12. **engage** [ɪn`gedʒ]
    v. 使訂婚；使忙於

13. **escape** [ə`skep]
    n. 逃跑；逃脫
    v. 逃跑；逃脫

14. **estate** [ɪs`tet]
    n. 地產

287

e [ㄝ]

專利語調矩陣: 1·1·1·4
重音節母音: [e] [ㄝ]

1. **exchange** [ɪks`tʃendʒ]
   n. 交換；交流；交易所
   v. 交換；調換；兌換
   ex·change
   ㄜㄎㄙ·ㄐㄧㄝㄋㄐㄩ

2. **explain** [ɪk`splen]
   v. 解釋
   ex·plain
   ㄜㄎㄙ·ㄅㄌㄧㄝㄋ

3. **invade** [ɪn`ved]
   v. 侵入；侵略
   in·vade
   ㄧㄋ·ㄈˋㄧㄝㄉ

4. **maintain** [meɪn`teɪn]
   v. 維持；保持；使繼續；維修；保養
   main·tain
   ㄇㄧㄝㄋ·ㄊㄜㄧㄝㄋ

5. **mistake** [mɪ`stek]
   n. 錯誤
   v. 弄錯；誤解；弄錯；搞錯
   mis·take
   ㄇㄜㄙ·ㄉˊㄧㄝ

6. **obey** [ə`be]
   v. 服從
   o·bey
   ㄨˋ·ㄅㄧㄝ

7. **obtain** [əb`ten]
   v. 得到；獲得
   ob·tain
   ㄜㄅˊ·ㄊˊㄧㄝㄋ

8. **parade** [pə`red]
   n. 行列；遊行
   v. 在...遊行
   pa·rade
   ㄆㄜ·ㄖㄨㄧㄝㄉ

9. **persuade** [pə`swed]
   v. 說服；勸服
   per·suade
   ㄆㄦ·ㄙㄨㄧㄝㄉ

10. **portray** [por`tre]
    v. 畫；描寫
    por·tray
    ㄆㄛㄦ·ㄔㄨㄧㄝ

11. **prevail** [prɪ`vel]
    v. 勝過；優勝；流行
    pre·vail
    ㄆㄖㄧ·ㄈˊㄧㄝㄛ

12. **proclaim** [prə`klem]
    v. 宣告；聲明
    pro·claim
    ㄆㄖㄨㄜ·ㄎㄌㄧㄝㄇ

13. **regain** [rɪ`gen]
    v. 取回；收復；恢復
    re·gain
    ㄖㄨㄧ·ㄍㄧㄝㄋ

14. **relate** [rɪ`let]
    v. 有關；涉及
    re·late
    ㄖㄨㄧ·ㄌㄧㄝㄊ

專利語調矩陣　　重音節母音

[e]　ㄝ

| e |
| ㄝ |

1. **remain**
[rɪˋmen]
n. 剩餘(物);
遺跡;遺體
v. 留下;保持不變

re·main
ㄖㄧ·ㄇㄝㄋ˜

2. **replace**
[rɪˋples]
v. 取代;
以...代替

re·place
ㄖㄧ·ㄆㄌㄝㄙ

3. **retain**
[rɪˋten]
v. 保留;保持

re·tain
ㄖㄧ·ㄊㄝㄋ˜

4. **survey**
[ˋsɝ.ve]
v. 測量;勘測

sur·vey
ㄙㄦ·ㄈㄝ

5. **sustain**
[səˋsten]
v. 支撐;承受

sus·tain
ㄙㄜㄙ·ㄉㄝㄋ˜

6. **terrain**
[təˋren]
n. 地域;地形;
地勢;地帶

te·rrain
ㄊㄜ·ㄖㄝㄋ˜

7. **today**
[təˋde]
adv. 今天
n. 今天

to·day
ㄊㄜ·ㄉㄝ

289

1. anger
[ˋæŋgɚ]
n. 生氣；怒
an·ger
ㄝㄥ· ㄍ ㄦ

2. angle
[ˋæŋg!]
n. 角度
an·gle
ㄝㄥ· ㄍㄛ

3. angry
[ˋæŋgrɪ]
adj. 生氣的
an·gry
ㄝㄥ·ㄍㄖㄨㄧ

4. ankle
[ˋæŋk!]
n. 腳踝；足踝
an·kle
ㄝㄥ·ㄎ ㄛ

5. anxious
[ˋæŋkʃəs]
adj. 焦慮的；掛念的
an·xious
ㄝㄥ·ㄎㄒ ㄜㄙ

6. banker
[ˋbæŋkɚ]
n. 銀行家；莊家
ban·ker
ㄅㄝㄥ · ㄎㄦ

7. banking
[ˋbæŋkɪŋ]
n. 銀行業務；銀行業
ban·king
ㄅㄝㄥ ·ㄎ ㄥ

8. bankrupt
[ˋbæŋkrʌpt]
adj. 破產的；已完全失敗的
v. 使破產；使赤貧
n. 破產者；赤貧者
bank·rupt
ㄅㄝㄥㄎ·ㄖㄨㄜㄆㄊ

9. blanket
[ˋblæŋkɪt]
n. 毯子
blan·ket
ㄅㄌㄝㄥ ·ㄎㄜㄊ

10. danger
[ˋdendʒɚ]
n. 危險；危險（物）；威脅
dan·ger
ㄉㄝㄥ ·ㄐ ㄦ

11. frankly
[fræŋklɪ]
adv. 率直地；坦白地；確實；坦率地說
frank·ly
ㄈㄖㄨㄝㄥㄎ· ㄌㄧ

12. hanger
[ˋhæŋɚ]
n. 衣架；掛鈎
hang·er
ㄏ ㄝㄥ · ㄦ

13. language
[ˋlæŋgwɪdʒ]
n. 語言
lan·guage
ㄌㄝㄥ·ㄍㄨㄜ ㄐㄩ

14. lengthen
[ˋlɛŋθən]
v. 使加長；使延長
leng·then
ㄌ ㄝ ㄥ · ㄙㄜㄋ

專利語調矩陣　重音節母音

[æŋ]
[ɛŋ]

註：主流美式發音
[æŋ] [ɛŋ] 多轉為 [eŋ]

1. **mango**
['mæŋgo]
n. 芒果

man·go
ㄇㄝㄥ·ㄍㄨˇ

2. **sanction**
['sæŋkʃən]
v. 對…實施制裁
n. 國際制裁

sanc·tion
ㄙㄝㄥㄎ·ㄒㄜㄋ˜

3. **strengthen**
['strɛŋθən]
v. 加強；增強

streng·then
ㄙㄊㄨㄝㄥ·ㄙㄜㄋ˜

4. **thankful**
['θæŋkfəl]
adj. 感謝的，感激的；欣慰的

thank·ful
ㄙˊㄝㄥㄎ·ㄈㄛ

291

專利語調矩陣　重音節母音

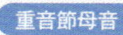

[æ] ㄚㄝ

1. **abbey** a·bbey
   [ˈæbɪ]　ㄚㄝ· ㄅ ㄧ
   n. 大修道院

2. **absence** ab·sence
   [ˈæb.səns]　ㄚㄝㄅ·ㄙㄜㄋ ㄙ
   n. 缺席

3. **absent** ab·sent
   [ˈæbsnt]　ㄚㄝㄅ·ㄙㄜㄋ ㄊ
   adj. 缺席的；
   不在場的

4. **accent** ac·cent
   [ˈæksɛnt]　ㄚㄝㄎ·ㄙㄜㄋ ㄊ
   n. 重音；腔調

5. **access** ac·cess
   [ˈæksɛs]　ㄚㄝㄎ·ㄙㄜ ㄙ
   n. 通道；入口；
   門路
   v. 取出（資料）；
   使用；接近

6. **acid** a·cid
   [ˈæsɪd]　ㄚㄝ· ㄙㄜ ㄉ
   n. (化學)酸
   adj. 酸性的；
   有酸味的

7. **acting** ac·ting
   [ˈæktɪŋ]　ㄚㄝㄎ· ㄊ ㄥ
   n. 演戲；演技；假裝
   adj. 代理的；
   臨時的；裝腔作勢的

8. **action** ac·tion
   [ˈækʃən]　ㄚㄝㄎ· ㄒㄜㄋ
   n. 動作

9. **active** ac·tive
   [ˈæktɪv]　ㄚㄝㄎ· ㄊㄜ ㄈ
   adj. 活躍的

10. **actor** ac·tor
    [ˈæktɚ]　ㄚㄝㄎ· ㄊㄦ
    n. 男演員

11. **actress** ac·tress
    [ˈæktrɪs]　ㄚㄝㄎ· ㄊㄨㄜㄙ
    n. 女演員

12. **actual** ac·tual
    [ˈæktʃʊəl]　ㄚㄝㄎ· ㄍㄛ
    adj. 實際的；
    事實上的

13. **added** a·dded
    [ˈædɪd]　ㄚㄝ· ㄉㄜ ㄉ
    adj. 附加的；
    額外的；進一步的

14. **address** a·ddress
    [ˈædrɛs]　ㄚㄝ· ㄓㄨ ㄝ ㄙ
    n. 地址
    v. 演說

292

專利語調矩陣 | 重音節母音 [æ] ㄚᵉ

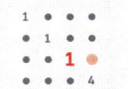

1. adverb
[ˈædvɚb]
n. 副詞
ad·verb
ㄚᵉㄉ˙ㄈˊㄦ ㄅˊ

2. after
[ˈæftɚ]
prep. 在…之後
conj. 在…之後
af·ter
ㄚᵉㄈ˙ㄉㄦ

3. album
[ˈælbəm]
n. 相簿；集郵簿；音樂專輯
al·bum
ㄚᵉㄛ˙ㄅㄜ ㄇ̃

4. alley
[ˈælɪ]
n. 小巷；小街；後街；胡同
a·lley
ㄚᵉ˙ㄌ一

5. ally
[əˈlaɪ]
v. 使結盟；使聯姻
n. 同盟國；同盟者
a·lly
ㄚ˙ㄌㄞ

6. annual
[ˈænjʊəl]
adj. 一年一次的；每年的
n. 年刊
a·nnual
ㄚᵉ˙ㄋㄩㄛ

7. answer
[ˈænsɚ]
v. 回答
n. 答案
an·swer
ㄚᵉㄋ̃˙ㄙ ㄦ

8. apple
[ˈæp!]
n. 蘋果
a·pple
ㄚᵉ˙ㄆㄛ

9. Arab
[ˈærəb]
n. 阿拉伯人
adj. 阿拉伯的；阿拉伯人的
A·rab
ㄚᵉ˙ㄖㄨㄜㄅˊ

10. arrow
[ˈæro]
n. 箭；箭號；矢
a·rrow
ㄚᵉ˙ㄖㄨㄨˊ

11. aspect
[ˈæspɛkt]
n. 方面；觀點
as·pect
ㄚᵉㄙ˙ㄅㄝㄉˊㄜ

12. asset
[ˈæsɛt]
n. 財產；資產
a·sset
ㄚᵉ˙ㄙㄝㄉˊ

13. athlete
[ˈæθlit]
n. 運動員；體育家
ath·lete
ㄚᵉㄙ˙ㄌㄧㄉˊ

14. background
[ˈbækˌɡraʊnd]
n. 背景
back·ground
ㄅㄚᵉㄎˊ˙ㄍㄖㄨㄜˊㄋㄉˊ

293

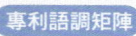

1. **backpack**
   [ˋbæk͵pæk]
   n. 背包
   v. 把...放入背包；
   背負簡便行李旅行

2. **backward**
   [ˋbækwɚd]
   adj. 向後的；
   落後的
   adv. 向後地；
   落後地

3. **backyard**
   [ˋbækjard]
   n. 後院；後庭

4. **badly**
   [ˋbædlɪ]
   adv. 壞；拙劣地

5. **baggage**
   [ˋbægɪdʒ]
   n. 行李

6. **balance**
   [ˋbæləns]
   n. 平衡
   v. 使平衡

7. **ballad**
   [ˋbæləd]
   n. 民謠，民歌；
   敘事歌謠；歌；
   情歌

8. **ballot**
   [ˋbælət]
   n. 選票；
   候選人名單；
   （不記名）投票
   v. 投票；投票表決

9. **bandage**
   [ˋbændɪdʒ]
   n. 繃帶
   v. 用繃帶包紮

10. **barrel**
    [ˋbærəl]
    n. 大桶

11. **basket**
    [ˋbæskɪt]
    n. 籃子

12. **bathroom**
    [ˋbæθ͵rum]
    n. 廁所；浴室

13. **battle**
    [ˋbæt!]
    n. 戰鬥；戰役
    v. 與...作戰

14. **blackboard**
    [ˋblæk͵bord]
    n. 黑板

294

專利語調矩陣　重音節母音　[æ]

1. **cabbage** [ˈkæbɪdʒ]
n. 甘藍菜；高麗菜；包心菜

2. **cabin** [ˈkæbɪn]
n. 客艙

3. **campus** [ˈkæmpəs]
n. 校園

4. **cannon** [ˈkænən]
n. 大砲，火砲；榴彈砲；機關砲
vt. 砲轟，砲擊
vi. 砲轟；相撞

5. **cancel** [ˈkænsl̩]
v. 取消

6. **cancer** [ˈkænsɚ]
n. 癌症；Cancer 巨蟹座

7. **candle** [ˈkændl̩]
n. 蠟燭

8. **candy** [ˈkændɪ]
n. 糖果

9. **canvas** [ˈkænvəs]
n. 油畫布

10. **capture** [ˈkæptʃɚ]
n. 佔領；獲得
v. 捕獲；俘虜

11. **captain** [ˈkæptɪn]
n. 船長；艦長；機長；上尉；上校
v. 擔任隊長；統帥；指揮

12. **carrot** [ˈkærət]
n. 胡蘿蔔

13. **cashbook** [ˈkæʃˌbʊk]
n. 現金出納帳

14. **carry** [ˈkærɪ]
v. 背；扛；抱；抬；搬；載

295

專利語調矩陣 | 重音節母音

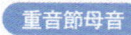

[æ] ㄚㅔ

1. **castle**
[ˋkæs!]
n. 城堡

ca·stle
ㄎㄚㅔ·ㄙ ㆵ

2. **casual**
[ˋkæʒʊəl]
adj. 非正式的；隨便的

ca·sual
ㄎㄚㅔ·ㄋ ㆵ

3. **cattle**
[ˋkæt!]
n. 牛；牲口；家畜

ca·ttle
ㄎㄚㅔ·ㄊㆵ ㆵ

4. **challenge**
[ˋtʃælɪndʒ]
v. 對…提出異議
n. 挑戰；艱鉅的事

cha·llenge
ㄑ ㄚㅔ·ㄌㆵㄋ ㄐㄩ

5. **channel**
[ˋtʃæn!]
n. 管道；頻道

cha·nnel
ㄑ ㄚㅔ·ㄋ ㆵ

6. **chapter**
[ˋtʃæptɚ]
n. （書籍的）章；回

chap·ter
ㄑ ㄚㅔ·ㄆ ㆵㄦ

7. **classic**
[ˋklæsɪk]
adj. 典型的；古典的
n. 古典著作

cla·ssic
ㄎㄌㄚㅔ·ㄙㆵㄎ

8. **classmate**
[ˋklæs͵met]
n. 同班同學

class·mate
ㄎㄌㄚㅔㄙ·ㄇㄧㆤ

9. **classroom**
[ˋklæs͵rʊm]
n. 教室

class·room
ㄎㄌㄚㅔㄙ·ㄖㄨ ㄇ

10. **Daddy**
[ˋdædɪ]
n. 父親

Da·ddy
ㄉㄚㅔ·ㄉ ㄧ

11. **dagger**
[ˋdægɚ]
n. 短劍，匕首；劍號
vt. 用短劍刺；用劍號標明

da·gger
ㄉㄚㅔ·ㄍ ㄦ

12. **damage**
[ˋdæmɪdʒ]
n. 損害
v. 損害

da·mage
ㄉㄚㅔ·ㄇㆵㄐㄩ

13. **dancer**
[ˋdænsɚ]
n. 舞蹈演員；舞蹈家

dan·cer
ㄉㄚㅔㄋ·ㄙㄦ

14. **dancing**
[ˋdænsɪŋ]
n. 跳舞

dan·cing
ㄉㄚㅔㄋ·ㄙㄥ

296

專利語調矩陣 | 重音節母音 [æ] ㄚㆤ

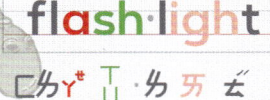

1. **dragon** dra·gon
   [ˈdrægən]
   n. 龍

2. **fabric** fa·bric
   [ˈfæbrɪk]
   n. 布料；織品

3. **factor** fac·tor
   [ˈfæktɚ]
   n. 因素；要素

4. **factory** fac·tory
   [ˈfæktərɪ]
   n. 工廠

5. **fancy** fan·cy
   [ˈfænsɪ]
   adj. 花俏的；特級的

6. **fashion** fa·shion
   [ˈfæʃən]
   v. 把…塑造成
   n. 流行式樣；時尚

7. **fasten** fa·sten
   [ˈfæsn]
   v. 紮牢；繫緊

8. **flashlight** flash·light
   [ˈflæʃlaɪt]
   n. 手電筒

9. **flatter** flat·ter
   [ˈflætɚ]
   v. 諂媚；奉承；過譽

10. **fraction** frac·tion
    [ˈfrækʃən]
    n. 小部分；片段；碎片；【數】分數

11. **fragile** fra·gile
    [ˈfrædʒəl]
    adj. 易碎的；脆弱的；虛弱的

12. **fragment** frag·ment
    [ˈfrægmənt]
    v. 使成碎片
    n. 碎片；斷片

13. **franchise** fran·chise
    [ˈfræn.tʃaɪz]
    v. 給予特權；或經銷權
    n. 選舉權；連鎖事業特許經銷權

14. **gamble** gam·ble
    [ˈgæmbl]
    v. 賭博；打賭
    n. 賭博；打賭

297

æ / ㄚㅔ

重音節母音: [æ] ㄚㅔ

1. **gather** [ˋgæðɚ] v. 集合
   ga·ther — ㄍㄚㅔ · z ㄦ

2. **glasses** [ˋglæsɪz] n. 眼鏡
   gla·sses — ㄍㄌㄚㅔ · ㄙㆮㄙ

3. **grandchild** [ˋgrænd͵tʃaɪld] n. 孫子；孫女；外孫；外孫女
   grand·child — ㄍㄍㄨㄚㅔㄋㄉ · ㄍ·ㄞㆦㄉ

4. **Grandma** [ˋgrændma] n. 祖母；外祖母
   Grand·ma — ㄍㄍㄨㄚㅔㄋㄉ · ㄇㄚ

5. **Grandpa** [ˋgrændpa] n. 祖父；外祖父
   Grand·pa — ㄍㄍㄨㄚㅔㄋㄉ · ㄆㄚ

6. **grandson** [ˋgrænd͵sʌn] n. 孫子；外孫
   grand·son — ㄍㄍㄚㅔㄋㄉ · ㄙㆧㄋ

7. **habit** [ˋhæbɪt] n. 習慣
   ha·bit — ㄏㄚㅔ · ㄅㆦㄉ

8. **hadn't** [ˋhædnt] abbr. had not
   ha·dn't — ㄏㄚㅔ · ㄉㆦㄋㄌ

9. **halfway** [ˋhæfˋwe] adv. 在中途；到一半
   half·way — ㄏㄚㅔㄈ · ㄨㆤ

10. **hammer** [ˋhæmɚ] n. 鎚 v. 鎚
    ha·mmer — ㄏㄚㅔ · ㄇ ㄦ

11. **handful** [ˋhændfəl] n. 少數；少量；難對付的人（常指小孩）
    hand·ful — ㄏㄚㅔㄋㄉ · ㄈㆦ

12. **handle** [ˋhænd!] n. 把手 v. 處理；搬弄
    han·dle — ㄏㄚㅔㄋ · ㄉㆦ

13. **handsome** [ˋhænsəm] adj. 英俊的
    hand·some — ㄏㄚㅔㄋ · ㄙㆦㄇ

14. **happen** [ˋhæpən] v. 發生
    ha·ppen — ㄏㄚㅔ · ㄅ ㆦㄋ

專利語調矩陣　重音節母音

[æ] ㄚᵉ

1. **happy** [ˈhæpɪ] adj. 快樂的
ha·ppy　ㄏㄚᵉ·ㄅ一

2. **hasn't** [ˈhæznt] abbr. has not
ha·sn't　ㄏㄚᵉ·ㄗㄜㄋㆵ

3. **haven't** [ˈhævnt] abbr. have not
ha·ven't　ㄏㄚᵉ·ㄈㄜㄋㆵ

4. **hazard** [ˈhæzɚd] n. 危險；危害物 v. 冒險作出
ha·zard　ㄏㄚᵉ·ㄗㄦㄉ

5. **jacket** [ˈdʒækɪt] n. 夾克；外套
ja·cket　ㆪㄚᵉ·ㄎㄜㆵ

6. **ladder** [ˈlædɚ] n. 梯子
la·dder　ㄌㄚᵉ·ㄉㄦ

7. **landing** [ˈlændɪŋ] n. 降落；登陸；（樓梯中途的）平臺
lan·ding　ㄌㄚᵉㄋ·ㄉㆴㄥ

8. **landlord** [ˈlændˌlɔrd] n. 房東；地主
land·lord　ㄌㄚᵉㄋㄉ·ㄌㄛㄦㄉ

9. **landmark** [ˈlændˌmɑrk] n. 地標；陸標；里程碑
land·mark　ㄌㄚᵉㄋㄉ·ㄇㄚᵉㄦㄎ

10. **landscape** [ˈlændˌskep] n. 風景；景色
land·scape　ㄌㄚᵉㄋㄉ·ㄙㄍㆷㆤㄆ

11. **landslide** [ˈlændˌslaɪd] n. 山崩；（選舉中的）壓倒性大勝利
land·slide　ㄌㄚᵉㄋㄉ·ㄙㄌㄞㄉ

12. **lantern** [ˈlæntɚn] n. 燈籠
lan·tern　ㄌㄚᵉ·ㄋ·ㄊㄜㄦㄋ

13. **Latin** [ˈlætɪn] n. 拉丁語 adj. 拉丁的
La·tin　ㄌㄚᵉ·ㄊㆵㄜㄋ

14. **latter** [ˈlætɚ] adj. 後者的；後半的
la·tter　ㄌㄚᵉ·ㄊㆵㄦ

專利語調矩陣 | 重音節母音

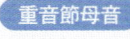

[æ] | ㄚㄝ

1. **laughter**
['læftɚ]
n. 笑；笑聲

laugh·ter
ㄌㄚㄝ ㄈˊ ·ㄉㄦ

2. **madam**
['mædəm]
n. 夫人；太太

ma·dam
ㄇㄚˇ ·ㄉㄜ ㄇ̃

3. **magic**
['mædʒɪk]
n. 魔術
adj. 不可思議的；有魔力的

ma·gic
ㄇㄚㄝˇ ·ㄐㄜ ㄍˋ

4. **manage**
['mænɪdʒ]
v. 管理；經營；處理

ma·nage
ㄇㄚˇ ·ㄋㄜ ㄐ

5. **mandate**
['mændet]
v. 把（領土）委託別國管轄
n. 命令；指令

man·date
ㄇㄚㄝˇㄋ ·ㄉㄚ_ˋㄜ

6. **mankind**
['mæn‚kaɪnd]
n. 人類

man·kind
ㄇㄚㄝˇㄋ ·ㄎㄞㄋˋㄉ

7. **manner**
['mænɚ]
n. 舉止；態度；禮貌；風俗

ma·nner
ㄇㄚˇ ·ㄋㄦ

8. **mansion**
['mænʃən]
n. 別墅；豪宅

man·sion
ㄇㄚˋㄋ ·ㄒㄜㄋ̃

9. **marriage**
['mærɪdʒ]
n. 結婚；婚姻；婚姻生活

ma·rriage
ㄇㄚㄝˇ ·ㄖㄜ ㄐ
     ㄨ

10. **massive**
['mæsɪv]
adj. 厚實的；粗大的；大量的

ma·ssive
ㄇㄚㄝˇ ·ㄙㄜ ㄈˊ

11. **master**
['mæstɚ]
n. 主人

mas·ter
ㄇㄚㄝˇㄙ ·ㄉㄦ

12. **matter**
['mætɚ]
v. 有關係；要緊
n. 事情

ma·tter
ㄇㄚˇ ·ㄜˋㄦ

13. **napkin**
['næpkɪn]
n. 餐巾

nap·kin
ㄋㄚˇㄆ ·ㄎㄜㄋ

14. **narrow**
['næro]
v. 變窄；收縮；減少
adj. 窄的

na·rrow
ㄋㄚㄝˇ ·ㄖㄛ
     ㄨ

300

專利語調矩陣　重音節母音
[æ]　ㄚ⁺

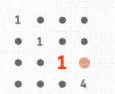

nasty
[ˋnæstɪ]
adj. 骯髒的；
齷齪的；卑鄙的；
難處理的

nas·ty
ㄋㄚ⁺ㄙ·ㄉㄧ

8. **panic**
[ˋpænɪk]
n. 恐慌；驚慌
adj. 恐慌的；極度的
v. 使恐慌

pa·nic
ㄆㄚ⁺·ㄋㄜㄎ

natural
[ˋnætʃərəl]
adj. 天然的

na·tural
ㄋㄚ⁺·ㄔ·ㄜ

9. **Paris**
[ˋpærɪs]
n. 巴黎（地名）

Pa·ris
ㄆㄚ⁺·ㄖㄨㄜㄙ

package
[ˋpækɪdʒ]
n. 包裹；套組

pa·ckage
ㄆㄚ⁺·ㄎㄜㄐㄩ

10. **parish**
[ˋpærɪʃ]
n. 教區

pa·rish
ㄆㄚ⁺·ㄖㄨㄜㄒㄩ

palace
[ˋpælɪs]
n. 皇宮；宮殿
雙母語學「殿」

pa·lace
ㄆㄚ⁺·ㄌㄜㄙ

11. **parrot**
[ˋpærət]
n. 鸚鵡

pa·rrot
ㄆㄚ⁺·ㄖㄨㄜㄜ

pancake
[ˋpænˌkek]
n. 薄煎餅；鬆餅

pan·cake
ㄆㄚ⁺ㄋ·ㄎㄝㄎ

12. **passage**
[ˋpæsɪdʒ]
n. 通行；
走廊；過道

pa·ssage
ㄆㄚ⁺·ㄙㄜㄐ

panda
[ˋpændə]
n. 貓熊

pan·da
ㄆㄚ⁺ㄋ·ㄉᵖㄜ

13. **passing**
[ˋpæsɪŋ]
n. 經過；越過；
通行；及格；流逝
adj. 經過的；及格的

pa·ssing
ㄆㄚ⁺·ㄙㄧ

panel
[ˋpæn!]
n. 鑲板；壁板；
專門小組

pa·nel
ㄆㄚ⁺·ㄋㄜ

14. **passion**
[ˋpæʃən]
n. 熱情；激情；
酷愛

pa·ssion
ㄆㄚ⁺·ㄒㄜㄋ

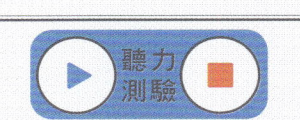

1. **pastor**
   [`pæstɚ]
   n.（基督教的）
   本堂牧師

2. **pattern**
   [`pætɚn]
   n. 圖案；模式

3. **patent**
   [`pætnt]
   n. 專利；專利權
   v. 取得…的專利權
   adj. 專利的

4. **planet**
   [`plænɪt]
   n. 行星

5. **planner**
   [`plænɚ]
   n. 計劃者；
   設計者；策劃者

6. **planning**
   [`plænɪŋ]
   n. 策劃；規劃

7. **plastic**
   [`plæstɪk]
   n. 塑膠；塑膠製品
   adj. 可塑的；
   塑性的；整形的

8. **platform**
   [`plæt͵fɔrm]
   n. 月台；平台

9. **practice**
   [`præktɪs]
   n. 實施；練習
   v. 實行；訓練

10. **rabbit**
    [`ræbɪt]
    n. 兔子

11. **rally**
    [`rælɪ]
    n. 大集會；重整旗鼓
    v. 召集；團結；
    重新振作

12. **random**
    [`rændəm]
    n. 任意行動；
    隨機過程
    adj. 隨機的；胡亂的

13. **rapid**
    [`ræpɪd]
    adj. 迅速的

14. **rather**
    [`ræðɚ]
    adv. 寧可；頗為

302

專利語調矩陣　重音節母音

[æ] ㄚㄝ

salad
[`sæləd]
n. 沙拉

sa·lad
ㄙㄚㄝ·ㄌㄜㄉ

8. **scramble**
[`skræmb!]
n. 爬行；攀登；爭奪
v. 攀爬；雜亂蔓延；爭奪；弄亂；炒蛋

scram·ble
ㄙㄍㄨㄚㄝ·ㄇ·ㄅㄛ

salmon
[`sæmən]
n. 鮭魚
adj. 鮭肉色

sal·mon
ㄙㄚㄝ·ㄇ·ㄜㄋ

9. **scrapbook**
[`skræp͵bʊk]
n. 剪貼簿

scrap·book
ㄙㄍㄨㄚㄝ·ㄆ·ㄅ·ㄛㄨ

sample
[`sæmp!]
n. 樣品
v. 取...的樣品；抽樣檢查

sam·ple
ㄙㄚㄝ·ㄇ·ㄆㄛ

10. **shadow**
[`ʃædo]
v. 使變暗；使陰鬱
adj. 非官方的；非正式的
n. 蔭；陰暗處；影子

sha·dow
ㄒㄧㄚㄝ·ㄉ·ㄨ

sandwich
[`sændwɪtʃ]
n. 三明治

sand·wich
ㄙㄚㄝ·ㄋㄉ·ㄨㄛ·ㄑ

11. **shallow**
[`ʃælo]
adj. 淺的；膚淺的

shal·low
ㄒㄧㄚㄝ·ㄌ·ㄨ

12. **Spanish**
[`spænɪʃ]
n. 西班牙語
adj. 西班牙的；西班牙人的；西班牙語的

Spa·nish
ㄙㄅㄚㄝ·ㄋㄜ·ㄒㄧ

scandal
[`skænd!]
n. 醜聞；醜事

scan·dal
ㄙㄍㄨㄚㄝ·ㄋ·ㄉㄆ·ㄛ

13. **standard**
[`stændɚd]
adj. 標準的
n. 標準

stan·dard
ㄙㄉㄚㄝ·ㄋ·ㄉㄆ·ㄦ·ㄉ

scatter
[`skætɚ]
n. 消散；分散
v. 使分散；使潰散

sca·tter
ㄙㄍㄨㄚㄝ·ㄜㄉ·ㄦ

14. **standing**
[`stændɪŋ]
adj. 站立的；直立的；不動的
n. 地位

stan·ding
ㄙㄉㄚㄝ·ㄋ·ㄉㄆ·ㄥ

專利語調矩陣 | 重音節母音

[æ] ㄚㄝ

1. **statue** sta·tue
   [ˈstætʃʊ]
   n. 雕像；塑像
   ㄙㄉㄚㄝ·ㄍㄨ×

2. **statute** sta·tute
   [ˈstætʃʊt]
   n. 成文法；法令；法規
   ㄙㄉㄚㄝ·ㄍㄨㄜ

3. **status** sta·tus
   [ˈstætəs]
   n. 狀況；狀態；身份；地位
   ㄙㄉㄚㄝ·ㄜㄜㄙ

4. **tackle** ta·ckle
   [ˈtæk!]
   n.(足球)鏟球
   v. 著手對付或處理；(美式足球)擒抱摔倒
   ㄊㄚㄝ·ㄎㄜ

5. **tactic** tac·tic
   [ˈtæktɪk]
   n. 戰術；策略；手法
   ㄊㄚㄝㄎ·ㄜㄉㄎ

6. **talent** ta·lent
   [ˈtælənt]
   n. 天才；才藝；天賦；才華
   ㄊㄚㄝ·ㄌㄜㄋㄊ

7. **taxi** tax·i
   [ˈtæksɪ]
   n. 計程車
   ㄊㄚㄝㄎ·ㄙㄧ

8. **traffic** tra·ffic
   [ˈtræfɪk]
   n. 交通
   ㄔㄨㄚㄝ·ㄈㄜㄎ

9. **tragic** tra·gic
   [ˈtrædʒɪk]
   adj. 悲慘的；不幸的
   ㄔㄨㄚㄝ·ㄐㄜㄎ

10. **transfer** trans·fer
    [ˈtræns.fɝ]
    n. 移交；轉讓
    v. 轉換；調動
    ㄔㄨㄚㄝㄋ˜ㄙ·ㄈㄦ

11. **transit** tran·sit
    [ˈtrænsɪt]
    n. 運輸；中轉；轉變
    v. 通過；運送過
    ㄔㄨㄚㄝ ㄋ˜·ㄙㄜㄉ

12. **translate** trans·late
    [trænsˈlet]
    v. 翻譯
    ㄔㄨㄚㄝㄋ˜ㄙ·ㄌ_ㄜ

13. **transport** trans·port
    [ˈtræns.pɔrt]
    n. 交通工具
    v. 運送；運輸
    ㄔㄨㄚㄝㄋ˜ㄙ·ㄅㄛㄦㄉ

14. **travel** tra·vel
    [ˈtræv!]
    n. 旅行
    v. 旅行
    ㄔㄨㄚㄝ·ㄈㄜ

專利語調矩陣 / 重音節母音

[æ] / ㄚㄝ

vacuum
va·cuum
[ˋvækjʊəm]
n. 吸塵器；真空；空白
v. 吸塵

ㄈˋㄚㄝ · ㄎㄨ ㄇ̃

valid
va·lid
[ˋvælɪd]
adj. 有效的；有根據的

ㄈˋㄚㄝ · ㄌㄜ ㄉ

valley
va·lley
[ˋvælɪ]
n. 山谷

ㄈˋㄚㄝ · ㄌ ㄧ

value
va·lue
[ˋvælju]
n. 價值
v. 估價；評價；尊重；重視

ㄈˋㄚㄝ · ㄌ ㄨ

vanish
va·nish
[ˋvænɪʃ]
v. 使不見；使消失

ㄈˋㄚㄝ · ㄋㄜ ㄒㄩ

wagon
wa·gon
[ˋwægən]
n. 運貨馬車

ㄨㄚㄝ · ㄍ ㄜ ㄋ

wrapping
wra·pping
[ˋræpɪŋ]
n. 包裝紙；包裝材料

ㄖ̊ㄨ ㄚㄝ ㄆ ㄥ

專利語調矩陣 | 重音節母音

[æ] ㄚㆤ

1. **abstract** ab·stract
   ['æb.strækt]
   adj. 抽象的
   n. 摘要
   ㄜㄅ·ㄙㄓㄨㄚㄎㄊ

2. **adapt** a·dapt
   [ə`dæpt]
   v. 使適應；使適合；改編；改造
   ㄜ·ㄉㄚㄆㄊ

3. **advance** ad·vance
   [əd`væns]
   n. 前進；發展；預付
   v. 推進；提升貸（款）
   ㄜㄉ·ㄈㄧㄚㄋ˜ㄙ

4. **advanced** ad·vanced
   [əd`vænst]
   adj. 先進的；高等的
   ㄜㄉ·ㄈㄧㄚㄋ˜ㄙㄜ

5. **attach** a·ttach
   [ə`tætʃ]
   v. 裝上；貼上；附上；使附屬
   ㄜ·ㄊㄚ ㄑㄩ

6. **attack** a·ttack
   [ə`tæk]
   n. 攻擊
   v. 進攻；襲擊
   ㄜ·ㄊㄚㄎ

7. **attract** a·ttract
   [ə`trækt]
   v. 吸引
   ㄜ· ㄔㄨ ㄚㄎㄊ

8. **behalf** be·half
   [bɪ`hæf]
   n. 代表
   ㄅㄧ·ㄏㄚㄈ

9. **collapse** co·llapse
   [kə`læps]
   n. 倒塌
   v. 倒塌
   ㄎㄜ·ㄌㄚㄆㄙ

10. **command** co·mmand
    [kə`mænd]
    n. 命令
    v. 命令；掌握；指揮；控制
    ㄎㄜ· ㄇ ㄚㄋ˜ㄉ

11. **demand** de·mand
    [dɪ`mænd]
    n. 要求；請求
    v. 要求；請求
    ㄉㄜ· ㄇㄚㄋ˜ㄉ

12. **distract** dis·tract
    [dɪ`strækt]
    v. 轉移（目標）；使分心
    ㄉㄧㄙ·ㄓㄨㄚㄎㄊ

13. **enact** e·nact
    [ɪn`ækt]
    v. 制定（法律）；扮演（角色）；實行；（尤指）制定（法律）
    ㄜ·ㄋㄚㄎㄊ

14. **enhance** en·hance
    [ɪn`hæns]
    v. 提高；增加
    ㄜㄋ˜·ㄏㄚㄋ˜ㄙ

306

專利語調矩陣　重音節母音

[æ] ㄚㇷ

1. exact
[ɪgˋzækt]
adj. 確切的；精確的

ex·act
ㄜ ㄍ·ㄗㄚㇷ ㄎ ㄜ

2. exam
[ɪgˋzæm]
n. 考試

ex·am
ㄜ ㄍ·ㄗㄚㇷ ㄇ̃

3. expand
[ɪkˋspænd]
v. 展開；張開

ex·pand
ㄜㄎㄙ·ㄅㄚㇷ ㄋ ㄉ

4. intact
[ɪnˋtækt]
adj. 完整無缺的；原封不動的

in·tact
ㄜ ㄋ·ㄊ ㄚㇷ ㄎ ㄜ

5. Japan
[dʒəˋpæn]
n. 日本

Ja·pan
ㄐ ㄜ·ㄆㄚㇷ ㄋ

6. perhaps
[pɚˋhæps]
adv. 或許；可能

per·haps
ㄆ ㄦ·ㄏㄚㇷ ㄉㄙ

7. react
[rɪˋækt]
v. 作出反應

re·act
ㄖㄨ一·ㄚㇷ ㄎ ㄜ

8. relax
[rɪˋlæks]
v. 放鬆；使鬆弛；使鬆懈

re·lax
ㄖㄨ ㄜ·ㄌㄚㇷ ㄎㄙ

專利語調矩陣　　重音節母音

[au] ㄠ

1. **brownie** [ˈbraʊnɪ]
n. 布朗尼；果仁巧克力；小方塊蛋糕；

2. **cloudy** [ˈklaʊdɪ]
adj. 多雲的；陰天的

3. **council** [ˈkaʊnsl̩]
n. 會議

4. **counsel** [ˈkaʊnsl̩]
n. 商議；忠告；法律顧問；建議；勸告；諮詢
v. 忠告；提議

5. **counter** [ˈkaʊntɚ]
n. 櫃臺
v. 反對；反擊

6. **county** [ˈkaʊntɪ]
n. 縣；郡

7. **cowboy** [ˈkaʊbɔɪ]
n. 牛仔

8. **crowded** [ˈkraʊdɪd]
adj. 擁擠的

9. **download** [ˈdaʊnˌlod]
v. 下載

10. **downtown** [ˈdaʊnˌtaʊn]
n. 市中心；城區
adj. 城市商業區的
adv. 往城市商業區

11. **flour** [flaʊr]
n. 麵粉

12. **flower** [ˈflaʊɚ]
n. 花

13. **founder** [ˈfaʊndɚ]
n. 創立者；奠基者

14. **fountain** [ˈfaʊntɪn]
n. 泉水；噴泉；水源

308

專利語調矩陣　重音節母音

[au] ㄠㄝ

household
house·hold
[ˋhaʊs͵hold]
n. 一家人；家眷；家庭；戶
adj. 家庭的

ㄏㄠㄝㄙ·ㄏㄛㄉ

housewife
house·wife
[ˋhaʊs͵waɪf]
n. 家庭主婦

ㄏㄠㄝㄙ·ㄨㄞㄈˋ

housework
house·work
[ˋhaʊs͵wɝk]
n. 家務

ㄏㄠㄝㄙ·ㄨㄦㄎ

housing
hou·sing
[ˋhaʊzɪŋ]
n. 房屋；住宅

ㄏㄠㄝ·ㄗㄥ

5. mountain
moun·tain
[ˋmaʊntn]
n. 山；山脈
adj. 山的；巨大的

ㄇㄠㄝㄋ·ㄜㄋ

6. our
ou·r
[aʊr]
pron. 我們的（所有格）

ㄠㄝ·ㄦ

7. ours
ou·rs
[aʊrz]
pron.（所有格）我們的（東西）

ㄠㄝ·ㄦㄗ

8. hour
hou·r
[aʊr]
n. 小時

ㄠㄝ·ㄦ

9. outcome
out·come
[ˋaʊt͵kʌm]
n. 結果；結局

ㄠㄝㄠ·ㄎㄜㄇ̃

10. outdoor
out·door
[ˋaʊt͵dor]
adj. 戶外的；露天的；野外的

ㄠㄝㄠ·ㄉㄛㄦ

11. outer
ou·ter
[ˋaʊtɚ]
adj. 外面的；外表的

ㄠㄝ·ㄠㄦ

12. outfit
out·fit
[ˋaʊt͵fɪt]
v. 裝備；配備；供給
n. 裝扮；全套（工具、衣物等）

ㄠㄝㄠ·ㄈㄜㄠ

13. outlet
out·let
[ˋaʊt͵lɛt]
n. 暢貨中心；品牌折扣店；商店；

ㄠㄝㄠ·ㄌㄝㄠ

14. outline
out·line
[ˋaʊt͵laɪn]
n. 外形；輪廓
v. 概述；略述

ㄠㄝㄠ·ㄌㄞㄋ̃

309

au ㄠ

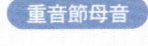

專利語調矩陣 | 重音節母音 [au] ㄠ

1. **output**
[ˋaʊtˌpʊt]
n. 出產；生產；產量

out·put
ㄠ ㄠ·ㄆㄛˇ ㄠ

2. **outright**
[ˋaʊtˌraɪt]
adj. 全部的；直率的；公開的
adv. 全部地；無保留地；公然

out·right
ㄠ ㄠ·ㄖ̌ㄨ ㄞˇ ㄠ

3. **powder**
[ˋpaʊdɚ]
n. 粉；
v. 變成粉末；擦粉

pow·der
ㄆ ㄠ·ㄉㄦ

4. **power**
[ˋpaʊɚ]
n. 權力；動力

pow·er
ㄆ ㄠ·ㄦ

5. **sour**
[ˋsaʊr]
n. 酸味
adj. 酸的
v. 使發酵

sou·r
ㄙ ㄠ·ㄦ

6. **shower**
[ˋʃaʊɚ]
n. 淋浴；陣雨
v. 傾注；洗淋浴

show·er
ㄒ ㄠ·ㄦ

7. **thousand**
[ˋθaʊznd]
n. 千
adj. 千的

thou·sand
ㄙ ㄠ·ㄗ ㄊㄢˇ ㄉ

8. **towel**
[ˋtaʊəl]
n. 毛巾

tow·el
ㄊ ㄠ·ㄛ

9. **tower**
[ˋtaʊɚ]
n. 塔

tow·er
ㄊ ㄠ·ㄦ

10. **trousers**
[ˋtraʊzɚz]
n. 長褲

trou·sers
ㄔㄨˇ ㄠ·ㄗ ㄦ ㄗ

[au] ㄠ

1. **abound** a·bound
   [ə`baʊnd]
   v. 大量存在；
   富足；充滿

2. **about** a·bout
   [ə`baʊt]
   adv. 在四周；
   在附近；大約
   prep. 大約；關於

3. **account** a·ccount
   [ə`kaʊnt]
   n. 帳號；帳戶；
   帳目；描述
   v. 把...視為；
   說明

4. **allow** a·llow
   [ə`laʊ]
   v. 允許

5. **aloud** a·loud
   [ə`laʊd]
   adv. 大聲地

6. **amount** a·mount
   [ə`maʊnt]
   n. 總數

7. **announce** a·nnounce
   [ə`naʊns]
   v. 宣佈

8. **around** a·round
   [ə`raʊnd]
   adv. 到處；
   四處；周圍
   prep. 差不多；環繞

9. **profound** pro·found
   [prə`faʊnd]
   adj. 深刻的；
   深度的

10. **pronounce** pro·nounce
    [prə`naʊns]
    v. 發音

11. **surround** su·rround
    [sə`raʊnd]
    n. 圍繞物
    v. 圍；圍繞

12. **throughout** through·out
    [θru`aʊt]
    prep. 在各處；
    自始至終；遍及

13. **without** wi·thout
    [wɪ`ðaʊt]
    prep. 沒有

311

I / ㄜ

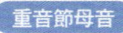

1. **Billie**
   [ˋbɪlɪ]
   n. 人名：比利

2. **billion**
   [ˋbɪljən]
   n. 十億
   adj. 十億的

3. **biscuit**
   [ˋbɪskɪt]
   n. 比司吉；
   (美國) 小麵包；
   餅乾；糕餅

4. **bishop**
   [ˋbɪʃəp]
   n. 主教

5. **bitter**
   [ˋbɪtɚ]
   adj. 苦的；
   嚴酷的

6. **brilliant**
   [ˋbrɪljənt]
   adj. 明亮的；
   才華橫溢的；傑出的

7. **Britain**
   [ˋbrɪtən]
   n. 大不列顛；英國

8. **British**
   [ˋbrɪtɪʃ]
   adj. 英國人的；
   英國的
   n. 英國英語

9. **builder**
   [ˋbɪldɚ]
   n. 建築工人

10. **building**
    [ˋbɪldɪŋ]
    n. 建築物

11. **business**
    [ˋbɪznɪs]
    n. 生意；商業；事

12. **busy**
    [ˋbɪzɪ]
    adj. 忙碌的

13. **chicken**
    [ˋtʃɪkɪn]
    n. 雞；雞肉

14. **children**
    [ˋtʃɪldrən]
    n. 孩子

312

1. **Christian** [ˈkrɪstʃən] n. 基督教徒 adj. 基督教的

2. **Christmas** [ˈkrɪsməs] n. 耶誕節

3. **city** [ˈsɪtɪ] n. 都市

4. **civic** [ˈsɪvɪk] adj. 城市的；市民的

5. **civil** [ˈsɪvl̩] adj. 市民的；國民的

6. **clinic** [ˈklɪnɪk] n. 診所；門診所

7. **critic** [ˈkrɪtɪk] n. 批評家；評論家

8. **crystal** [ˈkrɪstl̩] adj. 水晶的 n. 水晶

9. **dictate** [ˈdɪktet] v. 獨裁；口授；口述

10. **differ** [ˈdɪfɚ] v. 不同；相異

11. **dinner** [ˈdɪnɚ] n. 晚餐

12. **discount** [ˈdɪskaʊnt] n. 折扣 v. 將…打折扣

13. **discourse** [ˈdɪskors] n. 演講；講道；對話

14. **Disney** [ˈdɪznɪ] n. 迪士尼；狄斯耐（美國卡通影片監製人）

1. **distance** [ˋdɪstəns] n. 距離

2. **distant** [ˋdɪstənt] adj. 遠離的

3. **district** [ˋdɪstrɪkt] n. 地區；區域；地帶

4. **dismal** [ˋdɪzm!] adj. 憂鬱的；沉悶的；淒涼的；n. 令人憂鬱的事；沮喪，抑鬱

5. **dizzy** [ˋdɪzɪ] adj. 暈眩的

6. **fiction** [ˋfɪkʃən] n. 小說

7. **fifteen** [ˋfɪfˋtin] n. 十五 adj. 十五的

8. **fifty** [ˋfɪftɪ] adj. 五十的 n. 五十

9. **figure** [ˋfɪgjɚ] v. 估計；描繪 n. 人影；輪廓；外形；數字；圖表；（溜冰等）花式

10. **filter** [ˋfɪltɚ] n. 濾器 v. 過濾；滲透

11. **finish** [ˋfɪnɪʃ] n. 結束；（傢具等）末道漆 v. 完成

12. **Finland** [ˋfɪnlənd] n. 芬蘭

13. **fiscal** [ˋfɪsk!] adj. 財政的；會計的

14. **fishing** [ˋfɪʃɪŋ] n. 釣魚；捕魚；漁場；試探

1. fitness
[ˋfɪtnɪs]
n. 健康；適當；適合
fit·ness
ㄈㄜㄊ·ㄋㄜㄙ

2. frisbee
[ˋfrɪzbi]
n.（投擲遊戲用的）飛碟；飛盤
fris·bee
ㄈㄖㄨㄜㄗ·ㄅㄧ

3. gifted
[ˋgɪftɪd]
adj. 有天資的；有天賦的
gif·ted
ㄍㄜㄈㄊㄜㄉ

4. ginger
[ˋdʒɪndʒɚ]
n. 生薑；薑
gin·ger
ㄐㄜㄋ·ㄐㄦ

5. given
[ˋgɪvən]
adj. 規定的；假設的
prep. 如果有；假如；考慮到
gi·ven
ㄍㄜ·ㄈㄛㄋ

6. guilty
[ˋgɪltɪ]
adj. 有罪的
guil·ty
ㄍㄜㄛ·ㄊㄧ

7. hidden
[ˋhɪdn]
adj. 隱藏的；隱祕的
hi·dden
ㄏㄜ·ㄉㄜㄋ

8. hippo
[ˋhɪpo]
n. 河馬
hi·ppo
ㄏㄜ·ㄆㄨ

9. history
[ˋhɪstərɪ]
n. 歷史
his·tory
ㄏㄜㄙ·ㄓㄨ ㄧ

10. illness
[ˋɪlnɪs]
n. 身體不適
ill·ness
ㄜㄛ·ㄋㄜㄙ

11. image
[ˋɪmɪdʒ]
n. 肖像影像
i·mage
ㄜ·ㄇㄜㄐㄩ

12. impact
[ɪmpækt]
n. 衝擊；撞擊；影響
v. 壓緊；擠滿
im·pact
ㄜㄇ·ㄆㄚㄎㄊ

13. import
[ˋɪmport]
n. 進口商品
v. 輸入
im·port
ㄜㄇ·ㄆㄛㄦㄊ

14. impulse
[ˋɪmpʌls]
n. 衝動；推動力
adj. 衝動的
im·pulse
ㄜㄇ·ㄆㄛㄙ

聽力測驗

1. **income**
['ɪn,kʌm]
n. 收入

2. **increase**
[`ɪnkris]
n. 增加；增強；
增大；增加

3. **increased**
[`ɪnkrist]
adj. 增加的；增強的
（increase 的
動詞過去式，過去分詞）

4. **index**
[`ɪndɛks]
n. 索引；標誌；
指示符號
v. 編索引

5. **infant**
[`ɪnfənt]
n. 嬰兒

6. **injure**
[`ɪndʒɚ]
v. 傷害；損害；
毀壞

7. **inmate**
[`ɪnmet]
n. 囚犯；
（精神病院中的）
病人

8. **inner**
[`ɪnɚ]
adj. 內部的

9. **input**
[`ɪn,pʊt]
n. 輸入
v. 將（資料等）
輸入電腦

10. **insect**
[`ɪnsɛkt]
n. 昆蟲

11. **inside**
[ɪn`saɪd]
n. 內部；裡面；內幕
adv. 在裡面；
往裡面
prep. 在…裡面

12. **insight**
[`ɪn,saɪt]
n. 洞察力；洞悉

13. **instance**
[`ɪnstəns]
n. 例子

14. **instant**
[`ɪnstənt]
adj. 馬上的；
立刻的

316

專利語調矩陣　　重音節母音

[ɪ]　ㄜ

1. **instinct**
[ɪnˋstɪŋkt]
n. 本能；天性；直覺

2. **interest**
[ˋɪntərɪst]
n. 興趣；關注
v. 使發生興趣；引起……的關心

3. **into**
[ˋɪntu]
prep. 進入

4. **Islam**
[ˋɪsləm]
n. 伊斯蘭教；伊斯蘭教國家；（總稱）伊斯蘭教徒

5. **isn't**
[ˋɪznt]
abbr. is not

6. **issue**
[ˋɪʃjʊ]
v. 發行；發佈
n. 問題；爭論；發行（物）

7. **kidding**
[ˋkɪdɪŋ]
n. kid 的動詞
現在分詞、動名詞
玩笑；戲弄

8. **kidnap**
[ˋkɪdnæp]
v. 綁架；劫持

9. **killer**
[ˋkɪlɚ]
n. 兇手；致命之物

10. **killing**
[ˋkɪlɪŋ]
n. 謀殺；獵獲物
adj. 致命的；難以忍受的

11. **kitchen**
[ˋkɪtʃɪn]
n. 廚房

12. **kitten**
[ˋkɪtn]
n. 小貓

13. **kitty**
[ˋkɪtɪ]
n. 小貓

14. **limit**
[ˋlɪmɪt]
n. 限制；限度
v. 限定

317

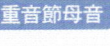

1. **lipstick**
   [ˋlɪp͵stɪk]
   n. 口紅

2. **liquid**
   [ˋlɪkwɪd]
   n. 液體
   adj. 液態的

3. **listen**
   [ˋlɪsn]
   v. 傾聽

4. **little**
   [ˋlɪt!]
   n. 沒有多少；
   短時間；短距離
   adj. 很少的；小的
   adv. 一點點

5. **liver**
   [ˋlɪvɚ]
   n. 肝臟

6. **living**
   [ˋlɪvɪŋ]
   n. 生計；活；
   生活方式
   adj. 活的；
   現存的；逼真的

7. **middle**
   [ˋmɪd!]
   n. 中央
   adj. 中間的

8. **midnight**
   [ˋmɪd͵naɪt]
   n. 午夜
   adj. 半夜的；
   漆黑的

9. **million**
   [ˋmɪljən]
   n. 百萬

10. **minute**
    [ˋmɪnɪt]
    n. 分鐘；會議記錄

11. **mirror**
    [ˋmɪrɚ]
    n. 鏡子

12. **missile**
    [ˋmɪs!]
    n. 飛彈；導彈

13. **missing**
    [ˋmɪsɪŋ]
    adj. 丟失的；
    失蹤的；找不到的

14. **mission**
    [ˋmɪʃən]
    n. 使節團；
    使命；任務

1. **mistress** [ˋmɪstrɪs] n. 女主人，主婦；情婦

2. **mixture** [ˋmɪkstʃɚ] n. 混合；混和

3. **Mr.** [ˋmɪstɚ] abbr. 先生

4. **Mrs.** [ˋmɪsɪz] abbr. 女士；太太（mistress 之簡稱）

5. **mitten** [ˋmɪtn] n. 連指手套；（女性用）露指長手套

6. **mystery** [ˋmɪstərɪ] n. 神祕；祕密

7. **nickname** [ˋnɪk͵nem] n. 綽號；暱稱 vt. 給……起綽號

8. **nimble** [ˋnɪmb!] adj. 靈活的；靈巧的；敏捷的；聰明的；機智的；敏銳的

9. **physics** [ˏfɪzɪks] n. 物理

10. **pickled** [ˋpɪk!d] adj. 醃製的；醃漬的

11. **pickup** [ˋpɪk͵ʌp] v. 拿起；收拾；接人

12. **picnic** [ˋpɪknɪk] n. 野餐 v. 去野餐；參加野餐；在戶外用餐

13. **picture** [ˋpɪktʃɚ] n. 圖畫；照片 v. 畫；拍攝；描述

14. **pigeon** [ˋpɪdʒɪn] n. 鴿子

319

1. **piggy**
   [ˈpɪgɪ]
   n. 小豬

2. **pillow**
   [ˈpɪlo]
   n. 枕頭

3. **pistol**
   [ˈpɪstl̩]
   n. 手槍

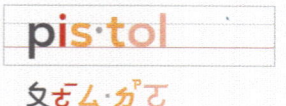

4. **pitcher**
   [ˈpɪtʃɚ]
   n. 投手；大水罐；
   一壺的量

5. **pretty**
   [ˈprɪtɪ]
   adj. 漂亮的
   adv. 非常地；
   十分地

6. **princess**
   [ˈprɪnsɪs]
   n. 公主

7. **printer**
   [ˈprɪntɚ]
   n. 印表機；
   印刷業者

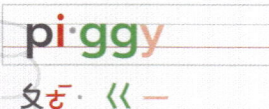

8. **prison**
   [ˈprɪzn̩]
   n. 監獄

9. **quickly**
   [ˈkwɪklɪ]
   adv. 迅速地

10. **realize**
    [ˈrɪəˌlaɪz]
    v. 認知；實現

11. **rhythm**
    [ˈrɪð.əm]
    n. 韻；韻腳；
    節奏；韻律；節律

12. **ribbon**
    [ˈrɪbən]
    n. 緞帶；絲帶

13. **riddle**
    [ˈrɪdl̩]
    n. 謎；謎語
    v. 解…的謎；
    出謎；打謎

14. **risky**
    [ˈrɪskɪ]
    adj. 危險的；
    冒險的

320

專利語調矩陣 | 重音節母音 [ɪ] ㄜ

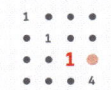

1. **ritual** [ˋrɪtʃʊəl]
n. 儀式；典禮；老規矩
adj.(宗教)儀式的；典禮的

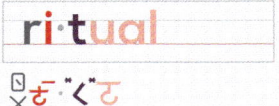

2. **river** [ˋrɪvɚ]
n. 河流

3. **scissors** [ˋsɪzɚz]
n. 剪刀

4. **sibling** [ˋsɪblɪŋ]
n. 兄弟姊妹；（人類學用）（血統）民族成員

5. **signal** [ˋsɪgn!]
n. 信號；交通燈誌
adj. 作為信號的；顯著的；非凡的
v. 發信號；打信號

6. **silly** [ˋsɪlɪ]
adj. 傻的；無聊的

7. **silver** [ˋsɪlvɚ]
n. 銀
adj. 銀的；銀白的

8. **simple** [ˋsɪmp!]
adj. 簡單的

9. **simply** [ˋsɪmplɪ]
adv. 簡單地；簡易地；簡明地；只不過

10. **sister** [ˋsɪstɚ]
n. 姊妹

11. **sixteen** [ˋsɪksˋtin]
adj. 十六的
n. 十六

12. **sixty** [ˋsɪkstɪ]
adj. 六十的
n. 六十

13. **skillful** [ˋskɪlfəl]
adj. 有技術的；熟練的

14. **skinny** [ˋskɪnɪ]
adj. 很瘦的

321

I ㄜ

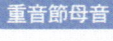

專利語調矩陣 | 重音節母音

[I] ㄜ

1. **slippers** [ˈslɪpɚz] n. 拖鞋

2. **spirit** [ˈspɪrɪt] n. 精神；靈魂；鬼魂；烈酒

3. **stingy** [ˈstɪndʒɪ] adj. 小氣的

4. **strictly** [ˈstrɪktlɪ] adv. 嚴厲地；嚴格地；嚴密地；完全地；僅僅

5. **swimming** [ˈswɪmɪŋ] n. 游泳；游泳運動；眩暈

6. **swimsuit** [ˈswɪmsut] n. 泳衣

7. **symbol** [ˈsɪmb!] n. 符號；象徵

8. **symptom** [ˈsɪmptəm] n. 症狀；徵候（病人主觀的）症狀；徵兆

9. **syndrome** [ˈsɪnˌdrom] n. 綜合症狀；症候群

10. **system** [ˈsɪstəm] n. 系統

11. **ticket** [ˈtɪkɪt] n. 票；罰單

12. **tickling** [ˈtɪk!ɪŋ] v. 癢；使發癢（tickle 的動詞現在分詞、動名詞）

13. **timber** [ˈtɪmbɚ] n. 木材；樹林

14. **tissue** [ˈtɪʃʊ] n. 紙巾；面紙；（動植物的）組織

I / ㄜ

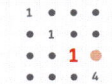

1. **tricky** [`trɪkɪ] adj. 狡猾的；機警的
2. **trigger** [`trɪgɚ] v. 扣扳機開（槍）；發射；觸發 n.（槍砲的）扳機；觸發器
3. **victim** [`vɪktɪm] n. 受害者
4. **victory** [`vɪktrɪ] n. 勝利；戰勝；成功
5. **village** [`vɪlɪdʒ] n. 村落
6. **vision** [`vɪʒən] n. 視力；視覺；洞察力；願景
7. **visit** [`vɪzɪt] n. 訪問 v. 訪問
8. **visual** [`vɪʒuəl] adj. 視力的；光學的
9. **whisper** [`hwɪspɚ] n. 傳聞；流言 v. 低語；耳語；呢喃
10. **whistle** [`hwɪs!] n. 口哨；警笛 v. 吹口哨；鳴笛
11. **widow** [`wɪdo] n. 寡婦 v. 使成寡婦
12. **willing** [`wɪlɪŋ] adj. 願意的；樂意的
13. **window** [`wɪndo] n. 窗戶
14. **windy** [`wɪndɪ] adj. 多風的

323

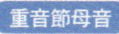

1. **winner**
   [ˋwɪnɚ]
   n. 贏家

2. **winter**
   [ˋwɪntɚ]
   n. 冬天

3. **wisdom**
   [ˋwɪzdəm]
   n. 智慧；才智；
   名言

4. **Winston**
   [ˋwɪnstən]
   n. 人名：溫斯頓

5. **witness**
   [ˋwɪtnɪs]
   n. 目擊者；
   證詞；證據
   v. 目擊；為...作證

6. **women**
   [ˋwɪmɪn]
   woman 女人的
   名詞複數

7. **written**
   [ˋrɪtn]
   adj. 書面的
   (write 的過去分詞)

8. **zipper**
   [ˋzɪpɚ]
   n. 拉鍊
   v. 拉上拉鍊

脖子動一動，
休息一下吧！

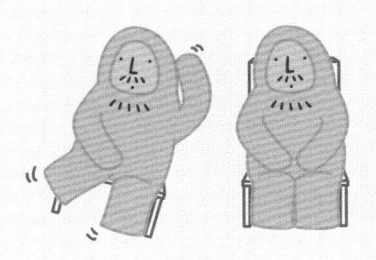

ɪ / ㄜ

專利語調矩陣 重音節母音
[ɪ] ㄜ

1. **admit** [əd`mɪt]
   v. 承認；准許進入；可容納
   ad·mit
   ㄜ ㄉ · ㄇ ㄜ ㄊ

2. **afflict** [ə`flɪkt]
   v. 使痛苦；使苦惱；折磨
   a·fflict
   ㄜ · ㄈ ㄌ ㄜ ㄎ ㄊ

3. **amid** [ə`mɪd]
   prep. 在 … 之間；在 … 之中，中間；在…當中；為…環繞
   a·mid
   ㄜ · ㄇ ㄜ ㄉ

4. **assist** [ə`sɪst]
   v. 幫助；協助
   a·ssist
   ㄜ · ㄙ ㄜ ㄙ ㄊ

5. **begin** [bɪ`gɪn]
   v. 開始
   be·gin
   ㄅ ㄧ · ㄍ ㄜ ㄋ

6. **commit** [kə`mɪt]
   v. 承諾
   co·mmit
   ㄎ ㄜ · ㄇ ㄜ ㄊ

7. **consist** [kən`sɪst]
   v. 組成；構成
   con·sist
   ㄎ ㄜ ㄋ · ㄙ ㄜ ㄙ ㄊ

8. **convict** [kən`vɪkt]
   v. 證明 … 有罪；判 … 有罪
   con·vict
   ㄎ ㄜ ㄋ · ㄈ ㄜ ㄎ ㄊ

9. **convince** [kən`vɪns]
   v. 使信服；說服
   con·vince
   ㄎ ㄜ ㄋ · ㄈ ㄜ ㄋ ㄙ

10. **depict** [dɪ`pɪkt]
    n. 受撫養者；描繪；描述；描寫
    adj. 依靠的；依賴的
    de·pict
    ㄉ ㄧ · ㄆ ㄜ ㄎ ㄊ

11. **dismiss** [dɪs`mɪs]
    v. 解散；遣散；解雇；開除
    dis·miss
    ㄉ ㄜ ㄙ · ㄇ ㄜ ㄙ

12. **equip** [ɪ`kwɪp]
    v. 裝備；配備
    e·quip
    ㄧ · ㄎ ㄨ ㄜ ㄆ

13. **exist** [ɪg`zɪst]
    v. 存在
    ex·ist
    ㄧ ㄍ · ㄗ ㄜ ㄙ ㄊ

14. **forbid** [fɚ`bɪd]
    v. 禁止；不許
    for·bid
    ㄈ ㄜ ㄦ · ㄅ ㄜ ㄉ

326

專利語調矩陣 | 重音節母音 [ɪ] ㄜ

1. forgive
[fɚ`gɪv]
v. 原諒

2. insist
[ɪn`sɪst]
v. 堅持

3. museum
[mju`zɪəm]
n. 博物館

4. omit
[o`mɪt]
v. 略過

5. permit
[pɚ`mɪt]
v. 允許；許可；准許

6. persist
[pɚ`sɪst]
v. 堅持；固執

7. predict
[prɪ`dɪkt]
v. 預言；預料

8. rebuild
[ri`bɪld]
v. 重建；改建

9. resist
[rɪ`zɪst]
v. 抵抗；反抗；抗拒

10. restrict
[rɪ`strɪkt]
v. 限制；限定；約束

11. submit
[səb`mɪt]
v. 提交；呈遞；使服從

12. transmit
[træns`mɪt]
v. 傳送；傳達；發射；播送；傳染

13. until
[ən`tɪl]
prep. 直到
conj. 直到 … 時

14. within
[wɪ`ðɪn]
adv. 在內部
prep. 在 … 裡；不超過

327

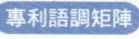

1. **bookcase** [ˈbʊkˌkes] n. 書架
2. **bookstore** [ˈbʊkˌstor] n. 書店
3. **cookbook** [ˈkʊkˌbʊk] n. 食譜；烹飪手冊
4. **cookie** [ˈkʊkɪ] n. 餅乾
5. **cooking** [ˈkʊkɪŋ] adj. 烹調用的 n. 烹調；烹調術；飯菜
6. **couldn't** [ˈkʊdnt] abbr. could not
7. **football** [ˈfʊtˌbɔl] n. 美式足球
8. **goodness** [ˈgʊdnɪs] n. 良善
9. **juror** [ˈdʒʊrɚ] n. 陪審員；陪審團成員
10. **jury** [ˈdʒʊrɪ] n. 陪審團
11. **plural** [ˈplʊrəl] adj. 複數的 n. 複數
12. **rural** [ˈrʊrəl] adj. 農村的；田園的
13. **tourist** [ˈtʊrɪst] n. 旅遊者；觀光者
14. **toward** [təˈwɔrd] adj. 即將來到的；進行中的 prep. 向；對…的方向

1. towards
[tə`wɔrdz]
prep. 向；朝；
面對；將近；大約

to·wards
ㄊㄜˇㄜˇ·ㄨㄛㄦㄗ

2. wooden
[`wʊdn]
adj. 木製的；
僵硬的；笨拙的

woo·den
ㄨ ㄜˇ ·ㄉㄜㄋ˜

3. wouldn't
[`wʊdnt]
abbr.
would not

woul·dn't
ㄨ ㄜˇ ·ㄉㄜㄋ˜ㄜˇ

329

專利語調矩陣 / 重音節母音

o / ㄨ

1. **bonus** [ˈbonəs]
   n. 獎金；額外津貼；分紅
   bo·nus
   ㄅㄨˊ·ㄋㄜㄥ

2. **broken** [ˈbrokən]
   adj. 損壞的；破損的；出了毛病的
   bro·ken
   ㄅㄨˊ·ㄎㄜㄣ̃

3. **broker** [ˈbrokɚ]
   n. 經紀人；掮客
   v. 做掮客
   bro·ker
   ㄅㄨˊ·ㄎㄦ

4. **closely** [ˈkloslɪ]
   adv. 緊密地；密切地；直接相關地
   close·ly
   ㄎㄌㄨˊㄙ·ㄌㄧ

5. **closer** [ˈklosɚ]
   n. 關閉者；砌牆邊之磚石
   (close 的形容詞或副詞比較級)
   clo·ser
   ㄎㄌㄨˊ·ㄙㄦ

6. **closest** [ˈklosɪst]
   adj. 最接近的
   clo·sest
   ㄎㄌㄨˊ·ㄙㄜㄙㄜ

7. **clothing** [ˈkloðɪŋ]
   n. (總稱) 衣服；衣著
   clo·thing
   ㄎㄌㄨˊ·ðㄧㄥ

8. **coastal** [ˈkostl]
   adj. 海岸的；近（或沿）海岸的
   coas·tal
   ㄎㄨˊㄙ·ㄉㄜ

9. **cola** [ˈkolə]
   n. 可樂
   co·la
   ㄎㄨˊ·ㄌㄜ

10. **donor** [ˈdonɚ]
    n. 贈送人；捐贈者
    do·nor
    ㄉㄨˊ·ㄋㄦ

11. **doughnut** [ˈdo͵nʌt]
    n. 甜甜圈；油炸圈餅
    dough·nut
    ㄉㄨˊ·ㄋㄜㄉ

12. **focus** [ˈfokəs]
    n. 焦點
    v. 集中
    fo·cus
    ㄈㄨˊ·ㄎㄜㄥ

13. **frozen** [ˈfrozn]
    adj. 冰凍的；結冰的
    fro·zen
    ㄈㄨˊ·ㄗㄜㄣ̃

14. **global** [ˈglobl]
    adj. 全世界的
    glo·bal
    ㄍㄌㄨˊ·ㄅㄜ

1. **growing**
[ɡroɪŋ]
adj. 增多的；
增強的；增長的；
生長的

grow·ing
ㄍㄨˇ ·ㄧㄥ

8. **locate**
[lo`ket]
v. 把…設置在；
使…座落於

lo·cate
ㄌㄨˇ·ㄎㄧㄝˋ

2. **holy**
[`holɪ]
adj. 神聖的

ho·ly
ㄏㄨˇ ㄌㄧ

9. **lonely**
[`lonlɪ]
adj. 寂寞的

lone·ly
ㄌㄨˇ ㄋ ·ㄌㄧ

3. **homeland**
[`hom,lænd]
n. 祖國；家鄉

home·land
ㄏㄨˇ ㄇ̃ ·ㄌㄚ ㄋ ㄉ

10. **lower**
[`loɚ]
v. 放下；降下；
放低；減低；減弱
adj. 較低的；低級的

low·er
ㄌㄨˇ ·ㄦ

4. **homeless**
[`homlɪs]
n. 無家可歸的人
adj. 無家的；
無家可歸的

home·less
ㄏㄨˇ ㄇ̃ ·ㄌㄜ ㄙ

11. **mobile**
[`mobɪl]
adj. 移動式的；
流動的（自由地）；
活動的；走動的

mo·bile
ㄇㄨˇ ·ㄅㄛ

5. **homesick**
[`hom,sɪk]
adj. 想家的

home·sick
ㄏㄨˇ ㄇ̃ ·ㄙㄜ ㄎ

12. **moment**
[`moment]
n. 片刻

mo·ment
ㄇㄨˇ ·ㄇㄜ ㄋ ㄜ

6. **homework**
[`hom,wɝk]
n. 家庭作業

home·work
ㄏㄨˇ ㄇ̃ ·ㄨ ㄦ ㄎ

13. **mostly**
[`mostlɪ]
adv. 一般地；
通常

most·ly
ㄇㄨˇ ㄙㄜ ㄌㄧ

7. **local**
[`lokl]
n. 當地居民
adj. 本地的

lo·cal
ㄌㄨˇ ·ㄎㄜ

14. **motion**
[`moʃən]
n. 移動
v. 打手勢
搖（或點）頭示意
擺動；走

mo·tion
ㄇㄨˇ ·ㄒㄜ ㄋ̃

331

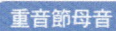

1. **motive**
   [ˋmotɪv]
   n. 主旨；動機；
   行動的緣由；目的
   adj. 推動的；
   成為原動力的

   mo·tive
   ㄇㄨˋ·ㄊㄛˇㄈˋ

2. **motor**
   [ˋmotɚ]
   n. 馬達；發動機

   mo·tor
   ㄇㄨˋ·ㄊㄦˇ

3. **notebook**
   [ˋnot͵bʊk]
   n. 筆記本；
   筆記型電腦

   note·book
   ㄋㄨˋㄊ·ㄅㄜˋㄎ

4. **notice**
   [ˋnotɪs]
   n. 注意；通知
   v. 注意到；通知

   no·tice
   ㄋㄨˋㄊ·ㄊㄛˇㄙ

5. **notion**
   [ˋnoʃən]
   n. 概念；
   想法；打算

   no·tion
   ㄋㄨˋㄊ·ㄒㄛㄣˇ

6. **nowhere**
   [ˋno͵hwɛr]
   adv.
   任何地方都不

   no·where
   ㄋㄨˋ·ㄨ ㄝㄦ

7. **ocean**
   [ˋoʃən]
   n. 海洋

   o·cean
   ㄨˇ·ㄒㄛㄣˇ

8. **only**
   [ˋonlɪ]
   adv. 只；僅僅；
   才；不料；反而
   conj. 可是；不過
   要不是；若非

   on·ly
   ㄨˋㄣ˜·ㄌㄧ

9. **open**
   [ˋopən]
   v. 打開
   adj. 打開的；
   空曠的；未定的；
   營業的；公開的

   o·pen
   ㄨˇ·ㄅㄜㄣ˜

10. **over**
    [ˋovɚ]
    adj. 結束了
    adv. 在上方；越過
    過分；太；再一次
    prep. 在…之上

    o·ver
    ㄨˇ·ㄈㄦˇ

11. **owner**
    [ˋonɚ]
    n. 所有人；物主

    ow·ner
    ㄨˇ·ㄋㄦ

12. **photo**
    [ˋfoto]
    n. 相片

    pho·to
    ㄈ ㄨˇ·ㄊㄛˇㄨˋ

13. **poem**
    [ˋpoɪm]
    n. 詩

    po·em
    ㄆㄨˇ·ㄜ ㄇ

14. **poet**
    [ˋpoɪt]
    n. 詩人

    po·et
    ㄆㄨˇ·ㄜㄊˇ

pony
[ˋponɪ]
n. 矮種馬；小馬

po‧ny
ㄆㄛˇ·ㄋㄧ

postcard
[ˋpost͵kard]
n. 明信片

post‧card
ㄆㄛˇㄙㄜˇㄎ·ㄚㄦˇㄉ

poster
[ˋpostɚ]
n. 招貼；海報；廣告（畫）

pos‧ter
ㄆㄛˇㄙ·ㄉㄦ

profile
[ˋprofaɪl]
n. 側影；輪廓；人物簡介
v. 畫側面像；描出輪廓；寫傳略

pro‧file
ㄆㄨㄛˇ·ㄈㄞㄛ

program
[ˋprogræm]
n. 節目
v. 為…安排節目；設計電腦程式

pro‧gram
ㄆㄨㄛˇ·ㄍㄨㄚˇㄇ

protein
[ˋprotiɪn]
n. 蛋白質

pro‧tein
ㄆㄨㄛˇ·ㄊㄜ～ㄋ

robot
[ˋrobət]
n. 機器人

ro‧bot
ㄖㄨㄛˇ·ㄅㄚˇㄛ

8. **roller**
[ˋrolɚ]
n. 滾動

ro‧ller
ㄖㄨㄛˇ·ㄉㄦ

9. **rolling**
[ˋrolɪŋ]
adj. 滾動的

ro‧lling
ㄖㄨㄛˇ·ㄉㄥ

10. **Roman**
[ˋromən]
n. 羅馬人；古羅馬語
adj. 古羅馬語的；羅馬（人）的

Ro‧man
ㄖㄨㄛˇ·ㄇㄜˇㄋ

11. **romance**
[roˋmæns]
n. 戀愛；風流韻事；愛情小說
adj. 羅曼語的
v. 向…求愛；追求

ro‧mance
ㄖㄨㄛˇ·ㄇㄚˇㄋㄙ

12. **roses**
[rozɪs]
n. 玫瑰的複數

ro‧ses
ㄖㄨㄛˇ·ㄗㄜˇㄙ

13. **rosy**
[ˋrozɪ]
adj. 玫瑰色的；紅潤的；因害羞等漲紅臉的；美好的；光明的；樂觀的

ro‧sy
ㄖㄨㄛˇ·ㄗㄧ

14. **shoulder**
[ˋʃoldɚ]
n. 肩膀
v. 肩起；挑起；擔負；承擔

shoul‧der
ㄒㄧ ㄨㄛˇ·ㄉㄦ

333

1. **showroom**
   [`ʃo‚rum]
   n. 陳列室；展示廳

   show·room
   ㄒ ㄨˋ · ⓡㄨ× ㄇ˜

2. **slogan**
   [`slogən]
   n. 口號；標語

   slo·gan
   ㄙㄌㄨˋ · ㄍㄜㄋˇ

3. **slowly**
   [`slolɪ]
   adv. 慢慢地；
   遲遲地；慢了地

   slow·ly
   ㄙㄌㄨˋ · ㄌㄧ

4. **smoking**
   [`smokɪŋ]
   n. 冒煙；冒氣；
   煙燻；燻製；
   抽煙；吸煙

   smo·king
   ㄙㄇ ㄨˋ · ㄎ ㄥ

5. **snowman**
   [`sno‚mæn]
   n. 雪人

   snow·man
   ㄙㄋ ㄨˋ · ㄇㄚㄋˇ

6. **snowy**
   [snoɪ]
   adj. 雪的；多雪的；
   雪白的

   snow·y
   ㄙㄋ ㄨˋ · ㄧ

7. **so-called**
   [`so`kɔld]
   adj. 所謂的；
   號稱的

   so·-called
   ㄙㄨˋ · ㄎ ㄛ ㄌ ㄉ

8. **social**
   [`soʃəl]
   adj. 社會的；
   交際的

   so·cial
   ㄙㄨˋ · ㄒㄧ ㄛ

9. **soda**
   [`sodə]
   n. 蘇打；汽水

   so·da
   ㄙㄨˋ · ㄉㄚ ㄜ

10. **sodium**
    [`sodɪəm]
    n. 鈉

    so·dium
    ㄙㄨˋ · ㄉㄧ ㄜ ㄇ˜

11. **sofa**
    [`sofə]
    n. 沙發

    so·fa
    ㄙㄨˋ · ㄈㄜ

12. **solar**
    [`solɚ]
    adj. 太陽的；
    日光的；
    太陽能的

    so·lar
    ㄙㄨˋ · ㄌㄦ

13. **Soviet**
    [`sovɪ‚ɛt]
    n. 蘇維埃
    （指共產主義國家
    尤指前蘇聯的各級
    代表會議）

    So·viet
    ㄙㄨˋ · ㄈㄧ ㄜ ㄜˊ

14. **spokesman**
    [`spoksmən]
    n. 發言人；代言人

    spokes·man
    ㄙㄆㄨˋㄎㄙ · ㄇㄜㄋˇ

334

tofu
[`tofu]
n. 豆腐

total
[`tot!]
adj. 總的
v. 總計；合計
n. 總額

vocal
[`vok!]
n. 主唱
adj. 聲音的；用言語表達的

voter
[`votɚ]
n. 選舉人；投票人

voting
[`votɪŋ]
n. 選舉；投票

woeful
[`wofəl]
adj. 悲哀的，悲傷的；悲慘的；不幸的；令人遺憾的；可悲的

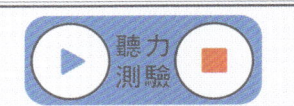

335

專利語調矩陣　重音節母音

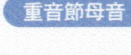

1. **ago**
[əˋgo]
adv. 以前

a·go
ㄜ·ㄍㄨˊ

2. **alone**
[əˋlon]
adj. 單獨的；孤單的
adv. 單獨地；獨自地

a·lone
ㄜ·ㄌㄨˊㄋ̃

3. **although**
[ɔlˋðo]
conj. 雖然

al·though
ㄛ· zˋ ㄨˊ

4. **approach**
[əˋprotʃ]
n. 靠近；方法；門徑
v. 接近；靠近

a·pproach
ㄜ· ㄆㄨ ㄨˊ ㄑ

5. **below**
[bəˋlo]
adv. 在下面；到下面
prep. 在…之下

be·low
ㄅㄜ·ㄌ ㄨˊ

6. **compose**
[kəmˋpoz]
v. 作（詩，曲等）；構（圖）

com·pose
ㄎㄜ·ㄇ̃·ㄆㄨˊㄗ

7. **devote**
[dɪˋvot]
v. 將…奉獻

de·vote
ㄉㄜ·ㄈˋㄨˊㄛ

8. **disclose**
[dɪsˋkloz]
v. 揭發；透露；使露出

dis·close
ㄉㄜㄙ·ㄍㄌㄨˊz

9. **explode**
[ɪkˋsplod]
v. 使爆炸

ex·plode
ㄜㄎㄙ·ㄅㄌㄨˊㄉ

10. **expose**
[ɪkˋspoz]
v. 使暴露於

ex·pose
ㄧㄎㄙ·ㄅㄨˊz

11. **hello**
[həˋlo]
[威歎詞] 哈囉
n. 打招呼用語

he·llo
ㄏㄜ·ㄌㄨˊ

12. **impose**
[ɪmˋpoz]
v. 徵（稅）；加（負擔等）於

im·pose
ㄜㄇ̃·ㄆㄨˊz

13. **oppose**
[əˋpoz]
v. 反對

o·ppose
ㄜ·ㄆㄨˊz

14. **opposed**
[əˋpozd]
adj. 完全不同的；截然相反的；迥然不同的

o·pposed
ㄜ·ㄆㄨˊz ㄉ

336

專利語調矩陣 | 重音節母音 [o] [ㄛ]

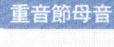

postpone
[post`pon]
v. 延遲；延緩
po·stpone
ㄆㄨˇ·ㄙㄜ·ㄆㄨˇㄋ˜

promote
[prə`mot]
v. 推銷（商品等）
pro·mote
ㄆㄖㄨ ㄜ·ㄇㄨˇㄜ

propose
[prə`poz]
v. 提議；求婚
pro·pose
ㄆㄖㄨ ㄜ·ㄆㄨˇ Z

proposed
[prə`pozd]
adj. 被提議的；所推薦的
pro·posed
ㄆㄖㄨ ㄜ·ㄆㄨˇ Z ㄉ

provoke
[prə`vok]
v. 對…挑釁；煽動；激怒
pro·voke
ㄆㄖㄨ ㄜ·ㄈㄨˇㄎ

remote
[rɪ`mot]
adj. 遙遠的；偏僻的
re·mote
ㄖㄨ ㄜ·ㄇㄨˇㄜ

suppose
[sə`poz]
v. 猜想；以為；假定
su·ppose
ㄙㄜ·ㄆㄨˇ Z

supposed
[sə`pozd]
adj. 假定的；想像上的
su·pposed
ㄙㄜ·ㄆㄨˇ Z ㄉ

unknown
[ʌn`non]
adj. 未知的；陌生的
n. 默默無聞的人；未知的事物
un·known
ㄜㄋ˜· ㄋ ㄨˇ ㄋ˜

337

[a] [ɔ] [a]

1. **almost** [ˈɔl,most] adv. 幾乎 — al·most
2. **also** [ˈɔlso] adv. 也 — al·so
3. **alter** [ˈɔltɚ] v. 改變;修改 — al·ter
4. **always** [ˈɔlwez] adv. 總是 — al·ways
5. **auction** [ˈɔkʃən] v. 拍賣 n. 拍賣 — auc·tion
6. **August** [ˈɔgəst] n. 八月 — Au·gust
7. **author** [ˈɔθɚ] n. 作者;作家 — au·thor
8. **auto** [ˈɔto] n. 汽車 adj. 自動的 — au·to
9. **autumn** [ˈɔtəm] n. 秋季 — au·tumn
10. **awful** [ˈɔfʊl] adj. 可怕的 — aw·ful
11. **awkward** [ˈɔkwɚd] adj. 笨拙的;尷尬的 — aw·kward
12. **blossom** [ˈblasəm] v. 開花;發展成 n. 花;開花 — blos·som
13. **body** [ˈbadɪ] n. 身體 — bo·dy
14. **bombing** [ˈbamɪŋ] n. 炸彈襲擊;轟炸 — bomb·ing

338

borrow
[ˋbaro]
v. 借入

bother
[ˋbaðɚ]
v. 煩擾
n. 煩惱；麻煩；使人煩惱的人（或事物）

bottle
[ˋbatl]
n. 瓶子

bottom
[ˋbatəm]
最後的；最下的
n. 底部；屁股
adj. 最低的

boxing
[ˋbaksɪŋ]
n. 拳擊；拳術；裝箱

broadcast
[ˋbrɔd‚kæst]
n. 廣播；廣播節目；散佈；播種
v. 廣播

chopsticks
[ˋtʃap‚stɪks]
n. 筷子

8. ## chronic
[ˋkranɪk]
adj.(病)慢性的；(人)久病的；長期的

9. ## closet
[ˋklazɪt]
n. 壁櫥；衣櫥

10. ## cockroach
[ˋkak‚rotʃ]
n. 蟑螂

11. ## coffee
[ˋkɔfɪ]
n. 咖啡

12. ## collar
[ˋkalɚ]
n. 衣領；項圈

13. ## colleague
[ˋkalig]
n. 同事；同僚

14. ## college
[ˋkalɪdʒ]
n. 學院；大學

339

1. **column** [ˈkaləm]
   n. (報紙的) 專欄；段；行

2. **combat** [ˈkambæt]
   n. 戰鬥；格鬥；反對
   v. 戰鬥；搏鬥；反對

3. **comic** [ˈkamɪk]
   n. 漫畫
   adj. 滑稽的

4. **comment** [ˈkamɛnt]
   n. 評論
   v. 評論

5. **common** [ˈkamən]
   adj. 常見的；尋常的；普遍的

6. **complex** [ˈkamplɛks]
   adj. 複雜的
   n. 複合物

7. **compound** [kamˈpaʊnd]
   n. 混合物
   v. 使惡化；使合成；以複利計算；妥協
   adj. 合成的；複合的

8. **concept** [ˈkansɛpt]
   n. 概念；觀念

9. **concert** [ˈkansɚt]
   n. 音樂會；演奏會

10. **concrete** [ˈkankrit]
    n. 混凝土
    adj. 具體的

11. **conduct** [ˈkandʌkt]
    v. 引導；帶領；指揮

12. **conflict** [ˈkanflɪkt]
    n. 抵觸；不一致

13. **Congress** [ˈkaŋgrəs]
    n. 美國國會

14. **conscience** [ˈkanʃəns]
    n. 良心；道義心；良知

340

1. **conscious** [`kɑnʃəs]
   adj. 神志清醒的；有知覺的

2. **constant** [`kɑnstənt]
   adj. 固定的；不變的

3. **contact** [`kɑntækt]
   n. 接觸；隱形眼鏡
   v. 接觸；聯繫

4. **content** [`kɑntɛnt]
   n. 內容；要旨；（雜誌或書的）目錄

5. **contest** [`kɑntɛst]
   n. 爭奪；競爭
   v. 競爭；角逐；爭辯

6. **context** [`kɑntɛkst]
   n. 上下文；文章脈絡

7. **contract** [kən`trækt]
   n. 契約；合同
   v. 締結；訂契約；承包；收縮

8. **contrast** [`kɑn͵træst]
   n. 對比；對照
   v. 使對比；使對照

9. **copper** [`kɑpɚ]
   n. 銅
   adj. 紅銅色的

10. **copy** [`kɑpɪ]
    v. 拷貝；抄襲
    n. 拷貝；副本

11. **costly** [`kɔstlɪ]
    adj. 昂貴的；代價高的

12. **costume** [`kɑstjum]
    n. 服裝；裝束；戲服

13. **cotton** [`kɑtn]
    n. 棉花

14. **cottage** [`kɑtɪdʒ]
    n. 小屋

341

1. **culture** [ˋkʌltʃɚ] n. 文化

2. **daughter** [ˋdɔtɚ] n. 女兒

3. **doctor** [ˋdɑktɚ] n. 醫生

4. **Dr.** [ˋdɑktɚ] abbr. 醫生；博士

5. **doctrine** [ˋdɑktrɪn] n. 教義；信條

6. **dodge ball** [ˋdɑdʒ͵bɔl] n. 躲避球

7. **dollar** [ˋdɑlɚ] n. 美元

8. **dolphin** [ˋdɑlfɪn] n. 海豚

9. **donkey** [ˋdɑŋkɪ] n. 驢子

10. **drama** [ˋdrɑmə] n. 戲劇

11. **falling** [ˋfɔlɪŋ] n. 落下；陷落；跌倒；墮落 adj. 落下的；下降的；跌倒的

12. **father** [ˋfɑðɚ] n. 父親

13. **faucet** [ˋfɔsɪt] n. 水龍頭

14. **foggy** [ˋfɑgɪ] adj. 有霧的；模糊的；不清楚的

a ɑ

1. **follow**
   [ˋfalo]
   v. 遵循；跟隨

2. **foster**
   [ˋfɔstɚ]
   adj. 收養的
   v. 養育；培養；促進

3. **genre**
   [ˋʒɑnrə]
   n.（尤指藝術的）風格；類型；體裁

4. **guava**
   [ˋgwɑvə]
   n. 芭樂；番石榴

5. **hallway**
   [ˋhɔl͵we]
   n. 玄關；門廳；走道

6. **hobby**
   [ˋhɑbɪ]
   n. 嗜好

7. **hockey**
   [ˋhɑkɪ]
   n. 曲棍球

8. **honest**
   [ˋɑnɪst]
   adj. 誠實的

9. **honor**
   [ˋɑnɚ]
   n. 榮譽；名譽
   v. 使增光；致敬

10. **honour**
    [ˋɑnɚ]
    n. 尊敬

11. **hostage**
    [ˋhɑstɪdʒ]
    n. 人質；抵押品

343

[ɑ] [ɔ]

1. **hostile** [ˈhɑstɪl] adj. 敵方的；懷敵意的
   hos·tile
   ㄏㄚㄙ·ㄉㄛ

2. **hollow** [ˈhɑlo] adj. 中空的；凹陷的 n. 洞；山谷
   ho·llow
   ㄏㄚ·ㄌㄨ

3. **hot dog** [ˈhɑtˌdɔg] n. 熱狗
   hot·dog
   ㄏㄚ·ㄉㄚㄍ

4. **jogger** [ˈdʒɑgɚ] n. 慢跑者
   jo·gger
   ㄐㄚ·ㄍㄦ

5. **Johnny** [ˈdʒɑnɪ] n. 人名：強尼
   John·ny
   ㄐㄚ·ㄋ·ㄋㄧ

6. **knowledge** [ˈnɑlɪdʒ] n. 學問；知識
   know·ledge
   ㄋㄚ·ㄌㄛㄐ

7. **laundry** [ˈlɔndrɪ] n. 洗衣店；送洗的衣服
   laun·dry
   ㄌㄚ·ㄋ·ㄓㄨㄧ

8. **lawsuit** [ˈlɔˌsut] n. 訴訟（尤指非刑事案件）
   law·suit
   ㄌㄚ·ㄙㄨㄛ

9. **lawyer** [ˈlɔjɚ] n. 律師
   law·yer
   ㄌㄚ·ㄧㄦ

10. **lobby** [ˈlɑbɪ] n. 大廳；門廊
    lo·bby
    ㄌㄚ·ㄅㄧ

11. **locker** [ˈlɑkɚ] n. (公共場所的) 衣物櫃
    lo·cker
    ㄌㄚ·ㄎㄦ

12. **logic** [ˈlɑdʒɪk] n. 邏輯；邏輯學
    lo·gic
    ㄌㄚ·ㄐㄛㄎ

13. **long-term** [ˈlɔŋˌtɝm] adj. 長期的
    long·-term
    ㄌㄚㄥ·ㄊㄦㄇ

14. **longtime** [ˈlɔŋˌtaɪm] adj. 長久的；長期的
    long·time
    ㄌㄚㄥ·ㄊㄞㄇ

1. **model** [ˈmɑdl̩]
   n. 模型；模特兒
   v. 塑像；當模特兒

2. **modern** [ˈmɑdɚn]
   adj. 現代的

3. **modest** [ˈmɑdɪst]
   adj. 謙虛的；審慎的；適度的

4. **Mommy** [ˈmɑmɪ]
   n. 母親；媽咪

5. **monster** [ˈmɑnstɚ]
   n. 怪物

6. **naughty** [ˈnɔtɪ]
   adj. 頑皮的

7. **novel** [ˈnɑvl̩]
   n. 小說
   adj. 新的；新穎的；新奇的

8. **object** [ˈɑbdʒɪkt]
   n. 物件
   v. 反對

9. **obvious** [ˈɑbvɪəs]
   adj. 明顯的；顯著的

10. **offer** [ˈɔfɚ]
    n. 提供；提議；出價；報價
    v. 提供

11. **office** [ˈɔfɪs]
    n. 辦公室

12. **often** [ˈɔfən]
    adv. 常常

13. **onto** [ˈantu]
    prep. 到...之上；向...之上

14. **option** [ˈɑpʃən]
    n. 選擇；選擇權

345

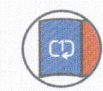

1. **pasta**
   [ˋpɑstə]
   n. 義大利麵

2. **pocket**
   [ˋpɑkɪt]
   n. 口袋
   v. 侵吞
   adj. 袖珍的；零錢的；零星花用的

3. **popcorn**
   [ˋpɑp͵kɔrn]
   n. 爆米花

4. **polish**
   [ˋpɑlɪʃ]
   n. 磨光；擦亮
   v. 磨光；擦亮

5. **problem**
   [ˋprɑbləm]
   n. 問題；難題；困難

6. **process**
   [ˋprɑsɛs]
   n. 過程；進程
   v. 處理；加工沖洗（膠卷）

7. **product**
   [ˋprɑdəkt]
   n. 產品

8. **profit**
   [ˋprɑfɪt]
   n. 利潤；盈利；收益
   v. 得益；獲益

9. **progress**
   [ˋprɑgrɛs]
   n. 進步
   v. 前進；進行；上進；提高；進步

10. **project**
    [ˋprɑdʒɛkt]
    n. 計畫；專案；項目；工程；普若皆課（蕭博士翻譯）

11. **promise**
    [ˋprɑmɪs]
    n. 承諾；諾言；希望；前途
    v. 答應

12. **proper**
    [ˋprɑpɚ]
    adj. 適合的；適當的

13. **prospect**
    [ˋprɑspɛkt]
    n. 預期；前途；盼望的事物
    v. 勘探；找礦；

14. **prosper**
    [ˋprɑspɚ]
    v. 繁榮；昌盛

346

1. **province** [ˋprɑvɪns] n. 省；州

2. **robber** [ˋrɑbɚ] n. 搶劫者；強盜

3. **rocket** [ˋrɑkɪt] n. 飛彈；火箭 v. 用火箭運載；飛快行進

4. **rotten** [ˋrɑtn] adj. 腐爛的；發臭的

5. **sake** [ˋsɑkɛ] n. 日本清酒

6. **salty** [ˋsɔltɪ] adj. 有鹽分的；鹹味濃的

7. **saucer** [ˋsɔsɚ] n. 淺碟

8. **scholar** [ˋskɑlɚ] n. 學者

9. **shopping** [ˋʃɑpɪŋ] n. 買東西；購物（shop 的動名詞、現在分詞）

10. **soccer** [ˋsɑkɚ] n. 足球

11. **soft drink** [ˋsɔft͵drɪŋk] n. 汽水

12. **softball** [ˋsɔft͵bɔl] n. 壘球

13. **soften** [ˋsɔfn] v. 使變柔軟；使變和藹

14. **softly** [ˋsɔftlɪ] adv. 柔和地；輕聲地；靜靜地；輕輕地

347

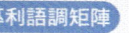

1. **software**
   [ˋsɔft,wɛr]
   n. 軟體

2. **solid**
   [ˋsalɪd]
   n. 固體食物；
   非流質食物
   adj. 結實的；
   堅固的

3. **songbook**
   [ˋsɔŋ͵bʊk]
   n. 歌謠集；歌集

4. **sorrow**
   [ˋsaro]
   n. 悲痛；悲哀；
   悲傷；憂傷

5. **sorry**
   [ˋsarɪ]
   adj. 抱歉；遺憾的

6. **sponsor**
   [ˋspansɚ]
   n. 發起者；主辦者
   v. 發起；主辦；
   倡議；贊助

7. **strongly**
   [ˋstrɔŋlɪ]
   adv. 強有力地；
   強大地；
   堅固地；牢固地

8. **swallow**
   [ˋswalo]
   n. 燕子
   v. 吞嚥

9. **topic**
   [ˋtapɪk]
   n. 話題；題目；
   標題

10. **toxic**
    [ˋtaksɪk]
    adj. 毒（性）的；
    有毒的

11. **trauma**
    [ˋtrɔmə]
    n. 外傷；傷口；
    （感情方面的）創傷

12. **volume**
    [ˋvaljəm]
    n. 卷；冊

13. **waffle**
    [ˋwafl]
    n. 鬆餅；
    胡扯；無聊話
    v. 胡扯

14. **walking**
    [ˋwɔkɪŋ]
    n. 走；步行；
    散步；步態
    adj. 步行的；
    步行用的；活的

348

1. **walkman**
   [ˋwɔkˌmæn]
   n. 隨身聽

2. **wallet**
   [ˋwɑlɪt]
   n. 皮夾

3. **wander**
   [ˋwʌndɚ]
   n. 遊蕩；徘徊
   v. 漫遊；閒逛

4. **washroom**
   [ˋwɑʃˌrum]
   n. 洗手間；廁所

5. **water**
   [ˋwɔtɚ]
   n. 水
   v. 給...澆水；
   加水稀釋；流口水

6. **phonics**
   [ˋfɑnɪks]
   n. 稱為字母拼讀法。

以語言中音與形之間的關係教導識字的方法。通常是使用字母拼寫（拼音）語言系統的國家，用來使該國已具備聽說能力的學齡兒童，藉由學習聲音（發音）與符號（字母）如何對應，學會拼寫與獨立閱讀。

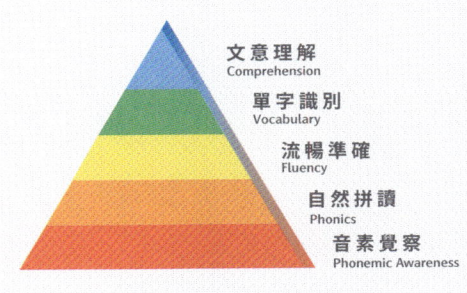

腦科學英文教育
Science of Reading

- 文意理解 Comprehension
- 單字識別 Vocabulary
- 流暢準確 Fluency
- 自然拼讀 Phonics
- 音素覺察 Phonemic Awareness

1. **abroad**
[ə`brɔd]
adv. 在國外

2. **across**
[ə`krɔs]
adv. 橫過；寬；
在對面；向對面
prep. 橫越；穿過

3. **adopt**
[ə`dɑpt]
v. 採納；收養；
接受

4. **along**
[ə`lɔŋ]
adv. 向前；一起；
帶著；來到；去到
prep. 沿著

5. **applaud**
[ə`plɔd]
v. 向... 鼓掌；
稱讚

6. **atop**
[ə`tɑp]
prep.
在...之上；
在...頂上

7. **because**
[bɪ`kɔz]
con. 因為

8. **belong**
[bə`lɔŋ]
v. 屬於

9. **beyond**
[bɪ`jɑnd]
adv. 在更遠處
prep. 越出；晚於；
在 ... 那一邊

10. **dissolve**
[dɪ`zɑlv]
v. 分解；使融化

11. **evolve**
[ɪ`vɑlv]
v. 使逐步形成；
發展；進化

12. **exhaust**
[ɪg`zɔst]
n. 排出；排氣
v. 使精疲力盡

13. **forgot**
[fɚ`gɑt]
forget 的動詞過去式

14. **garage**
[gə`rɑʒ]
n. 車庫

350

專利語調矩陣 / 重音節母音 [ɑ] [ɔ] [ㄚ]

1. **install**
   [`ɪnstɔl]
   v. 安裝；設置

2. **involve**
   [ɪn`vɑlv]
   v. 使捲入；連累；牽涉

3. **involved**
   [ɪn`vɑlvd]
   adj. 牽扯在內的

4. **o'clock**
   [ə`klɑk]
   adv. …點鐘

5. **recall**
   [rɪ`kɔl]
   n. 回想；收回
   v. 回憶；使想起；召回

6. **resolve**
   [rɪ`zɑlv]
   v. 解決；解答；使分解；下決心

7. **respond**
   [rɪ`spɑnd]
   v. 作答；回答；回應

8. **response**
   [rɪ`spɑns]
   n. 回答；答覆

9. **upon**
   [ə`pɑn]
   prep. 在…之上

10. **withdraw**
    [wɪð`drɔ]
    v. 提取；撤離

351

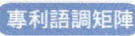

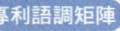

1. **birthday**
   [ˋbɝθˏde]
   n. 生日

2. **burden**
   [ˋbɝdn]
   n. 重擔；負擔
   v. 加重壓於

3. **burger**
   [ˋbɝgɚ]
   n. 漢堡

4. **burning**
   [ˋbɝnɪŋ]
   adj. 燃燒的；
   著火的；發熱的；
   緊急的

5. **certain**
   [ˋsɝtən]
   adj. 肯定的

6. **Churchill**
   [ˋtʃɝtʃɪl]
   n. 邱吉爾（英國政治家）

7. **circle**
   [ˋsɝk!]
   n. 圓圈；集團

8. **circuit**
   [ˋsɝkɪt]
   n. 環道；一圈；
   巡迴路線；電路

9. **courage**
   [ˏkɝɪdʒ]
   n. 勇氣

10. **current**
    [ˋkɝənt]
    adj. 現行的
    n. 水流；電流

11. **curtain**
    [ˋkɝtn]
    n. 窗簾；
    （舞臺上的）幕

12. **dirty**
    [ˋdɝtɪ]
    v. 弄髒；變髒
    adj. 骯髒的

13. **early**
    [ˋɝlɪ]
    adj. 早的；提早的
    adv. 早；提早

14. **earthquake**
    [ˋɝθˏkwek]
    n. 地震

ɝ ɚ ɫ

1. **firmly** [ˋfɝmlɪ]
   adv. 堅固地；穩固地；堅定地；堅決地
   firm·ly
   ㄈㄦ ㄇ˜ ㄌㄧ

2. **furnace** [ˋfɝnɪs]
   n. 火爐，熔爐；暖氣爐
   fur·nace
   ㄈㄦ ㄋㄜㄙ

3. **further** [ˋfɝðɚ]
   adj. 更遠的；較遠的
   adv. 更遠地；進一步地
   vt. 促進；助長；推動
   fur·ther
   ㄈㄦ z˙ ㄦ

4. **German** [ˋdʒɝmən]
   n. 德國人；德語
   adj. 德國的；德國人的
   Ger·man
   ˇㄐㄦ ㄇㄜㄋ

5. **girlfriend** [ˋgɝlˏfrɛnd]
   n. 女朋友
   girl·friend
   ㄍㄦㄛ ㄈ○ㄍㄝㄋㄉ

6. **Herbert** [ˋhɝbɚt]
   n. 赫伯特（男子名）
   Her·bert
   ㄏㄦ ㄅㄦㄜ

7. **hurry** [ˋhɝɪ]
   n. 匆忙
   v. 趕快
   hur·ry
   ㄏㄦ ○ㄧ

8. **journal** [ˋdʒɝn!]
   n. 日報；雜誌；期刊；日誌
   jour·nal
   ˇㄐㄦ ㄋㄛ

9. **journey** [ˋdʒɝnɪ]
   v. 旅行
   n. 旅行
   jour·ney
   ˇㄐㄦ ㄋㄧ

10. **learning** [ˋlɝnɪŋ]
    n. 學習；學問；學識
    lear·ning
    ㄌㄦ ㄋㄛ

11. **merchant** [ˋmɝtʃənt]
    n. 商人
    mer·chant
    ㄇㄦ ˇㄍ ㄜㄋㄜ

12. **murder** [ˋmɝdɚ]
    n. 謀殺；兇殺
    v. 謀殺；兇殺
    mur·der
    ㄇㄦ ㄉᵖㄦ

13. **nervous** [ˋnɝvəs]
    adj. 緊張的
    ner·vous
    ㄋㄦ ㄈ˙ㄜㄙ

14. **perfect** [ˋpɝfɪkt]
    v. 使完美；做完
    adj. 完美的
    per·fect
    ㄆㄦ ㄈㄝㄅㄜ

ɝ ɚ ɹ

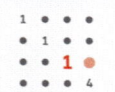

1. **permit**
   [ˋpɝmɪt]
   n. 許可證；
   特許證

2. **Persian**
   [ˋpɝʒən]
   adj. 波斯的；
   波斯人的；
   波斯語的

3. **person**
   [ˋpɝsn]
   n. 人；人身；
   外表；人稱

4. **purchase**
   [ˋpɝtʃəs]
   n. 所購之物
   v. 買；購買

5. **purple**
   [ˋpɝp!]
   adj. 紫色的
   n. 紫色

6. **purpose**
   [ˋpɝpəs]
   n. 目的

7. **servant**
   [ˋsɝvənt]
   n. 雇工

8. **service**
   [ˋsɝvɪs]
   n. 服務

9. **serving**
   [ˋsɝvɪŋ]
   n. 服務；侍候；
   （食物、飲料等）
   一份

10. **surely**
    [ˋʃʊrlɪ]
    adv. 確實；無疑；
    一定；當然

11. **surface**
    [ˋsɝfɪs]
    n. 表面

12. **surgeon**
    [ˋsɝdʒən]
    n. 外科醫生；
    手術醫生

13. **surname**
    [ˋsɝ͵nem]
    n. 姓；別名
    vt. 給……姓氏

14. **thirsty**
    [ˋθɝstɪ]
    adj. 口渴的

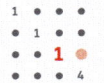

專利語調矩陣　重音節母音

[ɝ] [ɚ] [ɹ̩]

1. **thirteen** [ˋθɝtin] n. 十三 adj. 十三的
   thir·teen
2. **thirty** [ˋθɝtɪ] n. 三十 adj. 三十的
   thir·ty
3. **Thursday** [ˋθɝzde] n. 星期四
   Thurs·day
4. **turkey** [ˋtɝkɪ] n. 火雞 Turkey 土耳其
   tur·key
5. **turtle** [ˋtɝtl̩] n. 烏龜
   tur·tle
6. **urban** [ˋɝbən] adj. 城市的
   ur·ban
7. **urgent** [ˋɝdʒənt] adj. 緊急的；急迫的
   ur·gent
8. **verbal** [ˋvɝbl̩] adj. 言辭上的；動詞的
   ver·bal
9. **verdict** [ˋvɝdɪkt] n. （陪審團的）裁決；裁定
   ver·dict
10. **version** [ˋvɝʒən] n. 譯文；版本
    ver·sion
11. **versus** [ˋvɝsəs] prep. （常略作 v. 或 vs.）與…相對
    ver·sus
12. **vs** [ˋvɝsəs] versus 的縮寫
    ver·sus
13. **virtual** [ˋvɝtʃʊəl] adj. 實質上的；虛擬的
    vir·tual
14. **virtue** [ˋvɝtʃu] n. 美德；優點
    vir·tue

355

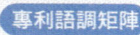

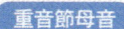

專利語調矩陣　重音節母音

1. **workbook** work·book
['wɝk,bʊk]
n. 作業簿

2. **worker** wor·ker
['wɝkɚ]
n. 工人

3. **working** wor·king
['wɝkɪŋ]
n. 工作；勞動；經營；開採
adj. 工作的；有效的；可行的；有職業的

4. **workout** wor·kout
['wɝk,aʊt]
n. 訓練；練習；測驗；試驗；健身

5. **workplace** work·place
['wɝk,ples]
n. 工作場所

6. **workshop** work·shop
['wɝk,ʃɑp]
n. 工作坊；研討會

7. **worried** wor·ried
['wɝɪd]
adj. 擔心的；煩惱的

8. **worry** wor·ry
['wɝɪ]
n. 煩惱；焦慮；擔心
v. 擔心

9. **worthless** worth·less
['wɝθlɪs]
adj. 無價值的

10. **worthy** wor·thy
['wɝðɪ]
adj. 值得的
n. 知名人士；傑出人物

沖杯咖啡，休息一下吧！

1. **absurd**
[əb`sɝd]
n. 荒謬；愚蠢
adj. 荒謬的；愚蠢的

ab·surd
ㄜㄅˊ·ㄙㄦㄉ

2. **adverse**
[æd`vɝs]
adj. 逆向的；相反的；反面的

ad·verse
ㄜㄉˊ·ㄈㄦㄙ

3. **affirm**
[ə`fɝm]
v. 斷言；申明；堅稱

a·ffirm
ㄜ·ㄈㄦㄇ˜

4. **assert**
[ə`sɝt]
v. 斷言；堅持

a·ssert
ㄜ·ㄙㄦㄜˋ

5. **assure**
[ə`ʃʊr]
vt. 向⋯保證，擔保

a·ssure
ㄜ·ㄒㄩ ㄦ

6. **concern**
[kən`sɝn]
n. 關心的事；擔心
v. 關於；涉及；使擔心

con·cern
ㄎㄜㄋ˜·ㄙㄦㄋ˜

7. **concerned**
[kən`sɝnd]
adj. 掛慮的；擔心的；有關的；參與的；關心的

con·cerned
ㄎㄜㄋ˜·ㄙㄦㄋ˜ㄉ

8. **confirm**
[kən`fɝm]
v. 確認

con·firm
ㄎㄜㄋ˜·ㄈㄦㄇ˜

9. **convert**
[kən`vɝt]
n. 改變信仰者；皈依者
v. 轉變；變換；改變信仰

con·vert
ㄎㄜㄋ˜·ㄈㄦㄜˋ

10. **desert**
[dɪ`zɝt]
v. 遺棄；離棄；逃跑

de·sert
ㄉㄧˉ·ㄗㄦㄜˋ

11. **deserve**
[dɪ`zɝv]
v. 應受；該得

de·serve
ㄉㄧˉ·ㄗㄦㄈˇ

12. **dessert**
[dɪ`zɝt]
n. 餐後甜點

de·ssert
ㄉㄧˉ·ㄗㄦㄜˋ

13. **disturb**
[dɪs`tɝb]
v. 妨礙；打擾

dis·turb
ㄉㄧˉㄜㄙㄉˊㄦㄅˊ

14. **diverse**
[daɪ`vɝs]
adj. 多元的；互異的；多變化的

di·verse
ㄉㄞˉ·ㄈㄦㄙ

專利語調矩陣　　重音節母音

[ɝ] [ɚ] ㄦ

1. **emerge** [ɪˋmɝdʒ] v. 浮現；出現
   e·merge
   ㄜ·ㄇㄦㄐ

2. **ensure** [ɪnˋʃʊr] vt. 保證；擔保
   en·sure
   ㄜ̄ㄋ·ㄒㄦ

3. **insert** [ɪnˋsɝt] v. 插入；嵌入
   in·sert
   ㄜ̄ㄋ·ㄙㄦㄜ

4. **observe** [əbˋzɝv] v. 看到；觀察
   ob·serve
   ㄜㄅ·ㄗㄦㄈˊ

5. **occur** [əˋkɝ] v. 發生；出現
   o·ccur
   ㄜ·ㄎㄦ

6. **prefer** [prɪˋfɝ] v. 更喜歡
   pre·fer
   ㄆㄨ̥·一·ㄈㄦ

7. **preserve** [prɪˋzɝv] n. 保護區 v. 保存；保藏；防腐
   pre·serve
   ㄆㄨ̥·一·ㄗㄦㄈˊ

8. **refer** [rɪˋfɝ] v. 論及；談到；參考；轉診
   re·fer
   ㄖㄨ̥ㄜ·ㄈㄦ

9. **research** [rɪˋsɝtʃ] v. 調查；探究
   re·search
   ㄖㄨ̥ㄜ·ㄙㄦㄑ

10. **reserve** [rɪˋzɝv] v. 保留、預訂、預約 n. 儲備物、（野生動物）保護區、保留態度、拍賣的底價
    re·serve
    ㄖㄨ̥ㄜ·ㄗㄦㄈˊ

11. **return** [rɪˋtɝn] n. 回答；收益；利息；來回票；退貨 v. 回；還
    re·turn
    ㄖㄨ̥ㄜ·ㄊㄦㄋ̃

12. **reverse** [rɪˋvɝs] n. 相反；反面；反向 adj. 顛倒的；相反的；反向的 v. 翻轉；倒退；反向
    re·verse
    ㄖㄨ̥ㄜ·ㄈˊㄦㄙ

13. **mature** [məˋtjʊr] adj. 成熟的；到期的
    ma·ture
    ㄇㄜ·ㄍ̌ㄦ

359

ar [ɑr] ㄚㄦ

專利語調矩陣 / **重音節母音**

1. **argue** [ˋɑrgjʊ] v. 爭論
   ar·gue / ㄚㄦ·ㄍㄨ̄

2. **armchair** [ˋɑrm͵tʃɛr] n. 單人沙發；扶手椅子
   arm·chair / ㄚㄦ ㄇ̃·ㄘ̌ ㄝㄦ

3. **army** [ˋɑrmɪ] n. 軍隊；大群
   ar·my / ㄚㄦ·ㄇㄧ

4. **artist** [ˋɑrtɪst] n. 藝術家
   ar·tist / ㄚㄦㄊ̌ㄜㄙㄜ́

5. **barber** [ˋbɑrbɚ] n. 男理髮師
   bar·ber / ㄅㄚㄦ·ㄅㄦ

6. **bargain** [ˋbɑrgɪn] n. 交易；廉價 v. 討價還價
   bar·gain / ㄅㄚㄦ·ㄍㄜㄋ̃

7. **carbon** [ˋkɑrbən] n. 碳；複寫紙
   car·bon / ㄎㄚㄦ·ㄅㄜㄋ̃

8. **cargo** [ˋkɑrgo] n.(船、飛機、車輛裝載的)貨物
   car·go / ㄎㄚㄦ·ㄍㄨ̌

9. **carpet** [ˋkɑrpɪt] n. 地毯
   car·pet / ㄎㄚㄦ·ㄆㄜㄊ́

10. **carving** [ˋkɑrvɪŋ] n. 雕刻品；雕刻圖案；雕刻技藝
    car·ving / ㄎㄚㄦ·ㄈˇㄥ

11. **charter** [ˋtʃɑrtɚ] n. 憑照；特許證 v. 發執照給；給予...特權
    char·ter / ㄘ̌ ㄚㄦ·ㄊ̌ ㄦ

12. **darken** [ˋdɑrkn] vt. 使變暗；使變黑 vi. 變暗；變黑
    dar·ken / ㄉ̌ ㄚㄦ·ㄎㄜㄋ̃

13. **darkness** [ˋdɑrknɪs] n. 黑暗
    dark·ness / ㄉ̌ ㄚㄦㄎ̌·ㄋㄜㄙ

14. **farmer** [ˋfɑrmɚ] n. 農夫
    far·mer / ㄈㄚㄦ·ㄇㄦ

360

ar

專利語調矩陣 | 重音節母音

[ar] ㄚㄦ

1. **farmer's** [ˋfɑrmɚs]
（farmer 的所有格）
far·mer's
ㄈㄚㄦ·ㄇㄦ·ㄙ

2. **garbage** [ˋgɑrbɪdʒ]
n. 垃圾
gar·bage
ㄍㄚㄦ·ㄅㄜ·ㄐㄩ

3. **garden** [ˋgɑrdn]
n. 花園
gar·den
ㄍㄚㄦ·ㄉㄜㄣ

4. **garlic** [ˋgɑrlɪk]
n. 大蒜；蒜頭
gar·lic
ㄍㄚㄦ·ㄌㄜ·ㄎ

5. **hardly** [ˋhɑrdlɪ]
adv. 幾乎不；簡直不
hard·ly
ㄏㄚㄦ·ㄉ·ㄌㄧ

6. **hardware** [ˋhɑrdˌwɛr]
n. 金屬器件；硬體
hard·ware
ㄏㄚㄦ·ㄉ·ㄨㄝㄦ

7. **harvest** [ˋhɑrvɪst]
n. 收穫
v. 收割；收穫
har·vest
ㄏㄚㄦ·ㄈㄜ·ㄙㄜ

8. **heartbreak** [ˋhɑrtˌbrek]
n. 難忍的悲傷；或失望；心碎
heart·break
ㄏㄚㄦ·ㄊ·ㄅㄨㄝ·ㄎ

9. **largely** [ˋlɑrdʒlɪ]
adv. 大部分；主要地；大量地
large·ly
ㄌㄚㄦ·ㄐㄩ·ㄌㄧ

10. **marble** [ˋmɑrbl]
n. 大理石；彈珠
mar·ble
ㄇㄚㄦ·ㄅㄛ

11. **margin** [ˋmɑrdʒɪn]
n. 邊緣；利潤
mar·gin
ㄇㄚㄦ·ㄐㄜㄣ

12. **marker** [ˋmɑrkɚ]
n. 標誌；白板筆；馬克筆
mar·ker
ㄇㄚㄦ·ㄎㄦ

13. **market** [ˋmɑrkɪt]
n. 市場
v.（在市場上）銷售
mar·ket
ㄇㄚㄦ·ㄎㄜ·ㄜ

14. **parking** [ˋpɑrkɪŋ]
n. 停車；停車處
par·king
ㄆㄚㄦ·ㄎ·ㄥ

361

ar

[ar] 儿

1. **pardon** [ˈpardn]
   n. 原諒;饒恕;寬恕;赦免
   v. 寬恕
   【口】不好意思

   par·don
   ㄆㄚ儿·ㄉㄛ˜ㄋ

2. **partial** [ˈparʃəl]
   adj. 部分的;局部的;不完全的

   par·tial
   ㄆㄚ儿·ㄒㄛ

3. **partly** [ˈpartlɪ]
   adv. 部分地

   part·ly
   ㄆㄚ儿ㄊ·ㄌㄧ

4. **partner** [ˈpartnɚ]
   n. 夥伴

   part·ner
   ㄆㄚ儿ㄊ·ㄋ儿

5. **party** [ˈpartɪ]
   n. 派對;聚會;政黨;一夥人

   par·ty
   ㄆㄚ儿·ㄊㄧ

6. **sharply** [ˈʃarplɪ]
   adv. 急劇地

   sharp·ly
   ㄒㄚ儿ㄆ·ㄌㄧ

7. **sparkle** [ˈspark!]
   v. 蹦出火花;閃耀;煥發
   n. 火花;閃耀;生氣

   spar·kle
   ㄙㄅㄚ儿·ㄎㄛ

8. **starter** [ˈstartɚ]
   n. 開端;開胃菜;賽跑時的發令員

   star·ter
   ㄙㄉㄚ儿·ㄊ儿

9. **starting** [ˈstartɪŋ]
   n. 出發;開始
   (start 的動名詞;動詞現在分詞)

   star·ting
   ㄙㄉㄚ儿·ㄊㄥ

10. **target** [ˈtargɪt]
    n. 目標
    v. 把...作為目標(或對象)

    tar·get
    ㄊㄚ儿·ㄍㄛㄊ

362

[ar] ㄚㄦ

1. **alarm**
[ə`larm]
n. 警鈴；警報；
驚慌

a·larm
ㄜ·ㄌㄚㄦㄇ̃

2. **apart**
[ə`part]
adj. 分開的；
相間隔的
adv. 分開地；
相間隔

a·part
ㄜ·ㄆㄚㄦㄛ

3. **depart**
[dɪ`part]
v. 起程；出發；
離開；離去

de·part
ㄉᵖㄧ·ㄆㄚㄦㄛ

4. **guitar**
[gɪ`tar]
n. 吉他

gui·tar
ㄍ ㄜ·ㄛㄚㄦ

5. **regard**
[rɪ`gard]
n. 事項；問候
v. 把...看作；
尊重

re·gard
ㄖㄨ一·ㄍㄚㄦㄉ

6. **remark**
[rɪ`mark]
n. 言辭；
談論；評論
v. 議論；評論

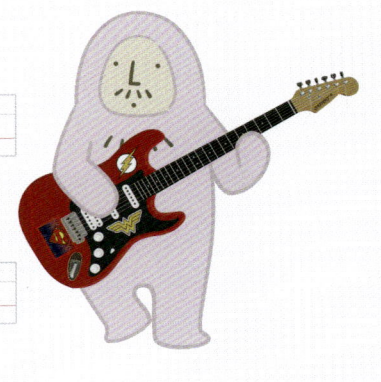

re·mark
ㄖㄨ一·ㄇㄚㄦㄎ

363

aɪ / ㄞ

專利語調矩陣 | **重音節母音** [aɪ] ㄞ

1. **bias** [`baɪəs] v. 使存偏見 n. 偏見；成見；斜線
   bi·as ㄅㄞ·ㄜㄙ

2. **Bible** [`baɪb!] n. 聖經
   Bi·ble ㄅㄞ·ㄅㄛ

3. **buyer** [`baɪɚ] n. 購買者；買主
   buy·er ㄅㄞ·ㄦ

4. **childhood** [`tʃaɪld,hʊd] n. 童年；幼時
   child·hood ㄑㄞㄛㄉ·ㄏㄜㄉ

5. **childish** [`tʃaɪldɪʃ] adj. 幼稚的
   chil·dish ㄑㄞㄛ·ㄉㄜㄒ

6. **child-like** [`tʃaɪld,laɪk] adj. 天真爛漫的
   child·-like ㄑㄞㄛㄉ·ㄌㄞㄎ

7. **China** [`tʃaɪnə] n. 中國
   Chi·na ㄑㄞ·ㄋㄜ

8. **client** [`klaɪənt] n. 顧客；客戶
   cli·ent ㄎㄌㄞ·ㄜㄋㄜ

9. **climate** [`klaɪmɪt] n. 氣候
   cli·mate ㄎㄌㄞ·ㄇㄜ

10. **climax** [`klaɪmæks] n. 頂點；最高點
    cli·max ㄎㄌㄞ·ㄇㄚㄎㄙ

11. **crisis** [`kraɪsɪs] n. 危機；緊急關頭
    cri·sis ㄎㄖㄞ·ㄙㄜㄙ

12. **cycle** [`saɪk!] v. 循環；輪轉 n. 週期；循環
    cy·cle ㄙㄞ·ㄎㄛ

13. **dial** [`daɪəl] v. 撥（電話號碼） n. 刻度盤；調節器；撥號盤
    di·al ㄉㄞ·ㄛ

14. **dialogue** [`daɪə,lɔg] n. 對話
    dia·logue ㄉㄞㄜ·ㄌㄚㄍ

364

[aɪ] ㄞ

diamond
[ˋdaɪəmənd]
n. 鑽石

dia·mond
ㄉㄞ・ㄇㄜ˜ㄋㄉ

8. **dryer**
[ˋdraɪɚ]
n. 烘衣機

dry·er
ㄓㄞ・ㄦ

diary
[ˋdaɪərɪ]
n. 日記

dia·ry
ㄉㄞㄜ・ㄨ一

9. **dying**
[ˋdaɪɪŋ]
adj. 垂死的；
行將結束的；
快熄滅的

dy·ing
ㄉㄞ・ㄥ

diet
[ˋdaɪət]
v. 節食
n. 飲食；特種飲食
adj. 節食的

di·et
ㄉㄞ・ㄜㄊ

10. **either**
[ˋiðɚ]
adj. 兩者之一
adv. 也
pron. （兩者之中）
任何一個

ei·ther
ㄞ・ㄗ・ㄦ

dining
[ˋdaɪnɪŋ]
n. 進餐
（dine 的動名詞、
現在分詞）
adj. 用餐的

di·ning
ㄉㄞ・ㄋㄥ

11. **eyebrow**
[ˋaɪ͵braʊ]
n. 眉；眉毛

eye·brow
ㄞ・ㄅㄨ・ㄠ

driver
[ˋdraɪvɚ]
n. 司機

dri·ver
ㄓㄞ・ㄈㄦ

12. **fiber**
[ˋfaɪbɚ]
n. 纖維

fi·ber
ㄈㄞ・ㄅㄦ

driveway
[ˋdraɪv͵we]
n. 車道

drive·way
ㄓㄞㄈ・ㄨㄝ

13. **final**
[ˋfaɪnl]
adj. 最終的
n. 決賽；期末考；
（當日報紙的）末版

fi·nal
ㄈㄞ・ㄋㄜ

driving
[ˋdraɪvɪŋ]
n. 操縱
adj. 推進的；
駕駛的

dri·ving
ㄓㄞ・ㄈ・ㄥ

14. **fighter**
[ˋfaɪtɚ]
n. 戰士；鬥士

figh·ter
ㄈㄞ・ㄊㄦ

365

[aɪ] ㄞ

專利語調矩陣 | 重音節母音 [aɪ] ㄞ

1. **fighting** [ˈfaɪtɪŋ] n. 戰鬥；搏鬥；打架
   ㄈㄞ·ㄊㄜ˙ㄥ

2. **finance** [ˈfaɪnəns] n. 財政；金融 v. 籌措資金
   ㄈㄞ·ㄋㄚ˙ㄋㄙ

3. **finding** [ˈfaɪndɪŋ] n. 發現；發現物
   ㄈㄞㄋ˙ㄉㄥ

4. **fire** [faɪr] v. 解雇；開除；點燃；射擊 n. 火
   ㄈㄞ·ㄦ

5. **flying** [ˈflaɪɪŋ] n. 飛行；飛行駕駛 adj. 飛行的；航空的；飄揚的
   ㄈㄌㄞ·ㄥ

6. **frighten** [ˈfraɪtn] v. 害怕；吃驚
   ㄈㄨㄞ·ㄊㄜ˙ㄋ

7. **Friday** [ˈfraɪˌde] n. 星期五
   ㄈㄨㄞ·ㄉ_ㄝ

8. **giant** [ˈdʒaɪənt] n. 巨人 adj. 巨大的
   ㄐㄞ·ㄜ˙ㄋ

9. **guidance** [ˈgaɪdns] n. 指導；引導；領導
   ㄍㄞ·ㄉㄜ˙ㄥ

10. **guided** [ˈgaɪdɪd] v. 引導（guide 的過去式）
    ㄍㄞ·ㄉㄜ˙ㄉ

11. **guideline** [ˈgaɪdˌlaɪn] n. 指南；指導方針
    ㄍㄞㄉ·ㄌㄞㄋ

12. **guiding** [ˈgaɪdɪŋ] v. 引導（guide 的動名詞，動詞現在分詞）
    ㄍㄞ·ㄉㄥ

13. **highlight** [ˈhaɪˌlaɪt] n. 強光（效果）；最精彩的部分 v. 用強光照射；使顯著；使突出
    ㄏㄞ·ㄌㄞㄊ

14. **highly** [ˈhaɪlɪ] adv. 非常；很；高度地
    ㄏㄞ·ㄌㄧ

366

專利語調矩陣　重音節母音

[aɪ] ㄞ

hightech ['haɪˌtɛk] n. 高科技 adj. 高科技的；高科技設計的	high·tech ㄏ ㄞ ㄊㄜ˙ ㄎ	8. iron ['aɪɚn] n. 鐵；熨斗 v. 熨燙 adj. 鐵的；剛強的	i·ron ㄞ ㄦ ㄋ̃
highway ['haɪˌwe] n. 公路；幹道	high·way ㄏ ㄞ ㄨ ㄟ˙	9. island ['aɪlənd] n. 島嶼	is·land ㄞ ㄌㄜㄋ̃ ㄉ
hire [haɪr] vt. 租，租借 n. 租用，僱用	hi·re ㄏㄞ ㄦ	10. item ['aɪtəm] n. 項目；品目	i·tem ㄞ ㄊㄜ ㄇ̃
ice cream ['aɪsˌkrim] n. 冰淇淋	ice cream ㄞ ㄙ ㄎ̥ㄒ ㄇ̃	11. liar ['laɪɚ] n. 說謊的人	li·ar ㄌㄞ ㄦ
iceberg ['aɪsˌbɝg] n. 冰山	ice·berg ㄞㄙ ㄅ ㄦ ㄍ̊	12. license ['laɪsns] n. 證照；許可證 v. 許可；准許；發許可證給	li·cense ㄌㄞ ㄙ ㄜㄋ̃ ㄙ
icon ['aɪkɑn] n. 圖示；偶像；崇拜對象	i·con ㄞ ㄎㄚ̃ ㄋ̃	13. lifestyle ['laɪfˌstaɪl] n. 生活方式	life·style ㄌㄞ ㄈ' ㄙㄉ ㄞ ㄛ
Irish ['aɪrɪʃ] n. 愛爾蘭人；愛爾蘭語 adj. 愛爾蘭的；愛爾蘭人（語）的	I·rish ㄞ ㄖ̥ㄜ ㄒ	14. lifetime ['laɪfˌtaɪm] n. 一生；終身	life·time ㄌㄞ ㄈ' ㄊㄜ˙ ㄞ ㄇ̃

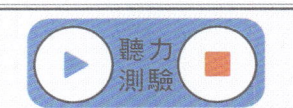

367

[aɪ] ㄞ

專利語調矩陣 **重音節母音** [aɪ] ㄞ

1. **lighthouse** light·house
   [ˈlaɪtˌhaʊs]
   n. 燈塔
   ㄉㄞ ㄤ˙ㄏㄠ˙ㄙ

2. **lighting** ligh·ting
   [ˈlaɪtɪŋ]
   n. 照明；點火；照明設備
   ㄉㄞ ˙ㄤ˙ㄥ

3. **lightly** light·ly
   [ˈlaɪtlɪ]
   adv. 輕輕地
   ㄉㄞ ㄤ˙ㄉ一

4. **lightning** light·ning
   [ˈlaɪtnɪŋ]
   n. 閃電
   ㄉㄞ ㄤ˙ㄋㄥ

5. **likely** like·ly
   [ˈlaɪklɪ]
   adj. 有可能的
   adv. 很可能
   ㄉㄞㄎ˙ㄉ一

6. **likewise** like·wise
   [ˈlaɪkˌwaɪz]
   adv. 同樣地；也；又
   ㄉㄞㄎ˙ㄨㄞㄗ

7. **lion** li·on
   [ˈlaɪən]
   n. 獅子
   ㄉㄞ˙ㄜㄋ

8. **mightn't** migh·tn't
   [ˈmaɪtnt]
   aux. 可能不會
   ㄇㄞ ˙ㄤㄜㄋ˙ㄤ

9. **mighty** migh·ty
   [ˈmaɪtɪ]
   adj. 強大的；強有力的
   ㄇㄞ ˙ㄤ˙一

10. **minor** mi·nor
    [ˈmaɪnɚ]
    n. 未成年者；副科
    v. 副修；兼修
    adj. 較小的；較次要的
    ㄇㄞ˙ㄋ儿

11. **minus** mi·nus
    [ˈmaɪnəs]
    adj. 負的；減去的
    n. 負號
    ㄇㄞ˙ㄋㄜㄙ

12. **neither** nei·ther
    [ˈniðɚ]
    adj. 兩者都不
    adv. 也不
    conj. 也不
    pron. 兩者都不
    ㄋㄞ˙ㄗ儿

13. **nightmare** night·mare
    [ˈnaɪtˌmɛr]
    n. 夢魘；惡夢
    ㄋㄞ ㄤ˙ㄇㄝ儿

14. **nineteen** nine·teen
    [ˈnaɪnˈtin]
    adj. 十九的
    n. 十九
    ㄋㄞㄋ˙ㄤ‿ㄋ

368

專利語調矩陣　重音節母音

[aɪ] ㄞ

1. **ninety**
['naɪntɪ]
adj. 九十的
n. 九十

nine·ty
ㄋㄞㄋ˜ · ㄊㄜ-

2. **pilot**
['paɪlət]
v. 帶領；引導
n.（飛機等的）駕駛

pi·lot
ㄆㄞ · ㄌㄜㄠ

3. **piper**
['paɪpɚ]
n. 吹笛者；
風笛手；管道工

pi·per
ㄆㄞ · ㄆㄦ

4. **prior**
['praɪɚ]
n. 修道院院長；
或副院長
adj. 在先的；
在前的；居先的

pri·or
ㄆㄖㄞ · ㄦ

5. **private**
['praɪvɪt]
adj. 私人的

pri·vate
ㄆㄖㄞ · ㄈㄜㄠ

6. **quiet**
['kwaɪət]
adj. 安靜的

qui·et
ㄎㄨㄞ · ㄜㄠ

7. **rider**
['raɪdɚ]
n. 搭乘的人；附文

ri·der
ㄖㄞ · ㄉㄦ

8. **rifle**
['raɪfl]
v. 洗劫；劫掠
n. 步槍；來福槍

ri·fle
ㄖㄞ · ㄈㄛ

9. **riot**
['raɪət]
n. 暴亂；騷亂；狂歡
v. 參加（或發動）；
暴亂；放縱

ri·ot
ㄖㄞ · ㄜㄠ

10. **rival**
['raɪvl]
n. 競爭者；對手
v. 與..競爭；
比得上
adj. 競爭的

ri·val
ㄖㄞ · ㄈㄛ

11. **science**
['saɪəns]
n. 科學

sci·ence
ㄙㄞ · ㄜㄋ˜ ㄙ

12. **sidewalk**
['saɪd͵wɔk]
n. 路邊行人道

side·walk
ㄙㄞㄉ · ㄨㄛㄎ

13. **silence**
['saɪləns]
n. 沈默；寂靜

si·lence
ㄙㄞ · ㄌㄜㄋ˜ ㄙ

14. **silent**
['saɪlənt]
adj. 寂靜的

si·lent
ㄙㄞ · ㄌㄜㄠ

369

[aɪ] ㄞ

專利語調矩陣　重音節母音

[aɪ] ㄞ

1. **slightly**
   [ˋslaɪtlɪ]
   adv. 輕微地；稍微地；微小地

   slight·ly

2. **spider**
   [ˋspaɪdɚ]
   n. 蜘蛛

   spi·der

3. **striking**
   [ˋstraɪkɪŋ]
   adj. 顯著的；突出的；罷工的

   stri·king

4. **Thailand**
   [ˋtaɪlənd]
   n. 泰國

   Thai·land

5. **tidy**
   [ˋtaɪdɪ]
   adj. 整潔的
   v. 使整潔

   ti·dy

6. **tiger**
   [ˋtaɪgɚ]
   n. 老虎

   ti·ger

7. **tighten**
   [ˋtaɪtn]
   v. 變緊；繃緊

   tigh·ten

8. **tightly**
   [ˋtaɪtlɪ]
   adv. 緊緊地；堅固地；牢固地

   tight·ly

9. **timing**
   [ˋtaɪmɪŋ]
   n. 時間的選擇（或安排）；計時

   ti·ming

10. **tiny**
    [ˋtaɪnɪ]
    adj. 微小的

    ti·ny

11. **tire**
    [taɪr]
    n. 輪胎
    vt. 裝輪胎

    ti·re

12. **tired**
    [taɪrd]
    adj. 疲倦的；厭倦的；厭煩的

    ti·red

13. **tiresome**
    [ˋtaɪrsəm]
    adj. 令人厭倦的

    tire·some

14. **title**
    [ˋtaɪtl]
    n. 標題；頭銜

    ti·tle

370

專利語調矩陣 重音節母音 [aɪ] ㄞ

1. **tribal**
[traɪbl]
adj. 部落的；種族的

2. **trying**
[traɪɪŋ]
v. 試做（try 的現在分詞）
adj. 令人難受的；惱人的；令人煩惱的

3. **triumph**
[`traɪəmf]
n. 勝利
v. 獲得勝利

4. **via**
[`vaɪə]
prep. 經由；取道；憑藉；經由；通過；透過

5. **vial**
[`vaɪəl]
n. 小玻璃瓶；藥水瓶；鬱積的情緒

6. **vibrate**
[`vaɪbret]
v. 顫動；振動；震動

7. **violate**
[`vaɪə‚let]
v. 違犯；擾亂

8. **violence**
[`vaɪələns]
n. 暴力行為

9. **violet**
[`vaɪəlɪt]
n. 紫蘿蘭
adj. 紫色的

10. **virus**
[`vaɪrəs]
n. 病毒

11. **vital**
[`vaɪtl]
adj. 充滿活力的；極其重要的；致命的

12. **whining**
[`hwaɪnɪŋ]
whine 的動詞現在分詞、動名詞

13. **widely**
[`waɪdlɪ]
adv. 範圍廣地；廣泛地；遠；大大地

14. **widen**
[`waɪdn]
vt. 放寬；加寬；擴大
vi. 變寬；擴大

371

aɪ ㄞ

專利語調矩陣 **重音節母音**

[aɪ] ㄞ

1. **widespread** wide·spread
   [ˈwaɪdˌsprɛd]
   adj. 分布；
   （或散布）廣的；
   普遍的；廣泛的

2. **wildlife** wild·life
   [ˈwaɪldˌlaɪf]
   n. 野生生物
   adj. 野生生物的

3. **writer** wri·ter
   [ˈraɪtɚ]
   n. 作家；作者

4. **writing** wri·ting
   [ˈraɪtɪŋ]
   n. 書寫；寫作；
   文學作品；文件

5. **iPad** i·Pad
   [ˈaɪpæd]
   n. 特指蘋果公司
   出品的平板電腦

6. **choir** choi·r
   [kwaɪr]
   n.(教堂的) 唱詩班；
   合唱團

372

專利語調矩陣 | 重音節母音 [aɪ] ㄞ

1. **abide** [ə`baɪd] v. 忍受；等候
   a·bide ㄜ·ㄅㄞㄉ

2. **advice** [əd`vaɪs] n. 忠告
   ad·vice ㄜㄉ·ㄈ`ㄞㄙ

3. **advise** [əd`vaɪz] v. 勸告
   ad·vise ㄜㄉ·ㄈ`ㄞZ

4. **alike** [ə`laɪk] adj. 相似的 adv. 一樣地；相似地
   a·like ㄜ·ㄌㄞㄎ

5. **alive** [ə`laɪv] adj. 活著的；活躍的
   a·live ㄜ·ㄌㄞㄈ`

6. **apply** [ə`plaɪ] v. 塗；敷；應用
   a·pply ㄜ·ㄆㄌㄞ

7. **arise** [ə`raɪz] v. 升起
   a·rise ㄜ·ㄖㄞZ

8. **arrive** [ə`raɪv] v. 到達
   a·rrive ㄜ·ㄖㄞㄈ`

9. **aside** [ə`saɪd] adv. 在旁邊；到（或向）旁邊
   a·side ㄜ·ㄙㄞㄉ

10. **assign** [ə`saɪn] v. 分配；分派
    a·ssign ㄜ·ㄙㄞㄋ

11. **behind** [bɪ`haɪnd] adv. 在背後；向背後；遲；落後 prep. 在…後面
    be·hind ㄅㄧ·ㄏㄞㄋㄉ

12. **beside** [bɪ`saɪd] prep. 在…旁側
    be·side ㄅㄧ·ㄙㄞㄉ

13. **besides** [bɪ`saɪdz] adv. 並且 prep. 除…之外
    be·sides ㄅㄧ·ㄙㄞㄗ

14. **combine** [kəm`baɪn] v. 使結合
    com·bine ㄎㄜㄇ·ㄅㄞㄋ

373

1. **combined** [kəm`baɪnd] adj. 聯合的；相加的

2. **comply** [kəm`plaɪ] v.（對要求命令等）依從；順從

3. **comprise** [kəm`praɪz] v. 包括；由...組成

4. **decide** [dɪ`saɪd] v. 決定

5. **decline** [dɪ`klaɪn] v. 下降；下跌；衰退；婉拒；謝絕

6. **define** [dɪ`faɪn] v. 解釋；給...下定義

7. **delight** [dɪ`laɪt] n. 欣喜；愉快 v. 使高興

8. **deny** [dɪ`naɪ] v. 否定；否認

9. **derive** [dɪ`raɪv] v. 取得；衍生出

10. **describe** [dɪ`skraɪb] v. 描述

11. **design** [dɪ`zaɪn] n. 圖案；設計 v. 設計

12. **desire** [dɪ`zaɪr] n. 渴望 v. 渴望；要求

13. **despite** [dɪ`spaɪt] prep. 不管；儘管；任憑

14. **device** [dɪ`vaɪs] n. 儀器；裝置

[aɪ] ㄞ

1. **divide** [də`vaɪd] v. 分開；除以
2. **divine** [də`vaɪn] adj. 神授的；神聖的；天賜的；美妙的；非凡的
3. **excite** [ɪk`saɪt] v. 使興奮；使激動
4. **goodnight** [ˌgʊd`naɪt] n. 晚安
5. **goodbye** [ˌgʊd`baɪ] n. 告別 int. 再見；再會
6. **imply** [ɪm`plaɪ] v. 暗指；暗示；意味著
7. **invite** [ɪn`vaɪt] v. 邀請
8. **July** [dʒu`laɪ] n. 七月
9. **online** [`ɑn͵laɪn] adj. 線上的；在線的；網路上的
10. **polite** [pə`laɪt] adj. 有禮貌的
11. **precise** [prɪ`saɪs] adj. 精確的；準確的
12. **provide** [prə`vaɪd] v. 供應
13. **rely** [rɪ`laɪ] v. 依靠；依賴
14. **remind** [rɪ`maɪnd] v. 提醒

375

aɪ ㄞ

專利語調矩陣　重音節母音　[aɪ] ㄞ

1. **reply** / re·ply
   [rɪ`plaɪ]
   n. 答覆;回覆
   v. 回答
   ㄖ一·ㄆㄌㄞ

2. **resign** / re·sign
   [rɪ`zaɪn]
   v. 放棄;辭去
   ㄖ一·ㄗㄞㄣ

3. **revise** / re·vise
   [rɪ`vaɪz]
   v. 校訂;更改
   ㄖ一·ㄈㄞㄗ

4. **supply** / su·pply
   [sə`plaɪ]
   v. 供給;供應
   ㄙㄜ·ㄆㄌㄞ

5. **surprise** / sur·prise
   [sɚ`praɪz]
   n. 驚喜;意外的事
   v. 使吃驚;令人意外
   ㄙㄦ·ㄆㄖㄞㄗ

6. **surprised** / sur·prised
   [sɚ`praɪzd]
   adj. 驚訝的
   ㄙㄦ·ㄆㄖㄞㄗㄉ

7. **survive** / sur·vive
   [sɚ`vaɪv]
   v. 生存;存活
   ㄙㄦ·ㄈㄞㄈ

8. **tonight** / to·night
   [tə`naɪt]
   n. 今夜;今晚
   adv. 今夜;今晚
   ㄊㄜ·ㄋㄞㄊ

9. **unite** / u·nite
   [ju`naɪt]
   v. 統一;使團結
   ㄧㄨ·ㄋㄞㄊ

10. **unlike** / un·like
    [ʌn`laɪk]
    adj. 不同的;不相似的
    prep. 不像;和...不同
    ㄜㄣ·ㄌㄞㄎ

站起來，
休息一下吧！

1. **beetle**
['bitl]
n. 甲蟲；金龜車
Beetles 著名樂團 披頭四

2. **being**
['biɪŋ]
n. 存在；生存；生命；本質；生物

3. **breathing**
['briðɪŋ]
n. 呼吸

4. **briefly**
['briflɪ]
adv. 簡潔地；簡單地說；短暫地

5. **ceiling**
['silɪŋ]
n. 天花板

6. **cleaning**
['klinɪŋ]
n.（尤指對房間的）清掃；掃除；清潔（clean 的動名詞, 現在分詞）

7. **creature**
['kritʃɚ]
n. 生物；動物

8. **dealer**
['dilɚ]
n. 業者；商人；發牌者

9. **decent**
['disnt]
adj. 正派的；體面的

10. **decrease**
['dikris]
n. 減少；減小；減少額；減小量

11. **deeply**
['diplɪ]
adv. 深深地

12. **detail**
['ditel]
v. 詳述；詳細說明
n. 細節；詳情

13. **detailed**
['di`teld]
adj. 詳細的；精細的

14. **dreamer**
['drimɚ]
n. 夢想家；不切實際的人

專利語調矩陣　　重音節母音

1. **eager** [ˋigɚ] adj. 渴望的；急切的
2. **eagle** [ˋig!] n. 老鷹
3. **Easter** [ˋistɚ] n. 復活節
4. **eastern** [ˋistɚn] adj. 東方的
5. **easy** [ˋizɪ] adj. 容易的
6. **eater** [ˋitɚ] n. 食者
7. **eating** [ˋitɪŋ] adj. 進食的（eat 的動名詞, 動詞現在分詞）
8. **eaten** [ˋitn] eat 的動詞過去分詞
9. **ego** [ˋigo] n. 自我；自負
10. **either** [ˋiðɚ] adj. 兩者之一 adv. 也 pron.（兩者之中）任何一個
11. **email** [ˋi,mel] n. 電子郵件 v. 傳送電子郵件
12. **equal** [ˋikwəl] n. 相等的事物；相等的數量 adj. 平等的 v. 等於
13. **even** [ˋivən] adj. 均勻的；偶數的；平手的 adv. 即使
14. **evening** [ˋivnɪŋ] n. 傍晚

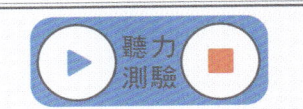

379

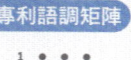

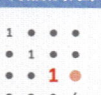

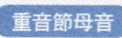

1. **evil**
   [ˋivl]
   n. 邪惡；罪惡
   adj. 邪惡的

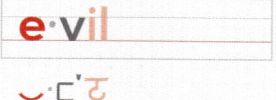

2. **feature**
   [fitʃɚ]
   n. 特徵；特色
   v. 以 ... 為特色

3. **feedback**
   [ˋfid͵bæk]
   n. 反饋的信息

4. **feeling**
   [ˋfilɪŋ]
   n. 感覺

5. **female**
   [ˋfimel]
   adj. 女性的
   n. 雌性動物

6. **fever**
   [ˋfivɚ]
   n. 發燒

7. **fleetly**
   [ˋflitlɪ]
   adv. 快速地；
   轉瞬即逝地

8. **freedom**
   [ˋfridəm]
   n. 自由

9. **freely**
   [ˋfrilɪ]
   adv. 自由地；
   無拘束地；
   大量地；無節制地

10. **freezer**
    [frizɚ]
    n. 冷凍庫

11. **freezing**
    [ˋfrizɪŋ]
    adj. 冰凍的；
    極冷的
    n. 凍結狀態

12. **frequent**
    [ˋfrikwənt]
    adj. 頻繁的屢次的
    v. 常到；常去

13. **genius**
    [ˋdʒinjəs]
    n. 天才

14. **greedy**
    [ˋgridɪ]
    adj. 貪心的

專利語調矩陣 / 重音節母音

1. **Greenland** green·land
   [ˋgrinlənd]
   n. 格林蘭島

2. **heater** hea·ter
   [ˋhitɚ]
   n. 暖氣機

3. **keyboard** key·board
   [ˋki͵bord]
   n. 鍵盤；鍵盤樂器

4. **leader** lea·der
   [ˋlidɚ]
   n. 領袖

5. **leading** lea·ding
   [ˋlidɪŋ]
   adj. 帶領的；主要的

6. **leaflet** leaf·let
   [ˋliflɪt]
   n. 傳單；單張印刷品；小葉

7. **legal** le·gal
   [ˋligl̩]
   adj. 合法的

8. **liter** li·ter
   [ˋlitɚ]
   n. 公升

9. **meaning** mea·ning
   [ˋminɪŋ]
   n. 意義

10. **meantime** mean·time
    [ˋmin͵taɪm]
    n. 其時；其間

11. **meanwhile** mean·while
    [ˋmin͵hwaɪl]
    adv. 其間；同時

12. **medium** me·dium
    [ˋmidɪəm]
    adj. 中等的
    n. 中間；中庸；媒體；工具；傳播

13. **meeting** mee·ting
    [ˋmitɪŋ]
    n. 集會

14. **meter** me·ter
    [ˋmitɚ]
    v. 用儀錶測量
    n. 公尺；計量器

381

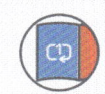

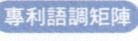

1. **needle**
   [ˋnid!]
   n. 針
   v. 用針縫

2. **neither**
   [ˋniðɚ]
   adj. 兩者都不
   adv. 也不
   conj. 也不
   pron. 兩者都不

3. **peaceful**
   [ˋpisfəl]
   adj. 寧靜的；
   和平的

4. **peanut**
   [ˋpi͵nʌt]
   n. 花生；花生果；
   花生米

5. **people**
   [ˋpip!]
   n. 人們

6. **Peter**
   [ˋpitɚ]
   n. 人名；彼得

7. **pizza**
   [ˋpitsə]
   n. 披薩

8. **premium**
   [ˋprimɪəm]
   n. 獎品；獎金；津貼；
   加價；保險費
   adj. 高價的；
   優質的

9. **previous**
   [ˋpriviəs]
   adj. 先的；
   以前的

10. **reader**
    [ˋridɚ]
    n. 讀者；讀本

11. **reading**
    [ˋridɪŋ]
    n. 閱讀；讀物；
    學識；讀數；看法

12. **really**
    [ˋrɪəlɪ]
    adv. 真地；確實
    很；十分；實在；
    是嗎

13. **reason**
    [ˋrizn]
    n. 理由

14. **recent**
    [ˋrisnt]
    adj. 最近的

1. **region** re·gion
   [ˋridʒən]
   n. 地區；地帶

2. **research** re·search
   [ˋrɪsɝtʃ]
   n.（學術）研究；
   調查；探索
   v. 調查；探究

3. **resource** re·source
   [rɪˋsors]
   n. 資源；物力；
   財力

4. **retail** re·tail
   [ˋritel]
   n. 零售
   v. 以零售方式；
   以零售價格
   adv. 以零售方式；

5. **screening** scree·ning
   [ˋskrinɪŋ]
   v. 篩檢
   n. 篩檢；掩護；
   隔開

6. **seafood** sea·food
   [ˋsi͵fud]
   n. 海鮮；
   海產食品

7. **seahorse** sea·horse
   [ˋsē͵hôrs]
   n. 海馬；
   半馬半魚的怪獸

8. **season** sea·son
   [ˋsizn]
   n. 季節
   v. 給…調味；
   加味於

9. **secret** se·cret
   [ˋsikrɪt]
   n. 秘密
   adj. 神祕的；
   奧祕的

10. **seesaw** see·saw
    [ˋsi͵sɔ]
    n. 蹺蹺板

11. **senior** se·nior
    [ˋsinjɚ]
    n. 資深人士；
    高年級生
    adj. 年資較深的；
    高年級生的

12. **sequence** se·quence
    [ˋsikwəns]
    n. 連續；一連串；
    次序

13. **series** se·ries
    [ˋsiriz]
    n. 連續；系列

14. **serious** se·rious
    [ˋsɪrɪəs]
    adj. 嚴肅的；
    嚴重的；認真的

專利語調矩陣　　重音節母音

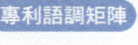

[i]

1. **skiing**
   [ˋskiɪŋ]
   n. 滑雪（運動）；滑雪技術

   ski·ing
   ㄙㄍㄍ˘ ㄛ

2. **sleepless**
   [ˋsliplɪs]
   adj. 失眠的；不眠的；醒著的；警覺的

   sleep·less
   ㄙㄌ˘ ㄆˇ·ㄌㄜㄙ

3. **sleepy**
   [ˋslipɪ]
   adj. 想睡的

   slee·py
   ㄙㄌ˘·ㄆ一

4. **sneakers**
   [ˋsnikɚz]
   n. 球鞋；運動鞋

   snea·kers
   ㄙㄋ˘·ㄎㄦㄗ

5. **sneaky**
   [ˋsnikɪ]
   adj. 鬼鬼祟祟的

   snea·ky
   ㄙㄋ˘·ㄎ一

6. **speaker**
   [ˋspikɚ]
   n. 演講者；講某種語言的人；喇叭；擴音器

   spea·ker
   ㄙㄆ˘·ㄎㄦ

7. **species**
   [ˋspiʃiz]
   n. 種類；種

   spe·cies
   ㄙㄆ˘·ㄒ˘ㄗ

8. **teacher**
   [ˋtitʃɚ]
   n. 老師；教師

   tea·cher
   ㄊ˘·ㄑˇㄦ

9. **teaching**
   [ˋtitʃɪŋ]
   n. 教學

   tea·ching
   ㄊ˘·ㄑˇㄛ

10. **teammate**
    [ˋtim͵met]
    n. 隊友；同隊隊員

    team·mate
    ㄊ˘ㄇ̃·ㄇ˙ㄝㄊ

11. **teapot**
    [ˋti͵pat]
    n. 茶壺

    tea·pot
    ㄊ˘·ㄆㄚㄊ

12. **teaspoon**
    [ˋti͵spun]
    n. 茶匙；一茶匙的量

    tea·spoon
    ㄊ˘·ㄙㄣ×ㄋ̃

13. **teenage**
    [ˋtin͵edʒ]
    n. 青少年時期
    adj. 十幾歲的

    tee·nage
    ㄊ˘·ㄋ˙ㄐ

14. **treatment**
    [ˋtritmənt]
    n. 對待；待遇；治療法

    treat·ment
    ㄔㄨ˘ ㄊ·ㄇㄜㄋㄊ

384

專利語調矩陣 | 重音節母音

1. treaty
['tritɪ]
n. 條約；協定

2. treetop
['tri,tap]
n. 樹梢

3. T-shirt
['ti,ʃɝt]
n. 短袖圓領的運動衫

4. weaken
['wikən]
v. 削弱；減弱

5. weakness
['wiknɪs]
n. 虛弱；弱點

6. weekday
['wik,de]
n. 工作日

7. weekend
['wik`ɛnd]
n. 週末

8. weekly
['wiklɪ]
n. 週刊；週報
adj. 每週的；一週一次的
adv. 每週

9. wheelchair
['hwil,tʃɛr]
n. 輪椅

10. zebra
['zibrə]
n. 斑馬

11. zero
['zɪro]
adj. 零的
n. 零

12. hero
['hɪro]
n. 英雄

老鷹跟黑熊，諧音就是英雄，也就是蕭博士認為臺灣孩子比較欠缺的榜樣。因此，蕭博士特地在傳統的十二生肖之外，加上了兩隻動物，以此來勉勵孩子，也以其自勉，生命中，要有榜樣，要有效法對象，要有 hero。

385

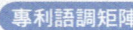

1. **phoenix**
   [ˋfinɪks]
   n. 長生鳥；鳳凰；
   大天才；絕代佳人；
   絕世珍品

   小鸚鵡：
   I will listen and repeat
   發音聽力（純粹模仿）

   模仿師長語音，
   先會學話，唯妙唯肖

   小鴨：
   I will chant and sing
   薰習素養（經典墨水）

   充填文化經典，
   長大講話，有憑有據

   小麻雀：
   I will chat
   對話聽話（捉對練習）

   樂陪同窗開口，
   馬上對話，現學現賣

   小孔雀：
   I will trace & write & draw
   寫字繪圖（講究線條）

   靜伴自己動手，
   用筆說話，一板一眼

386

老鷹：
I will appreciate
欣賞畫作（感受人文）

邂逅雋永古籍，
畫會傳話，輕聲輕語

大鵬鳥：
I will play
翻譯改寫（遨遊雙語）

體會中英人文，
話中有話，無邊無垠

鳳凰：
I will share
分享所學（教學相長）

回頭大方分享，
傳為佳話，人見人愛

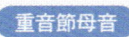

#	單字	音標	詞性/中文
1	achieve / a·chieve	[əˋtʃiv]	v. 實現
2	agree / a·gree	[əˋgri]	v. 同意
3	appeal / a·ppeal	[əˋpil]	n. 呼籲；上訴；吸引力　v. 呼籲；懇求；有吸引力
4	asleep / a·sleep	[əˋslip]	adj. 睡著的
5	belief / be·lief	[bɪˋlif]	n. 存在；生存；生命；本質
6	believe / be·lieve	[bɪˋliv]	v. 相信
7	beneath / be·neath	[bɪˋniθ]	adv. 在下　prep. 在…之下
8	between / be·tween	[bɪˋtwin]	prep. 在…和…之間
9	Chinese / Chi·nese	[ˋtʃaɪˋniz]	n. 中文；中國人　adj. 中國的；中國人的
10	compete / com·pete	[kəmˋpit]	v. 競爭；對抗
11	complete / com·plete	[kəmˋplit]	v. 完成；使完整　adj. 完整的；徹底的
12	concede / con·cede	[kənˋsid]	v. （勉強）承認；讓步；承認失敗
13	conceive / con·ceive	[kənˋsiv]	v. 構想出；設想；懷孕
14	debris / de·bris	[dəˋbri]	n. 殘骸；破瓦殘礫；垃圾

專利語調矩陣　　重音節母音　　[i] ⌣

1. **defeat** [dɪ`fit] n. 失敗；戰敗；挫折 v. 戰勝；擊敗
   de·feat
   ㄉㄧ·ㄈ⌣ㄊ

2. **degree** [dɪ`gri] n. 程度；度數；學位
   de·gree
   ㄉㄧ·ㄍㄨ⌣

3. **disease** [dɪ`ziz] n. 病；疾病
   di·sease
   ㄉㄧ·ㄗ⌣ㄗ

4. **elite** [e`lit] n. 精華；精英
   e·lite
   ㄜ·ㄌ⌣ㄊ

5. **exceed** [ɪk`sid] v. 超過；勝過
   ex·ceed
   ㄜㄎㄙ·ㄙ⌣ㄉ

6. **extreme** [ɪk`strim] n. 極端；末端 adj. 極端的；極度的
   ex·treme
   ㄜㄎㄙ·ㄓㄨ⌣ㄇ

7. **fatigue** [fə`tig] n. 疲勞；勞累
   fa·tigue
   ㄈㄜ·ㄊㄧ⌣ㄍ

8. **idea** [aɪ`diə] n. 主意；點子
   i·dea
   ㄞ·ㄉ⌣ㄜ

9. **ideal** [aɪ`diəl] n. 理想 adj. 理想的；完美的
   i·deal
   ㄞ·ㄉ⌣ㄜ

10. **indeed** [ɪn`did] adv. 確實；實在
    in·deed
    ㄜㄋ·ㄉㄧ⌣ㄉ

11. **machine** [mə`ʃin] n. 機器
    ma·chine
    ㄇㄜ·ㄒㄧ⌣ㄋ

12. **marine** [mə`rin] n. 船舶；海運業；海軍陸戰隊員 adj. 海的；海生的；海軍陸戰隊的
    ma·rine
    ㄇㄜ·ㄖㄨ⌣ㄋ

13. **perceive** [pɚ`siv] v. 察覺；感知；意識到
    per·ceive
    ㄆㄦ·ㄙ⌣ㄈ

14. **perceived** [pɚ`sivd] adj. 被認為；被看待；被視為
    per·ceived
    ㄆㄦ·ㄙ⌣ㄈㄉ

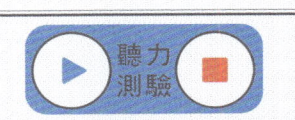

389

1. **police**
[pə`lis]
n. 警察

po·lice
ㄆㄜ·ㄌ⌣ㄙ

2. **proceed**
[prə`sid]
n. 股票交易的金額
v. 開始；著手

pro·ceed
ㄆㄖㄨ·ㄙ⌣ㄉ

3. **receive**
[rɪ`siv]
v. 收到

re·ceive
ㄖㄨㄧ·ㄙ⌣ㄈˊ

4. **regime**
[rɪ`ʒim]
n. 政體；政權；政府

re·gime
ㄖㄨㄧ·ㄖ⌣ㄇ̃

5. **release**
[rɪ`lis]
n. 發行；發表；釋放；解放
v. 釋放；解放

re·lease
ㄖㄨㄧ·ㄌ⌣ㄙ

6. **relief**
[rɪ`lif]
n. 緩和；減輕；解除

re·lief
ㄖㄨㄧ·ㄌ⌣ㄈˊ

7. **relieve**
[rɪ`liv]
v. 緩和；減輕；解除

re·lieve
ㄖㄨㄧ·ㄌ⌣ㄈˊ

8. **repeat**
[rɪ`pit]
v. 重複

re·peat
ㄖㄨㄜ·ㄆ⌣ㄊ

9. **retreat**
[rɪ`trit]
n. 撤退
v. 撤退；退卻

re·treat
ㄖㄨㄜ·ㄔㄨ⌣ㄊ

10. **reveal**
[rɪ`vil]
v. 展現；顯露出

re·veal
ㄖㄨㄜ·ㄈˊ⌣ㄛ

11. **routine**
[ru`tin]
n. 例行公事
adj. 日常的；例行的；常規的

rou·tine
ㄖㄨ·ㄊ⌣ㄋ̃

12. **succeed**
[sək`sid]
v. 成功

suc·ceed
ㄙㄜㄎ·ㄙ⌣ㄉ

13. **supreme**
[sə`prim]
adj. 最高的；至上的

su·preme
ㄙㄜ·ㄆㄖㄨ⌣ㄇ̃

14. **technique**
[tɛk`nik]
n. 技巧；技術

tech·nique
ㄊㄜㄎ·ㄋ⌣ㄎ

unique
[ju`nik]
adj. 獨特的

u·nique
ㄨ·ㄋㄧㄎ

vaccine
[`væksin]
n. 疫苗

vac·cine
ㄈˋㄚㄎˋ·ㄙㄧㄋˇ

ㄅ ㄜ ㄊ / ʌ ə t

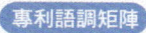

專利語調矩陣 重音節母音

[ʌ] [ə] [ㄊ]

1. **bloody** [ˋblʌdɪ] adj. 流血的

   bloo·dy ㄅㄌㄜ·ㄉㄧ

2. **brother** [ˋbrʌðɚ] n. 兄；弟；兄弟；哥兒們

   bro·ther ㄅㄖㄜ·ㄜㄦ

3. **bubble** [ˋbʌb!] n. 水泡；氣泡 v. 沸騰；冒泡

   bu·bble ㄅㄜ·ㄅㄜ

4. **bucket** [ˋbʌkɪt] n. 水桶

   bu·cket ㄅㄜ·ㄎㄜㄜ

5. **buckle** [ˋbʌk!] n. 帶釦；搭鉤 v. 扣住；垮掉；讓步

   bu·ckle ㄅㄜ·ㄎㄜ

6. **buddy** [ˋbʌdɪ] n. 朋友；搭檔；夥伴

   bu·ddy ㄅㄜ·ㄉㄧ

7. **budget** [ˋbʌdʒɪt] n. 預算 v. 把…編入預算

   bu·dget ㄅㄜ·ㄐㄜㄜ

8. **bundle** [ˋbʌnd!] n. 捆；大量

   bun·dle ㄅㄜㄋ·ㄉㄜ

9. **butter** [ˋbʌtɚ] n. 奶油

   bu·tter ㄅㄜ·ㄜㄦ

10. **button** [ˋbʌtn] v. 扣鈕扣 n. 鈕扣

    bu·tton ㄅㄜ·ㄜㄜㄋ

11. **chubby** [ˋtʃʌbɪ] adj. 圓胖的

    chu·bby ㄑㄜ·ㄅㄧ

12. **chuckle** [ˋtʃʌk!] vi. 咯咯地笑；暗自發笑 vt. 輕聲笑著表示 n. 咕咕聲；竊笑

    chu·ckle ㄑㄜ·ㄎㄜ

13. **cluster** [ˋklʌstɚ] n. 串；簇；群 v. 使成簇（或群）；叢生

    clus·ter ㄎㄌㄜㄙ·ㄉㄦ

14. **color** [ˋkʌlɚ] n. 顏色 v. 著色；渲染；文飾；影響

    co·lor ㄎㄜ·ㄌㄦ

392

1. **comfort**
[ˋkʌmfɚt]
n. 安逸；舒適
v. 安慰；慰問

2. **coming**
[ˋkʌmɪŋ]
adj. 即將到來的；下一個的

3. **country**
[ˋkʌntrɪ]
n. 國家；鄉下

4. **couple**
[ˋkʌp!]
n. 一對；夫妻
v. 結合；成婚

5. **cousin**
[ˋkʌzn]
n. 表（堂）；兄弟姊妹

6. **cover**
[ˋkʌvɚ]
n. 封面
v. 覆蓋；蓋住

7. **cultural**
[ˋkʌltʃərəl]
adj. 文化的；教養的；人文的

8. **custom**
[ˋkʌstəm]
n. 習俗

9. **doesn't**
[ˋdʌznt]
abbr. does not

10. **double**
[ˋdʌb!]
n. 兩倍
adj. 雙重的
v. 加倍

11. **dozen**
[ˋdʌzn]
n. 一打

12. **drugstore**
[ˋdrʌg͵stor]
n.（常兼售雜貨的）藥房

13. **Drury**
[ˋdrʊərɪ]
n. 德利（出自倫敦著名的德利街劇場 Drury Lane）

14. **dummy**
[ˋdʌmɪ]
n. 模型人；假人
adj. 仿造的
v. 不吭聲

393

[ʌ] [ə] [ㄊ]

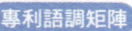

1. **dumpling**
[ˋdʌmplɪŋ]
n. 餃子

   dump·ling
   ㄉㄜ ㄇ˜ ㄆ˙ ㄌ ㄥ

2. **Dumpty**
[ˋdʌmptɪ]
出自於 Mother Goose Rhyme 的英文童詩原文為 Humpty Dumpty（矮胖子）

   Dump·ty
   ㄉㄜ ㄇ˜ ㄆ˙ ㄊㄧ

3. **frustrate**
[ˋfrʌs‚tret]
v. 挫敗；阻撓

   frus·trate
   ㄈㄨ ㄜ ㄙ· ㄓㄨㄝ ㄊ

4. **fucking**
[ˋfʌkɪŋ]
adj.(俗俚語) 該死的；討厭的

   fu·cking
   ㄈㄜ· ㄎ ㄥ

5. **function**
[ˋfʌŋkʃən]
n. 功能；作用；函數
v. 起作用

   func·tion
   ㄈㄜㄥ˙ㄎ· ㄒ ㄜ ㄣ˜

6. **funding**
[ˋfʌndɪŋ]
n. 資金；基金

   fun·ding
   ㄈㄜㄣ˜· ㄉㄥ

7. **funny**
[ˋfʌnɪ]
adj. 有趣的；可笑的；滑稽的

   fu·nny
   ㄈㄜ· ㄋㄧ

8. **gonna**
[ˋgɔnə]
abbr.= going to

   go·nna
   ㄍㄜ· ㄋㄜ

9. **gotta**
[ˋgɑtə]
abbr.= got to

   go·tta
   ㄍㄜ· ㄊㄜ

10. **govern**
[ˋgʌvɚn]
v. 統治；管理

    go·vern
    ㄍㄜ· ㄈ ㄦ ㄣ˜

11. **grumpy**
[ˋgrʌmpɪ]
adj. 性情乖戾的；脾氣暴躁的

    grum·py
    ㄍㄨ ㄜ ㄇ˜· ㄆㄧ

12. **honey**
[ˋhʌnɪ]
n. 蜂蜜；心愛的人；親愛的

    ho·ney
    ㄏㄜ· ㄋㄧ

13. **humble**
[ˋhʌmb!]
adj. 謙恭的；謙虛的

    hum·ble
    ㄏㄜ ㄇ˜· ㄅㄜ

14. **Humpty**
[ˋhʌmptɪ]
Goose Rhyme 的英文童詩原文為 Humpty Dumpty（矮胖子）

    Hump·ty
    ㄏㄜㄇ˜· ㄆ˙ ㄊㄧ

394

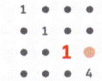

1. **hundred**
   [ˋhʌndrəd]
   n. 一百

2. **hunger**
   [ˋhʌŋɚ]
   n. 飢餓

3. **hungry**
   [ˋhʌŋgrɪ]
   adj. 飢餓的

4. **hunter**
   [ˋhʌntɚ]
   n. 獵人

5. **hunting**
   [ˋhʌntɪŋ]
   v. 打獵；
   （獸類等）獵食

6. **husband**
   [ˋhʌzbənd]
   n. 丈夫

7. **judgment**
   [ˋdʒʌdʒmənt]
   n. 審判；裁判；
   判斷力

8. **jungle**
   [ˋdʒʌŋg!]
   n.（熱帶）叢林；密林

9. **justice**
   [ˋdʒʌstɪs]
   n. 正義；公平

10. **London**
    [ˋlʌndən]
    n. 倫敦
    （英國首都）

11. **lovely**
    [ˋlʌvlɪ]
    adj. 迷人的；
    動人的；可愛的

12. **lover**
    [ˋlʌvɚ]
    n. 情人

13. **lucky**
    [ˋlʌkɪ]
    adj. 幸運的

14. **Monday**
    [ˋmʌnde]
    n. 星期一

395

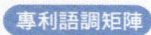

1. **money**
['mʌnɪ]
n. 錢

2. **monkey**
['mʌŋkɪ]
n. 猴子

3. **monthly**
['mʌnθlɪ]
n. 月刊
adj. 每月一次的
adv. 每月；每月一次

4. **mother**
['mʌðɚ]
n. 母親；媽媽
v. 生下；產生出

5. **muffin**
['mʌfɪn]
n. 鬆餅

6. **muscle**
['mʌsl]
n. 肌；肌肉

7. **mushroom**
['mʌʃrʊm]
n. 蘑菇
v. 雨後春筍般地湧現

8. **mustn't**
['mʌsnt]
abbr. must not

9. **mutter**
['mʌtɚ]
n. 咕噥；抱怨
v. 咕噥；抱怨

10. **nothing**
['nʌθɪŋ]
n. 無事；無物；沒什麼
pron. 無事；無物

11. **number**
['nʌmbɚ]
n. 號碼；數字
v. 編號；總數達到；共計

12. **onion**
['ʌnjən]
n. 洋蔥

13. **other**
['ʌðɚ]
adj. 其他的
pron. 其他的人或物

14. **others**
['ʌðɚz]
n. (兩者中) 另一個；其餘的人或物

396

[ʌ] [ə] [ㄊ]

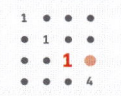

oven
[`ʌvən]
n. 烤箱

public
[`pʌblɪk]
n. 公眾；民眾
adj. 公開的；公立的

publish
[`pʌblɪʃ]
v. 出版；發行；刊載

pumpkin
[`pʌmpkɪn]
n. 南瓜

punctual
[`pʌŋktʃʊəl]
adj. 準時的

punish
[`pʌnɪʃ]
v. 處罰

puppet
[`pʌpɪt]
n. 木偶；傀儡

8. **puppy**
[`pʌpɪ]
n. 小狗

9. **puzzle**
[`pʌz!]
n. 謎；拼圖
v. 使迷惑

10. **roughly**
[`rʌflɪ]
adv. 粗糙地；粗暴地；大約

11. **rubber**
[`rʌbɚ]
n. 橡膠
adj. 橡膠製成的

12. **runner**
[`rʌnɚ]
n. 賽跑者；逃亡者

13. **running**
[`rʌnɪŋ]
n. 奔；賽跑；流量；運轉；管理
adj. 奔跑的；流鼻水的

14. **Russia**
[`rʌʃə]
n. 俄羅斯

397

1. **Russian** [ˈrʌʃən] adj. 俄語的 n. 俄國人；俄語

2. **rusty** [ˈrʌstɪ] adj. 生鏽的

3. **sculpture** [ˈskʌlptʃɚ] n. 雕刻品 v. 雕刻

4. **shovel** [ˈʃʌvl] n. 鏟子；鐵鍬 v. 用鐵鍬挖

5. **shouldn't** [ˈʃʊdnt] abbr. should not

6. **shuttle** [ˈʃʌtl] n.(織機的)梭；短程運行的車輛 v. 短程穿梭般運送

7. **someday** [ˈsʌm͵de] adv. 將來有一天

8. **somehow** [ˈsʌm͵haʊ] adv. 不知怎麼的

9. **someone** [ˈsʌm͵wʌn] pron. 某人

10. **something** [ˈsʌmθɪŋ] pron. 某事

11. **sometime** [ˈsʌm͵taɪm] adj. 以前的 adv. 某一時候；日後；改天

12. **sometimes** [ˈsʌm͵taɪmz] adv. 有時候

13. **somewhat** [ˈsʌm͵hwɑt] adv. 有點；稍微

14. **somewhere** [ˈsʌm͵hwɛr] adv. 在某處

398

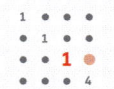

專利語調矩陣　重音節母音　/ʌ/ [ə] ㄜ

southern [ˋsʌðɚn] adj. 南方的；向南方的	sou·thern ㄙ ㄜ · z˘ ㄦ ㄋ˘	8. **subject** [ˋsʌbdʒɪkt] n. 主題；學科 v. 使服從；提供 adj. 隸屬的；受支配的	sub·ject ㄙㄜㄅˇ · ㄐㄝㄗˇㄜ
stomach [ˋstʌmək] n. 胃	sto·mach ㄙㄉㄜ · ㄇㄜㄎ˘	9. **substance** [ˋsʌbstəns] n. 物質；主旨；要義	sub·stance ㄙㄜㄅˇ · ㄙㄉㄜ ㄋㄙ
structure [ˋstrʌktʃɚ] n. 結構；構造；建築物 v. 構造；組織；建造	struc·ture ㄙㄓㄨ ㄜㄎˇ · ㄑ ㄦ	10. **subtle** [ˋsʌtl̩] adj. 微妙的；難捉摸的	sub·tle ㄙㄜ · ㄉㄜ
struggle [ˋstrʌgl̩] n. 使勁；掙扎 v. 掙扎；對抗	strug·gle ㄙㄓㄨ ㄜ · ㄍ ㄜ	11. **suburb** [ˋsʌbɝb] n. 郊區；城郊；近郊住宅區	su·burb ㄙㄜ · ㄅㄦˇ
stubborn [ˋstʌbɚn] adj. 倔強的；頑固的	stub·born ㄙㄉㄜ · ㄅ ㄦ ㄋ˘	12. **subway** [ˋsʌb.we] n. 地鐵；地下通道（潛艇堡的品牌名）	sub·way ㄙㄜㄅˇ · ㄨ ᵉ
study [ˋstʌdɪ] n. 書房 v. 學習；研究；讀書	stu·dy ㄙㄉㄜ · ㄉˇ ㄧ	13. **sundae** [ˋsʌnde] n. 聖代冰淇淋	sun·dae ㄙㄜㄋ˘ · ㄉˇ ᵉ
stumble [ˋstʌmbl̩] n. 絆倒；失足 v. 絆腳；絆倒；跟蹌	stum·ble ㄙㄉㄜㄇ˘ · ㄅ ㄜ	14. **sudden** [ˋsʌdn̩] n. 突然發生的事 adj. 突然的	sud·den ㄙㄜ · ㄉˇ ㄜㄋ˘

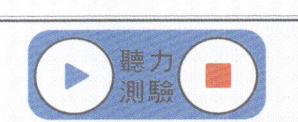

399

[ʌ] [ə] [ㄊ]

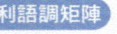

專利語調矩陣 ・ 重音節母音

1. **suffer** [`sʌfɚ] v. 遭受；經歷；受苦；患病

2. **sugar** [`ʃʊgɚ] n. 糖

3. **summer** [`sʌmɚ] n. 夏天

4. **summit** [`sʌmɪt] n. 頂峰；最高級會議

5. **Sunday** [`sʌnde] n. 星期日

6. **sunlight** [`sʌn,laɪt] n. 日光

7. **sunny** [`sʌnɪ] adj. 晴朗的

8. **supper** [`sʌpɚ] n. 晚餐

9. **suspect** [sə`spɛkt] n. 嫌疑犯；懷疑 v. 疑有；察覺 adj. 可疑的；不可信的

10. **thunder** [`θʌndɚ] n. 雷 v. 打雷；大聲斥責；威嚇

11. **touchdown** [`tʌtʃ,daʊn] n. 觸地；觸地得分；著陸；降落

12. **trouble** [`trʌbl̩] n. 麻煩 v. 麻煩；煩惱；費心

13. **troubled** [`trʌbl̩d] adj. 為難的；不安的

14. **truffle** [`trʌfl̩] n. 塊菌（一種食用菌）；松露；松露巧克力

400

專利語調矩陣　重音節母音

[ʌ] [ə] [ㄊ]

1. trumpet
[ˋtrʌmpɪt]
n. 小喇叭

trum·pet
ㄔㄨ ㄊㄇ̃ · ㄆㄜ̣ ㄊ

2. tummy
[ˋtʌmɪ]
n. 肚子，胃

tu·mmy
ㄊㄜ̣ · ㄇ一

3. tunnel
[ˋtʌn!]
n. 隧道

tu·nnel
ㄊㄜ̣ · ㄋㄜ

4. ugly
[ˋʌglɪ]
adj. 醜的

ug·ly
ㄜㄍ · ㄌ一

5. uncle
[ˋʌŋk!]
n. 叔叔

un·cle
ㄜㄥ · ㄎㄜ

6. under
[ˋʌndɚ]
adv. 在下面；在下方；從屬地
prep. 在…下面

un·der
ㄜㄋ̃ · ㄉㄦ

7. update
[ʌpˋdet]
n. 最新的（信息）；更新
v. 使 … 合乎時代；更新

up·date
ㄜㄆ · ㄉ̣ㄝㄊ

8. upload
[ʌpˋlod]
v. 【電腦】上載；上傳資料

up·load
ㄜㄆ · ㄌ · ㄨ ㄉ

9. upper
[ˋʌpɚ]
adj. 較高的

u·pper
ㄜ · ㄆㄦ

10. wasn't
[ˋwəznt]
abbr. was not

wa·sn't
ㄨㄜ · ㄗㄜ̃ ㄊ

11. woman
[ˋwʊmən]
n. 女人

wo·man
ㄨㄜ · ㄇㄜ̃

12. wonder
[ˋwʌndɚ]
n. 驚奇；奇觀
v. 納悶；想知道

won·der
ㄨㄜ̃ · ㄉㄦ

13. youngster
[ˋjʌŋstɚ]
n. 年輕人

young·ster
一ㄜ ㄥ · ㄙㄉㄦ

14. yummy
[ˋjʌmɪ]
adj. 好吃的

yu·mmy
一ㄜ · ㄇ一

401

專利語調矩陣　重音節母音

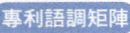

[ʌ] [ə] ㄜ

1. **above**
[ə`bʌv]
adj. 前述的
adv. 在上面；在上文；更高
prep. 在…之上

a·bove
ㄜ· ㄅㄜ ㄈˊ

2. **abrupt**
[ə`brʌpt]
adj. 突然的；意外的

a·brupt
ㄜ· ㄅㄨㄜㄆ ㄜ

3. **adjust**
[ə`dʒʌst]
v. 校準；調整；適應

a·djust
ㄜ· ㄐㄜㄙㄜ

4. **among**
[ə`mʌŋ]
prep. 在 … 之中

a·mong
ㄜ· ㄇㄜㄥ

5. **because**
[bɪ`kɔz]
conj. 因為

be·cause
ㄅㄧ· ㄎㄜ z

6. **become**
[bɪ`kʌm]
v. 變成

be·come
ㄅㄧ· ㄎㄜ ㄇ̃

7. **conduct**
[kən`dʌkt]
n. 情況；條件
v. 決定；為 … 的條件

con·duct
ㄎㄜㄣ· ㄉㄆㄜㄎㄜ

8. **confront**
[kən`frʌnt]
v. 面臨；遭遇；正視；對抗

con·front
ㄎㄜㄣ· ㄈㄨ̯ ㄜㄣㄜ

9. **construct**
[kən`strʌkt]
v. 建造；構成
n. 構想；概念；建造；構築；構成；組成

con·struct
ㄎㄜㄣ· ㄙㄨ̰ ㄜㄎㄜ

10. **discuss**
[dɪ`skʌs]
v. 討論

dis·cuss
ㄉㄜㄙ· ㄍㄜ ㄙ

11. **enough**
[ə`nʌf]
adj. 足夠的
adv. 足夠地；充分地；很；十分
pron. 足夠的數量

e·nough
ㄧ· ㄋㄜ ㄈˊ

12. **instruct**
[ɪn`strʌkt]
v. 指示

in·struct
ㄜㄣ· ㄙㄨ̰ ㄜㄎㄜ

13. **result**
[rɪ`zʌlt]
v. 發生；產生；結果；導致
n. 結果

re·sult
ㄖㄨ̯ㄧ· z ㄜㄌㄜ

14. **undone**
[ʌn`dʌn]
adj. 沒有做的，未完成的；毀了的；丟臉的

un·done
ㄜㄣ· ㄉㄆㄜ ㄋ

402

專利語調矩陣 　重音節母音

[ʌ] [ə] [ㄣ]

[ㄣ]

Taiwan
[ˌtaɪˈwən]
n. 臺灣

Tai·wan

ㄊㄞ·ㄨㄜㄣ

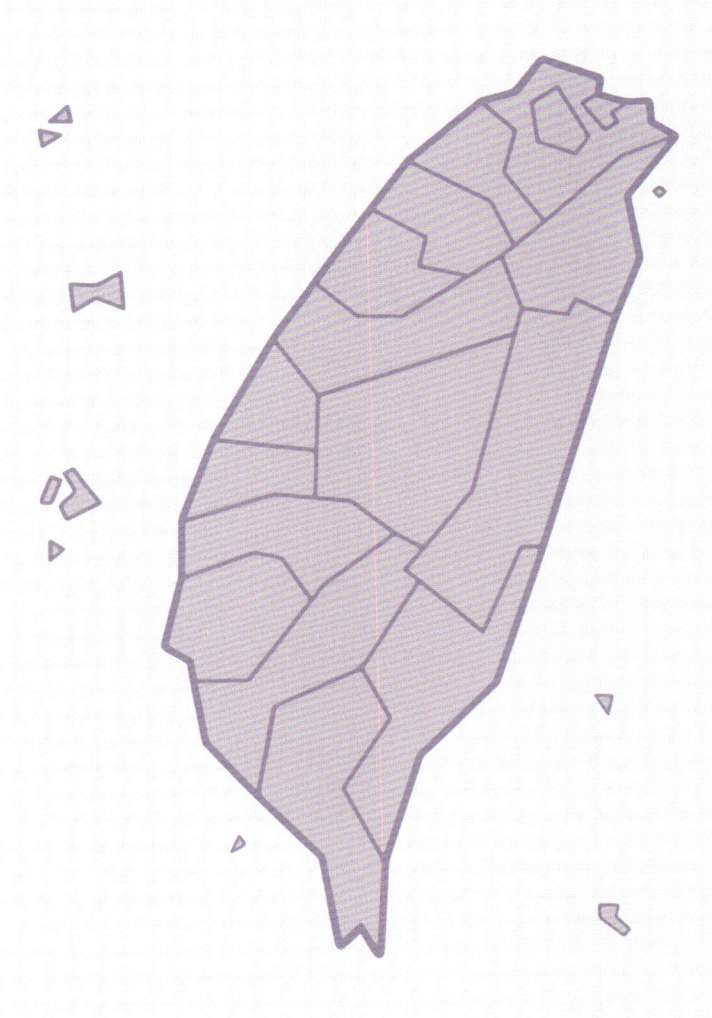

403

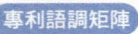

1. **bowling**
[ˋbolɪŋ]
n. 保齡球

2. **chorus**
[ˋkorəs]
n. 合唱隊

3. **drawer**
[ˋdrɔɚ]
n. 抽屜

4. **drawing**
[ˋdrɔɪŋ]
n. 描繪；素描；
製圖；抽籤；提款

5. **glory**
[ˋglorɪ]
n. 光榮；壯觀
v. 自豪；驕傲

6. **golden**
[ˋgoldn]
adj. 金色的

7. **goldfish**
[ˋgold͵fɪʃ]
n. 金魚

8. **holding**
[ˋholdɪŋ]
n. 把持；保持；
持有股份
v. 握著；抓住；夾住
（hold 的現在分詞）

9. **moral**
[ˋmɔrəl]
adj. 道德（上）的
n. 道德；品行

10. **oral**
[ˋorəl]
n. 口試
adj. 口頭的；
口述的；口的；口部的

11. **soldier**
[ˋsoldʒɚ]
n. 軍人

12. **solely**
[ˋsollɪ]
adv. 單獨地；
唯一地；僅僅；
完全

13. **storage**
[ˋstorɪdʒ]
n. 貯藏；貯藏庫

14. **story**
[ˋstorɪ]
n. 故事；樓層

voyage
[ˈvɔɪɪdʒ]
v. 航行；旅行
n. 乘船旅遊；空中旅行

vo·yage
ㄈㄛˊ　一ㄜ　ㄐㄩ

yogurt
[ˈjogə˞t]
n. 優格

yo·gurt
一ㄛ · ㄍㄦㄤ

8. unfold
[ʌnˋfold]
v. 展開；呈現

un·fold
ㄜㄋ · ㄈㄛㄛㄉ

9. enroll
[ɪnˋrol]
v. 把…記入名冊；登記

en·roll
ㄜㄋ · ㄖㄛㄛ

10. adult
[əˋdʌlt]
n. 成人

a·dult
ㄜ · ㄉㄚㄛㄤ

11. assault
[əˋsɔlt]
n. 暴行；攻擊；抨擊；施暴
v. 攻擊；抨擊；施暴

a·ssault
ㄜ · ㄙㄛㄛㄤ

12. consult
[kənˋsʌlt]
v. 與…商量

con·sult
ㄎㄜㄋ · ㄙㄛㄛㄤ

13. control
[kənˋtrol]
n. 支配；控制；操縱裝置；指揮部
v. 控制

con·trol
ㄎㄜㄋ · ㄔㄨㄛ

14. patrol
[pəˋtrol]
n. 巡邏；巡邏兵
v. 巡邏；巡查

pa·trol
ㄆㄜ · ㄔㄨㄛ

405

[ɔɪ] ㄛㄧ

1. **boil**
   [bɔɪl]
   vi. 沸騰，開
   vt. 煮沸，燒開
   n. 沸騰；煮沸

   bo·il
   ㄅㄛㄧ ㄛ

2. **boiling**
   [ˋbɔɪlɪŋ]
   adj. 沸騰的；
   激昂的

   boi·ling
   ㄅㄛㄧ ㄌㄧ

3. **boycott**
   [ˋbɔɪ͵kɑt]
   n. 聯合抵制
   v. 聯合抵制

   boy·cott
   ㄅㄛㄧ ㄎㄚ ㄜ

4. **boyfriend**
   [ˋbɔɪ͵frɛnd]
   n. 男朋友

   boy·friend
   ㄅㄛㄧ ㄈㄖㄣ ㄉ

5. **loyal**
   [ˋlɔɪəl]
   adj. 忠誠的；
   忠心的

   loy·al
   ㄌㄛㄧ ㄛ

6. **noisy**
   [ˋnɔɪzɪ]
   adj. 吵雜的；
   喧鬧的

   noi·sy
   ㄋㄛㄧ ㄗㄧ

7. **oil**
   [ɔɪl]
   n. 油；石油汽油
   vt. 在……塗油
   vi. 溶化

   oi·l
   ㄛㄧ ㄛ

8. **oyster**
   [ˋɔɪstɚ]
   n. 牡蠣；
   沈默寡言的人

   oys·ter
   ㄛㄧㄙ ㄉㄦ

9. **poison**
   [ˋpɔɪzn̩]
   n. 毒物
   v. 放毒；下毒

   poi·son
   ㄆㄛㄧ ㄗㄛㄋ

10. **royal**
    [ˋrɔɪəl]
    adj. 皇家的

    roy·al
    ㄖㄛㄧ ㄛ

11. **soy sauce**
    [ˋsɔɪ͵sɔs]
    n. 醬油

    soy· sauce
    ㄙㄛㄧ ㄙㄛ ㄙ

12. **toilet**
    [ˋtɔɪlɪt]
    n. 馬桶；廁所

    toi·let
    ㄊㄛㄧ ㄌㄜㄛ

專利語調矩陣　　重音節母音　　[ɔɪ] ㄛㄧ

1. **adjoin** a·djoin
[ə`dʒɔɪn]
v. 貼近；緊連
ㄜ·ㄐㄛ一ㄋ̃

2. **annoy** a·nnoy
[ə`nɔɪ]
v. 惹惱；使生氣；使煩惱
ㄜ·ㄋ ㄛ一

3. **appoint** a·ppoint
[ə`pɔɪnt]
v. 任命；指派
ㄜ·ㄆㄛ一ㄋ̃ㄜ

4. **avoid** a·void
[ə`vɔɪd]
v. 避免
ㄜ·ㄈˇㄛ一ㄉ̆

5. **deploy** de·ploy
[dɪ`plɔɪ]
v. 展開；部署…有效運用；發揮…的作用
ㄉ ᴾ一·ㄆㄉㄛ一

6. **destroy** des·troy
[dɪ`strɔɪ]
v. 毀壞；破壞
ㄉ ᴾ一·ㄙ ㄊㄨ ㄛ一

7. **employ** em·ploy
[ɪm`plɔɪ]
v. 僱用
ㄜㄇ̃·ㄆㄉㄛ一

8. **enjoy** en·joy
[ɪn`dʒɔɪ]
v. 喜歡；享受
ㄜㄋ̃·ㄐㄛ一

9. **exploit** ex·ploit
[ɪk`splɔɪt]
v. 剝削；開發；開採；開拓
ㄜㄍˇ·ㄅㄉㄛ一ㄜ̆

407

ɔr ㄛㄦ

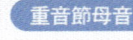

[ɔr] ㄅ ㄦ

1. **border**
   [ˈbɔrdɚ]
   n. 邊緣；邊境
   v. 毗鄰；接界

   bor·der
   ㄅㄛㄦ·ㄉㄦ

2. **boring**
   [ˈbɔrɪŋ]
   adj. 乏味的；無聊的

   bor·ing
   ㄅㄛㄦ·ㄧㄥ

3. **corner**
   [ˈkɔrnɚ]
   n. 角落

   cor·ner
   ㄎㄛㄦ·ㄋㄦ

4. **courtroom**
   [ˈkort͵rʊm]
   n. 法庭；審判室

   court·room
   ㄎㄛㄦㄊ·ㄖㄨㄇ

5. **doorway**
   [ˈdor͵we]
   n. 出入口；門口

   door·way
   ㄉㄛㄦ·ㄨㄝ

6. **forehead**
   [ˈfɔr͵hɛd]
   n. 額；前額

   fore·head
   ㄈㄛㄦ·ㄏㄝㄉ

7. **foreign**
   [ˈfɔrɪn]
   adj. 外國的；陌生的；外來的

   for·eign
   ㄈㄛㄦ·ㄧㄣ

8. **forename**
   [ˈfor͵nem]
   n. 在姓前面的名

   fore·name
   ㄈㄛㄦ·ㄋㄟㄇ

9. **forest**
   [ˈfɔrɪst]
   n. 森林

   for·est
   ㄈㄛㄦ·ㄧㄜㄙㄊ

10. **formal**
    [ˈfɔrml]
    adj. 正式的

    for·mal
    ㄈㄛㄦ·ㄇㄛ

11. **format**
    [ˈfɔrmæt]
    n. 版式；形式
    v. 編排或安排成某種形式

    for·mat
    ㄈㄛㄦ·ㄇㄚㄊ

12. **former**
    [ˈfɔrmɚ]
    adj. 前者

    for·mer
    ㄈㄛㄦ·ㄇㄦ

13. **fortune**
    [ˈfɔrtʃən]
    n. 財產；財富；鉅款

    for·tune
    ㄈㄛㄦ·ㄑㄜㄣ

14. **forty**
    [ˈfɔrtɪ]
    n. 四十
    adj. 四十的

    for·ty
    ㄈㄛㄦ·ㄊㄧ

408

[ɔr] ㄛㄦ

1. **forum** [ˋforəm]
n. 論壇；古羅馬廣場；討論場所；討論會

2. **forward** [ˋfɔrwɚd]
adv. 向前；往後；今後；提前地

3. **fourteen** [ˋforˋtin]
n. 十四
adj. 十四的

4. **hormone** [ˋhɔrmon]
n. 荷爾蒙；激素

5. **horror** [ˋhɔrɚ]
n. 恐怖；震驚；毛骨悚然

6. **horses** [hɔrsəs]
n. 馬（複數）

7. **horse's** [hɔrsəs]
（horse 的所有格）

8. **morning** [ˋmɔrnɪŋ]
n. 早晨
【口】早安

9. **mortgage** [ˋmɔrgɪdʒ]
n. 抵押借款；（尤指購房的）按揭；抵押貸款
v. 抵押

10. **normal** [ˋnɔrm!]
adj. 正常的；正規的

11. **northern** [ˋnɔrðɚn]
adj. 在北部的；從北部的

12. **orange** [ˋɔrɪndʒ]
n. 柳橙；橘色
adj. 橙色的

13. **orbit** [ˋɔrbɪt]
n. 運行軌道；（天體圍繞行星或恆星運行的）軌道
v. 繞軌道運行

14. **order** [ˋɔrdɚ]
n. 順序；訂單
v. 命令；點菜；訂購

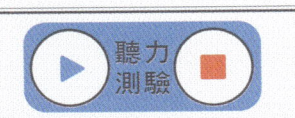

409

or ㄜㄦ

[ɔr] ㄦ

1. **organ** [ˋɔrgən]
   n. 管風琴；器官
   or·gan
   ㄛㄦ·ㄍㄜㄋ

2. **portion** [ˋporʃən]
   n.（一）部分；份量
   por·tion
   ㄆㄛㄦ·ㄒㄜㄋ

3. **portrait** [ˋportret]
   n. 肖像；畫像；相片
   por·trait
   ㄆㄛㄦ·ㄔㄨㄜㄜ

4. **quarrel** [ˋkwɔrəl]
   n. 爭吵；不和；吵鬧；
   vi. 爭吵，不和；埋怨；責備；
   quar·rel
   ㄎㄨㄛㄦ·ㄖㄜㄌ

5. **quarter** [ˋkwɔrtɚ]
   n. 一季；¼；美金25分；15分鐘
   quar·ter
   ㄎㄨㄛㄦ·ㄊㄜㄦ

6. **shortage** [ˋʃortɪdʒ]
   n. 缺少；不足；匱乏
   shor·tage
   ㄒㄛㄦ·ㄊㄜㄐㄩ

7. **shortcut** [ˋʃort͵kʌt]
   n. 捷徑；近路；快捷辦法
   short·cut
   ㄒㄛㄦㄜ·ㄎㄜㄜ

8. **shortly** [ˋʃortlɪ]
   adv. 立刻；馬上；簡短地；扼要地
   short·ly
   ㄒㄛㄦㄜ·ㄌㄧ

9. **short-term** [ˋʃort.tɝm]
   adj. 短期的；持續時間短的；暫時的
   short·-term
   ㄒㄛㄦㄜ·ㄊㄦ

10. **stormy** [ˋstɔrmɪ]
    adj. 暴風雨的；不平靜的
    stor·my
    ㄙㄉㄛㄦ·ㄇㄧ

11. **warfare** [ˋwɔr͵fɛr]
    n. 戰爭；衝突；鬥爭
    war·fare
    ㄨㄛㄦ·ㄈㄝㄦ

12. **warming** [ˋwɔrmɪŋ]
    adj. 讓人感到暖和的；n. 暖和；加溫
    war·ming
    ㄨㄛㄦ·ㄇㄛ

13. **warning** [ˋwɔrnɪŋ]
    n. 警告；告誡；adj. 告誡的；引以為戒的
    war·ning
    ㄨㄛㄦ·ㄋㄛ

410

眼睛看遠方，
休息一下吧！

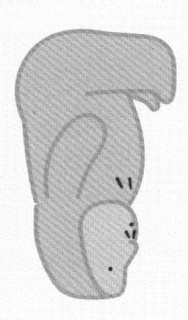

[ɔr] ㄛㄦ

專利語調矩陣 　 重音節母音

1. **aboard** [ə`bord]
adv. 在船或飛機車上；上船，飛機，車
prep. 上（在）船，飛機，車

a·board
ㄜ·ㄅㄛㄦㄉ

2. **absorb** [əb`zɔrb]
v. 吸收（液體，氣體光，聲等）

ab·sorb
ㄜㄅ·ㄗㄛㄦㄅ

3. **accord** [ə`kɔrd]
n. 一致；符合
v. （與…）一致；調解

a·ccord
ㄜ·ㄎㄛㄦㄉ

4. **adore** [ə`dor]
v. 崇拜；愛慕

a·dore
ㄜ·ㄉㄛㄦ

5. **afford** [ə`ford]
v. 買得起

a·fford
ㄜ·ㄈㄛㄦㄉ

6. **award** [ə`wɔrd]
n. 獎；獎品
v. 授予

a·ward
ㄜ·ㄨㄛㄦㄉ

7. **before** [bɪ`for]
adv. 較早；以前
prep. 在…之前
conj. 在…以前；

be·fore
ㄅㄧ·ㄈㄛㄦ

8. **divorce** [də`vors]
n. 離婚
v. 與…離婚

di·vorce
ㄉㄧ·ㄈㄛㄦㄙ

9. **endorse** [ɪn`dɔrs]
v. 在（支票等）背面簽名；背書；認可

en·dorse
ㄣ·ㄉㄛㄦㄙ

10. **enforce** [ɪn`fors]
v. 實施；執行

en·force
ㄣ·ㄈㄛㄦㄙ

11. **explore** [ɪk`splor]
v. 探測；探勘

ex·plore
ㄧㄎㄙ·ㄅㄌㄛㄦ

12. **ignore** [ɪɡ`nor]
v. 不顧；不理會；忽視

ig·nore
ㄧㄍ·ㄋㄛㄦ

13. **inform** [ɪn`fɔrm]
v. 通知；告知

in·form
ㄣ·ㄈㄛㄦㄇ

14. **perform** [pə`fɔrm]
v. 履行；執行；表演；演奏

per·form
ㄆㄦ·ㄈㄛㄦㄇ

412

[ɔr] ㄛㄦ

1. **record** re·cord
   [rɪˋkɔrd]
   v. 記錄；錄音
   ㄖㄨ一·ㄎㄛㄦㄉ

2. **reform** re·form
   [ˏrɪˋfɔrm]
   n. 改革；改良
   v. 改革；革新
   ㄖㄨ一·ㄈㄛㄦㄇ

3. **report** re·port
   [rɪˋport]
   n. 報告
   v. 報告；報導
   ㄖㄨ一·ㄆㄛㄦㄜ

4. **resort** re·sort
   [rɪˋzɔrt]
   n. 度假村；名勝
   v. 訴諸；憑藉
   ㄖㄨ一·ㄗㄛㄦㄜ

5. **restore** re·store
   [rɪˋstor]
   v. 恢復
   ㄖㄨ一·ㄙㄉㄛㄦ

6. **reward** re·ward
   [rɪˋwɔrd]
   n. 報答；報償；獎賞
   v. 酬謝；獎勵
   ㄖㄨ一·ㄨㄛㄦㄉ

7. **support** su·pport
   [səˋport]
   v. 支持
   ㄙㄜ·ㄆㄛㄦㄜ

8. **transform** trans·form
   [trænsˋfɔrm]
   v. 使改變；使轉化
   ㄉˇㄖㄢㄙ·ㄈㄛㄦㄇ

9. **New York** New·York
   [nuˋjɔrk]
   n. 紐約（地名）
   ㄋㄨ·一ㄛㄦㄍ

413

Ir 一ㄦ

[Ir] 一ㄦ

1. **cheerful** cheer·ful
   [ˈtʃɪrfəl]
   adj. 使人感到愉快的
   ㄑㄧㄦ·ㄈㄛ

2. **clearly** clear·ly
   [ˈklɪrlɪ]
   adv. 清楚地；晴朗地；明確地
   ㄎㄌ一ㄦ·ㄌㄧ

3. **earrings** ear·rings
   [ˈɪr,rɪŋz]
   n. 耳環；耳飾
   一ㄦ·ㄖㄥ Z

4. **hearing** hear·ing
   [ˈhɪrɪŋ]
   n. 聽；聽力；聽覺；審訊；聽證會
   ㄏ 一ㄦ·ㄖㄥ

5. **merely** mere·ly
   [ˈmɪrlɪ]
   adv. 只是；僅僅
   ㄇ一ㄦ·ㄌㄧ

6. **nearby** near·by
   [ˈnɪr,baɪ]
   adj. 附近的
   adv. 在附近
   ㄋ一ㄦ·ㄅㄞ

7. **nearly** near·ly
   [ˈnɪrlɪ]
   adv. 幾乎；差不多；密切地；親密地
   ㄋ一ㄦ·ㄌㄧ

8. **yearly** year·ly
   [ˈjɪrlɪ]
   adj. 每年的，一年一次的；
   adv. 每年；一年一度
   n. 年刊；年鑑
   一ㄦ·ㄌㄧ

414

[Ir] 一ㄦ

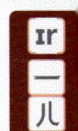

1. **adhere**
[əd`hɪr]
v. 黏附；緊黏；採取

ad·here
ㄜㄉ·ㄏ一ㄦ

2. **appear**
[ə`pɪr]
v. 出現

a·ppear
ㄜ·ㄆ一ㄦ

3. **career**
[kə`rɪr]
n. 職業；生涯；歷程

ca·reer
ㄎㄜ·ㄖㄨ一ㄦ

4. **frontier**
[frʌn`tɪr]
n. 邊境；邊疆；新領域

fron·tier
ㄈㄖㄨㄜㄋˇ·ㄊ一ㄦ

5. **severe**
[sə`vɪr]
adj. 嚴重的；劇烈的

se·vere
ㄙㄜ·ㄈˇ一ㄦ

6. **sincere**
[sɪn`sɪr]
adj. 誠懇的

sin·cere
ㄙㄜㄋˇ·ㄙ一ㄦ

415

ㄧㄥ

專利語調矩陣 — 重音節母音 — [ɪŋ] ㄧㄥ

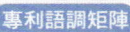

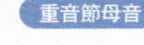

1. **drinking** [ˈdrɪŋkɪn]
   n. 喝酒；飲料
   drin·king
   ㄓㄨ ㄥ·ㄎㄥ

2. **England** [ˈɪŋglənd]
   n. 英國
   Eng·land
   ㄥ ㄍ·ㄌㄜㄋˊㄉ

3. **English** [ˈɪŋglɪʃ]
   adj. 英國的；英國人的；英語的
   n. 英語
   Eng·lish
   ㄥ ㄍ·ㄌㄜㄒㄩ

4. **finger** [ˈfɪŋgɚ]
   n. 手指
   fin·ger
   ㄈㄥ·ㄍㄦ

5. **jingle** [ˈdʒɪŋgl̩]
   n.（鈴、硬幣等金屬的）叮噹聲
   v. 發出叮噹聲
   jin·gle
   ㄐㄥ·ㄍㄜ

6. **kingdom** [ˈkɪŋdəm]
   n. 王國；國度
   king·dom
   ㄎ ㄥ·ㄉㄜㄇ̃

7. **ringing** [ˈrɪŋɪŋ]
   n. 鈴聲；響聲
   adj. 響亮的；乾脆的；
   ring·ing
   ㄖㄨ ㄥ·ㄥ

8. **singer** [ˈsɪŋɚ]
   n. 歌手
   sing·er
   ㄙㄥ·ㄦ

9. **single** [ˈsɪŋl̩]
   n. 單的；一壘安打
   adj. 單一的；獨身的
   sin·gle
   ㄙㄥ·ㄍㄜ

10. **sprinkle** [ˈsprɪŋkl̩]
    n. 小雨；小雪
    v. 灑；噴淋；撒
    sprin·kle
    ㄙㄆㄖㄨ ㄥ·ㄎㄜ

11. **stinky** [ˈstɪŋkɪ]
    adj. 臭的，發惡臭的
    stin·ky
    ㄙㄉㄥ·ㄎㄧ

12. **thinking** [ˈθɪŋkɪŋ]
    n. 思想；思考；意見；想法
    adj. 思想的；有理性的；好思考的
    thin·king
    ㄙㄥ·ㄎㄥ

13. **twinkle** [ˈtwɪŋkl̩]
    n. 閃爍；閃耀
    v. 使閃爍；使閃耀；閃閃發出
    twin·kle
    ㄊㄨㄥ·ㄎㄜ

14. **wrinkle** [ˈrɪŋk!]
    n. 皺；皺紋
    v. 起皺紋
    wrin·kle
    ㄖㄨ ㄥ·ㄎㄜ

distinct
[dɪˋstɪŋkt]
adj. 清楚的；
與其他不同的

dis·tinct

喝口水，
休息一下吧！

ju ー ㄨ

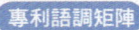

專利語調矩陣 | **重音節母音** | [ju] ー ㄨ

1. **beauty** [ˈbjutɪ] n. 美貌；美人
   beau·ty ㄅ ㄧㄨ · ㄊ ㄧ

2. **bureau** [ˈbjʊro] n. 事務處
   bu·reau ㄅ ㄧㄨ · ㄖ ㄨ

3. **Cuban** [ˈkjubən] n. 古巴人 adj. 古巴的；古巴人的
   Cu·ban ㄎ ㄧㄨ · ㄅ ㄜ ㄋ

4. **curious** [ˈkjʊrɪəs] adj. 好奇的
   cu·ri·ous ㄎ ㄧㄨ · ㄖ ㄧ ㄜ · ㄙ

5. **during** [ˈdjʊrɪŋ] prep. 在…期間
   dur·ing ㄉ ㄧㄨ ㄦ · ㄖ ㄥ

6. **duty** [ˈdjutɪ] n. 義務；關稅
   du·ty ㄉ ㄧㄨ · ㄊ ㄧ

7. **Europe** [ˈjʊrəp] n. 歐洲
   Eu·rope ㄧㄨ · ㄖ ㄜ ㄆ

8. **fewer** [ˈfjuɚ] pron. 較少數 adj. 較少的（few 的形容詞比較級）
   few·er ㄈ ㄧㄨ · ㄦ

9. **future** [ˈfjutʃɚ] n. 未來 adj. 未來的；將來的；將來（時）的
   fu·ture ㄈ ㄧㄨ · ㄑ ㄦ ㄧ

10. **human** [ˈhjumən] n. 人類；人 adj. 人類的
    hu·man ㄏ ㄧㄨ · ㄇ ㄜ ㄋ

11. **humid** [ˈhjumɪd] adj. 潮濕的
    hu·mid ㄏ ㄧㄨ · ㄇ ㄜ ㄉ

12. **humor** [ˈhjumɚ] n. 幽默
    hu·mor ㄏ ㄧㄨ · ㄇ ㄦ

13. **Jewish** [ˈdʒuɪʃ] adj. 猶太人的；猶太教的
    Jew·ish ㄐ ㄧㄨ · ㄜ ㄒ

14. **junior** [ˈdʒunjɚ] adj. 年紀較輕的；低年級的；資淺的 n. 較年少者；低年級生
    ju·nior ㄐ ㄧㄨ · ㄋ ㄧ ㄦ

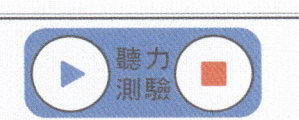

專利語調矩陣　重音節母音

[ju] ㄧㄨ

ju
ㄧ
ㄨ

1. **music** [ˈmjuzɪk] n. 音樂
   mu·sic　ㄇㄧㄨ·ㄗㄜㄍ

2. **mutual** [ˈmjutʃʊəl] adj. 相互的；共同的；彼此的；共有的
   mu·tual　ㄇㄧㄨ·ㄑㄜ

3. **neutral** [ˈnjutrəl] n. 中立者；中立國；空檔 adj. 中立的；中立國的；空檔的
   neu·tral　ㄋㄧㄨ·ㄔㄨㄜ

4. **newly** [ˈnjulɪ] adv. 新近；最近；重新
   new·ly　ㄋㄧㄨ·ㄌㄧ

5. **nuclear** [ˈnjuklɪə] adj. 原子能的；細胞核的
   nu·clear　ㄋㄧㄨ·ㄎㄌㄧㄦ

6. **nutrient** [ˈnjutrɪənt] n. 營養素；滋養物
   nu·trient　ㄋㄧㄨ·ㄔㄜㄋㄊ

7. **student** [ˈstjudnt] n. 學生
   stu·dent　ㄙㄉㄧㄨ·ㄉㄜㄋㄊ

8. **stupid** [ˈstjupɪd] adj. 笨的
   stu·pid　ㄙㄉㄧㄨ·ㄅㄜㄉ

9. **super** [ˈsupɚ] adj. 超級的 adv. 很；極
   su·per　ㄙㄨ·ㄆㄦ

10. **Tuesday** [ˈtjuzde] n. 星期二
    Tues·day　ㄊㄧㄨㄗ·ㄉㄟ

11. **tumor** [ˈtjumɚ] n. 腫瘤；腫塊
    tu·mor　ㄊㄧㄨ·ㄇㄦ

12. **union** [ˈjunjən] n. 工會；結合
    u·nion　ㄧㄨ·ㄋㄧㄜㄋ

13. **unit** [ˈjunɪt] n. 單位；單元；組件；部件
    u·nit　ㄧㄨ·ㄋㄜㄊ

14. **useful** [ˈjusfəl] adj. 有用的
    use·ful　ㄧㄨㄙ·ㄈㄜ

419

ju ー ㄨ

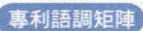

| [ju] ー ㄨ

1. **useless**
   [ˈjuslɪs]
   adj. 無用的；
   無價值的

   use·less
   ㄩㄙ · ㄉㄜㄙ

2. **user**
   [ˈjuzɚ]
   n. 使用者；用戶

   u·ser
   ㄩ · ㄗㄦ

3. **usual**
   [ˈjuʒʊəl]
   adj. 平常的；
   普通的；例行的

   u·sual
   ㄩ · ㄓ ㄜ

4. **viewer**
   [ˈvjuɚ]
   n. 觀看者；觀眾

   view·er
   ㄈˇ ㄩ · ㄦ

5. **youthful**
   [ˈjuθfəl]
   adj. 年輕的；
   富青春活力的

   youth·ful
   ㄩ ㄙˊ · ㄈㄜ

泡一壺茶，
休息一下吧！

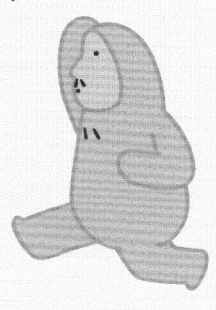

ju ㄧㄨ

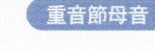

[ju] ㄧㄨ

1. **abuse** a·buse
   [əˋbjus]
   n. 濫用；虐待
   v. 濫用；虐待
   ㄜ·ㄅㄧㄨㄙ

2. **accuse** a·ccuse
   [əˋkjuz]
   v. 指控
   ㄜ·ㄎㄧㄨz

3. **acute** a·cute
   [əˋkjut]
   adj. 急性的；尖銳的；敏銳的
   n. 置於母音上的發音符號（ˊ）
   ㄜ·ㄎㄧㄨㄊ

4. **confuse** con·fuse
   [kənˋfjuz]
   v. 使迷惑
   ㄎㄜɜ̃·ㄈㄧㄨz

5. **consume** con·sume
   [kənˋsjum]
   v. 消耗；花費；耗盡
   ㄎㄜɜ̃·ㄙㄧㄨɱ̃

6. **debut** de·but
   [deɪˋbju]
   n. 首次露面；初次登臺；首演；首發
   ㄉpㄟ·ㄅㄧㄨ

7. **dispute** dis·pute
   [dɪˋspjut]
   n. 爭論；爭執；爭端
   v. 爭論；爭執
   ㄉㄧㄙ·ㄅㄧㄨㄊ

8. **endure** en·dure
   [ɪnˋdjʊr]
   v. 忍耐；忍受
   ㄜɜ̃·ㄉpㄧㄨㄦ

9. **excuse** ex·cuse
   [ɪkˋskjuz]
   n. 藉口
   v. 原諒；借光
   ㄧㄥ·ㄍㄍㄧㄨz

10. **immune** i·mmune
    [ɪˋmjun]
    adj. 免疫的；免於...的
    ㄜ·ㄇㄧㄨɜ̃

12. **perfume** per·fume
    [pɚˋfjum]
    v. 使充滿香氣
    ㄆㄦ·ㄈㄧㄨɱ̃

13. **produce** pro·duce
    [prəˋdjus]
    v. 製造；出產
    ㄆㄨ⓪ㄜ·ㄉpㄧㄨㄙ

14. **reduce** re·duce
    [rɪˋdjus]
    v. 減少；縮小；降低
    ⓡㄨㄜ·ㄉpㄧㄨㄙ

專利語調矩陣　　重音節母音

[ju] ー ㄨ

refuse
[rɪ`fjuz]
n. 廢物；垃圾；
渣滓
v. 拒絕

re·fuse
ㄖㄧ·ㄈㄨz

resume
[rɪ`zjum]
v. 重新開始；
繼續；恢復

re·sume
ㄖㄧ·zㄨñ

review
[rɪ`vju]
n. 復習
v. 溫習；回顧

re·view
ㄖㄧ·ㄈˊㄨ

secure
[sɪ`kjʊr]
adj. 安全的牢固的
v. 把…弄牢；關緊

se·cure
ㄙㄜ·ㄎㄨㄦ

跟旁邊的人說說話，
休息一下吧！

423

專利語調矩陣 | 重音節母音

| u | or | x |

1. **brutal** [`brutḷ] adj. 野蠻的；粗暴的 — bru·tal — ㄅㄖㄨ·ㄊㄜ
2. **bullet** [`bʊlɪt] n. 子彈 — bu·llet — ㄅㄨ·ㄌㄜㄊ
3. **crucial** [`kruʃəl] adj. 決定性的；重要的 — cru·cial — ㄎㄖㄨ·ㄒㄜ
4. **fluid** [`fluɪd] n. 液體；流質 adj. 流動的；液體的；流暢的 — flu·id — ㄈㄌㄨ·ㄜㄉ
5. **foolish** [`fulɪʃ] adj. 愚笨的；蠢的；傻的 — foo·lish — ㄈㄨ·ㄌㄜㄒㄩ
6. **full time** [`fʊl͵taɪm] adj. 全時段的；全職的；專任的 — full· time — ㄈㄨㄛ· ㄊㄞㄇ
7. **fully** [`fʊlɪ] adv. 完全地；徹底地 — fu·lly — ㄈㄨ·ㄌ一

8. **loosen** [`lusn] v. 鬆開；解開 — loo·sen — ㄌㄨ·ㄙㄜㄋ
9. **loser** [`luzɚ] n. 輸家 — lo·ser — ㄌㄨ·ㄗㄦ
10. **moonlight** [`mun͵laɪt] n. 月光 — moon·light — ㄇㄨ·ㄋ·ㄌㄞㄊ
11. **Muslim** [`mʌzləm] n. 穆斯林；回教徒；伊斯蘭教信徒 adj. 穆斯林的；回教的；伊斯蘭教的 — Mus·lim — ㄇㄨㄗ·ㄌㄜㄇ
12. **noodle** [`nudḷ] n. 麵 — noo·dle — ㄋㄨ·ㄉㄜ
13. **ruin** [`rʊɪn] n. 毀滅；崩潰；廢墟；傾家蕩產 v. 毀滅 — ru·in — ㄖㄨ·ㄜㄋ
14. **ruler** [`rulɚ] n. 尺；統治者 — ru·ler — ㄖㄨ·ㄌㄦ

專利語調矩陣　　重音節母音

1. **ruling** [ˋrulɪŋ]
n. 統治；管理；裁決
adj. 統治的；管理的

2. **rumour** [ˋrumɚ]
n. 謠言；謠傳；傳聞；傳說

3. **ruthless** [ˋruθlɪs]
adj. 無情的；殘忍的

4. **schoolboy** [skul bɔɪ]
adj. 幼稚的
n. (中小學)男生

5. **scooter** [ˋskutɚ]
n. 小輪摩托車

6. **shooting** [ˋʃutɪŋ]
n. 發射；打獵

7. **toolroom** [ˋtul͵rum]
n. 工具間

8. **toothache** [ˋtuθ͵ek]
n. 牙痛

9. **toothbrush** [ˋtuθ͵brʌʃ]
n. 牙刷

10. **movement** [ˋmuvmənt]
n. 動作；樂章；特定目標的運動

11. **movie** [ˋmuvɪ]
n. 電影

12. **rooster** [ˋrustɚ]
n. 公雞；狂妄自負的人

13. **truly** [ˋrulɪ]
adv. 真實地；忠實地

14. **truthful** [ˋtruθfəl]
adj. 誠實的

425

專利語調矩陣 | 重音節母音: |u| ㄨ or ㄨ̄

1. **assume** [ə`sum] v. 假定；假設；想當然的認為
   a·ssume
   ㄜ·ㄙㄨㄇ̃

2. **balloon** [bə`lun] n. 氣球
   ba·lloon
   ㄅㄜ·ㄌㄨㄋ̃

3. **bamboo** [bæm`bu] n. 竹子
   bam·boo
   ㄅㄚ̌ㄇ̃·ㄅㄨ

4. **cartoon** [kar`tun] n. 卡通
   car·toon
   ㄎㄚ˘ㄦ·ㄊㄨㄋ̃

5. **conclude** [kən`klud] v. 推斷出；斷定
   con·clude
   ㄎㄜㄋ̃·ㄎㄌㄨㄉ

6. **exclude** [ɪk`sklud] v. 拒絕接納；排除在外
   ex·clude
   ㄜㄎ̌ㄙ·ㄍㄌㄨㄉ

7. **improve** [ɪm`pruv] v. 改善
   im·prove
   ㄜㄇ̃·ㄆㄌ̌ㄨㄈ

8. **improved** [ɪm`pruvd] adj. 改善的；improve 的動詞過去式過去分詞
   im·proved
   ㄜㄇ̃·ㄆㄌ̌ㄨㄈ˙ㄉ

9. **include** [ɪn`klud] v. 包含
   in·clude
   ㄜㄋ̃·ㄎㄌㄨㄉ

10. **intrude** [ɪn`trud] v. 侵入；闖入
    in·trude
    ㄜㄋ̃·ㄔ̌ㄨㄉ

11. **pollute** [pə`lut] v. 污染
    po·llute
    ㄆㄜ·ㄌㄨㄜ

12. **pursue** [pɚ`su] v. 追求；從事
    pur·sue
    ㄆㄦ·ㄙㄨ

13. **pursuit** [pɚ`sut] n. 追蹤；追擊
    pur·suit
    ㄆㄦ·ㄙㄨㄜ

14. **remove** [rɪ`muv] v. 移動；搬開
    re·move
    ㄌ̌ㄧ·ㄇㄨㄈ˙

426

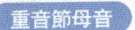

1. **shampoo**
   [ʃæm`pu]
   n. 洗髮精
   v. 洗（頭髮）；洗（地毯等）

2. **typhoon**
   [taɪ`fun]
   n. 颱風

3. **approve**
   [ə`pruv]
   v. 同意；贊許

4. **recruit**
   [rɪ`krut]
   n. 新兵；新手；補給品
   v. 徵募；雇用；補充

427

雙音節重音例外字詞

1. **Bill Ding** / Bill·Ding
   [ˋbɪlˋdɪŋ]
   ㄅㄛ˙ㄛ·ㄉㄆ ˙ㄥ
   n. 布一定
   SoR 美語
   臺北旗艦殿
   吉祥物之三

2. **downstairs** / down·stairs
   [ˋdaʊnˋstɛrz]
   ㄉㄆ ㄛ˙ ㄋ˜·ㄙㄉ ㄝㄦZ
   adj. 樓下的
   adv. 樓下地

3. **upstairs** / up·stairs
   [ˋʌpˋstɛrz]
   ㄛㄆ˙·ㄙㄉㄆ ㄝㄦZ
   n. 樓上
   adj. 樓上的
   adv. 樓上地

4. **southeast** / south·east
   [ˋsaʊθˋist]
   ㄙㄠ˙ ㄙ˙ ·⌣ㄙㄠ
   n. 東南；東南方
   adj. (在) 東南的
   adv. 在東南；向東南

5. **southwest** / south·west
   [ˋsaʊθˋwɛst]
   ㄙㄠ˙ ㄙ˙ ·ㄨㄝㄙㄠ
   n. 西南；西南方
   adj. (在) 西南的
   adv. 在西南；向西南

6. **northeast** / north·east
   [ˋnɔrθˋist]
   ㄋㄛㄦ ㄙ˙ ·⌣ㄙㄠ
   n. 東北；東北方
   adj. (在) 東北的
   adv. 在東北；向東北

7. **northwest** / north·west
   [ˋnɔrθˋwɛst]
   ㄋㄛㄦ ㄙ˙ ·ㄨㄝㄙㄠ
   n. 西北；西北方
   adj. (在) 西北的
   adv. 在西北；向西北

8. **outside** / out·side
   [ˋaʊtˋsaɪd]
   ㄠ˙ㄛ·ㄙㄞㄉ
   n. 外面；外部
   adj. 外部的；外部的
   adv. 外面地
   prep. 在外

9. **one-third** / one·-third
   [ˋwʌnˋθɝd]
   ㄨㄛㄋ˜·ㄙㄦㄉ
   adj. 三分之一的

10. **two-thirds** / two·-thirds
    [ˋtuˋθɝdz]
    ㄊㄨ·ㄙㄦZ
    adj. 三分之二的

11. **well-known** / well·-known
    [͵wɛlˋnoʊn]
    ㄨㄝㄛ·ㄋ ㄨ˙ㄋ
    adj. 出名的；眾所周知的

12. **worldwide** / world·wide
    [ˋwɝldˋwaɪd]
    ㄨㄦㄛㄉ·ㄨㄞㄉ
    adj. 遍及全球的
    adv. 在世界各地

13. **CD** / C·D
    [ˋsiˋdi]
    ㄙ⌣·ㄉㄆ⌣
    [縮寫] 光碟
    abbr. compact disc

14. **TV** / T·V
    [ˋtiˋvi]
    ㄊ˙⌣·ㄈ⌣
    [縮寫] 電視
    abbr. television

雙音節重音例外字詞

i.e.
[ˋaɪ͵i]
也就是；即

i.e.
ㄞ‧ㄧ

8. Taiwan
[͵taɪˋwən]
n. 臺灣

Tai·wan
ㄊㄞ‧ㄨㄢ

okay
[͵oʊˋkeɪ]
adj.【口】對；可以；
adv.【口】對；很好地；
n.【口】同意；批准 [C]
int.【口】好；行

o·kay
ㄨ‧ㄎㄟ

9. Taipei
[ˋtaɪ͵pe]
n. 臺北

Tai·pei
ㄊㄞ‧ㄆㄟ

a.m.
[ˋe͵ɛm]
abbr. 上午

a.m.
ㄟ‧ㄝㄇ

10. Kaohsiung
[ˋkaʊ͵ʃʊŋ]
n. 高雄

Kao·hsiung
ㄎㄠ‧ㄒㄩㄥ

p.m.
[ˋpi͵ɛm]
abbr. 下午

p.m.
ㄆㄧ‧ㄝㄇ

11. Taichung
[ˋtaɪ͵tʃəŋ]
n. 臺中

Tai·chung
ㄊㄞ‧ㄑㄨㄥ

P.C.
[ˋpi͵si]
abbr. personal computer
個人電腦

P.C.
ㄆㄧ‧ㄙ

12. Tainan
[ˋtaɪ͵nan]
n. 臺南

Tai·nan
ㄊㄞ‧ㄋㄢ

P.E.
[ˋpi͵i]
n. 體育課

P.E.
ㄆㄧ‧ㄧ

13. Taitung
[ˋtaɪ͵tʊŋ]
n. 臺東

Tai·tung
ㄊㄞ‧ㄉㄨㄥ

Hong Kong
[ˋhɑŋ͵kɑŋ]
n. 香港（地名）

Hong·Kong
ㄏㄤ‧ㄎㄤ

三 音節單字

三音節 單字

重音節母音		頁數	重音節母音		頁數
KK 音標	雙語注音		KK 音標	雙語注音	
[ɛ]	ㄝ	432	[aɪ]	ㄞ	504
[e]	ㄧㄝ	452	[i]	︵	510
[æ]	ㄚㄝ	458	[ʌə]	ㄜ	516
[aʊ]	ㄠㄝ	470	[ɔ]	ㄛ	520
[ɪ]	ㄛ	472	[ɔɪ]	ㄛㄧ	522
[ʊ]	ㄜㄨ	485	[ɔr]	ㄛㄦ	524
[o]	ㄨㄛ	486	[ɪr]	ㄧㄦ	528
[ɑɔ]	ㄚ	490	[ɪŋ]	ㄧㄥ	530
[ɜ˞ ə˞]	ㄦ	498	[ju]	ㄧㄨ	532
[ar]	ㄚㄦ	502	[u]	ㄨ or ㄨ̄	534

ɛ / ㄝ

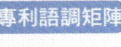

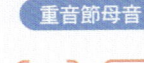

[ɛ] ㄝ

1. **aerial** [ˋɛrɪəl]
n. 天線
adj. 航空的；大氣的；虛幻的

2. **aerospace** [ˋɛrə͵spes]
n. 航空航天學

3. **anymore** [ˋɛnɪmor]
adv. (不) 再；再也 (不)

4. **anyone** [ˋɛnɪ͵wʌn]
pron. 任何人

5. **anything** [ˋɛnɪ͵θɪŋ]
pron. 任何事物；任何東西

6. **anyway** [ˋɛnɪ͵we]
adv. 不管怎樣；無論如何

7. **anywhere** [ˋɛnɪ͵hwɛr]
adv. 任何地方

8. **area** [ˋɛrɪə]
n. 地區；面積；區域

9. **barrier** [ˋbærɪr]
n. 障礙物；路障

10. **benefit** [ˋbɛnəfɪt]
n. 利益；好處
v. 對…有益

11. **carrying** [ˋkɛrɪŋ]
n. 運送
adj. 運送的

12. **celebrate** [ˋsɛlə͵bret]
v. 慶祝

13. **charity** [ˋtʃærətɪ]
n. 施捨；善舉

14. **chemical** [ˋkɛmɪkḷ]
n. 化學製品；化學藥品
adj. 化學的

432

專利語調矩陣 | **重音節母音** [ɛ] [ㄝ]

chemistry
[ˋkɛmɪstrɪ]
n. 化學

credit card
[ˋkrɛdɪt͵kard]
n. 信用卡

decorate
[ˋdɛkə͵ret]
v. 裝飾

dedicate
[ˋdɛdə͵ket]
v. 奉獻；獻身於；舉行落成典禮

deficit
[ˋdɛfɪsɪt]
n. 不足額；赤字

definitely
[ˋdɛfənɪtlɪ]
adv. 明確地；明顯地

delicate
[ˋdɛləkət]
adj. 易碎的；嬌貴的；精細的

8. democrat
[ˋdɛmə͵kræt]
n. 民主主義者

9. demonstrate
[ˋdɛmən͵stret]
v. 示範操作產品；展示

10. density
[ˋdɛnsətɪ]
n. 密度

11. deputy
[ˋdɛpjətɪ]
n. 代表；代理人；副職；副手

12. desperately
[ˋdɛspərɪtlɪ]
adv. 極度渴望地

13. editor
[ˋɛdɪtɚ]
n. 編者；校訂者

14. educate
[ˋɛdʒə͵ket]
v. 教育

ɛ ㄝ

專利語調矩陣: 1●●● / ●1●● / ●●1● / ●●●4
重音節母音: [ɛ] ㄝ

1. **elderly** [ˋɛldɚlɪ] adj. 年長的；上了年紀的 n. 年長者
   el·der·ly
   ㄝㄛ·ㄉˇ·ㄦ·ㄌㄧ

2. **elegant** [ˋɛləgənt] adj. 優美的；漂亮的；優雅的
   e·le·gant
   ㄝ·ㄌㄜ·ㄍㄜㄋ·ㄤ

3. **element** [ˋɛləmənt] n. 要素；成分
   e·le·ment
   ㄝ·ㄌㄜ·ㄇㄜㄋ·ㄤ

4. **elephant** [ˋɛləfənt] n. 大象
   e·le·phant
   ㄝ·ㄌㄜ·ㄈ·ㄜㄋ·ㄤ

5. **emphasis** [ˋɛmfəsɪs] n. 強調；重視；重點
   em·pha·sis
   ㄝㄇ·ㄈㄜ·ㄙㄜ̃ㄙ

6. **emphasize** [ˋɛmfəˌsaɪz] v. 強調
   em·pha·size
   ㄝㄇ·ㄈㄜ·ㄙㄞZ

7. **enemy** [ˋɛnəmɪ] n. 敵人
   e·ne·my
   ㄝ·ㄋㄜ·ㄇㄧ

8. **energy** [ˋɛnɚdʒɪ] n. 精力；能量
   e·ner·gy
   ㄝ·ㄋㄦ·ˇㄐㄧ

9. **enterprise** [ˋɛntɚˌpraɪz] n. 企業；公司
   en·ter·prise
   ㄝㄋ̃·ㄜˇㄦ·ㄆㄨㄞZ

10. **entity** [ˋɛntətɪ] n. 實體；存在；本質
    en·ti·ty
    ㄝㄋ̃·ㄜˇㄜ·ㄜ·ㄧ

11. **envelope** [ˋɛnvəˌlop] n. 信封
    en·ve·lope
    ㄝㄋ̃·ㄈˋㄜ·ㄌㄨˇㄆ

12. **episode** [ˋɛpəˌsod] n. 一個事件；一節；一齣；一集
    e·pi·sode
    ㄝ·ㄆㄜ·ㄙㄨˇㄉ

13. **equity** [ˋɛkwətɪ] n. 公平；股票值；抵押資產的淨值；公司的股本
    e·qui·ty
    ㄝ·ㄎㄨㄜˇ·ㄜ·ㄧ

14. **estimate** [ˋɛstəˌmet] n. 估計；估價 v. 估計；估量
    es·ti·mate
    ㄝㄙ·ㄉㄆ·ㄜˇ·ㄇ一ˇㄜ

ε / ㄝ

ethical
e·thi·cal
ㄝ·ㄙˊ·ㄎㄛ
[ˈɛθɪk!]
adj. 倫理的；道德的

8. excellent
ex·ce·llent
ㄝㄎˋ·ㄙㄜ·ㄌㄜㄣㄠ
[ˈɛksḷənt]
adj. 非常好的

everyday
e·very·day
ㄝ·ㄈˋㄧ·ㄉㄟ
[ˈɛvrɪˌde]
adj. 每天的；日常的

9. execute
ex·e·cute
ㄝㄎˋ·ㄙㄜ·ㄎㄨㄛ
[ˈɛksɪˌkjut]
v. 實施；執行；（依法）處決；處死

everyone
e·very·one
ㄝ·ㄈˋㄨㄧ·ㄨㄜㄣ
[ˈɛvrɪˌwʌn]
pron. 每個人

10. exercise
ex·er·cise
ㄝㄎˋ·ㄙㄦ·ㄙㄞz
[ˈɛksɚˌsaɪz]
n. 運動；習題
v. 鍛鍊；操練；練習；運用；行使

everything
e·very·thing
ㄝ·ㄈˋㄨㄧ·ㄙ·ㄥ
[ˈɛvrɪˌθɪŋ]
pron. 每樣事物；重於一切

11. federal
fe·de·ral
ㄈㄝ·ㄉㄜ·ㄖㄛ
[ˈfɛdərəl]
n. 聯邦政府；
adj. 聯邦（制）的；聯合的

everywhere
e·very·where
ㄝ·ㄈˋㄨㄧ·ㄨ·ㄝㄦ
[ˈɛvrɪˌhwɛr]
adv. 處處

12. feminist
fe·mi·nist
ㄈㄝ·ㄇㄜ·ㄋㄜㄙ
[ˈfɛmənɪst]
n. 女權運動者
adj. 主張男女平等的

evidence
e·vi·dence
ㄝ·ㄈˋㄜ·ㄉㄜㄣㄙ
[ˈɛvədəns]
n. 證據；證詞；證人；物證

13. festival
fes·ti·val
ㄈㄝㄙ·ㄉㄜ·ㄈㄛ
[ˈfɛstəv!]
n. 節日

evident
e·vi·dent
ㄝ·ㄈˋㄜ·ㄉㄜㄣ
[ˈɛvədənt]
adj. 明顯的；明白的

14. flexible
flex·i·ble
ㄈㄌㄝㄎˋ·ㄙㄜ·ㄅㄛ
[ˈflɛksəb!]
adj. 可彎曲的；易彎曲的；柔韌的

435

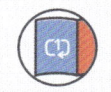

ɛ ㄝ

專利語調矩陣 | 重音節母音 [ɛ] ㄝ

1. **general** [ˈdʒɛnərəl] n. 將軍 adj. 普遍的
   ge·ne·ral
   ㄐㄝ·ㄋㄜ·ㄖㄜ

2. **generate** [ˈdʒɛnəˌret] v. 產生出
   ge·ne·rate
   ㄐㄝ·ㄋㄜ·ㄖㄜ_ㄝㄊ

3. **generous** [ˈdʒɛnərəs] adj. 慷慨的
   ge·ne·rous
   ㄐㄝ·ㄋㄜ·ㄖㄜ·ㄙ

4. **gentleman** [ˈdʒɛnt!mən] n. 紳士
   gen·tle·man
   ㄐㄝㄋ·ㄊㄜ·ㄇㄜ

5. **genuine** [ˈdʒɛnjʊɪn] adj. 真的；非偽造的
   ge·nu·ine
   ㄐㄝ·ㄋㄨ·ㄜㄋ

6. **headquarters** [ˈhɛdˈkwɔrtɚz] n. 總部；總公司；總局
   head·quar·ters
   ㄏㄝㄉ·ㄎㄨㄦ·ㄊㄦㄙ

7. **heavily** [ˈhɛvɪlɪ] adv. 沉重地；沉悶地；鬱悶地
   hea·vi·ly
   ㄏㄝ·ㄈㄜ·ㄌㄧ

8. **heritage** [ˈhɛrɪtɪdʒ] n. 遺產；繼承物；傳統
   he·ri·tage
   ㄏㄝ·ㄖㄜ·ㄊㄜ·ㄐㄩ

9. **hesitate** [ˈhɛzəˌtet] v. 躊躇；猶豫
   he·si·tate
   ㄏㄝ·ㄙㄜ·ㄊㄜ_ㄝㄊ

10. **legacy** [ˈlɛgəsɪ] n. 遺產；遺贈；留給後人的東西
    le·ga·cy
    ㄌㄝ·ㄍㄜ·ㄙㄧ

11. **lemonade** [ˌlɛmənˈed] n. 檸檬水
    le·mo·nade
    ㄌㄝ·ㄇㄜ·ㄋㄜ_ㄉ

12. **measurement** [ˈmɛʒɚmənt] n. 測量法；測定；尺寸
    mea·sure·men
    ㄇㄝ·ㄖㄦ·ㄇㄜ

13. **medical** [ˈmɛdɪk!] adj. 醫學的；醫術的；醫療的
    me·di·cal
    ㄇㄝ·ㄉㄧ·ㄎㄜ

14. **medicine** [ˈmɛdəsn] n. 藥
    me·di·cine
    ㄇㄝ·ㄉㄧ·ㄙㄜㄋ

[ɛ] ㄝ

1. **membership** [ˋmɛmbəˌʃɪp] n. 會員身分
2. **memory** [ˋmɛmərɪ] n. 記憶
3. **mentally** [ˋmɛnt!ɪ] adv. 心理上；精神上
4. **merrily** [ˋmɛrɪlɪ] adv. 歡快地；愉快地；快樂地；興高采烈地
5. **metaphor** [ˋmɛtəfə] n. 隱喻；象徵
6. **Mexican** [ˋmɛksɪkən] n. 墨西哥人 adj. 墨西哥的；墨西哥人的
7. **negative** [ˋnɛgətɪv] n. 否定語；負數；陰電；底片 adj. 否定的；負面的
8. **penalty** [ˋpɛn!tɪ] n. 處罰；刑罰；罰款
9. **predator** [ˋprɛdətə] n. 捕食性動物；食肉動物
10. **preference** [ˋprɛfərəns] n. 偏愛；優先（權）
11. **pregnancy** [ˋprɛgnənsɪ] n. 懷孕
12. **president** [ˋprɛzədənt] n. 校長；總統；總裁
13. **readily** [ˋrɛdɪlɪ] adv. 樂意地；欣然；立即；無困難地
14. **recipe** [ˋrɛsəpɪ] n. 食譜；烹飪法

437

ㄝ

專利語調矩陣 | **重音節母音** [ɛ] ㄝ

1. **recognize** [ˋrɛkəɡˌnaɪz] v. 識別；認識；承認
   re·cog·nize

2. **rectangle** [rɛkˋtæŋɡ!] n. 長方形
   rec·tan·gle

3. **reference** [ˋrɛfərəns] n. 參考文獻；出處；提及
   ref·er·ence

4. **register** [ˋrɛdʒɪstɚ] v. 註冊；申報 n. 登記；註冊
   reg·is·ter

5. **regular** [ˋrɛɡjələ˞] adj. 通常的；定期的
   reg·u·lar

6. **regulate** [ˋrɛɡjəˌlet] v. 調節；為...制訂規章
   reg·u·late

7. **relative** [ˋrɛlətɪv] n. 親戚 adj. 有關的；相對的
   rel·a·tive

8. **relevant** [ˋrɛləvənt] adj. 有關的；切題的
   rel·e·vant

9. **remedy** [ˋrɛmədɪ] n. 治療；治療法；藥物； vt. 醫治；治療；補救；
   rem·e·dy

10. **residence** [ˋrɛzədəns] n. 住所；住宅
    res·i·dence

11. **resident** [ˋrɛzədənt] n. 居民；住院醫生 adj. 常駐的；居住的；定居的
    res·i·dent

12. **restaurant** [ˋrɛstərənt] n. 餐廳
    res·tau·rant

13. **resume** [ˌrɛzjʊˋme] n. 履歷；摘要
    re·su·me

14. **revenue** [ˋrɛvəˌnju] n.（國家的）歲入；稅收；公司企業的收益
    rev·e·nue

438

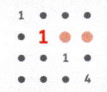

1. **rhetoric**
['rɛtərɪk]
n. 修辭；修辭學；辭令

2. **second-hand**
['sɛkənd'hænd]
adj. 二手的
adv. 間接地

3. **secular**
['sɛkjələ]
adj. 世俗的；非宗教的

4. **seminar**
['sɛmə,nɑr]
n. 專題討論（課或會議）；研討會

5. **senator**
['sɛnətə]
n. 參議員

6. **sensible**
['sɛnsəb!]
adj. 明智的；合情理的；意識到的；察覺到的

7. **sensitive**
['sɛnsətɪv]
adj. 敏感的；易受傷害的

8. **sentiment**
['sɛntəmənt]
n. 感情；情緒；感傷；觀點

9. **separate**
['sɛpə,ret]
v. 分隔
adj. 單獨的；個別的

10. **settlement**
['sɛt!mənt]
n. 解決；清算；定居

11. **seventeen**
[,sɛvn'tin]
n. 十七
adj. 十七的

12. **seventy**
['sɛvntɪ]
n. 七十
adj. 七十的

13. **several**
['sɛvərəl]
adj. 幾個的；
pron. 幾個；數個

14. **sexually**
['sɛkʃuəlɪ]
adv. 性別上地；按性別地

439

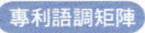

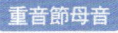

1. **specialist** [ˈspɛʃəlɪst]
   n. 專家；專科醫生

2. **specialize** [ˈspɛʃəlˌaɪz]
   v. 專攻；專門從事

3. **specialty** [ˈspɛʃəltɪ]
   n. 專業；專長

4. **specify** [ˈspɛsəˌfaɪ]
   v. 具體指定；詳細指明

5. **spectator** [spɛkˈtetɚ]
   n. 旁觀者；目擊者

6. **speculate** [ˈspɛkjəˌlet]
   v. 推測；投機；推斷

7. **steadily** [ˈstɛdəlɪ]
   adv. 逐漸地；穩步地

8. **stereotype** [ˈstɛrɪəˌtaɪp]
   n. 陳規；刻板印象；老套俗見；成見
   v. 使成為陳規

9. **technical** [ˈtɛknɪkḷ]
   adj. 專門的；技術性的

10. **telephone** [ˈtɛləˌfon]
    v. 打電話；通電話
    n. 電話；電話機

11. **telescope** [ˈtɛləˌskop]
    n. 望遠鏡

12. **temperature** [ˈtɛmprətʃɚ]
    n. 天氣的溫度；氣溫；體溫

13. **tendency** [ˈtɛndənsɪ]
    n. 傾向；癖性

14. **terrible** [ˈtɛrəbḷ]
    adj. 可怕的

440

1. **terribly**
   [ˋtɛrəblɪ]
   adv. 可怕地
   【口】很；非常

2. **terrorist**
   [ˋtɛrərɪst]
   n. 恐怖主義者；
   恐怖分子

3. **testify**
   [ˋtɛstə͵faɪ]
   v. 作證；表明

4. **therapist**
   [ˋθɛrəpɪst]
   n. 治療技師或專家

5. **therapy**
   [ˋθɛrəpɪ]
   n. 治療；療法

6. **twentieth**
   [ˋtwɛntɪɪθ]
   adj. 第二十（的）
   二十分之一的
   n. 月的第二十日

7. **veteran**
   [ˋvɛtərən]
   n. 退役軍人；
   經驗豐富的人
   adj. 老手老兵的；
   久經使用的

8. **yesterday**
   [ˋjɛstɚde]
   n. 昨天；往昔
   adv. 昨天

9. **carefully**
   [ˋkɛrfəlɪ]
   adv. 小心地；
   仔細地；認真地

10. **hairdresser**
    [ˋhɛr͵drɛsɚ]
    n. 美髮師

11. **shareholder**
    [ˋʃɛr͵holdɚ]
    n. 股票持有人；
    股東

1. **acceptance** [əkˋsɛptəns] n. 接受；領受；（票據等的）承兌；認付

ac·cep·tance
ㄜㄎ·ㄙㄝㄉˇ·ㄊㄜㄣˇㄙ

2. **accepted** [əkˋsɛptɪd] adj. 公認的

ac·cep·ted
ㄜㄎ·ㄙㄝㄉˇ·ㄊㄜㄉ

3. **adventure** [ədˋvɛntʃɚ] n. 冒險；冒險活動

ad·ven·ture
ㄜㄉ·ㄈˇㄝㄣˇ·ㄑㄦ

4. **aesthetic** [ɛsˋθɛtɪk] adj. 美學的

aes·the·tic
ㄜㄙ·ㄙㄝ·ㄊㄜㄎ

5. **affection** [əˋfɛkʃən] n. 愛慕；鍾愛

a·ffec·tion
ㄜ·ㄈㄝㄎˇ·ㄒㄜㄣ

6. **agenda** [əˋdʒɛndə] n. 議程；目的

a·gen·da
ㄜ·ㄐㄝㄣˇ·ㄉㄚ

7. **aggression** [əˋgrɛʃən] n. 侵略；攻擊行為

a·ggre·ssion
ㄜ·ㄍㄨㄝ·ㄒㄜㄣ

8. **aggressive** [əˋgrɛsɪv] adj. 好鬥的；挑釁的；有進取精神的

a·ggre·ssive
ㄜ·ㄍㄨㄝ·ㄙㄜㄈ

9. **already** [ɔlˋrɛdɪ] adv. 已經

al·rea·dy
ㄛ·ㄨㄝ·ㄉㄧ

10. **amendment** [əˋmɛndmənt] n. 修正；改善；修改；修訂；修正

a·mend·ment
ㄜ·ㄇㄝㄣˇ·ㄇㄜㄣˇㄊ

11. **assemble** [əˋsɛmb!] v. 集合；召集

a·ssem·ble
ㄜ·ㄙㄝㄇ·ㄅ

12. **assembly** [əˋsɛmblɪ] n. 集會；集合

a·ssem·bly
ㄜ·ㄙㄝㄇ·ㄅㄌㄧ

13. **assessment** [əˋsɛsmənt] n. 估價；評價

a·ssess·ment
ㄜ·ㄙㄝㄙ·ㄇㄜㄣˇㄊ

14. **athletic** [æθˋlɛtɪk] adj. 運動的；體育的；行動敏捷的

ath·le·tic
ㄜㄙ·ㄌㄝ·ㄊㄜㄎ

442

ɛ / ㄝ

1. **attendance** [əˋtɛndəns]
   n. 出席；出席人數；侍候

2. **attention** [əˋtɛnʃən]
   n. 注意；專心；注意力

3. **collection** [kəˋlɛkʃən]
   n. 收集

4. **collective** [kəˋlɛktɪv]
   n. 集體農場；(或企業)；集團
   adj. 集體的；共同的

5. **collector** [kəˋlɛktɚ]
   n. 收集者；收藏家

6. **compelling** [kəmˋpɛlɪŋ]
   adj. 強制的；令人信服的

7. **conception** [kənˋsɛpʃən]
   n. 創始；觀念；概念；見解；構想

8. **confession** [kənˋfɛʃən]
   n. 承認；供認；告解

9. **connection** [kəˋnɛkʃən]
   n. 連接；聯絡；銜接

10. **consensus** [kənˋsɛnsəs]
    n. 一致；合意；輿論；一致的意見；共識

11. **convention** [kənˋvɛnʃən]
    n. 會議；大會

12. **correctly** [kəˋrɛktlɪ]
    adv. 正確地；得體地

13. **December** [dɪˋsɛmbɚ]
    n. 十二月

443

1. **defendant** [dɪˋfɛndənt] n. 被告;被告人

2. **defender** [dɪˋfɛndɚ] n. 防禦者; 守衛者;辯護者; 衛冕者

3. **defensive** [dɪˋfɛnsɪv] adj. 防禦的

4. **dependent** [dɪˋpɛndənt] n. 受撫養者 adj. 依靠的; 依賴的

5. **depending** [dɪˋpɛndɪŋ] adj. 依靠

6. **depression** [dɪˋprɛʃən] n. 沮喪;意氣消沈; 憂鬱症;景氣消條

7. **detective** [dɪˋtɛktɪv] n. 偵探;私家偵探 adj. 偵查用的; 探測用的

8. **develop** [dɪˋvɛləp] v. 發展

9. **dilemma** [dəˋlɛmə] n. 困境;進退兩難

10. **dimension** [dɪˋmɛnʃən] n. (長;寬;厚 高等的)尺寸;大小

11. **direction** [dəˋrɛkʃən] n. 方向;指示

12. **directly** [dəˋrɛktlɪ] adv. 直接地; 筆直地

13. **director** [dəˋrɛktɚ] n. 董事;局長; 主任;導演

14. **domestic** [dəˋmɛstɪk] adj. 國內的; 家庭的

444

專利語調矩陣　　重音節母音　　ㄝ

1. **effective** [ɪˋfɛktɪv] adj. 有效的
   e·ffec·tive
   ㄜ· ㄈㄝㄎ· ㄊㄜ˙ㄈˋ

2. **election** [ɪˋlɛkʃən] n. 選舉
   e·lec·tion
   一· ㄌㄝㄎ· ㄒㄜㄣ˙

3. **electric** [ɪˋlɛktrɪk] adj. 電的
   e·lec·tric
   一· ㄌㄝㄎ· ㄔㄨㄜㄎ˙

4. **eleven** [ɪˋlɛvn] n. 十一；adj. 十一的
   e·le·ven
   一· ㄌㄝ· ㄈㄜㄣ˙

5. **essential** [ɪˋsɛnʃəl] adj. 必要的；實質的
   e·ssen·tial
   一· ㄙㄝㄣ˙ㄒㄜ

6. **exception** [ɪkˋsɛpʃən] n. 例外
   ex·cep·tion
   一ㄎ· ㄙㄝㄆ˙ㄒㄜㄣ

7. **excessive** [ɪkˋsɛsɪv] adj. 過度的；極度的
   ex·ce·ssive
   一ㄎ· ㄙㄝ· ㄙㄜ˙ㄈˋ

8. **expected** [ɪkˋspɛktɪd] adj. 預期要發生的；期待中的（expect 的動詞過去式，過去分詞）
   ex·pec·ted
   一ㄎㄥ· ㄅㄝㄎ· ㄊㄜ˙ㄉˋ

9. **expensive** [ɪkˋspɛnsɪv] adj. 費的；昂貴的
   ex·pen·sive
   一ㄎㄥ· ㄅㄝㄣ˙ㄙㄜ˙ㄈˋ

10. **expression** [ɪkˋsprɛʃən] n. 表達；表示；表情
    ex·pre·ssion
    一ㄎㄥ· ㄅㄖㄨㄝ· ㄒㄜㄣ˙

11. **extended** [ɪkˋstɛndɪd] adj. 延伸的；伸出的；伸展的；長期的；持久的
    ex·ten·ded
    一ㄎㄥ· ㄉㄆㄝㄣ˙ㄉㄆㄜ˙ㄉˋ

12. **extension** [ɪkˋstɛnʃən] n. 伸長；擴大；延期
    ex·ten·sion
    一ㄎㄥ· ㄉㄆㄝㄣ˙ㄒㄜㄣ˙

13. **extensive** [ɪkˋstɛnsɪv] adj. 廣大的；廣闊的
    ex·ten·sive
    一ㄎㄥ· ㄉㄆㄝㄣ˙ㄙㄜ˙ㄈˋ

14. **forever** [fəˋɛvɚ] adv. 永遠
    for·e·ver
    ㄈㄦ· ㄝ· ㄈㄦ

445

ㄦ ㄝ

專利語調矩陣: 1 1 1 4
重音節母音: [ɛ] ㄝ

1. **genetic**
[dʒə`nɛtɪk]
adj. 基因的；
遺傳（學）的

ge·ne·tic
ㄐㄜ·ㄋㄝ·ㄊㄜㄎ

2. **however**
[haʊ`ɛvɚ]
adv. 無論如何；
不管怎樣
conj. 然而；不過

how·e·ver
ㄏㄠ·ㄝ·ㄈㄦ

3. **impression**
[ɪm`prɛʃən]
n. 印象

im·pre·ssion
ㄜㄇ·ㄆㄨ̇ㄝ·ㄒㄜㄋ

4. **impressive**
[ɪm`prɛsɪv]
adj. 留下深刻印象的；
令人敬佩的

im·pre·ssive
ㄜㄇ·ㄆㄨ̇ㄝ·ㄙㄜㄈ

5. **incentive**
[ɪn`sɛntɪv]
n. 鼓勵；動機

in·cen·tive
ㄜㄋ·ㄙㄝㄋ·ㄊㄜㄈ

6. **infection**
[ɪn`fɛkʃən]
n. 傳染；侵染

in·fec·tion
ㄜㄋ·ㄈㄝㄎ·ㄒㄜㄋ

7. **inherent**
[ɪn`hɪrənt]
adj. 固有的；
與生俱來的

in·he·rent
ㄜㄋ·ㄏㄝ·ㄖㄜㄋㄜ

8. **inherit**
[ɪn`hɛrɪt]
v. 繼承
（傳統，遺產等）

in·he·rit
ㄜㄋ·ㄏㄝ·ㄖㄜㄎ

9. **injection**
[ɪn`dʒɛkʃən]
n. 注射

in·jec·tion
ㄜㄋ·ㄐㄝㄎ·ㄒㄜㄋ

10. **inspection**
[ɪn`spɛkʃən]
n. 檢查；檢閱；
視察

ins·pec·tion
ㄜㄋㄙ·ㄅㄝㄎ·ㄒㄜㄋ

11. **inspector**
[ɪn`spɛktɚ]
n. 檢查員；
視察員；督察員

ins·pec·tor
ㄜㄋㄙ·ㄅㄝㄎ·ㄉㄦ

12. **invention**
[ɪn`vɛnʃən]
n. 發明；創造

in·ven·tion
ㄜㄋ·ㄈㄝㄋ·ㄒㄜㄋ

13. **investment**
[ɪn`vɛstmənt]
n. 投資；投資額

in·vest·ment
ㄜㄋ·ㄈㄝㄙㄜ·ㄇㄜㄋㄜ

14. **investor**
[ɪn`vɛstɚ]
n. 投資者

in·ves·tor
ㄜㄋ·ㄈㄝㄙ·ㄉㄦ

446

ε / ㄝ

1. **magnetic** [mæg`nɛtɪk] adj. 磁鐵的；磁性的 — mag·ne·tic

2. **momentum** [mo`mɛntəm] n. 動量；氣勢；衝量；衝力；推動力；動力 — mo·men·tum

3. **November** [no`vɛmbɚ] n. 十一月 — No·vem·ber

4. **objection** [əb`dʒɛkʃən] n. 反對；異議 — ob·jec·tion

5. **objective** [əb`dʒɛktɪv] n. 目的；目標 adj. 客觀的 — ob·jec·tive

6. **offender** [ə`fɛndɚ] n. 冒犯者；惹人生氣的人；違法者；犯規的人 — of·fen·der

7. **offensive** [ə`fɛnsɪv] n. 進攻；攻勢 adj. 冒犯的；唐突的 — of·fen·sive

8. **parental** [pə`rɛntḷ] adj. 父母的；父親的；母親的 — pa·ren·tal

9. **percentage** [pɚ`sɛntɪdʒ] n. 百分率；百分比 — per·cen·tage

10. **perception** [pɚ`sɛpʃən] n. 感知；察覺；認知 — per·cep·tion

11. **perfection** [pɚ`fɛkʃən] n. 完美；盡善盡美；完善；完成 — per·fec·tion

12. **perspective** [pɚ`spɛktɪv] n. 看法；遠景；前途；透視圖 — pers·pec·tive

13. **possession** [pə`zɛʃən] n. 擁有；佔有；所有物 — po·sse·ssion

14. **potential** [pə`tɛnʃəl] n. 可能性；潛力；潛能 adj. 潛在的；可能的 — po·ten·tial

447

ɛ / ㄝ

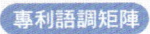

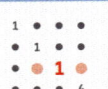

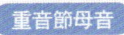

1. **prevention** pre·ven·tion
   [prɪˋvɛnʃən]
   n. 預防；防止
   ㄆㄨ˙ㄜ·ㄈㄝㄋ˜·ㄒ˙ㄜㄋ˜

2. **profession** pro·fe·ssion
   [prəˋfɛʃən]
   n. 職業
   ㄆㄨ˙ㄜ·ㄈㄝ·ㄒ˙ㄜㄋ˜

3. **professor** pro·fe·ssor
   [prəˋfɛsɚ]
   n. 教授
   ㄆㄨ˙ㄜ·ㄈㄝ·ㄙ·ㄦ

4. **progressive** pro·gre·ssive
   [prəˋgrɛsɪv]
   n. 革新主義者
   adj. 逐漸的
   ㄆㄨ˙ㄜ·ㄍㄨ˙ㄝ·ㄙㄜ·ㄈ

5. **projection** pro·jec·tion
   [prəˋdʒɛkʃən]
   n. 規劃；投影；投射；預測
   ㄆㄨ˙ㄜ·ㄐㄝㄎ˙·ㄒ˙ㄜㄋ˜

6. **protection** pro·tec·tion
   [prəˋtɛkʃən]
   n. 保護
   ㄆㄨ˙ㄜ·ㄊㄝㄎ˙·ㄒ˙ㄜㄋ˜

7. **protective** pro·tec·tive
   [prəˋtɛktɪv]
   adj. 保護的；防護的
   ㄆㄨ˙ㄜ·ㄊㄝㄎ˙·ㄊ˙ㄜ·ㄈ

8. **reception** re·cep·tion
   [rɪˋsɛpʃən]
   n. 接待；接見；接待處
   ㄖ˙ㄨ·ㄙㄝㄆ˙·ㄒ˙ㄜㄋ˜

9. **recession** re·ce·ssion
   [rɪˋsɛʃən]
   n. (經濟) 衰退
   ㄖ˙ㄨ·ㄙㄝ·ㄒ˙ㄜㄋ˜

10. **reflection** re·flec·tion
    [rɪˋflɛkʃən]
    n. 反射；回響
    ㄖ˙ㄨ·ㄈㄌㄝㄎ˙·ㄒ˙ㄜㄋ˜

11. **remember** re·mem·ber
    [rɪˋmɛmbɚ]
    v. 記得
    ㄖ˙ㄨ·ㄇㄝㄇ˜·ㄅㄦ

12. **resemble** re·sem·ble
    [rɪˋzɛmb!]
    v. 像；類似
    ㄖ˙ㄛ一·ㄗㄝㄇ˜·ㄅㄛ

13. **selected** se·lec·ted
    [səˋlɛktɪd]
    adj. 選定的
    ㄙㄜ·ㄌㄝㄎ˙·ㄊ˙ㄜ·ㄉ

14. **selection** se·lec·tion
    [səˋlɛkʃən]
    n. 選擇；選拔；選集；文選
    ㄙㄜ·ㄌㄝㄎ˙·ㄒ˙ㄜㄋ˜

448

專利語調矩陣 | 重音節母音
[ɛ] ㄝ

ɛ ㄝ

1. **semester** [sə`mɛstɚ] n. 學期
   se·mes·ter
   ㄙㄜ·ㄇㄝㄙ·ㄉㄦ

2. **September** [sɛp`tɛmbɚ] n. 九月
   Sep·tem·ber
   ㄙㄝㄆ·ㄊㄝㄇ·ㄅㄦ

3. **spaghetti** [spə`gɛtɪ] n. 義大利麵條
   spa·ghe·tti
   ㄙㄅㄜ·ㄍㄝ·ㄉㄧ

4. **successful** [sək`sɛsfəl] adj. 成功的
   suc·cess·ful
   ㄙㄜㄎ·ㄙㄝㄙ·ㄈㄜ

5. **suggestion** [sə`dʒɛstʃən] n. 建議；提議
   sug·ges·tion
   ㄙㄜ·ㄐㄝㄙ·ㄐㄜㄋ

6. **together** [tə`gɛðɚ] adv. 一同；一起
   to·ge·ther
   ㄊㄜ·ㄍㄝ·ㄖㄦ

7. **tremendous** [trɪ`mɛndəs] adj. 巨大的；極度的；驚人的
   tre·men·dous
   ㄔㄨㄜ·ㄇㄝㄋ·ㄉㄜㄙ

8. **umbrella** [ʌm`brɛlə] n. 雨傘；傘
   um·bre·lla
   ㄜㄇ·ㄅㄨㄖㄝ·ㄌㄜ

9. **whatever** [hwɑt`ɛvɚ] adv. 無論怎麼的 pron. 任何…的事物
   what·e·ver
   ㄨㄚㄊ·ㄝ·ㄈㄦ

10. **whenever** [hwɛn`ɛvɚ] adv. 無論什麼時候 conj. 無論什麼時候；每當
    when·e·ver
    ㄨㄝㄋ·ㄝ·ㄈㄦ

11. **wherever** [hwɛr`ɛvɚ] adv. 無論什麼地方 conj. 無論在哪裡
    wher·e·ver
    ㄨㄝㄦ·ㄝ·ㄈㄦ

12. **whoever** [hu`ɛvɚ] pron. 無論誰
    who·e·ver
    ㄏㄨ·ㄝ·ㄈㄦ

13. **awareness** [ə`wɛrnɪs] n. 意識
    a·ware·ness
    ㄜ·ㄨㄝㄦ·ㄋㄜㄙ

449

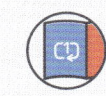

專利語調矩陣 / 重音節母音

[ɛ] [ㄝ]

1. **personnel** per·son·nel
   [ˌpɝsn`ɛl]
   n. 人員；員工
   ㄆㄦ·ㄙㄺ·ㄋㄝ

2. **recommend** re·co·mmend
   [ˌrɛkə`mɛnd]
   v. 推薦；介紹
   ㄖㄝ·ㄎㄜ·ㄇㄝㄣㄉ

3. **represent** re·pre·sent
   [ˌrɛprɪ`zɛnt]
   v. 象徵；表示
   ㄖㄝ·ㄆㄨㄧ·ㄗㄝㄣㄊ

4. **questionnaire** ques·tion·naire
   [ˌkwɛstʃən`ɛr]
   n. 問卷；意見調查表
   ㄎㄨㄝㄙ·ㄐㄜㄣ·ㄋㄝㄦ

站起來，
休息一下吧！

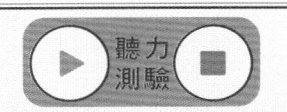

專利語調矩陣 | 重音節母音

[e] ㄝ

1. **agency** a·gen·cy
   [ˈedʒənsɪ]   ㄝ·ㄐㄣ·ㄙㄧ
   n. 仲介;代理

2. **alien** a·li·en
   [ˈelɪən]   ㄝ·ㄌㄧ·ㄣ
   n. 外國人;外星人
   adj. 外國的;外國人的

3. **bakery** ba·ke·ry
   [ˈbekərɪ]   ㄅㄝ·ㄎㄜ·ㄖㄧ
   n. 麵包店

4. **basically** ba·si·cal·ly
   [ˈbesɪk!ɪ]   ㄅㄝ·ㄙㄧ·ㄎ·ㄌㄧ
   adv. 基本上

5. **bravery** bra·ve·ry
   [ˈbrevərɪ]   ㄅㄖㄝ·ㄈㄜ·ㄖㄨ
   n. 勇敢;勇氣

6. **capable** ca·pa·ble
   [ˈkepəb!]   ㄎㄝ·ㄆㄜ·ㄅㄛ
   adj. 有…的能力

7. **database** da·ta·base
   [ˈdetəˌbes]   ㄉㄝ·ㄜ·ㄅㄝㄙ
   n. 【電腦】資料庫;數據庫

8. **favorable** fa·vo·ra·ble
   [ˈfevərəb!]   ㄈㄝ·ㄈㄨ·ㄖㄜ·ㄅㄛ
   adj. 贊同的;稱讚的

9. **ladybug** la·dy·bug
   [ˈledɪˌbʌg]   ㄌㄝ·ㄉㄧ·ㄅㄜㄍ
   n. 瓢蟲

10. **maintenance** main·te·nance
    [ˈmentənəns]   ㄇㄝㄣ·ㄊㄜ·ㄋㄜㄋㄙ
    n. 維持;維修;保養;維護;保養(保持道路、建築、機器設備等)

11. **nationwide** na·tion·wide
    [ˈneʃənˌwaɪd]   ㄋㄝ·ㄒㄧㄣ·ㄨㄞㄉ
    adj. 全國性的
    adv. 在全國

12. **neighborhood** neigh·bor·hood
    [ˈnebɚˌhʊd]   ㄋㄝ·ㄅㄦ·ㄏㄨㄉ
    n. 近鄰;鄰里;街坊

13. **neighboring** neigh·bor·ing
    [ˈnebərɪŋ]   ㄋㄝ·ㄅㄦ·ㄧㄥ
    adj. 鄰近的

14. **racism** ra·ci·sm
    [ˈresɪzəm]   ㄖㄝ·ㄙㄧ·ㄗㄜㄇ
    n. 種族主義;種族歧視;種族迫害

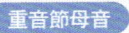

專利語調矩陣　重音節母音

[e]　ㄝ

1. **radio** [ˋredɪˌo] n. 收音機
2. **slavery** [ˋslevərɪ] n. 奴隸身分；奴役
3. **tablespoon** [ˋteblˌspun] n. 大湯匙；一大湯匙的量
8. **bankruptcy** [ˋbæŋkrəptsɪ] n. 企業或個人破產(的狀況)
9. **handkerchief** [ˋhæŋkɚˌtʃɪf] n. 手帕

453

專利語調矩陣 | **重音節母音**

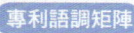

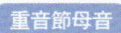

[e] ㄝ

1. **acquaintance** ac·quain·tance
[əˋkwentəns]
n. 相識的人
ㄜˋ ㄎㄨㄝ̃ㄋ ㄊㄜㄣㄙ

2. **adjacent** a·dja·cent
[əˋdʒesənt]
adj. 毗連的；鄰近的
ㄜ· ㄐㄝ·ㄙㄜㄣㄜ

3. **amazing** a·ma·zing
[əˋmezɪŋ]
adj. 驚人的；令人吃驚的
ㄜ· ㄇㄝ·ㄗㄧ̃

4. **arrangement** a·rrange·ment
[əˋrendʒmənt]
n. 安排；準備工作
ㄜ· ㄖㄨㄝ̃ㄋㄐㄩ· ㄇㄜㄣㄜ

5. **Australia** Aus·tra·lia
[ɔˋstreljə]
n. 澳大利亞
ㄜ· ㄙ ㄓㄨㄝ·ㄌㄧㄜ

6. **Australian** Aus·tra·lian
[ɔˋstreljən] n. 澳大利亞人
adj. 澳大利亞的
ㄜ· ㄙ ㄓㄨㄝ·ㄌㄧㄜ̃

7. **behavior** be·ha·vior
[bɪˋhevjɚ]
n. 行為
ㄅㄧ· ㄏㄝ·ㄈˇㄦ

8. **container** con·tai·ner
[kənˋtenɚ]
n. 容器
ㄎㄜㄣ· ㄊㄝ· ㄋㄦ

9. **creation** cre·a·tion
[krɪˋeʃən]
n. 創造；創作；創立
ㄎㄖㄨㄧ·ㄝ· ㄒㄜㄣ

10. **creative** cre·a·tive
[krɪˋetɪv]
adj. 有創造力（或想像力）的
ㄎㄖㄨㄧ·ㄝ·ㄊㄧㄈ

11. **disabled** dis·a·bled
[dɪsˋebl̩d]
n. 身心障礙者
adj. 失能的
ㄉㄧㄙ·ㄝ·ㄅㄜ ㄉ

12. **donation** do·na·tion
[doˋneʃən]
n. 捐獻；捐款
ㄉㄨ· ㄋㄝ· ㄒㄜㄣ

13. **enable** e·na·ble
[ɪnˋebl̩]
v. 使成為可能
ㄝ·ㄋㄝ·ㄅㄜ

14. **engagement** en·gage·ment
[ɪnˋgedʒmənt]
n. 訂婚；諾言；雇用；交戰
ㄜㄣ̃·ㄍㄝ·ㄐㄩ· ㄇㄜㄣㄜ

454

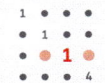

1. **equation**
[ɪˋkweʃən]
n. 方程式；
等式；相等

2. **eraser**
[ɪˋresɚ]
n. 橡皮擦

3. **formation**
[fɔrˋmeʃən]
n. 形成；構成物；
形態；結構

4. **foundation**
[faʊnˋdeʃən]
n. 建立；創辦；
基礎；基金會；
粉底

5. **frustration**
[ˌfrʌsˋtreʃən]
n. 失望；挫折

6. **inflation**
[ɪnˋfleʃən]
n. 通貨膨脹

7. **invasion**
[ɪnˋveʒən]
n. 侵入；侵略

8. **Israeli**
[ɪzˋrelɪ]
adj. 以色列的；
以色列人的

9. **location**
[loˋkeʃən]
n. 位置；場所

10. **migration**
[maɪˋgreʃən]
n. 遷移；遷徙；
移民群

11. **occasion**
[əˋkeʒən]
n. 場合；時刻

12. **potato**
[pəˋteto]
n. 馬鈴薯

13. **related**
[rɪˋletɪd]
adj. 有關的；
相關的；
有血緣關係的

14. **relation**
[rɪˋleʃən]
n. 關係；關聯

1. **remaining** — re·mai·ning
   [rɪ`menɪŋ]
   adj. 剩餘的

2. **replacement** — re·place·ment
   [rɪ`plesmənt]
   n. 取代；接替

3. **sensation** — sen·sa·tion
   [sɛn`seʃən]
   n. 感覺；知覺；
   轟動

4. **starvation** — star·va·tion
   [star`veʃən]
   n. 飢餓；挨餓

5. **surveillance** — sur·vei·llance
   [sə`ve.ləns]
   n. 看守；監視；
   監督

6. **tomato** — to·ma·to
   [tə`meto]
   n. 番茄

7. **tornado** — tor·na·do
   [tor`nedo]
   n. 龍捲風

8. **translation** — trans·la·tion
   [træns`leʃən]
   n. 譯文；譯本

9. **unable** — un·a·ble
   [ʌn`eb!]
   adj. 不能的；
   不會的

10. **vacation** — va·ca·tion
    [ve`keʃən]
    n. 假期；度假

11. **volcano** — vol·ca·no
    [val`keno]
    n. 火山

脖子動一動，
休息一下吧！

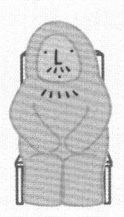

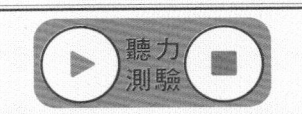

æ / ㄚㄝ

專利語調矩陣

重音節母音: [æ] ㄚㄝ

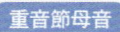

1. **abdomen** [ˋæbdəmən] n. 下腹
   ab·do·men
   ㄚㄝㄅ˙·ㄉㄛ·ㄇㄜㄋ˜

2. **accident** [ˋæksədənt] n. 事故;災禍
   ac·ci·dent
   ㄚㄝㄎ˙·ㄙㄜ·ㄉㄜㄋ˜·ㄊ˙

3. **accurate** [ˋækjərɪt] adj. 準確的
   a·ccu·rate
   ㄚㄝ·ㄎ·ㄩ·ㄖㄜㄊ˙

4. **activate** [ˋæktə͵vet] v. 啟動;發動;使活潑
   ac·ti·vate
   ㄚㄝㄎ˙·ㄊ˙ㄜ·ㄊ˙·ㄈ˙_ㄜㄊ˙

5. **actively** [ˋæktɪvlɪ] adv. 活躍地
   ac·tive·ly
   ㄚㄝㄎ˙·ㄊ˙ㄜㄎ˙·ㄈ˙·ㄌㄧ

6. **activist** [ˋæktəvɪst] n. 激進主義份子;行動主義者
   ac·ti·vist
   ㄚㄝㄎ˙·ㄊ˙ㄜ·ㄈ˙ㄜㄙㄊ˙

7. **actually** [ˋæktʃʊəlɪ] adv. 實際上
   ac·tual·ly
   ㄚㄝㄎ˙·ㄍ˙·ㄜ·ㄌㄧ

8. **additive** [ˋædətɪv] adj. 附加的 n. 添加劑;添加物
   a·ddi·tive
   ㄚㄝ·ㄉ·ㄜ·ㄊ˙ㄜㄈ˙

9. **adequate** [ˋædəkwɪt] adj. 足夠的
   a·de·quate
   ㄚㄝ·ㄉㄜ·ㄎㄨㄜㄊ˙

10. **adjective** [ˋædʒɪktɪv] n. 形容詞 adj. 形容詞的;不獨立的;從屬的
    a·djec·tive
    ㄚㄝ·ㄐㄜㄉ˙·ㄊ˙ㄜㄈ˙

11. **advocate** [ˋædvəkɪt] v. 擁護;提倡 n. 提倡者;擁護者
    ad·vo·cate
    ㄚㄝㄉ·ㄈ˙ㄜ·ㄎㄜㄊ˙

12. **African** [ˋæfrɪkən] n. 非洲人 adj. 非洲的;非洲人的
    A·fri·can
    ㄚㄝ·ㄈ˙ㄖㄨㄜ·ㄎㄜㄋ˜

13. **afterwards** [ˋæftɚ͵wɚdz] adv. 之後;後來
    af·ter·wards
    ㄚㄝㄈ˙·ㄉ˙ㄦ·ㄨㄦㄗ

14. **alcohol** [ˋælkə͵hɔl] n. 酒精;酒
    al·co·hol
    ㄚㄛ·ㄎㄜ·ㄏㄛ

458

專利語調矩陣　　重音節母音

| æ | ㄚㄝ |

1. **alphabet** al·pha·bet
   [ˈælfəˌbɛt] ㄚㄝ·ㄛ·ㄈ·ㄜ·ㄅㄝ·ㄠ
   n. 字母

2. **altitude** al·ti·tude
   [ˈæltəˌtjud] ㄚㄝ·ㄛ·ㄠ·ㄜ·ㄠ·ㄨ·ㄉ
   n. 高度；海拔

3. **amateur** a·ma·teur
   [ˈæməˌtʃʊr] ㄚㄝ·ㄇㄜ·ˇㄍ·ㄦ
   adj. 業餘的；外行的
   n. 業餘從事者；外行

4. **ambulance** am·bu·lance
   [ˈæmbjələns] ㄚㄝㄇ·ㄅㄨ·ㄌㄜㄋㄙ
   n. 救護車

5. **analyst** a·na·lyst
   [ˈænlɪst] ㄚㄝ·ㄋㄜ·ㄌㄛㄙㄠ
   n. 分析師

6. **analyze** a·na·lyze
   [ˈænlˌaɪz] ㄚㄝ·ㄋㄜ·ㄌㄞZ
   v. 分析

7. **ancestor** an·ces·tor
   [ˈænsɛstə] ㄚㄝ̃·ㄋ·ㄙㄝㄙ·ㄉㄦ
   n. 祖宗；祖先

8. **animal** a·ni·mal
   [ˈænəm!] ㄚㄝ·ㄋㄜ·ㄇㄛ
   n. 動物

9. **annually** an·nu·al·ly
   [ˈænjʊəlɪ] ㄚㄝ·ㄋ·ㄨㄛ·ㄌㄧ
   adv. 每年；每年一次

10. **atmosphere** at·mos·phere
    [ˈætməsˌfɪr] ㄚㄝ·ㄇㄛㄙ·ㄈ一ㄦ
    n. 大氣；氣氛

11. **attitude** a·tti·tude
    [ˈætətjud] ㄚㄝ·ㄛ·ㄜ·ㄨ·ㄉ
    n. 態度

12. **avenue** a·ve·nue
    [ˈævəˌnju] ㄚㄝ·ㄈㄜ·ㄋㄨ
    n. 大街；大道

13. **average** a·ve·rage
    [ˈævərɪdʒ] ㄚㄝ·ㄈㄜ·ㄖㄨㄜ·ㄐㄩ
    adj. 平均的
    v. 算了…的平均數；使平衡；平均為
    n. 平均；平均數

14. **Babylon** Ba·by·lon
    [ˈbæbɪlən] ㄅㄚㄝ·ㄅㄜ·ㄌㄜㄋ̃
    n. 地名：巴比倫

459

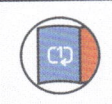

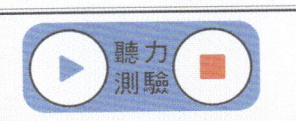

專利語調矩陣 / 重音節母音

[æ] / ㄚᵉ

1. **badminton** [ˋbædmɪntən] n. 羽毛球

2. **balcony** [ˋbælkənɪ] n. 陽臺

3. **basketball** [ˋbæskɪt͵bɔl] n. 籃球

4. **battery** [ˋbætərɪ] n. 電池

5. **cabinet** [ˋkæbənɪt] n. 櫥；櫃；內閣；機艙

6. **calculate** [ˋkælkjə͵let] v. 計算

7. **calendar** [ˋkæləndɚ] n. 日曆；月曆；行事曆

8. **camera** [ˋkæmərə] n. 照相機

9. **Canada** [ˋkænədə] n. 加拿大

10. **candidate** [ˋkændədet] n. 候選人；候補者

11. **candlelight** [ˋkænd͵laɪt] n. 燭光

12. **candlestick** [ˋkænd͵stɪk] n. 燭臺（或架）

13. **capital** [ˋkæpət!] n. 大寫字母；首都；資本； adj. 大寫字母的

14. **carrier** [ˋkærɪɚ] n. 運送人；從事運輸業公司；帶菌者

460

專利語調矩陣 | 重音節母音

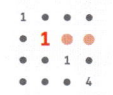

[æ] / ㄚ

casualty
[ˈkæʒjʊəltɪ]
n. 傷亡人員

ca·sual·ty
ㄎㄚ ㆍㄫㆍㄉㄜㆍㄧ

8. classify
[ˈklæsəˌfaɪ]
v. 將 ... 分類

cla·ssi·fy
ㄎㄌㄚㆍㄙㄜㆍㄈㄞ

catalog
[ˈkætəlɔg]
v. 將 ... 編入目錄
n. 目錄

ca·ta·log
ㄎㄚㆍㄉㄜㆍㄌㄛㆍㄍ

9. faculty
[ˈfæk!tɪ]
n. 身體機能；官能；
（學校的）全體教員

fa·cul·ty
ㄈㄚㆍㄎㆆㆍㄉㄜㆍㄧ

Catholic
[ˈkæθəlɪk]
adj. 天主教的
n. 天主教徒

Ca·tho·lic
ㄎㄚㆍㄙㄜㆍㄌㆆㆍㄎ

10. family
[ˈfæməlɪ]
n. 家庭

fa·mi·ly
ㄈㄚㆍㄇㄜㆍㄉㄧ

champion
[ˈtʃæmpɪən]
v. 擁護；支持
n. 優勝者；冠軍

cham·pi·on
ㄑㄚㆍㄇㆎㆍㄆㄧㆍㄜㄋ

11. fantasy
[ˈfæntəsɪ]
n. 空想；幻想

fan·ta·sy
ㄈㄚㄋㆍㄉㄜㆍㄙㄧ

championship
[ˈtʃæmpɪənˌʃɪp]
n. 冠軍的地位

cham·pion·ship
ㄑㄚㆍㄇㆎㆍㄆㄧㄜㄋㆍㄒㄜㄆ

12. galaxy
[ˈgæləksɪ]
n. 星系

ga·lax·y
ㄍㄚㆍㄌㄜㄎㆍㄙㄧ

character
[ˈkærɪktɚ]
n. 特性；角色
（中文）字

cha·rac·ter
ㄎㄚㆍㄖㄜㄎㆍㄉㄜㆍㄦ

13. gallery
[ˈgælərɪ]
n. 畫廊；美術館

ga·lle·ry
ㄍㄚㆍㄌㄜㆍㄖㄧ

classical
[ˈklæsɪk!]
adj. 古典的；經典的

cla·ssi·cal
ㄎㄌㄚㆍㄙㄧㆍㄎㄜ

14. gasoline
[ˈgæsəˌlin]
n. 汽油

ga·so·line
ㄍㄚㆍㄙㄜㆍㄌㄧㄋ

專利語調矩陣　重音節母音

[æ] [ㄚㄝ]

1. **gathering** [ˋgæðərɪŋ]
n. 集會；聚集

2. **gradually** [ˋgrædʒʊəlɪ]
adv. 逐步地；漸漸地

3. **graduate** [ˋgrædʒʊ͵et]
v. 畢業
n. 大學畢業生

4. **granddaughter** [ˋgræn͵dɔtɚ]
n. 孫女；外孫女

5. **Grandfather** [ˋgrænd͵faðɚ]
n. 祖父；外祖父

6. **Grandmother** [ˋgrænd͵mʌðɚ]
n. 祖母；外祖母

7. **Grandparent** [ˋgrænd͵pɛrənt]
n. 祖父；祖母；外祖父；外祖母

8. **gravity** [ˋgrævətɪ]
n. 地心引力

9. **habitat** [ˋhæbətæt]
n. 棲地；（動植物的）生長地；棲息地

10. **hamburger** [ˋhæmbɝgɚ]
n. 漢堡

11. **handicraft** [ˋhændɪ͵kræft]
n. 手工藝；手工藝品

12. **happily** [ˋhæpɪlɪ]
adv. 幸福地；快樂地

13. **happiness** [ˋhæpɪnɪs]
n. 幸福；快樂；愉快；幸運

14. **latitude** [ˋlætə͵tjud]
n. 緯度

專利語調矩陣　　重音節母音

[æ]

magazine
[ˌmæɡəˈzin]
n. 雜誌

magnitude
[ˈmæɡnəˌtjud]
n. 巨大；重大；強度；重要性

management
[ˈmænɪdʒmənt]
n. 管理；經營；處理

manager
[ˈmænɪdʒɚ]
n. 經理

managing
[ˈmænɪdʒɪŋ]
adj. 管理的；經營的；處理的

Mandarin
[ˈmændərɪn]
n. （中國的）官話；普通話；國語

manual
[ˈmænjʊəl]
adj. 用手操作的
n. 手冊

8. marathon
[ˈmærəˌθɑn]
n. 馬拉松賽跑

9. masterpiece
[ˈmæstɚˌpis]
n. 傑作；名作

10. maximum
[ˈmæksəməm]
adj. 最大限度的
n. 最高極限

11. narrative
[ˈnærətɪv]
adj. 敘事的；故事形式的
n. 記敘文；故事；敘述

12. national
[ˈnæʃənl]
adj. 國家的

13. naturally
[ˈnætʃərəlɪ]
adv. 天然地；自然地；當然

14. palpable
[ˈpælpəbl]
adj. 可觸知的；可摸到的；極其明瞭的

463

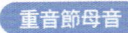

1. **passenger**
['pæsndʒɚ]
n. 乘客

2. **practical**
['præktɪkḷ]
adj. 實用的

3. **practically**
['præktɪkḷɪ]
adv. 實用地

4. **radical**
['rædɪkḷ]
adj. 基本的；
徹底的；激進的
n. 根部；基礎；
基本原理

5. **rapidly**
['ræpɪdlɪ]
adv. 很快地；
立即；迅速地

6. **rational**
['ræʃənḷ]
adj. 理性的；
明事理的；合理的

7. **sacrifice**
['sækrə,faɪs]
v. 犧牲；獻出
n. 牲禮；祭品

8. **salary**
['sælərɪ]
n. 薪資；薪水

9. **satellite**
['sætḷ,aɪt]
adj. 衛星的；
附屬設備的
n. 衛星

10. **satisfy**
['sætɪs,faɪ]
v. 使滿意

11. **Saturday**
['sætɚ-de]
n. 星期六

12. **strategy**
['strætədʒɪ]
n. 策略；計謀

13. **talented**
['tæləntɪd]
adj. 有天才的；
有才幹的

14. **taxpayer**
['tæks,peɚ]
n. 納稅人

tragedy
[ˈtrædʒədɪ]
n. 悲劇

tra·ge·dy
ㄔㄚˇ·ㄐㄜ·ㄉㄧ
ㄨ

traveler
[ˈtrævlɚ]
n. 旅行者；
旅客；遊客

tra·ve·ler
ㄔㄚˇ·ㄈㄜ·ㄌㄦ
ㄨ

Valentine
[ˈvæləntaɪn]
n. 情人節

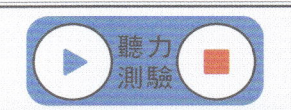

Va·len·tine
ㄈㄚˇ·ㄌㄜㄋ˷·ㄊㄞㄋ˷

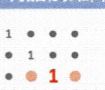

1. **abandon**
[ə`bændən]
v. 放棄
n. 放縱；放任

2. **abandoned**
[ə`bændənd]
adj. 被遺棄的

3. **advancement**
[əd`vænsmənt]
n. 前進；進展；預付款項

4. **advantage**
[əd`væntɪdʒ]
n. 優點；優勢；利益

5. **apparent**
[ə`pærənt]
adj. 明顯的；顯而易見的

6. **attraction**
[ə`trækʃən]
n. 吸引；吸引力

7. **attractive**
[ə`træktɪv]
adj. 有吸引力的；引人注目的

8. **banana**
[bə`nænə]
n. 香蕉

9. **commander**
[kə`mændɚ]
n. 指揮官；司令官

10. **companion**
[kəm`pænjən]
n. 同伴；伴侶

11. **disaster**
[dɪ`zæstɚ]
n. 災害；災難；不幸

12. **dramatic**
[drə`mætɪk]
adj. 戲劇性的；引人注目的

13. **dynamic**
[daɪ`næmɪk]
adj. 動態的

14. **dynamics**
[daɪ`næmɪks]
n. 力學；動力學

專利語調矩陣　　重音節母音

[æ] ㄧㄝ

æ / ㄧㄝ

1. **embarrass** [ɪmˋbærəs] v. 使困窘
   em·ba·rrass — ñ·ㄅㄚ⁺·🔲ㄜㄙ

2. **embarrassed** [ɪmˋbærəst] adj. 窘迫的；尷尬的；害羞的
   em·ba·rrassed — ñ·ㄅㄚ⁺·🔲ㄜㄙㄜ

3. **establish** [əˋstæblɪʃ] v. 建立；設立
   es·tab·lish ㄜㄙ·ㄉㄚ⁺ㄅ·ㄌㄧ

4. **exactly** [ɪgˋzæktlɪ] adv. 確切地；精確地；完全地
   ex·a·ctly —ㄍ·ㄗㄚ⁺·ㄎㄌ—

5. **examine** [ɪgˋzæmɪn] v. 檢查；測驗；（仔細地）檢查；審查；調查
   e·xa·mine —ㄍ·ㄗㄚ⁺·ㄇㄜㄋ

6. **example** [ɪgˋzæmp!] n. 例子
   e·xam·ple —ㄍ·ㄗㄚ⁺ㄇ·ㄆㄜ

7. **expansion** [ɪkˋspænʃən] n. 擴展；擴張
   ex·pan·sion —ㄎㄙ·ㄅㄚ⁺ㄋ·ㄒㄜㄋ

8. **fantastic** [fænˋtæstɪk] adj. 奇妙的
   fan·tas·tic ㄈㄚ⁺ㄋ·ㄉㄚ⁺ㄙ·ㄉㄎ

9. **financial** [faɪˋnænʃəl] adj. 財政的；金融的
   fi·nan·cial ㄈㄞ·ㄋㄚ⁺ㄋ·ㄍㄜ

10. **harassment** [ˋhærəsmənt] n. 騷擾
    ha·rass·ment ㄏㄜ·🔲ㄚ⁺ㄙ·ㄇㄜㄋ

11. **Hispanic** [hɪˋspæn.ɪk] adj. 西班牙（人）的；西班牙語言（文化）的；尤指拉丁美洲西班牙語國家的
    His·pa·nic ㄏㄜㄙ·ㄅㄚ⁺ㄋ·ㄇㄜㄎ

12. **imagine** [ɪˋmædʒɪn] v. 想像
    i·ma·gine —ㄇ·ㄚ⁺·ㄐㄜㄋ

13. **Islamic** [ɪsˋlæmɪk] adj. 伊斯蘭的；伊斯蘭教徒的
    Is·la·mic —ㄙ·ㄌㄚ⁺·ㄇㄜㄎ

14. **Italian** [ɪˋtæljən] n. 義大利人，語 adj. 義大利的；義大利（語）的
    I·ta·lian ㄜ·ㄉㄚ⁺·ㄌㄜㄋ

467

1. **mechanic** [mə`kænɪk] n. 技工

2. **organic** [ɔr`gænɪk] adj. 有機的

3. **outstanding** [`aʊt`stændɪŋ] adj. 傑出的；未償付的

4. **pajamas** [pə`dʒæməs] n. 睡衣

5. **piano** [pɪ`æno] n. 鋼琴

6. **reaction** [rɪ`ækʃən] n. 反應；感應

7. **romantic** [rə`mæntɪk] n. 浪漫的人；愛幻想者 adj. 富於浪漫色彩的

8. **substantial** [səb`stænʃəl] adj. 大量的；實在的

9. **tobacco** [tə`bæko] n. 菸草；煙葉

10. **transaction** [træn`zækʃən] n. 辦理；處置；執行；交易

11. **unhappy** [ʌn`hæpɪ] adj. 不快樂的

專利語調矩陣　重音節母音

[æ] ㄚㄝ

interact
[ˌɪntəˈrækt]
vi. 互相作用；互相影響；互動

in·ter·act

ㄧㄋ˜·ㄊㄜˇ·ㄦ·ㄚㄝˇㄎㄊ

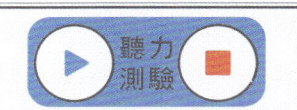

聽點音樂，休息一下吧！

[au] ㄠ

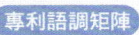

1. **boundary**
   [ˈbaʊndrɪ]
   n. 邊界；分界線；界限

   boun·da·ry

2. **counseling**
   [ˈkaʊnslɪŋ]
   n. 心理諮詢

   coun·se·ling

3. **counselor**
   [ˈkaʊnslɚ]
   n. 顧問；(學生的) 輔導員；律師

   coun·se·lor

4. **counterpart**
   [ˈkaʊntɚˌpɑrt]
   n. 對應的人 (或物)

   coun·ter·part

5. **outsider**
   [ˌaʊtˈsaɪdɚ]
   n. 外人；門外漢；局外人

   out·si·der

6. **powerful**
   [ˈpaʊɚfəl]
   adj. 強有力的

   pow·er·ful

專利語調矩陣　　　重音節母音　　　[au] ㄠ

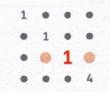

1. **accountant** a·ccoun·tant
   [ə`kaʊntənt]
   n. 會計師

2. **accounting** a·ccoun·ting
   [ə`kaʊntɪŋ]
   n. 會計；會計學

3. **allowance** a·llow·ance
   [ə`laʊəns]
   n. 津貼；零用錢

4. **announcement** a·nnounce·ment
   [ə`naʊnsmənt]
   n. 宣佈

5. **encounter** en·coun·ter
   [ɪn`kaʊntɚ]
   v. 遭遇（敵人）；
   遇到（困難，危險等）
   n. 遭遇；衝突

6. **surrounding** su·rroun·ding
   [sə`raʊndɪŋ]
   n. 周圍的事物；
   周圍的情況
   adj. 附近的；周圍的

471

1. **businessman**
[ˈbɪznɪsmæn]
n. 商人

2. **cereal**
[ˈsɪrɪəl]
n. 麥片；
穀類植物；穀物

3. **cigarette**
[ˈsɪgəˌrɛt]
n. 香煙；紙煙

4. **cinema**
[ˈsɪnəmə]
n. 電影院；
電影；電影業

5. **citizen**
[ˈsɪtəzn]
n. 市民；公民

6. **clinical**
[ˈklɪnɪk!]
adj. 臨床的；
診所的

7. **criminal**
[ˈkrɪmən!]
adj. 犯罪的；
犯法的
n. 罪犯

8. **critical**
[ˈkrɪtɪk!]
adj. 緊要的；
關鍵性的；危急的

9. **criticize**
[ˈkrɪtɪˌsaɪz]
v. 批評；
批判；苛求

10. **dickery**
[ˈdɪkərɪ]
[擬聲詞] 嘀咕哩

11. **difference**
[ˈdɪfərəns]
n. 差別

12. **different**
[ˈdɪfərənt]
adj. 不同的

13. **differently**
[ˈdɪfərəntlɪ]
adv. 不同地

14. **difficult**
[ˈdɪfəˌkəlt]
adj. 困難的

1. **digital**
['dɪdʒɪtl]
adj. 數字的；
數位的

2. **dignity**
['dɪgnətɪ]
n. 尊嚴

3. **diligent**
['dɪlədʒənt]
adj. 勤勉的

4. **diplomat**
['dɪpləmæt]
n. 外交官

5. **discipline**
['dɪsəplɪn]
v. 懲戒
n. 紀律；風紀；
教養

6. **fisherman**
['fɪʃə·mən]
n. 漁夫

7. **hickory**
['hɪkərɪ]
[擬聲詞] 嘻咕哩

8. **ignorance**
['ɪgnərəns]
n. 無知；不學無術；
愚昧；不知

9. **illustrate**
['ɪləs,tret]
v. （用圖，實例等）
說明；繪畫

10. **immigrant**
['ɪməgrənt]
n. 移民；僑民

11. **implement**
['ɪmpləmənt]
v. 履行；實施；
執行

12. **incident**
['ɪnsədnt]
n. 事件；事變

13. **Indian**
['ɪndɪən]
adj. 印度的；
印第安的
n. 印度人；印第安人

14. **Indians**
['ɪndɪənz]
n. 複數印度人

473

1. **indicate**
['ɪndə‚ket]
v. 指出

2. **industry**
['ɪndəstrɪ]
n. 企業；行業

3. **influence**
['ɪnflʊəns]
v. 影響；感化；左右
n. 影響

4. **injury**
['ɪndʒərɪ]
n. 傷害

5. **innocent**
['ɪnəsnt]
adj. 無罪的；清白的

6. **inquiry**
['ɪnkwərɪ]
n. 詢問；打聽；質詢

7. **instantly**
['ɪnstəntlɪ]
adv. 立即；馬上

8. **instrument**
['ɪnstrəmənt]
n. 儀器；工具；樂器

9. **integral**
['ɪntəgrəl]
adj. 完整的，整體的
n. 整體

10. **integrate**
['ɪntə‚gret]
v. 使結合；求積分

11. **interest**
['ɪntərɪst]
n. 興趣；關注；愛好
vt. 使發生興趣；引起…的關心

12. **interested**
['ɪntərɪstɪd]
adj. 感興趣的；關心的

13. **interesting**
['ɪntərɪstɪŋ]
adj. 有趣的；引起興趣的

14. **internet**
[ɪn`tɝnɪt]
n. 網際網路

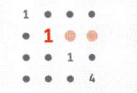

1. **interval**
   [ˈɪntɚvl̩]
   n. 間隔；距離

2. **interview**
   [ˈɪntɚˌvju]
   v. 面談；採訪
   n. 面談；採訪

3. **intimate**
   [ˈɪntəmɪt]
   adj. 親密的；熟悉的
   n. 至交；密友

4. **kilogram**
   [ˈkɪləˌɡræm]
   n. 公斤
   （縮寫為 kg）

5. **liberal**
   [ˈlɪbərəl]
   adj. 自由主義的
   n. 自由主義者

6. **liberty**
   [ˈlɪbɚtɪ]
   n. 自由；自由權

7. **limited**
   [ˈlɪmɪtɪd]
   adj. 有限的；
   不多的；
   有限的（公司）

8. **listener**
   [ˈlɪsnɚ]
   n. 傾聽者

9. **living room**
   [ˈlɪvɪŋˌrʊm]
   n. 客廳

10. **middle-class**
    [ˈmɪdl̩ˌklæs]
    n. 中產階級

11. **mineral**
    [ˈmɪnərəl]
    adj. 礦物的
    n. 礦物

12. **minimal**
    [ˈmɪnəməl]
    adj. 最小的；
    極微的

13. **minimize**
    [ˈmɪnəˌmaɪz]
    v. 使減到最少
    （或最小）；低估

14. **minimum**
    [ˈmɪnəməm]
    adj. 最小的；
    最少的
    n. 最小數；最低限度

475

專利語調矩陣　　重音節母音
[ɪ] ㄜ

1. **minister** [`mɪnɪstɚ]
n. 部長；大臣
mi·nis·ter
ㄇㄜ·ㄋㄜㄙ·ㄉㄦ

2. **ministry** [`mɪnɪstrɪ]
n.(常大寫)（政府的）部
mi·nis·try
ㄇㄜ·ㄋㄜㄙ·ㄓㄨ一

3. **miracle** [`mɪrək!]
n. 奇蹟
mi·ra·cle
ㄇㄜ·ㄖㄜ·ㄎㄜ

4. **misery** [`mɪzərɪ]
n. 痛苦；不幸；悲慘；窮困；苦難
mi·se·ry
ㄇㄜ·ㄗㄜ·ㄖㄨ一

5. **Philippines** [`fɪlə,pinz]
n. 菲律賓
Phi·li·ppines
ㄈㄜ·ㄌㄜ·ㄆㄧ~ㄣ ㄗ

6. **physical** [`fɪzɪk!]
adj. 身體的；物理學的
n. 身體檢查
phy·si·cal
ㄈㄜ·ㄗㄜ·ㄎㄜ

7. **physically** [`fɪzɪk!ɪ]
adv.; 身體上；按照自然規律
phy·si·cally
ㄈㄜ·ㄗㄜ·ㄎ ㄉ一

8. **primitive** [`prɪmətɪv]
adj. 原始的；遠古的；早期的
pri·mi·tive
ㄆㄖㄨㄜ·ㄇㄜ·ㄊㄜ·ㄈ

9. **principal** [`prɪnsəp!]
adj. 主要的；首要的；資本的；本金的
n.(中小學) 校長
prin·ci·pal
ㄆㄖㄨㄜ~ㄙㄜ·ㄆㄜ

10. **principle** [`prɪnsəp!]
n. 主義；真諦
prin·ci·ple
ㄆㄖㄨㄜ~ㄙㄜ·ㄆㄜ

11. **prisoner** [`prɪznɚ]
n. 囚犯；俘虜
pri·so·ner
ㄆㄖㄨㄜ·ㄗㄜ·ㄋㄦ

12. **privilege** [`prɪv!ɪdʒ]
n. 享有特權；特許
pri·vi·lege
ㄆㄖㄨㄜ·ㄈㄜ·ㄉㄐㄩ

13. **signature** [`sɪg.nə.tʃɚ]
n. 簽名；簽署
sig·na·ture
ㄙㄜㄍ·ㄋㄜ·ㄍㄦ

14. **similar** [`sɪmələ]
adj. 相似的
si·mi·lar
ㄙㄜ·ㄇㄜ·ㄉㄦ

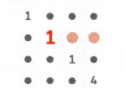

1. **spiritual**
[ˋspɪrɪtʃʊəl]
adj. 心靈的；
崇高純潔的

2. **stimulate**
[ˋstɪmjə͵let]
v. 刺激；激勵；
使興奮；促使

3. **stimulus**
[ˋstɪmjələs]
n. 刺激；刺激品；
興奮劑

4. **sympathy**
[ˋsɪmpəθɪ]
n. 同情；同情心；
弔唁

5. **typical**
[ˋtɪpɪkl]
adj. 典型的；
有代表性的

6. **typically**
[ˋtɪpɪklɪ]
adv. 代表性地；
典型地

7. **video**
[ˋvɪdɪ͵o]
adj. 電視的；
電視影像的；錄影的；
n. 錄影機；錄影帶

8. **vinegar**
[ˋvɪnɪgɚ]
n. 醋

9. **visible**
[ˋvɪzəbl]
adj. 可看見的

10. **visitor**
[ˋvɪzɪtɚ]
n. 訪客；遊客；
客人

11. **wilderness**
[ˋwɪldɚnɪs]
n. 荒野；荒漠；
無人煙處

12. **willingness**
[ˋwɪlɪŋnɪs]
n. 自願；樂意

13. **women's room**
[ˋwʊmənz͵rʊm]
n. 女廁；
女性專用洗手間

477

ɪ / ㄜ

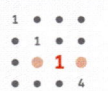

1. **addicted** [əˋdɪktɪd] adj. 沈溺於；不良嗜好的
2. **addiction** [əˋdɪkʃən] n. 沈溺；上癮
3. **addition** [əˋdɪʃən] n. 加；附加
4. **admission** [ədˋmɪʃən] n. 進入許可；入場費；承認；入學；住院
5. **ambition** [æmˋbɪʃən] n. 野心
6. **ambitious** [æmˋbɪʃəs] adj. 有野心的
7. **artistic** [ɑrˋtɪstɪk] adj. 藝術的
8. **assistance** [əˋsɪstəns] n. 幫助；協助
9. **assistant** [əˋsɪstənt] adj. 助理的；輔助的；有幫助的 n. 助手
10. **attribute** [əˋtrɪbjʊt] v. 歸因於；歸咎於 n. 屬性；特性
11. **beginner** [bɪˋgɪnɚ] n. 新手
12. **beginning** [bɪˋgɪnɪŋ] n. 開始
13. **civilian** [sɪˋvɪljən] adj. 百姓的；民用的 n. 平民；百姓
14. **commission** [kəˋmɪʃən] v. 委任；委託 n. 佣金

1. **commitment**
[kə`mɪtmənt]
n. 託付；交託；
承諾；保證；投入

2. **committee**
[kə`mɪtɪ]
n. 委員會

3. **condition**
[kən`dɪʃən]
v. 決定；
為…的條件
n. 情況；條件

4. **consider**
[kən`sɪdɚ]
v. 考慮

5. **consistent**
[kən`sɪstənt]
adj. 始終如一的；
前後一致的

6. **continue**
[kən`tɪnjʊ]
v. 繼續

7. **continued**
[kən`tɪnjʊd]
adj. 繼續的

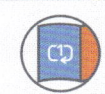

8. **contribute**
[kən`trɪbjut]
v. 捐獻；捐助；
貢獻；出力

9. **conviction**
[kən`vɪkʃən]
n. 定罪；證明有罪；
確信

10. **decision**
[dɪ`sɪʒən]
n. 決定

11. **delicious**
[dɪ`lɪʃəs]
adj. 好吃的

12. **deliver**
[dɪ`lɪvɚ]
v. 遞送；發表；講
給…接生

13. **description**
[dɪ`skrɪpʃən]
n. 敘述；形容

14. **diminish**
[də`mɪnɪʃ]
v. 減少；減小；
縮減

479

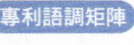

1. **distribute** dis·tri·bute
[dɪ`strɪbjʊt]
v. 分發；散發；分配
ㄉーㄙ·ㄓㄜ·ㄅㄨㄜ

2. **division** di·vi·sion
[də`vɪʒən]
n. 區域；部分；除（法）
ㄉー·ㄈ'ㄜ·ㄖㄜㄋ

3. **edition** e·di·tion
[ɪ`dɪʃən]
n. 版本
ㄜ·ㄉㄜ·ㄒ'ㄜㄋ

4. **efficient** e·ffi·cient
[ɪ`fɪʃənt]
adj. 效率高的；有能力的
ㄜ·ㄈㄜ·ㄒ'ㄜㄋㄜ

5. **emission** e·mi·ssion
[ɪ`mɪʃən]
n. 散發；放射；射出物
ー·ㄇㄜ·ㄒ'ㄜㄋ

6. **envision** en·vi·sion
[ɪn`vɪʒən]
v. 想像；展望
ㄜㄋ·ㄈ'ㄜ·ㄖㄜㄋ

7. **equipment** e·quip·ment
[ɪ`kwɪpmənt]
n. 配備；裝備
ー·ㄎㄨㄜㄆ·ㄇㄜㄋㄜ

8. **exhibit** ex·hi·bit
[ɪg`zɪbɪt]
v. 展示；陳列
n. 展示品；陳列品
ー《·ㄗㄜ·ㄅㄜㄜ

9. **existence** ex·is·tence
[ɪg`zɪstəns]
n. 存在；實在
ー《·ㄗㄜㄙ·ㄉㄜㄋㄙ

10. **existing** ex·is·ting
[ɪg`zɪstɪŋ]
adj. 現存的；現行的
ー《·ㄗㄜㄙ·ㄉㄥ

11. **explicit** ex·pli·cit
[ɪk`splɪsɪt]
adj. 詳盡的；清楚的；露骨的
ーㄎㄙ·ㄅㄌㄜ·ㄙㄜㄜ

12. **familiar** fa·mi·liar
[fə`mɪljɚ]
adj. 熟悉的；常見的
ㄈㄜ·ㄇㄜ·ㄌー

13. **fulfillment** ful·fill·ment
[fʊl`fɪlmənt]
n. 完成，履行；實現；滿足，成就
ㄈㄜ·ㄈㄜ·ㄇㄜㄋㄜ

14. **initial** i·ni·tial
[ɪ`nɪʃəl]
adj. 開始的
v. 簽姓名的首字母於；草簽
n. 字的起首字母
ー·ㄋㄜ·ㄒㄜ

專利語調矩陣 | 重音節母音

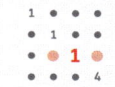

[ɪ] ㄜ

1. **judicial**
[dʒu`dɪʃəl]
adj. 司法的；法庭的

ju·di·cial
ㄐㄨ·ㄉㄜ·ㄒㄛ

2. **magician**
[mə`dʒɪʃən]
n. 魔術師

ma·gi·cian
ㄇㄜ·ㄐㄜ·ㄒㄛㄋ

3. **musician**
[mju`zɪʃən]
n. 音樂家

mu·si·cian
ㄇㄩ·ㄗㄜ·ㄒㄛㄋ

4. **official**
[ə`fɪʃəl]
adj. 官方的；法定的
n. 官員；公務員

o·ffi·cial
ㄜ·ㄈㄜ·ㄒㄛ

5. **Olympic**
[o`lɪmpɪk]
adj. 奧林匹克（競賽）的

O·lym·pic
ㄨˊ·ㄌㄜㄇ·ㄆㄜㄎ

6. **Olympics**
[o`lɪmpɪks]
n. 奧林匹克運動會

O·lym·pics
ㄨˊ·ㄌㄜㄇ·ㄆㄜㄎㄙ

7. **opinion**
[ə`pɪnjən]
n. 意見

o·pi·nion
ㄨˊ·ㄆㄜ·ㄋㄜㄋ

8. **permission**
[pə`mɪʃən]
n. 允許；許可；同意

per·mi·ssion
ㄆㄦ·ㄇㄜ·ㄒㄛㄋ

9. **physician**
[fɪ`zɪʃən]
n.（內科）醫師

phy·si·cian
ㄈㄜ·ㄗㄜ·ㄒㄛㄋ

10. **position**
[pə`zɪʃən]
v. 把…放在適當位置
n. 位置

po·si·tion
ㄆㄜ·ㄗㄜ·ㄒㄛㄋ

11. **prediction**
[prɪ`dɪkʃən]
n. 預言；預報

pre·dic·tion
ㄆㄖㄜ·ㄉㄜㄎ·ㄒㄛㄋ

12. **prescription**
[prɪ`skrɪpʃən]
n. 指示；法規；處方

pres·crip·tion
ㄆㄖㄜㄙ·ㄍㄖㄜㄆ·ㄒㄛㄋ

1. **prohibit**
   [prə`hɪbɪt]
   v. 禁止

   pro·hi·bit
   ㄆㄨ⓪·ㄜ·ㄏㄜ·ㄅㄜ·ㄛ

2. **provision**
   [prə`vɪʒən]
   v. 向…供應糧食
   （或必需品等）
   n. 供應；預備；糧食

   pro·vi·sion
   ㄆㄨ⓪·ㄜ·ㄈㄜ·ㄋㄜ̃

3. **realistic**
   [rɪə`lɪstɪk]
   adj. 現實的

   rea·lis·tic
   ⓪ㄨ一ㄜ·ㄌㄜ·ㄙㄉㄜ·ㄎ

4. **religion**
   [rɪ`lɪdʒən]
   n. 宗教；宗教信仰

   re·li·gion
   ⓪ㄨㄜ·ㄌㄜ·ㄐㄜ̃

5. **religious**
   [rɪ`lɪdʒəs]
   adj. 宗教的；
   虔誠的

   re·li·gious
   ⓪ㄨㄜ·ㄌㄜ·ㄐㄜㄙ

6. **resistance**
   [rɪ`zɪstəns]
   n. 抵抗；反抗

   re·sis·tance
   ⓪ㄨ一ㄗㄜㄙ·ㄉㄜㄙ

7. **restriction**
   [rɪ`strɪkʃən]
   n. 限制；約束；
   限定；限制規定

   res·tric·tion
   ⓪ㄨ一ㄙ·ㄉㄨ̆ㄖ·ㄒㄜ̃

8. **specific**
   [spɪ`sɪfɪk]
   adj. 特殊的；
   特定的

   spe·ci·fic
   ㄙㄅㄜ·ㄙㄜ·ㄈㄜㄎ

9. **statistics**
   [stə`tɪstɪks]
   n. 統計；統計資料；
   統計學

   sta·tis·tics
   ㄙㄉㄜ·ㄉㄜ·ㄙㄉㄜ·ㄎㄙ

10. **sufficient**
    [sə`fɪʃənt]
    adj. 足夠的；
    充分的

    su·ffi·cient
    ㄙㄜ·ㄈㄜ·ㄒㄜ̃ㄜ

11. **suspicion**
    [sə`spɪʃən]
    n. 懷疑；疑心；
    猜疑

    sus·pi·cion
    ㄙㄜㄙ·ㄅㄜ·ㄒㄜ̃

12. **suspicious**
    [sə`spɪʃəs]
    adj. 猜疑的；
    疑心的；多疑的

    sus·pi·cious
    ㄙㄜㄙ·ㄅㄜ·ㄒㄜㄙ

13. **technician**
    [tɛk`nɪʃən]
    n. 技術人員；技師

    tech·ni·cian
    ㄉㄜㄝㄎ·ㄋㄜ·ㄒㄜ̃

14. **terrific**
    [tə`rɪfɪk]
    adj. 非常好的

    te·rri·fic
    ㄉㄜ·ㄖㄨㄜ·ㄈㄜㄎ

專利語調矩陣　　重音節母音

[I]　ㄛ

1. **Thanksgiving** Thanks·gi·ving
   [ˌθæŋks`gɪvɪŋ]
   n. 感恩節
   =Thanks giving

2. **tradition** tra·di·tion
   [trə`dɪʃən]
   n. 傳統

3. **transition** tran·si·tion
   [træn`zɪʃən]
   n. 過渡；
   過渡時期；轉變

4. **transmission** trans·mis·sion
   [træns`mɪʃən]
   n. 傳送；傳染；
   傳播；變速器；播送

483

專利語調矩陣　　重音節母音

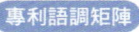

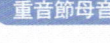

[ɪ] ㄜ

1. **violin**
   [ˌvaɪəˋlɪn]
   n. 小提琴

   vi·o·lin

   ㄈˋㄞ·ㄜ·ㄌㄜˊㄋ

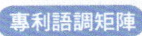

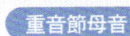

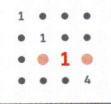

1. **tourism**
[ˈtʊrɪzəm]
n. 旅遊；觀光

2. **woodpecker**
[ˈwʊdˌpɛkɚ]
n. 啄木鳥

8. **insurance**
[ɪnˈʃʊrəns]
n. 保險；保險契約

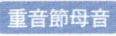

1. **grocery**
[ˋgrosərɪ]
n. 食品雜貨；
食品雜貨店

gro·ce·ry
ㄍㄖㄨ·ㄙㄜ·ㄖㄧ

8. **overdue**
[ˋovɚˋdju]
adj. 過期的；未兌的

o·ver·due
ㄛ·ㄈㄦ·ㄉㄧㄨ

2. **hopefully**
[ˋhopfəlɪ]
adv. 抱著希望地

hope·ful·ly
ㄏㄨㄛㄆ·ㄈㄜ·ㄌㄧ

9. **overpass**
[ˏovɚˋpæs]
n. 天橋

o·ver·pass
ㄛ·ㄈㄦ·ㄆㄚㄙ

3. **motivate**
[ˋmotəˏvet]
v. 給…動機；刺激

mo·ti·vate
ㄇㄛ·ㄊ·ㄜ·ㄈㄝㄛ

10. **overweight**
[ˋovɚˏwet]
adj. 超重的；過重的
n. 超重；過重
vt. 使負擔過重；使受壓過重

o·ver·weight
ㄛ·ㄈㄦ·ㄨ·ㄝㄛ

4. **nobody**
[ˋnobadɪ]
n. 無名小子
pron. 無人

no·bo·dy
ㄋㄛ·ㄅㄜ·ㄉㄧ

11. **ownership**
[ˋonɚˏʃɪp]
n. 物主身分；所有權

ow·ner·ship
ㄛ·ㄋㄦ·ㄒㄧㄆ

5. **nobody's**
[ˋnobadɪz]
abbr.
nobody is
nobody has 的縮寫

no·bo·dy's
ㄋㄛ·ㄅㄜ·ㄉㄧㄙ

12. **photograph**
[ˋfotəˏgræf]
n. 照片

pho·to·graph
ㄈㄛ·ㄊㄛ·ㄍㄨㄚㄈ

6. **opening**
[ˋopənɪŋ]
adj. 開首的；開始的
n. 開始；開頭；（職位的）空缺

o·pe·ning
ㄛ·ㄅㄜ·ㄋㄥ

13. **poetry**
[ˋpoɪtrɪ]
n. 詩；詩歌；韻文

po·e·try
ㄆㄛ·ㄜ·ㄊㄖㄧ

7. **openly**
[ˋopənlɪ]
adv. 公開地；坦率地

o·pen·ly
ㄛ·ㄅㄜㄋ·ㄌㄧ

14. **post office**
[ˋpostˏɔfɪs]
n. 郵局

post·of·fice
ㄆㄛㄙㄊ·ㄚ·ㄈㄙ

1. **programming** **pro·gra·mming**
   [ˋprogræmɪŋ]
   n. 撰寫程式；
   （電視、廣播的）
   節目編排程

2. **protocol** **pro·to·col**
   [ˋprotə͵kal]
   n. 規則；禮儀；
   禮節

3. **roller skate** **ro·ller· skate**
   [ˋrolɚ͵sket]
   n. 輪式溜冰鞋

4. **rolling pin** **ro·lling· pin**
   [ˋrolɪŋ͵pɪn]
   n. 桿麵棍

5. **Romeo** **Ro·me·o**
   [ˋromɪ͵o]
   n. 羅蜜歐（莎士比亞
   《羅蜜歐與茱麗葉》
   男主角）
   自作多情的男人

6. **socially** **so·cia·lly**
   [ˋsoʃəlɪ]
   adv. 善於交際地；
   在社會（地位）上；
   在全社會中

7. **totally** **to·tal·ly**
   [ˋtotḷɪ]
   adv. 完全；
   整個地；全部地

o [o] ㄛ

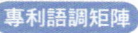

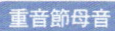

1. colonial
[kə`lonjəl]
adj. 殖民地的；殖民的
n. 殖民地居民；殖民主義

co·lo·nial
ㄎㄜ·ㄌㄨˇ·ㄋㄧㄛ

2. component
[kəm`ponənt]
adj. 組成的；構成的
n. 構成要素；零件；成分

com·po·nent
ㄎㄜm·ㄆㄨˇ·ㄋㄜ̃ㄣˇㄜ̃

3. emotion
[ɪ`moʃən]
n. 情緒；感情

e·mo·tion
ㄧ·ㄇㄨˇ·ㄒㄜ̃ㄣ

4. explosion
[ɪk`sploʒən]
n. 爆發；爆炸

ex·plo·sion
ㄧㄎㄙ·ㄅㄌㄨˇ·ㄋㄜ̃ㄣ

5. exposure
[ɪk`spoʒɚ]
n. 暴露；暴曬

ex·po·sure
ㄧㄎㄙ·ㄅㄨˇ·ㄋㄦ

6. Formosa
[fɔr`mosə]
n. 臺灣

For·mo·sa
ㄈㄦ·ㄇㄨˇ·ㄙㄜ

7. October
[ɑk`tobɚ]
n. 十月

Oc·to·ber
ㄚㄎ·ㄊㄨˇ·ㄅㄦ

8. opponent
[ə`ponənt]
n. 對手；敵手；反對者

o·ppo·nent
ㄜ·ㄆㄨˇ·ㄋㄜ̃ㄣˇㄜ̃

9. promotion
[prə`moʃən]
n. 提升；晉級；升職；促銷；宣傳

pro·mo·tion
ㄆㄖㄜ·ㄇㄨˇ·ㄒㄜ̃ㄣ

10. proposal
[prə`pozl]
n. 求婚；提議；計劃；提案

pro·po·sal
ㄆㄖㄜ·ㄆㄨˇ·ㄗㄛ

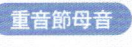

diagnose di·ag·nose
[`daɪəgnoz]
v. 診斷

ㄉᵖ ㄞ · ㄜ ㄍ · ㄋㄨ˙ Z

沖杯咖啡，
休息一下吧！

1. **audience** [ˈɔdɪəns] n. 聽眾

2. **authorize** [ˈɔθəˌraɪz] v. 授權給；批准

3. **chocolate** [ˈtʃakəlɪt] n. 巧克力

4. **cognitive** [ˈkagnətɪv] adj. 感知的；認知的；認識力的

5. **colony** [ˈkalənɪ] n. 殖民地

6. **columnist** [ˈkaləmɪst] n. 專欄作家

7. **comedy** [ˈkamədɪ] n. 喜劇

8. **commonly** [ˈkamənlɪ] adv. 經常地；普通地；通常；一般

9. **concentrate** [ˈkansɛnˌtret] v. 濃縮；全神貫注；集中 n. 濃縮液

10. **conference** [ˈkanfərəns] n.（正式）會議；討論會；協商會

11. **confidence** [ˈkanfədəns] n. 自信；信心；把握

12. **confident** [ˈkanfədənt] adj. 有信心的

13. **consciousness** [ˈkanʃəsnɪs] n. 有知覺；清醒；意識

14. **consequence** [ˈkansəˌkwɛns] n. 結果；後果

490

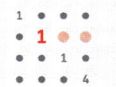

1. **constantly**
[ˋkɑnstəntlɪ]
adv. 總是；經常地；不斷地

2. **constitute**
[ˋkɑnstə͵tjut]
v. 構成；組成

3. **contact lens**
[ˋkɑntækt ͵lɛnz]
n. 隱形眼鏡

4. **contemplate**
[ˋkɑntɛm͵plet]
v. 凝視；思忖；仔細考慮...盤算；沈思；冥想

5. **continent**
[ˋkɑntənənt]
n. 大陸；陸地；大洲

6. **contractor**
[ˋkɑntræktə]
n. 承包商；立契約者；承辦人；承辦商；承包；訂約人

7. **copybook**
[ˋkɑpɪ͵bʊk]
n. 習字簿；字帖；複寫簿
adj. 陳腐的

8. **crocodile**
[ˋkrɑkə͵daɪl] n. 鱷魚；鱷魚皮革

9. **document**
[ˋdɑkjəmənt]
n. 文件；證件

10. **dominant**
[ˋdɑmənənt]
adj. 佔優勢的；主導的；統治的

11. **dominate**
[ˋdɑmə͵net]
v. 支配；統治；控制

12. **following**
[ˋfɑləwɪŋ]
conj. 在...以後
adj. 接著的；下面的
n. 一批追隨者；下列事物（或人員）

13. **holiday**
[ˋhɑlə͵de]
n. 假日

14. **honestly**
[ˋɑnɪstlɪ]
adv. 誠實地；如實地；老實說；實在

491

1. **honesty**
   [ˋɑnɪstɪ]
   n. 誠實

   ho·nes·ty

2. **hospital**
   [ˋhɑspɪtl]
   n. 醫院

   hos·pi·tal

3. **lawmaker**
   [ˋlɔ͵mekɚ]
   n. 立法者

   law·ma·ker

4. **logical**
   [ˋlɑdʒɪkl]
   adj. 合邏輯的；
   合理的

   lo·gi·cal

5. **moderate**
   [ˋmɑdərɪt]
   adj. 中等的；
   適度的

   mo·de·rate

6. **modify**
   [ˋmɑdə͵faɪ]
   v. 更改；修改

   mo·di·fy

7. **molecule**
   [ˋmɑlə͵kjul]
   n. 分子；微小顆粒

   mo·le·cule

8. **monitor**
   [ˋmɑnətɚ]
   v. 監控；監聽；監測
   n. 監視器

   mo·ni·tor

9. **monument**
   [ˋmɑnjəmənt]
   n. 紀念碑；
   紀念塔；紀念館

   mo·nu·ment

10. **obstacle**
    [ˋɑbstəkl]
    n. 障礙（物）；妨礙

    obs·ta·cle

11. **obviously**
    [ˋɑbvɪəslɪ]
    adv. 明顯地；
    顯然地

    ob·vious·ly

12. **occupy**
    [ˋɑkjə͵paɪ]
    v. 佔領；佔據

    o·ccu·py

13. **offering**
    [ˋɔfərɪŋ]
    n. 提供；供奉；
    捐獻物；供物；課程

    o·ffer·ing

14. **officer**
    [ˋɔfəsɚ]
    n. 軍官；官員

    o·ffi·cer

專利語調矩陣 / 重音節母音

ongoing
[ˋɑn͵goɪŋ]
adj. 前進的；進行的；不間斷的

opera
[ˋɑpərə]
n. 歌劇

operate
[ˋɑpə͵ret]
v. 運作；運轉；動手術

opposite
[ˋɑpəzɪt]
adj. 相反的；對立的
adv. 在對面；在對過
n. 對立物

oxygen
[ˋɑksədʒən]
n. 氧；氧氣

policy
[ˋpɑləsɪ]
n. 政策；策略

politics
[ˋpɑlətɪks]
n. 黨派關係；手腕；權術

---

8. **popular**
[ˋpɑpjələ]
adj. 流行的；受歡迎的

9. **positive**
[ˋpɑzətɪv]
adj. 正面的；確信的

10. **possible**
[ˋpɑsəb!]
adj. 可能的

11. **possibly**
[ˋpɑsəblɪ]
adv. 也許；可能

12. **poverty**
[ˋpɑvɚtɪ]
n. 貧窮；貧困

13. **probably**
[ˋprɑbəblɪ]
adv. 可能地

14. **processing**
[prəˋsɛsɪŋ]
adj. 處理的

493

1. **processor**
['prɑsɛsɚ]
n. 加工者；
信息處理機

2. **prominent**
['prɑmənənt]
adj. 卓越的；
著名的

3. **promising**
['prɑmɪsɪŋ]
adj. 有希望的；
有前途的

4. **properly**
['prɑpɚlɪ]
adv. 恰當地；
正確地

5. **property**
['prɑpɚtɪ]
n. 財產；資產

6. **prosperous**
['prɑspərəs]
adj. 興旺的；
繁榮的；昌盛的

7. **qualify**
['kwɑləˌfaɪ]
v. 使具有資格

8. **quality**
['kwɑlətɪ]
n. 質量；品級；
品質

9. **quantity**
['kwɑntətɪ]
n. 數量

10. **robbery**
['rɑbərɪ]
n. 搶劫；盜取；
搶劫案

11. **rock-a-bye**
['rɑkəˌbaɪ]
v. 搖搖籃
（哄嬰兒睡覺）

12. **scholarship**
['skɑlɚˌʃɪp]
n. 獎學金

13. **shopkeeper**
['ʃɑpˌkipɚ]
n. 店主

14. **sovereignty**
['sɑvrɪntɪ]
n. 統治權；主權；
主權國家主權；
統治權

strawberry
[ˈstrɔbɛrɪ]
n. 草莓

straw·be·rry
ㄙㄨ㊀·ㄅㄜ·㊀ㄨ-

8. **volleyball**
[ˈvalɪˌbɔl]
n. 排球

vo·lley·ball
ㄈ㊀·ㄉ-·ㄅ㊀

talkative
[ˈtɔkətɪv]
adj. 話多的；好說話的

tal·ka·tive
ㄊ㊀·ㄎㄜ·ㄊㄜㄈ

9. **waterfall**
[ˈwɔtɚˌfɔl]
n. 瀑布

wa·ter·fall
ㄨ㊀·ㄊㄦ·ㄈ㊀

tolerance
[ˈtɑlərəns]
n. 寬容；寬大；公差

to·le·rance
ㄊ㊀·ㄉㄜ·ㄊㄦㄙ

10. **waterproof**
[ˈwɔtɚˌpruf]
adj. 防水的
v. 使不透水

wa·ter·proof
ㄨ㊀·ㄊㄦ·ㄆㄨㄈ

tolerate
[ˈtɑləˌret]
v. 忍受；寬恕；容許

to·le·rate
ㄊ㊀·ㄉㄜ·ㄧㄝㄊ

tropical
[ˈtrɑpɪk!]
adj. 熱帶的

tro·pi·cal
ㄔㄨ㊀·ㄅㄜ·ㄎㄜ

troublesome
[ˈtrʌbl̩səm]
adj. 麻煩的；棘手的

trou·ble·some
ㄔㄨ㊀·ㄅㄜ·ㄙㄜㄇ

ultimate
[ˈʌltəmɪt]
adj. 最後的；最終的
n. 最終的事物；終極

ul·ti·mate
㊀·ㄊㄜ·ㄇㄜㄊ

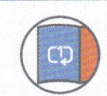

495

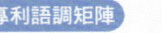

1. **abolish**
[ə`balıʃ]
v. 廢除；廢止

2. **accomplish**
[ə`kamplıʃ]
v. 完成；實現；達到

3. **acknowledge**
[ək`nalıdʒ]
v. 承認

4. **adoption**
[ə`dapʃən]
n. 採納；採用；收養

5. **alongside**
[ə`lɔŋ`saɪd]
adv. 在旁邊；沿著
conj. 在…旁邊；沿著…的邊

6. **deposit**
[dɪ`pazɪt]
v. 放下；放置；寄存
n. 存款

7. **dishonest**
[dɪs`anɪst]
adj. 不誠實的

8. **exotic**
[ɛɡ`zatɪk]
adj. 異國情調的；外來的

9. **involvement**
[ɪn`valvmənt]
n. 介入

10. **Iraqi**
[ɪ`rakɪ]
n. 伊拉克人；伊拉克人講的語
adj. 伊拉克的；伊拉克人的

11. **koala**
[ko`alə]
n. 無尾熊

12. **papaya**
[pə`paɪə]
n. 木瓜

13. **respondent**
[rɪ`spandənt]
n. 回答者；答覆者；應答者

14. **symbolic**
[sɪm`balɪk]
adj. 象徵的；符號的

tomorrow

[tə`mɔro]
adv. 明天
n. 明天

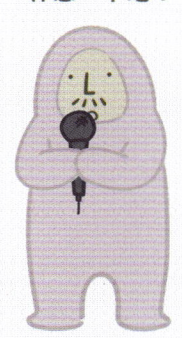

自己拍拍手，
休息一下吧！

專利語調矩陣　重音節母音

[ɝ] [ɚ] [ɹ̩]

1. **certainly** [ˈsɝtənlɪ] adv. 無疑地；必定
   cer·tain·ly
   ㄙㄦ·ㄊㄣ˙ㄜ̃·ㄌㄧ

2. **circumstance** [ˈsɝkəmˌstæns] n. 境況；境遇
   cir·cum·stance
   ㄙㄦ·ㄎㄜ̃·ㄙㄉㄚ̍·ㄋㄙ

3. **currency** [ˈkɝənsɪ] n. 通貨；貨幣
   cur·ren·cy
   ㄎㄦ·ㄜ̃·ㄙ一

4. **currently** [ˈkɝəntlɪ] adv. 現在；一般
   cur·rent·ly
   ㄎㄦ·ㄜ̃ㄉ·ㄌㄧ

5. **furniture** [ˈfɝnɪtʃɚ] n. 傢俱
   fur·ni·ture
   ㄈㄦ·ㄋㄜ˙ㄑㄦ

6. **furthermore** [ˈfɝðɚˌmor] adv. 而且；此外；再者
   fur·ther·more
   ㄈㄦ·ㄗˊㄦ·ㄇㄛㄦ

7. **Germany** [ˈdʒɝmənɪ] n. 德國
   Ger·ma·ny
   ˇㄐㄦ·ㄇㄜ·ㄋㄧ

8. **hurricane** [ˈhɝɪˌken] n. 颶風；暴風雨
   hur·ri·cane
   ㄏㄦ·ㄨㄧ·ㄎㄣ

9. **journalist** [ˈdʒɝnəlɪst] n. 新聞工作者
   jour·na·list
   ˇㄐㄦ·ㄋㄜ·ㄌㄧㄙ

10. **perfectly** [ˈpɝfɪktlɪ] adv. 完美地；圓滿地；完全地；絕對地
    per·fect·ly
    ㄆㄦ·ㄈㄝㄎㄉ·ㄌㄧ

11. **permanent** [ˈpɝmənənt] adj. 永久的；永恆的；永遠的 n. 燙髮
    per·ma·nent
    ㄆㄦ·ㄇㄜ·ㄋㄜ̃ㄉ

12. **personal** [ˈpɝsn̩l] adj. 個人的
    per·so·nal
    ㄆㄦ·ㄙㄜ·ㄋㄜ

13. **surgery** [ˈsɝdʒərɪ] n. （外科）手術
    sur·ge·ry
    ㄙㄦ·ˇㄐㄜ·ㄨㄧ

14. **tournament** [ˈtɝnəmənt] n. 比賽；錦標賽
    tour·na·ment
    ㄊㄦ·ㄋㄜ·ㄇㄜ̃ㄉ

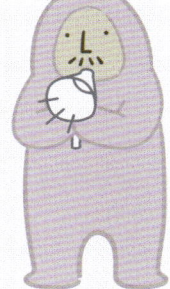

vertical
[ˈvɝtɪkl̩]
adj. 垂直的；豎的
n. 垂直線；垂直面

ver·ti·cal

virtually
[ˈvɝtʃʊəlɪ]
adv. 虛擬的；
實際上；差不多

vir·tual·ly

專利語調矩陣

重音節母音

ɝ ɚ ㄦ

1. attorney [ə`tɝnɪ] n. 律師
a·ttor·ney
ㄜ·ㄊㄦ·ㄋㄧ

2. commercial [kə`mɝʃəl] adj. 商業的；商務的 n. 商業廣告
com·mer·cial
ㄎㄜㄇ·ㄇㄦ·ㄒㄛ

3. concerning [kən`sɝnɪŋ] prep. 關於 adj. 令人擔憂的
con·cer·ning
ㄎㄜㄋ·ㄙㄦ·ㄋㄥ

4. conversion [kən`vɝʒən] n. 改造；轉變；變換；改變信仰
con·ver·sion
ㄎㄜㄋ·ㄈㄦ·ㄓㄜㄋ

5. determine [dɪ`tɝmɪn] v. 決定
de·ter·mine
ㄉㄧ·ㄊㄦ·ㄇㄜㄋ

6. discourage [dɪs`kɝɪdʒ] v. 使洩氣；使沮喪
dis·cour·age
ㄉㄧㄙ·ㄍㄦ·ㄜㄐ

7. disturbing [dɪs`tɝbɪŋ] adj. 擾亂的；讓人擔心的
dis·tur·bing
ㄉㄧㄙ·ㄉㄦ·ㄅㄥ

8. emerging [ɪ`mɝdʒɪŋ] adj. 新興的
e·mer·ging
ㄜ·ㄇㄦ·ㄐㄥ

9. encourage [ɪn`kɝɪdʒ] v. 鼓勵；助長
en·cour·age
ㄜㄋ·ㄎㄦ·ㄜㄐ

10. external [ɪk`stɝnəl] adj. 外面的；外來的
ex·ter·nal
ㄜㄎㄙ·ㄉㄦ·ㄋㄛ

11. internal [ɪn`tɝn!] adj. 內部的
in·ter·nal
ㄜㄋ·ㄊㄦ·ㄋㄛ

12. interpret [ɪn`tɝprɪt] v. 解釋；詮釋
in·ter·pret
ㄜㄋ·ㄊㄦ·ㄆㄜㄊ

13. observer [əb`zɝvɚ] n. 觀察員；奉行者
ob·ser·ver
ㄜㄅ·ㄗㄦ·ㄈㄦ

14. rehearsal [rɪ`hɝs!] n. 排練；試演；練習
re·hear·sal
ㄖㄜ·ㄏㄦ·ㄙㄛ

[ɝ] [ɚ] 儿

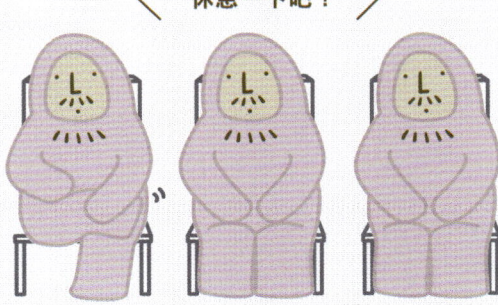

1. suburban
[səˋbɝ.bən]
adj. 郊區的；近郊的

su·bur·ban
ㄙㄜ · ㄅㄦ · ㄅㄜ㗊

2. uncertain
[ʌnˋsɝ.tn]
adj. 不明確的；不確定的

un·cer·tain
ㄜ㗊 · ㄙㄦ · ㄊㄜ㗊

深呼吸，
休息一下吧！

501

[ar] ㄚㄦ

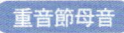

1. **architect** [ˈɑrkəˌtɛkt] n. 建築師
   ar·chi·tect
   ㄚㄦ·ㄎㄜ·ㄜ̇ㄝㄎㄜ̇

2. **argument** [ˈɑrgjəmənt] n. 爭論
   ar·gu·ment
   ㄚㄦ·ㄍㄩ·ㄇㄜㄋ̇ㄜ̇

3. **article** [ˈɑrtɪk!] n. 文章；條款
   ar·ti·cle
   ㄚㄦ·ㄊㄜ̇·ㄎㄜ̇

4. **artifact** [ˈɑrtɪˌfækt] n. 人工製品（尤指具有史學價值的）人工製品；製造物；手工藝品
   ar·ti·fact
   ㄚㄦ·ㄊㄜ̇·ㄈㄚㄦ̇ㄎㄜ̇

5. **barbecue** [ˈbɑrbɪkju] v.（在戶外）烤；炙（肉類） n. 烤肉
   bar·be·cue
   ㄅㄚㄦ·ㄅㄜ̇·ㄎㄩ

6. **hard-working** [ˈhɑrdˌwɝkɪŋ] adj. 勤勉的
   hard·-wor·king
   ㄏㄚㄦㄉ̇·ㄨㄦㄎㄜ̇ㄥ

7. **harmony** [ˈhɑrmənɪ] n. 和諧；協調
   har·mo·ny
   ㄏㄚㄦ·ㄇㄜ̇·ㄋㄧ

8. **marketing** [ˈmɑrkɪtɪŋ] n.（市場的）交易；銷售；行銷學
   mar·ke·ting
   ㄇㄚㄦ·ㄎㄜ̇·ㄜ̇ㄥ

9. **marketplace** [ˈmɑrkɪtˌples] n. 市場機制；市場形勢
   mar·ket·place
   ㄇㄚㄦ·ㄎㄜ̇ㄜ̇·ㄆㄌㄟㄙ

10. **marvelous** [ˈmɑrvələs] adj. 了不起的
    mar·ve·lous
    ㄇㄚㄦ·ㄈㄜ̇·ㄌㄜㄙ

11. **parking lot** [ˈpɑrkɪŋˌlɑt] n. 停車場
    par·king · lot
    ㄆㄚㄦ·ㄎㄥ · ㄌㄚㄜ̇

12. **partially** [ˈpɑrʃəlɪ] adv. 部分地
    par·tial·ly
    ㄆㄚㄦ·ㄒㄜ̇·ㄌㄧ

13. **particle** [ˈpɑrtɪk!] n. 微粒；顆粒
    par·ti·cle
    ㄆㄚㄦ·ㄊㄜ̇·ㄎㄜ̇

14. **partnership** [ˈpɑrtnɚˌʃɪp] n. 合夥（合作）關係
    part·ner·ship
    ㄆㄚㄦㄜ̇·ㄋㄦ · ㄒㄜ̇ㄆ

[ar] ㄚㄦ

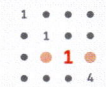

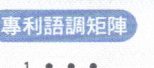

1. **apartment**
   [ə`partmənt]
   n. 公寓

   a·part·ment
   ㄜ· ㄆㄚㄦㄊ· ㄇㄜㄋㄜ

2. **department**
   [dɪ`partmənt]
   n. 部門

   de·part·ment
   ㄉ一· ㄆㄚㄦㄊ· ㄇㄜㄋㄜ

3. **departure**
   [dɪ`partʃɚ]
   n. 離開；出發；起程

   de·par·ture
   ㄉ一· ㄆㄚㄦ· ㄑㄩㄦ

4. **regarding**
   [rɪ`gardɪŋ]
   prep. 關於；就...而論

   re·gar·ding
   ㄖ一· ㄍㄚㄦ· ㄉ一ㄥ

5. **regardless**
   [rɪ`gardlɪs]
   adv. 無論如何

   re·gard·less
   ㄖ一· ㄍㄚㄦㄉ· ㄌㄜㄙ

眼睛看遠方，休息一下吧！

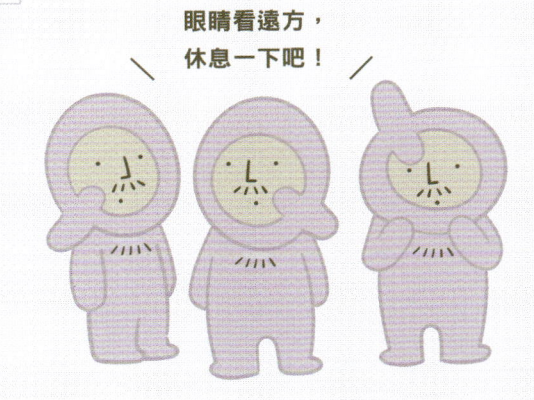

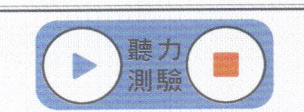

[aɪ] ㄞ

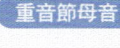

專利語調矩陣 | 重音節母音 [aɪ] ㄞ

1. **bicycle** bi·cy·cle ㄅㄞ·ㄙㄜ·ㄎㄜ
   [ˈbaɪsɪk!]
   n. 腳踏車

2. **dining room** di·ning room ㄉㄞ·ㄋㄥ·ㄖㄨㄇ
   [ˈdaɪnɪŋ ˌrʊm]
   n. 餐廳

3. **dinosaur** di·no·saur ㄉㄞ·ㄋㄜ·ㄙㄛㄦ
   [ˈdaɪnəˌsɔr]
   n. 恐龍

4. **finally** fi·na·lly ㄈㄞ·ㄋㄜ·ㄌ一
   [ˈfaɪn!ɪ]
   adv. 最後；終於；決定性地

5. **irony** i·ro·ny ㄞ·ㄖㄜ·ㄋ一
   [ˈaɪrənɪ]
   n. 反語；諷刺；出乎意料的結果

6. **isolate** i·so·late ㄞ·ㄙㄜ·ㄌㄝㄛ
   [ˈaɪs!ˌet]
   v. 使孤立

7. **ivory** i·vo·ry ㄞ·ㄈㄜ·ㄖㄨ一
   [ˈaɪvərɪ]
   adj. 乳白色的
   n. 象牙

8. **library** li·bra·ry ㄌㄞ·ㄅㄖㄝ·ㄖㄨ一
   [ˈlaɪˌbrɛrɪ]
   n. 圖書館

9. **likelihood** like·li·hood ㄌㄞㄎ·ㄉ一·ㄏㄜㄉ
   [ˈlaɪklɪˌhʊd]
   n. 可能；可能性

10. **microphone** mi·cro·phone ㄇㄞ·ㄎㄖㄨㄜ·ㄈㄨㄋ
    [ˈmaɪkrəˌfon]
    n. 麥克風

11. **microscope** mi·cro·scope ㄇㄞ·ㄎㄖㄨㄜ·ㄙㄍㄨㄛ
    [ˈmaɪkrəˌskop]
    n. 顯微鏡

12. **microwave** mi·cro·wave ㄇㄞ·ㄎㄖㄨㄜ·ㄨㄝㄈ
    [ˈmaɪkroˌwev]
    v. 用微波爐烹調
    n. 微波爐

13. **nice-looking** nice·-loo·king ㄋㄞㄙ·ㄌㄜ·ㄎㄥ
    [ˈnaɪsˌlʊkɪŋ]
    adj. 好看的

14. **pineapple** pine·a·pple ㄆㄞㄋ·ㄚ·ㄆㄜ
    [ˈpaɪnˌæp!]
    n. 鳳梨

專利語調矩陣 | 重音節母音

[aɪ] ㄞ

1. **primary**
['praɪˌmɛrɪ]
n.（次序，質量等）居首位的事物；原色；初選
adj. 主要的；初級的

pri·ma·ry
ㄆㄨ·ㄞ·ㄇㄝ·ㄒㄧ

2. **privacy**
['praɪvəsɪ]
n. 秘密；私下；隱私

pri·va·cy
ㄆㄨ·ㄞ·ㄈㄜ·ㄙㄧ

3. **privately**
['praɪvɪtlɪ]
adv. 私下地；秘密地

pri·vate·ly
ㄆㄨ·ㄞ·ㄈㄜㄊ·ㄌㄧ

4. **quietly**
['kwaɪətlɪ]
adv. 安靜地；靜悄悄地

qui·et·ly
ㄎㄨㄞ·ㄜㄊ·ㄌㄧ

5. **scientist**
['saɪəntɪst]
n. 科學家

sci·en·tist
ㄙㄞ·ㄜㄋ·ㄊㄜㄙㄊ

6. **sightseeing**
['saɪtˌsiɪŋ]
n. 觀光；遊覽

sight·see·ing
ㄙㄞㄊ·ㄙㄧ·ㄧㄥ

7. **skyscraper**
['skaɪˌskrepɚ]
n. 摩天樓

sky·scra·per
ㄙㄍㄞ·ㄙㄍㄨㄝ·ㄆㄦ

8. **triangle**
['traɪˌæŋgl]
n. 三角形

tri·an·gle
ㄔㄨㄞ·ㄝㄥ·ㄍㄛ

9. **vitamin**
['vaɪtəmɪn]
n. 維他命

vi·ta·min
ㄈㄞ·ㄊㄜ·ㄇㄜㄋ

505

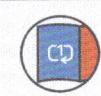

專利語調矩陣 | 重音節母音

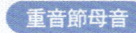

[aɪ] ㄞ

1. **acquire** [əˈkwaɪr] v. 取得；獲得
   ac·qui·re
   ㄜㄎ·ㄎㄨㄞ·ㄦ

2. **admire** [ədˈmaɪr] v. 欽佩；欣賞
   ad·mi·re
   ㄜㄉ·ㄇㄞ·ㄦ

3. **adviser** [ədˈvaɪzə] n. 顧問；指導教授
   ad·vi·ser
   ㄜㄉ·ㄈㄞ·ㄗㄦ

4. **alliance** [əˈlaɪ.əns] n. 結盟；聯盟；結盟國家（或團體）；同盟國家（或團體）
   a·lli·ance
   ㄜ·ㄌㄞ·ㄜㄋㄙ

5. **arrival** [əˈraɪvl] n. 到達
   a·rri·val
   ㄜ·ㄖㄨㄞ·ㄈㄛ

6. **assignment** [əˈsaɪnmənt] n. （分派的）任務；工作；（課外）作業
   a·ssign·ment
   ㄜ·ㄙㄞ·ㄋ·ㄇㄜㄋㄜ

7. **compliance** [kəmˈplaɪəns] n. 承諾；順從；屈從
   com·pli·ance
   ㄎㄜㄇ·ㄆㄌㄞ·ㄜㄋㄙ

8. **denial** [dɪˈnaɪəl] n. 否認；拒絕
   de·ni·al
   ㄉㄧ·ㄋㄞ·ㄜ

9. **designer** [dɪˈzaɪnə] n. 設計者；構思者；時裝設計師
   de·si·gner
   ㄉㄧ·ㄗㄞ·ㄋㄦ

10. **desire** [dɪˈzaɪr] v. 渴望 n. 渴望；慾望
    de·si·re
    ㄉㄧ·ㄗㄞ·ㄦ

11. **entire** [ɪnˈtaɪr] adj. 全部的；整個的
    en·ti·re
    ㄜㄋ·ㄊㄞ·ㄦ

12. **entirely** [ɪnˈtaɪrlɪ] adv. 完全；徹底；完整地
    en·tire·ly
    ㄜㄋ·ㄊㄞㄦ·ㄌㄧ

13. **entitle** [ɪnˈtaɪtl] v. 給…權力（或資格）
    en·ti·tle
    ㄜㄋ·ㄊㄞ·ㄊㄛ

14. **excited** [ɪkˈsaɪtɪd] adj. 感到興奮的
    ex·ci·ted
    ㄧㄎ·ㄙㄞ·ㄊㄜㄉ

[aɪ] ㄞ

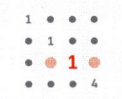

1. **excitement** ex·cite·ment
   [ɪk`saɪtmənt]
   n. 刺激；
   興奮；激動
   ㄧㄎ·ㄙㄞ·ㄇㄜㄋ˙ㄊ

2. **exciting** ex·ci·ting
   [ɪk`saɪtɪŋ]
   adj. 令人興奮的
   ㄧㄎ·ㄙㄞ·ㄊㄥ

3. **horizon** ho·ri·zon
   [hə`raɪzn]
   n. 地平線
   ㄏㄜ·ㄖㄞ·ㄗㄣ

4. **inspire** in·spi·re
   [ɪn`spaɪr]
   v. 鼓舞
   ㄣ·ㄙㄅㄞ·ㄦ

5. **precisely** pre·cise·ly
   [prɪ`saɪslɪ]
   adv. 精確地；
   清晰地；
   確實如此
   ㄆㄨ·ㄧ·ㄙㄞㄙ·ㄌㄧ

6. **provided** pro·vi·ded
   [prə`vaɪdɪd]
   conj. 以…為條件；
   假如
   ㄆㄨ·ㄜ·ㄈㄞ·ㄉㄜ·ㄉ

7. **provider** pro·vi·der
   [prə`vaɪdə]
   n. 供應者；供應商
   ㄆㄨ·ㄜ·ㄈㄞ·ㄉㄦ

8. **recycle** re·cy·cle
   [ri`saɪk!]
   v. 回收
   ㄖㄧ·ㄙㄞ·ㄎㄜ

9. **reminder** re·min·der
   [rɪ`maɪndə]
   n. 提醒者；提醒；
   催函
   ㄖㄧ·ㄇㄞㄣ·ㄉㄦ

10. **require** re·qui·re
    [rɪ`kwaɪr]
    v. 需要
    ㄖㄧ·ㄎㄨㄞ·ㄦ

11. **required** re·qui·red
    [rɪ`kwaɪrd]
    adj. 需要的
    ㄖㄧ·ㄎㄨㄞ·ㄦㄉ

12. **requirement** re·quire·ment
    [rɪ`kwaɪrmənt]
    n. 需要；必需品；
    必要條件
    ㄖㄧ·ㄎㄨㄞㄦ·ㄇㄜㄋ˙ㄊ

13. **retire** re·ti·re
    [rɪ`taɪr]
    v. 退休；退役
    ㄖㄧ·ㄊㄞ·ㄦ

14. **retired** re·ti·red
    [rɪ`taɪrd]
    adj. 退休的
    ㄖㄧ·ㄊㄞ·ㄦㄉ

aɪ ㄞ

1. retirement
[rɪˋtaɪrmənt]
n. 退休

re·tire·ment

2. supplier
[səˋplaɪɚ]
n. 供應者

su·ppli·er

3. surprising
[səˋpraɪzɪŋ]
adj. 令人驚異的；驚人的；出人意外的

sur·pri·sing

4. survival
[səˋvaɪvl̩]
n. 倖存；殘存；生存；存活

sur·vi·val

5. survivor
[səˋvaɪvɚ]
n. 倖存者；生還者

sur·vi·vor

6. united
[juˋnaɪtɪd]
adj. 聯合的

u·ni·ted

7. unlikely
[ʌnˋlaɪklɪ]
adj. 不太可能的

un·like·ly

508

專利語調矩陣 重音節母音

[aɪ] ㄞ

1. **impolite**
[ˌɪmpəˋlaɪt]
adj. 沒禮貌的

im·po·lite

ㄜ̄ ㄇ̃·ㄆㄜ·ㄌㄞㄊ̄

深呼吸，
休息一下吧！

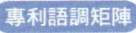

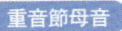

1. **easily**
   [ˈizɪlɪ]
   adv. 容易地；
   輕易地

2. **equally**
   [ˈikwəlɪ]
   adv. 相同地；
   同樣地；公平地；
   平均地

3. **decency**
   [ˈdisnsɪ]
   n. 合宜；得體；
   寬容；正派；高雅；
   端莊；體面

4. **deviousness**
   [ˈdivɪəsnɪs]
   n. 不坦率；
   不光明正大；
   迂迴；曲折

5. **frequency**
   [ˈfrikwənsɪ]
   n. 頻率；次數

6. **frequently**
   [ˈfrikwəntlɪ]
   adv. 頻繁地；
   屢次地

7. **leadership**
   [ˈlidɚʃɪp]
   n. 領導才能；領導

8. **legally**
   [ˈligḷɪ]
   adv. 法律上；
   合法地

9. **meaningful**
   [ˈminɪŋfəl]
   adj. 意味深長的；
   有意義的

10. **media**
    [ˈmidɪə]
    n. 媒介物；
    新聞媒介；媒體

11. **period**
    [ˈpɪrɪəd]
    n. 生理期；一段時間；
    一堂課

12. **previously**
    [ˈprivɪəslɪ]
    adv. 事先；以前

13. **recently**
    [ˈrisntlɪ]
    adv. 新近；近來

14. **regional**
    [ˈridʒənḷ]
    adj. 地區的；
    局部的

1. **researcher**
   [rɪˋsɝtʃɚ]
   n. 研究員；調查者

   re·sear·cher

2. **retailer**
   [ˋritelɚ]
   n. 零售商；零售店

   re·tai·ler

3. **scenery**
   [ˋsinərɪ]
   n. 風景

   sce·ne·ry

4. **seemingly**
   [ˋsimɪŋlɪ]
   adj. 表面上的；
   似乎真實的

   see·ming·ly

5. **teenager**
   [ˋtin͵edʒɚ]
   n. 十幾歲孩子

   teen·a·ger

6. **theater**
   [ˋθɪətɚ]
   n. 戲院；劇院

   the·a·ter

7. **theory**
   [ˋθɪərɪ]
   n. 學說；論說

   the·o·ry

8. **vehicle**
   [ˋviɪk!]
   n. 汽車；
   運輸工具

   ve·hi·cle

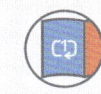

511

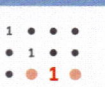

1. achievement
[əˋtʃivmənt]
n. 成就

2. agreement
[əˋgrimənt]
n. 同意

3. appearance
[əˋpɪrəns]
n. 出現；顯露；外貌

4. arena
[əˋrinə]
n. 體育場；競技場；（體育比賽或表演用的）場地；競技場劇場

5. casino
[kəˋsino]
n. 賭場

6. completed
[kəmˋplitɪd]
adj. 完成的；完整的

7. completely
[kəmˋplitlɪ]
adv. 完整地；完全地；徹底地

8. completion
[kəmˋpliʃən]
n. 完成；實現

9. convenience
[kənˋvinjəns]
n. 方便；合宜

10. convenient
[kənˋvinjənt]
adj. 方便的

11. extremely
[ɪkˋstrimlɪ]
adv. 極端地；極其；非常

12. illegal
[ɪˋlig!]
adj. 不合法的；非法的

13. increasing
[ɪnˋkrisɪŋ]
adj. 漸增的

14. Korea
[koˋriə]
n. 韓國

專利語調矩陣　重音節母音

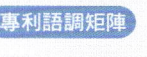

1. **Korean**
[kə`riən]
adj. 韓國（人）的
n. 韓國人；韓國語

Ko·re·an

2. **mosquito**
[məs`kito]
n. 蚊子

mos·qui·to

3. **policeman**
[pə`lismən]
n. 警察；警員

po·lice·man

4. **procedure**
[prə`sidʒɚ]
n. 程序；手續；步驟

pro·ce·dure

5. **receiver**
[rɪ`sivɚ]
n. 受領人；收件人；收款人

re·cei·ver

6. **routinely**
[ru`tinlɪ]
adv. 日常地；常規地

rou·tine·ly

7. **strategic**
[strə`tidʒɪk]
adj. 戰略的；有助於計劃成功的；戰略（性）的

stra·te·gic

513

專利語調矩陣 | 重音節母音 [i]

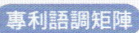

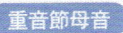

1. **disagree** di·sa·gree
[ˌdɪsə`gri]
v. 不同意

2. **employee** em·ploy·ee
[ˌɛmplɔɪ`i]
n. 受雇者；
雇工；雇員

3. **expertise** ex·per·tise
[ˌɛkspɚ`tiz]
n. 專門知識；
專門技術

4. **guarantee** gua·ran·tee
[ˌgærən`ti]
v. 保證；擔保
n. 保證；保證書

5. **Japanese** Ja·pa·nese
[ˌdʒæpə`niz]
adj. 日本（人）的
n. 日本人；日語

6. **nominee** no·mi·nee
[ˌnɑmə`ni]
n. 被提名人；
入圍者

7. **refugee** re·fu·gee
[ˌrɛfjʊ`dʒi]
n. 難民；避難者；
逃亡者

8. **Sudanese** Su·da·nese
[ˌsudə`niz]
adj. 蘇丹的；
蘇丹人的
n.（單複同）
蘇丹人

9. **Taiwanese** Tai·wa·nese
[ˌtaɪwə`niz]
adj. 臺灣的；
臺灣人的
n. 臺灣人

10. **tangerine** tan·ge·rine
[`tændʒə,rin]
n. 橘子

514

For you, for me, Formosa.
ㄦ　　　ㄦ　　　ㄦ

515

ʌ ə ㄊ

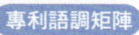

專利語調矩陣　重音節母音

[ʌ] [ə] ㄊ

1. **butterfly** bu·tter·fly
   [ˋbʌtɚˌflaɪ]
   n. 蝴蝶；衣著豔麗的人
   ㄅㄜ·ㄊㄜㄦ·ㄈㄌㄞ

2. **colorful** co·lor·ful
   [ˋkʌləfəl]
   adj. 富有色彩的；鮮豔的
   ㄎㄜ·ㄌㄦ·ㄈㄛ

3. **company** com·pa·ny
   [ˋkʌmpənɪ]
   n. 公司；商號
   ㄎㄜ̃·ㄅㄜ·ㄋㄧ

4. **compromise** com·pro·mise
   [ˋkɑmprəˌmaɪz]
   n. 妥協；和解
   v. 互讓解決；妥協；讓步
   ㄎㄜ̃·ㄆㄨ̥ㄜ·ㄇㄞZ

5. **countryside** coun·try·side
   [ˋkʌntrɪˌsaɪd]
   n. 鄉間；農村
   ㄎㄜㄋ̃·ㄑ̌ㄨㄧ·ㄙㄞㄉ

6. **coverage** co·ve·rage
   [ˋkʌvərɪdʒ]
   n. 覆蓋；覆蓋範圍
   ㄎㄜ·ㄈㄜ·ㄖ̥ㄨ̥ㄜ·ㄐ

7. **customer** cus·to·mer
   [ˋkʌstəmɚ]
   n. 顧客；買主
   ㄎㄜㄙ·ㄉ̥ㄜ·ㄇㄦ

8. **functional** func·tio·nal
   [ˋfʌŋkʃən!]
   adj. 機能的；職務上的
   ㄈㄜㄋ̃ㄍ·ㄒ̌ㄜ·ㄋㄜ

9. **governor** go·ver·nor
   [ˋgʌvənɚ]
   n. 州長
   ㄍㄍㄜ·ㄈㄦ·ㄋㄦ

10. **government** go·vern·ment
    [ˋgʌvənmənt]
    n. 政府；內閣
    ㄍㄍㄜ·ㄈㄦㄋ̃·ㄇㄜ̃ㄤ

11. **justify** jus·ti·fy
    [ˋdʒʌstəˌfaɪ]
    vt. 證明…是正當的
    vi. 證明合法；辯解
    ㄐㄜㄙ·ㄉㄜ·ㄈㄞ

12. **Muffin Man** Mu·ffin Man
    [ˋmʌfɪnmæn]
    n. 麻煩人
    SoR 美語
    臺北旗艦殿
    吉祥物之二
    ㄇㄜ·ㄈㄜㄋ̃·ㄇㄚㄋ̃

13. **otherwise** o·ther·wise
    [ˋʌðɚˌwaɪz]
    adv. 用別的方法；不同樣地
    ㄜ·ㄖ̌ㄦ·ㄨㄞZ

14. **punishment** pu·nish·ment
    [ˋpʌnɪʃmənt]
    n. 處罰；懲罰；刑罰
    ㄆㄜ·ㄋㄜ̌·ㄇㄜ̃ㄤ

516

[ʌ ə] ㄜ

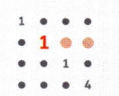

1. **somebody** [ˈsʌmˌbadɪ]
   pron. 某人；有人
   n. 重要人物；有名氣的人
   some·bo·dy

2. **stomachache** [ˈstʌməkˌek]
   n. 胃痛
   sto·ma·chache

3. **subsequent** [ˈsʌbsɪˌkwɛnt]
   a. 後來的，其後的，隨後的
   sub·se·quent

4. **subsidy** [ˈsʌbsədɪ]
   n. 津貼；補貼；補助金
   sub·si·dy

5. **suddenly** [ˈsʌdnlɪ]
   adv. 意外地；忽然；冷不防
   sud·den·ly

6. **suffering** [ˈsʌfərɪŋ]
   n. 痛苦；苦惱
   adj. 受苦的；受難的；患病的
   suf·fe·ring

7. **summary** [ˈsʌmərɪ]
   adj. 概括的；扼要的
   n. 總結；摘要；一覽
   sum·ma·ry

8. **undergo** [ˌʌndəˈgo]
   vt. 經歷；經受；忍受；接受
   un·der·go

9. **underline** [ˌʌndəˈlaɪn]
   vt. 在……的下面劃線
   un·der·line

10. **undermine** [ˌʌndəˈmaɪn]
    vt. 在……下挖坑道
    un·der·mine

11. **underpass** [ˈʌndəˌpæs]
    n. 地下通道，下穿交叉道
    un·der·pass

12. **undertake** [ˌʌndəˈtek]
    vt. 試圖；著手做
    un·der·take

13. **underwear** [ˈʌndəˌwɛr]
    n. 內衣
    un·der·wear

14. **wonderful** [ˈwʌndəfəl]
    adj. 極好的；精彩的；驚人的
    won·der·ful

1. **adjustment**
   [ə`dʒʌstmənt]
   n. 調節；調整；校正

2. **another**
   [ə`nʌðɚ]
   adj. 又一，再一
   pron. 又一個，再一個

3. **construction**
   [kən`strʌkʃən]
   n. 建造；建設；建造術

4. **consumption**
   [kən`sʌmpʃən]
   n. 消耗；用盡；

5. **corruption**
   [kə`rʌpʃən]
   n. 墮落；腐化；貪汙；賄賂

6. **destruction**
   [dɪ`strʌkʃən]
   n. 破壞；毀滅；消滅

7. **discover**
   [dɪs`kʌvɚ]
   v. 發現

8. **discussion**
   [dɪ`skʌʃən]
   n. 討論

9. **instruction**
   [ɪn`strʌkʃən]
   n. 步驟；指示；教學；講授

10. **instructor**
    [ɪn`strʌktɚ]
    n. 教練；指導者

11. **production**
    [prə`dʌkʃən]
    n. 製造；生產

12. **productive**
    [prə`dʌktɪv]
    adj. 生產的；生產性的

13. **recover**
    [rɪ`kʌvɚ]
    v. 尋回；恢復

14. **reduction**
    [rɪ`dʌkʃən]
    n. 減少；削減

1. **reluctant**
[rɪ`lʌktənt]
adj. 不情願的；
勉強的

re·luc·tant

2. **republic**
[rɪ`pʌblɪk]
n. 共和國；
共和政體

re·pu·blic

3. **uncover**
[ʌn`kʌvɚ]
v. 揭開 … 的蓋子；
揭露

un·co·ver

8. **interrupt**
[ˌɪntə`rʌpt]
v. 打斷
（談話和工作等）

in·ter·rupt

1. **multiple**
   [ˈmʌltəpl̩]
   adj. 複合的；
   多樣的

   mul·ti·ple
   ㄇㄛ·ㄜˇㄜ·ㄆㄛ

2. **multiply**
   [ˈmʌltəplaɪ]
   v. 相乘；大幅增加

   mul·ti·ply
   ㄇㄛ·ㄜˇㄜ·ㄆㄌㄞ

3. **thoroughly**
   [ˈθɝolɪ]
   adv. 徹底地；
   認真仔細地；
   完全地；非常；
   極其

   tho·rough·ly
   ㄙㄛ·ㄜ   ·ㄌㄧ

4. **origin**
   [ˈɔrədʒɪn]
   n. 起源；由來

   o·ri·gin
   ㄛ·ㄜ·ㄐㄜ ㄣ

5. **horrible**
   [ˈhɔrəbl̩]
   adj. 可怕的

   ho·rri·ble
   ㄏㄛ·ㄜ·ㄅㄛ

6. **storybook**
   [ˈstɔrɪˌbʊk]
   n. 故事書

   sto·ry·book
   ㄙㄉㄛ·ㄜㄧ·ㄅㄜㄍˣ

7. **warrior**
   [ˈwɔrɪɚ]
   n. 武士；戰士；
   勇士

   wa·rri·or
   ㄨㄛ·ㄜㄧ·ㄦ

520

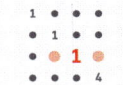

1. **adulthood**
   [ə`dʌlthʊd]
   n. 成年（期）

   a·dult·hood

2. **historic**
   [hɪs`tɔrɪk]
   adj. 歷史性的；
   歷史上著名的；
   有歷史意義的

   his·to·ric

3. **withdrawal**
   [wɪð`drɔəl]
   n. 收回；撤回；
   提款；取錢

   with·draw·al

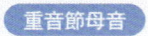

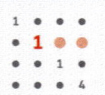

1. **loyalty**
   [ˋlɔɪəltɪ]
   n. 忠誠;忠心

   loy·al·ty
   ㄌㄛㄧ·ㄛ·ㄊㄧ

1. **appointment**
   [ə`pɔɪntmənt]
   n.(尤指正式的)
   預約 ; 約定

   ə‧ppoint‧ment
   ㄜ‧ㄆㄛ一ㄋ̃ㄤ‧ㄇㄜㄋ̃ㄤ

2. **employer**
   [ɪm`plɔɪɚ]
   n. 雇主 ; 雇用者

   em‧ploy‧er
   ㄜㄇ̃‧ㄆㄌㄛ一‧ㄦ

3. **employment**
   [ɪm`plɔɪmənt]
   n. 雇用 ; 受

   em‧ploy‧ment
   ㄜㄇ̃‧ㄆㄌㄛ一‧ㄇㄜㄋ̃ㄤ

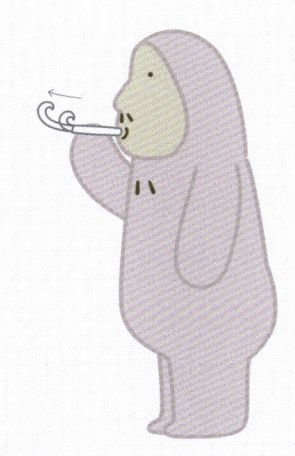

523

[ɔr] ㄛㄦ

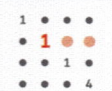

1. **corporate** cor·po·rate
   [`kɔrpərɪt]
   adj. 團體的；
   共同的；企業的；
   法人（組織）的

2. **corridor** cor·ri·dor
   [`kɔrɪdə-]
   n. 迴廊；通道

3. **foreigner** for·ei·gner
   [`fɔrɪnə-]
   n. 外國人

4. **formerly** for·mer·ly
   [`fɔrmə-lɪ]
   adv. 以前；從前

5. **formula** for·mu·la
   [`fɔrmjələ]
   n. 配方；處方；
   公式

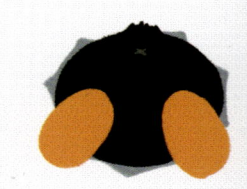

6. **normally** nor·mal·ly
   [`nɔrmlɪ]
   adv. 通常；按慣例

7. **organize** or·ga·nize
   [`ɔrgə,naɪz]
   v. 使有條理；安排

8. **organized** or·ga·nized
   [`ɔrgən,aɪzd]
   adj. 有組織的；
   有系統的

9. **Portuguese** Por·tu·guese
   [`pɔrtʃʊ,giz]
   n. 葡萄牙人；
   葡萄牙語
   adj. 葡萄牙的；
   葡萄牙語的

10. **sportsmanship** sports·man·ship
    [`sportsmən,ʃɪp]
    n. 運動員精神；
    運動道德

524

[ɔr] ㄛㄦ

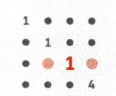

1. **abnormal** ab·nor·mal
[æb`nɔrml]
adj. 不正常的
ㄚˇ ㄅˇ · ㄋㄛㄦ · ㄇㄛ

2. **abortion** a·bor·tion
[ə`bɔrʃən]
n. 墮胎
ㄜ · ㄅㄛㄦ · ㄒㄜㄋˇ

3. **accordance** a·ccor·dance
[ə`kɔrdəns]
n. 一致；和諧；符合
ㄜ · ㄎㄛㄦ · ㄉㄜㄋˇㄙ

4. **according** a·ccor·ding
[ə`kɔrdɪŋ]
adj. 相符的；和諧的；相應的
ㄜ · ㄎㄛㄦ · ㄉㄧㄥ

5. **disorder** dis·or·der
[dɪs`ɔrdə]
v. 使混亂；擾亂
n. 混亂；無秩序；不適；小病
ㄉㄧㄙᵖㄜˇㄙ · ㄛㄦ · ㄉㄦ

6. **enforcement** en·force·ment
[ɪn`fɔrsmənt]
n. 執行；強制；強化
ㄜㄋˇ · ㄈㄛㄦㄙ · ㄇㄜㄋˇㄜˇ

7. **enormous** e·nor·mous
[ɪ`nɔrməs]
adj. 巨大的
ㄧ · ㄋㄛㄦ · ㄇㄜㄙ

8. **importance** im·por·tance
[ɪm`pɔrtns]
n. 重要性
ㄜˇㄇ · ㄆㄛㄦ · ㄊㄜㄋˇㄙ

9. **important** im·por·tant
[ɪm`pɔrtnt]
adj. 重要的
ㄜˇㄇ · ㄆㄛㄦ · ㄊㄜㄋˇㄜˇ

10. **informal** in·for·mal
[ɪn`fɔrml]
adj. 非正式的
ㄜˇㄋ · ㄈㄛㄦ · ㄇㄛ

11. **misfortune** mis·for·tune
[mɪs`fɔrtʃən]
n. 不幸；惡運
ㄇㄜˇㄙ · ㄈㄛㄦ · ㄍˇㄜㄋˇ

12. **performance** per·for·mance
[pə`fɔrməns]
n. 演出；演奏；表演
ㄆㄦ · ㄈㄛㄦ · ㄇㄜㄋˇㄙ

13. **performer** per·for·mer
[pə`fɔrmə]
n. 演出者；演奏者；表演者
ㄆ · ㄦ · ㄈㄛㄦ · ㄇ · ㄦ

14. **proportion** pro·por·tion
[prə`pɔrʃən]
n. 比例；比率
ㄆㄖㄜ · ㄆㄛㄦ · ㄒㄜㄋˇ

525

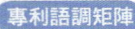

1. **recorder**
   [rɪˋkɔrdɚ]
   n. 錄影機；
   錄音機；直笛

2. **recording**
   [rɪˋkɔrdɪŋ]
   n. 記錄；錄音；
   錄影；唱片

3. **reporter**
   [rɪˋportɚ]
   n. 記者

4. **reporting**
   [rɪˋportɪŋ]
   n. 報導

5. **supporter**
   [səˋportɚ]
   n. 支持者；擁護者

6. **supportive**
   [səˋportɪv]
   adj. 支援的；
   贊助的

reinforce
[riɪn`fɔrs]
v. 增援；加強；
加深；加固；
使更結實

re·in·force

Ir ㄧㄦ

專利語調矩陣 　重音節母音

[Ir] ㄧ ㄦ

1. **severely**
[sə`vɪrlɪ]
adv. 嚴格地;
嚴厲地;嚴重地;
嚴肅地;樸實無華地

se·vere·ly
ㄙㄜ·ㄈ˙ㄧㄦ·ㄌㄧ

[ɪr] 一儿

1. **disappear**
   [ˌdɪsəˋpɪr]
   v. 消失

2. **engineer**
   [ˌɛndʒəˋnɪr]
   n. 工程師

3. **pioneer**
   [ˌpaɪəˋnɪr]
   n. 先驅；先鋒；創始人

4. **souvenir**
   [ˋsuvəˌnɪr]
   n. 紀念品；紀念物

5. **volunteer**
   [ˌvɑlənˋtɪr]
   v. 自願（做）
   n. 自願參加者；義工（尤指幫助別人的志願者）

[ɪŋ] [ㄧㄥ]

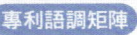

1. **Englishman** En·glish·man
   [`ɪŋglɪʃmən]
   n. 英國人
   ㄥ·ㄍㄌㄜ̄ㄒㄩ̄·ㄇㄜ̃ㄋ

2. **Singapore** Sin·ga·pore
   [`sɪŋəˌpor]
   n. 新加坡
   ㄙㄥ·ㄍㄜ·ㄆㄛㄦ

3. **singular** sin·gu·lar
   [`sɪŋjələ˞]
   adj. 單數的；
   獨個的
   ㄙㄥ·ㄍㄨ̄·ㄌㄦ

530

專利語調矩陣　重音節母音

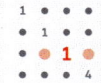

[ɪŋ] ㄧㄥ | ㄧㄥ

1. **distinction** dis·tinc·tion
[dɪˋstɪŋkʃən]
n. 區別；殊勳；榮譽
ㄉㄧㄙ·ㄉㄛㄎ·ㄒㄜ˜ㄋ

2. **distinctive** dis·tinc·tive
[dɪˋstɪŋktɪv]
adj. 有特色的；特殊的
ㄉㄧㄙ·ㄉㄛㄎ·ㄊㄜㄈ

3. **distinguish** dis·tin·guish
[dɪˋstɪŋgwɪʃ]
v. 區別；識別
ㄉㄧㄙ·ㄉㄛ·ㄍㄨㄜㄒㄩ

4. **MIlinguall** Mi·lin·guall
[maɪˋlɪŋgwəl]
ㄇㄞ·ㄌㄛ·ㄍㄨㄛ

1. BiLingual 原意是雙語，但礙於語言的先天性侷限，無法確認兩者是否齊佳，是否並重，因此用 MiLingual 來特地表明，這是雙管齊下，並駕齊驅的兩個語言。

2. M 所代表的，則是 Mommy 或 Mother language.

3. I：把 I 放在 M 旁邊，表示我永遠比媽媽小一半。Mi 的雙關語是 my，也就是我的。

4. lingual：語言。

5. 用 all 結尾：表示從母語擴大到全部的眾生。

-TSMP-
臺灣雙母語學殿
Taiwan Shepherd MiLinguall PaLACE

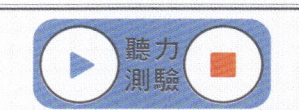

ju ㄧㄨ

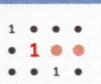

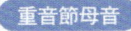

專利語調矩陣　重音節母音

[ju] ㄧㄨ

1. **beautiful**
   [`bjutɪf!]
   adj. 美麗的；漂亮的；出色的；完美的

   beau·ti·ful
   ㄅㄧㄨ ·ㄊㄜ ·ㄈㄛ

2. **funeral**
   [`fjunərəl]
   n. 喪葬；葬儀；出殯行列

   fu·ne·ral
   ㄈㄧㄨ ·ㄋㄜ ·ㄖㄜ/ㄨ ㄛ

3. **humorous**
   [`hjumərəs]
   adj. 幽默的

   hu·mo·rous
   ㄏㄧㄨ ·ㄇㄜ ·ㄖㄜ/ㄨ ㄜㄙ

4. **musical**
   [`mjuzɪk!]
   adj. 音樂的
   n. 歌舞劇；音樂片

   mu·si·cal
   ㄇㄧㄨ ·ㄗㄜ ·ㄎㄜ

5. **newspaper**
   [`njuzˌpepɚ]
   n. 報紙

   news·pa·per
   ㄋㄧㄨ ㄙ ·ㄆㄟ ·ㄆㄦ

6. **numerous**
   [`njumərəs]
   adj. 許多的；很多的

   nu·me·rous
   ㄋㄧㄨ ·ㄇㄜ ·ㄖㄜ/ㄨ ㄜㄙ

7. **studio**
   [`stjudɪ,o]
   n. 工作室；畫室；雕塑室；照相館

   stu·di·o
   ㄙㄉ ㄧㄨ ·ㄉ ㄧ ·ㄛ

8. **uniform**
   [`junəˌfɔrm]
   adj. 相同的；一致的；不變的
   n. 制服

   u·ni·form
   ㄧㄨ ·ㄋㄜ ·ㄈㄛㄦ ㄇ̃

9. **unity**
   [`junətɪ]
   n. 整體；一貫性

   u·ni·ty
   ㄧㄨ ·ㄋㄜ ·ㄊㄜ ㄧ

10. **universe**
    [`junəˌvɝs]
    n. 宇宙

    u·ni·verse
    ㄧㄨ ·ㄋㄜ ·ㄈㄦ ㄙ

11. **usually**
    [`juʒʊəlɪ]
    adv. 通常地；慣常地

    u·sual·ly
    ㄧㄨ ·ㄖㄜ ·ㄌㄧ

12. **utilize**
    [`jut!ˌaɪz]
    v. 利用

    u·ti·lize
    ㄧㄨ ·ㄊㄜ ·ㄌㄞㄗ

532

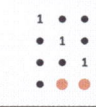

1. **computer**
[kəmˋpjutɚ]
n. 電腦

com·pu·ter
ㄎㄜㄇ·ㄆㄩ·ㄊㄦ

8. **introduce**
[ˌɪntrəˋdjus]
v. 介紹

in·tro·duce
ㄣㄖ̃·ㄔㄜ·ㄉㄩㄙ

2. **Confucius**
[kənˋfjuʃəs]
n. 孔子

Con·fu·cius
ㄎㄜㄋ·ㄈㄩ·ㄒㄜㄙ

3. **confusion**
[kənˋfjuʒən]
n. 困惑；慌亂

con·fu·sion
ㄎㄜㄋ·ㄈㄩ·ㄓㄜㄋ

4. **producer**
[prəˋdjusɚ]
n. 生產者；
製造者製片人

pro·du·cer
ㄆㄖㄜ·ㄉㄩ·ㄙㄦ

5. **unusual**
[ʌnˋjuʒʊəl]
adj. 不平常的；
稀有的

un·u·sual
ㄜㄋ·ㄩ·ㄓㄜ

533

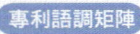

1. bulletin
[ˈbʊlətɪn]
n. 公報;公告

bu·lle·tin
ㄅㄨ·ㄌㄜ·ㄊㄜ·ㄊㄣ˜

2. blueberry
[ˈblu͵bɛrɪ]
n. 藍莓，越橘屬的漿果;越橘屬的灌木

blue·be·rry
ㄅㄌㄨ·ㄅㄝ·ㄖㄧ

3. jewelry
[ˈdʒuəlrɪ]
n. (總稱)珠寶;首飾

jew·el·ry
ㄐㄨ·ㄛ·ㄖㄧ

4. suicide
[ˈsuə͵saɪd]
n. 自殺;自殺行為

su·i·cide
ㄙㄨ·ㄜ·ㄙㄞㄉ

5. suitable
[ˈsutəb!]
adj. 適當的;合適的;適宜的

sui·ta·ble
ㄙㄨ·ㄊㄨ·ㄅㄛ

534

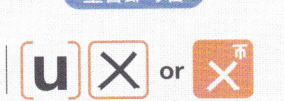

1. **acoustic**
   [əˋkustɪk]
   adj. 聽覺的；音響的
   n. 發音響的器具

   a·cous·tic
   ㄜ·ㄎ·ㄨㄙ·ㄉㄜ·ㄎ

2. **approval**
   [əˋpruv!]
   n. 批准；認可

   a·ppro·val
   ㄜ·ㄆㄨ·ㄖㄨ·ㄈㄜ

3. **conclusion**
   [kənˋkluʒən]
   n. 結論；推論

   con·clu·sion
   ㄎㄜㄣ·ㄎㄌㄨ·ㄖㄜㄣ

4. **consumer**
   [kənˋsjumɚ]
   n. 消費者；消耗者

   con·su·mer
   ㄎㄜㄣ·ㄙㄨ·ㄇㄦ

5. **exclusive**
   [ɪkˋsklusɪv]
   adj. 排外的；唯一的；獨家的
   n. 獨家新聞；獨家產品

   ex·clu·sive
   一ㄎㄙ·ㄍㄌㄨ·ㄙㄜ·ㄈ

6. **illusion**
   [ɪˋljuʒən]
   n. 錯覺；假象；幻想

   i·llu·sion
   ㄜ·ㄌㄨ·ㄖㄜㄣ

7. **improvement**
   [ɪmˋpruvmənt]
   n. 改進；改善；增進

   im·prove·ment
   ㄜㄇ·ㄆㄨ·ㄈ·ㄇㄜㄣㄜ

8. **including**
   [ɪnˋkludɪŋ]
   prep. 包括

   in·clu·ding
   ㄜㄣ·ㄎㄌㄨ·ㄉㄧㄥ

9. **pollution**
   [pəˋluʃən]
   n. 污染

   po·llu·tion
   ㄆㄜ·ㄌㄨ·ㄒㄜㄣ

10. **removal**
    [rɪˋmuv!]
    n. 除去；免職

    re·mo·val
    ㄖㄨㄜ·ㄇㄨ·ㄈㄜ

11. **solution**
    [səˋluʃən]
    n. 解答；解決（辦法）；溶液

    so·lu·tion
    ㄙㄜ·ㄌㄨ·ㄒㄜㄣ

535

專利語調矩陣 重音節母音

|u|×| or |×|

1. **absolute**
   ['æbsə,lut]
   adj. 絕對的

   ab·so·lute
   ㄚˇㄅˊ·ㄙㄜ·ㄌㄨㄛˇ

2. **kangaroo**
   [,kæŋgə`ru]
   n. 袋鼠

   kan·ga·roo
   ㄎㄜˇㄥˉ·ㄍㄍㄜ·ㄖㄨ

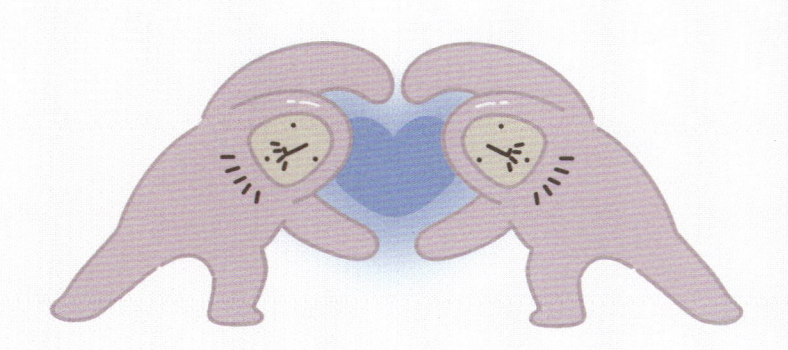

三音節重音例外字詞

1. **flat tire**
   [ˋflæt͵taɪr]
   n. 爆胎

2. **moreover**
   [morˋovɚ]
   adv. 並且；加之；此外

3. **nonprofit**
   [͵nɑnˋprɑfɪt]
   adj. 非營利的

4. **old-fashioned**
   [͵oldˋfæʃənd]
   adj. 舊式的；過時的

5. **pop music**
   [ˋpɑp͵mjuzɪk]
   n. 流行音樂

6. **Thanksgiving**
   [θæŋksˋgɪvɪŋ]
   n. 感恩節

7. **well-being**
   [ˋwɛlˋbiɪŋ]
   n. 康樂；安康；福利

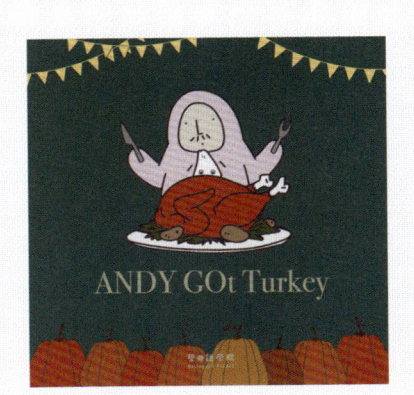

三音節重音例外字詞

專利語調矩陣

1. **afternoon**
['æftɚ`nun]
n. 下午；午後

af·ter·noon
ㄚ°ㄈㄦ·ㄉㄨ˜

2. **Andy Go**
[`ændy`go]
n. 安迪哥
SoR 美語
臺北旗艦殿
吉祥物之一

An·dy· Go
ㄚ°ㄋ˜ㄉㄧ— ㄍㄨˇ

4. **Halloween**
[͵hælo`in]
n. 萬聖節
（10月31日）

Ha·llo·ween
ㄏㄚ°ㄌㄛˇ ㄨ‿ㄋ˜

5. **overall**
[`ovɚ`ɔl]
adj. 總的；全部的
adv. 總的來說；大體上
n. 工作褲；工作服；防護服

o·ver·all
ㄨˇ·ㄈㄦ·ㄚˇ

6. **overcome**
[͵ovɚ`kʌm]
v. 戰勝；克服

o·ver·come
ㄨˇ·ㄈㄦ·ㄎㄜ˜

7. **overlook**
[͵ovɚ`lʊk]
v. 眺望；俯瞰

o·ver·look
ㄨˇ·ㄈㄦ·ㄌㄜˇㄎ

8. **overnight**
[`ovɚ`naɪt]
adj. 通宵；整夜
adv. 一整夜的

o·ver·night
ㄨˇ·ㄈㄦ·ㄋㄞ ㄜ

9. **overseas**
[`ovɚ`siz]
adj. 海外的；國外的
adv. 在海外；在國外

o·ver·seas
ㄨˇ·ㄈㄦ·ㄙ‿ㄙ

10. **oversee**
[`ovɚ`si]
v. 監視；監督；俯瞰

o·ver·see
ㄨˇ·ㄈㄦ·ㄙ‿

11. **overwhelm**
[͵ovɚ`hwɛlm]
v. 壓倒；征服；使受不了

o·ver·whelm
ㄨˇ·ㄈㄦ·ㄨ ㄝㄛ˜

12. **understand**
[͵ʌndɚ`stænd]
v. 了解；理解

un·der·stand
ㄜ˜·ㄉㄦ·ㄙㄉㄚ°ㄋ˜ㄉ

13. **tic-tac-toe**
[`tɪktæk`toʊ]
n. 井字遊戲

tic·tac·toe
ㄜˇㄜˇ·ㄉˇ·ㄜˇㄚ°·ㄉˇ·ㄜˇㄨˇ

538

1. **CEO**
['si'i'o]
n. 執行長；
首席執行官；總裁
abbr. chief executive officer

2. **DNA**
['di'ɛn'e]
n. 去氧核糖核酸
abbr. deoxyribonucleic acid

3. **KTV**
[,ke`ti`vi]
n. 卡拉 OK
abbr. Karaoke

4. **MRT**
[`ɛm`ar`ti]
n. 大眾捷運系統
abbr. Mass Rapid Transit

5. **ROC**
[`ar`o`si]
n. 中華民國
abbr. Republic of China

6. **USA**
[`ju`ɛs`e]
abbr. 美國
(United States of America)
美利堅合眾國

7. **VCR**
[vi`si`ar]
ph. 卡式錄放影機
abbr. video cassette recorder

8. **nonetheless**
[,nʌnðə`lɛs]
adv. 但是；仍然

9. **self-esteem**
[,sɛlfəs`tim]
n. 自尊

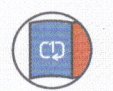

四-七　音節單字

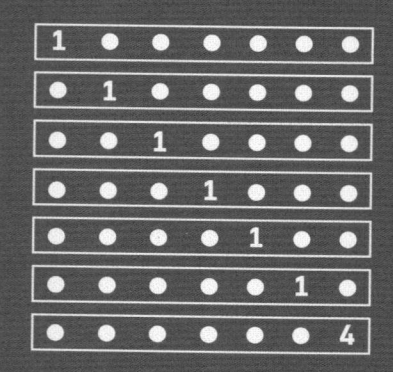

四音節以上 單字

重音節母音		頁數	重音節母音		頁數
KK 音標	雙語注音		KK 音標	雙語注音	
[ɛ]	ㄝ	542	[ɪr]	ㄧㄦ	607
[e]	ㄧㄝ	556	[aɪ]	ㄞ	608
[æ]	ㄚㄝ	569	[i]	⌣	610
[aʊ]	ㄠㄝ	575	[ʌ][ə]	ㄜ	614
[ɪ]	ㄛ	576	[ɔ]	ㄛ	616
[o]	ㄨㄛ	592	[ɔɪ]	ㄛㄧ	617
[ɑ][ɔ]	ㄚ	594	[ɔr]	ㄛㄦ	618
[ɝ][ɚ]	ㄦ	604	[ju]	ㄧㄨ	620
[ɑr]	ㄚㄦ	606	[u]	ㄨ or ㄨ	623

541

四音節以上 [ɛ] ㄝ

重音節母音

1. 四音節

2. **anybody**
   [ˈɛnɪˌbadɪ]
   pron. 任何人
   n.【口】有名氣的人，重要的人

3. **cemetery**
   [ˈsɛməˌtɛrɪ]
   n. 公墓；墓地（尤指不靠近教堂的）

4. **centimeter**
   [ˈsɛntəˌmitɚ]
   n. 公分；釐米

5. **ceremony**
   [ˈsɛrəˌmonɪ]
   n. 儀式；典禮

6. **devastating**
   [ˈdɛvəsˌtetɪŋ]
   adj. 破壞性極大的；毀滅性的

7. **ecosystem**
   [ˈɛkoˌsɪstəm]
   n. 生態系統

8. **educator**
   [ˈɛdʒʊˌketɚ]
   n. 教師；教育工作者

9. **elevator**
   [ˈɛləˌvetɚ]
   n. 電梯；升降機

10. **eligible**
    [ˈɛlɪdʒəbl̩]
    adj. 有資格當選的；合格的
    n. 合格者，合適的人

542

重音節母音 [ɛ] [ㄝ]

四音節以上

1. **四音節**

2. **estimated**
   [ˋɛstəˌmetɪd]
   adj. 估算的；estimate 的過去式 / 過去分詞

3. **everybody**
   [ˋɛvrɪˌbɑdɪ]
   pron. 每個人

4. **February**
   [ˋfɛbrʊˌɛrɪ]
   n. 二月

5. **generally**
   [ˋdʒɛnərəlɪ]
   adv. 通常；廣泛地；普遍地

6. **helicopter**
   [ˋhɛlɪkɑptɚ]
   n. 直昇機

7. **legislative**
   [ˋlɛdʒɪsˌletɪv]
   adj. 立法的；有立法權的

8. **legislator**
   [ˋlɛdʒɪsˌletɚ]
   n. 立法委員；國會議員；立法者

9. **legislature**
   [ˋlɛdʒɪsˌletʃɚ]
   n. 立法機關；(美國的) 州議會

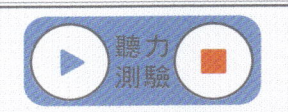

10. **mechanism**
    [ˋmɛkəˌnɪzəm]
    n. 機械裝置；機械作用；結構

543

重音節母音

四音節以上　　[ɛ] ㄝ

1. 四音節　　　1 ●●●

2. **necessary**
['nɛsə,sɛrɪ]
adj. 需要的

3. **presidency**
[`prɛzədənsɪ]
n. 公司總裁；大學校長；總統職位

4. **regularly**
[`rɛgjələ˞lɪ]
adv. 通常地；定期地

5. **regulator**
[`rɛgjə,letə˞]
n. 調整者；管理者；調節器；校準器

6. **relatively**
[`rɛlətɪvlɪ]
adv. 相對地；比較而言；相當

7. **secondary**
[`sɛkən,dɛrɪ]
adj. 第二的；次要的

8. **secretary**
[`sɛkrə,tɛrɪ]
n. 秘書

9. **television**
[`tɛlə,vɪʒən]
n. 電視

10. **temporary**
[`tɛmpə,rɛrɪ]
adj. 臨時的；暫時的

544

重音節母音

四音節以上 | [ɛ] ㄝ

1. **四音節** 1 ●●●

2. **territory**
   [ˋtɛrəˌtorɪ]
   n. 領土；版圖

   te·rri·to·ry
   ㄊˋㄝ·ㄖㄜ·ㄊㄛ·ㄨ一

3. **terrorism**
   [ˋtɛrəˌrɪzəm]
   n. 恐怖主義；恐怖行動

   te·rro·ri·sm
   ㄊˋㄝ·ㄖㄜ·ㄖㄜ·ㄗㄜㄇ̃

4. **testimony**
   [ˋtɛstəˌmonɪ]
   n. 證詞；聲明

   tes·ti·mo·ny
   ㄊˋㄝㄙ·ㄉㄜ·ㄇㄛ·ㄋ一

5. **variable**
   [ˋvɛrɪəb!]
   n. 可變物；可變因素
   adj. 易變的；變異的；多變的；反覆無常的

   va·ri·a·ble
   ㄈˋㄝ·ㄖㄨ一·ㄜ·ㄅㄛ

6. **vegetable**
   [ˋvɛdʒətəb!]
   adj. 蔬菜的；植物的
   n. 蔬菜；植物

   ve·ge·ta·ble
   ㄈˋㄝ·ㄐㄜ·ㄊㄜ·ㄅㄛ

重音節母音

四音節以上 [ɛ] ㄝ

1. **四音節**

2. **accelerate**
   [æk`sɛləˌret]
   v. 加快；增長

3. **acceptable**
   [ək`sɛptəb!]
   adj. 可以接受的；令人滿意的

4. **accessible**
   [æk`sɛsəb!]
   adj. 可（或易）接近的；可（或易）得到的

5. **accessory**
   [æk`sɛsərɪ]
   n. 附件；飾品；房間陳設；幫兇
   adj. 附加的；附屬的；同謀的

6. **affectionate**
   [ə`fɛkʃənɪt]
   adj. 充滿深情的；溫柔親切的

7. **allegedly**
   [ə`lɛdʒɪdlɪ]
   adv. 據傳說；據宣稱

8. **America**
   [ə`mɛrɪkə]
   n. 美國；美洲

9. **American**
   [ə`mɛrɪkən]
   n. 美國人
   adj. 美國的；美洲的

10. **celebrity**
    [sɪ`lɛbrətɪ]
    n. （尤指娛樂界的）名人；明星；名流

546

重音節母音 [ɛ] [ㄝ]

四音節以上

1. 四音節

2. **cholesterol** [kə`lɛstəˌrol] n. 膽固醇

3. **competitive** [kəm`pɛtətɪv] adj. 競爭的

4. **competitor** [kəm`pɛtətɚ] n. 競爭者；對手

5. **complexity** [kəm`plɛksətɪ] n. 複雜（性）；錯綜（性）

6. **congressional** [kən`grɛʃən!] adj. 國家立法機關的；議會的

7. **consecutive** [kən`sɛkjʊtɪv] adj. 連續不斷的；連貫的

8. **conventional** [kən`vɛnʃən!] adj. 習慣的；慣例的

9. **developer** [dɪ`vɛləpɚ] n. 開發者；開發商；顯影劑

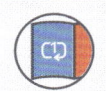

10. **developing** [dɪ`vɛləpɪŋ] adj. 發展中的；開發中的

547

四音節以上 [ɛ] ㄝ

重音節母音

1. 四音節

2. **development**
[dɪˋvɛləpmənt]
n. 生長；發展

3. **effectively**
[ɪˋfɛktɪvlɪ]
adv. 有效地；實際上

4. **effectiveness**
[əˋfɛktɪvnɪs]
n. 效用；有效性

5. **electrical**
[ɪˋlɛktrɪk!]
adj. 與電有關的；電的

6. **especially**
[əˋspɛʃəlɪ]
adv. 特地；尤其

7. **essentially**
[ɪˋsɛnʃəlɪ]
adv. 實質上

8. **etc**
[ɛtˋsɛtərə]
adv. 等等…以及諸如此類；以及其他等等（et cetera 的縮寫）

9. **eventually**
[ɪˋvɛntʃʊəlɪ]
adv. 最後；終於

10. **executive**
[ɪgˋzɛkjʊtɪv]
n. 行政主管
adj. 行政上的；執行上的

重音節母音 [ɛ] [ㄝ]

四音節以上 | [ɛ] [ㄝ]

1. 四音節 ● 1 ● ●

2. **experiment**
   [ɪk`spɛrəmənt]
   n. 實驗；試驗
   v. 進行實驗；試驗

   ex·pe·ri·ment

3. **identical**
   [aɪ`dɛntɪk!]
   adj. 完全相同的

   i·den·ti·cal

4. **identify**
   [aɪ`dɛntə͵faɪ]
   v. 確認；識別

   i·den·ti·fy

5. **incredible**
   [ɪn`krɛdəb!]
   adj. 難以置信的；驚人的

   in·cre·di·ble

6. **incredibly**
   [ɪn`krɛdəb!ɪ]
   adv. 難以置信地；很；極為

   in·cre·di·bly

7. **integrity**
   [ɪn`tɛgrətɪ]
   n. 正直；廉正；健全

   in·te·gri·ty

8. **intelligence**
   [ɪn`tɛlədʒəns]
   n. 智能；智慧；理解力

   in·tel·li·gence

9. **intelligent**
   [ɪn`tɛlədʒənt]
   adj. 有才智的；聰明的

   in·tel·li·gent

10. **intensity**
    [ɪn`tɛnsətɪ]
    n. 強度

    in·ten·si·ty

549

四音節以上 [ɛ] ㄝ

1. 四音節

2. **investigate**
[ɪn`vɛstə‚get]
v. 調查；研究

3. **irregular**
[ɪ`rɛgjələ˞]
adj. 不規則的；無規律的；不穩定的

4. **necessity**
[nə`sɛsətɪ]
n. 必需品；需要；必要性

5. **potentially**
[pə`tɛnʃəlɪ]
adv. 潛在地；可能地

6. **primarily**
[praɪ`mɛrəlɪ]
adv. 首先；起初；原來；首要地

7. **professional**
[prə`fɛʃən!]
adj. 職業性的
n. 專家；內行

8. **respectively**
[rɪ`spɛktɪvlɪ]
adv. 分別地；各自地

9. **scenario**
[sɪ`nɛrɪ‚o]
n. 情節；事態；局面

10. **successfully**
[sək`sɛsfəlɪ]
adv. 成功地

重音節母音 [ɛ] ㄝ

四音節以上

1. 四音節

2. **academic**
['ækə'dɛmɪk]
adj. 學術的；學院的
n. 學者

a·ca·de·mic

3. **accidental**
[,æksə'dɛnt!]
adj. 偶然的；意外的

ac·ci·den·tal

4. **adolescence**
[,æd!'ɛsns]
n. 青春期

a·do·le·scence

5. **adolescent**
[,æd!'ɛsnt]
n. 青少年
adj. 青少年的；未成熟的

a·do·le·scent

6. **comprehensive**
[,kɑmprɪ'hɛnsɪv]
n. 專業綜合測驗；總考
adj. 廣泛的；綜合的；有充分理解的

com·pre·hen·sive

7. **energetic**
[,ɛnɚ'dʒɛtɪk]
adj. 精力充沛的；有精力的

e·ner·ge·tic

8. **epidemic**
[,ɛpɪ'dɛmɪk]
n. 流行病；(疾病的) 流行；傳染
adj. 流行性的；傳染的；極為流行的

e·pi·de·mic

9. **fundamental**
[,fʌndə'mɛnt!]
adj. 基礎的；根本的

fun·da·men·tal

10. **independence**
[,ɪndɪ'pɛndəns]
n. 獨立

in·de·pen·dence

551

四音節以上 　　[ɛ] [ㄝ]

1. 四音節　　● ● 1 ●

2. **independent**
[ˌɪndɪˋpɛndənt]
adj. 獨立的

3. **influential**
[ˌɪnfluˋɛnʃəl]
adj. 有影響的

4. **intellectual**
[ˌɪntlˋɛktʃʊəl]
n. 知識分子
adj. 智力的；腦力的

5. **intervention**
[ˌɪntɚˋvɛnʃən]
n. 介入；干預；調停

6. **presidential**
[ˌprɛzəˋdɛnʃəl]
adj. 總統的；總統選舉的

7. **residential**
[ˌrɛzəˋdɛnʃəl]
adj. 居住的；住宅的

8. **unexpected**
[ˌʌnɪkˋspɛktɪd]
adj. 想不到的；意外的

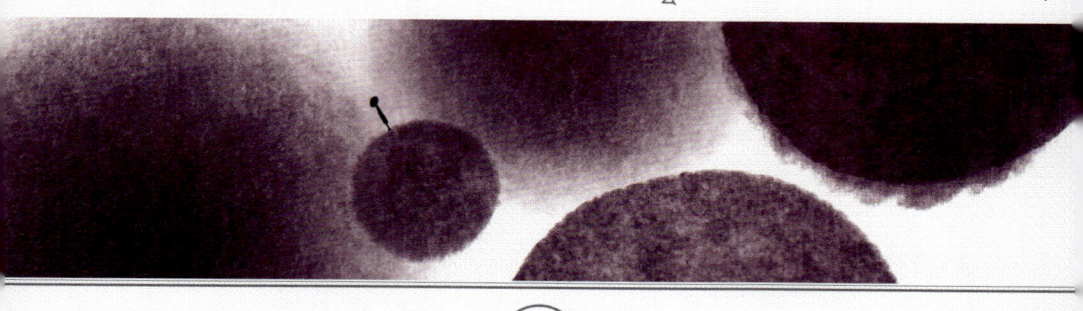

四音節以上 　重音節母音　[ɛ] ㄝ

五音節　1 ●●●●

2. **regulatory**
['rɛɡjələ,tɔrɪ]
adj. 管理的；控制的；監管的

3. **air conditioner**
[ɛrkən'dɪʃənɚ]
n. 冷氣機；空調設備；控溫系統

五音節　● 1 ●●●

5. **contemporary**
[kən'tɛmpə,rɛrɪ]
n. 同時代的人；同年齡的人；同時期的東西
adj. 當代的

6. **inevitable**
[ɪn'ɛvətəb!]
adj. 不可避免的；必然的

7. **inevitably**
[ɪn'ɛvətəblɪ]
adv. 不可避免地；必然地

8. **investigator**
[ɪn'vɛstə,ɡetɚ]
n. 調查者；研究者；調查人員

9. **unprecedented**
[ʌn'prɛsə,dɛntɪd]
adj. 無先例的；空前的

553

五音節

2. **documentary**
[ˌdɑkjə`mɛntərɪ]
n. 記錄片
adj. 文件的；（電影、電視等）記錄的

3. **elementary**
[ˌɛlə`mɛntərɪ]
adj. 基本的；初級的；基礎的

4. **necessarily**
[`nɛsəsɛrɪlɪ]
adv. 必然地；必需地

5. **representative**
[ˌrɛprɪ`zɛntətɪv]
adj. 代表性的；典型的
n. 代表；代理人

6. **theoretical**
[ˌθiə`rɛtɪk!]
adj. 理論的；非應用的；假設的

7. **vegetarian**
[ˌvɛdʒə`tɛrɪən]
adj. 吃素的
n. 素食者

重音節母音

四音節以上 | [ɛ] ㄝ

1. 五音節

●●● 1 ●

2. **developmental**
[dɪˌvɛləpˈmɛnt!]
adj. 發展的；開發的；啟發的

3. **environmental**
[ɪnˌvaɪrənˈmɛnt!]
adj. 環境的；有關環境（保護）的

4. **experimental**
[ɪkˌspɛrəˈmɛnt!]
adj. 實驗性的；試驗性的

5. 六音節

●● 1 ●●●

6. **elementary school**
[ˌɛləˈmɛntərɪˌskul]
n. 小學

四音節以上　　重音節母音 [e] ㄝ

1. **四音節**　　1 ● ● ●

2. **baby sitter**
   [ˈbebɪˌsɪtɚ]
   n. 臨時保姆；保姆

3. **favorably**
   [ˈfevərəblɪ]
   adv. 適合地

4. **stationery**
   [ˈsteʃənˌɛrɪ]
   n. 文具；信紙

5. **table tennis**
   [ˈtebḷˌtɛnɪs]
   n. 桌球；乒乓球

6. **四音節**　　● 1 ● ●

7. **available**
   [əˈveləbḷ]
   adj. 可用的；可得到的；有效的

8. **behavioral**
   [bɪˈhevjərəl]
   adj.（關於）行為的

9. **Canadian**
   [kəˈnedɪən]
   n. 加拿大人
   adj. 加拿大的

556

重音節母音

四音節以上　[e] ㄝ

四音節

● 1 ● ●

occasional
[əˋkeʒənl]
adj. 偶爾的；非經常的

o·cca·sio·nal

relationship
[rɪˋleʃənˌʃɪp]
n. 關係；關聯；人際關係

re·la·tion·ship

sustainable
[səˋstenəbl]
adj. 支撐得住的；能承受的；能保持的；能維持的

sus·tai·na·ble

四音節

● ● 1 ●

accusation
[͵ækjəˋzeʃən]
n. 指控；指責

a·ccu·sa·tion

adaptation
[͵ædæpˋteʃən]
n. 適應；改寫；(小說等的) 改編

a·dap·ta·tion

admiration
[͵ædməˋreʃən]
n. 欽佩；羨慕

ad·mi·ra·tion

allegation
[͵æləˋgeʃən]
n. 指控；(無證據的) 指控

a·lle·ga·tion

557

四音節以上

1. 四音節

2. **application**
   [ˌæpləˈkeʃən]
   n. 用具；裝置；設備；應用程式（APP）

3. **calculation**
   [ˌkælkjəˈleʃən]
   n. 計算；計算結果

4. **celebration**
   [ˌsɛləˈbreʃən]
   n. 慶祝

5. **combination**
   [ˌkambəˈneʃən]
   n. 組合

6. **compensation**
   [ˌkampənˈseʃən]
   n. 補償；賠償；報酬

7. **concentration**
   [ˌkansɛnˈtreʃən]
   n. 專心；濃縮

8. **confrontation**
   [ˌkanfrʌnˈteʃən]
   n. 對抗；對質

9. **conservation**
   [ˌkansɚˈveʃən]
   n. 保存；（對自然資源的）保護

10. **conversation**
    [ˌkanvɚˈseʃən]
    n. 會話

558

重音節母音

四音節以上 | [e] ㄝ

1. 四音節　●●1●

2. **corporation**
[ˌkɔrpəˈreʃən]
n. 股份（有限）公司

3. **correlation**
[ˌkɔrəˈleʃən]
n. 相互關係；聯繫；相關

4. **demonstration**
[ˌdɛmənˈstreʃən]
n. 示範

5. **destination**
[ˌdɛstəˈneʃən]
n. 目的地；終點

6. **education**
[ˌɛdʒʊˈkeʃən]
n. 教育

7. **entertainment**
[ˌɛntɚˈtenmənt]
n. 娛樂；娛樂節目

8. **expectation**
[ˌɛkspɛkˈteʃən]
n. 期待；預期

9. **explanation**
[ˌɛkspləˈneʃən]
n. 說明；解釋

10. **exploration**
[ˌɛkspləˈreʃən]
n. 勘查；探測

559

四音節以上

1. 四音節 ● ● 1 ●

2. **generation**
   [ˌdʒɛnə`reʃən]
   n. 世代；產生

3. **graduation**
   [ˌɡrædʒʊ`eʃən]
   n. 畢業典禮

4. **immigration**
   [ˌɪmə`ɡreʃən]
   n. 移居；移民

5. **implication**
   [ˌɪmplɪ`keʃən]
   n. 含意；言外之意；暗示

6. **indication**
   [ˌɪndə`keʃən]
   n. 指示；指點

7. **information**
   [ˌɪnfɚ`meʃən]
   n. 資訊

8. **innovation**
   [ˌɪnə`veʃən]
   n. 革新；創新；新事物

9. **inspiration**
   [ˌɪnspə`reʃən]
   n. 靈感；啟發

10. **installation**
    [ˌɪnstə`leʃən]
    n. 設施；安裝

四音節以上　重音節母音 [e] ㄟ

1. 四音節

● ● 1 ●

2. **integration**
[ˌɪntə`greʃən]
n. 整合；融合；積分

3. **invitation**
[ˌɪnvə`teʃən]
n. 邀請

4. **isolation**
[ˌaɪsḷ`eʃən]
n. 隔離

5. **legislation**
[ˌlɛdʒɪs`leʃən]
n. 立法；法規

6. **limitation**
[ˌlɪmə`teʃən]
n. 極限；限度

7. **medication**
[ˌmɛdɪ`keʃən]
n. 藥物治療；藥物

8. **meditation**
[ˌmɛdɪ`teʃən]
n. 沉思；默想；冥想

9. **motivation**
[ˌmotə`veʃən]
n. 動機；刺激；推動

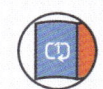

10. **nomination**
[ˌnamə`neʃən]
n. 提名；任命

561

四音節以上

1. 四音節

2. **obligation**
   [ˌɑbləˈgeʃən]
   n. (道義上或法律上的) 義務

3. **observation**
   [ˌɑbzɝˈveʃən]
   n. 觀察；觀測

4. **occupation**
   [ˌɑkjəˈpeʃən]
   n. 工作；職業；佔領；佔用

5. **operation**
   [ˌɑpəˈreʃən]
   n. 手術；操作

6. **population**
   [ˌpɑpjəˈleʃən]
   n. 人口

7. **preparation**
   [ˌprɛpəˈreʃən]
   n. 準備；預備

8. **presentation**
   [ˌprizɛnˈteʃən]
   n. 報告；贈送；呈現；介紹；引見；授予

9. **publication**
   [ˌpʌblɪˈkeʃən]
   n. 出版；發表；宣佈

10. **radiation**
    [ˌredɪˈeʃən]
    n. 放射線

562

四音節以上 | 重音節母音 [e] ㄝ

1. 四音節 ● ● 1 ●

2. **regulation**
   [ˌrɛgjəˋleʃən]
   n. 規章；規則；規定；條例
   re·gu·la·tion
   ㄖㄨ·ㄝ·ㄍㄨ·ㄌ_ㄜ·ㄒㄜㄋ

3. **reputation**
   [ˌrɛpjəˋteʃən]
   n. 名譽；名聲
   re·pu·ta·tion
   ㄖㄨ·ㄝ·ㄆㄨ·ㄊ_ㄜ·ㄒㄜㄋ

4. **reservation**
   [ˌrɛzɚˋveʃən]
   n. 保留（意見）；
   預訂的房間（或席座）
   re·ser·va·tion
   ㄖㄨ·ㄝ·ㄖㄦ·ㄈ_ㄜ·ㄒㄜㄋ

5. **revelation**
   [ˌrɛvḷˋeʃən]
   n. 揭示；顯示；天啟
   re·ve·la·tion
   ㄖㄨ·ㄝ·ㄈㄜ·ㄌ_ㄜ·ㄒㄜㄋ

6. **separation**
   [ˌsɛpəˋreʃən]
   n. 分開；分離
   se·pa·ra·tion
   ㄙㄝ·ㄆㄜ·ㄖㄨ_ㄜ·ㄒㄜㄋ

7. **situation**
   [ˌsɪtʃʊˋeʃən]
   n. 處境；境遇
   si·tu·a·tion
   ㄙㄜ·ㄑㄨ·_ㄜ·ㄒㄜㄋ

8. **speculation**
   [ˌspɛkjəˋleʃən]
   n. 推測；投機
   spe·cu·la·tion
   ㄙㄅㄝ·ㄎㄨ·ㄌ_ㄜ·ㄒㄜㄋ

9. **transformation**
   [ˌtrænsfɚˋmeʃən]
   n. 變化；轉變；變形；變質
   trans·for·ma·tion
   ㄔㄨㄚㄋㄙ·ㄈㄦ·ㄇ_ㄜ·ㄒㄜㄋ

10. **transportation**
    [ˌtrænspɚˋteʃən]
    n. 運輸；輸送；交通車輛
    tran·spor·ta·tion
    ㄔㄨㄚㄋ·ㄙㄅㄦ·ㄊ_ㄜ·ㄒㄜㄋ

563

四音節以上 [e] ㄝ

1. 四音節 ●● 1 ●

2. **variation**
[ˌvɛrɪˈeʃən]
n. 變化；變異

va·ri·a·tion

3. **violation**
[ˌvaɪəˈleʃən]
n. 違反；違背

vi·o·la·tion

4. 五音節 ● 1 ●●●

5. **occasionally**
[əˈkeʒənlɪ]
adv. 偶爾；間或；有時

o·cca·sio·nal·ly

6. 五音節 ●● 1 ●●

7. **educational**
[ˌɛdʒʊˈkeʃənl]
adj. 教育的

e·du·ca·tio·nal

8. **simultaneously**
[ˌsaɪməlˈtenɪəslɪ]
adv. 同時地

si·mul·ta·neous·ly

564

重音節母音

四音節以上 | [e] 一ㄝ

1. 五音節

●●●**1**●

2. **abbreviation**
[əˌbrivɪˋeʃən]
n. 縮寫；省略

3. **accommodation**
[əˌkaməˋdeʃən]
n. 適應；調和；住房；訂位

4. **administration**
[ədˌmɪnəˋstreʃən]
n. 管理；經營；管理部門；行政

5. **appreciation**
[əˌpriʃɪˋeʃən]
n. 欣賞；感謝；鑑賞；賞識

6. **association**
[əˌsosɪˋeʃən]
n. 協會；公會；社團；連結

7. **civilization**
[ˌsɪvḷəˋzeʃən]
n. 文明

8. **collaboration**
[kəˌlæbəˋreʃən]
n. 合作；協同

9. **communication**
[kəˌmjunəˋkeʃən]
n. 溝通；通信

10. **congratulation**
[kənˌgrætʃəˋleʃən]
n. 祝賀；慶賀

565

重音節母音 [e] ㄝ

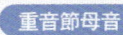

四音節以上

1. **五音節** ●●● 1 ●

2. **congratulations**
   [kənˌgrætʃəˋleʃənz]
   n. 祝賀詞『恭喜！』

3. **consideration**
   [kənsɪdəˋreʃən]
   n. 考慮

4. **cooperation**
   [koˌɑpəˋreʃən]
   n. 合作；協力

5. **determination**
   [dɪˌtɜ˞məˋneʃən]
   n. 堅定；果斷

6. **discrimination**
   [dɪˌskrɪməˋneʃən]
   n. 歧視；辨別；識別力

7. **evaluation**
   [ɪˌvæljʊˋeʃən]
   n. 評估；估價

8. **examination**
   [ɪgˌzæməˋneʃən]
   n. 考試；檢查；調查

9. **imagination**
   [ɪˌmædʒəˋneʃən]
   n. 想像力

10. **implementation**
    [ˌɪmpləmɛnˋteʃən]
    n. 安裝啟用；實行；履行

重音節母音 [e] ㄝ

四音節以上

1. 五音節

● ● ● 1 ●

2. **interpretation**
[ɪnˌtɝprɪˋteʃən]
n. 解釋；闡明；口譯

3. **investigation**
[ɪnˌvɛstəˋgeʃən]
n. 調查

4. **negotiation**
[nɪˌgoʃɪˋeʃən]
n. 談判；協商

5. **organization**
[ˌɔrgənəˋzeʃən]
n. 組織

6. **orientation**
[ˌorɪɛnˋteʃən]
n. 定位；定向；新生訓練；方針；取向

7. **participation**
[parˌtɪsəˋpeʃən]
n. 參加

8. **recommendation**
[ˌrɛkəmɛnˋdeʃən]
n. 推薦；推薦信

9. **representation**
[ˌrɛprɪzɛnˋteʃən]
n. 代表；代理

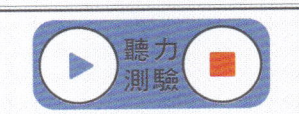

567

四音節以上 　　[e] ㄝ

重音節母音

1. 六音節　　● ● ● **1** ● ●

2. **organizational**
   [ˌɔrɡənaɪˈzeʃənəl]
   adj. 組織（上）的；編制（中）的

   or·ga·ni·za·tion·al
   ㄛㄦ·ㄍㄜ·ㄋㄜ·ㄗ_ㄝ·ˇㄒㄜㄋ·ㄋㄛ

3. 六音節　　● ● ● ● **1** ●

4. **identification**
   [aɪˌdɛntəfəˈkeʃən]
   n. 身份證；識別

   i·den·ti·fi·ca·tion
   ㄞ·ㄉㄝㄋ·ㄊㄜ·ㄈㄜ·ㄎ_ㄝ·ˇㄒㄜㄋ

5. **rehabilitation**
   [ˌrihəˌbɪləˈteʃən]
   n. 恢復（正常生活）；康復；
   （囚犯）獲得改造

   re·ha·bi·li·ta·tion
   ㄖㄧ·ㄏㄜ·ㄅㄜ·ㄌㄜ·ㄊ_ㄝ·ˇㄒㄜㄋ

重音節母音

四音節以上　[æ] ㄚㄜ

1. 四音節

2. **accuracy**
   [ˋækjərəsɪ]
   n. 正確（性）；準確（性）

   a·ccu·ra·cy
   ㄚㄜ · ㄎ · ㄨ̆ · ㄖ̊ㄜ · ㄙㄧ

3. **accurately**
   [ˋækjərɪtlɪ]
   adv. 準確地；精確地；正確無誤地

   a·ccu·rate·ly
   ㄚㄜ · ㄎ · ㄨ̆ · ㄖ̊ㄜ ㄜㄦ · ㄌㄧ

4. **admirable**
   [ˋædmərəb!]
   adj. 值得讚揚的；絕妙的

   ad·mi·ra·ble
   ㄚㄜㄉ · ㄇㄜ · ㄖ̊ㄜ · ㄅㄛ

5. **advertisement**
   [͵ædvɚˋtaɪzmənt]
   n. 廣告

   ad·ver·tise·ment
   ㄚㄜㄉ · ㄈㄦ · ㄜㄞZ · ㄇㄜ̃ㄜ

6. **advertising**
   [ˋædvɚ͵taɪzɪŋ]
   n.（總稱）廣告；登廣告

   ad·ver·ti·sing
   ㄚㄜㄉ · ㄈㄦ · ㄜㄞZ · ㄧ̄

7. **agriculture**
   [ˋægrɪ͵kʌltʃɚ]
   n. 農業；農藝；農學

   a·gri·cul·ture
   ㄚㄜ · ㄍㄖ̊ㄨ̆ㄜ · ㄎㄛ · ㄑㄩㄦ

8. **alligator**
   [ˋælə͵getɚ]
   n.（產於美國及中國的）短吻鱷；短吻鱷皮

   a·lli·ga·tor
   ㄚㄜ · ㄌㄜ · ㄍㄝ · ㄜㄦ

9. **category**
   [ˋkætə͵gorɪ]
   n. 種類；類別

   ca·te·go·ry
   ㄎㄚㄜ · ㄉ̊ㄜ · ㄍㄛ · ㄖ̊ㄨ̆ㄧ

10. **characterize**
    [ˋkærəktə͵raɪz]
    v. 描繪…的特性；具有…的特徵

    cha·rac·te·rize
    ㄎ ㄚㄜ · ㄖ̊ㄨ̆ㄜ ㄘ · ㄜㄦ ㄜ · ㄖ̊ㄞZ

569

四音節以上 [æ]

1. 四音節 1●●●

2. **fascinating** [ˈfæsnˌetɪŋ] adj. 迷人的；極美的

3. **fashionable** [ˈfæʃənəb!] adj. 時尚的

4. **January** [ˈdʒænjʊˌɛrɪ] n. 一月

5. **laboratory** [ˈlæbrəˌtorɪ] n. 實驗室；研究室；實驗室；實驗大樓

6. **valuable** [ˈvæljʊəb!] adj. 有價值的

7. 四音節 ●1●●

8. **academy** [əˈkædəmɪ] n. 學院；大學；研究院

9. **ambassador** [æmˈbæsədɚ] n. 大使

10. **analysis** [əˈnæləsɪs] n. 分析

570

重音節母音 [æ] ㄚㄝ

四音節以上

1. 四音節

2. **apparently** [ə`pærəntlɪ]
   adv. 顯然地

3. **capacity** [kə`pæsətɪ]
   n. 容量；容積

4. **comparison** [kəm`pærəsn]
   n. 比較；對照

5. **dramatically** [drə`mætɪklɪ]
   adv. 戲劇性地；引人注目地；突然地；誇張地

6. **elaborate** [ɪ`læbə,ret]
   adj. 精心製作的；煞費苦心的；辛勤的
   v. 精心製作；闡述

7. **establishment** [ɪs`tæblɪʃmənt]
   n. 建立；創立；建立的機構

8. **evaluate** [ɪ`væljʊ,et]
   v. 評估；鑑定；估價

9. **humanity** [hju`mænətɪ]
   n. 人性；人道；慈愛

10. **mechanical** [mə`kænɪkḷ]
    adj. 機械的

571

四音節以上

1. 四音節 ● 1 ● ●

2. **mortality**
   [mɔr`tælətɪ]
   n. 死亡數；死亡率；生命的有限

3. **reality**
   [ri`ælətɪ]
   n. 現實；真實

4. **spectacular**
   [spɛk`tækjəlɚ]
   adj. 壯觀的；壯麗的
   n. 奇觀；壯觀

5. **substantially**
   [səb`stænʃəlɪ]
   adv. 相當多地；實質上地

6. **venality**
   [vi`nælətɪ]
   n. 貪贓枉法；腐敗

7. 四音節 ● ● 1 ●

8. **automatic**
   [͵ɔtə`mætɪk]
   adj. 自動的；習慣性的；自動化的

9. **democratic**
   [͵dɛmə`krætɪk]
   adj. 有民主精神的；民主的

10. **demographic**
    [͵dɛmə`græfɪk]
    adj. 人口統計學的；人口學的

572

重音節母音

四音節以上　[æ] ㄚㄝ

1. **四音節**　●● 1 ●

2. **diplomatic**
   [ˌdɪpləˋmætɪk]
   adj. 外交的；有外交手腕的

   di·plo·ma·tic
   ㄉㄧ·ㄆㄌㄜ·ㄇㄚ·ㄊㄜㄎ

3. **mathematics**
   [ˌmæθəˋmætɪks]
   n. 數學

   ma·the·ma·tics
   ㄇㄚ·ㄙㄜ·ㄇㄚ·ㄊㄜㄎㄙ

4. **satisfaction**
   [ˌsætɪsˋfækʃən]
   n. 滿意；滿足

   sa·tis·fac·tion
   ㄙㄚ·ㄊㄜㄙ·ㄈㄚㄎ·ㄒㄜㄣ

5. **understanding**
   [ˌʌndɚˋstændɪŋ]
   adj. 了解的；能諒解的；寬容的
   n. 了解；理解；領會；理解力；諒解

   un·der·stan·ding
   ㄜㄣ·ㄉㄜㄦ·ㄙㄉㄚㄣ·ㄉㄧㄥ

6. **五音節**　● 1 ●●●

7. **vocabulary**
   [vəˋkæbjəˌlɛrɪ]
   n. 字彙

   vo·ca·bu·la·ry
   ㄈㄨ·ㄎㄚ·ㄅㄨ·ㄌㄝ·ㄖㄧ

8. **五音節**　●● 1 ●●

9. **automatically**
   [ˌɔtəˋmætɪklɪ]
   adv. 自動地；無意識地；不自覺地；機械地

   au·to·ma·ti·cally
   ㄛ·ㄊㄜ·ㄇㄚ·ㄊㄜㄎ·ㄌㄧ

10. **Christianity**
    [ˌkrɪstʃɪˋænətɪ]
    n. 基督教；信仰基督教

    Chris·ti·a·ni·ty
    ㄎㄖㄧㄙ·ㄑㄧ·ㄚ·ㄋㄜ·ㄊㄧ

573

四音節以上

五音節

2. **immorality**
[ˌɪməˈrælətɪ]
n. 不道德；邪惡；放蕩

3. **international**
[ˌɪntəˈnæʃənl̩]
adj. 國際的

4. **logicality**
[ˌlɑdʒɪˈkælətɪ]
n. 邏輯性

5. **manufacturer**
[ˌmænjəˈfæktʃərə]
n. 製造業者；廠商

6. **manufacturing**
[ˌmænjəˈfæktʃərɪŋ]
n. 製造業；工業
adj. 製造業的；製造的

7. **personality**
[ˌpɝsnˈælətɪ]
n. 人格；品格

8. **popularity**
[ˌpɑpjəˈlærətɪ]
n. 普及；流行；聲望

9. **sexuality**
[ˌsɛkʃʊˈælətɪ]
n. 性別傾向；性取向

10. **similarity**
[ˌsɪməˈlærətɪ]
n. 類似；相似

574

重音節母音

四音節以上 | [au] ㄠ

1. 四音節

● **1** ● ●

2. **accountable**
[əˋkaʊntəbl]
adj. 應負責任的；可說明的

a·ccoun·ta·ble
ㄜ ㄎ ㄠ ㄋ˜ ㄊ ㄜ ㄅ ㄛ

吃點東西，
休息一下吧！

575

四音節以上 　[ɪ] ㄜ

1. 四音節　1 ●●●●

2. **citizenship**
   [ˋsɪtəzn̩ˏʃɪp]
   n. 公民的權利與義務；公民權；市民權；公民（或市民）身分

3. **criticism**
   [ˋkrɪtəˏsɪzəm]
   n. 批評；評論

4. **dictionary**
   [ˋdɪkʃənˏɛrɪ]
   n. 字典

5. **difficulty**
   [ˋdɪfəˏkʌltɪ]
   n. 困難

6. **indicator**
   [ˋɪndəˏketɚ]
   n. 指示者；指示器；指標

7. **infrastructure**
   [ˋɪnfrəˏstrʌktʃɚ]
   n. 公共建設（如鐵路、公路等）

8. **innovative**
   [ˋɪnoˏvetɪv]
   adj. 創新的

9. **integrated**
   [ˋɪntəˏgretɪd]
   adj. 整合的；成一體的；結合的；合併的（integrate 的動詞過去式、過去分詞）

10. **inventory**
    [ˋɪnvənˏtorɪ]
    n. 存貨清單；庫存

576

重音節母音

四音節以上   [ɪ] ㄜ

1. 四音節

1 ●●●

2. **kilometer**
   [ˋkɪləˌmɪtɚ]
   n. 公里（縮寫為 km）

3. **kindergarten**
   [ˋkɪndɚˌgɑrtn]
   n. 幼稚園

4. **literally**
   [ˋlɪtərəlɪ]
   adv. 逐字地；照字面地；正確地

5. **literary**
   [ˋlɪtəˌrɛrɪ]
   adj. 文學的；文藝的

6. **literature**
   [ˋlɪtərətʃɚ]
   n. 文學；文學作品

7. **military**
   [ˋmɪləˌtɛrɪ]
   adj. 軍事的
   n. 軍隊

8. **missionary**
   [ˋmɪʃənˌɛrɪ]
   adj. 傳教的；教會的；傳教士的
   n. 傳教士；鼓吹者；（外交）使節

9. **miserable**
   [ˋmɪzərəb!]
   adj. 悽慘的；悲哀的

10. **seriously**
    [ˋsɪrɪəslɪ]
    adv. 嚴肅地；認真地；當真地；嚴重地

577

四音節以上

1. 四音節　1●●●

2. **similarly**
['sɪmɪləˌlɪ]
adv. 相似地

3. 四音節　●1●●

4. **initiative**
[ɪ'nɪʃətɪv]
n. 倡議；主動權

5. **ability**
[ə'bɪlətɪ]
n. 能力；專門技能

6. **activity**
[æk'tɪvətɪ]
n. 活動

7. **additional**
[ə'dɪʃən!]
adj. 附加的；額外的

8. **administer**
[əd'mɪnəstɚ]
v. 管理；執行；擔任管理者

9. **affiliate**
[ə'fɪlɪˌet]
v. 接納為成員
n. 成員；成員組織；分會

578

重音節母音

四音節以上 [I] ㄜ

1. 四音節

● 1 ● ●

2. **anticipate**
   [æn`tɪsə͵pet]
   v. 預期；預先考慮到；期望

3. **articulate**
   [ɑr`tɪkjə͵let]
   adj. 發音清晰的；口才好的
   v. 清晰地講話；相互連貫

4. **bacteria**
   [bæk`tɪrɪə]
   n. 細菌

5. **certificate**
   [sə`tɪfəkɪt]
   n. 證書；執照

6. **coincidence**
   [ko`ɪnsɪdəns]
   n. 巧合

7. **commissioner**
   [kə`mɪʃənɚ]
   n.（政府部門的）長；委員；專員

8. **conditioner**
   [kən`dɪʃənɚ]
   n. 調節器；調節員；調節劑；潤髮乳；護髮素

9. **considerate**
   [kən`sɪdərɪt]
   adj. 體諒的；周到的；體貼的

10. **consistently**
    [kən`sɪstəntlɪ]
    adv. 一貫地；固守地

579

四音節以上

1. 四音節

2. **conspiracy**
   [kənˋspɪrəsɪ]
   n. 陰謀；謀叛；共謀

3. **continuing**
   [kənˋtɪnjʊɪŋ]
   adj. 連續的；不間斷的

4. **continuous**
   [kənˋtɪnjʊəs]
   adj. 連續的；不斷的

5. **contributor**
   [kənˋtrɪbjʊtɚ]
   n. 捐贈者；捐款人；貢獻者

6. **criteria**
   [kraɪˋtɪrɪə]
   n.（判斷、批評的）標準；尺度

7. **curriculum**
   [kəˋrɪkjələm]
   n. 學校的全部課程

8. **delivery**
   [dɪˋlɪvərɪ]
   n. 投遞；傳送；快遞

9. **efficiency**
   [ɪˋfɪʃənsɪ]
   n. 效率；效能

10. **eliminate**
    [ɪˋlɪməˌnet]
    v. 排除；消除

四音節以上 重音節母音 [ɪ] ㄜ

1. 四音節

2. Elizabeth
[ɪ`lɪzəbəθ]
n. 伊麗莎白；女子名，也可以叫做 Elspeth, Bess, Betsy

3. equivalent
[ɪ`kwɪvələnt]
n. 相等物；等價物
adj. 相等的；相同的

4. experience
[ɪk`spɪrɪəns]
v. 經歷；感受
n. 經驗

5. experienced
[ɪk`spɪrɪənst]
adj. 有經驗的；老練的；熟練的

6. facilitate
[fə`sɪlə͵tet]
v. 使容易；促進；幫助

7. facility
[fə`sɪlətɪ]
n. 能力；技能；設備；設施工具；（供特定用途的）場所

8. indigenous
[ɪn`dɪdʒɪnəs]
adj. 當地的；本土的；土生土長的

9. initially
[ɪ`nɪʃəlɪ]
adv. 最初；開頭

10. initiate
[ɪ`nɪʃɪɪt]
v. 創始；發起；啟動

581

四音節以上 　　重音節母音 [ɪ] ㄜ

1. 四音節

2. **interior**
[ɪn`tɪrɪɚ]
adj. 內的；內部的
n. 內部；內地

3. **invisible**
[ɪn`vɪzəb!]
adj. 看不見的；無形的

4. **legitimate**
[lɪ`dʒɪtəmɪt]
adj. 合法的；合法婚姻所生的；合理的

5. **magnificent**
[mæg`nɪfəsənt]
adj. 壯麗的；宏偉的

6. **manipulate**
[mə`nɪpjə‚let]
v. 操作；運用；操縱；對…做手腳

7. **material**
[mə`tɪrɪəl]
n. 材料；原料

8. **municipal**
[mju`nɪsəp!]
adj. 市的；市政的；市立的

9. **mysterious**
[mɪs`tɪrɪəs]
adj. 神祕的；不可思議的

10. **nobility**
[no`bɪlətɪ]
n. 貴族（階層）；高貴；崇高；高尚

582

四音節以上

1. 四音節

2. **officially**
   [ə`fɪʃəlɪ]
   adv. 官方地；正式地

3. **original**
   [ə`rɪdʒən!]
   adj. 最初的；本來的；原始的
   n. 原著；原畫；原版

4. **participant**
   [pɑr`tɪsəpənt]
   n. 關係者；參與者；參加者；參與者

5. **participate**
   [pɑr`tɪsə͵pet]
   v. 參加；參與

6. **particular**
   [pɚ`tɪkjələ]
   adj. 特殊的

7. **political**
   [pə`lɪtɪk!]
   adj. 政治上；政策上

8. **politically**
   [pə`lɪtɪk!ɪ]
   adv. 政治上的

9. **practitioner**
   [præk`tɪʃənɚ]
   n. 開業者（尤指醫生、律師）

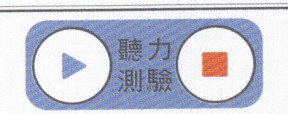

10. **publicity**
    [pʌb`lɪsətɪ]
    n. 名聲；宣傳

四音節以上

● 1 ● ●

1. **四音節**

2. **recipient**
   [rɪ`sɪpɪənt]
   n. 接受者；領受者；承受者

3. **ridiculous**
   [rɪ`dɪkjələs]
   adj. 可笑的；荒謬的；滑稽的

4. **significance**
   [sɪg`nɪfəkəns]
   n. 重要性；重要

5. **significant**
   [sɪg`nɪfəkənt]
   adj. 有意義的；很重要的

6. **specifically**
   [spɪ`sɪfɪk!ɪ]
   adv. 特別地

7. **stability**
   [stə`bɪlətɪ]
   n. 穩定；穩定性；安定

8. **statistical**
   [stə`tɪstɪk!]
   adj. 統計的；統計學的

9. **superior**
   [sə`pɪrɪɚ]
   adj. 優秀的；上等的
   n. 上司；長官

10. **traditional**
    [trə`dɪʃən!]
    adj. 傳統的

584

四音節以上 | [ɪ] [ə]

1. 四音節

2. **utility**
[juˋtɪlətɪ]
n. 效用；設施；水電瓦斯
公用事業（電、煤氣、鐵路等）

3. **unwillingly**
[ʌnˋwɪlɪŋlɪ]
adv. 不情願地；勉強地

4. **validity**
[vəˋlɪdətɪ]
n. 確實；有效性；正當；正確

四音節以上　　[ɪ] ㄜ

1. 四音節　　● ● 1 ●

2. **acquisition** [ˌækwə`zɪʃən] n. 收購；取得

3. **artificial** [ˌɑrtə`fɪʃəl] adj. 人工的

4. **coalition** [ˌkoə`lɪʃən] n. 結合；聯合；聯盟

5. **competition** [ˌkɑmpə`tɪʃən] n. 競爭；比賽

6. **composition** [ˌkɑmpə`zɪʃən] n. 寫作；作曲；作品；作文

7. **definition** [ˌdɛfə`nɪʃən] n. 定義；釋義

8. **Mississippi** [ˌmɪsə`sɪpɪ] n. 美國密西西比州；密西西比河

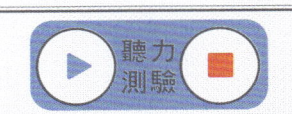

重音節母音

四音節以上　　　[I]　ㄜ

1. 四音節 ● ● 1 ●

2. **exhibition**
[ˌɛksə`bɪʃən]
n. 展覽；展覽會

3. **expedition**
[ˌɛkspɪ`dɪʃən]
n. 遠征（隊）；探險（隊）

4. **individual**
[ˌɪndə`vɪdʒʊəl]
adj. 個別的
n. 個人；個體

5. **jurisdiction**
[ˌdʒʊrɪs`dɪkʃən]
n. 證明為正當；辯解；司法權；管轄權；審判權

6. **opposition**
[ˌɑpə`zɪʃən]
n. 反對；反抗

7. **optimistic**
[ˌɑptə`mɪstɪk]
adj. 樂觀的

8. **pessimistic**
[ˌpɛsə`mɪstɪk]
adj. 悲觀的；悲觀主義的

9. **politician**
[ˌpɑlə`tɪʃən]
n. 政治家；政客

10. **recognition**
[ˌrɛkəg`nɪʃən]
n. 認出；識別；承認

587

四音節以上

1. 四音節

2. **repetition** [ˌrɛpɪˈtɪʃən] n. 重複；反覆

3. **scientific** [ˌsaɪənˈtɪfɪk] adj. 科學的

4. 五音節

5. **administrative** [ədˈmɪnəˌstretɪv] adj. 管理的；行政的

6. **administrator** [ədˈmɪnəˌstretɚ] n. 管理人；行政官員

7. **considerable** [kənˈsɪdərəb!] adj. 相當大的；相當多的

8. **considerably** [kənˈsɪdərəblɪ] adv. 相當大地；相當多地

9. **originally** [əˈrɪdʒən!ɪ] adv. 起初；原來

10. **particularly** [pɚˈtɪkjələˑlɪ] adv. 特別；尤其

588

四音節以上　　重音節母音　[ɪ] ㄜ

1. 五音節　● 1 ● ● ●

2. **preliminary**
[prɪ`lɪmə͵nɛrɪ]
n. 初步；初試；預賽
adj. 預備的；初步的

3. **refrigerator**
[rɪ`frɪdʒə͵retɚ]
n. 電冰箱

4. **significantly**
[sɪg`nɪfəkəntlɪ]
adv. 顯著地；在相當大的程度上

5. **sophisticated**
[sə`fɪstɪ͵ketɪd]
adj. 精通的；老練的；見多識廣的

6. **traditionally**
[trə`dɪʃən!ɪ]
adv. 傳說上；傳統上；習慣上

7. 五音節　● ● 1 ● ●

8. **aboriginal**
[͵æbə`rɪdʒən!]
adj. 土著的；土著居民的
n. 土著居民；土生動物（或植物）

9. **cafeteria**
[͵kæfə`tɪrɪə]
n. 自助餐館；學生餐廳（食堂）

10. **capability**
[͵kepə`bɪlətɪ]
n. 能力；性能；本領；能耐

589

五音節

2. **creativity**
   [ˌkrɪeˈtɪvətɪ]
   n. 創造力

3. **credibility**
   [ˌkrɛdəˈbɪlətɪ]
   n. 可靠性；確實性

4. **disability**
   [dɪsəˈbɪlətɪ]
   n. 無能；殘障

5. **electricity**
   [ˌilɛkˈtrɪsətɪ]
   n. 電；電流

6. **flexibility**
   [ˌflɛksəˈbɪlətɪ]
   adj. 靈活性；彈性；易曲性；適應性

7. **liability**
   [ˌlaɪəˈbɪlətɪ]
   n. 義務；傾向；債務

8. **Palestinian**
   [ˌpæləsˈtɪnɪən]
   adj. 巴勒斯坦的；巴基斯坦人

9. **possibility**
   [ˌpɑsəˈbɪlətɪ]
   n. 可能性

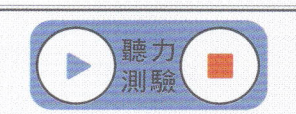

重音節母音

四音節以上 　[ɪ] ㄜ

1. **五音節** ● ● 1 ● ●

2. **productivity**
[ˌprodʌk`tɪvətɪ]
n. 生產力；生產率

3. **sensitivity**
[ˌsɛnsə`tɪvətɪ]
n. 敏感性；感受性

4. **五音節** ● ● ● 1 ● ●

5. **characteristic**
[ˌkærəktə`rɪstɪk]
adj. 特有的；獨特的
n. 特性；特徵

6. **六音節** ● ● ● 1 ● ●

7. **accountability**
[əˌkaʊntə`bɪlətɪ]
n. 負有責任；應作解釋；可說明性

8. **availability**
[əˌvelə`bɪlətɪ]
n. 有效；有益；可利用性；可得到的東西（或人）；可得性

9. **reliability**
[rɪˌlaɪə`bɪlətɪ]
n. 可靠；可信賴性

10. **responsibility**
[rɪˌspɑnsə`bɪlətɪ]
n. 責任

四音節以上

1. 四音節   1 ● ● ●

2. **motorcycle**
['motɚˌsaɪk!]
n. 機車

mo·tor·cy·cle
ㄇㄡ·ㄜ·ㄦ·ㄙㄞ·ㄎㄛ

3. 四音節   ● 1 ● ●

4. **appropriate**
[ə'propriˌet]
adj. 適當的；恰當的

a·ppro·pri·ate
ㄜ·ㄆㄛ·ㄆㄛ一·ㄝ

5. **associate**
[ə'soʃɪɪt]
v. 聯想；把…聯想在一起
n. 夥伴；同事

a·sso·ci·ate
ㄜ·ㄙㄛ·ㄒ一·ㄝ

6. **emotional**
[ɪ'moʃən!]
adj. 易動情的；情感的；情緒化的

e·mo·tio·nal
一·ㄇㄛ·ㄒㄛ·ㄋㄛ

7. **negotiate**
[nɪ'goʃɪˌet]
v. 談判；協商

ne·go·ti·ate
ㄋㄛ·ㄍㄨ·ㄒ一·ㄝ

8. **portfolio**
[port'folɪˌo]
n. 個人檔案；卷宗夾；公事包；作品集

port·fo·li·o
ㄆㄛㄦㄛ·ㄈㄨ·ㄌ一·ㄨ

9. **supposedly**
[sə'pozdlɪ]
adv. 根據推測；據稱；大概；可能

su·ppo·sed·ly
ㄙㄜ·ㄆㄨ·ㄗㄜㄉ·ㄌ一

592

重音節母音

四音節以上　[o]　ㄨˊ

1. 四音節

●● 1 ●

2. diagnosis
[ˌdaɪəɡˈnosɪs]
n. 診斷；診斷書；調查分析

di·ag·no·sis
ㄉㄞ˙ ㄜㄍ˙ ·ㄋㄨˊ· ㄙㄜㄙ

3. 五音節

● 1 ●●●

4. associated
[əˈsoʃɪˌetɪd]
adj. 聯合的；關聯的

a·sso·ci·a·ted
ㄜ ㄙㄨˊ ㄙㄧ一˙ ㄜ˙ㄉ

5. emotionally
[ɪˈmoʃənlɪ]
adv. 感情上；情緒上；衝動地

e·mo·tio·na·lly
ㄜ ㄇㄨˊ˙ ㄒㄜ˙ ㄋㄜ˙ㄌ一

593

四音節以上 [a][ɔ]

1. 四音節

1 ● ● ●

2. **comparable**
   [`kɑmpərəb!]
   adj. 可比較的；比得上的

3. **complicated**
   [`kɑmpləˌketɪd]
   adj. 複雜的

4. **consequently**
   [`kɑnsəˌkwɛntlɪ]
   adv. 結果；因此；必然地

5. **controversy**
   [`kɑntrəˌvɝsɪ]
   n. 爭論；爭議；爭辯

6. **operating**
   [`ɑpəretɪŋ]
   adj. 操作的；營運的；業務上的

7. **operator**
   [`ɑpəˌretɚ]
   n. 操作者；運算符號

8. **prosecutor**
   [`prɑsɪˌkjutɚ]
   n. 檢察官；公訴人

9. **voluntary**
   [`vɑlənˌtɛrɪ]
   adj. 自願的

10. **watermelon**
    [`wɔtɚˌmɛlən]
    n. 西瓜

594

四音節以上

1. 四音節 1●●●

2. **altogether**
[ˌɔltə`gɛðɚ]
adv. 完全地；總共…全部

3. **automobile**
[`ɔtəməˌbɪl]
n. 汽車

4. **ultimately**
[`ʌltəmɪtlɪ]
adv. 最後；終極地

5. **vulnerable**
[`vʌlnərəb!]
adj. 易受傷的；有弱點的

6. 四音節 ●1●●

7. **accommodate**
[ə`kɑməˌdet]
v. 能容納；能提供…膳宿；給…方便

8. **accomplishment**
[ə`kɑmplɪʃmənt]
n. 成就；成績；才藝；教養；造詣；技能

9. **anonymous**
[ə`nɑnəməs]
adj. 匿名的

595

四音節以上 [a] [ɔ]

1. 四音節

● 1 ● ●

Bless you.
Sorry for my sneeze.

2. **apologize**
[əˋpɑləˌdʒaɪz]
v. 道歉

3. **apology**
[əˋpɑlədʒɪ]
n. 道歉

4. **approximate**
[əˋprɑksəmɪt]
adj. 近似的；大概的
v. 接近；近似；大致估計

5. **astronomer**
[əˋstrɑnəmɚ]
n. 天文學家

6. **authority**
[əˋθɔrətɪ]
n. 職權；官方

7. **autonomy**
[ɔˋtɑnəmɪ]
n. 自治；自治權；自治團體

8. **biography**
[baɪˋɑɡrəfɪ]
n. 傳記

9. **biology**
[baɪˋɑlədʒɪ]
n. 生物學

10. **commodity**
[kəˋmɑdətɪ]
n. 商品；日用品；有用的東西；有價值之物

四音節以上

1. 四音節

2. **cooperate**
[ko`apə,ret]
v. 合作；協作

3. **democracy**
[dɪ`makrəsɪ]
n. 民主

4. **economist**
[ɪ`kanəmɪst]
n. 經濟學者

5. **economy**
[ɪ`kanəmɪ]
n. 經濟
adj. 經濟的

6. **equality**
[ɪ`kwalətɪ]
n. 相等；平等

7. **geography**
[dʒɪ`agrəfɪ]
n. 地理學

8. **historically**
[hɪs`tɔrɪk!ɪ]
adv. 從歷史角度；在歷史上；以歷史觀點；根據歷史事實

9. **hypothesis**
[haɪ`paθəsɪs]
n. 假說；假設

10. **impossible**
[ɪm`pasəb!]
adj. 不可能

597

四音節以上

1. 四音節

2. ironically
[aɪˋrɑnɪklɪ]
adv. 說反話地；諷刺地

3. kilometer
[ˋkɪləˌmitɚ]
n. 公里（縮寫為 km）

4. phenomenon
[fəˋnɑməˌnɑn]
n. 現象

5. philosophy
[fəˋlɑsəfɪ]
n. 哲學

6. photographer
[fəˋtɑgrəfɚ]
n. 攝影師

7. photography
[fəˋtɑgrəfɪ]
n. 照相；攝影

8. psychologist
[saɪˋkɑlədʒɪst]
n. 心理學家

9. psychology
[saɪˋkɑlədʒɪ]
n. 心理學

10. responsible
[rɪˋspɑnsəb!]
adj. 負責任的

598

四音節以上 [ɑ] [ɔ]

1. 四音節 ● 1 ● ●

2. technology
[tɛk`nɑlədʒɪ]
n. 科技；技術；工藝學；工藝；技術

tech·no·lo·gy

3. theology
[θɪ`ɑlədʒɪ]
n. 神學 [U]；宗教理論；宗教體系

the·o·lo·gy

4. priority
[praɪ`ɔrətɪ]
n. 在先；重點；優先權

pri·o·ri·ty

5. 四音節 ● ● 1 ●

6. correspondent
[ˌkɔrɪ`spɑndənt]
adj. 符合的；一致的
n. 通信者；通訊記者

co·rres·pon·dent

7. economic
[ˌikə`nɑmɪk]
adj. 經濟上的；經濟學的

e·co·no·mic

8. economics
[ˌikə`nɑmɪks]
n. 經濟學

e·co·no·mics

9. electronic
[ɪlɛk`trɑnɪk]
adj. 電子的

e·lec·tro·nic

四音節以上

1. **四音節** ● ● **1** ●

2. **electronics**
   [ɪlɛk`trɑnɪks]
   n. 電子產品

   e·lec·tro·nics
   ㄜ·ㄌㄝㄎ·ㄊ丨ㄨㄚ·ㄋㄜㄎㄙ

3. **五音節** ● **1** ● ● ●

4. **approximately**
   [ə`prɑksəmɪtlɪ]
   adj. 近似地；大概地

   a·pprox·i·mate·ly
   ㄜ· ㄆㄨㄚㄎㄙㄜ·ㄇㄜㄜ ·ㄌ丨

5. **cooperative**
   [ko`ɑpə͵retɪv]
   adj. 合作的；樂意合作的；
   協作的；配合的

   co·o·pe·ra·tive
   ㄎㄨˇ·ㄚ· ㄆㄜ·ㄜㄜ·ㄈ

6. **五音節** ● ● **1** ● ●

7. **biological**
   [͵baɪə`lɑdʒɪk!]
   adj. 生物的；生物學的

   bi·o·lo·gi·cal
   ㄅㄞ·ㄜ·ㄌㄚ·ㄐㄜ·ㄎㄛ

8. **curiosity**
   [͵kjʊrɪ`ɑsətɪ]
   n. 好奇心

   cu·ri·o·si·ty
   ㄎㄨ·丨·ㄚ·ㄙㄜ·ㄊ丨

600

四音節以上

五音節

2. **ecological**
   [ˌɛkə`lɑdʒɪkəl]
   adj. 生態（學）的

3. **economically**
   [ˌikə`nɑmɪk!ɪ]
   adv. 經濟地；節約地；節儉地

4. **generosity**
   [ˌdʒɛnə`rɑsətɪ]
   n. 寬宏大量；慷慨；慷慨的行為

5. **hippopotamus**
   [ˌhɪpə`pɑtəməs]
   n. 河馬

6. **ideology**
   [ˌaɪdɪ`ɑlədʒɪ]
   n. 思想體系；意識形態；空論

7. **metropolitan**
   [ˌmɛtrə`pɑlətn]
   adj. 大都市的
   n. 大城市人

8. **philosophical**
   [ˌfɪlə`sɑfɪk!]
   adj. 哲學的

9. **psychological**
   [ˌsaɪkə`lɑdʒɪk!]
   adj. 心理的；精神的

10. **technological**
    [ˌtɛknə`lɑdʒɪk!]
    adj. 技術（學）的；工藝（學）的

601

重音節母音

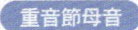

四音節以上　[ɑ] [ɔ] [ʏ]

1. 五音節　　●● **1** ●●

2. **theological**
[ˌθiəˈlɑdʒɪk!]
adj. 神學的；神學上的

3. 六音節　　●●● **1** ●●

4. **ideological**
[ˌaɪdɪəˈlɑdʒɪk!]
adj. 觀念學的；意識形態的；
思想體系上的；意識形態上的

跟旁邊的人說話，
休息一下吧！

四音節以上　　重音節母音

1. **四音節**　　1 ● ● ●

2. **journalism**
['dʒɜ·n!,ɪzm]
n. 新聞業；新聞學

3. **personally**
['pɜ·sn!ɪ]
adv. 親自地；個人地

4. **四音節**　　● 1 ● ●

5. **alternative**
[ɔl`tɜ·nətɪv]
n. 可供選擇的；另外的；另類的
adj. 兩者（或若干）中擇一的

6. **conservative**
[kən`sɜ·vətɪv]
adj. 保守的；守舊的
n. 保守者；守舊者

7. **diversity**
[daɪ`vɜ·sətɪ]
n. 差異；多樣性

8. **emergency**
[ɪ`mɜ·dʒənsɪ]
n. 緊急情況

9. **encouraging**
[ɪn`kɜ·ɪdʒɪŋ]
adj. 鼓勵的

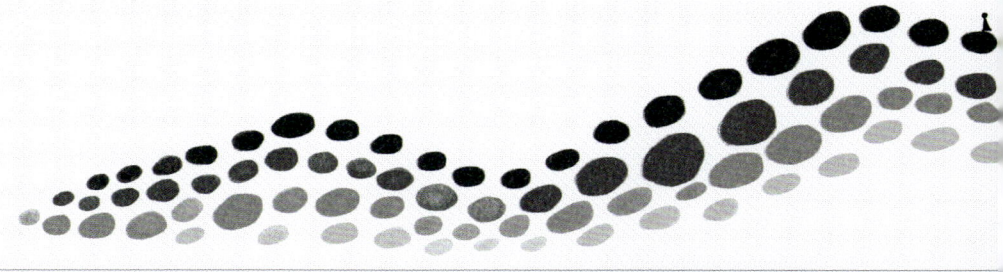

重音節母音

四音節以上 ɝ ɚ ɪ

1. **四音節** ● 1 ● ●

2. **uncertainty**
   [ʌn`sɝtntɪ]
   n. 不確定；難以預料的事物

   un·cer·tain·ty
   ㄜㄋ · ㄙㄦ · ㄜㄜㄋ · ㄜ一

3. **四音節** ● ● 1 ●

4. **controversial**
   [ˌkɑntrə`vɝʃəl]
   adj. 有爭議的；好議論的

   con·tro·ver·sial
   ㄎㄢ · ㄔㄜ · ㄈㄦ · ㄒㄜ

5. **universal**
   [ˌjunə`vɝs!]
   n. 普通性；普遍現象
   adj. 宇宙的；通用的

   u·ni·ver·sal
   ㄨ · ㄋㄜ · ㄈㄦ · ㄙㄜ

6. **五音節** ● ● 1 ● ●

7. **anniversary**
   [ˌænə`vɝsərɪ]
   n. 周年紀念日

   an·ni·ver·sa·ry
   ㄚㄋ · ㄋㄜ · ㄈㄦ · ㄙㄜ · 一

8. **university**
   [ˌjunə`vɝsətɪ]
   n. 大學

   u·ni·ver·si·ty
   ㄨ · ㄋㄜ · ㄈㄦ · ㄙㄜ · ㄜ一

四音節以上 [ar] ㄚㄦ

1. 四音節   1 ● ● ●

2. **architecture**
   [ˋɑrkəˌtɛktʃɚ]
   n. 建築學；建築術

   ar·chi·tec·ture
   ㄚㄦ· ㄎㄜ· ㄊㄜ ㄝㄉˇ · ˇㄍㄦ

3. 四音節   ● 1 ● ●

4. **department store**
   [dɪˋpɑrtməntˌstor]
   n. 百貨公司

   de·part·ment store
   ㄉㄧ· ㄆㄚㄦㄉ· ㄇㄜㄋㄉ· ㄙㄉㆴㄛㄦ

5. **remarkable**
   [rɪˋmɑrkəb!]
   adj. 非凡的；卓越的

   re·mar·ka·ble
   ㄖㄧ· ㄇㄚㄦ· ㄎㄜ· ㄅㄛ

重音節母音

四音節以上 [ɪr] ー ㄦ

1. 四音節

2. **engineering**
 [ˌɛndʒəˈnɪrɪŋ]
 n. 工程；工程學

en·gi·neer·ing
ㄜㄋ˘·ㄐㄜ·ㄋㄧㄦ·ㄥ

607

四音節以上

1. 四音節

2. **isolated**
   [ˈaɪsḷˌetɪd]
   adj. 孤立的；隔離的

3. 四音節

4. **advisory**
   [ədˈvaɪzərɪ]
   adj. 顧問的；諮詢的
   n. 報告；(警告危險的)公告

5. **anxiety**
   [æŋˈzaɪətɪ]
   n. 焦慮；掛念

6. **environment**
   [ɪnˈvaɪrənmənt]
   n. 環境

7. **reliable**
   [rɪˈlaɪəbḷ]
   adj. 可信賴的；可靠的；確實的

8. **society**
   [səˈsaɪətɪ]
   n. 社會；社團

重音節母音

四音節以上　　[aɪ] ㄞ

1. 四音節

● 1 ● ●

2. **surprisingly**
[sə`praɪzɪŋlɪ]
adv. 驚人地；出人意外地

sur·pri·sing·ly

3. **variety**
[və`raɪətɪ]
n. 多樣化；變化

va·ri·e·ty

4. 四音節

● ● 1 ●

5. **carbohydrate**
[ˌkɑrbə`haɪdret]
n. 碳水化合物；含醣食物；糖類
含碳水化合物的食物；澱粉質食物

car·bo·hy·drate

609

四音節以上　　重音節母音 [i]

1. 四音節

1 ● ● ●

2. **reasonable**
['riznəb!]
adj. 合理的；正當的

rea·son·a·ble

3. 四音節

● 1 ● ●

4. **abbreviate**
[ə`brivɪˌet]
v. 縮寫

a·bbre·vi·ate

5. **appreciate**
[ə`priʃɪˌet]
v. 感謝；賞識

a·ppre·ci·ate

6. **convenience store**
[kən`vinjənsˌstor]
n. 便利商店

con·ve·nien·ce store

7. **immediate**
[ɪ`midɪɪt]
adj. 即刻的

i·mme·di·ate

8. **immediately**
[ɪ`midɪɪtly]
adv. 立即；馬上；直接地

i·mme·di·ate·ly

9. **increasingly**
[ɪn`krisɪŋlɪ]
adv. 漸增地

in·crea·sing·ly

610

重音節母音

四音節以上　[i] ⌣

1. 四音節　● 1 ● ●

2. **ingredient**
[ɪn`gridɪənt]
n. 食材；成份；要素；因素

in‧gre‧di‧ent

3. **repeatedly**
[rɪ`pitɪdlɪ]
adv. 一再；再三；多次地

re‧pea‧ted‧ly

4. 四音節　● ● 1 ●

5. **diabetes**
[ˌdaɪə`bitiz]
n. 糖尿病

di‧a‧be‧tes

6. **European**
[ˌjʊrə`piən]
adj. 歐洲的
n. 歐洲人

Eu‧ro‧pe‧an

7. **inconvenient**
[ˌɪnkən`vinjənt]
adj. 不方便的

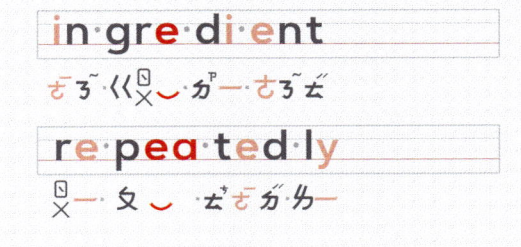

in‧con‧ve‧nient

611

重音節母音

四音節以上　　[i] ⌣

1. **四音節**　　● ● ● 4

2. **Senegalese**
   [ˌsɛnɪgəˋliz]
   n. 塞內加爾人；塞內加爾語
   adj. 塞內加爾人的；塞內加爾語的

   Se·ne·ga·lese

3. **Vietnamese**
   [vɪˌɛtnəˋmiz] n. 越南人（的）

   Vi·et·na·mese

深呼吸，休息一下吧！

四音節以上 重音節母音 [ʌ] [ə] [ㄜ]

1. 四音節

1 ●●●

2. **comfortable**
[ˈkʌmfɚtəb!]
adj. 舒適的

com·for·ta·ble
ㄎㄜ̃ · ㄈㄦ · ㄗ̌ㄜ · ㄅㄜ

3. **subsequently**
[ˈsʌbsɪˌkwɛntlɪ]
adv. 其後；隨後；接著

sub·se·quent·ly
ㄙㄜˊ · ㄙㄜ · ㄎㄨㄜㄋˇ · ㄌㄧ

4. **underlying**
[ˌʌndɚˈlaɪɪŋ]
adj. 在下面的；基本的

un·der·ly·ing
ㄜ̃ · ㄉㄦ · ㄌㄞ · ㄥ

5. 四音節

● 1 ●●

6. **accompany**
[əˈkʌmpənɪ]
v. 陪同；伴隨

a·ccom·pa·ny
ㄜ · ㄎㄜ̃ · ㄆㄜ · ㄋ一

7. **discovery**
[dɪsˈkʌvərɪ]
n. 發現

dis·co·ve·ry
ㄉㄧˋㄙ · ㄍㄜ · ㄈㄜ · ㄖㄨ一

8. **industrial**
[ɪnˈdʌstrɪəl]
adj. 工業的；產業的

in·dus·tri·al
ㄜ̃ · ㄉㄜˋㄙ · ㄔㄨ · ㄜ

9. **instructional**
[ɪnˈstrʌkʃən!]
adj. 教育的；教學用的；有指導性的

ins·truc·tio·nal
ㄜ̃ㄙ · ㄔㄨㄎ · ㄒ一ㄜ · ㄋㄜ

614

四音節以上　重音節母音　[ʌ] [ə] [ㄅ]

1. 四音節　● 1 ● ●

2. **recovery**
   [rɪ`kʌvərɪ]
   n. 恢復；復甦；復元；痊癒

3. **republican**
   [rɪ`pʌblɪkən]
   n. 共和主義者；(Republican) 美國共和黨黨員
   adj. 共和政體的

4. 四音節　● ● 1 ●

5. **introduction**
   [ˌɪntrə`dʌkʃən]
   v. 介紹；正式引見；引進；序言

6. 五音節　● 1 ● ● ●

7. **uncomfortable**
   [ʌn`kʌmfɚtəb!]
   adj. 不舒服的；不自在的

8. 五音節　● ● 1 ● ●

9. **agricultural**
   [ˌægrɪ`kʌltʃərəl]
   adj. 農業的

615

四音節以上

1. 四音節

2. **historian**
   [hɪs`torɪən]
   n. 歷史學家

3. **historical**
   [hɪs`tɔrɪkl]
   adj. 歷史的；史學的

4. **historically**
   [hɪs`tɔrɪklɪ]
   adv. 從歷史角度；在歷史上；以歷史觀點；根據歷史事實

5. **majority**
   [mə`dʒɔrətɪ]
   n. 過半數；大多數

6. **minority**
   [maɪ`nɔrətɪ]
   n. 少數；少數民族；未成年

7. **priority**
   [praɪ`ɔrətɪ]
   n. 在先；重點；優先權

重音節母音

四音節以上　|ɔɪ| ㄛㄧ

1. **四音節**

2. **disappointed**
[ˌdɪsəˈpɔɪntɪd]
adj. 失望的; 沮喪的

3. **disappointment**
[ˌdɪsəˈpɔɪntmənt]
n. 失望; 掃興; 沮喪

4. **unemployment**
[ˌʌnɪmˈplɔɪmənt]
n. 失業; 失業狀態

617

四音節以上 [ɔr] ㄛㄦ

重音節母音

1. 四音節 ● 1 ● ●

2. **reportedly**
   [rɪ`portɪdlɪ]
   adv. 據傳聞；據報導

   re·por·ted·ly
   ㄖㄧ˙ ㄆㄛㄦ˙ ㄊㄧ˙ㄉ ㄌㄧ˙

3. 五音節 ● 1 ● ● ●

4. **extraordinary**
   [ɪk`strɔrdn͵ɛrɪ]
   adj. 異常的；特別的

   ex·traor·di·na·ry
   一ㄎㄙ˙ ㄓㄨ ㄛㄦ ㄉㄜ˙ ㄋㄝ ㄖㄧ˙

5. **unfortunately**
   [ʌn`fɔrtʃənɪtlɪ]
   adv. 不幸地

   un·for·tu·nate·ly
   ㄜㄣ˙ ㄈㄛㄦ˙ ㄑㄜ˙ ㄋㄜㄊ˙ ㄌㄧ

618

重音節母音

四音節以上 | [ɔr] ㄛㄦ

1. **四音節** 1 ●●●

2. **fortunately**
   [ˋfɔrtʃənɪtlɪ]
   adv. 幸運地；僥倖地

   for·tu·nate·ly
   ㄈㄛㄦ・ˇㄑㄜ・ㄋㄜㄤ・ㄌㄧ

3. **ordinary**
   [ˋɔrdn͵ɛrɪ]
   adj. 平常的

   or·di·na·ry
   ㄛㄦ・ㄉㄜ・ㄋㄝ・ㄧ

4. **organism**
   [ˋɔrgən͵ɪzəm]
   n. 生物；有機體

   or·ga·ni·sm
   ㄛㄦ・ㄍㄜ・ㄋㄜ・ㄗㄜㄇ̃

5. **四音節** ●1●●

6. **coordinate**
   [koˋɔrdnɪt]
   adj. 同等的；同格的；對等的
   v. 合作；協調 n. 同等的人（物）

   co·or·di·nate
   ㄎㄨˋ・ㄛㄦ・ㄉㄜ・ㄋㄧㄜㄤ

7. **coordinator**
   [koˋɔrdn͵etɚ]
   n. 協調者；同等的人（或物）

   co·or·di·na·tor
   ㄎㄨˋ・ㄛㄦㄉ・ㄋㄧㄜ・ㄜㄦ

8. **importantly**
   [ɪmˋpɔrtntlɪ]
   adv. 重要地

   im·por·tant·ly
   ㄜㄇ̃・ㄆㄛㄦ・ㄜㄜㄋ・ㄜ・ㄌㄧ

9. **incorporate**
   [ɪnˋkɔrpə͵ret]
   v. 包含；吸收；組成公司

   in·cor·po·rate
   ㄜㄣ̃・ㄎㄛㄦ・ㄆㄜ・ㄋㄧㄜㄤ

重音節母音

四音節以上 | [ju] ㄧㄨ

1. 四音節　1 ● ● ●

2. **supermarket**
[ˋsupɚˌmarkɪt]
n. 超級市場

su·per·mar·ket
ㄙㄨ· ㄆㄦ · ㄇㄚㄦ · ㄎㄜㄊ

3. **supervisor**
[ˌsupɚˋvaɪzɚ]
n. 管理人；指導者

su·per·vi·sor
ㄙㄨ · ㄆㄦ · ㄈㄞ· ㄗ ㄦ

4. 四音節　● 1 ● ●

5. **accumulate**
[əˋkjumjəˌlet]
v. 累積；積聚

a·ccu·mu·late
ㄜ· ㄎ ㄨ· ㄇㄨ·ㄌㄝㄊ

6. **communicate**
[kəˋmjunəˌket]
v. 傳達；溝通

co·mmu·ni·cate
ㄎㄜ · ㄇ ㄨ· ㄋㄜ· ㄎㄝㄊ

7. **community**
[kəˋmjunətɪ]
n. 社區

co·mmu·ni·ty
ㄎㄜ· ㄇ ㄨ· ㄋㄜ·ㄊㄧ

8. **security**
[sɪˋkjʊrətɪ]
n. 安全；保安；保障；證券；債券證券；債券

se·cu·ri·ty
ㄙㄜ· ㄎㄨ·ㄖㄨㄜ·ㄊㄧ

重音節母音

四音節以上 [ju] ㄧ ㄨ

1. 四音節 ● ● 1 ●

2. **constitution**
[ˌkɑnstə`tjuʃən]
n. 憲法；章程；法規

3. **contribution**
[ˌkɑntrə`bjuʃən]
n. 貢獻

4. **distribution**
[ˌdɪstrə`bjuʃən]
n. 分發；分配

5. **execution**
[ˌɛksɪ`kjuʃən]
n. 實行；執行；死刑

6. **institution**
[ˌɪnstə`tjuʃən]
n. 機構

7. **prosecution**
[ˌprɑsɪ`kjuʃən]
n. 起訴；告發；(被)起訴；(被)檢舉；訴訟

8. 四音節 ● ● ● 4

9. **entrepreneur**
[ˌɑntrəprə`nɝ]
n. 企業家；(尤指涉及風險的)企業家；創業者

ju ㄧㄨ

四音節以上　　**重音節母音**
　　　　　　　 ju ㄧㄨ

1. 五音節　　　● **1** ● ● ●

2. **enthusiasm**
   [ɪn`θjuzɪˌæzəm]
   n. 巨大興趣；熱情；熱忱；熱心

   en·thu·si·a·sm
   ㄝㄋ˜・ㄙㄧㄨ・ㄗㄧ・ㄚ・ㄗㄜñ

3. 五音節　　　● ● **1** ● ●

4. **constitutional**
   [ˌkɑnstə`tjuʃənl]
   adj. 憲法的；生來的

   cons·ti·tu·tio·nal
   ㄎㄚㄋ˜ㄙ・ㄉㄜ・ㄊㄧㄨ・ㄒㄜ・ㄋㄜ

5. **institutional**
   [ˌɪnstə`tjuʃənl]
   adj. 機構的；制度的

   ins·ti·tu·tio·nal
   ㄝㄋ˜ㄙ・ㄉㄜ・ㄊㄧㄨ・ㄒㄜ・ㄋㄜ

6. **opportunity**
   [ˌɑpə`tjunətɪ]
   n. 機會；良機

   o·ppor·tu·ni·ty
   ㄚ・ㄆㄦ・ㄊㄧㄨ・ㄋㄜ・ㄊㄧ

重音節母音

四音節以上　[u] [X] or [X]

1. 四音節　● 1 ● ●

2. **aluminum**
[əˋlumɪnəm]
n. 鋁

a·lu·mi·num
ㄜ·ㄌㄨ·ㄇㄧ·ㄋㄜm̃

3. **exclusively**
[ɪkˋsklusɪvlɪ]
adv. 專門地；專有地

ex·clu·sive·ly
ㄧㄎㄙ·ㄍㄌㄨ·ㄙㄧㄈ·ㄌㄧ

4. **presumably**
[prɪˋzuməblɪ]
adv. 據推測；大概；想必

pre·su·ma·bly
ㄆㄨㄧ·ㄗㄨ·ㄇㄜ·ㄅㄌㄧ

5. 四音節　● ● 1 ●

6. **absolutely**
[ˋæbsəˌlutlɪ]
adv. 絕對地

ab·so·lute·ly
ㄚㄅ·ㄙㄜ·ㄌㄨㄊ·ㄌㄧ

7. **evolution**
[ˌɛvəˋluʃən]
n. 發展；進展；演化；進化

e·vo·lu·tion
ㄝ·ㄈㄜ·ㄌㄨ·ㄒㄜñ

8. **resolution**
[ˌrɛzəˋluʃən]
n. 決心；決定；解決

re·so·lu·tion
ㄖㄜ·ㄗㄜ·ㄌㄨ·ㄒㄜñ

9. **revolution**
[ˌrɛvəˋluʃən]
n. 革命；循環

re·vo·lu·tion
ㄖㄜ·ㄈㄜ·ㄌㄨ·ㄒㄜñ

重音節母音

四音節以上 |u ✕ or ✕

1. 六音節

● ● **1** ● ● ●

2. **revolutionary**
[ˌrɛvə`luʃənˌɛrɪ]
adj. 革命性的

re·vo·lu·tio·na·ry

四音節以上重音例外字詞

1. **四音節**

   1 1 1 ●

2. **junior high school**
   [ˋdʒunjɚˌhaɪskul]
   n. 初級中學；國中；初中

3. **overwhelming**
   [ˌovɚˋhwɛlmɪŋ]
   adj. 壓倒性的；勢不可擋的

4. **senior high school**
   [ˋsinjɚˌhaɪskul]
   n. 高級中學；高中

5. **四音節**

   1 1 ● 4

6. **nevertheless**
   [ˌnɛvɚðəˋlɛs]
   adv. 仍然；不過；然而

7. **五音節**

   1 1 1 ● ●

8. **undergraduate**
   [ˌʌndɚˋgrædʒʊɪt]
   n. 大學生；大學肄業生；大學本科生

625

四音節以上重音例外字詞

1. 七音節   1 1 1 ● 1 ● ●

2. **African-American**
   [ˌæfrɪkənəˈmɛrəkən]
   n. 非洲裔美國人
   adj. 非洲裔美國人的

四音節以上重音例外字詞

1. 七音節　　　● 1 ● 1 ● ●

2. **MiLinguall Re-starting Point**
   [maɪˋlɪŋwəl rɪˋstartɪŋ pɔɪnt]
   n. 臺灣雙語重新起跑線

627

附錄

今天起我們都能唸對的英文字母 A-Z

1. **A a**
[e]
n.A 是英語字母中第 1 個字母，小寫為 a

2. **B b**
[bi]
n.B 是英語字母中的第 2 個字母，小寫為 b

3. **C c**
[ci]
n.C 是英語字母中的第 3 個字母，小寫為 c

4. **D d**
[di]
n.D 是英語字母中的第 4 個字母，小寫為 d

5. **E e**
[i]
n.E 是英語字母中的第 5 個字母，小寫為 e

6. **F f**
[ɛf]
n.F 是英語字母中的第 6 個字母，小寫為 f

7. **G g**
[dʒi]
n.G 是英語字母中的第 7 個字母，小寫為 g

8. **H h**
[etʃ]
n.H 是英語字母中的第 8 個字母，小寫為 h

9. **I i**
[aɪ]
n.I 是英語字母中的第 9 個字母，小寫為 i

10. **J j**
[dʒe]
n.J 是英語字母中的第 10 個字母，小寫為 j

11. **K k**
[ke]
n.K 是英語字母中的第 11 個字母，小寫為 k

12. **L l**
[ɛl]
n.L 是英語字母中的第 12 個字母，小寫為 l

13. **M m**
[ɛm]
n.M 是英語字母中的第 13 個字母，小寫為 m

14. **N n**
[ɛn]
n.N 是英語字母中的第 14 個字母，小寫為 n

630

今天起我們都能唸對的英文字母 A-Z

1. O o
[o]
n.O 是英語字母中的第 15 個字母，小寫為 o

2. P p
[pi]
n.P 是英語字母中的第 16 個字母，小寫為 p

3. Q q
[kju]
n.Q 是英語字母中的第 17 個字母，小寫為 q

4. R r
[ɑr]
n.R 是英語字母中的第 18 個字母，小寫為 r

5. S s
[ɛs]
n.S 是英語字母中的第 19 個字母，小寫為 s

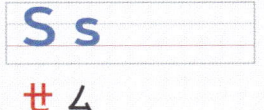

6. T t
[ti]
n.T 是英語字母中的第 20 個字母，小寫為 t

7. U u
[ju]
n.U 是英語字母中的第 21 個字母，小寫為 u

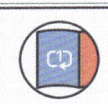

8. V v
[vi]
n.V 是英語字母中的第 22 個字母，小寫為 v

三音節　1 ● ●

10. W w
[ˋdʌblju]
n.W 是英語字母中的第 23 個字母，小寫為 w

11. X x
[ɛks]
n.X 是英語字母中的第 24 個字母，小寫為 x

12. Y y
[waɪ]
n.Y 是英語字母中的第 25 個字母，小寫為 y

13. Z z
[zi]
n.Z 是英語字母中的第 26 個字母，小寫為 z

今天起我們都能唸對的英文數字 0-100

單音節 4

雙音節 1

2. **one**
[wʌn]
n. 一；一個人；一件事物
pron. 任何人
adj. 一個的

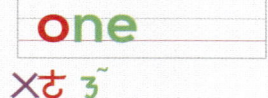

3. **two**
[tu]
n. 二
adj. 二的

4. **three**
[θri]
n. 三
adj. 三的

5. **four**
[fɔr]
n. 四
adj. 四的

6. **five**
[faɪv]
n. 五
adj. 五的

7. **six**
[sɪks]
n. 六
adj. 六的

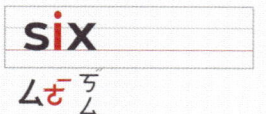

9. **seven**
[ˋsɛvn]
n. 七；指 7-11（臺灣 7-11 簡稱）
adj. 七的

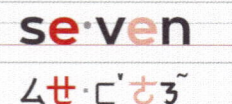

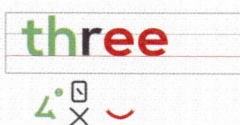

單音節 4

11. **eight**
[et]
n. 八
adj. 八的

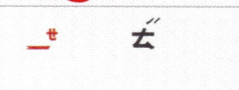

12. **nine**
[naɪn]
n. 九
adj. 九的

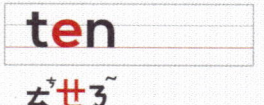

13. **ten**
[tɛn]
n. 十
adj. 十的

632

今天起我們都能唸對的英文數字 0-100

附錄

三音節　● 1 ●

2. **eleven**
[ɪˋlɛvn]
n. 十一
adj. 十一的

e·le·ven
一·ㄌㄝ·ㄈㄜㄋ

單音節　4

4. **twelve**
[twɛlv]
n. 十二
adj. 十二的

twelve
ㄊㄨㄝㄛㄈ

雙音節　1 ●

6. **thirteen**
[ˋθɝˋtin]
n. 十三
adj. 十三的

thir·teen
ㄙㄦ·ㄊㄜ·ㄋ

7. **fourteen**
[ˋforˋtin]
n. 十四
adj. 十四的

four·teen
ㄈㄛㄦ·ㄊㄜ·ㄋ

8. **fifteen**
[ˋfɪfˋtin]
n. 十五
adj. 十五的

fif·teen
ㄈㄜㄈ·ㄉㄜ·ㄋ

9. **sixteen**
[ˋsɪksˋtin]
n. 十六
adj. 十六的

six·teen
ㄙㄜㄎㄙ·ㄉㄜ·ㄋ

三音節　1 ● ●

11. **seventeen**
[ˋsɛvnˋtin]
n. 十七
adj. 十七的

se·ven·teen
ㄙㄝ·ㄈㄜㄋ·ㄊㄜ·ㄋ

雙音節　1 ●

13. **eighteen**
[ˋeˋtin]
n. 十八
adj. 十八的

eigh·teen
ㄝ·ㄊㄜ·ㄋ

14. **nineteen**
[ˋnaɪnˋtin]
n. 十九
adj. 十九的

nine·teen
ㄋㄞㄋ·ㄊㄜ·ㄋ

633

今天起我們都能唸對的英文數字 0-100

雙音節　1 ●　　　　　　　　**三音節**　1 ● ●

2. **twenty**
['twɛntɪ]
n. 二十
adj. 二十的

twen·ty
ㄊㄨㄝㄋ˜·ㄊㄧ

9. **seventy**
['sɛvntɪ]
n. 七十
adj. 七十的

se·ven·ty
ㄙㄝ·ㄈㄨㄋ˜·ㄊㄧ

3. **thirty**
[ˈθɝtɪ]
n. 三十
adj. 三十的

thir·ty
ㄙㄦ·ㄊㄧ

雙音節　1 ●

4. **forty**
[ˈfɔrtɪ]
n. 四十
adj. 四十的

for·ty
ㄈㄛㄦ·ㄊㄧ

11. **eighty**
['etɪ]
n. 八十
adj. 八十的

eigh·ty
ㄝ·ㄊㄧ

5. **fifty**
['fɪftɪ]
adj. 五十的
n. 五十

fif·ty
ㄈㄜ·ㄈˇ·ㄉㄧ

12. **ninety**
['naɪntɪ]
n. 九十
adj. 九十的

nine·ty
ㄋㄞ·ㄊㄧ

6. **sixty**
['sɪkstɪ]
adj. 六十的
n. 六十

six·ty
ㄙㄜ·ㄎㄙ·ㄉㄧ

13. **hundred**
[ˈhʌndrəd]
n. 一百
adj. 一百的

hun·dred
ㄏㄜㄋ˜·ㄓㄨㄜㄉ

634

今天起我們都能唸對的英文數字 0-100

雙音節　　1

2. **zero**
[ˋzɪro]
n. 零
adj. 零的；沒有的

吃點東西，休息一下吧！

索引
A-Z

Aa

單字	頁數編碼	單字	頁數編碼	單字	頁數編碼	單字	頁數編碼
a	208-6	accurate	458-3	adore	412-4	alarm	363-1
a.m.	429-3	accurately	569-3	adult	405-10	album	293-3
abandon	466-1	accusation	557-6	adulthood	521-1	alcohol	458-14
abandoned	466-2	accuse	422-2	advance	306-3	alien	452-2
abbey	292-1	ace	39-5	advanced	306-4	alike	373-4
abbreviate	610-4	ache	28-3	advancement	466-3	alive	373-5
abbreviation	565-2	achieve	388-1	advantage	466-4	all	132-3
abdomen	458-1	achievement	512-1	adventure	442-3	allegation	557-9
abide	373-1	acid	292-6	adverb	293-1	alleged	272-7
ability	578-5	acknowledge	496-3	adverse	358-2	allegedly	546-7
able	278-1	acoustic	535-1	advertisement	569-5	alley	293-4
abnormal	525-1	acquaintance	454-1	advertising	569-6	alliance	506-4
aboard	412-1	acquire	506-1	advice	373-2	alligator	569-8
abolish	496-1	acquisition	586-2	advise	373-3	allow	311-4
aboriginal	589-8	acre	278-2	adviser	506-3	allowance	471-3
abortion	525-2	across	350-2	advisory	608-4	ally	293-5
abound	311-1	act	52-8	advocate	458-11	almost	338-1
about	311-2	acting	292-7	aerial	432-1	alone	336-2
above	402-1	action	292-8	aerospace	432-2	along	350-4
abroad	350-1	activate	458-4	aesthetic	442-4	alongside	496-5
abrupt	402-2	active	292-9	affair	277-7	aloud	311-5
absence	292-2	actively	458-5	affect	272-3	alphabet	459-1
absent	292-3	activist	458-6	affection	442-5	already	442-9
absolute	536-1	activity	578-6	affectionate	546-6	also	338-2
absolutely	623-6	actor	292-10	affiliate	578-9	alter	338-3
absorb	412-2	actress	292-11	affirm	358-3	alternative	604-5
abstract	306-1	actual	292-12	afflict	326-2	although	336-3
absurd	358-1	actually	458-7	afford	412-5	altitude	459-2
abuse	422-1	acute	422-3	afraid	286-2	altogether	595-2
academic	551-2	ad	52-9	African	458-12	aluminum	623-2
academy	570-8	adapt	306-2	African-American	626-2	always	338-4
accelerate	546-2	adaptation	557-7	after	293-2	am	52-3
accent	292-4	add	52-10	afternoon	538-1	amateur	459-3
accept	272-1	added	292-13	afterwards	458-13	amazing	454-3
acceptable	546-3	addicted	478-1	again	272-4	ambassador	570-9
acceptance	442-1	addiction	478-2	against	272-5	ambition	478-5
accepted	442-2	addition	478-3	age	39-6	ambitious	478-6
access	292-5	additional	578-7	aged	39-7	ambulance	459-4
accessible	546-4	additive	458-8	agency	452-1	amend	272-8
accessory	546-5	address	272-2	agenda	442-6	amendment	442-10
accident	458-2	address	292-14	agent	278-3	America	546-8
accidental	551-3	adequate	458-9	aggression	442-7	American	546-9
acclaim	286-1	adhere	415-1	aggressive	442-8	amid	326-3
accommodate	595-7	adjacent	454-2	ago	336-1	among	402-4
accommodation	565-3	adjective	458-10	agree	388-2	amount	311-6
accompany	614-6	adjoin	407-1	agreement	512-2	an	52-4
accomplish	496-2	adjust	402-3	agricultural	615-9	analysis	570-10
accomplishment	595-8	adjustment	518-1	agriculture	569-7	analyst	459-5
accord	412-3	administer	578-8	ah	127-10	analyze	459-6
accordance	525-3	administration	565-4	ahead	272-6	ancestor	459-7
according	525-4	administrative	588-5	aid	35-8	ancient	278-4
account	311-3	administrator	588-6	aide	35-9	and	52-5
accountability	591-7	admirable	569-4	AIDS	35-10	Andy Go	538-2
accountable	575-2	admiration	557-8	aim	35-11	angel	278-5
accountant	471-1	admire	506-2	air	23-10	anger	290-1
accounting	471-2	admission	478-4	air conditioner	553-3	angle	290-2
accumulate	620-5	admit	326-1	aircraft	270-3	angry	290-3
accuracy	569-2	adolescence	551-4	airline	270-4	animal	459-8
		adolescent	551-5	airplane	270-5	ankle	290-4
		adopt	350-3	airport	270-6	anniversary	605-7
		adoption	496-4	aisle	171-7	announce	311-7

單字	頁數編碼	單字	頁數編碼	單字	頁數編碼	單字	頁數編碼
announcement	471-4	army	360-3	attribute	478-10	ballet	286-9
annoy	407-2	around	311-8	auction	338-5	balloon	426-2
annual	293-6	arrange	286-3	audience	490-1	ballot	294-8
annually	459-9	arrangement	454-4	August	338-6	bamboo	426-3
anonymous	595-9	array	286-4	aunt	66-14	ban	53-9
another	518-2	arrest	272-9	Australia	454-5	banana	466-8
answer	293-7	arrival	506-5	Australian	454-6	band	53-10
ant	52-11	arrive	373-8	author	338-7	bandage	294-9
anticipate	579-2	arrow	293-10	authority	596-6	bang	48-14
anxiety	608-5	art	152-10	authorize	490-2	bank	48-3
anxious	290-5	article	502-3	auto	338-8	banker	290-6
any	256-1	articulate	579-3	automatic	572-8	banking	290-7
anybody	542-2	artifact	502-4	automatically	573-9	bankrupt	290-8
anymore	432-3	artificial	586-3	automobile	595-3	bankruptcy	453-8
anymore	538-3	artist	360-4	autonomy	596-7	bar	152-11
anyone	432-4	artistic	478-7	autumn	338-9	barbecue	502-5
anything	432-5	as	52-6	availability	591-8	barber	360-5
anyway	432-6	ascend	272-10	available	556-7	bare	22-3
anywhere	432-7	ash	52-13	avenue	459-12	barely	270-10
apart	363-2	ashamed	286-5	average	459-13	bargain	360-6
apartment	503-1	Asia	278-7	avoid	407-4	barge	152-12
ape	28-4	aside	373-9	await	286-6	bark	152-13
apologize	596-2	ask	52-14	awake	286-7	barn	152-14
apology	596-3	asleep	388-4	award	412-6	barrel	294-10
apparent	466-5	aspect	293-11	aware	277-8	barrier	432-9
apparently	571-2	ass	53-1	awareness	449-13	base	28-7
appeal	388-3	assault	405-11	away	286-8	baseball	278-9
appear	415-2	assemble	442-11	awe	129-1	based	28-8
appearance	512-3	assembly	442-12	awful	338-10	basement	278-10
applaud	350-5	assert	358-4	awkward	338-11	bash	53-11
apple	293-8	assess	272-11	ax	53-2	basic	278-11
application	558-2	assessment	442-13	axe	53-3	basically	452-4
apply	373-6	asset	293-12			basis	278-12
appoint	407-3	assign	373-10	**Bb**		basket	294-11
appointment	523-1	assignment	506-6			basketball	460-3
appreciate	610-5	assist	326-4	baa	127-11	bass	53-12
appreciation	565-5	assistance	478-8	baby	278-8	bat	53-13
approach	336-4	assistant	478-9	baby sitter	556-2	batch	53-14
appropriate	592-4	associate	592-5	Babylon	459-14	bath	54-1
approval	535-2	associated	593-4	back	53-4	bathe	28-9
approve	427-3	association	565-6	background	293-14	bathroom	294-12
approximate	596-4	assume	426-1	backpack	294-1	battery	460-4
approximately	600-4	assure	358-5	backward	294-2	battle	294-13
April	278-6	astronomer	596-5	backyard	294-3	bay	41-1
apt	52-12	at	52-7	bacteria	579-4	be	187-10
Arab	293-9	ate	28-5	bad	53-5	beach	174-7
arc	152-3	athlete	293-13	badge	53-6	bead	174-8
arch	152-4	athletic	442-14	badly	294-4	beak	174-9
architect	502-1	atmosphere	459-10	badminton	460-1	beam	174-10
architecture	606-2	atop	350-6	bag	53-7	bean	174-11
are	152-5	attach	306-5	baggage	294-5	bear	24-5
area	432-8	attack	306-6	bags	53-8	beard	192-4
arena	512-4	attempt	272-12	bail	35-12	beast	174-12
aren't	152-6	attend	272-13	bait	35-13	beat	174-13
argue	360-1	attendance	443-1	bake	28-6	beautiful	532-1
argument	502-2	attention	443-2	bakery	452-3	beauty	418-1
arise	373-7	attitude	459-11	balance	294-6	because	350-7
arm	152-7	attorney	500-1	balcony	460-2	become	402-5
armchair	360-2	attract	306-7	bald	218-4	become	402-6
armed	152-8	attraction	466-6	ball	132-4	bed	6-3
arms	152-9	attractive	466-7	ballad	294-7	bedbugs	256-2

639

單字	頁數編碼	單字	頁數編碼	單字	頁數編碼	單字	頁數編碼
bedroom	256-3	bishop	312-4	boot	236-5	brisk	88-4
bee	180-7	bit	79-3	booth	236-6	Britain	312-7
beef	180-8	bitch	79-4	border	408-1	British	312-8
been	92-10	bite	160-4	bore	229-1	broad	134-10
beep	180-9	bitter	312-5	bored	229-2	broadcast	339-6
beer	193-4	black	63-11	boring	408-2	broil	222-13
beetle	378-1	blackboard	294-14	born	226-4	broke	112-1
before	412-7	blade	34-1	borrow	339-1	broken	330-2
beg	6-4	blame	34-2	boss	120-9	broker	330-3
begin	326-5	bland	63-12	both	108-4	bronze	125-12
beginner	478-11	blank	48-8	bother	339-2	brooch	117-8
beginning	478-12	blanket	290-9	bottle	339-3	brood	238-11
behalf	306-8	blare	22-13	bottom	339-4	brook	103-3
behave	286-10	blast	63-13	bough	70-8	broom	238-12
behavior	454-7	blaze	34-3	bounce	70-9	broth	125-11
behavioral	556-8	bleach	179-2	bound	70-10	brother	392-2
behind	373-11	bleak	179-3	boundary	470-1	brought	134-6
being	378-2	bleed	184-9	bout	70-11	brow	74-7
belief	388-5	blend	15-4	bow	73-5	brown	74-8
believe	388-6	bless	15-5	bowl	115-6	brownie	308-1
bell	6-5	blessing	256-7	bowling	404-1	browse	74-9
bells	6-6	blind	166-11	box	120-14	bruise	243-12
belly	256-4	blink	98-2	boxing	339-5	brunch	203-12
belong	350-8	bloc	126-6	boy	223-3	brunt	203-13
below	336-5	block	126-7	boycott	406-3	brush	203-14
belt	6-7	blond	126-8	boyfriend	406-4	brutal	424-1
bench	6-8	blonde	126-9	boys	223-4	brute	240-11
bend	6-9	blood	207-10	bra	128-6	bubble	392-3
beneath	388-7	bloody	392-1	brace	40-6	buck	198-5
benefit	432-10	bloom	238-9	braid	38-3	bucket	392-4
bent	6-10	blossom	338-12	brain	38-4	buckle	392-5
beside	373-12	blot	126-10	brake	33-6	bud	198-6
besides	373-13	blouse	72-10	branch	62-7	buddy	392-6
Bess	6-11	blow	116-3	brand	62-8	budget	392-7
best	6-12	blows	116-4	brass	62-9	buffet	286-11
bet	6-13	blue	242-8	brave	33-7	bug	198-7
Betsy	256-5	blueberry	534-2	bravery	452-5	build	79-5
better	256-6	blues	242-9	breach	178-8	builder	312-9
between	388-8	blunt	204-9	bread	17-6	building	312-10
beware	277-9	blur	144-12	breadth	17-7	bulb	133-1
beyond	350-9	blush	204-10	break	43-10	bulge	133-2
bias	364-1	board	231-9	breakfast	256-8	bulk	133-3
Bible	364-2	boast	113-6	breaks	43-11	bull	103-7
bicycle	504-1	boat	113-7	breast	17-8	bullet	424-2
bid	78-13	Bob	120-10	breath	17-9	bulletin	534-1
big	78-14	body	338-13	breathe	178-9	bump	198-8
bike	160-3	bog	120-11	breathed	178-10	bun	198-9
bill	79-1	boil	406-1	breathing	378-3	bunch	198-10
Bill Ding	428-1	boiling	406-2	breed	183-12	bundle	392-8
Billie	312-1	bold	216-4	breeze	183-13	burden	352-2
billion	312-2	bolt	216-5	brew	243-4	bureau	418-2
bin	79-2	bomb	120-12	bribe	163-13	burger	352-3
bind	166-1	bombing	338-14	brick	88-2	burn	143-11
biography	596-8	bond	120-13	bride	163-14	burning	352-4
biological	600-7	bone	110-5	bridge	88-3	burst	143-12
biology	596-9	bonus	330-1	brief	187-2	bury	256-9
bird	145-3	book	102-3	briefly	378-4	bus	198-11
birds	145-4	bookcase	328-1	bright	170-8	bush	103-8
birth	145-5	bookstore	328-2	brilliant	312-6	business	312-11
birthday	352-1	boom	236-3	bring	96-11	businessman	472-1
biscuit	312-3	boost	236-4	brink	97-14	bust	198-12

單字	頁數編碼	單字	頁數編碼	單字	頁數編碼	單字	頁數編碼
busy	312-12	career	415-3	challenge	296-4	chore	229-8
but	198-13	careful	270-11	chamber	279-1	chorus	404-2
butt	198-14	carefully	441-9	champion	461-4	Christian	313-1
butter	392-9	careless	270-12	championship	461-5	Christianity	573-10
butterfly	516-1	cargo	360-8	chance	61-5	Christmas	313-2
button	392-10	caring	256-11	change	40-4	chronic	339-8
buy	168-3	carp	153-3	changing	279-2	chubby	392-11
buyer	364-3	carpet	360-9	channel	296-5	chuck	203-3
buzz	199-1	carried	256-10	chant	61-6	chuckle	392-12
by	167-14	carrier	460-14	chaos	279-3	chunk	212-4
bye	168-1	carrot	295-12	chapped	61-7	church	144-11
byte	168-2	carry	256-12	chapter	296-6	Churchill	352-6
		carry	295-14	character	461-6	cigarette	472-3

Cc

		carrying	432-11	characteristic	591-5	cinema	472-4
		cart	153-4	characterize	569-10	circle	352-7
cab	54-2	cartoon	426-4	charge	155-4	circuit	352-8
cabbage	295-1	carve	153-5	charity	432-13	circumstance	498-2
cabin	295-2	carving	360-10	charm	155-5	cite	160-5
cabinet	460-5	case	28-14	chart	155-6	citizen	472-5
cable	278-13	cash	54-7	charter	360-11	citizenship	576-2
cafeteria	589-9	cashbook	295-13	chase	32-10	city	313-3
cage	39-8	casino	512-5	chased	32-11	civic	313-4
cake	28-10	cassette	272-14	chat	61-8	civil	313-5
calculate	460-6	cast	54-8	cheap	178-4	civilian	478-13
calculation	558-3	caste	54-9	cheat	178-5	civilization	565-7
calendar	460-7	castle	296-1	check	13-6	claim	38-9
calf	54-12	casual	296-2	checked	13-7	clam	64-2
call	132-5	casualty	461-1	cheek	183-7	clamp	64-3
calm	131-6	cat	54-10	cheer	193-9	clan	64-4
came	28-11	catalog	461-2	cheerful	414-1	clap	64-5
camera	460-8	catch	54-11	cheese	183-8	clash	64-6
camp	54-3	category	569-9	chef	13-8	clasp	64-7
campaign	286-12	Catholic	461-3	chemical	432-14	class	64-8
campus	295-3	cattle	296-3	chemistry	433-1	classic	296-7
can	54-4	caught	130-6	cherish	257-3	classical	461-7
Canada	460-9	cause	130-7	cherry	257-4	classify	461-8
Canadian	556-9	cave	29-1	chess	13-9	classmate	296-8
cancel	295-5	CD	428-13	chest	13-10	classroom	296-9
cancer	295-6	cease	174-14	chew	243-2	clause	131-1
candidate	460-10	ceiling	378-5	chick	86-12	claw	129-14
candle	295-7	celebrate	432-12	chicken	312-13	clay	42-4
candlelight	460-11	celebration	558-4	chief	186-14	clean	179-8
candlestick	460-12	celebrity	546-10	child	167-5	cleaning	378-6
candy	295-8	cell	11-5	childhood	364-4	cleanse	17-12
cane	28-12	cellphone	256-13	childish	364-5	clear	192-14
cannon	295-4	cemetery	542-3	child-like	364-6	clearly	414-2
can't	54-5	cent	11-6	children	312-14	clench	15-7
canvas	295-9	center	256-14	chill	86-13	clerk	143-5
cap	54-6	centimeter	542-4	chin	86-14	clever	257-5
capability	589-10	central	257-1	China	364-7	click	89-3
capable	452-6	century	257-2	Chinese	388-9	client	364-8
capacity	571-3	CEO	539-1	chip	87-1	cliff	89-4
cape	28-13	cereal	472-2	chirp	145-12	climate	364-9
capital	460-13	ceremony	542-5	chocolate	490-3	climax	364-10
captain	295-11	certain	352-5	choice	222-12	climb	166-14
capture	295-10	certainly	498-1	choke	111-13	clinch	89-5
car	153-1	certificate	579-5	cholesterol	547-2	cling	96-12
carbohydrate	609-5	chain	37-12	choose	238-6	clinic	313-6
carbon	360-7	chair	23-14	chop	125-4	clinical	472-6
card	153-2	chairman	270-7	chopsticks	339-7	clip	89-6
care	22-4	chalk	131-13	chord	226-5	cloak	114-14

641

單字	頁數編碼	單字	頁數編碼	單字	頁數編碼	單字	頁數編碼
clock	126-13	comfortable	614-2	conclusion	535-3	contemplate	491-4
clone	112-7	comic	340-3	concrete	340-10	contemporary	553-5
close	109-12	coming	393-2	condemn	273-3	contend	273-3
close	109-13	command	306-10	condition	479-3	content	341-4
closely	330-4	commander	466-9	conditioner	579-8	contest	341-5
closer	330-5	comment	340-4	conduct	340-11	context	341-6
closest	330-6	commercial	500-2	conduct	402-7	continent	491-5
closet	339-9	commission	478-14	cone	110-8	continue	479-6
cloth	126-12	commissioner	579-7	conference	490-10	continued	479-7
clothe	109-14	commit	326-6	confess	273-4	continuing	580-3
clothed	110-1	commitment	479-1	confession	443-8	continuous	580-4
clothes	110-2	committee	479-2	confidence	490-11	contract	341-7
clothing	330-7	commodity	596-10	confident	490-12	contractor	491-6
cloud	72-11	common	340-5	confirm	358-8	contrast	341-8
cloudy	308-2	commonly	490-8	conflict	340-12	contribute	479-8
clown	75-1	communicate	620-6	confront	402-8	contribution	621-3
club	205-2	communication	565-9	confrontation	558-8	contributor	580-5
clue	242-10	community	620-7	Confucius	533-2	control	405-13
cluster	392-13	companion	466-10	confuse	422-4	controversial	605-4
clutch	205-3	company	516-3	confusion	533-3	controversy	594-5
coach	113-8	comparable	594-2	congratulation	565-10	convenience	512-9
coal	217-14	compare	277-10	congratulations	566-2	convenience store	610-6
coalition	586-4	comparison	571-4	Congress	340-13	convenient	512-10
coarse	231-10	compel	273-2	congressional	547-6	convention	443-11
coast	113-9	compelling	443-6	connect	273-5	conventional	547-8
coastal	330-8	compensation	558-6	connection	443-9	conversation	558-10
coat	113-10	compete	388-10	conscience	340-14	conversion	500-4
cocaine	286-13	competition	586-5	conscious	341-1	convert	358-9
cock	121-2	competitive	547-3	consciousness	490-13	convey	287-4
cockroach	339-10	competitor	547-4	consecutive	547-7	convict	326-8
code	110-6	complain	286-14	consensus	443-10	conviction	479-9
coffee	339-11	complaint	287-1	consent	273-6	convince	326-9
cognitive	490-4	complete	388-11	consequence	490-14	cook	102-4
coin	222-3	completed	512-6	consequently	594-4	cookbook	328-3
coincidence	579-6	completely	512-7	conservation	558-9	cookie	328-4
coke	110-7	completion	512-8	conservative	604-6	cooking	328-5
cola	330-9	complex	340-6	consider	479-4	cool	236-7
cold	216-6	complexity	547-5	considerable	588-7	cooperate	597-2
collaboration	565-8	compliance	506-7	considerably	588-8	cooperation	566-4
collapse	306-9	complicated	594-3	considerate	579-9	cooperative	600-5
collar	339-12	comply	374-2	consideration	566-3	coordinate	619-6
colleague	339-13	component	488-2	consist	326-7	coordinator	619-7
collect	273-1	compose	336-6	consistent	479-5	cop	121-4
collection	443-3	composition	586-6	consistently	579-10	cope	110-9
collective	443-4	compound	340-7	conspiracy	580-2	copper	341-9
collector	443-5	comprehensive	551-6	constant	341-2	copy	341-10
college	339-14	comprise	374-3	constantly	491-1	copybook	491-7
colonial	488-1	compromise	516-4	constitute	491-2	cord	226-6
colony	490-5	computer	533-1	constitution	621-2	core	229-3
color	392-14	con	121-3	constitutional	622-4	cork	226-7
colorful	516-2	concede	388-12	constraint	287-2	corn	226-8
column	340-1	conceive	388-13	construct	402-9	corner	408-3
columnist	490-6	concentrate	490-9	construction	518-3	corporate	524-1
comb	108-5	concentration	558-7	consult	405-12	corporation	559-2
combat	340-2	concept	340-8	consume	422-5	corps	226-9
combination	558-5	conception	443-7	consumer	535-4	corpse	226-10
combine	373-14	concern	358-6	consumption	518-4	correct	273-8
combined	374-1	concerned	358-7	contact	341-3	correctly	443-12
come	206-1	concerning	500-3	contact lens	491-8	correlation	559-3
comedy	490-7	concert	340-9	contain	287-3	correspondent	599-6
comfort	393-1	conclude	426-5	container	454-8	corridor	524-2

642

單字	頁數編碼	單字	頁數編碼	單字	頁數編碼	單字	頁數編碼
corruption	518-5	crisp	88-9	damn	55-1	delay	287-7
cost	121-1	criteria	580-6	damned	55-2	delicate	433-7
costly	341-11	critic	313-7	damp	55-3	delicious	479-11
costume	341-12	critical	472-8	dance	55-4	delight	374-7
cottage	341-14	criticism	576-3	dancer	296-13	deliver	479-12
cotton	341-13	criticize	472-9	dancing	296-14	delivery	580-6
couch	70-12	crocodile	491-8	danger	290-10	demand	306-11
cough	134-4	crook	103-4	dangerous	279-8	democracy	597-3
could	104-1	crop	126-2	dare	22-5	democrat	433-8
couldn't	328-6	cross	126-1	dark	153-6	democratic	572-9
council	308-3	crouch	72-8	darken	360-12	demographic	572-10
counsel	308-4	crow	115-13	darkness	360-13	demonstrate	433-9
counseling	470-2	crowd	74-11	dart	153-7	demonstration	559-4
counselor	470-3	crowded	308-8	dash	55-5	denial	506-8
count	70-12	crown	74-12	data	279-9	dense	7-2
counter	308-5	crucial	424-3	database	452-7	density	433-10
counterpart	470-4	crude	240-13	date	29-3	dentist	257-10
country	393-3	cruel	242-7	daughter	342-2	deny	374-8
countryside	516-5	cruise	243-13	dawn	129-2	depart	363-3
county	308-6	crumb	204-1	day	41-2	department	503-2
coup	239-10	crunch	204-2	days	41-3	department store	606-4
couple	393-4	crush	204-3	dead	16-10	departure	503-3
courage	352-9	crust	204-4	deadline	257-7	depend	273-11
course	230-1	crutch	204-5	deadly	257-8	dependent	444-4
court	230-2	cry	169-1	deaf	16-11	depending	444-5
courtroom	408-4	crystal	313-8	deal	175-1	depict	326-10
cousin	393-5	cub	199-2	dealer	378-8	deploy	407-5
cover	393-6	Cuban	418-3	dear	192-5	deposit	496-6
coverage	516-6	cube	248-5	death	16-12	depressed	273-12
cow	73-6	cue	249-10	debate	287-6	depression	444-6
cowboy	308-7	cult	133-4	debris	388-14	depth	7-3
crab	62-10	cultural	393-7	debt	6-14	deputy	433-11
crack	62-11	culture	342-1	debut	422-6	derive	374-9
cradle	279-4	cup	199-3	decade	257-9	descend	273-13
craft	62-12	curb	143-13	December	443-13	describe	374-10
cram	62-13	cure	248-7	decency	510-3	description	479-13
cramp	62-14	curiosity	600-8	decent	378-9	desert	257-11
crane	33-8	curious	418-4	decide	374-4	desert	358-10
crap	63-1	curl	143-14	decision	479-10	deserve	358-11
crash	63-2	currency	498-3	deck	7-1	design	374-11
crawl	129-13	current	352-10	declare	277-11	designer	506-9
crayon	279-5	currently	498-4	decline	374-5	desire	374-12
crazy	279-6	curriculum	580-7	decorate	433-3	desire	506-10
creak	178-12	curse	144-1	decrease	378-10	desk	7-4
cream	178-13	curtain	352-11	dedicate	433-4	desperate	257-12
create	287-7	curve	144-2	deed	180-10	desperately	433-12
creation	454-9	custom	393-8	deem	180-11	despite	374-13
creative	454-10	customer	516-7	deep	180-12	dessert	358-12
creativity	590-2	cut	199-4	deeply	378-11	destination	559-5
creature	378-7	cute	248-6	deer	193-5	destroy	407-6
credibility	590-3	cycle	364-12	defeat	389-1	destruction	518-6
credit	257-6			defend	273-9	detail	378-12
credit card	433-2	**Dd**		defendant	444-1	detailed	378-13
creek	183-14			defender	444-2	detect	273-14
creep	184-1	Dad	54-13	defense	273-10	detective	444-7
crew	243-5	Daddy	296-10	defensive	444-3	determination	566-5
crib	88-8	dagger	296-11	deficit	433-5	determine	500-5
cried	167-6	daily	279-7	define	374-6	devastating	542-6
crime	164-1	dam	54-14	definitely	433-6	develop	444-8
criminal	472-7	damage	296-12	definition	586-7	developer	547-9
crisis	364-11	dame	29-2	degree	389-2	developing	547-10

643

單字	頁數編碼	單字	頁數編碼	單字	頁數編碼	單字	頁數編碼
development	548-2	discourage	500-6	donate	287-10	dryer	365-8
developmental	555-2	discourse	313-13	donation	454-12	dub	199-5
device	374-14	discover	518-7	done	206-3	duck	199-6
devil	257-13	discovery	614-7	donkey	342-9	due	242-4
deviousness	510-4	discrimination	566-6	donor	330-10	dull	133-10
devote	336-7	discuss	402-10	don't	108-6	dumb	199-7
dew	242-14	discussion	518-8	doom	236-8	dummy	393-14
diabetes	611-5	disease	389-3	doomed	236-9	dump	199-8
diagnose	489-1	dish	79-11	door	232-3	dumpling	394-1
diagnosis	593-2	dishonest	496-7	doorway	408-5	Dumpty	394-2
dial	364-13	disk	79-12	dorm	226-11	during	418-5
dialogue	364-14	dismal	314-4	dose	108-7	dusk	199-9
diamond	365-1	dismiss	326-11	dot	121-11	dust	199-10
diary	365-2	Disney	313-14	double	393-10	Dutch	199-11
dickery	472-10	disorder	525-5	doubt	70-14	duty	418-6
dictate	313-9	display	287-8	dough	117-3	dwarf	231-2
dictionary	576-4	dispute	422-7	doughnut	330-11	dwell	7-5
did	79-6	dissolve	350-10	dove	206-4	dye	168-4
die	171-1	distance	314-1	down	73-7	dying	365-9
diet	365-3	distant	314-2	download	308-9	dynamic	466-13
differ	313-10	distinct	417-1	downstairs	428-2	dynamics	466-14
difference	472-11	distinction	531-1	downtown	308-10		
different	472-12	distinctive	531-2	doze	110-11	**Ee**	
differently	472-13	distinguish	531-3	dozen	393-11		
difficult	472-14	distract	306-12	Dr.	342-4	each	174-3
difficulty	576-5	distribute	480-1	draft	61-14	eager	379-1
dig	79-7	distribution	621-4	drag	62-1	eagle	379-2
digital	473-1	district	314-3	dragon	297-1	ear	192-3
dignity	473-2	disturb	358-13	drain	37-13	early	352-13
dilemma	444-9	disturbing	500-7	drama	342-10	earn	147-3
diligent	473-3	ditch	79-13	dramatic	466-12	earrings	414-3
dim	79-8	dive	160-8	dramatically	571-5	earth	147-4
dime	160-6	diverse	358-14	drape	33-4	earthquake	352-14
dimension	444-10	diversity	604-7	draw	129-12	ease	174-4
diminish	479-14	divide	375-1	drawer	404-3	easily	510-1
dine	160-7	divine	375-2	drawing	404-4	east	174-5
ding	96-3	division	480-2	dread	17-4	Easter	379-3
dining	365-4	divorce	412-8	dream	178-6	eastern	379-4
dining room	504-2	dizzy	314-5	dreamer	378-14	easy	379-5
dinner	313-11	DNA	539-2	dress	14-3	eat	174-6
dinosaur	504-3	do	241-4	dressed	14-4	eaten	379-8
dip	79-9	dock	121-7	dresser	257-14	eater	379-6
diplomat	473-4	doctor	342-3	dried	167-7	eating	379-7
diplomatic	573-2	doctrine	342-5	drift	87-10	ebb	7-6
direct	274-1	document	491-9	drill	87-11	echo	258-1
direction	444-11	documentary	554-2	drink	97-13	ecological	601-2
directly	444-12	dodge	121-8	drinking	416-1	economic	599-7
director	444-13	dodge ball	342-6	drip	87-12	economically	601-3
dirt	145-6	does	206-2	drive	163-11	economics	599-8
dirty	352-12	doesn't	393-9	driver	365-5	economist	597-4
disability	590-4	doff	121-5	driveway	365-6	economy	597-5
disabled	454-11	dog	121-6	driving	365-7	ecosystem	542-7
disagree	514-1	doll	121-9	drop	125-9	edge	7-7
disappear	529-1	dollar	342-7	drought	72-5	edged	7-8
disappointed	617-2	dolphin	342-8	drown	74-6	edit	258-2
disappointment	617-3	domain	287-9	drug	203-8	edition	480-3
disaster	466-13	dome	110-10	drugstore	393-12	editor	433-13
disc	79-10	domestic	444-14	drum	203-9	educate	433-14
discipline	473-5	dominant	491-10	drunk	212-6	education	559-6
disclose	336-8	dominate	491-11	Drury	393-13	educational	564-7
discount	313-12	don	121-10	dry	168-13	educator	542-8

單字	頁數編碼	單字	頁數編碼	單字	頁數編碼	單字	頁數編碼
eel	180-6	enable	454-13	essence	259-6	existence	480-9
effect	274-2	enact	306-13	essential	445-5	existing	480-10
effective	445-1	encounter	471-5	essentially	548-7	exit	259-11
effectively	548-3	encourage	500-9	establish	467-3	exotic	496-8
effectiveness	548-4	encouraging	604-9	establishment	571-7	expand	307-3
efficiency	580-9	end	7-12	estate	287-14	expansion	467-7
efficient	480-4	ending	258-10	estimate	434-14	expect	274-4
effort	258-3	endless	258-11	estimated	543-2	expectation	559-8
egg	7-9	endorse	412-9	etc	548-8	expected	445-8
eggs	7-10	endure	422-8	ethical	435-1	expedition	587-3
ego	379-9	enemy	434-7	ethics	259-7	expense	274-7
eight	42-12	energetic	551-7	ethnic	259-8	expensive	445-9
eighteen	279-10	energy	434-8	Europe	418-7	experience	581-4
eighth	42-13	enforce	412-10	European	611-6	experienced	581-5
eighty	279-11	enforcement	525-6	evaluate	571-8	experiment	549-2
either	365-10	engage	287-12	evaluation	566-7	experimental	555-4
either	379-10	engagement	454-14	eve	185-14	expert	259-12
elaborate	571-6	engine	258-12	even	379-13	expertise	514-3
elbow	258-4	engineer	529-2	evening	379-14	explain	288-2
elder	258-5	engineering	607-2	event	274-4	explanation	559-9
elderly	434-1	England	416-2	eventually	548-9	explicit	480-11
elect	274-3	English	416-3	ever	259-9	explode	336-9
election	445-2	Englishman	530-1	every	259-10	exploit	407-9
electric	445-3	enhance	306-14	everybody	543-3	exploration	559-10
electrical	548-5	enjoy	407-8	everyday	435-2	explore	412-11
electricity	590-5	enormous	525-9	everyone	435-3	explosion	488-4
electronic	599-9	enough	402-11	everything	435-4	export	259-13
electronics	600-2	enroll	405-9	everywhere	435-5	expose	336-10
elegant	434-2	ensure	359-2	evidence	435-6	exposure	488-5
element	434-3	enter	258-13	evident	435-7	express	274-8
elementary	554-3	enterprise	434-9	evil	380-1	expression	445-10
elementary school	555-6	entertainment	559-7	evolution	623-7	extend	274-9
elephant	434-4	enthusiasm	622-2	evolve	350-11	extended	445-11
elevator	542-9	entire	506-11	exact	307-1	extension	445-12
eleven	445-4	entirely	506-12	exactly	467-4	extensive	445-13
eligible	542-10	entitle	506-13	exam	307-2	extent	274-10
eliminate	580-10	entity	434-10	examination	566-8	external	500-10
elite	389-4	entrance	258-14	examine	467-5	extra	259-14
Elizabeth	581-2	entrepreneur	621-9	example	467-6	extraordinary	618-4
else	7-11	entry	259-1	exceed	389-5	extreme	389-6
elsewhere	258-6	envelope	434-11	excellent	435-8	extremely	512-11
Elspeth	258-7	environment	608-6	except	274-11	eye	168-5
email	379-11	environmental	555-3	exception	445-6	eyebrow	365-11
embarrass	467-1	envision	480-6	excessive	445-7		
embarrassed	467-2	envy	259-2	exchange	288-1	**Ff**	
embrace	287-11	epidemic	551-8	excite	375-3		
emerge	359-1	episode	434-12	excited	506-14	fable	279-12
emergency	604-8	equal	379-12	excitement	507-1	fabric	297-2
emerging	500-8	equality	597-6	exciting	507-2	face	39-9
emission	480-5	equally	510-2	exclude	426-6	facilitate	581-6
emotion	488-3	equation	455-1	exclusive	535-5	facility	581-7
emotional	592-6	equip	326-12	exclusively	623-3	fact	55-6
emotionally	593-5	equipment	480-7	excuse	422-8	factor	297-3
emphasis	434-5	equity	434-13	execute	435-9	factory	297-4
emphasize	434-6	equivalent	581-3	execution	621-5	faculty	461-9
empire	258-8	era	259-3	executive	548-10	fad	55-7
employ	407-7	eraser	455-2	exercise	435-10	fade	29-4
employee	514-2	error	259-4	exhaust	350-12	fail	35-14
employer	523-2	escape	287-13	exhibit	480-8	failure	279-13
employment	523-3	especially	548-6	exhibition	587-2	faint	36-1
empty	258-9	essay	259-5	exist	326-13	fair	23-11

645

單字	頁數編碼	單字	頁數編碼	單字	頁數編碼	單字	頁數編碼
fairly	270-8	fiber	365-12	flexibility	590-6	fortunately	619-2
faith	36-2	fiction	314-6	flexible	435-14	fortune	408-13
fake	29-5	field	186-8	flick	89-13	forty	408-14
fall	132-6	fierce	194-7	flight	170-10	forum	409-1
falling	342-11	fifteen	314-7	fling	96-13	forward	409-2
false	131-7	fifth	79-14	flip	89-14	foster	343-2
fame	29-6	fifty	314-8	flit	89-7	foul	71-2
familiar	480-12	fight	169-10	float	115-1	found	71-1
family	461-10	fighter	365-14	flock	127-1	foundation	455-4
famous	279-14	fighting	366-1	flood	207-11	founder	308-13
fan	55-8	figure	314-9	floor	232-4	fountain	308-14
fancy	297-5	file	160-9	flop	127-2	four	230-3
fantastic	467-8	fill	80-1	flour	308-11	fourteen	409-3
fantasy	461-11	film	80-2	flow	116-5	fourth	230-4
far	153-8	filter	314-10	flower	308-12	fowl	73-8
fare	22-6	fin	80-3	flu	240-14	fox	121-14
farewell	260-1	final	365-13	fluid	424-4	fraction	297-10
farm	153-9	finally	504-4	flunk	212-8	fragile	297-11
farmer	360-14	finance	366-2	flush	205-6	fragment	297-12
farmer's	361-1	financial	467-9	flute	241-1	frail	38-6
fart	153-10	find	166-2	fly	169-3	frame	33-14
fascinating	570-2	finding	366-3	flying	366-5	framework	280-3
fashion	297-6	fine	160-10	foam	113-11	franc	48-6
fashionable	570-3	fines	160-11	focus	330-12	France	63-10
fast	55-9	finger	416-4	foe	116-11	franchise	297-13
fasten	297-7	finish	314-11	fog	121-12	frank	48-7
fat	55-10	Finland	314-12	foggy	342-14	frankly	290-14
fatal	280-1	fire	366-4	fold	216-7	fraud	131-3
fate	29-7	firm	145-7	folk	108-8	freak	179-1
father	342-12	firmly	353-1	follow	343-1	free	184-5
fatigue	389-7	first	145-8	following	491-12	freedom	380-8
faucet	342-13	fiscal	314-13	fond	121-13	freely	380-9
fault	130-13	fish	80-4	food	236-10	freeze	184-6
favor	280-2	fisherman	473-6	fool	236-11	freezer	380-10
favorable	452-8	fishing	314-14	foolish	424-5	freezing	380-11
favorably	556-3	fist	80-5	foot	102-5	freight	43-6
favorite	280-3	fit	80-6	football	328-7	French	14-9
fax	55-11	fitness	315-1	for	226-12	French fries	260-4
fear	192-6	five	160-12	forbid	326-14	frequency	510-5
feast	175-2	fix	80-7	force	226-13	frequent	380-12
feat	175-3	fixed	80-8	forehead	408-6	frequently	510-6
feather	260-2	flag	65-3	foreign	408-7	fresh	14-10
feature	380-2	flake	34-9	foreigner	524-3	freshman	260-5
February	543-4	flame	34-10	forename	408-8	fret	14-11
federal	435-11	flank	48-9	forest	408-9	Friday	366-7
fee	180-13	flap	65-4	forever	445-14	fridge	88-14
feed	180-14	flare	22-14	forge	226-14	friend	14-12
feedback	380-3	flash	65-5	forget	274-11	friendly	260-6
feel	181-1	flashlight	297-8	forgive	327-1	friendship	260-7
feeling	380-4	flat	65-6	forgot	350-13	fries	166-12
feet	181-2	flat tire	537-1	fork	227-1	fright	170-9
fell	7-13	flatter	297-9	form	227-2	frighten	366-6
fellow	260-3	flavor	280-4	formal	408-10	fringe	89-1
female	380-5	flaw	130-1	format	408-11	Frisbee	315-2
feminist	435-12	flea	179-10	formation	455-3	frog	126-3
fence	7-14	flee	184-12	former	408-12	from	207-3
festival	435-13	fleece	184-10	formerly	524-4	front	207-4
fetch	8-1	fleet	184-11	Formosa	488-6	frontier	415-4
fever	380-6	fleetly	380-7	formula	524-5	frost	126-4
few	250-1	flesh	15-10	fort	227-3	frown	74-14
fewer	418-8	flew	243-3	forth	227-4	frozen	330-13

646

單字	頁數編碼	單字	頁數編碼	單字	頁數編碼	單字	頁數編碼
fruit	243-14	generous	436-3	got	122-4	grove	112-5
frustrate	394-3	genetic	446-1	gotta	394-9	grow	115-14
frustration	455-5	genius	380-13	govern	394-10	growing	331-1
fry	169-2	genre	343-3	government	516-10	growl	74-13
fucking	394-4	gentle	260-9	governor	516-9	growth	116-1
fuel	249-11	gentleman	436-4	gown	73-9	grumpy	394-11
fulfillment	480-13	gently	260-10	grab	63-3	guarantee	514-4
full	103-9	genuine	436-5	grace	40-7	guard	153-11
full time	424-6	geography	597-7	gracious	280-6	guava	343-4
fully	424-7	germ	143-4	grade	33-9	guess	8-3
fume	248-8	German	353-4	gradually	462-2	guest	8-4
fumes	248-9	Germany	498-7	graduate	462-3	guidance	366-9
fun	199-12	gesture	260-11	graduation	560-3	guide	160-13
function	394-5	get	8-2	grain	38-7	guided	366-10
functional	516-8	getting	260-12	gram	63-4	guideline	366-11
fund	199-13	ghost	108-10	grand	63-5	guiding	366-12
fundamental	551-9	giant	366-8	grandchild	298-3	guild	80-12
funding	394-6	gift	80-9	granddaughter	462-4	guilt	80-13
funeral	532-2	gifted	315-3	Grandfather	462-5	guilty	315-6
funny	394-7	gilt	80-10	Grandma	298-4	guitar	363-4
fur	144-3	ginger	315-4	Grandmother	462-6	gulf	133-5
furnace	353-2	girl	145-9	Grandpa	298-5	gull	133-11
furniture	498-5	girlfriend	353-5	Grandparent	462-7	gulp	133-6
further	353-3	give	80-11	grandson	298-6	gum	200-1
furthermore	498-6	given	315-5	grant	63-6	gun	200-2
fuse	248-10	glad	64-9	grape	33-10	gust	200-3
fuss	199-14	glance	64-10	graph	63-7	gut	200-4
future	418-9	gland	64-11	grasp	63-8	guy	168-6
		glare	23-1	grass	63-9	gym	92-4
		glass	64-12	grate	33-11		

Gg

glasses	298-2	grateful	280-7		
gleam	179-9	grave	33-13		

Hh

單字	頁數編碼	單字	頁數編碼	單字	頁數編碼
gain	36-3	glee	184-13	gravity	462-8	ha	127-12
galaxy	461-12	glide	164-8	gray	41-14	habit	298-7
gallery	461-13	glimpse	89-8	graze	33-12	habitat	462-9
gamble	297-14	global	330-14	grease	178-14	hack	56-1
game	29-9	globe	112-8	great	43-12	had	56-4
gang	49-1	gloom	238-10	greatest	280-8	hadn't	298-8
gap	55-12	glory	404-5	greatly	280-9	hail	36-4
garage	350-14	glove	206-9	greed	184-2	hair	23-12
garbage	361-2	glow	116-6	greedy	380-14	haircut	270-9
garden	361-3	glue	242-11	Greek	184-7	hairdresser	441-10
garlic	361-4	gnaw	129-4	green	184-3	half	56-10
gas	55-13	go	108-9	Greenland	381-1	halfway	298-9
gasoline	461-14	goal	218-1	greet	184-4	hall	132-7
gasp	55-14	goat	113-12	grey	44-5	Halloween	538-4
gate	29-10	God	122-1	grief	187-4	hallway	343-5
gather	298-1	gold	216-8	grieve	187-5	halt	131-8
gathering	462-1	golden	404-6	grill	88-10	halve	56-11
gauge	39-10	goldfish	404-7	grim	88-11	ham	56-2
gave	29-11	golf	122-2	grin	88-12	hamburger	462-10
gay	41-4	gone	122-3	grind	166-13	hammer	298-10
gaze	29-12	gonna	394-8	grip	88-13	hand	56-5
gear	192-7	good	102-6	groan	114-12	handful	298-11
gel	13-4	goodbye	375-5	grocery	486-1	handicraft	462-11
gender	260-8	goodness	328-8	groom	238-13	handkerchief	453-9
gene	186-1	goodnight	375-4	groove	238-14	handle	298-12
general	436-1	goods	102-7	grope	112-4	hands	56-6
generally	543-5	goose	236-12	gross	109-11	handsome	298-13
generate	436-2	gore	229-4	ground	72-9	hang	49-2
generation	560-2	gorge	227-5	group	240-2	hanger	290-12
generosity	601-4						

647

單字	頁數編碼	單字	頁數編碼	單字	頁數編碼	單字	頁數編碼
happen	298-14	helped	8-9	homesick	331-5	hunting	395-5
happily	462-12	helpful	261-5	homework	331-6	hurl	144-4
happiness	462-13	helping	261-6	honest	343-8	hurricane	498-8
happy	299-1	hen	8-10	honestly	491-14	hurry	353-7
harassment	467-10	hence	8-11	honesty	492-1	hurt	144-5
hard	153-13	her	142-3	honey	394-12	husband	395-6
hardly	361-5	herb	142-4	HongKong	429-7	hush	200-10
hardware	361-6	Herbert	353-6	honk	138-10	hut	200-11
hard-working	502-6	herd	142-5	honor	343-9	hymn	92-5
hare	22-7	here	194-1	honour	343-10	hypothesis	597-9
harm	153-14	here's	194-2	hood	102-8		
harmony	502-7	heritage	436-8	hoof	102-9	**Ii**	
harsh	154-1	hero	385-12	hook	102-10		
harvest	361-7	hers	142-6	hop	122-5	I	165-8
has	56-3	herself	274-12	hope	110-13	i.e.	429-1
hasn't	299-2	he's	187-14	hopefully	486-2	ice	167-1
haste	29-13	hesitate	436-9	horizon	507-3	ice cream	367-4
hat	56-7	hey	44-3	hormone	409-4	iceberg	367-5
hatch	56-8	hi	165-14	horn	227-6	icon	367-6
hate	29-14	hickory	473-7	horrible	520-5	I'd	165-9
haul	130-14	hid	80-14	horror	409-5	idea	389-8
haunt	130-8	hidden	315-7	horse	227-7	ideal	389-9
have	56-9	hide	160-14	horses	409-6	identical	549-3
haven't	299-3	high	169-11	horse's	409-7	identification	568-2
hawk	129-3	highlight	366-13	hose	108-11	identify	549-4
hay	41-5	highly	366-14	hospital	492-2	ideological	602-4
hazard	299-4	hightech	367-1	host	108-12	ideology	601-6
he	187-11	highway	367-2	hostage	343-11	if	78-4
head	16-13	hike	161-1	hostile	344-1	ignorance	473-8
headache	260-13	hill	81-1	hot	122-6	ignore	412-12
headline	260-14	him	81-2	hot dog	344-3	ill	78-5
headquarters	436-6	himself	274-13	hotel	274-14	I'll	165-10
heal	175-4	hinge	81-3	hound	71-3	illegal	512-12
health	16-14	hint	81-4	hour	309-8	illness	315-10
healthy	261-1	hip	81-5	house	71-4	illusion	535-6
heap	175-5	hippo	315-8	household	309-1	illustrate	473-9
hear	192-8	hippopotamus	601-5	housewife	309-2	I'm	165-11
heard	147-5	hire	367-3	housework	309-3	image	315-11
hearing	414-4	his	81-6	housing	309-4	imagination	566-9
heart	153-12	Hispanic	467-11	how	73-10	imagine	467-12
heartbreak	361-8	hiss	81-7	however	446-2	immediate	610-7
heat	175-6	historian	616-2	howl	73-12	immediately	610-8
heater	381-2	historic	521-2	how's	73-11	immigrant	473-10
heave	175-7	historical	616-3	hug	200-5	immigration	560-4
heaven	261-2	historically	597-8	huge	248-11	immorality	574-2
heavily	436-7	historically	616-4	huh	200-6	immune	422-10
heavy	261-3	history	315-9	hull	133-12	impact	315-12
he'd	187-12	hit	81-8	hum	200-7	implement	473-11
hedge	8-5	hive	161-2	human	418-10	implementation	566-10
heed	181-3	hoarse	231-11	humanity	571-9	implication	560-5
heel	181-4	hobby	343-6	humble	394-13	imply	375-6
heels	181-5	hockey	343-7	humid	418-11	impolite	509-1
height	169-12	hold	216-9	humor	418-12	import	315-13
heir	24-12	holding	404-8	humorous	532-3	importance	525-8
held	8-6	hole	217-1	Humpty	394-14	important	525-9
helicopter	543-6	holiday	491-13	hunch	200-8	importantly	619-8
hell	8-7	hollow	344-2	hundred	395-1	impose	336-12
he'll	187-13	holy	331-2	hunger	395-2	impossible	597-10
hello	336-11	home	110-12	hungry	395-3	impress	275-1
helmet	261-4	homeland	331-3	hunt	200-9	impression	446-3
help	8-8	homeless	331-4	hunter	395-4	impressive	446-4

單字	頁數編碼	單字	頁數編碼	單字	頁數編碼	單字	頁數編碼
improve	426-7	inquiry	474-6	inventory	576-10	Jew	243-1
improved	426-8	insect	316-10	invest	275-6	jewelry	534-3
improvement	535-7	insert	359-3	investigate	550-2	Jewish	418-13
impulse	315-14	inside	316-11	investigation	567-3	jingle	416-5
in	78-6	insight	316-12	investigator	553-7	job	125-2
incentive	446-5	insist	327-2	investment	446-13	jog	125-5
inch	78-7	inspection	446-10	investor	446-14	jogger	344-4
incident	473-12	inspector	446-11	invisible	582-3	Johnny	344-5
include	426-9	inspiration	560-9	invitation	561-3	join	222-10
including	535-8	inspire	507-4	invite	375-7	joint	222-11
income	316-1	install	351-1	involve	351-2	joke	111-12
inconvenient	611-7	installation	560-10	involved	351-3	jot	125-1
incorporate	619-9	instance	316-13	involvement	496-9	journal	353-8
increase	316-2	instant	316-14	iPad	372-5	journalism	604-2
increased	316-3	instantly	474-7	Iraqi	496-10	journalist	498-9
increasing	512-13	instead	275-2	Irish	367-7	journey	353-9
increasingly	610-9	instinct	317-1	iron	367-8	joy	223-7
incredible	549-5	institution	621-6	ironically	598-2	judge	202-13
incredibly	549-6	institutional	622-5	irony	504-5	judgment	395-7
indeed	389-10	instruct	402-12	irregular	550-2	judicial	481-1
independence	551-10	instruction	518-9	is	78-3	jug	202-14
independent	552-2	instructional	614-9	Islam	317-4	juice	243-11
index	316-4	instructor	518-10	Islamic	467-13	July	375-8
Indian	473-13	instrument	474-8	island	367-9	jump	203-1
Indians	473-14	insurance	485-8	isle	165-12	June	249-5
indicate	474-1	intact	307-4	isn't	317-5	jungle	395-8
indication	560-6	integral	474-9	isolate	504-6	junior	418-14
indicator	576-6	integrate	474-10	isolated	608-2	junior high school	625-2
indigenous	581-8	integrated	576-9	isolation	561-4	junk	212-5
individual	587-4	integration	561-2	Israeli	455-8	jurisdiction	587-5
industrial	614-8	integrity	549-7	issue	317-6	juror	328-9
industry	474-2	intellectual	552-4	it	78-9	jury	328-10
inevitable	553-6	intelligence	549-8	Italian	467-14	just	203-2
inevitably	553-7	intelligent	549-9	itch	78-10	justice	395-9
infant	316-5	intend	275-3	item	367-10	justify	516-11
infection	446-6	intense	275-4	its	78-11		
inflation	455-6	intensity	549-10	it's	78-12	## Kk	
influence	474-3	interact	469-1	itself	275-7		
influential	552-3	interest	317-2	I've	165-13	kangaroo	536-2
inform	412-13	interest	474-11	ivory	504-7	Kaohsiung	429-10
informal	525-10	interested	474-12			keen	181-6
information	560-7	interesting	474-13	## Jj		keep	181-7
infrastructure	576-7	interior	582-2			kept	8-12
ingredient	611-2	internal	500-11	Jack	61-2	ketchup	261-9
inherent	446-7	international	574-3	jacket	299-5	kettle	261-10
inherit	446-8	internet	474-14	jade	32-9	key	189-6
initial	480-14	interpret	500-12	jail	37-11	keyboard	381-3
initially	581-9	interpretation	567-2	jam	61-3	kick	81-9
initiate	581-10	interrupt	519-8	January	570-4	kid	81-10
initiative	578-4	interval	475-1	Japan	307-5	kidding	317-7
injection	446-9	intervention	552-5	Japanese	514-5	kidnap	317-8
injure	316-6	interview	475-2	jar	155-3	kill	81-11
injury	474-4	intimate	475-3	jaw	129-11	killer	317-9
ink	97-6	into	317-3	jazz	61-4	killing	317-10
inmate	316-7	introduce	533-8	jealous	261-7	kilogram	475-4
inn	78-8	introduction	615-5	jeans	178-3	kilometer	577-2
inner	316-8	intrude	426-10	jeep	183-6	kilometer	598-3
innocent	474-5	invade	288-3	jeer	193-8	kin	81-12
innovation	560-8	invasion	455-7	jerk	143-3	kind	166-3
innovative	576-8	invent	275-5	Jerry	261-8	kindergarten	577-3
input	316-9	invention	446-12	jet	13-7	king	96-4

649

單字	頁數編碼	單字	頁數編碼	單字	頁數編碼	單字	頁數編碼
kingdom	416-6	Latin	299-13	liability	590-7	logicality	574-4
king's	96-5	latitude	462-14	liar	367-11	London	395-10
kiss	81-13	latter	299-14	liberal	475-5	lone	110-14
kit	81-14	laugh	67-1	liberty	475-6	lonely	331-9
kitchen	317-11	laughter	300-1	library	504-8	long	138-3
kite	161-3	launch	130-9	license	367-12	long-term	344-13
kitten	317-12	laundry	344-7	lick	82-2	longtime	344-14
kitty	317-13	law	129-5	lid	82-3	look	102-11
knee	181-11	lawmaker	492-3	lie	171-2	looked	102-12
kneel	181-12	lawn	129-6	life	161-5	loom	236-13
knife	161-4	lawsuit	344-8	lifestyle	367-13	loop	236-14
knight	170-1	lawyer	344-9	lifetime	367-14	loose	237-1
knit	82-1	lay	41-6	lift	82-4	loosen	424-8
knob	122-7	layer	281-3	light	169-13	loot	237-2
knock	122-8	lazy	281-4	lighthouse	368-1	lord	227-8
knot	122-9	lead	175-8	lighting	368-2	lose	241-5
know	115-7	leader	381-4	lightly	368-3	loser	424-9
knowledge	344-6	leadership	510-7	lightning	368-4	loss	122-11
known	115-8	leading	381-5	like	161-6	lost	122-12
koala	496-11	leaf	175-9	likelihood	504-9	lot	123-1
Korea	512-14	leaflet	381-6	likely	368-5	lots	123-2
Korean	513-1	league	175-10	likewise	368-6	loud	71-5
KTV	539-3	leak	175-11	limb	82-5	lounge	71-6
		lean	175-12	lime	161-7	love	206-5
Ll		leap	175-13	limit	317-14	lovely	395-11
		learn	147-6	limitation	561-6	lover	395-12
lab	56-12	learned	147-7	limited	475-7	low	115-9
label	280-10	learning	353-10	limp	82-6	lower	331-10
labor	280-11	lease	175-14	line	161-8	loyal	406-5
laboratory	570-5	leash	176-1	link	97-7	loyalty	522-1
lace	39-11	least	176-2	lion	368-7	luck	200-12
lack	56-13	leather	261-11	lip	82-7	lucky	395-13
lad	56-14	leave	176-3	lipstick	318-1	lump	200-13
ladder	299-6	lecture	261-12	liquid	318-2	lunch	200-14
lady	280-12	lee	181-8	list	82-8	lung	212-11
ladybug	452-9	left	8-13	listen	318-3	lure	240-6
lag	57-1	leg	8-14	listener	475-8	lush	200-1
lake	30-1	legacy	436-10	liter	381-8	lush	201-1
lamb	57-2	legal	381-7	literally	577-4	lynch	92-6
lame	30-2	legally	510-8	literary	577-5		
lamp	57-3	legend	261-13	literature	577-6	**Mm**	
land	57-4	legislation	561-5	little	318-4		
landing	299-7	legislative	543-7	live	82-9	Ma	127-13
landlord	299-8	legislator	543-8	lived	82-10	ma'am	67-4
landmark	299-9	legislature	543-9	liver	318-5	Macbeth	275-8
landscape	299-10	legitimate	582-4	lives	161-9	machine	389-11
landslide	299-11	lemon	261-14	living	318-6	mad	57-8
lane	30-3	lemonade	436-11	living room	475-9	madam	300-2
language	290-13	lend	9-1	load	113-13	made	30-5
lantern	299-12	length	49-6	loaf	113-14	magazine	463-1
lap	57-5	lengthen	290-14	loan	114-1	magic	300-3
large	154-2	lens	9-2	lobby	344-10	magician	481-2
largely	361-9	less	9-3	local	331-7	magnetic	447-1
lark	154-3	lesson	262-1	locate	331-8	magnificent	582-5
laser	280-13	lest	9-4	location	455-9	magnitude	463-2
lash	57-6	let	9-5	lock	122-13	maid	36-5
last	57-7	let's	9-6	locker	344-11	mail	36-6
late	30-4	letter	262-2	lodge	122-14	mailman	281-5
lately	280-14	letting	262-3	log	122-10	main	36-7
later	281-1	lettuce	262-4	logic	344-12	mainland	281-6
latest	281-2	level	262-5	logical	492-4	mainly	281-7

單字	頁數編碼	單字	頁數編碼	單字	頁數編碼	單字	頁數編碼
mainstream	281-8	may	41-7	midnight	318-8	momentum	447-2
maintain	288-4	maybe	281-12	midst	82-11	Mommy	345-4
maintenance	452-10	mayor	281-13	might	169-14	Monday	395-14
major	281-9	me	188-1	mightn't	368-8	money	396-1
majority	616-5	meal	176-4	mighty	368-9	monitor	492-8
make	30-6	mean	176-5	migration	455-10	monk	213-1
maker	281-10	meaning	381-9	mike	161-10	monkey	396-2
makeup	281-11	meaningful	510-9	mild	166-6	monster	345-5
male	30-7	means	176-6	mile	161-11	month	206-13
mall	132-8	meantime	381-10	miles	161-12	monthly	396-3
man	57-9	meanwhile	381-11	Milinguall	531-4	monument	492-9
manage	300-4	measure	262-10	Milinguall Re-starting Point	627-2	mood	237-3
management	463-3	measurement	436-12	military	577-7	moon	237-4
manager	463-4	meat	176-7	milk	82-12	moonlight	424-10
managing	463-5	mechanic	468-1	mill	82-13	moor	237-5
Mandarin	463-6	mechanical	571-10	million	318-9	mop	123-8
mandate	300-5	mechanism	543-10	mind	166-5	moral	404-9
mango	291-1	medal	262-11	mine	161-13	more	229-5
manipulate	582-6	media	510-10	mineral	475-11	moreover	537-2
mankind	300-6	medical	436-13	minimal	475-12	morning	409-8
manner	300-7	medication	561-7	minimize	475-13	mortality	572-2
mansion	300-8	medicine	436-14	minimum	475-14	mortgage	409-9
manual	463-7	meditation	561-8	minister	476-1	mosque	123-9
manufacturer	574-5	medium	381-12	ministry	476-2	mosquito	513-2
manufacturing	574-6	meet	181-9	minor	368-10	moss	123-3
many	262-6	meeting	381-13	minority	616-6	most	108-13
map	57-10	melon	262-12	mint	82-14	mostly	331-13
mar	154-4	melt	9-7	minus	368-11	moth	123-4
marathon	463-8	member	262-13	minute	318-10	mother	396-4
marble	361-10	membership	437-1	miracle	476-3	motion	331-14
march	154-5	memory	437-2	mirror	318-11	motivate	486-3
mare	22-8	men	9-8	miserable	577-9	motivation	561-9
margin	361-11	mend	9-9	misery	476-4	motive	332-1
marine	389-12	men's room	262-14	misfortune	525-11	motor	332-2
mark	154-6	mental	263-1	miss	83-1	motorcycle	592-2
marked	154-7	mentally	437-3	missile	318-12	mound	71-7
marker	361-12	mention	263-2	missing	318-13	mount	71-8
market	361-13	mentor	263-3	mission	318-14	mountain	309-5
marketing	502-8	menu	263-4	missionary	577-8	mourn	230-5
marketplace	502-9	merchant	353-11	mist	83-3	mouse	71-9
marriage	300-9	mere	194-3	mistake	288-5	mouth	71-10
married	262-7	merely	414-5	mistress	319-1	move	241-11
marry	262-8	merge	142-7	mitten	319-5	movement	425-10
marsh	154-8	merit	263-5	mix	83-4	movie	425-11
marvelous	502-10	merrily	437-4	mixed	83-5	mow	73-13
Mary	262-9	mess	9-10	mixture	319-2	Mr.	319-3
mash	57-11	message	263-6	moan	114-2	Mrs.	319-4
mask	57-12	messy	263-7	mob	123-5	MRT	539-4
mass	57-13	metal	263-8	mobile	331-11	Ms.	83-2
massive	300-10	metaphor	437-5	mock	123-6	much	201-2
master	300-11	meter	381-14	mode	111-1	mud	201-3
masterpiece	463-9	method	263-9	model	345-1	muffin	396-5
mat	57-14	Metro	263-10	moderate	492-5	Muffin Man	516-12
match	58-1	metropolitan	601-7	modern	345-2	mug	201-4
mate	30-8	Mexican	437-6	modest	345-3	mule	248-12
material	582-7	mice	166-4	modify	492-6	multiple	520-1
math	58-2	microphone	504-10	moist	222-6	multiply	520-2
mathematics	573-3	microscope	504-11	mold	216-10	municipal	582-8
matter	300-12	microwave	504-12	molecule	492-7	murder	353-12
mature	359-13	middle	318-7	Mom	123-7	muscle	396-6
maximum	463-10	middle-class	475-10	moment	331-12	muse	248-13

651

單字	頁數編碼	單字	頁數編碼	單字	頁數編碼	單字	頁數編碼
museum	327-3	net	9-13	number	396-11	onion	396-12
mushroom	396-7	network	263-13	numerous	532-6	online	375-9
music	419-1	neutral	419-3	nun	201-6	only	332-8
musical	532-4	never	263-14	nurse	144-6	onto	345-13
musician	481-3	nevertheless	625-5	nut	201-7	open	332-9
Muslim	424-11	new	250-2	nutrient	419-6	opening	486-6
must	201-5	New York	413-9			openly	486-7
mustn't	396-8	newly	419-4			opera	493-2
mute	248-14	news	250-3	## Oo		operate	493-3
mutter	396-9	newspaper	532-5	oak	113-4	operating	594-6
mutual	419-2	next	9-14	oar	231-8	operation	562-5
my	168-7	nice	167-2	oath	113-5	operator	594-7
myself	275-9	nice-looking	504-13	obey	288-6	opinion	481-7
mysterious	582-9	nick	83-6	object	345-8	opponent	488-8
mystery	319-6	nickname	319-7	objection	447-4	opportunity	622-6
myth	92-7	niece	186-9	objective	447-5	oppose	336-13
		night	170-2	obligation	562-2	opposed	336-14
## Nn		nightmare	368-13	observation	562-3	opposite	493-4
		nil	83-7	observe	359-4	opposition	587-6
nag	58-3	nimble	319-8	observer	500-13	opt	120-7
nail	36-8	nine	161-14	obstacle	492-10	optimistic	587-7
naked	281-14	nineteen	368-14	obtain	288-7	option	345-14
name	30-9	ninety	369-1	obvious	345-9	or	226-3
nap	58-4	ninth	166-8	obviously	492-11	oral	404-10
napkin	300-13	no	108-14	occasion	455-11	orange	409-12
narrative	463-11	nobility	582-10	occasional	557-2	orbit	409-13
narrow	300-14	nobody	486-4	occasionally	564-5	order	409-14
nasty	301-1	nobody's	486-5	occupation	562-4	ordinary	619-3
nation	282-1	nod	123-10	occupy	492-12	ore	228-14
national	463-12	noise	222-7	occur	359-5	organ	410-1
nationwide	452-11	noisy	406-6	ocean	332-7	organic	468-2
native	282-2	nomination	561-10	o'clock	351-4	organism	619-4
natural	301-2	nominee	514-6	October	488-7	organization	567-5
naturally	463-13	none	206-6	odd	120-5	organizational	568-2
nature	282-3	nonetheless	539-8	odds	120-6	organize	524-7
naught	131-2	nonprofit	537-3	of	206-10	organized	524-8
naughty	345-6	noodle	424-12	off	120-3	orientation	567-6
naval	282-4	noon	237-6	offender	447-6	origin	520-4
near	192-9	nope	111-2	offense	275-10	original	583-3
nearby	414-6	nor	227-9	offensive	447-7	originally	588-9
nearly	414-7	norm	227-10	offer	345-10	other	396-13
neat	176-8	normal	409-10	offering	492-13	others	396-14
necessarily	554-4	normally	524-6	office	345-11	otherwise	516-13
necessary	544-2	north	227-11	officer	492-14	ouch	70-3
necessity	550-4	northeast	428-6	official	481-4	ought	134-3
neck	9-11	northern	409-11	officially	583-2	ounce	70-4
necklace	263-11	northwest	428-7	often	345-12	our	309-6
need	181-10	nose	109-1	oh	108-3	ours	309-7
needle	382-1	not	123-11	oil	406-7	ourselves	275-12
negative	437-7	note	111-3	okay	429-2	oust	70-5
negotiate	592-7	notebook	332-3	old	216-3	out	70-6
negotiation	567-4	nothing	396-10	old-fashioned	537-4	outcome	309-9
neighbor	282-5	notice	332-4	Olympic	481-5	outdoor	309-10
neighborhood	452-12	notion	332-5	Olympics	481-6	outer	309-11
neighboring	452-13	noun	71-11	omit	327-4	outfit	309-12
neither	368-12	novel	345-7	on	120-4	outlet	309-13
neither	382-2	November	447-3	once	206-11	outline	309-14
nephew	263-12	now	73-14	one	206-12	output	310-1
nerve	142-8	nowhere	332-6	oneself	275-11	outright	310-2
nervous	353-13	nuclear	419-5	one-third	428-9	outs	70-7
nest	9-12	nude	249-1	ongoing	493-1	outside	428-8

單字	頁數編碼	單字	頁數編碼	單字	頁數編碼	單字	頁數編碼
outsider	470-5	paper	282-9	peel	181-14	piano	468-5
outstanding	468-3	par	154-9	peep	182-1	pick	83-8
oven	397-1	parade	288-8	peer	193-6	picked	83-9
over	332-10	pard	154-10	peg	10-2	pickled	319-10
overall	538-5	pardon	362-1	pen	10-3	pickup	319-11
overcome	538-6	parent	264-1	penalty	437-8	picnic	319-12
overdue	486-8	parental	447-8	pencil	264-4	picture	319-13
overlook	538-7	Paris	301-9	penguin	264-5	pie	171-3
overnight	538-8	parish	301-10	pension	264-6	piece	186-10
overpass	486-9	park	154-11	people	382-5	pier	194-8
overseas	538-9	parking	361-14	pepper	264-7	pierce	194-9
oversee	538-10	parking lot	502-11	per	142-9	pig	83-10
overweight	486-10	parrot	301-11	perceive	389-13	pigeon	319-14
overwhelm	538-11	part	154-12	perceived	389-14	piggy	320-1
overwhelming	625-3	partial	362-2	percentage	447-9	pile	162-1
owe	115-4	partially	502-12	perception	447-10	pill	83-11
owl	73-4	participant	583-4	perch	142-10	pillow	320-2
own	115-5	participate	583-5	perfect	353-14	pilot	369-2
owner	332-11	participation	567-7	perfection	447-11	pin	83-12
ownership	486-11	particle	502-13	perfectly	498-10	pinch	83-13
ox	120-8	particular	583-6	perform	412-14	pine	162-2
oxygen	493-5	particularly	588-10	performance	525-12	pineapple	504-14
oyster	406-8	partly	362-3	performer	525-13	pink	97-8
		partner	362-4	perfume	422-12	pint	166-10
Pp		partnership	502-14	perhaps	307-6	pioneer	529-3
		party	362-5	period	510-11	pipe	162-3
P.C.	429-5	pass	58-13	permanent	498-11	piper	369-3
P.E.	429-6	passage	301-12	permission	481-8	piss	83-14
p.m.	429-4	passenger	464-1	permit	327-5	pistol	320-3
Pa	127-14	passing	301-13	permit	354-1	pit	84-1
pace	39-12	passion	301-14	Persian	354-2	pitch	84-2
pack	58-5	past	58-14	persist	327-6	pitcher	320-4
package	301-3	pasta	346-1	person	354-3	pizza	382-7
packed	58-6	paste	30-12	personal	498-12	place	40-9
pact	58-7	pastor	302-1	personality	574-7	placement	282-14
pad	58-8	pat	59-1	personally	604-3	plague	34-4
page	39-13	patch	59-2	personnel	450-1	plain	38-8
paid	36-9	patent	302-3	perspective	447-12	plaintiff	283-1
pail	36-10	path	59-3	persuade	288-9	plan	63-14
pain	36-11	patience	282-10	pessimistic	587-8	plane	34-5
painful	282-6	patient	282-11	pest	10-4	planet	302-4
paint	36-12	patrol	405-14	pet	10-5	planner	302-5
painter	282-7	patron	282-12	Peter	382-6	planning	302-6
painting	282-8	pattern	302-2	phase	29-8	plant	64-1
pair	23-13	pause	130-10	phenomenon	598-4	plastic	302-7
pajamas	468-4	pave	30-13	Philippines	476-5	plate	34-6
pal	58-9	paw	129-7	philosophical	601-8	platform	302-8
palace	301-4	pay	41-8	philosophy	598-5	play	42-1
pale	30-10	payment	282-13	phoEnics	386-2	played	42-2
Palestinian	590-8	pea	176-9	phoenix	386-1	player	283-2
palm	131-9	peace	176-10	phone	111-10	playground	283-3
palpable	463-14	peaceful	382-3	phonics	349-6	playing	283-4
pan	58-10	peach	176-11	photo	332-12	playoff	283-5
pancake	301-5	peak	176-12	photograph	486-12	plea	179-4
panda	301-6	peanut	382-4	photographer	598-6	plead	179-5
pane	30-11	pear	24-6	photography	598-7	pleasant	264-8
panel	301-7	pearl	147-8	phrase	40-8	please	179-6
panic	301-8	peasant	264-2	physical	476-6	pleased	179-7
pant	58-11	peck	10-1	physically	476-7	pleasure	264-9
pants	58-12	pedal	264-3	physician	481-9	pledge	15-6
papaya	496-12	peek	181-13	physics	319-9	plenty	264-10

653

單字	頁數編碼	單字	頁數編碼	單字	頁數編碼	單字	頁數編碼
plight	170-11	postcard	333-2	primarily	550-6	property	494-5
plot	126-11	poster	333-3	primary	505-1	proportion	525-14
plow	75-2	postpone	337-1	prime	164-3	proposal	488-10
pluck	204-11	pot	123-14	primitive	476-8	propose	337-3
plug	204-12	potato	455-12	prince	88-6	proposed	337-4
plum	204-13	potential	447-14	princess	320-6	prose	109-10
plunge	204-14	potentially	550-5	principal	476-9	prosecution	621-7
plural	328-11	pound	71-12	principle	476-10	prosecutor	594-8
plus	205-1	pour	230-6	print	88-7	prospect	346-13
poach	114-11	poverty	493-12	printer	320-7	prosper	346-14
pocket	346-2	pow	74-1	prior	369-4	prosperous	494-6
poem	332-13	powder	310-3	priority	599-4	protect	276-3
poet	332-14	power	310-4	priority	616-7	protection	448-6
poetry	486-13	powerful	470-6	prison	320-8	protective	448-7
point	222-4	practical	464-2	prisoner	476-11	protein	333-6
poised	222-5	practically	464-3	privacy	505-2	protest	276-5
poison	406-9	practice	302-9	private	369-5	protocol	487-2
poke	111-4	practitioner	583-9	privately	505-3	proud	72-7
pole	217-2	praise	38-5	privilege	476-12	prove	242-1
police	390-1	pray	41-13	prize	164-4	provide	375-12
policeman	513-3	prayers	283-6	pro	109-9	provided	507-6
policy	493-6	preach	178-11	probably	493-13	provider	507-7
polish	346-4	precious	264-11	probe	112-2	province	347-1
polite	375-10	precise	375-11	problem	346-5	provision	482-2
political	583-7	precisely	507-5	procedure	513-4	provoke	337-5
politically	583-8	predator	437-9	proceed	390-2	prowl	74-10
politician	587-9	predict	327-7	process	346-6	prune	240-12
politics	493-7	prediction	481-11	processing	493-14	psychological	601-9
poll	217-6	prefer	359-6	processor	494-1	psychologist	598-8
pollute	426-11	preference	437-10	proclaim	288-12	psychology	598-9
pollution	535-9	pregnancy	437-11	produce	422-13	pub	201-8
pond	123-12	pregnant	264-12	producer	533-4	public	397-2
pony	333-1	preliminary	589-2	product	346-7	publication	562-9
pool	237-7	premise	264-13	production	518-11	publicity	583-10
poor	237-8	premium	382-8	productive	518-12	publish	397-3
pop	123-13	preparation	562-7	productivity	591-2	puff	201-9
pop music	537-5	prepare	277-12	profession	448-2	puke	249-2
popcorn	346-3	prescription	481-12	professional	550-7	pull	103-10
pope	111-5	presence	264-14	professor	448-3	pulse	133-7
popular	493-8	present	265-1	profile	333-4	pump	201-10
popularity	574-8	present	275-14	profit	346-8	pumpkin	397-4
population	562-6	presentation	562-8	profound	311-9	punch	201-11
porch	227-12	preserve	359-7	program	333-5	punctual	397-5
pore	229-6	presidency	544-3	programming	487-1	punish	397-6
pork	227-13	president	437-12	progress	346-9	punishment	516-14
port	227-14	presidential	552-6	progressive	448-4	punk	212-3
portfolio	592-8	press	14-8	prohibit	482-1	puppet	397-7
portion	410-2	pressure	265-2	project	346-10	puppy	397-8
portrait	410-3	presumably	623-4	projection	448-5	purchase	354-4
portray	288-10	pretend	276-1	prominent	494-2	pure	249-3
Portuguese	524-9	pretty	320-5	promise	346-11	purple	354-5
pose	109-2	prevail	288-11	promising	494-3	purpose	354-6
position	481-10	prevent	276-2	promote	337-2	purse	144-7
positive	493-9	prevention	448-1	promotion	488-9	pursue	426-12
possess	275-13	previous	382-9	prompt	125-13	pursuit	426-13
possession	447-13	previously	510-12	prone	112-3	push	103-11
possibility	590-6	prey	44-4	pronounce	311-10	put	103-12
possible	493-10	price	167-8	proof	239-1	putt	201-12
possibly	493-11	prick	88-5	prop	125-14	puzzle	397-9
post	109-3	pride	164-2	proper	346-12		
post office	486-14	priest	187-3	properly	494-4		

654

單字	頁數編碼	單字	頁數編碼	單字	頁數編碼	單字	頁數編碼
# Qq		rapidly	464-5	reel	182-4	rent	10-7
		rare	22-9	refer	359-8	rental	265-9
		rarely	270-13	reference	438-3	repair	277-13
quack	65-7	rash	59-10	reflect	276-6	repeat	390-8
quake	34-11	rat	59-11	reflection	448-10	repeatedly	611-3
qualify	494-7	rate	31-1	reform	413-2	repetition	588-2
quality	494-8	rather	302-14	refrigerator	589-3	replace	289-2
quantity	494-9	rating	283-14	refuge	265-7	replacement	456-2
quarrel	410-4	ratio	284-1	refugee	514-7	reply	376-1
quart	231-3	rational	464-6	refuse	423-1	report	413-3
quarter	410-5	rave	31-2	regain	288-13	reportedly	618-2
quartz	231-4	raw	129-8	regard	363-5	reporter	526-3
queen	182-2	ray	41-9	regarding	503-4	reporting	526-4
queer	193-7	razor	284-2	regardless	503-5	represent	450-3
quench	14-14	reach	176-13	regime	390-4	representation	567-9
quest	15-1	react	307-7	region	383-1	representative	554-5
question	265-3	reaction	468-6	regional	510-14	republic	519-2
questionnaire	450-4	read	176-14	register	438-4	republican	615-3
queue	249-12	reader	382-10	regret	276-7	reputation	563-3
quick	90-1	readily	437-13	regular	438-5	request	276-9
quickly	320-9	reading	382-11	regularly	544-4	require	507-10
quiet	369-6	ready	265-4	regulate	438-6	required	507-11
quietly	505-4	real	177-1	regulation	563-2	requirement	507-12
quilt	90-2	realistic	482-3	regulator	544-5	rescue	265-10
quit	90-3	reality	572-3	regulatory	553-2	research	359-9
quite	164-7	realize	320-10	rehabilitation	568-5	research	383-2
quiz	90-4	really	382-12	rehearsal	500-14	researcher	511-1
quote	111-14	realm	17-1	reign	43-1	resemble	448-12
		reap	177-2	rein	42-14	reservation	563-4
# Rr		rear	192-10	reindeer	284-3	reserve	359-10
		reason	382-13	reinforce	527-1	residence	438-10
rabbit	302-10	reasonable	610-2	reject	276-8	resident	438-11
race	39-14	rebel	265-5	relate	288-14	residential	552-7
racial	283-7	rebel	276-4	related	455-13	resign	376-2
racism	452-14	rebuild	327-8	relation	455-14	resist	327-9
rack	59-4	recall	351-5	relationship	557-3	resistance	482-6
radar	283-8	receive	390-3	relative	438-7	resolution	623-8
radiation	562-10	receiver	513-5	relatively	544-6	resolve	351-6
radical	464-4	recent	382-14	relax	307-8	resort	413-4
radio	453-1	recently	510-13	release	390-5	resource	383-3
raft	59-5	reception	448-8	relevant	438-8	respect	276-10
rag	59-6	recession	448-9	reliability	591-9	respectively	550-8
rage	40-1	recipe	437-14	reliable	608-7	respond	351-7
raid	36-13	recipient	584-2	relief	390-6	respondent	496-13
rail	36-14	recognition	587-10	relieve	390-7	response	351-8
railroad	283-9	recognize	438-2	religion	482-4	responsibility	591-10
railway	283-10	recommend	450-2	religious	482-5	responsible	598-10
rain	37-1	recommendation	567-8	reluctant	519-1	rest	10-8
rainbow	283-11	record	265-6	rely	375-13	restaurant	438-12
raincoat	283-12	record	413-1	remain	289-1	restore	413-5
rainy	283-13	recorder	526-1	remaining	456-1	restrict	327-10
raise	37-2	recording	526-2	remark	363-6	restriction	482-7
rally	302-11	recover	518-13	remarkable	606-5	restroom	265-11
ran	59-7	recovery	615-2	remedy	438-9	result	402-13
ranch	59-8	recruit	427-4	remember	448-11	resume	423-2
random	302-12	rectangle	438-2	remind	375-14	resume	438-13
range	40-2	recycle	307-9	reminder	507-9	retail	383-4
rank	48-4	red	10-6	remote	337-6	retailer	511-2
rap	59-9	reduce	422-14	removal	535-10	retain	289-3
rape	30-14	reduction	518-14	remove	426-14	retire	507-13
rapid	302-13	reef	182-3	render	265-8	retired	507-14

655

單字	頁數編碼	單字	頁數編碼	單字	頁數編碼	單字	頁數編碼
retirement	508-1	rolling pin	487-4	salad	303-1	scrape	35-5
retreat	390-9	Roman	333-10	salary	464-8	scratch	66-1
return	359-11	romance	333-11	sale	31-5	scream	180-3
reveal	390-10	romantic	468-7	sales	31-6	screen	185-11
revelation	563-5	Romeo	487-5	salesman	284-8	screening	383-5
revenue	438-14	Ron	124-2	salmon	303-2	screw	243-7
reverse	359-12	roof	237-9	salt	131-10	script	91-8
review	423-3	room	237-10	salty	347-6	scroll	217-10
revise	376-3	rooster	425-12	same	31-7	scrub	205-12
revolution	623-9	root	237-11	sample	303-3	sculpture	398-3
revolutionary	624-2	rope	111-7	sanction	291-2	sea	177-3
reward	413-6	rose	109-4	sand	60-1	seafood	383-6
rhetoric	439-1	roses	333-12	sandwich	303-4	seahorse	383-7
rhyme	168-12	rosy	333-13	sane	31-8	seal	177-4
rhythm	320-11	rot	124-5	sat	60-2	seam	177-5
rib	84-3	rotten	347-4	satellite	464-9	search	147-9
ribbon	320-12	rouge	239-11	satisfaction	573-4	season	383-8
rice	167-3	rough	207-14	satisfy	464-10	seat	177-6
rich	84-4	roughly	397-10	Saturday	464-11	second	265-14
rid	84-5	round	71-13	sauce	130-11	secondary	544-7
riddle	320-13	rouse	71-14	saucer	347-7	second-hand	439-2
ride	162-4	route	239-12	save	31-9	secret	383-9
rider	369-7	routine	390-11	saved	31-10	secretary	544-8
ridge	84-6	routinely	513-6	saving	284-9	section	266-1
ridiculous	584-3	row	115-10	saw	129-9	sector	266-2
rifle	369-8	royal	406-10	say	41-10	secular	439-3
rig	84-7	rub	201-13	saying	284-10	secure	423-4
right	170-7	rubber	397-11	scale	35-4	security	620-8
rim	84-8	rude	240-7	scan	65-13	see	182-5
ring	96-6	rug	201-14	scandal	303-6	seed	182-6
ringing	416-7	ruin	424-13	scar	155-12	seek	182-7
riot	369-9	rule	240-8	scarce	25-10	seem	182-8
rip	84-9	ruler	424-14	scare	23-5	seemingly	511-4
ripe	162-5	ruling	425-1	scared	23-6	seen	182-9
rise	162-7	rumour	425-2	scarf	155-13	sees	182-10
risk	84-10	run	202-1	scary	265-12	seesaw	383-10
risky	320-14	runner	397-12	scatter	303-7	segment	266-3
rite	162-6	running	397-13	scenario	550-9	seize	189-3
ritual	321-1	rural	328-12	scene	186-2	seldom	266-4
rival	369-10	rush	202-2	scenery	511-3	select	276-11
river	321-2	Russia	397-14	scent	11-4	selected	448-13
roach	114-3	Russian	398-1	schedule	265-13	selection	448-14
road	114-4	rust	202-3	scheme	186-3	self	10-11
roam	114-5	rusty	398-2	scholar	347-8	self-esteem	539-9
roar	231-13	ruthless	425-3	scholarship	494-12	selfish	266-5
roast	114-6			school	239-4	sell	10-12
rob	124-1	**Ss**		school-boy	425-4	seller	266-6
robber	347-2			science	369-11	semester	449-1
robbery	494-10	sack	59-13	scientific	588-3	seminar	439-4
robe	111-6	sacred	284-4	scientist	505-5	senate	266-7
robot	333-7	sacrifice	464-7	scissors	321-3	senator	439-5
ROC	539-5	sad	59-14	scold	217-9	send	10-13
rock	124-3	safe	31-3	scoop	239-3	sends	10-14
Rock-a-bye	494-11	safely	284-5	scooter	425-5	Senegalese	612-2
rocket	347-3	safety	284-6	scope	112-11	senior	383-11
rod	124-4	said	18-3	score	229-11	senior high school	625-4
role	217-3	sail	37-3	scorn	228-8	sensation	456-2
roll	217-7	sailor	284-7	scout	72-12	sense	11-1
roller	333-8	saint	37-4	scramble	303-8	sensible	439-6
roller skate	487-3	sake	31-4	scrap	65-14	sensitive	439-7
rolling	333-9	sake	347-5	scrapbook	303-9	sensitivity	591-3

單字	頁數編碼	單字	頁數編碼	單字	頁數編碼	單字	頁數編碼
sensor	266-8	she's	188-5	silk	84-13	slender	267-4
sentence	266-9	shield	187-1	silly	321-6	slice	167-10
sentiment	439-8	shift	87-3	silver	321-7	slick	89-9
separate	439-9	shine	163-10	similar	476-14	slide	164-9
separation	563-6	ship	87-2	similarity	574-10	slight	170-12
September	449-2	shirt	145-13	similarly	578-2	slightly	370-1
sequence	383-12	shit	87-4	simple	321-8	slim	89-10
series	383-13	shock	125-5	simply	321-9	slip	89-11
serious	383-14	shocked	125-6	simultaneously	564-8	slippers	322-1
seriously	577-10	shoe	244-3	sin	84-14	slit	89-12
servant	354-7	shoes	244-4	since	85-1	slogan	334-2
serve	142-11	shoot	238-7	sincere	415-6	slope	112-9
service	354-8	shooting	425-6	sing	96-8	slot	126-14
serving	354-9	shop	125-7	Singapore	530-2	slow	116-7
session	266-10	shopkeeper	494-13	singer	416-8	slowly	334-3
set	11-2	shopping	347-9	single	416-9	slum	205-4
setting	266-11	shore	229-9	singular	530-3	slump	205-5
settle	266-12	short	228-4	sink	97-9	sly	169-4
settlement	439-10	shortage	410-6	sip	85-2	smack	65-8
seven	266-13	shortcut	410-7	sir	145-10	small	132-11
seventeen	439-11	shortly	410-8	sister	321-10	smart	155-9
seventh	266-14	shorts	228-5	sit	85-3	smash	65-9
seventy	439-12	short-term	410-9	site	162-9	smell	15-11
several	439-13	shot	125-8	situation	563-7	smelling	267-5
severe	415-5	should	104-3	six	85-4	smelly	267-6
severely	528-1	shoulder	333-14	sixteen	321-11	smelt	15-12
sew	117-11	shouldn't	398-5	sixth	85-5	smile	164-10
sex	11-3	shout	72-4	sixty	321-12	smog	127-3
sexual	267-1	shove	206-8	size	162-10	smoke	112-10
sexuality	574-9	shovel	398-4	skate	35-3	smoking	334-4
sexually	439-14	show	115-12	skating	284-12	smooth	239-2
sexy	267-2	shower	310-6	sketch	15-14	snack	65-10
shade	32-12	showroom	334-1	ski	188-13	snail	38-10
shadow	303-10	shred	14-13	skiing	384-1	snake	34-12
shaft	61-9	shrewd	243-6	skill	90-12	snap	65-11
shake	32-13	shriek	187-6	skilled	90-13	snare	23-2
shall	61-10	shrimp	89-2	skillful	321-13	snarl	155-10
shallow	303-11	shrine	164-6	skim	90-14	snatch	65-12
shame	32-14	shrink	98-1	skin	91-1	sneak	179-11
shameful	284-11	shrub	204-7	skinny	321-14	sneakers	384-4
shampoo	427-1	shrug	204-8	skip	91-2	sneaky	384-5
shape	33-1	shun	203-4	skirt	146-2	sneer	193-11
shaped	33-2	shut	203-5	skull	133-13	sneeze	185-2
share	22-11	shuttle	398-6	sky	169-5	sniff	90-11
shared	22-12	shy	168-11	skyscraper	505-7	snore	229-10
shareholder	441-11	sibling	321-4	slack	64-13	snort	228-7
shark	155-7	sick	84-12	slam	64-14	snow	116-8
sharp	155-8	side	162-8	slang	49-3	snowman	334-5
sharply	362-6	sidewalk	369-12	slap	65-1	snowy	334-6
shave	33-3	siege	186-11	slash	65-2	so	109-5
she	188-7	sigh	170-4	slate	34-7	soak	114-7
shear	192-13	sight	170-5	slave	34-8	soap	114-8
shed	13-11	sightseeing	505-6	slavery	453-2	soar	231-12
she'd	188-3	sign	166-9	slay	42-3	sob	124-7
sheep	183-9	signal	321-5	sled	15-8	so-called	334-7
sheer	193-10	signature	476-13	sledge	15-9	soccer	347-10
sheet	183-10	significance	584-4	sleep	184-14	social	334-8
shelf	13-12	significant	584-5	sleepless	384-2	socially	487-6
shell	13-13	significantly	589-4	sleepy	384-3	society	608-8
she'll	188-4	silence	369-13	sleeve	185-1	sock	124-8
shelter	267-3	silent	369-14	sleigh	43-7	socks	124-9

657

單字	頁數編碼	單字	頁數編碼	單字	頁數編碼	單字	頁數編碼
soda	334-9	speak	179-12	squash	128-11	stimulus	477-3
sodium	334-10	speaker	384-6	squat	128-12	sting	97-1
sofa	334-11	spear	193-1	squeeze	185-10	stingy	322-3
soft	124-6	special	267-7	stab	66-4	stink	98-3
soft drink	347-11	specialist	440-1	stability	584-7	stinky	416-11
softball	347-12	specialize	440-2	stable	284-14	stir	146-3
soften	347-13	specialty	440-3	stack	66-5	stitch	91-13
softly	347-14	species	384-7	stadium	285-1	stock	127-5
software	348-1	specific	482-8	staff	66-6	stomach	399-2
solar	334-12	specifically	584-6	stage	40-11	stomachache	517-2
sold	216-11	specify	440-4	stain	38-11	stone	112-13
soldier	404-11	spectacular	572-4	stair	24-1	stool	239-6
sole	217-4	spectator	440-5	stairs	24-2	stoop	239-7
solely	404-12	spectrum	267-8	stake	34-14	stop	127-6
solid	348-2	speculate	440-6	stale	35-1	storage	404-13
solution	535-11	speculation	563-8	stalk	131-14	store	229-12
solve	124-10	speech	185-5	stall	132-12	storm	228-11
some	206-7	speed	185-6	stamp	66-7	stormy	410-10
somebody	517-1	spell	16-1	stance	66-8	story	404-14
someday	398-7	spelling	267-9	stand	66-9	storybook	520-6
somehow	398-8	spend	16-2	standard	303-13	stout	73-1
someone	398-9	spending	267-10	standing	303-14	stove	112-14
something	398-10	sperm	143-6	star	155-14	straight	38-13
sometime	398-11	sphere	194-4	starch	156-1	straighten	285-5
sometimes	398-12	spice	167-11	stare	23-4	strain	38-14
somewhat	398-13	spider	370-2	stark	156-2	strained	39-1
somewhere	398-14	spike	164-11	start	156-3	strait	38-12
son	206-14	spill	91-3	starter	362-8	strand	66-10
song	138-4	spin	91-4	starting	362-9	strange	40-12
songbook	348-3	spine	164-12	starvation	456-4	stranger	285-4
soon	237-12	spire	164-13	starve	156-4	strap	66-11
soothe	237-13	spirit	322-2	starves	156-5	strategic	513-7
sophisticated	589-5	spiritual	477-1	state	35-2	strategy	464-12
sore	229-7	spit	91-5	statement	285-2	straw	130-3
sorrow	348-4	spite	164-14	station	285-3	strawberry	495-1
sorry	348-5	splash	66-3	stationery	556-4	stray	42-8
sort	228-1	splendid	267-11	statistical	584-8	streak	180-1
soul	117-4	split	91-6	statistics	482-9	stream	180-2
sound	72-2	spoil	222-14	statue	304-1	street	185-9
soup	239-13	spoke	112-12	status	304-3	strength	49-7
sour	310-5	spokesman	334-14	statute	304-2	strengthen	291-3
source	230-7	sponge	207-5	stay	42-6	stress	16-5
south	72-1	sponsor	348-6	stayed	42-7	stretch	16-6
southeast	428-4	spoon	239-5	steadily	440-7	strict	91-14
southern	399-1	sport	228-9	steady	267-12	strictly	322-4
southwest	428-5	sports	228-10	steak	43-13	stride	165-1
souvenir	529-4	sportsmanship	524-10	steal	179-13	strike	165-2
sovereignty	494-14	spot	127-4	steam	179-14	striking	370-3
Soviet	334-13	spouse	72-13	steel	185-7	string	97-2
sow	74-2	spout	72-14	steep	185-8	strip	92-1
soy	223-5	sprain	39-2	steer	193-12	stripe	165-3
soy sauce	406-11	sprawl	130-2	stem	16-3	strive	165-4
space	40-10	spray	42-9	step	16-4	stroke	113-1
spacecraft	284-13	spread	17-14	stereotype	440-8	stroll	217-11
spade	34-13	spring	97-3	stern	143-7	strong	138-7
spaghetti	449-3	sprinkle	416-10	stew	250-5	strongly	348-7
span	66-2	sprint	91-7	stick	91-9	struck	205-11
Spanish	303-12	spur	144-13	sticks	91-10	structure	399-3
spare	23-3	spy	169-6	stiff	91-11	struggle	399-4
spark	155-11	squad	128-10	still	91-12	stubborn	399-5
sparkle	362-7	square	23-7	stimulate	477-2	student	419-7

單字	頁數編碼	單字	頁數編碼	單字	頁數編碼	單字	頁數編碼
studio	532-7	supportive	526-6	tack	60-3	tell	11-7
study	399-6	suppose	337-7	tackle	304-4	temperature	440-12
stuff	205-7	supposed	337-8	tact	60-4	temple	268-2
stumble	399-7	supposedly	592-9	tactic	304-5	temporary	544-10
stump	205-8	supreme	390-13	tag	60-5	tempt	11-8
stun	205-9	sure	147-13	Taichung	429-11	tempting	268-1
stunt	205-10	surely	354-10	tail	37-5	ten	11-9
stupid	419-8	surf	144-8	tails	37-6	tend	11-10
style	169-7	surface	354-11	Tainan	429-12	tendency	440-13
sub	202-4	surge	144-9	Taipei	429-9	tender	268-3
subject	399-8	surgeon	354-12	Taitung	429-13	tennis	268-4
submit	327-11	surgery	498-13	Taiwan	403-1	tense	11-11
subsequent	517-3	surname	354-13	Taiwan	429-8	tension	268-5
subsequently	614-3	surprise	376-5	Taiwanese	514-9	tent	11-12
subsidy	517-4	surprised	376-6	take	31-11	tenth	11-13
substance	399-9	surprising	508-3	tale	31-12	term	142-12
substantial	468-8	surprisingly	609-2	talent	304-6	terms	142-13
substantially	572-5	surround	311-11	talented	464-13	terrain	289-6
subtle	399-10	surrounding	471-6	talk	131-11	terrible	440-14
suburb	399-11	surveillance	456-5	talkative	495-2	terribly	441-1
suburban	501-1	survey	289-4	tall	132-9	terrific	482-14
subway	399-12	survival	508-4	tame	31-13	territory	545-2
succeed	390-12	survive	376-7	tan	60-6	terror	268-6
success	276-12	survivor	508-5	tangerine	514-10	terrorism	545-3
successful	449-4	suspect	400-9	tank	48-5	terrorist	441-2
successfully	550-10	suspend	276-14	tap	60-7	test	11-14
such	202-5	suspicion	482-11	tape	31-14	testify	441-3
suck	202-6	suspicious	482-12	tar	154-13	testimony	545-4
Sudanese	514-8	sustain	289-5	target	362-10	testing	268-7
sudden	399-14	sustainable	557-4	tart	154-14	text	12-1
suddenly	517-5	swallow	348-8	task	60-8	textbook	268-8
sue	242-5	swamp	128-7	taste	32-1	texture	268-9
suffer	400-1	swan	128-8	taunt	130-12	Thailand	370-4
suffering	517-6	swap	128-9	tax	60-9	than	61-13
sufficient	482-10	swarm	231-5	taxi	304-7	thank	48-10
sugar	400-2	sway	42-5	taxpayer	464-14	thankful	291-4
suggest	276-13	swear	24-9	tea	177-7	thanks	48-11
suggestion	449-5	sweat	17-13	teach	177-8	Thanks giving	483-1
suicide	534-4	sweater	267-13	teacher	384-8	Thanksgiving	537-6
suit	243-10	sweep	185-3	teaching	384-9	that	61-11
suitable	534-5	sweet	185-4	team	177-9	that's	61-12
suite	188-14	swell	15-13	teammate	384-10	the	208-12
sum	202-7	swift	90-8	teapot	384-11	theater	511-6
summary	517-7	swim	90-9	tear	24-7	thee	183-5
summer	400-3	swimming	322-5	tear	192-11	theft	13-14
summit	400-4	swimsuit	322-6	tease	177-10	their	24-13
sun	202-8	swing	96-14	teaspoon	384-12	theirs	24-14
sundae	399-13	switch	90-10	technical	440-9	them	14-2
Sunday	400-5	sword	228-2	technician	482-13	theme	186-4
sung	212-12	symbol	322-7	technique	390-14	themselves	277-1
sunlight	400-6	symbolic	496-14	technological	601-10	then	14-1
sunny	400-7	sympathy	477-4	technology	599-2	theological	602-2
super	419-2	symptom	322-8	teddy	267-14	theology	599-3
superior	584-9	syndrome	322-9	teen	182-11	theoretical	554-6
supermarket	620-2	system	322-10	teenage	384-13	theory	511-7
supervisor	620-3			teenager	511-5	therapist	441-4
supper	400-8	**Tt**		teens	182-12	therapy	441-5
supplier	508-2			teeth	182-13	there	25-3
supply	376-4	table	285-6	telephone	440-10	therefore	271-2
support	413-7	table tennis	556-5	telescope	440-11	there's	25-4
supporter	526-5	tablespoon	453-3	television	544-9	these	186-5

659

單字	頁數編碼	單字	頁數編碼	單字	頁數編碼	單字	頁數編碼
they	44-6	time	162-13	toy	223-6	trouble	400-12
they'd	44-7	timing	370-9	trace	40-5	troubled	400-13
they'll	44-8	tin	85-9	track	62-2	troublesome	495-6
they're	44-10	tint	85-10	tract	62-3	trousers	310-10
they've	44-9	tiny	370-10	trade	33-5	trout	72-6
thick	87-5	tip	85-11	trading	285-7	truce	240-8
thief	186-13	tire	370-11	tradition	483-2	truck	203-10
thigh	170-6	tired	370-12	traditional	584-10	true	242-6
thin	87-6	tiresome	370-13	traditionally	589-6	truffle	400-14
thing	96-10	'tis	85-12	traffic	304-8	truly	425-13
think	97-12	tissue	322-14	tragedy	465-1	trumpet	401-1
thinking	416-12	title	370-14	tragic	304-9	trunk	212-7
third	145-14	to	241-14	trail	37-14	trust	203-11
thirst	146-1	toad	114-9	trailer	285-8	truth	240-10
thirsty	354-14	toast	114-10	train	38-1	truthful	425-14
thirteen	355-1	tobacco	468-9	trainer	285-9	try	168-14
thirty	355-2	today	289-7	training	285-10	trying	371-2
this	87-9	toe	116-12	trait	38-2	T-shirt	385-3
thorn	228-6	tofu	335-1	tramp	62-4	tub	202-9
thoroughly	520-3	together	449-6	transaction	468-10	tube	249-4
those	109-8	toilet	406-12	transfer	304-10	tuck	202-10
thou	72-3	tolerance	495-3	transform	413-8	Tuesday	419-10
though	117-5	tolerate	495-4	transformation	563-9	tug	202-11
thought	134-5	toll	217-8	transit	304-11	tummy	401-2
thousand	310-7	tomato	456-6	transition	483-3	tumor	419-11
thread	17-10	tomb	241-13	translate	304-12	tune	249-6
threat	17-11	tomorrow	497-1	translation	456-8	tunnel	401-3
threaten	268-10	ton	207-1	transmission	483-4	turkey	355-4
three	184-8	tone	111-8	transmit	327-12	turn	144-10
thrift	87-7	tongue	213-4	transport	304-13	turtle	355-5
thrill	87-8	tonight	376-8	transportation	563-10	TV	428-14
thrive	164-5	tonne	207-2	trap	62-5	twelfth	15-2
throat	114-13	too	237-14	trash	62-6	twelve	15-3
throb	126-5	took	102-13	trauma	348-11	twentieth	441-6
throne	112-6	tool	238-1	travel	304-14	twenty	268-13
throng	138-6	toolroom	425-7	traveler	465-2	twice	167-9
through	240-3	tooth	238-2	tray	41-12	twig	90-5
throughout	311-12	toothache	425-8	tread	17-5	twin	90-6
throw	116-2	toothbrush	425-9	treasure	268-11	twinkle	416-13
thrust	204-6	top	124-12	treat	178-7	twist	90-7
thumb	203-6	topic	348-9	treatment	384-14	two-thirds	428-10
thunder	400-10	torch	228-3	treaty	385-1	type	168-2
Thursday	355-3	tornado	456-7	tree	183-11	typhoon	427-2
thus	203-7	toss	124-11	treetop	385-2	typical	477-5
thy	168-10	total	335-2	trek	14-5	typically	477-6
thyself	277-2	totally	487-7	tremble	268-12		
tick	85-6	touch	208-2	tremendous	449-7	**Uu**	
ticket	322-11	touchdown	400-11	trench	14-6		
tickling	322-12	touched	208-3	trend	14-7	ugly	401-4
tic-tac-toe	538-13	tough	208-1	triangle	505-8	uh	202-12
tide	162-11	tour	239-14	tribal	371-1	ultimate	495-7
tidy	370-5	tourism	485-1	tribe	163-12	ultimately	595-4
tie	171-4	tourist	328-13	trick	87-13	umbrella	449-8
tiger	370-6	tournament	498-14	tricky	323-1	unable	456-9
tight	170-3	tow	115-11	trigger	323-2	uncertain	501-2
tighten	370-7	toward	328-14	trim	87-14	uncertainty	605-2
tightly	370-8	towards	329-1	trip	88-1	uncle	401-5
tile	162-12	towel	310-8	triumph	371-3	uncomfortable	615-7
till	85-7	tower	310-9	troop	238-8	uncover	519-3
tilt	85-8	town	74-3	tropical	495-5	under	401-6
timber	322-13	toxic	348-10	trot	125-10	undergo	517-8

660

單字	頁數編碼	單字	頁數編碼	單字	頁數編碼	單字	頁數編碼
undergraduate	625-8	vague	32-2	virtually	499-2	warning	410-13
underline	517-9	vain	37-7	virtue	355-14	warrior	520-7
underlying	614-4	Valentine	465-3	virus	371-10	was	208-7
undermine	517-10	valid	305-2	visible	477-9	wash	128-3
underpass	517-11	validity	585-4	vision	323-6	washroom	349-4
understand	538-12	valley	305-3	visit	323-7	wasn't	401-10
understanding	573-5	valuable	570-6	visitor	477-10	waste	32-6
undertake	517-12	value	305-4	visual	323-8	watch	128-4
underwear	517-13	valve	60-12	vital	371-11	water	349-5
undone	402-14	van	60-10	vitamin	505-9	waterfall	495-9
unemployment	617-4	vanish	305-5	vocabulary	573-7	watermelon	594-10
unexpected	552-8	variable	545-5	vocal	335-3	waterproof	495-10
unfair	277-14	variation	564-2	vogue	109-7	wave	32-7
unfold	405-8	variety	609-3	voice	222-9	wax	60-14
unfortunately	618-5	various	268-14	void	222-8	way	41-11
unhappy	468-11	vary	269-1	volcano	456-11	we	188-6
uniform	532-8	vase	32-3	volleyball	495-8	weak	177-11
union	419-12	vast	60-11	volt	216-12	weaken	385-4
unique	391-1	VCR	539-7	volume	348-12	weakness	385-5
unit	419-13	vegetable	545-6	voluntary	594-9	wealth	17-2
unite	376-9	vegetarian	554-7	volunteer	529-5	wealthy	269-6
united	508-6	vehicle	511-8	vote	111-9	weapon	269-7
unity	532-9	veil	43-2	voter	335-4	wear	24-8
universal	605-5	vein	43-3	voting	335-5	weather	269-8
universe	532-10	venality	572-6	vow	74-4	weave	177-12
university	605-8	vend	12-2	voyage	405-1	web	12-6
unknown	337-9	vendor	269-2	vs	355-12	wed	12-7
unless	277-3	vent	12-3	vulnerable	595-5	we'd	188-7
unlike	376-10	venture	269-3			wedding	269-9
unlikely	508-7	verb	142-14	**Ww**		Wednesday	269-10
unprecedented	553-9	verbal	355-8			wee	182-14
until	327-13	verdict	355-9	wade	32-4	weed	183-1
unusual	533-5	verge	143-1	waffle	348-13	week	183-2
unwillingly	585-3	verse	143-2	wag	60-13	weekday	385-6
up	198-3	version	355-10	wage	40-3	weekend	385-7
update	401-7	versus	355-11	wagon	305-6	weekly	385-8
upload	401-8	vertical	499-1	wail	37-8	weep	183-3
upon	351-9	very	269-4	waist	37-9	weigh	43-4
upper	401-9	vessel	269-5	wait	37-10	weight	43-5
upset	277-4	vest	12-4	waiter	285-11	weird	194-12
upstairs	428-3	vet	12-5	waitress	285-12	welcome	269-11
urban	355-6	veteran	441-7	wake	32-5	welfare	269-12
urge	143-10	via	371-4	waken	285-13	well	12-8
urgent	355-7	vial	371-5	walk	131-12	we'll	188-8
us	198-4	vibrate	371-6	walking	348-14	well-being	537-7
USA	539-6	vice	167-4	walkman	349-1	well-known	428-11
use	248-3	victim	323-3	wall	132-10	Wen	12-9
used	248-4	victory	323-4	wallet	349-2	went	12-10
useful	419-14	video	477-7	wander	349-3	were	148-3
useless	420-1	Vietnamese	612-3	want	128-1	we're	188-9
user	420-2	view	250-4	wants	128-2	weren't	148-4
usual	420-3	viewer	420-4	war	230-10	west	12-11
usually	532-11	village	323-5	ward	230-11	western	269-13
utility	585-2	vine	162-14	ware	22-10	wet	12-12
utilize	532-12	vinegar	477-8	warehouse	270-14	we've	188-10
		violate	371-7	wareroom	271-1	whale	32-8
Vv		violation	564-3	warfare	410-11	wharf	231-1
		violence	371-8	warm	230-12	what	208-8
vacation	456-10	violet	371-9	warming	410-12	whatever	449-9
vaccine	391-2	violin	484-1	warmth	230-13	what's	208-9
vacuum	305-1	virtual	355-13	warn	230-14	wheat	177-13

661

單字	頁數編碼	單字	頁數編碼	單字	頁數編碼	單字	頁數編碼
wheel	183-4	within	327-14	**Yy**		A	630-1
wheelchair	385-9	without	311-13			B	630-2
when	12-13	witness	324-5			C	630-3
whenever	449-10	woe	116-13	yacht	128-5	D	630-4
when's	12-14	woeful	335-6	yam	61-1	E	630-5
where	25-5	wok	124-13	yard	155-1	F	630-6
whereas	271-3	wolf	216-13	yarn	155-2	G	630-7
where's	25-6	woman	401-11	yawn	129-10	H	630-8
wherever	449-11	womb	241-12	yeah	17-3	I	630-9
whether	269-14	women	324-6	year	192-12	J	630-10
which	86-8	women's room	477-13	yearly	414-8	K	630-11
while	163-6	won	124-14	yearn	147-10	L	630-12
whine	163-7	wonder	401-12	yeast	178-1	M	630-13
whining	371-12	wonderful	517-14	yell	13-1	N	630-14
whip	86-9	won't	109-6	yellow	270-2	O	631-1
whirl	145-11	woo	238-3	yes	13-2	P	631-2
whisk	86-10	wood	102-14	yesterday	441-8	Q	631-3
whisper	323-9	wooden	329-2	yet	13-3	R	631-4
whistle	323-10	woodpecker	485-2	yield	186-12	S	631-5
white	163-8	woods	103-1	yogurt	405-2	T	631-6
who	241-6	wool	103-2	yolk	216-14	U	631-7
who'd	241-7	word	146-6	you	250-8	V	631-8
whoever	449-12	work	146-7	you'd	250-9	W	631-10
whole	217-5	workbook	356-1	you'll	250-10	X	631-11
whom	241-8	worker	356-2	young	213-7	Y	631-12
who's	241-9	working	356-3	youngster	401-13	Z	631-13
whose	241-10	workout	356-4	your	250-13	1	632-2
why	168-9	workplace	356-5	you're	250-11	2	632-3
wide	163-1	works	146-8	yours	250-14	3	632-4
widely	371-13	workshop	356-6	yourself	277-5	4	632-5
widen	371-14	world	146-9	yourselves	277-6	5	632-6
widespread	372-1	worldwide	428-12	youth	251-1	6	632-7
widow	323-11	worm	146-10	youthful	420-5	7	632-9
width	85-13	worried	356-7	you've	250-12	8	632-11
wife	163-2	worry	356-8	yummy	401-14	9	632-12
wig	85-14	worse	146-11			10	632-13
wild	166-7	worst	146-12	**Zz**		11	633-2
wilderness	477-11	worth	146-13			12	633-4
wildlife	372-2	worthless	356-9	zeal	178-2	13	633-6
will	86-1	worthy	356-10	zebra	385-10	14	633-7
willing	323-12	would	104-2	zero	385-11	15	633-8
willingness	477-12	wouldn't	329-3	zinc	97-11	16	633-9
win	86-2	wound	240-1	zip	86-11	17	633-11
wind	86-3	wow	74-5	zipper	324-8	18	633-13
window	323-13	wrap	59-12	zone	111-11	19	633-14
windy	323-14	wrapping	305-7	zoo	238-4	20	634-2
wine	163-3	wreath	177-14	zoom	238-5	30	634-3
wing	96-9	wreck	10-9			40	634-4
wink	97-10	wrench	10-10			50	634-5
winner	324-1	wring	96-7			60	634-7
Winston	324-4	wrinkle	416-14			70	634-9
winter	324-2	wrist	84-11			80	634-11
wipe	163-4	write	163-9			90	634-12
wisdom	324-3	writer	372-3			100	634-13
wise	163-5	writing	372-4				
wish	86-4	written	324-7				
wit	86-5	wrong	138-5				
witch	86-6						
with	86-7	**Xx**					
withdraw	351-10						
withdrawal	521-3	X-ray	270-1				

聽點音樂，
休息一下吧！

特別感謝參與校稿的 SoR 師資

SoR 師資一班：
王立德、吳敏華、林雯慧、施奕安、張小乙、陳正倫、陳芷翎、陳秋倫、陳雅芳、馮詩雅、黃姿樺、黃美惠、黃耀慶、謝明瑤、鍾璧如

SoR 師資二班：
田僅穗、何婉甄、吳佩珊、吳淑華、李麗娥、步素欣、林秀蕙、邱若溱、姜弈茹、柯淑慧、洪盈潔、郎崞坊、徐秀玲、張珮甄、陳姿伃、陳建安、陳愛芸、曾美如、湯文姿、黃世明、詹宜欣、潘嘉儀、錢維貞

SoR 師資三班：
洪碧君、高雅玲、陳怡夙、景麗嬌、關雯文

SoR 師資四班：
朱梅英、吳宥增、呂惠菊、沈舒蕎、許藍方、楊怡、羅沁妤

SoR 師資五班：
張慧麗、陳怡吟、黃國倫、楊千鈴

SoR 師資六班：
王秋文、吳淑斌、張雅勛、郭岑伊、陳美玲、陳韻如、蘇思芸

SoR 師資七班：
甘憲平、李意雯、林幸蓉、陳中慧、陳蓓珊、劉玉婷

SoR 師資八班：
張慧文、郭捷安

SoR 師資九班：
呂乃崴

SoR 好朋友：
王君婕、吳佳鈴、陳玫伶、盧怡君、鍾亞芹

I'm grateful you're here
You are all that's good and dear
And beautiful

蕭博士 SoR 美語
Science of Reading

SoR 課程＆師培

蕭博士 SoR 美語
官方網站

蕭博士 SoR 美語
YT 頻道

蕭博士 SoR 美語
粉絲專頁

SoR 臺北旗艦殿
粉絲專頁

請為臺灣引進SoR盡一份力量！
掃一掃，蕭博士創辦的三個單位，都可以讓SoR的萬事互相效力。

SoR 校園推廣	SoR 進 118 課綱
臺灣 SoR 研究學會 官方網站	臺灣雙語無法黨 官方網站
臺灣 SoR 研究學會 粉絲專頁	臺灣雙語無法黨 粉絲專頁
臺灣 SoR 研究學會 YT 頻道	臺灣雙語無法黨 YT 頻道

SoR 腦科學拼讀字典：發音拼讀二合一

監　　製	蕭文乾
點讀主編	黃小真
字庫主編	王心緹
點讀編輯	施馨檸、鄭心豪
音檔編輯	王添佑、張顯榮
字庫編輯	黃銘傳、施馨檸、施奕安、黃姿樺、唐愷君
美術設計	張嘉玟
內頁排版	張嘉玟、黃薇、闕可昕
注音設計	林子平
責任編輯	李佳蒨
執行編輯	鄭婷方、張雅婷
顧　　問	陳執中
發 行 人	蕭文乾

總經銷：紅螞蟻圖書有限公司
地　　址：台北市114內湖區舊宗路
　　　　　2段121巷19號
電　　話：02-27953656
傳　　真：02-27954100
E-mail：red0511@ms51.hinet.net

出版/發行	臺灣雙母語學殿股份有限公司
	臺北市中正區羅斯福路四段 68 號 15 樓之 2
	電話 (02) 2367-1014　傳真 (02) 2367-1066
初　　版	2024 年 05 月
售　　價	6000 元
印　　製	通南彩色印刷有限公司

版權所有・翻印必究

ALL RIGHTS RESERVED

本書有缺頁或破損請寄回更換

歡迎光臨臺灣雙母語學殿官網

www.milinguall.com

SoR 腦科學拼讀字典：發音拼讀二合一

蕭文乾博士率團隊 編纂、設計、錄音、點讀

-- 初版 -- 臺北市：出版：臺灣雙母語學殿股份有限公司
2023.04　688 面；14.8x21 公分
ISBN 978-626-95791-7-4（精裝）
1.CST: 英語 2.CST: 發音 3.CST: 拼音

805.141　　　　　　　　　　　　113007335